日本古典文學大系
56

上田秋成集

中村幸彦校注

岩波書店刊行

監修者

高木市之助
西尾　實
久松潜一
麻生磯次
時枝誠記

題字　柳田泰雲

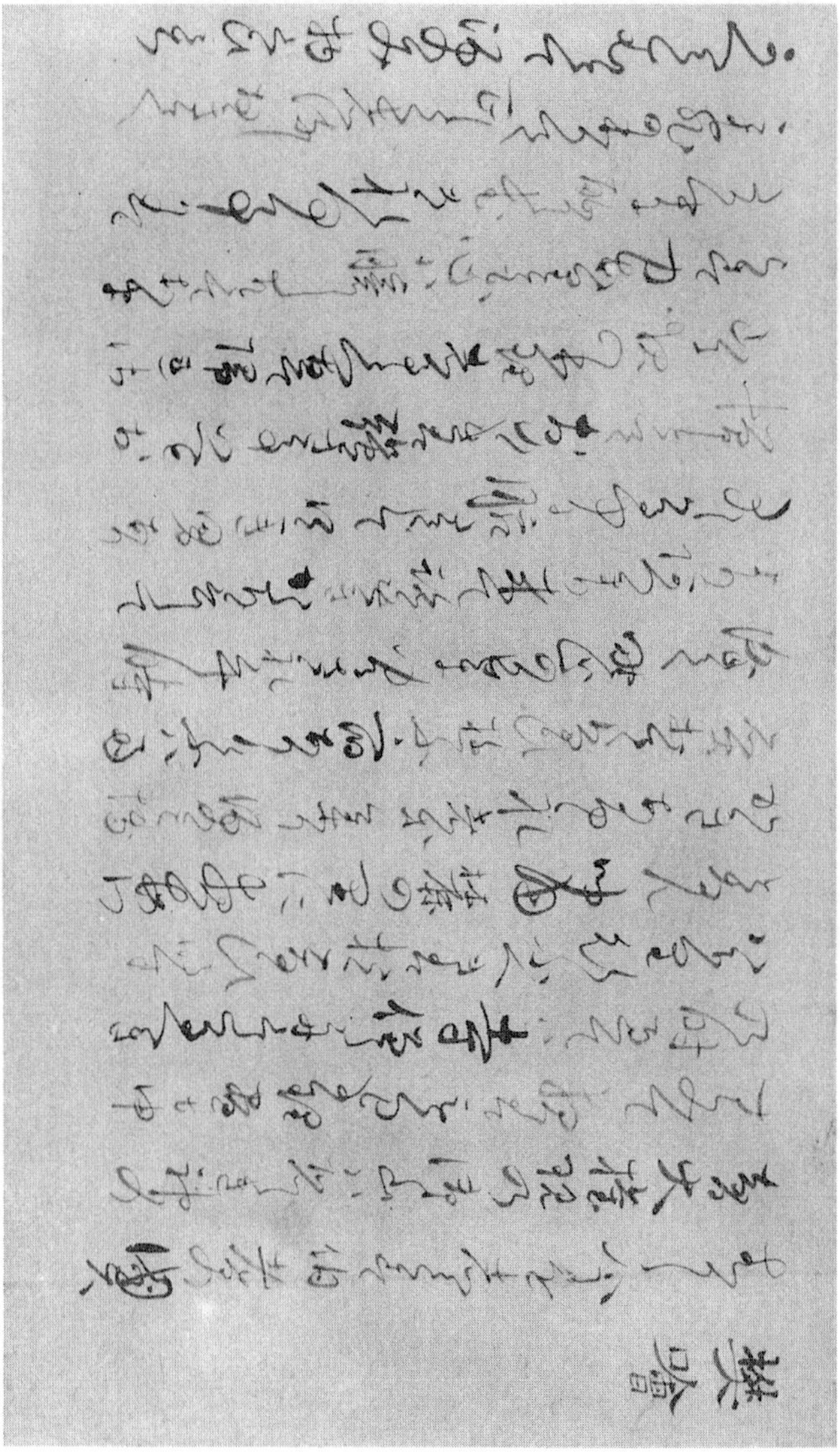

春雨物語　富岡本

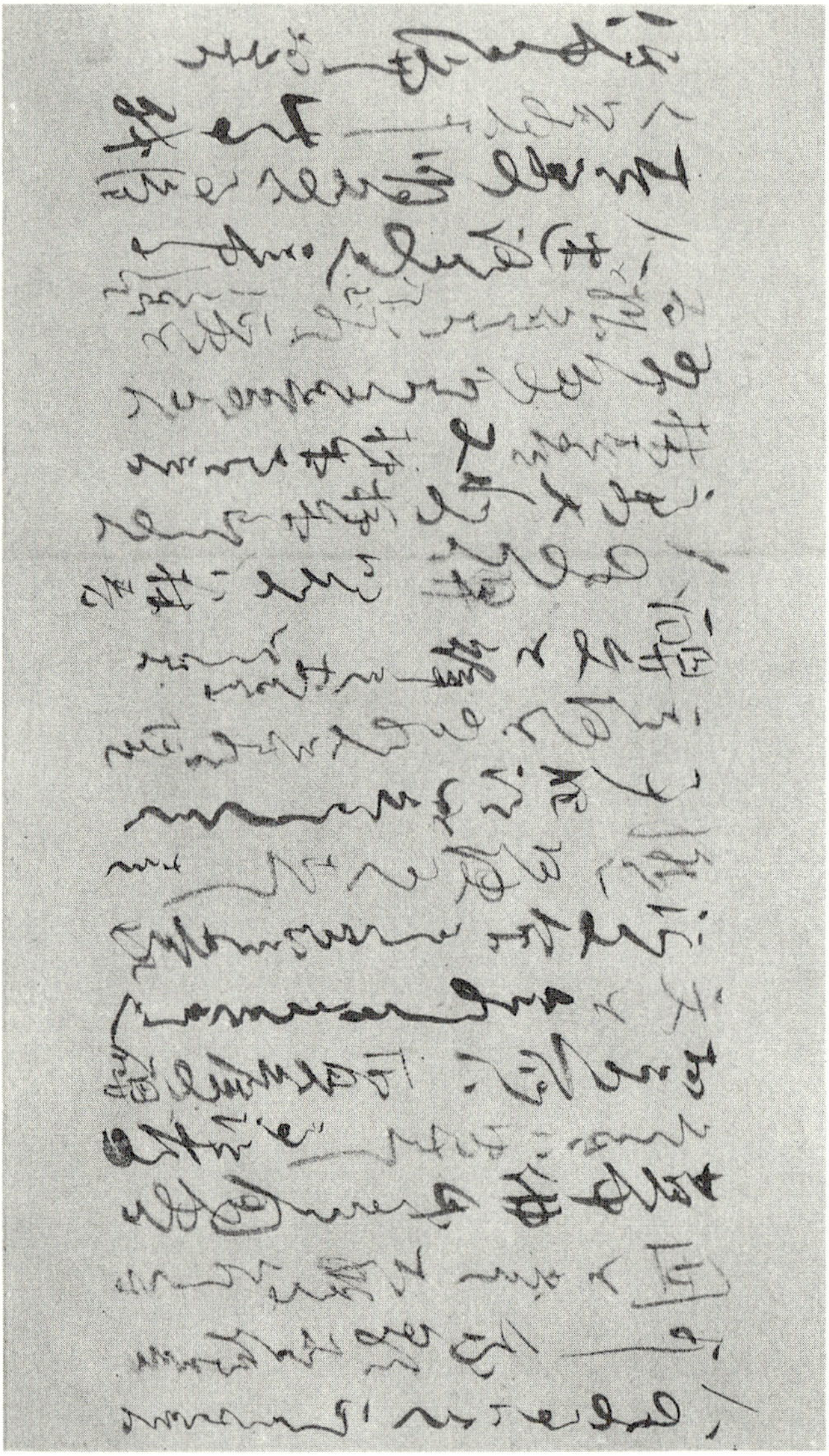

膽大小心錄　自筆本

目次

解説

一　秋成略伝

上田秋成は、文化六年(一八〇九)六月二十七日に、京都の百万遍屋敷、羽倉信美の邸に没した。行年七十六歳。逆算して、大阪で生をうけたのは享保十九年、日は六月二十五日であったという。実母(田中氏か)は曾根崎の妓家の娘との伝えもあるが、「生レテ父無シ、其ノ故ヲ知ラズ」(自像筥記)と述べる秋成は、実母についても殆ど語る所がない。四歳、堂島永来《えら》町で油と紙をひさぎ、嶋屋と号する上田氏に養われた。幼い彼はここで仙次郎と呼ばれた。二人の養母の丹精はあったが、五歳痘の大患に逢い、とかく病弱の故に、自由な、従って個性をのばせる少年期を持った。為に、やや長じては保養が煙霞の癖となって、近畿の各地に杖を引き、折花攀柳の巷にも出入した。正しい教導を考慮した父は、早く彼を懐徳堂に通わせ、ここで五井蘭洲に接したかと想像する。しかし彼は正しい学問より乱読を愛した。そして当時の書物好きの風流青年の定跡として、二十歳前後から、漁焉と号して俳諧に遊ぶ。白羽・紹簾・淡々・几圭など京阪の宗匠と交渉したが、定まった師はなかった。宝暦の列仙伝に独武者の俳人としての「ぞゐん」、寛政の虚実柳巷方言の名家の部に「漁焉」と載るのは、彼の青年期の名残を留めるものである。青年期の狂蕩は、彼によい友人をもたらした。木村蒹葭堂《けんかどう》とは煎茶を嗜み、俳友勝部青魚には中国小説に導かれ、同じく俳友富士谷成章とは日本古典・語学の話が交わされた。中にも先輩小島重家には契沖の書を勧められ、賀茂真淵の著書にも接し、俳諧より和歌歌学への転機がここに生れる。漢学も努めて明和元年には朝鮮使節との筆談に出たが、三十歳頃から下冷泉家に歌学と作歌の添削を求めた。二十代は、二十二歳上田家の実子の姉が家出したことと、二十七歳植山氏たまを妻とした以外は波瀾なく終った。

三十三歳の明和三年(一七六六)正月、諸道聴耳世間猿《しよどうきゝみゝせけんざる》五冊、明和四年正月、世間妾形気《せけんてかけかたぎ》四冊、二部の浮世草紙を出した。これも文才あって俳諧に遊ぶ者の常といえば常であった。当時神道・故実で喧伝された多田南嶺の鎌倉諸芸袖日記に直接影響され、越えて、江島其磧・井原西鶴・近松門左衛門の影も濃い。が既に読書範囲は和漢にわたり、筆力あり、現実に対して、冷静な批判的な作家不可欠な姿勢を持って、彼の生涯にわたる問題の萌芽は、この二作にも認められる。明和五年の序ある第三作はしかし浮世草紙ではなかった。浮世草紙の風体の衰微する小説界の大勢を察したか、浮世草紙作家と書肆のあり方に不満であったか、彼の好みが現実より古典的なものへ傾いて行ったか、都賀庭鐘《つがていしょう》の創めた、中国白話小説の翻案、雅文調の濃い作品であった。いうまでもなく雨月物語のことで、この物語の刊行を見る安永五年までの八年間を含む、四十代中頃に至る十年間は、秋成にとって、最も多端且つ有意義な期間であった。

古典癖は昂じて、新興の真淵国学に興をいだき、たまたま上方にあったその門建部綾足に、ついで加藤宇万伎に師事した。時は明和四年の頃か(明和七年説がある)。以来、聴講・文通で研究に専念した。明和七年(宝暦十一年ともいう)養父を失い、翌八年火災の為に、家財をも失って、三十八歳にして始めて生活に直面した。医を業に選んで、天満の儒医都賀庭鐘の塾に入る。仮寓を、瘧患以来の信仰神であり、国学の門人藤提《てい》蕪《ぶ》・打魚《うつな》が神官であった大阪北郊加島稲荷の近くに定めた。篤実な宇万伎からは多く文通で、真淵の国学をあくまで吸収した。安永六年、宇万伎が京都在番中に没して後は、独学で研鑽することになる。視野広い文人の庭鐘からは、生来の好事的な性格を拡充された。寛政四年の安々《やすみ》言《こと》に序を求めたようにこの二人の関係はかなりに続いた。一方彼の一言の師であった高井几圭の一子几董《きとう》が、父の十三回忌の俳書其雪影《そのゆきかげ》(安永元年刊)出刊が契機となったか、その頃から几董の師蕪村ら夜半亭一門との俳交が始まった。既に無腸と改号した彼の俳文法書、也哉抄(天明七年刊)の序者は蕪村であった。几董の日記、蕪村の書簡にその交渉は見え、彼のこの後の俳諧は、この一門の中で続いた。かねて好んだ宗因の句集、梅翁発句むかし口を編刊したのも、この期である。学問医術に従ったこの頃の彼は、称東作、名秋成、別に三余亭後に余斎の号をも持った。

安永四年(一七七五)大阪尼崎町一丁目に医を開業した。彼の生涯の考えで、生活の基盤たる業に従うは「まめ心」で、学問・文芸に遊ぶのは「あだ心」のなす所であった。「あだ心」を抑圧するに内心の苦闘はあったろうが、その業に専念することを誓った。患家へ便佞を事としなかったが、真面目さが迎えられて繁栄、天明元年には淡路町切丁に自宅を構えるに至った。生涯の最も落ちついた期間である。書肆に進められれば、書初機嫌海《かきぞめきげんかい》(天明七年刊)などの軽い読み物さえ書いた。生活の安定は再び学問へ興味を駆った。和文和歌は既に儕輩に高く評されていたが、学問は安永年間の伊勢物語考・長柄都《ながらのみやこ》考・さゝ波都考に比して、遙かに整った漢委奴国王金印考(天明四年)・歌聖伝(天明五年成)の考証もある。宇万伎ゆずりの仮名遣い論や、庭鐘の立場にも通じる世界史観で、本居宣長に論争をいどんだ(往々笑解・呵刈葭《かかいか》)。学の厚さや国学的信念では宣長に及ばぬとしても、自由な立場と、着想の俊敏さは、秋成の学問の性格を示している。天明三年で彼は五十歳。文学作品の端々にも萌芽的に現われていた彼の社会人生面に対する考えや、学問的立場も、自己のものとして定まったのは、この間である。宇万伎を通した真淵国学を、自己の経験と内省を通して、直く明らけき精神をもって、清く強く純粋に生きるべしとする人生観。「事物みな自然に従つて運転」すれば、「往時は往時にして宜しく、今世は今世にて宜し」とする一種の運命観。学問や文芸は独創を尊ぶ故に、才能のある人のみの独学によるべしとする修業論。学問の一々の主張立論は省略するが、一言ぜひ言うべきは、彼はこれらの自己の理論に従った合理主義者であった。上代の研究も、実証すべきなきは穿鑿を止むべしと言う。実生活における奇矯とされる言動も、彼が自らいう癇癖で感情のみで動いたのではない。彼ながらに定めた立場において極めて合理的に行動したのであった。

天明八年(一七八八)五十五歳。折角の医業を廃して再び加島稲荷の近く淡路庄村に閉戸索居の生活に入る。鶉居《うずらい》と号した。原因は病身と、誤診の自責故と自ら述べるが、或は経済的な原因も存したか。直接原因は何であったにせよ、現世逃避の隠棲に違いなかった。その心情は鶉居で著述した癇癖談《くせものがたり》(文政五年刊)の最末の一章に見える。世間との交渉は財政的に煩わしい。俗間は虚偽と不徳義に満ちて、見聞するに耐えない。文芸に遊べば古代のみゆかしくて、現在はうとましい。しかし考えれば理想通りの社会は何時とてもあったことはない。悪むべしといってもそれが現実である。現実を遁れる者はいたずら者であり、自意識が強く、批判のみするは精神的なおごり者であると反省しても、自分の潔癖な批判の正しさも否定できない。当代に合致せぬ自己を運命とあきらめて、生来のままに純粋に生きる、いわゆる文人逃避の境涯に入るより外の道は、彼の人生観運命論からしてなかったのであろう。この生活の姿勢は、これから後その死まで続く。折から研究中の伊勢物語に擬して、その閑暇の鬱懐をやったのが諷刺的作品癇癖談二巻である。

淡路の庄で母と姑母をみとって身軽になり、今は瑚璉尼となった妻が生れ故郷とてなつかしがり、病を見ていた近隣の子供の死にいたたまれない気になって、――人の面前でも悪罵を敢てする彼は又、そうした心づかいをする人であった――寛政五年(一七九三)六月、かりそめの心づもりで京都知恩院門前に住んだ。それから南禅寺畔など住所は転々としたが、伴蒿蹊・橋本経亮・松村月渓・小沢芦庵とその門下の人々の風交の中で、結局生涯を京都で送ることになる。再度の田舎生活から寛政九年六十四歳で妻をなくするまでは、左明を失うような不幸もあったが、国学上の仕事を整理したり、諸方に遊山して詩嚢を豊かにすることが出来た。歌文は、藤簍冊子《つづらぶみ》や秋成遺文に収まっている。彼として最も力を尽した古典論で、加藤千蔭から国賊よばわりをされた、古事記偽書説を含む安々言(寛政四年成)も成り、仮名遣い研究の霊語通(寛政九年刊)も、門人谷直躬《なおみ》により上梓された。師宇万伎の土佐日記解を、前の雨夜物語たみことば(安永六年刊)同様、出板すべく浄書補記した(寛政二年)。寛政三年、県居歌集《あがたいうたしゅう》・静舎歌集《しずやうたしゅう》を出したと共に、師の十三年忌の供養でもあった。文布《あやぬの》(寛政二年)・懐風藻(寛政五年)の再版にあずかって、序をしたためたのは、国学者としての世評の高さを示すものである。また寛政元年に真淵の古今集打聴を校刊し、寛政五年に伊勢物語古意を出した。伊勢物語に就いては自らも、よしやあしやと題する全部の注釈があったが、この校刊には、その中自信ある部分を一冊にまとめ、その名で附録とした。秋成の国学的著述の中、今も最も高く評されている。その末尾をしめる和漢物語の論は、作家が当世に対する憤懣・諷刺・回想・さまざまの所懐を、むかし〳〵の跡なし言や罪なげなる物語に示したとする一種の寓言論である。安永八年成り、やはり寛政頃再訂したと思われる源氏評論のぬば玉の巻にある性格、修辞の論と合せて、秋成の物語鑑賞創作の態度を物語るものである。刊行は遅延したが、池永秦良の万葉集見安補正(文化六年刊)を整理し(寛政八年序)、冠辞続貂《かんじぞくちょう》(享和元年刊)を草し終えたのも(寛政八年凡例)この間である。京へ移居した始め、近隣に煎茶の愛好家村瀬栲亭《こうてい》がいた。共に文雅養性の技としてこの道に遊び、寛政六年、ために清風瑣言《せいふうさげん》二巻を出刊した。煎茶道では用器は新しきをよしとするので、自ら陶器の製作を試みて、現存して好事家の珍玩する所となっている。

寛政九年糟糠の妻の死は大きな打撃であった。長く悲しみ弔った。ためにか漸く癒えた左明にかわって、右眼を患うに至った。寛政十年夏には養女(瑚璉の身寄か)の尼を伴って、河内の日下、平瀬助道の妻で今は尼となっている唯心の庵に病を養い、土地の河澄氏・森氏など文雅の家にも出入したことがあった。何かと不如意と孤独を思って、親友芦庵が、和歌の門人をとれと勧めたのはこの頃であろうか。秋成はこの勧めを入れず、書肆の求める、落久保物語(寛政十一年刊)・大和物語(文化二年刊)などの校刊に従って生活の資を得た。それでも蔵書を売却し、その最後を正親町三条公則卿に売ることもあった。公則は、この気むつかしい老人を愛し、殆ど門人の礼をとった。彼は土佐日記や万葉集を講じた。万葉巻三までの略注楢《なら》の杣《そま》はその折のものである。この前後、秋成に万葉を聞く人々が他にもあった。谷直躬(後に越の魚臣)や羽倉信美やで、各〻の本で秋成説を書き入れている。その結果、秋成の最大著、従来の万葉研究を結集した金砂及び金砂剰言が成ったのは文化元年(一八〇四)である。むしろ随筆的な筆致であるが、この頃成った遠馳延五登《おしえごと》(秋成遺文の史論として所収)と共に、秋成とその学問を如実に示す。私生活は、妻の死後の世話を見た松山貞光尼も寛政十一年没し、羽倉信美はその賀茂川丸太町河畔の別邸に住ませたりしたが、彼はこの頃から死を口にすることが多くなった。妻を葬った八条大通寺の実法院へ、一族の戒名命日を告げ、自己の死後を依頼する書簡を出した。

晩年は大阪へ下ることが多かった。享和二年に没した蒹葭堂の晩年の日記には、彼の来訪を度々記しとどめている。秋成の死後墳墓を営んだ加島の藤氏も、懇切に遇した。享和元年(一八〇一)秋成に親しかった公卿や歌人たちを勧進して、詠稲荷社歌を奉った。この大阪滞在中に、想像によれば、養女の尼に相愛の人が出来たらしい。秋成はそれを心よく許して、孤独の最晩年に自ら入って行った。彼はその性行からも、宣長との論争などに見える主義の上からも一種の個人主義者であった。それで自分のみならず、他の自由をも認めたのであろう。しかし貧病に苦をかこつ彼の晩年は、それ程に孤独ではなかったと思われる。癇癖のままに人に向って憎々しい口をきき、腹立たせることもあったであろうが、その内心の純粋を愛する人々は、秋成自身が自己の発言によって自己をとじこめる程には、それを気にしなかった。かえってその警句をよみしたかも知れない。晩年はその性格を知って、遠巻きな親切で、彼の文学の発源である、常に新鮮な感受性や鋭い洞察力、その神経と精神をいたわる知人たちが周囲にいたようである。大田南畝の文章への讃辞は、彼をひどく喜ばせた。若い文人趣味の人々は、この先輩を慕った。釈昇道は文化三、四年の間に、彼の歌文集藤簍冊子《つづらぶみ》六巻を高雅な姿で出版した。大沢清規と松本柳斎も文反古を文化五年に出版した。大館高門や田能村竹田らは煎茶道で訪い寄った。また彼の没後も長く年忌毎の歌会を催し続けた青年達(羽倉信愛自筆詠草)もあった。これらの人々に乞われては、数々の和歌文章を残して秋成遺文に収まる。清風瑣言の続篇茶瘕酔言《さかすいげん》や新しい短篇小説集春雨物語や海道狂歌合や後の毎月集の試みやもこの環境の中で生れた。

享和二年(一八〇二)墓を南禅寺畔の西福寺にトしたりしたが、文化四年は老病に死を思うこと屢々であった。古井に金砂などの草稿を投じたのもこの年である。それからは死の準備のごとく文化五年、生涯の思念の総決算、胆大小心録を書いた。自伝と仮題される一巻もこの前後に成ったと思われる。またかねての春雨物語を十篇にまとめて見たが、意に満たず、生命ある間は背負った運命の如くに、稿を改めた。そして文化六年六月、一人住みを心配して引取った羽倉家に没した。知友たちは、遺言通り西福寺に葬り、三余斎無腸居士と追諡した。十三回忌、また生前の遺嘱で栲亭の後毎月集題辞を碑文にし、森川竹窓の題隷で、今に残る墓石を作った。この略伝の末に、秋成を伝して最も詳らかな藤井紫影先生(秋成遺文所収上田秋成伝)の故智にならって、彼の自賛を掲げておく。「冥福蔽二天真一、厄貧顕二奇才一。」

二 雨月物語

刊本をもって行われる雨月物語の初版は、ここに用いた底本、「安永五歳丙申孟夏吉旦　書肆　京都寺町通五条上ル町梅村判兵衛・大坂高麗橋筋壱町目野村長兵衛」合刻本である。半紙本五巻五冊。外題は左肩単辺の題簽に、第一・三・五冊は「雨月もの語」、第二・四冊は「雨月物かたり」と各書体を違えて示す。内題「雨月物語《うげつものがたり》」。柱刻は「雨月」とある。各冊、見開きの画が二カ所に挿入される。画風からして、秋成の友人で大阪の絵師桂眉仙、名は常政、字雪典の筆と推定する。ほかに見返しに「今古怪談」「雨月ものかたり　全五巻」「書籍所　野梅堂梓」の文字が見える一紙を貼附する書もある。野梅は野村・梅村の頭字を集めたもの。この見返しは最初包み紙用に作られ、後の刷にここに附されたのであろうか。また野村長兵衛の文煥堂蔵版目録一葉をもつものもある。この書には、同じ版木を用いながら装釘や冊数をかえ、出版書肆を異にした数種の後刷がある。刊年は初版のまま、半紙本五冊で、「書肆　大坂　心斎橋筋博労町名倉又兵衛、高麗橋筋壱町目野村長兵衛」(傍線の部分は初版のまま)板が言わば再板で、秋成の書初機嫌海が出た前後、天明中の刊行でもあろうか。刊年初版のまま、半紙本五冊で、「書肆　大坂　心斎橋筋博労町名倉又兵衛　同町藤沢重兵衛」（傍線の部分は再版のまま）板が三版にあたり、享和元年藤沢こと柏原屋重兵衛らから冠辞続貂が出た前後の刊かと推定される。飛んで、大本仕立の三冊、「大阪書林　河内屋源七郎板」で見返しに「上田秋成大人編輯　雨月物語　全部三冊浪花書肆文栄堂蔵板」としたのが四版。文栄堂は河内屋のこと。ただしこれにも、末に三都発行書林として大阪心斎橋北久宝寺町河内屋源七郎の合板元として、江戸大伝馬町三丁目丁子屋平兵衛ら、六肆の名をつらねた奥附のつくもの（英国より板坂元氏報）と、発行書肆として、江戸日本橋南壱丁目須原屋茂兵衛から大坂心斎橋通北久宝寺町河内屋源七郎まで十肆を並記するものがある。が共に、附された河内屋の出版書の広告から天保安政間の出刊と推定する。重ねていうが、板木は皆同一で、坊間、雨月に異版ありとするは誤りである。

著者は、自らの序に剪枝畸人と署するのみ。しかしこの人物の上田秋成なることは、近世物之本作者部類・京摂戯作者考や、四版見返しに見えて疑うべくもない。かえって、剪枝は剪指（肢）、痘を患って指の不具であった故、または剪枝は木鋏のことで、不具の手になぞらえた、いずれに解しても、秋成らしい戯号である。明和五年三月の序と、刊年の間八年の長きも、秋成の年譜を繙いて、国学に専念し、生計のために医を学び、居を転じ、実生活にも精神生活にも大いに変化のあったことを思えば、おくれたのも首肯できる。かえって、宇万伎門や庭鐘塾での教養はこの作品には幸して、頭注に示すごとく、おびただしい古典から、一文一語を得るごとに使用され、板本につけば出版直前まで入木訂正の跡も生々しく、推敲が重ねられたのである。

所収は巻一に白峯・菊花の約、巻二に浅茅が宿・夢応の鯉魚、巻三に仏法僧・吉備津の釜、巻四に蛇性の婬、巻五に青頭巾・貧福論の九篇、言うところの古今怪談、雅文調を混じた短篇小説集である。以上は皆、和漢雅俗に出拠ある翻案小説である。また自ら序中、この作品を源氏物語・水滸伝に対比するのは、私に自負したので、二大著の如く、この書も「事実ヲ千古ニ鑑」せしめるもの、即ち後年のぬば玉の巻やよしやあしやに述べる寓意を各篇は包蔵する筈である。出典の一々は頭注にゆずって、その寓意と翻案の様相を主として本書の若干の特色を吟味する。

白峯 宝暦十三年に崇徳院の六百年祭があり、西行は兼ねて崇拝する歌人なり、西行撰集抄・山家集・保元物語・白峯寺縁起などから想を得て、西行が崇徳院の陵前に、その霊と論争する初冬の一夜を構成した。前半激しい論争の体は庭鐘の英草紙「後醍醐帝三たび藤房の諫を折話」に、歴史の未来を語る後半は同「紀任重陰司に到て滞獄を断る話」に先蹤があった。論の中心は、西行の難ずる儒教の簒奪革命説と、院の難ずる仏教の因果逃避の説であるが、秋成の立場は、国意考などに見える真淵の説である。儒・仏の二教が我が国に入ってから、人々は欲望をかきたてられて日本古来の質朴の思想が混乱し、代々の政治的動乱もそこに原因するという。この思想の一犠牲者として崇徳院を本篇の焦点に置いた。この歴史的悲劇の主は、覚らずしてなお革命説を肯定固執する。従ってその念は、怨恨の権化となった。この権化にまで単純化したことは、一段と作品構成を厳密に、高い調子をもたらせた。また謡曲松山天狗にならった複式夢幻能的構成にも合致している。この書の各篇が能的構成をとることは重友毅博士(雨月物語の研究)の肯綮にあたる説がある。最後の附言は、今日から見れば、中世説話的な贅疣であるが、まだこの時代ではやむを得ぬことであろう。その傾向は各篇に共通する。少しの甘みのない雄勁な文章も、作者の留意した所、軽視すべきではない。

菊花の約 中国白話小説集古今小説の「范巨卿雞黍死生交」を原話とし、後漢書の范式伝に発する中国舌耕文学の筋を、文章のとるべき所は採って、かなり忠実に追う翻案小説の正系を行くものである。従ってその寓意も、冒頭に訳出した原話の結交行が説く信愛である。が秋成はその日本化に幾つかの相違でその手腕を示した。一は原話は儒学に志すとはいえ、百姓と商人の信義であるを、これは陰徳太平記尼子氏勃興の陰の人としての一武人と、青雲の志を絶った清廉の儒者との間にかえた。二に原話の范式には約束失念の一事があって、信義に欠けるが、赤穴は全く欠ける所がない。

そして二人の友人の性格を、冒頭から言動において説きつくして最頂上を納得できるものにしている。三に文章の美しさである。秋成は本書をなすにあたって、当時に行われた二つの美文、和文脈と漢文脈を混済使用する。それも単に混ずるのみでなく、白峯のごとく理論の多いもの、男々しいさま、緊迫したさま、男子の物言いには漢文脈を、情趣的な場面、女々しいさま、あわれなさま、悠々としたさま、蛇性の婬の真女児の如く嬌媚の言動には和文脈を使いわける。次に述べる時代の違った用語文法を混ずることと共に、正式な文章の立場からは避くべきであるが、彼はこれによってすぐれた文学的効果を上げているを如何せん。赤穴の来訪を待つ丈部の焦燥を、旅ゆく人ののどかさに対せしめた前後の心憎い文章をみよ。またこの間、宇万伎の講義もあって日夜親しんだ日本書紀・万葉集・土佐・源氏の用語を利用し、和名抄や新撰姓氏録を用いることも多い。また康熙字典を見たと思われる所もある。この字典を校訂翻刻出版した最初の人が都賀庭鐘で、安永七年刊。秋成の雨月物語推敲の時は、庭鐘塾では、この字典を校訂の最中にあたる。

浅茅が宿　明の瞿佑の雅文短篇小説集剪燈新話中の一篇愛卿伝に想を得た。早く我が国でこれを翻案した浅井了意の伽婢子(寛文六年刊)の巻六「藤井清六遊女宮城野を娶事」(文中に「宮木野」)を照合した。なお秋成の前作世間妾形気の巻三「米市は日本一の大湊に買積の思ひ入」「二度の勤は定めなき世の蜆川の淵瀬」と続く二章は、既に前二書を参考しての作か、また共通の筋を持つ。が本篇には、特異な寓意がある。徒然草の百三十七段「男女の情も、ひとへに逢ひ見るをばいふものかは。逢はでやみにし憂ひを思ひ、あだなる契をかこち、長き夜を独り明かし、遠き雲井を思ひやり、浅茅が宿に昔をしのぶこそ、色好むとはいはめ」とある日本の伝統的な男女相愛の、兼好が定めた一理想がそれである。この文の前半の宮木と、後半の勝四郎の身の上に相当する。かくのごとき浪漫的な題材であるために、鎌倉大草紙や応仁記に考証癖を働かして背景を設けたが、主人公たちを、関東の質朴善良な男女とし、出来得る限り美しく描いている。甚だ素朴な形で最後に点出した手児奈の話も、至純さで協和音を出すことを期待したのであろう。一筋に純粋に自己を通してゆく宮木、それは作者秋成の性格の投影でもあって、雨月・春雨を通じて同系統の人物が多いが、本篇は、その最も成功した一篇で、そこに得た読者の感動は、彼女をかくも悲哀に投入した戦争の社会悪の批判へまではねかえる。ひるがえって、妻を愛すること深く善良ながら、はやり気故に失敗を重ねる勝四郎の人物のよく描かれたのも見逃してはならない。

夢応の鯉魚　主人公は大学頭藤原実範の第三子という実在の人物だが、ただ名を古今著聞集から借りたのみである。この典拠は、宋の大説話集太平広記巻四百七十一の薛偉の一篇、同じく説話集古今説海の説淵十五の魚服記と、それらによった中国白話小説集醒世恒言の「薛録事魚服証仙」の三者を共に参考したと考証されている(後藤丹治博士「夢応の鯉魚の原拠」—国語国文二十一の九)。秋成は中国舌耕家の饒舌をさけて、主として前二者——殆ど同文である——いずれかにより、簡潔に筋を進めた。が滝沢馬琴ならば、伏線・襯染など称すであろう計算的な整正の構成を作り、中に琵琶湖周遊の道行文ともいうべき美文さえ挿入した。この作品は一見洒脱な名人逸話とのみ見えるけれども、やはり寓意はある。それは芸術家と現実生活の問題である。芸術三昧境は、鯉となって遊泳する時の興義であるが、饑えて食を求めんとすれば、人の好餌にかかって現実の手ひどい目に逢う。この著作当時の秋成は、火災による家財の消失によって、これまでの学問文芸三昧から初めて現実生活に直面した。こうした経験や反省は、彼の一身に必ずあったはずである。

仏法僧　曾遊の高野山で、彼のごとく俳諧を嗜む旅人が、太閤記から出た秀次らの霊に逢う。案は大江文坡編の怪談とのゐ袋(明和五年刊)巻四「伏見桃山亡霊の行列の事」と剪燈新話の竜堂霊会録に得たものであろう。本篇に目立つのは、夢然の説く仏法僧と、紹巴の霊の説く毒の玉川の二考証である。前者は岡西惟中の続無名抄や林羅山の本朝神社考などにより、後者は胆大小心録四六にも見える彼得意の説であった。この篇は、考証をもって寓意にかえたものである。

吉備津の釜　この解説では、当然のこととして各篇のすぐれた怪異味を語らずに来たが、怪異の点ではこの篇は本書の第一席、否、日本文学中の白眉ともすべき一篇である。がこれにも寓意はある。冒頭に明の謝肇淛編の五雑組を引いて説く、妬婦の祟の恐しさと、妬婦をして、その姦佞の性をつのらせる夫の側の責任である。全章を本朝神社考をかりて、吉備津神社の御釜祓の霊妙の中に大きくつつむ。放蕩者を写して、世間妾形気巻四の「息子の心は照降しれぬ狐の嫁入」を再出したのはしばらくおき、後半正太郎が相逢する再三度の怪異は、意志の弱い正太郎に、「用意なき」彦六を配して、当時流行した凡百の怪談小説とは類を絶して、誠に迫真的な表現である。説者はその原因を秋成が魑魅魍魎の実在を信じたことに帰す。それも一因でないことはないが、表現力なくして何で現代の読者までを魅了できよう。原野の一軒家では源氏物語の文章を、夜毎生霊の来訪には剪燈新話の牡丹燈記の構成を借りて、原話以上の効果を出している。最も身の毛のよだつ正太郎の最後には、頭注に示す数説の出典論があるが、そのいずれよりもこの作品を優秀とすることは誰人も異論はない。一旦縁あって夫婦となり、怨恨、宿讐の如く、一は呪い、一は呪われて、共に惨澹たる死に至る不幸は、いたらぬ二人への作者のきびしい筆誅とも見える。が作者は一言の勧懲の言を弄せず、憎しみの情を現わさない。思いこむ女の、たわけた男の生来の性格のやむを得ない結末として叙してゆく。為にかえって二人をかかる不幸に導いた運命、封建社会における家庭、そのものへ読者の批判がそそがれる。秋成がどこまで当代社会の欠陥に深く批判の刃を入れたかは、彼の消極的な隠者生活からは否定的な答が出るが、問題はやはり提出されている。嫉妬や放蕩を描けば露骨に醜悪になる危険があるが、一点その気味がない。この物語を通じて、当時雅文壇を支配した典雅主義・構成主義の線を守っている点も注目せねばならぬ。

蛇性の婬　美しくも幻妖の気に満ちたこの一篇は、これも中国白話小説集警世通言の「白娘子永鎮雷峰塔」により、同題材で文章も殆ど等しい、西湖にまつわる短篇集西湖佳話の雷峰怪蹟をも参考したという。がこれにも、彼自身が、当時悩んでいた問題とその解決を、ひそかに秋成は加えている。浪漫的で典雅をあこがれる一人の文学青年、「あだ心」にとらわれた人物であった豊雄が、そのために蛇性の魅入るところとなる。数度の危険は、法により、達人により、脱することが出来たが、豊雄自身も生来持った一片の「まめ心」が、丈夫心となり犠牲心となって拡充する過程を、美しい文章と巧みな筋の陰にしのび込ませた。そのためにも亦、中国の原話の大衆的俗臭を、日本の高蹈的浪漫性にすりかえるためにも、数々の技法を用いている。一に怪異を語るべく同じ趣向を重出させた原話を省略、簡潔を旨とした。秋成とて怪異味の濃さを欲するけれども、簡潔の中にも妖光を放つことを知っていたのである。二に自然描写の美しさで、豊富に日本の古典文学を利用している。本書の中で前出した和文調の最も多い一篇である。それは文学青年豊雄には、魅力的な艶冶な言葉を真女児の会話文に使用したためでもある。三に豊雄の性格の計算されたごとき設定と、その進展である。秋成はぬば玉の巻で、源氏物語の登場人物の性格にふれている。物語を読む彼のこの態度は自己の創作にも示されて、あたかも近代小説の長編を思わしめる如く、性格の進展と構成がからむ珍しい一篇となっている。

青頭巾　日本洞上聯燈録や下野の大中寺縁起によって、妙慶快庵を登場せしめ、新しい大中寺縁起を想定した形である。新撰大団扇(刊年未詳)巻一「邪淫の懺悔」などに似た話があるが、出拠とは定めがたい。人を啖う話は日本霊異記の昔から多いのである。巻末は八文字屋本の都鳥妻恋笛(享保十九年刊)巻一の二、三、巻五の二によった。本篇に言わんとするのは、「心放せば妖魔となり、収むる則は仏果を得る」とする彼の愛用語で示された一事、人間の執着と、一転機して悟道に入る、その精神の不思議についてであった。

貧福論　頭注に示した様々の文献にも見えて有名な蒲生家の士岡野左内の一夜の夢に、銭の霊が現われて、貧福の論をするは、伽婢子の巻五「長柄僧都が銭の精霊に逢事」や、新玉櫛笥(宝永六年刊)巻三「出世の銭独楽」にも似た話がある。いずれ伽婢子などに想を得たのであろう。論の中心は、仏教や儒教の理論では解しがたい豊福貧禍のよって来たる所以を考えることにあった。彼は後年胆大小心録一四二・一四三・一四四にも金銭の不思議を述べる。世間の荒波に初めて遭遇した彼が、世の貧福について一考したところを盛り込んだものである。

三　春雨物語

この物語は、寛政享和の間から、折にふれて作った短篇の集で、秋成はかなりの執心で、度々改稿して、没時もまだ未完成の作品であった。春雨草紙と題し、私に天理冊子本と称したなど、早期の草稿で、不完全ながら保存されるものもある。その中には腹案のみで終り、結局はこの物語から除かれた篇も混じる。それら初期の稿はしばらくおき、秋成の手で、この物語として整備されたもので、今日に残る写本には、次の二種五部が知られている。

第一種を文化五年本と称しておく。皆「文化五年春三月　瑞竜山下の老隠戯書　于時歳七十五」とした奥書を持つ。この種の自筆本はその時、瑞竜山南禅寺畔の仮寓中に書かれたことを示すが、残存するものは転写本である。所収は序・血かたびら・天津をとめ・海賊・二世の縁・目ひとつの神・死首のゑがほ・捨石丸・宮木が塚・歌のほまれ・樊噲の十篇である。この系の三部。

①　桜山文庫本　鹿島則幸氏蔵。「桜山」は氏の先人則文の文庫名である。大本二冊。伊勢の雅人正住弘美の筆。詳らかな解題を附して丸山季夫氏が古典文庫の一冊として翻刻した。若干の誤植があるが、私は山本茂氏の御好意によって正すことが出来て、本書の校合本の一に使用した。

②　漆山本　故漆山又四郎氏蔵。大本一冊。末に「全部弐巻十回の中、第七捨石丸、第十回樊噲、此二条はいと放埒なる事どもにて、殊ににくさげなるすぢもこと〴〵し、みるにうるさく思ふまゝ、こゝにもらしつ、ことに折しも年のいそぎに心しづめかねてなん、(「竹内」「弥左衛門」の二印あって)天保卯十二月十七日節分の日写本」とある。天保卯は十四年、竹内弥左衛門は恐らくは筆者であろう。この奥書の如く二篇を欠くが、文化五年の奥書があって、前者と同系

統である。玉井乾介氏に解説がある(文学一七の一)。

③ 西荘文庫本　天理図書館蔵。大本二冊。松坂の小津桂窓の西荘文庫旧蔵。なお、「六有図書」の印記は同地長谷川元貞のものである。筆者未詳。本書一部分の底本としたので、やや詳しく言えば、上巻七十八丁死首のゑがほまでを収め、以下は下巻八十七丁に収まる。毎半葉七行で、桜山本・漆山本とも字配は一致しない(中村幸彦「小津桂窓旧蔵春雨物語について」―典籍第四冊)。以上漆山本は不明ながら、他二部は伊勢方面の旧蔵であって、古物語類字抄に勢州松坂の長谷川某に春雨物語とて、古巻軸一巻ありの記に想到する。ただし、これだけの分量を一巻とは信じがたく、長谷川氏旧蔵の出現までは、俄かにそれを秋成自筆かと想像することをつつしまねばなるまい。以上三種の転写本は、直接相互の関係は認め難い。みな誤写・脱字と思われるものあり、また漢字仮名の按配も各〻に変え写して、原本の面影を失っている。

第二種を最終稿本と称しておく。文化五年本より一段と推敲を加えた本文を持つ。文化六年六月没の秋成は、この一年と数月の間にも一度全部を改訂したので、何時の頃とは不明ながら最終稿には相違ない。この系二部。

① 富岡本と天理巻子本　共に天理図書館蔵で秋成自筆。富岡本は序・血かたびら・天津処女・海賊・目ひとつの神・樊噲上。一篇一巻で計五巻の巻子。天理巻子本は三巻。二世の縁・死首のゑがほ・捨石丸・宮木が塚・歌のほまれ・樊噲下を含むが、歌のほまれを除く他は、みな断片で、甚だしきは一片のみである。富岡本は江戸時代から世上に出て、明治に富岡謙蔵氏の蔵に帰し、以来幾回も翻刻された。巻子本は天理冊子本と共に、羽倉信美の次男重村の入聟した松室家に保存されて来たものである。両者はしかしもと一つであったことが比較すれば明らかである。更に松室家について調査を依頼したが、遺憾ながら、欠ける部分は出現しなかった(中村幸彦校訂春雨物語)。用い得る限りは、これによって本書の底本とする。

② 田原本　天理図書館蔵。大本一冊欠。表紙に「上田余斎春雨物語　田原春所写」とある。筆者春所は京の歌人。

序・血かたびら・天津処女・海賊の三篇のみ所収。富岡本又はその転写本からの写である。この書は並河寒泉旧蔵書の中から出現したのであるが、もし全部写されていれば、あと一、二冊の出現に、最終稿本の全貌はかけられている。

春雨物語の原始形を伝える天理冊子本、その天津処女の部分の一葉の裏面に、

はるさめふる〳〵けふ幾日ならん、花野にはおもしろ、れいの筆研とう出たれど、何事をかいふべきことなし、物がたりざまはまだうひ事にや、いにしへの事どもふみのつかさのしるせしをおもひ出て、たれ問はずがたりて、いつはりすべきを、我いつはりて又人の謌りとなる（以下略）

とある。文化五年本・最終稿本に残る序の旧形であるが、傍線の部分は後に「むかし此頃の事どもも」と改まった。思えば始め、「正史といへども時にあたりては、実を退け謌を設くる」（金砂六）と考えていた彼が、歴史の事実を材に、彼一流の解釈を加えた物語風——現に見る雅文小説と解して——作品を書こうと計画したのであった。そして彼の好みの時代を定めた。壬申の乱前後、平安朝初期、鎌倉幕府時代、南北朝、豊臣時代、以上は胆大小心録にも彼の強く関心を示した時代である。壬申の乱の前後のことは、「思ふまゝに蛇に足を添」えた「長物がたり」として金砂六に打ち出した。鎌倉幕府時代には、月の前・剱の舞・妖尼公の三篇を作ったが、前二者は都合あって先に藤簍冊子に加えて発表した。妖尼公は捨てて胆大小心録に残った。楠公雨夜がたりは腹案として天理冊子本にとどまり、豊臣時代も、腹案の如きものが小心録に残っている。その途次、捨石丸・樊噲の如き社会小説系のものも生れた。よって歴史小説集を断念、序にも「此頃の事ども」と加えざるを得なくなった。その間、ますらを物語（仮題）を得たが大沢清規に与えて、同題材を死首のゑがほに作りかえ、鴦央行を作ったが、また事あって発表したので、その中心をなす論、歌のほまれを不本意ながら差入れたなどの変化もおこったろう。そうした過程の想像を許すとして、何時頃からの発案であったろうか。藤簍冊子の刊は文化三、四年、序は享和二年で、それ以前となる。後述するごとく宮木が塚が享和元年に筆をとられたとすれ

ば、さらにそれ以前となる。そして海賊に見える万葉に関する説を、彼の万葉研究の説の進行の中に入れれば、寛政十二年の楢の杣と、文化元年の金砂剰言の中間にあたる。よって海賊を寛政享和の間の作とすれば、勿論度々の推敲と各篇の、出入はありながらも、文化五年まで約八年間にわたって、あたためた作品集であったこととなる。

血かたびら　雨月物語の白峯以来彼の課題であった問題の作品化である。仏儒二教の我が国輸入によって、「君も臣も智略多きは、儒教に簒立の塩梅を吸り、仏化に冥福の憩酸を嘗むる」(金砂六、遠馳延五登にも詳らか)に至った。ために日本古来の精神の持主は、思想的濁流の中に翻弄される。政治面でも壬申の乱を始めて、代々の廃立や謀叛の原因はここにひそむとする彼の史観をもって作品をつらぬいている。緩急の配置は心得つつ、表面は太い線で歴史的事実を雄勁に書いてゆき、雄大なスケールを作り上げるが、その半面、日本古来の素直さの持主ながら、善柔にして消極的、この思想の潮の中にただよう平城天皇の姿を、細心に描き出している。天皇のその性格をくり返し述べて読者の注意を集中させる。作家秋成の目的の奈辺にあるかを察すべく、日本古典文学が持つ、最も優れた人間像の一つと言っても過言でない。例によって各時代の語を混用するが、それ程彼の語感の鋭さはよくあらわれて、異質を一つに凝結して、様々な光彩を発する金石の如き文章である。殊に古今著聞集から得た血かたびらの「ぬれ〳〵」の一語は、一篇の怪異を一語で背負う効果的な使用である。最も早くから成稿した歴史小説集の一篇であったろう。

天津処女　血かたびらにつづいて、嵯峨天皇から文徳天皇頃に時代を設定した。政界や思想界にはなお動揺があり、文学界また一転機にのぞむ世潮をうつして、数名の人物に秋成的解釈を附して登場させる。大陸文化の心酔者嵯峨天皇、秋成が忠烈三英の第一(胆大小心録一六三)に推した和気清麿は、日本古代の、平城天皇とは相違して、剛毅にして純粋な精神の持主である。中心人物におかれた良峯の宗貞、後の僧正遍昭は、波瀾の世相を、生来の性格から来た機会主義者として、巧みに立身してゆく。空海は高所に達観する高邁の人物として、傍に毅然とさせてある。嘉智子皇后や歴代の天皇など、なお様々に解釈づけられた人物がならぶ。事件の多端と人物の多数は、構成を散漫ならしめた嫌があるが、前篇と違って、異質の群像をもって、世の推移を示そうとの野心的な試みであったのであろう。つらぬく史観は、血かたびらに共通する。遍昭についての冥福論は、雨月物語の貧福論の脈を引いている。

海賊　寛政十二年秋成は正親町三条公則に土佐日記を講じた。また宇万伎の土佐日記解を浄書したのが享和元年であった。この間に始めて執筆されたとして、春雨物語成立の考証に用いられる一章である。貫之の土佐日記中の一日、今は海賊となった文室の秋津(続日本後紀承和十年三月二日の条に伝がある)が、貫之の船に来って、古今集をめぐり、その続万葉集なる題名を論じ、編纂態度を、きわめて倫理的立場から批判し、転じて三善清行の意見封事十二条の数条を批評する。この十二条は秋成の写本も現存し、清行は清麿とならび忠烈三英の一に選んだ、彼の関心を抱いた人物であった。後に菅公論という生硬な漢文がついている。要するに雨月物語の仏法僧に似て、考証と評論を中心とした作品である。万葉の考証は金砂剰言などに、十二条の評論は金砂にも詳らかに見えて勿論彼の持論である。ここで貫之に漢学の知識乏しきを責め、清行の世事に暗いを難じたのは、当代の歌人・儒者の弊を諷刺したものである。秋成は二つの浮世草子から書初機嫌海・癇癖談を通じて、傍観的立場からする諷刺を好んだ。これも彼のその癖のあらわれで、文末「筆、人を刺す、又人にさゝるゝれども」の附言は、その心緒をもらしたものである。

二世の縁　鉦の音をたよりに入定の僧を掘り出す一条は、金玉ねぢぶくさ(元禄十七年刊)巻一「讃州雨鐘の事」や都鳥妻恋笛(享保十九年刊)の巻一などから想を得たものか。しかし怪異を語るが本篇の目的ではない。秋成は諸道聴耳世間猿の巻二「宗旨は一向目の見へぬ信心者」でも、世俗的な信仰が、結局不幸をまねく一章をもうけ、仏教への不信を投げかけた。胆大小心録一五八には、聖徳太子の王子山背王の悲劇を、「福果を祈り給ふ御父の修行はかひなく」と評し去る。胆大小心録七一とも同様で、過現未輪廻の説の故なきこと、現実生活に仏教の益なきこと、仏教修業の空しい効果を、事実をもって験した構成で、彼の生涯の仏教観の作品化である。村長の母と医師に、胆大小心録二〇に見える老母と出入医者の面影のあることを指摘し、この春雨の多くの篇に雨月物語の各篇と同構想のあることの指摘と合せ、同題材を繰り返しねり上げる秋成の発想方法をうかがう資料としよう。

目ひとつの神　雨月物語の浅茅が宿と仏法僧とを合せ再造した構成と見てよい。関東の青年が戦乱の物情騒然たる中に希望を抱いて上京するのは、浅茅が宿の勝四郎の面影、老曾の杜で異類のものどもが酒盛をし和歌を論ずるは、仏法僧の秀次・紹巴らの面影である。それにしても、仏法僧のごとく陰にこもらないのは、登場するのが、目一つの神・天狗・布袋・狐・猿、元来陽気な日本の妖怪たちで、これを描く秋成の脳中を去来したのが、あの高山寺蔵の有名な鳥獣戯画の絵巻であったからである。ここに歌道を論ずる中心点、伝授の習慣の発生とその無意義なこと、歌学びは入門時はともかく、後は独学をよしとすることは、文反古下の「難波の竹斎に」の一文や「物問ふ人にこたへし文」と同内容で、秋成の論。目一つの神は実在の神名ながら、目を悪くした秋成その人をかたどると考証されたも当然である。とすれば、日なみの手習にすくすくと自己流の文字を書く神人も亦、秋成の分身であった(胆大小心録八九)。

死首のゑがほ　本篇は実話による。明和四年十二月三日、洛北一乗寺村の渡辺源太なる青年が、妹つや(当時十七歳)と婚約中の同族団治の男右内が、約束を破棄して他から娶ると聞き、花嫁姿の妹を団治の玄関で斬った源太騒動である。京都滞在中の建部綾足も、よって西山物語を翌年出板した。秋成は文化三年四月、一乗寺村円光寺の東照宮の祭礼に大沢清規によって、今なお矍鑠たる老翁源太に逢い、清規よりその実話を聞いた。そしてますらを物語(仮題)を作ったが、恐らく清規にこれを送った故であろう、別に地を摂津にかえて再び案じたのがこれである。殆どますらを物語の筋に等しい。近世封建社会における結婚という興味ある問題をとり上げた本篇だが、五曾次(団治にあたる)の吝嗇、元助(源太)とその母の丈夫心、五蔵(右内)の愛情と義理になやむさま、宗(つや)の甲斐甲斐しさと、明確に性格づけたためと、推敲不足もあって、大衆小説的気味がある。「此事西山物語と云ふ、なまさかしき人の作りなしたりしは、かへりてよき人をあやまついたづら文なり」(ますらを物語)と評したについて、自分の作品には倫理的な明確さを持たせた結果であろうか。最終稿本ではやや結末に変化を与えたらしいことは補注に示した。

捨石丸　菊池寛の恩讐の彼方にと同題材である。二人共にまた西鶴の武家義理物語(元禄元年刊)などを想起していたかも知れぬ。仇討の習慣に対する秋成の批判を含むと見てよい。また為政者が不合理に富者を断圧する一条にも寓意があろう。彼の友人木村蒹葭堂が、酒の過造によって咎を得た一件は、自らその事情を説明した書簡さえあって事情は明瞭である。が当時から色々の噂があったらしい。このことにでも照らして考えられないであろうか。秋成には浮世草紙の早くから先蹤作品によるのみならず、実話に取材する癖がある。この原話耶馬渓青の洞門禅海の話は、後に甲子夜話八十や梅園拾葉にのせて中央にも報ぜられたが、秋成も西国筋の人から聞く所があったのであろう。主人公を東国筋の無芸大飲者にしたのも、樊噲の条でとく、一文不知の人物の、自らにして悟道に入る一例なのである。本篇は文化五年本を底本としたが、最終稿本にも可成りの分量が残ることを附言する。

宮木が塚　安永の昔、彼が加島在住中、探墓して一長歌(藤簍冊子所収)をたむけた神崎の遊女塚の主を主人公とした。この塚は、秋里籬島の摂津名所図会(寛政十年刊)に、遊女宮城墓として紹介された。法然讃岐流罪の時、「河竹の身の罪業を懺悔し、未来をたすからん」と願い、入水した五人の遊君の一人であることが、ゆり上げの橋の由来と共に記してある。後半は専らこの伝説により、前半宮木の生涯には伽婢子の例の「藤井清六遊女宮城野を娶事」や西鶴の武家義理物語の巻四の五「丸綿かづきて偽りの世渡り」などを利用したかも知れない。名も共通した浅茅が宿の女主人公に通じて、純粋一途な、そして封建女性らしく、はかなく美しい生涯を、勿論秋成は問題にしたのである。この巻頭に摂津をさして本州と言う。或は寛政十二年より享和元年加島滞在中に、筆をとられた証となるであろうか。

歌のほまれ　勿論作品でなく、金砂三や遠馳延五登にも見える万葉集類歌論である。秋成にはこれを作品化した鴛央《えんおう》行《こう》の一篇がある。高市黒人が妻小弁と遠江行の途次、先祖の地近江を訪い、更に歌枕をめぐる中に、この論を語るという好もしい作品(秋成遺文所収)である。この鴛央行を置いて、作品ならざる本篇を加えた理由は明らかでない。強いて想像する。ますらを物語と死首のゑがほの場合、背振翁伝も茶神の物語として春雨草紙の一篇であったのに、文化五年正月、居然亭世継寂窓に送って、父と妻の供養の費にかえた故に、除外した場合の如く、鴛央行の、同じことを思わしめる原稿にまだ出会しないけれども、既に他に発表した故に、これをもってかえたのではなかろうか。

樊噲　最長編、最終稿本では上下二部にわかつ。膂力あって、神をも恐れぬ剛毅な不良青年が、実利と世間体しか考えぬ父兄と、ただに情に甘い母たちの家庭に人となる場合は、大体その行末の想像がつく。この主人公はその最悪の道をたどる。が彼の剛毅にして木訥の性は、その後流浪の中に遭遇する事件により人間的成長をとげ、一武士により膂力の限界を知り、更に清僧に逢って大頓悟する次第を、懺悔の形で述べてある。胆大小心録一六一で秋成が言う「一文不知の僧と剛毅木訥の民とには、必ず無の見成就の人あり」、またこの作品で言う「心納むれば誰も仏心也、放てば妖魔」の悟りの形象化である。主人公大蔵は、外形に水滸伝の魯智深や古今著聞集に見える篳篥を吹く強盗など、いろいろの面影が附与されているが、軟剛の差こそあれ、同じような家庭にそだった同じあだ心からまめ心に、種々の経験から到達する蛇性の婬の豊雄の再現である。那須野の効果的な一場面は主に松崎堯臣の窓のすさみに見える雲居の逸事によることは補注に述べた。

以上各篇の検討から、この物語は案外に雨月物語の脈を引くことが判明する。が一面同じ頃に執筆された遠馳延五登や金砂と理論がいちじるしく重出し、且つまた倫理的結論を安直と思われる程に附している。寓意が作品を破壊する程度にあらわなのである。雨月物語では殆どなかった悪人が、この書では殆どの篇に出現するのも、その例であるが、作品の格を低下せしめるものと評されよう。その原因の一は未完成の作品が多いことにあろう。二に秋成は晩年に殊に甚だしく和歌文章は慰みに過ぎないとの考をもらしている。従って物語を価値あらしめるものは専らその寓意にあると考えた故の結果でもあろう。三に彼の作品を年代別に見れば、浮世草紙では単に人生の問題の存する所を指摘した。雨月物語では、倫理的な問題をふくむ多くの問題を、解決を与えずして提出し、読者の感情にうったえたものが多い。この物語ではつみ重ねた彼の人生の経験に従って、問題に理論的(倫理的)解決を与えんとしたのであって、彼自身に於ては人生の諸問題を考え考えての到達点であった。雅文調の文章への留意は、頭注の引用にゆだねる。

四　膽大小心録

勿論刊行されずして、次の五種の写本が伝存する。

(一)　自筆本　松室重村家に保存されて今日に至り、現在は天理図書館蔵。松室家や図書館の御理解ある処置で、初めてこの底本として翻刻を見るものである。七巻に製されるが、全量の約三分の二で、中間欠ける所もあり、製本では原姿の順序を乱している。調査によれば原姿は以下に上げる転写本と同一であったことが明らかになる(中村幸彦「茶痕酔言と胆大小心録」―国語国文二十三の三)。文中寛政五年に京に来たって十六年と述べ(一二一)、文化四年草稿を古井に投じたを去秋という(九八)によって、文化五年に執筆された、その時のものであろう。

(二)　松室本系　次の二種を見得た。

①　松室本　野間光辰氏蔵。大本一冊欠。次の広島大学本で下巻にあたる一冊。巻頭「松室蔵書」の印がある。勿論三冊揃の一冊で、後述する小山本の初めの部分に「松本」「松室本」として校合を加えたのは、この書の上巻によったものであろう。松室家の誰人かが、転写したもので、或は重村の子重佳《しげちか》(文久二年没)かも知れない。筆写年代の推定はそ

の頃にあたる。ただし自筆本よりの転写か如何は俄かに定めがたく、漢字仮名の按配などは忠実でなく、誤写と思われる所もままある。が現存では、自筆本に最も近く、その欠を補うべきものとして、一部分の底本とした。

② 広島大学本　　広島大学図書館蔵。大本三冊。藤井紫影先生により（国語国文十三の十二）その存在を紹介されたもので、松室本の字配までも忠実な転写本。前書の欠を補って、また底本の一とした。

㈢ 鹿田本系　次の三本を見得た。

① 鹿田本　　半紙本一冊。旧鹿田松雲堂蔵で現に天理図書館蔵。末に「此三まきは、翁の羽倉信美家に同居のふし、ものゝはしに書置しを、今度羽倉信充ぬし、あらたに清がきして、我に見せられしを、そのまゝに写し置もの也　天保二の中秋　茸窓」「此胆大小心録の三まきは、上田余斎秋成鶉屋翁の随筆也。松室ぬしの本をかりてもて写しぬ　天保四の春　松園」とある。信充は信美の孫である外、茸窓・松園、共に未詳。ただしこの本は松園筆でなく、松雲堂で転写させたもの。最も早く世に出て翻刻流布の原本となったものだが、誤脱甚だしく文意の通じ難い所も多い。順序も上中下の分巻の体も松室本系に等しいが、〔一〇〕として本文に加えた一三三・一三四と重出する一項を持つのがこの本の特色である。秋成の原稿に見せ消ちしたものを、松室本系では略し、これは写したことによって生じた違いであろうか。

② 小山本　　半紙本一冊。秋成蒐集で有名であった小山暁杜氏が鹿田本を転写させたもの。末に「明治三十六年夏大坂鹿田文庫本影写了写者朝川仁平家学僕　狂陶生識」とある。初めから二四までの間松室本なる本にて朱筆校合のあることは前述した。現に天理図書館蔵。

③ 京都大学国文研究室本　　大本一冊。また鹿田本の写しである。

㈣ 猪孝之本系　次の二本を見た。

① 京都大学国文研究室本　　大本一冊。末に「上田秋成余斎翁者医業而浪華之住人也、後路（洛か）東住歌読雅老也、

此書者橋本氏秘蔵　于天保拾一庚子歳暮春日　猪孝之」とある。猪は猪飼氏か、孝之は未考。この書はその又転写本である。〔一〇〕の存する所からすれば、鹿田本系の早い頃の写本から、その上中巻のみを写したもの。本文はよくない。

② 天理図書館本　大本一冊。これも猪孝之の筆でなく転写であろう。

㈤ 雑文断簡所収断片　松室家から自筆の小心録や春雨物語と一束に天理図書館に収まった中に、小心録の一三九の中頃から一四〇の中頃まで、一四五の中頃から一四六の中頃まで、の二葉の転写があり、他の雑文と一巻に製したのが雑文断簡である。かなり早い自筆本からの写と思われるが一三九と一四〇の間に十五行、松室本や鹿田本にない部分があり、藤井紫影先生が紹介(国語国文十四の一)された。この十五行に、自筆本が読み難かったか二ヵ所空白がある。為に次々の転写者がその部分を省略したのが、現存転写本全部の姿であろうか。本書では底本の一部として補ったが、他にもかかる省略が、或はあったかと、転写本によらざるを得ない部分には懸念がある。

文化四年正月村瀬栲亭を訪問した田能村竹田は、たまたま秋成と同席して、清風瑣言の続篇茶瘕酔言を計画している話を聞いた(屠赤瑣瑣録巻二)。その酔言の自筆本と、やや内容に出入のある転写本の二本が近時出現した。いう如く茶事に関する記事が多いが、自ら他事にわたる。転写本の末に、「寒士は茶を啜りて茶中の趣を知るに止ずして、清談を好み、分上にもあらぬ事をまで数言に及ぶ、(中略)三椀の節にとどまりて多く飲むべからず、のめば分上に過たる事を打出るぞかし、噫々」とある。この一文は小心録一六二「是までの酔言はあまりに分をすごしたりな」に該当する。酔言執筆の途中、茶事ならざる記事をもってまた一部をなすことを思い立ったのが胆大小心録である。彼自ら「老ては思ふ事のかぎりをば、便につきてあきなくもくゆり出たる、命のきはの譫言なるを、よくよく人見たまへとにもあらずなん」(金砂九)という想念が、これを書きすさむ中に働いて、生涯の思い出を書き尽くすの概がある。交渉あった人々の上、学問上の考証や彼の平生持した雅俗万般にわたる意見、さては完成しなかった創作の断片の如きも悉く収めた。ために彼の精神生活の総決算、秋成その人を知る最良の資料となった。その配列には自ら脈絡があって、彼の執筆中の心の推移をうかがうことができる。この一部分を「胆大小心録書おきの事」として送った秋成には、遺書に似た気持も執筆中に起ったのではなかろうか。故に別の著述と重複するものも多く、殆ど同時に書かれた酔言とすら重なるものがある。しかし当時の秋成は、書物も手許になく控もあったわけでなかろう。全くの記憶による叙述には誤りが多い。それでも七十五歳の記憶としては驚嘆すべきものがある。

なおこの胆大小心録の一部分を抄記、或は若干敷衍した異文が数部残っている。

1 胆大小心録書おきの事　富田仙助氏蔵の自筆によって、藤井紫影先生の江戸文学研究に紹介された。今度は京大史学研究室の詳密な謄写本を用いた。もとは巻子本一巻である。胆大小心録の称は、自筆本には後人が書き加えてある。秋成自らの記としては、この抄記の異本にのみ見る所である。勿論いわれる如く孫思邈の「胆欲大而心欲小」によったのである。文中自ら「七十五さい」とある、文化五年の書であった。

2 〔異本胆大小心録〕 旧浜和助蔵、現天理図書館蔵の筆すさひ（半紙本三十三丁、中小心録分十三丁）に附されたもので、書名は秋成遺文に所収の際、紫影博士の題されたもの。末に「七十六歳余斎」とあって、文化六年没する年の筆になるものの転写である。

3 〔胆大小心録異本〕 自筆。天理図書館蔵。半紙本一冊末欠。書名は国語国文十三巻十二号へ紹介の折に紫影博士の附したものである。この三種を附録としてかかげた。各〻いずれの項を如何に抄出敷衍したかは頭注にゆだねる。

〔補記〕 参考書目として、少くとも本解説の引用書としても、従来の研究書目を掲げるべきであるが、簡略なこの解題のことではあり、数種ならず出ている研究文献目録もあることとて省略した。

凡例

雨月物語

一 本書の底本は安永五年、京都梅村・大坂野村二肆合刻の初版本を用いた。

一 本文は、本大系の趣旨に従い、次の点で底本を改めた。

1 新しく段落をもうけ、会話・引用文には、「　」「　」をほどこした。

2 底本の句読は皆。で示してあるが、文意によって、、・。に区別した。また最少限に新しく加えた句点は、一々頭注でことわった。それ以外は、有無ともに、底本のままである。

3 明らかな誤字・極端な異体以外の漢字は、略字と共にそのまま存した。仮名は悉く現行字体に改めた。

4 濁点の不統一なものは、よろしきに統一した。しかし作者なりの用意の下に用いた清濁は、そのままにおいた。例えば、半濁点は仏法僧鳥の鳴声以外には全く用いてない。「こと」が下につく熟語は、「俳諧《わざごと》」・「妖言《およづれごと》」・「政《まつりごと》」以外は清んで用いる。凄は、白峯に「凄《すざま》じき」の一例あるのみで、他は「すざまし」とよむ故に、「すざまし」に統一した。「若侍《わかさむらひ》」・「旅人《たびひと》」の如く、連濁を普通とするものにも清むものがある。「眠《ねふり》」・「とふらひ」・「浮ふ」・「かたふく」の如く、「む」ともかえて用いられる「ふ」、及びその活用の「浮ひ」の如きは悉く清むなどである。

5 仮名づかいや語法は、すべて底本のままである。

6　振仮名の底本にあるものは皆とどめ、新しく校注者が補ったものは（）を加えた。また「いくそたびが《(か)》」のように傍注によって正したものは（）をほどこした。

7　送仮名は、底本の振仮名で示すものはそのままにし、全く欠くもののみ補い、それには（　）を加えた。

8　反復記号はすべて底本のままにした。

9　明らかに脱字と思われるものは、〔　〕の中に補った。

10　序文の漢文は訓点を新しく附し、訓訳文をも試みて附け加えた。

一　頭注は解説・補注とともに、引用文をのぞき、現代仮名づかい、また当用漢字を用いた。引用の漢文は、片仮名まじりに読み下すを原則とした。ただし、和文もともに送仮名を欠くものは補ってある。

一　頭注は次の如き用意の下に行った。

1　見開きごとに、注を要する語または句に番号を附し、その順に語釈や一部の口訳をした。所々鑑賞上の注意や典拠をも合せのせた。

2　古典語の解釈では、出典に留意し、出来るだけ著者と同時代の理解によることを心がけた。

3　若干は文法にも亙ったが、今日の研究から誤用と認められるものも、著者の用法と認めるものは注記にとどめた。

4　しばしば引用する書名は次の如く略記した。万葉集及び勅撰の和歌集は「和歌集」の文字を略し、巻数を示した。万葉集は部分的引用が多いので国歌大観の番号を附した。また万葉集は断らぬかぎり旧訓によった。源氏物語は「源氏、若紫」の如く、巻の名を示した。補正と略したのは、池永秦良著・上田秋成校訂の万葉集見安補正である。康熙字典は字典と略して、同字典内の引用書は示さなかった。

一　補注は、頭注の中に、考証や用例を必要とするものと、長文の典拠に限った。

春雨物語

一　本書の底本は次の如くに使用した。

「血かたびら」「天津処女」「海賊」「目ひとつの神」「樊噲上」は富岡本、「宮木が塚」「歌のほまれ」「樊噲下」（ただし数行）は天理巻子本を用いて、欠ける部分は文化五年本で補い、「二世の縁」「死首のゑがほ」「捨石丸」は全部を文化五年本によった。文化五年本は西荘文庫本を底本に、桜山文庫本・漆山本を適時参照した。ただし篇の順序は十篇をそろえる文化五年本に従った。

一　本文作成の用意は、ほぼ雨月物語に等しい。若干相違するのは次の数条である。

1　校訂によって底本を改めた部分は〔　〕で示し、頭注で説明した。

2　底本は全く句読点がない。濁点・半濁点も、万葉仮名による以外はない。振仮名は、転写本において、若干の漢字と共に、転写者が附したと思われる以外はない。本書でのそれらは、読みやすく、また秋成の癖を尊重して、殆ど新しく加えたものであるので、特別に（　）で示すなどのことはしなかった。

一　頭注・補注は雨月物語の要領に等しい。

膽大小心録

一　本書の底本は次の如くに選んだ。

1　自筆本の存する部分は、それによった。(各条冒頭に附した番号を、数字のままにしたもの)
2　自筆本に欠けて、松室本にある部分は、それによった。(第一二八条以下で、番号に＊を付したもの)
3　以上二つに欠けるものは、広島本によった。(第一二七条以上で、番号に＊を付したもの)
4　第一〇条は、鹿田本系の写本にのみ存する再出であるが、念の為に存して、番号を〔　〕でかこい区別した。第一三九条の後半で、〔　〕にかこった本文は、雑文断簡所収で、自筆本では、この所にあったと想像される後人の写である。転写本の悉くに欠けるが、加えることにした。
5　各条の順序は、流布する鹿田本によった。またそれが原姿を伝えると思われるからである。ただし三巻にわかつことは、自筆本に、その意識が明瞭でないので、用いなかった。

一　胆大小心録の一部と同内容で、秋成自ら書き残したと想像される異文が、数種現存する。これを一括して、参考までに最後に加えた。各〻の底本は次の如くである。
1　胆大小心録 書おきの事　　京都大学文学部史学研究室蔵謄写本
2　〔異本胆大小心録〕　　天理図書館蔵の「筆のすさみ」所収の転写本
3　〔胆大小心録異本〕　　同館蔵自筆本

一　各条冒頭の番号は、いずれの底本にもないが、岩波文庫本の前例に従って便宜的に加えた。ただし文庫本の底本鹿田本と、ここに用いた底本との区切の相違で、僅かながらくい違う所がある。

一　本文作成の用意は、雨月物語に等しい。若干相違するのは次の数条である。
1　転写本を底本とした部分は、諸本を校合して定め、その次第を頭注に説明した。

2　校訂によって底本を改めた部分は、〔　〕で示した。

3　自筆本には、振仮名・句読点・濁点・半濁点も万葉仮名で示された以外は、全くなかったようである。本書においては、転写の諸本も参考して、全く新しく加えたもので、特別に（　）で、そのことを示すなどはしなかった。

一　頭注・補注は雨月物語の要領に従ったが、次の点のみが相違する。

1　口語を混じた早々の筆のためか、歴史的仮名づかいに違うものが多いが、頭注では一々にことわり切れず、そのままに存した。

2　各条の最後にあたる注の末に▽をほどこして、小心録の各条の番号や、秋成の他の著述・文章や、または異本(参考に掲げた三種の異文を総称する)などと記入したのは、その条と同内容、またはその条の理解に参考となる記事の、その部分に存することを示すものである。元来一々補注に掲ぐべきであるが、分量の多きをさけて、この便法をとった。

○

一　以上三種にわたり、底本や校合に用いた本については、解説を参照されたい。

一　解説は、本大系の趣旨により簡を専らとした。

一　頭注・補注・解説には先学の業績に負う所が多いが、一々に注記し得なかったことをおわびする。

一　底本や校合本の使用を許可された、天理図書館・広島大学図書館・野間光辰氏に、末端ながら、感謝の意を表する。

雨月物語

雨月物語　序

[1]羅子《ハ》撰《シテ》二[2]水滸《ヲ》一。而《シテ》[3]三世生《ミ》二唖兒《ヲ》一。[4]紫媛《ハ》著《シテ》二[5]源語《ヲ》一。而《シテ》[6]一旦墮《スル》二惡趣《ニ》一者。[7]蓋《シ》爲《スコトノ》レ業《ヲ》所レ偪《ル》耳。然《リ》而《シテ》觀《ルニ》二其《ノ》文《ヲ》一。各ゝ[8]奮《ヒ》二奇態《ヲ》一。[9]啽哢逼《リ》レ眞《ニ》。[10]低昂《シ》宛轉《シ》。令《ムル》二讀《ム》者《ノ》心氣《ヲシテ》[11]洞越《タラ》一也。[12]可《シ》レ見《ラル》レ鑑《セ》二事實《ヲ》于千古《ニ》一焉。余適有《リテ》二[13]鼓腹之[14]閑話一。衝《キテ》レ口《ヲ》吐《キ》出《ス》。[15]雉雊《キ》龍戰《フ》。自《ラ》以《テ》爲《ス》二[16]杜撰《ト》一。則《チ》[17]摘二讀《スル》之《ヲ》一者《モ》。固《ヨリ》[18]當《ニ…ベキ》レ不《ル》レ謂《ハ》レ信《ト》也。豈可《ケン》レ求《ム》二[19]醜脣平鼻之報《ヲ》一哉。[20]明和戊子《ノ》晩春。雨《ハ》霽《レ》月《ハ》[21]朦朧之夜。窗下《ニ》編成《シテ》。以《テ》[22]畀《アタフ》二[23]梓氏《ニ》一。題《シテ》曰《フ》二雨月物語《ト》一。云《フ》。[24]剪枝畸人書《ス》

一 元末明初(一三〇〇年前後)の人。羅本、字貫中、号湖海散人。水滸伝・平妖伝など小説雑劇の作者に擬される(続録鬼簿等)。子は男子の敬称。 二 水滸伝。宋江など百八人の刑余の豪傑が梁山泊を根拠地に活躍する著名な中国小説。 三 子孫三代にわたって唖が生れた。この話は西湖遊覧志餘の委巷叢談などに見え、姦盗脱騙機械を詳にのべ、変詐百端、人の心術を壊した祟りであるという。 四 紫式部。平安朝一条帝の頃(一〇〇〇年前後)の人。源氏物語の作者。媛は貴婦人をさす語。 五 源氏物語。光源氏をめぐる多くの恋愛の葛藤を中心に、貴族の生活とその情趣をうつした物語の代表作。 六 一度は地獄におち入ったのは。地獄・餓鬼・畜生の三道を仏語で三悪趣という。式部が地獄におちた話は、今物語などに見えて、そらごとを書き人の心をまどわした故という。ために源氏表白(後藤丹治著中世国文学研究所収「源氏表白考」)を作って、その救済を祈る習があった。一旦としたのは、表白で救われるという考からである。 七 きっと悪事やうそを書いた仕業の報いであろう。偪は逼と同じ(字典)。 八 珍しい場面、面白い内容を多く描いて。 九 啽は黙して言わぬさま、哢は鳥の吟声(正字通・字典)。柳宗元の乞巧文に「啽哢飛走、駢四儷六」とあって、文勢の整ったのをいう。文勢に迫真力があって。 一〇 鶯声などの美しいこと(胆大小心録八一)。転用して、文の調子のなめらかで美しいをいう。 一一 洞越は瑟の底の孔で、その声音をひびかせるもの。読者の気持を瑟の洞越の如くにして、作品のよさを十分に感銘せしめる。「琴線に触れしめる」と同じような言いまわし。→補注一。 一二 千古は千年の後即ち現代をさす。作中にひそかに作者が寓した事実を、現代においても、鑑にかけ

（羅子《らし》は水滸を撰して、而して三世唖児《あじ》を生み、紫媛《しえん》は源語《げんご》を著はして、而して一旦悪趣《あくしゆ》に堕《だ》する者、蓋《は》し業を爲すことの偪《せま》る所耳《のみ》。然り而して其の文を觀るに、各ゝ奇態を奮ひ、喭哢《あんろう》眞に逼《せま》り、低昂《ていかう》し宛轉《ゑんてん》し、讀む者の心氣をして洞越《どうゑつ》たらしむる也。事實を千古に鑑せらる可《べ》し。余適《たま〳〵》鼓腹《こふく》の閑話有りて、口を衝《つ》きて吐き出す。雉雊《な》き龍戰ふ。自ら以て杜撰《づさん》と爲《な》す。則ち之を摘讀する者も、固《もと》より當《まさ》に信と謂はざるべき也。豈醜脣平鼻《しうしんひやうび》の報を求む可《べ》けん哉《や》。明和戊子の晩春、雨は霽《は》れて月は朦朧《もうろう》の夜、窗下《さうか》に編成して、以て梓氏《しんし》に畀《あた》ふ。題して雨月物語と曰《い》ふと云ふ。剪枝畸人《せんしきじん》書す）

る如く明らかにわからせる。↓補注二。一三 太平の世のさま。十八史略、堯の条「老人アリ、哺ヲ含ミ、腹ヲ鼓シ、壌ヲ撃ツテ而シテ歌フ」。一四 むだばなし。一五 書経に見える祭の日に雉が鳴いたり、易経に見える竜が野に戦うような怪奇を書いた。↓補注三。一六 よりどころのないこと（事文類聚別集四）。一七 ひろい読みをする。一八 真実だとは、当然言わないだろう。一九 兎脣（ちいぐ）や鼻のないもの。自分の作品では、そんな不具になる報いを得ることはない。法華経の普賢菩薩勧発品に「之ヲ軽笑スル者アラバ、当ニ世々牙歯疎欠、醜脣平鼻、手脚繚戻（中略）水腹短気、諸悪重病アルベシ」。二〇 明和五年三月。二一 おぼろ。二二 与うと同じ。二三 出版書店。二四 秋成の一時の戯号（解説参照）。子虚後人。子虚は文選巻七の司馬長卿の子虚賦に見える、楚の使で、斉にゆき、変ったことを言う人物。後人は子孫。自らを子虚の子孫に擬した。

遊戯三昧。五雑組十五に「凡ソ小説及ビ雑劇戯文ヲ為サバ、須ク是レ虚実相半スベシ。游戯三昧之筆ト為ス」。

雨《う》月《げつ》物《もの》語《がたり》 巻之一

白《しら》峯《みね》

[一]あふ坂の関守《せきもり》にゆるされてより、[二]秌《(あき)》こし山の黄葉《もみぢ》見過しがたく、濱千鳥の跡ふみつくる[三]鳴海《なるみ》がた、[四]不盡《ふじ》の高嶺《たかね》の煙《けぶり》、浮嶋がはら、清見が関、大磯《いそ》小いその浦〳〵。[五]むらさき艶《にほ》ふ武藏野の原[六]塩竈《しほがま》の和《なぎ》たる朝げしき、[七]象浮《きさがた》の蜑《あま》が苫《とま》や、[八]佐野の舟梁《ふなばし》、木曾の棧橋《かけはし》、心のとゞまらぬかたぞなきに、猶西の國の哥枕見まほしとて、[九]仁安三年の秋は、[一〇]葭《あし》がちる難波を經《へ》て、[一一]須磨明石の浦ふく風を身にしめつも、行(く)〳〵讃岐の[一二]眞尾坂《みをざか》の林《はやし》といふにしばらく[一三]笻《つゑ》を植《とゞ》む。[一四]草枕はるけき旅路の勞《いたはり》にもあらで、觀念修行《くはんねんしゆぎやう》の便《たより》せし庵《いほり》なりけり。

この里ちかき[一五]白峰といふ所にこそ、新院の陵《みさゝぎ》ありと聞(き)て、拜《(おが)》みたてまつらばやと、十月《かみなづき》はじめつかたかの山に登《のぼ》る。松柏《まつかしは》は奥ふかく茂《しげ》りあひて、[一六]青雲《あをぐも》の輕靡《たなびく》日すら小雨《こさめ》そぼふるがごとし。兒《ちご》が嶽《だけ》といふ嶮《けは》しき嶽背《みねうしろ》に聳《そば》だちて、千

一 山城(京都府)と近江(滋賀県)の境、京より東国へ行く第一の関所があった。歌枕。以下の文章は撰集抄一の花林院永玄僧正の事の条による。→補注四。 二 秋の来て色づく山の紅葉。黄葉は万葉一(一六)や剪燈新話の渭塘奇遇記に見える語。 三 千鳥の名所で聞えた尾張(愛知県)の歌枕。千鳥が下り立って砂浜に足跡をつける意。 四 不尽(富士)・浮島ガ原・清見ガ関は駿河(静岡県)の、大磯・小磯は相模(神奈川県)の歌枕。 五 紫草の美しく咲く武蔵野。武蔵(東京都)の歌枕。艶は万葉十「開艶(さきにほへる)」(一八七二)。 六 陸奥(宮城県)の歌枕。続後拾遺十五「塩竈にいつか来にけん朝なぎに釣する船もここによらなん」。 七 出羽(秋田県)の歌枕。新古今十「さすらふる我が身にしあれば象潟や蜑の苫屋にあまた旅寝ぬ」。奥の細道も「象浮」。 八 上野(群馬県)(一説下野)及び信濃(長野県)の歌枕。以上東国の歌枕に心の残らぬ所もないが。 九 高倉天皇の代(一一六八年)。保元物語などに仁安三年冬、西行白峰に参ることが見える。 一〇 難波(大阪市)の枕詞。秋の季感を出す。 一一 摂津・播磨(共に兵庫県)の歌枕。しみじみ感じつつ。→補注五。 一二 香川県坂出市王越町。今も西行庵の跡がある。 一三 戴凱之の竹譜「竹ノ杖ニ堪フル、筇ヨリ尚キハナシ」。植は論語微子篇・神代紀下に「タツ」とよむ。 一四 草枕は旅の枕詞。仏法を思念修行するための。方丈記「観念のたより」。 一五 坂出市松山町。七十五代崇徳天皇即ち新院の白峰陵がある。正しくは「しろみね」。ただし「しらみね」と読む例もある。児が嶽は北方。 一六 天気の日でも小雨がしとしとと降る。万葉十六「青雲のたなびく日すらこさめそぼふる」(三八八三)。

仭《じん》の谷底《たにそこ》より雲霧《くもきり》おひのぼれば、[一]咫尺《まのあたり》をも欝悒《おぼつかなき》こゝ地せらる。木立《こだち》わづかに間《すき》たる所に、[二]土墩《つちたか》く積《つみ》たるが上に、石を三かさねに疊《たゝ》みなしたるが、荊蕀薜蘿《うばらかづら》にうづもれてうらがなしきを、[三]これならん御墓《みはか》にやと心もかきくらまされて、さらに夢現《ゆめうつゝ》をもわきがたし。[四]現《げ》にまのあたりに見奉りしは、[五]紫《し》宸清涼《しんせいりやう》の御座《みくら》に朝《おほ》政《まつりごと》きこしめさせ給ふを、百《もゝ》の官《つかさ》人は、かく賢《さかし》き君ぞとて、[六]詔恐《みことかしこ》みてつかへまつりし。[七]近衛院《このゑのゐん》に禪《ゆづ》りましても、[八]藐姑射《はこや》の山の[九]瓊《たま》の林《はやし》に禁《しめ》させ給ふを、思ひきや[一〇]麋鹿《びろく》のかよふ跡のみ見えて、詣《まうで》つかふる人もなき深山《みやま》の荊《おどろ》の下に神がくれ給はんとは、[一一]万乘《ばんじやう》の君にてわたらせ給ふさへ、[一二]宿世《すくせ》の業《ごう》といふものゝおそろしくもそひたてまつりて、罪《つみ》をのがれさせ給はざりしよと、世のはかなきに思ひつゞけて涙《なみだ》わき出(づ)るがごとし。[一三]終夜《よもすがら》供養《くやう》したてまつらばやと、御墓《みはか》の前のたひらなる石の上に座をしめて、經文《きやうもん》徐《しづか》に誦《ず》しつゝも、かつ哥よみてたてまつる

[一四]松山の浪のけしきはかはらじをかたなく君はなりまさりけり

猶心怠《をこた》らず供養《けうやう》す。[一五]露いかばかり袂《そで》にふかゝりけん。日は沒《いり》しほどに、山深き夜のさま常《たゞ》[一六]ならね、石の牀《ゆか》木葉の衾《ふすま》いと寒く、[一七]神清《しんすみ》骨冷《はねひえ》て、物とはなしに凄《すざま》しきこゝちせらる。月は出(で)しかど、[一八]茂《しげ》きが林《もと》は影をもらさねば、あやなき闇《やみ》にうらぶれて、眠《ねふ》るともなきに、まさしく「[一九]圓位《えんゐ》

一 少しの眼の前もわからなく、便りない。万葉二「欝悒(おぼつかな)」(一七五、楢の柚訓)。二 字典「平地ニ堆有ルヲ墩ト曰フ」。三 正しくは「これなん」。心も暗く、うつつ心を失って。伊勢物語六九「かきくらす心の闇にまどひにき夢うつつとは今宵さだめよ」。四 御生前お目にかかった時は。五 紫宸殿は内裏で天皇表向の、清涼殿は平常の御殿。以下撰集抄一の新院御墓白峰の事の条による。↓補注六。六 御命令をつつしんで承り。万葉十四「おほきみのみことかしこみ」(三四八〇)。七 七十六代。崇徳院の弟。帝位をゆずられて。八 上皇の御所。(荘子逍遥遊篇の故事から)。九 宋代進士に宴を賜う朝廷の館を瓊林苑という(書言故事大全)。美しい館においでになる。一〇 允恭紀「麋鹿(おほしか)」。獣類のほしいままに立ち入った跡ばかりあって、御墓守もない。一一 天子。孟子梁恵王篇上の集註「天子(中略)車万乗ヲ出ダス」。一二 前世の因縁を、この世ではたすこと。次の罪も罪業の意。一三 行供養で、読経回向すること。一四 山家集下に見え、下七「なりましにけり」。松山といえば、古歌の末の松山の浪の如く、変るまいと思われたのに、形(潟にかける、浪の縁語)もなく、君はおなくなりになられた。一五 夜露と追懐の涙に袖もしとどにぬれた。一六 異常なので。已然形でとめて「ば」「ども」などがなくて条件法となる古い文法に従った。↓補注七。一七 心身共にさえざえとして。剪燈新話の天台訪隠録「神清(す)ミ、骨冷シテ、寐ヌ成スコト能ハザルノミ」。下の「凄しき」は底本「凄じき」。他の用例に統一した。一八 茂った木立で月光もささないので、あやめもわからぬ闇中に、何かと悲しい物思いにかられて。六月晦大祓の祝詞「をちかたの繁木が本」。一九 西行

〳〵」とよぶ聲す。眼《め》をひらきてすかし見れば、其形異《さまこと》なる人の、背《せ》高く痩《やせ》おとろへたるが、顔のかたち着たる衣の[二〇]色紋《いろあや》も見えで、こなたにむかひて立(て)るを、西行もとより[二一]道心《だうしん》の法師《ほふし》なれば、恐《おそ》ろしともなくて、「こゝに來たるは誰《たそ》」と答ふ。かの人いふ。「前《さき》によみつること葉のかへりこと聞[二二]えんとて見えつるなり」とて

「[二三]松山の浪にながれてこし船のやがてむなしくなりにけるかな

喜《うれ》しくもまうでつるよ」と聞ゆるに、新院の靈《れゐ》なることをしりて、地にぬかづき涙を流していふ。「さりとていかに迷《まよ》はせ給ふや。[二四]濁世《ぢよくせ》を[二五]厭離《えんり》し給ひつることのうらやましく侍りてこそ。今夜《こよひ》の[二六]法施《ほふせ》に[二七]隨縁《ずいえん》したてまつるを、[二八]現形《けぎやう》し給ふはありがたくも悲《かな》しき御こゝろにし侍り。ひたぶるに[二九]隔生卽忘《きやくしやうそくもう》して、佛果円《ぶつくはえん》滿《まん》の位《くらゐ》に昇《のぼ》らせ給へ」と、情《こゝろ》をつくして諫《いさめ》奉る。

新院呵《から》〳〵と笑はせ給ひ、「汝《なんぢ》しらず、[三〇]近來《ごろ》の世《よ》の乱《みだれ》は朕《わが》なす事《わざ》なり。生《いき》てありし日より[三一]魔道《まだう》にこゝろざしをかたふけて、平治《へいぢ》の乱《みだれ》を發《おこ》さしめ、死《しゝ》て猶朝家《ちやうか》に[三二]崇《たゝり》をなす。見よ〳〵やがて天《あめ》が下《した》に[三三]大乱《らん》を生《しやう》ぜしめん」といふ。西行此詔《みことのり》に涙をとゞめて、「こは淺ましき御こゝろばへをうけ給はるものかな。君はもとよりも聰明《さうめい》の聞えましませば、[三四]王道《わうだう》のことわりはあきらめさせ給ふ。こゝろ

法師の早い頃の法名。俗称佐藤義清。後半を和歌と仏道の行脚に送った当代を代表する歌僧。建久元年(一一九〇)没、七十三歳。二〇 色目や柄もはっきりしないで。

二一 仏法を信奉すること深い僧侶。二二 申そうと。謙譲語の申上げる意を、鄭重語に使用した。この使用は当時一般のもので、以下にも同じ例があるが一々注しない。

二三 山家集下に見えるが、白峰寺縁起や参考保元物語所収の異本(杉原本等)は、崇徳院の霊の詠に作ってある。この松山に流れ来たうつろ船の如く、院もそのまま、ここでなくなったの意。「喜」を「うれし」とよむ例、今昔物語に多い。

二四 五濁(刧・煩悩・衆生・見・命)の世。現世。

二五 厭離穢土(現世)は、中世の一風潮で、仏門に入ること。ここも、敗戦後に上皇が知足院で出家したことをさす(保元物語)。二六 誦経念仏することによって。白峰寺縁起「法施たてまつりけるに」。二七 仏縁にあやかる。二八 あらわれなさるは、私には忝いが、この世に未練をのこす迷いの御心は悲しい。伊勢物語百十七「御神現形したまひて」(伊勢物語古意による)。

二九 あの世にゆかれた今は、この世の妄執を忘れて、十分に成仏して下さい。撰集抄一の新院御墓白峰の事の条に「隔生即忘して。(中略)仏果円満の位のみぞ床敷く侍る」。三〇 平治の乱。平治元年、共に崇徳院に敵した藤原信頼・源義朝と藤原信西・平清盛の争。三一 天狗道に精進して。↓補注八。三二 国家にたたる。剪燈新話の牡丹燈記の句解注「崇(たたり) 神禍也」。三三 義朝・清盛の子孫の争い。源平の合戦をさす。

三四 理想的な日本の君主道の何たるかはよく御承知のことである。おたずね申しましょう。王道のこと、集義外書による。↓補注九。

みに討《たづ》ね請《まう》すべし。そも保元《ほうげん》の御謀叛《ごむほん》は天《あめ》の神《かみ》の教《をしへ》給ふことわりにも違《たが》はじとておぼし立(た)せ給ふか。又みづからの人慾《にんよく》より計策《たばかり》給ふか。詳《つばら》に告《のら》せ給へ」と奏《まう》す。其時院の御《み》けしきかはらせ給ひ、「汝聞け。帝位《ていゐ》は人の極《きはみ》なり。若人《もしにん》道上《だうかみ》より乱《みだ》す則《とき》は、天の命《めい》に應《おう》じ、民《たみ》の望《のぞみ》に順《したが》ふて是を伐《うつ》。抑《そもそも》永治《えいぢ》の昔、犯《をか》せる罪《つみ》もなきに、父帝《ちゝみかど》の命《みこと》を恐《かしこ》みて、三歳の體仁《としひと》に代《よ》を禪《ゆづ》りし心、人慾深《にんよくふか》きといふべからず。體仁早世《としひとさうせい》ましては、朕皇子《わがみこ》の重仁《しげひと》こそ國しらすべきものをと、朕《われ》も人も思ひをりしに美福門院《びふくもんゐん》が妬《ねた》みにさへられて、四の宮の雅仁《まさひと》に代《よ》を簒《うば》はれしは深き怨《うらみ》にあらずや。重仁《しげひと》國しらすべき才あり。雅仁《まさひと》何らのうつは物ぞ。人の徳をえらばずも、天《あめ》が下の事を後宮《こうきう》にかたらひ給ふは父帝《みかど》の罪なりし。されど世にあらせ給ふほどは孝信《かうしん》をまもりて、勤色《ゆめいろ》にも出さゞりしを、崩《かくれ》させ給ひてはいつまでありなんと、武《たけ》きこゝろざしを發《おこ》せしなり。

一 保元物語に「新院御謀叛」と見出しがある。 二 天照大御神の我が国は天孫が万世一統相うけるとの神勅。本朝神社考の序に「王道惟ニ弘マル。是レ我ガ天ツ神ノ授クル所ノ道也」。 三 私欲から計画なさったのか。集義和書一に「己一人天理を存し人欲を去るなり」。天の神の教を天理として対した語。 四 人倫。金砂十「三綱五教の人道」。 五 為政者。 六 孟子の梁恵王篇下の趙氏注に「章指言フ、征伐之道ハ当ニ民心ニ順フベシ。民ノ心悦ブトキハ則チ、天ノ意ヲ得、天ノ意得テ然シテ後、乃チ以テ人之国ヲ取ル可キ也」。中国の禅譲殺伐を肯定する革命理論。 七 永治元年(一一四一)。この時、崇徳天皇退位、近衛天皇即位。易世革命思想は、罪ある君をかえてよいとする。 八 七十四代鳥羽天皇。命令につつしんで従い。 九 近衛天皇の諱。正しくは「ナリヒト」とよむ。久寿二年(一一五五)十七歳で崩御。 一〇 崇徳院第一皇子。保元物語の後白河院御即位の事の条に、殆ど同じ文章がある。 一一 即位して天下の政治をとるはずだと。 一二 鳥羽皇后。名得子。近衛御母。藤原長実女。 一三 七十七代後白河天皇。鳥羽四の宮、崇徳同母弟。 一四 字典に「簒ハ奪ヒ取ル也」。 一五 器量。保元物語・徒然草・英草紙などに見える語。 一六 人徳ある人をえらばないで、天下のまつりごとを、後宮即ち后妃に御相談になるのは。「も」は強めの助詞。以下このような例が多い。 一七 「し」は助動詞「き」の連体形。連体形を終止に用いることは、秋成のみならず江戸時代では、甚だ多く、以下の例は一々注記しない。 一八 孝行のまこと。 一九 決して。万葉九「勤(ゆめ)この花を」(一七四八)。 二〇 不満を、表に出さなかったが、父帝崩御な

[二一]臣として君を伐《うつ》すら、[二二]天に應じ民の望《のぞみ》にしたがへば、[二三]周《しう》八百年の創業《さうげう》となるものを、まして[二四]しるべき位《くらゐ》ある身にて、[二五]牝鷄《ひんけい》の晨《あした》する代《よ》を取《とつ》て代《かは》らんに、道を失《うしな》ふといふべからず。[二六]汝家を出(で)て佛《ほとけ》に婬《いん》し、未來解脱《みらいげだつ》の利慾《りよく》を願《ねが》ふ心より、[二七]人道をもて因果《いんぐわ》に引(き)入れ、[二八]堯舜《ぎやうしゆん》のをしへを釈門《しやくもん》に混《こん》じて朕《われ》に説《とく》や」と、御聲あらゝかに[二九]告《のら》せ給ふ。

西行いよゝ恐るゝ色もなく[三〇]座をすゝみて、「君が告《のら》せ給ふ所は、人道《にんだう》のことわりをかりて[三一]慾塵《よくぢん》をのがれ給はず。遠《とほ》く[三二]辰旦《もろこし》をいふまでもあらず、皇朝《くはうてう》の昔[三三]譽《ほん》田《だ》の天皇、兄の皇子《みこ》大鷦鷯《おほさゝぎ》の王《きみ》をおきて、季《すゑ》の皇子《みこ》莵道《うぢ》の王《きみ》を[三四]日嗣《ひつぎ》の太子《みこ》となし給ふ。天皇崩御《かみがくれ》給ひては、兄弟《はらから》相讓《ゆづ》りて位に昇《のぼ》り給はず。三とせをわたりても猶果《はつ》べくもあらぬを、莵道《うぢ》の王深《きみふか》く憂《うれひ》給ひて、「豈《あに》久しく生《いき》て天が下を煩《わづらは》しめんや」とて、みづから寶筭《よはひ》を断《たゝ》せ給ふ[三五]ものから、罷事《やんごと》なくて兄の皇子《みこ》御位《みくらゐ》に

さっては、何時までそのままでおろうかと、戦争にうったえる決心をしたのだ。「ありなん」は「ありなんや」と同じ意。

二一　史記の伯夷列伝に、周の武王が殷の紂王を打った時、伯夷・叔斉が諫止した語に「臣ヲ以テ君ヲ弑スル、仁ト謂フ可ケン乎」。

二二　漢書の叙伝上「其ノ遭遇時ヲ異ニシ、代ヲ禅リ伐タズト雖モ、天ニ応ジ民ニ順フニ至ッテハ、其ノ揆一也」。

二三　武王の殷に替わり周王朝を創めたことをさす。周本紀の注「周凡三十七王八百六十七年」。

二四　天下を治める身分。

二五　書言故事大全「妻ノ夫ノ権ヲ奪フヲ謂ヒテ、牝鶏之晨ト為ス」(書経の牧誓篇や史記の周本紀に見える故事)。保元物語の無塩君の事に「史記には牝鶏朝(あした)する時は、其里必ず亡ぶと云へり」。美福門院のことをさす。

二六　出家して、仏道におぼれ、未来で浄土に生れようとの欲望から。

二七　現世の道人倫の論を、過・現・未三世の仏教論で説き。

二八　儒教でいう先王の道で考えるべき政治論を、現実ばなれのした仏教にまぜて、説得しようとするのか。院の論は儒教の革命論に基づく。(解説参照)。

二九　補正「人に物言ふを告ると云ふは古言也」。

三〇　ひざのり出して。「を」は動作の行われる所を示す助詞。以下にもこの例がある。

三一　仏語の五欲六塵の略で、みにくい諸ゝの欲情。

三二　震旦とあるべき所。唐土。

三三　十五代応神天皇。兄の皇子は十六代仁徳天皇。菟道稚郎子(うじのわきいらつこ)と皇位をゆずりあったこと。引用文もそのままに仁徳紀による。

三四　皇太子。応神紀「嗣(ひつぎ)ト為ス」。

三五　故に。近世は順接。↓補注一〇。

即《つか》せ給ふ。是[一]天業《ぎやう》を重《おも》んじ孝悌《かうてい》をまもり、[二]忠《まこと》をつくして人慾《にんよく》なし。堯舜《ぎやうしゆん》の道といふなるべし。本朝に儒教《じゆきやう》を尊《たふと》みて専王道《もはらわうだう》の輔《たすけ》とするは、菟道《うぢ》の王《きみ》、[三]百濟《くだら》の王《わ》仁《に》を召《めし》て學《まな》ばせ給ふをはじめなれば、此兄弟《はらから》の王《きみ》の御《み》心ぞ、即《やがて》漢土《もろこし》の聖《ひじり》の御心ともいふべし。又「周《しう》の創《はじめ》、[四]武王《ぶわう》一たび怒《いか》りて天下の民を安くす。臣として君を弑《しゐ》すといふべからず。仁《じん》を賊《ぬす》み義を賊《ぬす》む、一夫《ふ》の紂《ちう》を誅《ちう》するなり」といふ事、孟子《もうじ》といふ書にありと人の傳《つた》へに聞(き)侍《はべ》る。されば漢土《もろこし》の書は[五]經典史策詩文《けいてんしさくしぶん》にいたるまで渡さゞるはなきに、かの[六]孟子《もうじ》の書ばかりいまだ日本に來らず。此書を積(み)て來たる船は、[七]必(ず)しも暴風《あらき》にあひて沈没《しづむ》よしをいへり。それをいかなる故ぞととふに、我(が)國は天照すおほん神の[八]開闢《はつぐに》しろしめしゝより、日嗣《ひつぎ》の大王《きみ》絶《たゆ》る事なきを、かく[九]口賢《さか》しきをしへを傳へなば、末の世に[一〇]神孫《しんそん》を奪《うば》ふて罪《つみ》なしといふ[一一]敵《あた》も出《いづ》べしと、八百《やほ》よろづの神の悪《にく》ませ給ふて、神風を起《おこ》して船を覆《くつがへ》し給ふと聞(く)。されば[一二]他國《かのくに》の聖《ひじり》の教も、こゝの國土《くにつち》にふさはしからぬことすくなからず。且《かつ》詩《し》にもいはざるや、「[一三]兄弟牆《うち》に鬩《せめ》ぐとも外《よそ》の侮《あなど》りを禦《ふせ》げよ」と。さるを[一四]骨肉《こつにく》の愛《あい》をわすれ給ひ、あまさへ[一五]一院崩御《かみがくれ》給ひて、[一六]殯《もがり》の宮に肌膚《みはだへ》もいまだ寒《ひえ》させたまはぬに、[一七]御旗《みはた》なびかせ弓末《ゆすゑ》ふり立て寳祚《みくらゐ》をあらそひ給ふは、不孝《ふかう》の罪《つみ》これより劇《はなはだ》しきはあらじ。[一八]天下は神器《じんき》なり。人のわたくしをも

一 仁徳紀「天業(あまつひつぎ)」「帝位(あまつひつぎ)」。 二 忠誠。継体紀「忠(まめ)(ある)ヲ尽ス」。本朝神社考五「之ヲ教フルニ孝弟ヲ以テシ、之ヲ勧ムルニ忠誠ヲ以テセバ、則チ神道人道、豈ソレ二ツナラン哉」。秋成は神社考の神道を王道に、人道を儒教に配した。 三 百済の博士。応神紀十六年の条に見える。 四 孟子の梁恵王篇下、斉宣王への孟子の答二条に見えて、易世改革の主張である。↓補注一一。 五 中国の書を分類して経(経典、儒教の書)・史(史策)・子・集(詩文)にわかつ。そのいずれも送ってくるが。 六 五雑組四「凡ソ中国ノ経書ハ皆重価ヲ以テ之ヲ購フ。独リ孟子無シト云フ。其ノ書ヲ携ヘテ往ク者有レバ、舟輙チ覆溺ス。此亦一奇事也」。 七 必ず。「し」「も」は強めの助詞。きっと。 八 神武紀「始馭天下(はつくにしらすこ)之天皇」。初めて国をお治めになって以来。本朝神社考八「我国開闢以来」。以下は保元物語の無塩君の業による。 九 小理窟ばった。 一〇 天照大御神以来の皇統の帝位をうばって。 一一 悪意をいだく者。本書ではこの意の語は全部「あた」と清んで用いる。 一二 唐土の聖人の教。即ち儒教も、日本人の生活に合わない。賀茂真淵の国意考に見える思想。 一三 詩経の小雅に「兄弟ハ牆ニ鬩グトモ外ニハ其ノ務(あなどり)ヲ禦グ」。詩は詩経のこと。 一四 親子兄弟の間の愛情。礼記の文王世子に出る語。 一五 鳥羽法皇。崇徳院の父帝。保元物語の新院御謀叛露顕云々の条「一院崩御の御中陰をだに過ぎさせ給はずして、出御ならん事」。 一六 本葬の前に仮に柩をおさめる殿。允恭紀「殯(もがりの)宮」。 一七 軍勢をもよおすさま。万葉一「指しあぐる幡の靡きは」(一九九、檜の杣の訓)。補正「弓上(ゆず)(ゑ)(中略)神代紀に振起弓彇(ふりおこすゆずゑ)とよめり。弓を当に射んとする時の業なるべし」。神代紀下「宝祚(あまつひつぎ)」。 一八 老

て奪《うば》ふとも得《う》べからぬことわりなるを、たとへ重仁王《しげひとぎみ》の即位《みくらゐ》は民の仰《あを》ぎ望《のぞ》む所なりとも、[一九]徳を布和《しきくは》を施《ほどこ》し給はで、道ならぬみわざをもて代《よ》を乱《みだ》し給ふ則《とき》は、きのふまで君を慕《した》ひしも、けふは忽《たちまち》怨敵《あた》となりて、本意《ほゐ》をも遂《とげ》たまはで、[二〇]いにしへより例《あと》なき刑《つみ》を得給ひて、かゝる鄙《ひな》の國の土とならせ給ふなり。たゞ〳〵舊《ふる》き讐《あた》をわすれ給ふて、[二一]淨土《じやうど》にかへらせ給はんこそ願《ねがは》まほしき叡慮《みこゝろ》なれ」と、はゞかることなく奏《まをし》ける。

院[二二]長嘘《ながきいき》をつがせ給ひ、「[二三]今事を正《たゞ》して罪をとふ、ことわりなきにあらず。されどいかにせん、この嶋に[二四]謫《はぶら》れて、[二五]高遠《たかとを》が松山の家に困《くるし》められ、日に三たびの[二六]御膳《おもの》すゝむるよりは、まいりつかふる者もなし。只[二七]天《あま》とぶ鴈《かり》の小夜《さよ》の枕におとづるゝを聞けば、都にや行(く)らんとなつかしく、暁《あかつき》の千鳥の洲崎《すさき》にさわぐも、心をくだく種《たね》となる。[二八]烏《からす》の頭《かしら》は白くなるとも、都には還《かへ》るべき期《とき》もあらねば、定《さだめ》て[二九]海畔《あまべ》の鬼《おに》とならんずらん。ひたすら後世《ごせ》のためにとて、五部《ぶ》の[三〇]大乘經《だいじやうぎやう》をうつしてけるが、[三一]貝鐘《かひがね》の音《ね》も聞えぬ荒磯《ありそ》にとゞめんもかなし。せめては筆の跡ばかりを洛《みやこ》の中《うち》に入(れ)させ給へと、[三二]仁和《にんわ》寺の御室《みむろ》の許《もと》へ、經にそへてよみておくりける

[三三]濱千鳥跡はみやこにかよへども身は松山に音《ね》をのみぞ鳴《なく》

子二十九章「天下ハ神器、為ス可カラズ」。天下は神聖視すべきもので、私欲で望んでも奪えない。

一九 恩恵を与え、平和にむつみ合う政治をなさらずに。人倫にそむく喪中の戦をもって。淮南子の人間訓「聖王ハ徳ヲ布キ、恵ヲ施シ」(礼記にも)。

二〇 崇徳院の讃岐流刑をさす。

二一 成仏して、中有のまよいから極楽へかえる。

二二 剪燈新話の華亭逢故人記に「長嘘気化」。

二三 条理をたてて、自分の罪過を詰問する。

二四 流されて。古事記下「斯麻爾波夫良婆(しまにはふらば)」。

二五 当国の在庁の散位高遠の松山の一宇の堂に入れ奉ったと保元物語に見える。

二六 食事を上げる外は奉仕の者もない。以下保元物語の新院御経沈の事付崩御の事による。

二七 雁が文のたよりとなった蘇武の故事による。保元物語「夜の雁の遙に海を過ぐるも、故郷に言伝せま欲しく、暁の千鳥の洲崎にさわぐも御心を砕く種となる」。

二八 あり得ぬことのたとえ。史記の刺客列伝の注「索隠ニ曰ク、燕ノ丹帰ランコトヲ求ム。秦王ノ曰ク、烏ノ頭白ク、馬ニ角ヲ生ゼバ乃チ許サマクノミ」。保元物語「たとひ烏の頭白くなるとも、帰京の期を知らず」。

二九 海辺で死んでしまうであろう。和名抄に海部を「アマンベ」。雄略紀「アマベ」(人名)。また「あまべ」とよむ地名もある。

三〇 大乗に属する経。天台宗で、華厳・大集・大品般若・法華・涅槃の五経をいう(拾芥抄)。

三一 法螺貝・釣鐘で寺院の具。寺らしい寺のない海辺。筆の跡は手跡。

三二 洛北の名刹仁和寺の上首。院の弟君覚性法親王をさす。

三三 鳥の跡即ち文字で書いた自分の経典のみは送れば都へとどくけれど、私はこの松山でひたすらに泣く。浜千鳥は即物、かよう・鳴くはその縁語。

しかるに[一]少納言信西《せうなごんしんせい》がはからひとして、若《もし》呪咀《じゆそ》の心にやと奏《そう》しけるより、そがまゝにかへされしぞうらみなれ。いにしへより倭漢土《やまともろこし》ともに、國をあらそひて兄弟敵《あた》となりし例《ためし》は珍《めづら》しからねど、罪深《つみふか》き事かなと思ふより、[二]悪心懺悔《あくしんさんげ》の為にとて写《うつ》しぬる御經《きやう》なるを、いかに[三]さゝふる者ありとも、[四]親《した》しきを議《はか》るべき令《のり》にもたがひて筆の跡だも納《いれ》給はぬ叡慮《みこゝろ》こそ、今は[五]舊《ひさ》しき讐《あた》なるかな。所詮《しよせん》此經を魔道《まだう》に[六]回向《ゑかう》して、恨をはるかさんと、一すぢにおもひ定《さだめ》て、指《ゆび》を破《やぶ》り血《ち》をもて[七]願文《ぐはんもん》をうつし、經とゝもに[八]志戸《しと》の海《うみ》に沈《しづめ》て後は、人にも見《まみ》えず深く閉《とぢ》こもりて、ひとへに魔王《まわう》となるべき大願をちかひしが、[九]はた平治の乱《みだれ》ぞ出(で)きぬる。まづ[一〇]信頼《のぶより》が高き位《くらゐ》を望む驕慢《おごり》の心をさそふて[一一]義朝《よしとも》をかたらはしむ。かの義《よし》朝《とも》こそ悪《にく》き敵《あた》なれ。父の[一二]為義《ためよし》をはじめ、同胞《はらから》の武士《ものゝべ》は皆朕《わが》ために命《いのち》を捨《すて》しに、他《かれ》一人《ひとり》朕《われ》に弓を挽《ひく》。[一三]為朝《ためとも》が勇猛《ゆうまう》、[一四]為義忠政《ためよしたゞまさ》が軍配《たばかり》に[一五]贏目《かついろ》を見つるに、西南の風に焼討《やきうち》せられ、[一六]白川の宮を出(で)しより、[一七]如意《によゐ》が嶽《がね》の嶮《けは》しきに足を破《やぶ》られ、或《あるひ》は[一八]山賤《がつ》の椎柴《しひしば》をおほひて雨露を凌《しの》ぎ、終《つひ》に擒《とら》はれて此嶋に謫《はぶ》られしまで、皆義《よし》朝《とも》が[一九]姦《かだま》しき計策《たばかり》に困《くるし》められしなり。これが報《むく》ひを[二〇]虎狼《こらう》の心に[二一]障化《しやうげ》して、信頼《のぶより》が隠謀《いんばう》にかたらはせしかば、[二二]地祇《くにつがみ》に逆《さか》ふ罪《つみ》、武《ぶ》に賢《さと》からぬ[二三]清盛《きよもり》に逐討《おひうた》る。且《かつ》父の為義を弑《しひ》せし報偪《むくひせま》りて、[二四]家の子に謀《はか》られしは、天神《あまつがみ》の祟《たゝり》を蒙《かふむ》りしものよ。又少

一　藤原通憲の法名。当代の碩学。平治の乱に源義朝等に切られる。平治元年(一一五九)没、五十四歳。この前後保元物語によるが、兕咀云々は白峰寺縁起に見える。二 悪い心を悔い改め、滅罪を望むために。三 さえぎる。さまたげる。四 律疏残篇に「議親」として見え、天皇及び三后の親族は、罪を減刑される法令。↓補注一二。五 長く恨みのとけない仇。長のかたき。六 ささげて魔力を得て、恨をはらそうと。七 ここは誓い状。源平盛衰記八の讃岐院の事に、この願文の、天下を乱さんとの内容がある。八 香川県志度の海中。この前後なお保元物語によるが、志戸の海のことは白峰寺縁起。↓補注一三。九 はたして。保元物語にも、平治の乱は院の怨念のいたす所と噂したと見える。一〇 藤原信頼。近衛大将を望んで信西に反対され、義朝と乱をはかり、失敗して切られる。一一 源義朝。保元の乱の功のむくわれぬ不平で乱をおこし失敗。一二 源為義。保元の乱に六人の子と、院に味方。時に敵であった一子義朝の手で切られる。一三 鎮西八郎為朝。為義の子。伊豆大島流罪。一四 平忠正。甥の平清盛に切られる。一五 原本「贏」。意により改。勝ち目が見えたが。一六 白河北殿。もと白河法皇御所。院の陣地。一七 京都東山の北方の一峰。如意がだけ。一八 木こりの作った椎の薪を、上にかけて。一九 悪くねじけた。景行紀「姦鬼(かたましきおに)」。二〇 貪欲残忍の心。史記の蘇秦列伝「虎狼之国」。二一 たたり。たたって貪欲をおこさせ、滅亡させて報いをはらす。二二 地の神。祇は正しくは「祇」。次の「天神の祟」と共に、最も大きな罰の意。二三 平清盛。保元の時も、為朝にあなどられ、平治でも、頼政の心がわりで漸く

納言信西《しんせい》は、常に[二五]己《おのれ》を博士《はかせ》ぶりて、人を拒《こば》む心の直《なほ》からぬこれをさそふて信頼《のぶより》義朝《よしとも》が讐《あた》となせしかば、終《つひ》に家をすてゝ[二六]宇治山の坑《あな》に竄《かく》れしを、[二七]はた探《さが》し獲《え》られて六条河原に梟首《かけ》らる。これ經をかへせし諛言《おもねり》の罪を治《をさ》めしなり[二八]。それがあまり[二九]應保《おうはう》の夏《なつ》は美福門院《びふくもんゐん》が命《いのち》を窮《せま》り、長寛《ちやうくはん》の春は忠通《たゞみち》を祟《たゝ》りて、朕《われ》も[三〇]其秋世をさりしかど、[三一]猶嗔火熾《しんくわさかん》にして盡《つき》ざるまゝに、終《つひ》に大魔王《まわう》となりて、[三二]三百余類《よるい》の巨魁《かみ》となる。[三三]朕《わが》けんぞくのなすところ、人の福《さいはひ》を見ては轉《うつ》して禍《わざはひ》とし、世の治《をさま》るを見ては乱《みだれ》を発《おこ》さしむ。只清盛が[三四]人果大《にんくは》にして、[三五]親族氏族《うからやから》こと〴〵く高き官位につらなり、おのがまゝなる國政《まつりごと》を執行《とりおこな》ふといへども、[三六]重盛《しげもり》忠義をもて輔《たす》くる故いまだ期《とき》いたらず。汝見よ。平氏も又久しからじ。[三七]雅仁朕《まさひとわれ》につらかりしほどは終《つひ》に報《むく》ふべきぞ」と、御聲いやましに恐しく聞えけり。西行いふ。「君かくまで魔界《まかい》の[三八]悪業《あくごう》につながれて、佛土《ぶつど》に億《おく》万里を隔《へだて》給へばふたゝびいはじ」とて、只默《もだ》してむかひ居たりける。

時に峯谷《みねたに》ゆすり動《うご》きて、風叢林《はやし》を[三九]僵《たを》すがごとく、沙石《まさご》を空《そら》に巻上《まきあぐ》る。見る〳〵[四〇]一段の陰火君《ゐんくは》が膝《ひざ》の下《もと》より燃上《もえあが》りて、山も谷も昼のごとくあきらかなり。光《ひかり》の中につら〳〵御氣色《みけしき》を見たてまつるに、[四一]朱《あけ》をそゝぎたる龍顔《みおもて》に、[四二]荊《おどろ》の髪膝《かみひざ》にかゝるまで乱れ、白眼《しろきまなこ》を吊《つり》あげ、熱《あつ》き嘘《いき》をくるしげにつがせ給ふ。御衣は[四三]柿《かき》

勝った。二四 義朝は、平治の乱敗れて尾張に走り、譜代の臣長田忠致にだまし討にされる。この後の事実は平治物語による。
二五 自身物知り顔で、他人を入れないひねくれた点を魔道の力で増長させて。
二六 洛南宇治の辺り田原で、穴を掘って隠れた。
二七 やっぱり探索捕獲され、…さらし首になる。
↓補注一四。二八 「…なり」の下の句点は補。
二九 応保元年(一一六一)。正しくは門院は永暦元年(一一六〇)十一月二十三日薨。長寛二年(一一六四)二月十九日、保元の乱に反院方の中心人物、藤原忠通没。
三〇 長寛二年八月六日。四十六歳。
三一 怒りの念の激しいのを火にたとえた。
三二 天狗の眷属三百余類は本朝神社考六により、院の悪魔王の棟梁になったのは太平記二十七にある。三三 天狗や狐など妖力あるものの部下。
三四 この世での果報。
三五 補正「やからは家族、うからは氏族也」。
三六 清盛の長男。君に忠の心をいだいて、政治を輔佐するので。三七 七十七代後白河天皇。保元の乱における院の相手。
三八 悪因縁につながれて、極楽を全く遠のく。
三九 字典「仆ス也」。
四〇 一団(ひとかたまり)のあやしい火。
四一 真っ赤な顔色。竜顔は天子の御顔。太平記三十四吉野御廟神霊事に「面には朱を差したるが如く(中略)昔の竜顔に替へて(中略)誠に苦し気なる御息をつがせ給ふ度毎に」。
四二 乱れた髪。後拾遺二十「道芝やおどろの髪にならされて」。
四三 修験者の衣。保元物語「柿の御衣のすゝけたるに、長頭巾をまきて(中略)其の後は御爪をもはや(なカ)さず、御髪をも剃らせ給はで」。

色《いろ》のいたうすゝびたるに、手足の爪《つめ》は獣《けもの》のごとく生《おひ》のびて、さながら魔王の形《かたち》あさましくもおそろし。空《そら》にむかひて「相摸〳〵[一]《さがみ》」と叫《よば》せ給ふ。「あ」と答へて、鳶《とび》のごとくの化鳥翔來《けてうかけ》り、前《まへ》に伏《ふし》て詔《みことのり》をまつ。院かの化鳥《けてう》にむかひ給ひ、「何ぞはやく重盛《しげもり》が命《いのち》を奪《とり》て、雅仁清盛《まさひときよもり》をくるしめざる」。化鳥《けてう》こたへていふ、「上[二]《じやう》皇《くはう》の幸福《さいはひ》いまだ盡《つき》ず。重盛が忠信[三]ちかづきがたし。今より支干[四]《あと》一周《めぐり》を待《また》ば、重盛が命數既《よはひすで》に盡《つき》なん。他死《かれし》せば一族《ぞく》の幸福《さいはひ》此時に亡《ほろぶ》べし」。院手[五]を拍《うつ》て怡《よろこ》ばせ給ひ、「かの讐敵《あたども》こと〴〵く此前[六]の海に盡《つく》すべし」と、御聲谷峯に響《ひゞき》て凄《すさま》しさいふべくもあらず。魔道の淺ましきありさまを見て涙[七]しのぶに堪《たへ》ず。復《ふたゝ》び一首の哥に隨縁《ずいえん》のこゝろをすゝめたてまつる

「[八]よしや君昔の玉の床《とこ》とてもかゝらんのちは何にかはせん

刹[九]利《せつり》も須陀《しゆだ》もかはらぬものを」と、心[一〇]あまりて高らかに吟《うたひ》ける。此ことばを聞しめして感[一一]《めで》させ給ふやうなりしが、御面《みおもて》も和《やは》らぎ、陰火《ゐんくは》もやゝうすく消《きえ》ゆくほどに、つひに龍體《みかたち》もかきけちたるごとく見えずなれば、化鳥《けてう》もいづち去《ゆき》けん跡もなく、十日あまりの月は峯にかくれて、木[一二]《こ》のくれやみのあやなきに、夢路《ゆめぢ》にやすらふが如し。ほどなくいなのめ[一三]の明(け)ゆく空に、朝鳥《あさとり》の音《こゑ》おもしろく鳴《なき》わたれば、かさねて金剛經[一四]《こんがうきやう》一巻《くはん》を供養《くやう》したてまつり、山をくだりて庵《いほり》に歸《かへ》り、

一　謡曲の松山天狗に「白峰の相模坊に従ふ天狗ども」。天狗の眷属の鳶の如くあやしい姿は、太平記二十五などに見える。
二　後白河上皇(雅仁)をさす。
三　忠義の誠の正道故に邪道の化鳥は近づきにくい。
四　普通は六十年。ここは十二支一周。仁安三年より十二年後、治承三年(一一七九)に重盛没。
五　よろこぶさま。
六　白峰前面の瀬戸内海を広くさす。
七　押えようとするが、涙が流れて。
八　山家集下に「白峰と申す所に御墓の侍りけるにまゐりて」としてのる。保元物語・撰集抄にも見える。以前立派な御座におられたとしても、君よ、無差別の死にあった今は、それが何となろうか。ただ成仏を祈るのみだの意。
九　刹利は古代印度の四階級の第二、王族軍人の階級、須陀は第四の田夫野人のそれ。死に対しては階級の別はないの意。保元物語の法皇崩御の事に「無常の境界は、刹利も須陀も替らねば、妙覚の如来猶因果の理を示し」。
一〇　感情の高まりの余りに。
一一　西行の詠をよみされた様子であったが、御顔色もおだやかになり。允恭紀「自ニ感(めでぬ)」。
一二　木が茂った下、あやめも分らぬ暗闇に包まれて、ちょうど夢の中にいるようである。万葉十九「許能久礼罷(このくれやみ)四月」(四一六六)。
一三　明くの枕詞。万葉十(二〇三三)。源氏、若紫「明けゆく空は(中略)山の鳥どももそこはかとなく囀りあひたり(中略)聖(中略)あはれにぐうづきてだらによみたり」に似ている。
一四　金剛般若波羅密多経。悪魔にかち、煩悩をたつ功徳のある経。

閑《しづか》に終夜《よもすがら》のことゞもを思ひ出(づ)るに、平治の乱よりはじめて、人ゝの消息《せうそく》[一五]、年月のたがひなければ、深く愼《つゝし》みて人にもかたり出(で)ず。

其後十三年を經《へ》て治承《ちしやう》[一六]三年の秋、平《たひら》の重盛病《やまひ》に係《かゝ》りて世を逝《さり》ぬれば、平相國《へいさうこく》[一七]入道、君をうらみて鳥羽《とば》の離宮《とつみや》に籠《こめ》たてまつり、かさねて福原《ふくはら》の茅《かや》[一八]の宮に困《くるし》めたてまつる。頼朝東風《よりともとうふう》[一九]に競《きそ》ひおこり、義仲北雪《よしなかほくせつ》をはらふて出(づ)るに及び、平氏の一門こと〴〵く西の海に漂《たゞよ》ひ、遂《つひ》に讃岐の海志戸八嶋[二〇]にいたりて、武《たけ》きつはものどもおほく鼇魚《ごうぎよ》[二一]のはらに葬《はぶ》られ、赤間《あかま》[二二]が関壇《だん》の浦にせまりて[二三]、幼主《ようしゆ》[二四]海に入らせたまへば、軍將《いくさぎみ》[二五]たちものこりなく亡《ほろ》びしまで、露たがはざりしぞおそろしくあやしき話柄《かたりぐさ》なりけり[二六]。其後御廟《みべう》[二七]は玉もて雕《ゑ》り、丹青《たんせい》を彩《ゑど》りなして、稜威《みいつ》を崇《あが》めたてまつる。かの國にかよふ人は、必(ず)幣《ぬさ》[二八]をさゝげて齋《いは》ひまつるべき御神なりけらし[二九]

菊花《きくくは》の約《ちぎり》

青ゝ《せい〳〵》[三〇]たる春の柳、家園《みその》に種《うゆ》[三一]ることなかれ。交《まじは》りは輕薄《けいはく》の人と結ぶことなかれ。楊柳茂《やうりうしげ》[三二]りやすくとも、秋の初風《はつかぜ》の吹(く)に耐《たへ》めや。輕薄《けいはく》の人は交《まじは》りやすくして

一五 なりゆき。

一六 高倉帝の代(一一七九)。仁安三年より十二年。

一七 平清盛が後白河法皇を洛南鳥羽(京都市伏見区)の離宮城南宮に押籠めた。保元物語「太上天皇を鳥羽の離宮に押し籠め奉り」。

一八 そまつな御座所。治承四年摂津福原(神戸市兵庫区)へ遷都。法皇を、そこの三間の板屋にすえる(平家物語)。

一九 義朝の子源頼朝、治承四年東国に挙兵、勢盛に、義方の子源義仲また信濃に起り、雪の北陸道より、寿永元年京都に入る。

二〇 讃岐の屋島(高松市)。平家は寿永四年(一一八五)源義経にここに敗れる。

二一 海中に没して大亀や魚のえじきとなり。

二二 下関市の旧称。壇の浦は関門海峡の東北の一部。

二三 追いつめられ。

二四 八十一代安徳天皇。平徳子の腹、寿永四年三月、壇の浦に入水して崩、八歳。

二五 部将。平家の一族達であった。

二六 「ぞ」の結びが連体形でなく終止形。この例は以下にも多い。

二七 後白河上皇・松平頼重の建立再建した廟院頓証寺。美玉をちりばめ、極彩色をほどこして。

二八 供物。

二九 「けり」をやわらかにした表現。

三〇 青々とした。以下、古今小説の范巨卿雞黍死生交(死生交と略す)の文首の「結交行」による。↓補注一五。

三一 「うゝる」の訛。

三二 柳の類の葉は茂りやすくても、秋の風が吹き初めると、ひとたまりもなく散ってしまう。

[一]亦速《すみやか》なり。楊柳いくたび春に染《そむ》れども、輕薄《けいはく》の人は絶《たえ》て訪《とむら》ふ日なし。

播磨の國加古[二]の駅《うまや》に[三]丈部《はせべ》左門《もん》といふ[四]博士《はかせ》あり。[五]清貧《せいひん》を甜《あまな》ひて、友とする書《ふみ》の外はすべて調度《てうど》の絮煩《わづらはしき》を厭《いと》ふ。老母あり、[六]孟氏《もうし》の操《みさほ》にゆづらず。常に紡績《うみつむぎ》を事として左門が[七]こゝろざしを助く。其季女《いもうと》なるものは同じ里の[八]佐用氏《さようぢ》に養《やしな》はる。此佐用《さよ》が家は頗《すこぶる》富《とみ》さかえて有(り)けるが、丈部《はせべ》母子の賢《かしこ》きを慕《した》ひ、[九]娘子《をとめ》を娶《めと》りて親族となり、[一〇]屢《しば〳〵》事に托《よせ》て物を餉《おく》るといへども、「[一一]口腹《こうふく》の爲に人を累《わづらは》さんや」とて、敢《あへ》て承《うく》ることなし。

一日《あるひ》左門同じ里の何某《なにがし》が許《もと》に訪《とぶら》ひて、いにしへ今の物がたりして興ある時に、壁《かべ》を隔《へだて》て人の痛楚聲《くるしむ》いともあはれに聞えければ、主《あるじ》に尋ぬるに、あるじ答ふ。「これより西の國の人と見ゆるが、[一二]伴《とも》なひに後《おく》れしよしにて[一三]一宿《ひとよ》を求(め)らるゝに[一四]士家《しか》の風《ふう》ありて卑《いや》しからぬと見しまゝに、逗《とゞめ》まいらせしに、其夜[一五]邪熱《じやねつ》劇《はなはだ》しく、起臥《おきふし》も自《みづから》はまかせられぬを、いとをしさに三日四日は過しぬれど、[一六]何地《いづち》の人ともさだかならぬに、[一七]主《あるじ》も[一八]思ひがけぬ過《あやまり》し出(で)て、[一九]こゝち惑《まど》ひ侍りぬ」といふ。左門聞(き)て、「[二〇]かなしき物がたりにこそ。[二一]あるじの心安からぬもさる事にしあれど、病苦《べうく》の人はしるべなき旅の空に此[二二]疾《やまひ》を憂《うれ》ひ給ふは、[二三]わきて胸《むね》窮《くる》しくおはすべし。其やうをも看《み》ばや」といふを、あるじとゞめて、「[二四]瘟病《おんべう》は人

一　交りの切れるのもまた早い。その上に楊柳は春ごとに、何度でも青々としげるが。二　加古川市。駅は宿駅。ここは町と殆ど同意。三　新撰姓氏録に丈部を「はせつかべ」「はせつべ」とよむ。四　儒者。学者。「あり」の下の句点は補。五　貧しくとも精神的にわずらいのない生活に満足し…家庭の道具も全く簡略を愛した。六　孟母三遷、軻親断機の故事(列女伝・蒙求)のある孟子の母が子に学を進めた立派な精神におとらず。七　清操勉学の素志。八　播磨の名族。九　万葉十六有由縁雑歌などの「娘子」は「をとめ」とよむ。

一〇　他の事にかこつけて。

一一　日常生活の上で他人の世話になるまい。世説新語の徳行上「豈口腹ヲ以テ安邑ヲ累ハサンヤ」。一二　同伴者。一三　一夜の宿。一四　いかにも武士らしい風格があって、上品に見えたので。後に中心となる人物を、それとなく紹介した文。一五　悪質の熱がひどくて、寝起にも、自分で自分が自由にならないのがお気の毒で。一六　何処の人ともよくは分らないし。一七　話し手の主人自らをさす。一八　とんでもないしくじりをしでかして。一九　当惑しております。二〇　お気の毒な話。二一　御主人の御心配も当然ですけれど。二二　つらい病気にかかられたのは。二三　殊に心を痛めておいででしょう。二四　瘟は疫、疫は流行病。死生交「小二曰ク、瘟病人ヲ過マツ。我們(ら)尚自ラ去(ゆ)キテ他(かれ)ヲ看ズ」。二五　という話ですから、召使達を止めて、あすこへ行かせません。二六　人の生きる死ぬは、天命の定めたものである。人に伝染する病などあるものか。死生交「劭曰ク、死生命有リ、安ンゾ病ノ能ク人ヲ過マ

を過《あやま》つ物と聞ゆる[二五]から家童《わらべ》らもあへてかしこに行(か)しめず。立(ち)よりて身を害《がゐ》し給ふことなかれ」。左門笑(ひ)ていふ。「死生命《しせいめい》[二六]あり。何の病か人に傳《つた》ふべき。これらは愚俗《ぐぞく》のことばにて吾[二七]儕《ともがら》はとらず」とて、戸《と》[二八]を推《おし》て入(り)つも其人を見るに、あるじがかたりしに違《たが》はで、倫《なみ》[二九]の人にはあらじを、病深きと見えて、面《おもて》[三〇]は黄《き》に、肌黒《はだへくろ》く瘦《やせ》、古き衾《ふすま》[三一]のうへに悶《もだ》へ臥《ふ》す。人なつかしげに左門を見て、「湯ひとつ惠《めぐ》み給へ」といふ。左門ちかくよりて、「士《し》[三二]憂《うれ》へ給ふことなかれ。必(ず)救《すく》ひまいらすべし」とて、あるじ[三三]と計《はか》りて、藥をえらみ、自《みづから》方《はう》[三四]を案《あん》じ、みづから煮《に》てあたへつも、猶粥《かゆ》をすゝめて、病を看《み》ること同胞《はらから》のごとく、まことに捨(て)がたきありさまなり。かの武士左門が愛憐《あはれみ》の厚《あつ》きに泪を流して、「かくまで漂客《へうかく》[三五]を惠《めぐ》み給ふ。死[三六]すとも御心に報《むく》ひたてまつらん」といふ。左門諫《いさめ》[三七]て、「ちからなきことはな聞え給ひそ。凡(そ)疫《えき》[三八]は日數あり。其ほどを過(ぎ)ぬれば壽命《ことぶき》をあやまたず。吾日とに詣《まうで》[三九]てつかへまいらすべし」と、実《まめ》やかに約《ちぎ》りつゝも、心をもちゐて助《たすけ》けるに、病漸減《やゝげん》じてこゝち[四〇]清《すゞ》しくおぼえければ、あるじにも念比[四一]に詞をつくし、左門が陰德《ゐんとく》[四二]をたふとみて、其生業《なりはひ》をもたづね、己《おの》が身の上をもかたりていふ。「故《もと》出雲の國松江[四三]の鄕《さと》に生長《ひとゝなり》て、赤穴《あかな》[四四]宗右衛門といふ者なるが、わづかに兵書《へいしょ》[四五]の旨《むね》を察《あきらめ》しによりて、冨田《とみた》[四六]の城主塩冶掃部介《えんやかもんのすけ》[四七]、吾

ツノ理有ランヤ」(論語の顔淵篇に「死生命有リ、富貴天ニ在リ」)。二七 我々知識人は賛成できない。們は字典に「今ノ塡詞家、我們、俺們」。二八 戸をあけて入りつつも。「つ」↓補注五。二九 平凡な人物ではなさそうなのに。英草紙第六篇「倫(ひとなみ)」。三〇 死生交「面黄ニ肌瘦セ」。陰徳太平記二「色黒く瘦衰へ」。疲労病苦の甚だしいさま。三一 和名抄の衾の条に「和名布須万、大被也」。布団。三二 あなた。武士を敬っていう。三三 主人と相談して。三四 投薬の処方を考えて、自分で煎じて与えながら、更に粥をも食べさせ、看病すること。三五 通りすがりの旅人。三六 ここで死をいうのは、後に死んで信義を守ることの伏線。死んでも御芳情へは御礼いたしましょう。「報ひ」ハ行四段。報ゆの転化。三七 勇気をつけて。元気のないことをおっしゃるな。「聞ゆ」は「言ふ」の鄭重語。三八 和名抄の疫の条に「民間ノ病也」。今のインフルエンザにあたるという。流行病の経過は日数が大体きまっている。その期間を過ぎると、生命に別条はありません。英草紙第九篇「寿(ことぶき)」。三九 うかがって、お世話しましょう。四〇 気持がさっぱりしたので。四一 ねんごろ。鄭重にお礼の言葉の限りをいい。四二 隠れたる善行に敬意をあらわし。四三 松江市。四四 赤穴氏は出雲の豪族。宗右衛門の名は虚構。四五 兵法の書の内容を若干知っておる故に。四六 出雲(島根県)能義郡広瀬町。城を月山城という。今「とだ」、陰徳太平記「とんだ」とよむ。四七 佐々木の代官。文明十七年(一四八五)大晦日戦死。以下の事件は陰徳太平記二の尼子経久立身之事によっている。

を師として物學《まな》び給ひしに、近江の[一]佐〻木氏綱《うぢつな》に密《みそか》の使《つかひ》にえらばれて、かの舘《みたち》にとゞまるうち、前《さき》の城主[二]尼子經久《あまこつねひさ》、[三]山中黨《とう》をかたらひて[四]大三十日《みそか》の夜不慮《すゞろ》に城を乘《のり》とりしかば、掃部殿も討死《うちじに》ありしなり。もとより雲州《うんしう》は佐〻木の持國《もちぐに》にて、塩冶《えんや》は[五]守護代《しゆごだい》なれば、「[六]三沢三刀屋《みさはみとや》を助けて、經久を亡《ほろ》ぼし給へ」とすゝむれども、氏綱は[七]外勇《ほかゆう》にして内怯《をびへ》たる愚將《ぐしやう》なれば果《はた》さず。かへりて吾を國に逗《とゞ》む。故《ゆゑ》なき所に永く居《を》らじと、[八]己《おの》が身ひとつを竊《ぬす》みて國に還《かへ》る路《みち》に、此疾《やまひ》にかゝりて、思ひがけずも[九]師《し》を劳《わづらは》しむるは、身にあまりたる御恩《めぐみ》にこそ。吾[一〇]半生《はんせい》の命《いのち》をもて必(ず)報《むく》ひたてまつらん」。左門いふ。「[一一]見る所を忍びざるは人たるものゝ心なるべければ、[一二]厚き詞をさむるに故《ゆゑ》なし。猶逗《とゞ》まりて[一三]いたはり給へ」と、実《まこと》ある詞を便りにて日比經《ふ》るまゝに、[一四]物みな平生《つね》に邇《ちか》くぞなりにける。

此日比左門はよき友もとめたりとて、日夜交《ひるよるまじ》はりて物がたりす〔る〕に、赤穴《あかな》も[一五]諸子百家《しよしひやくか》の事[一六]おろ〳〵かたり出(で)て、[一七]問(ひ)わきまふる心愚《おろか》ならず、[一八]兵機《へいき》のことわりは[一九]をさ〳〵しく聞えければ、ひとつとして相ともにたがふ心もなく、かつ感《めで》、かつよろこびて、終《つひ》に兄弟の盟《ちかひ》をなす。赤穴《あかな》五歳長《ちやう》じたれば、[二〇]伯氏《あに》たるべき[二一]礼義をさめて、左門にむかひていふ。「吾父母に離《わか》れまいらせていとも久し。[二二]賢弟《けんてい》が老母は卽《やがて》吾母なれば、[二三]あらたに拝《をが》みたてまつらんことを願ふ。

一 近江(滋賀県)の豪族佐々木(六角)貞頼の兄。 二 初め富田で佐々木の代官。命をきかず貞頼に追われた。後に中国地方に威をふるった戦国の英雄。 三 出雲の豪族。この時十七人一味する(陰徳太平記)。 四 文明十七年(一四八五)大晦日の夜、不意に城を奪取。 五 各国を守護警備する武将の代理(代官)の職。 六 共に出雲の豪族。陰徳太平記「三沢三刀屋赤穴等は、当国に於ては形の如く武光を発する者」。 七 外は勇敢らしく、内心は臆病な。 八 単身ぬけ出して。

九 先生。儒者をうやまった語。 一〇 これからの余生をささげて。「半生の命」は、先に「死すとも」と述べたと共に後半の伏線。 一一 人の不幸を見て同情の念を起すのは。孟子の公孫丑篇上「人皆忍バザルノ心アリ」。 一二 丁寧なお礼の言葉を受けるわけがない。 一三 養生しなさい。

一四 諸事常態に近く回復した。 一五 中国の上代に出現した諸学派とその著書。史記の賈誼伝「年少頗ル諸子百家之書ニ通ズ」。 一六 ぼつぼつ。 一七 質問も理解も水準以上であり。「愚ならず」は一通りでないの意。源氏、帚木「おろかならずちぎりなぐさめ給ふ事おほかるべし」。 一八 用兵の機略。 一九 明晰確実に申すので。孝徳紀「明直(をさをさしき)」。雨夜物語たみことば「長〳〵といふことにて、専らなる意なり」。 二〇 詩経の何人斯章「伯氏壎ヲ吹ク」。 二一 左門のささげた敬礼を受けとって。 二二 英草紙第三篇「賢弟(左訓ワカオトト)」。「即」はそのまま。 二三 改めて。 二四 子供らしい気持を心よくお受け下さるでしょうか。 二五 誠意ある言葉。

老母あはれみて[二四]をさなき心を肯給《うけ》はんや」。左門歓《よろこ》びに堪《たへ》ず、「母なる者常に我(が)孤獨《こどく》を憂《うれ》ふ。[二五]信《まこと》ある言《ことば》を告《つげ》なば齢《よはひ》も延《のび》なんに」と、伴《ともな》ひて家に帰る。老母よろこび迎《むか》へて、「吾子《わがこ》不才にて、[二六]學《まな》ぶ所時にあはず[二七]青雲《せいうん》の便りを失《うし》なふ。ねがふは捨(て)ずして伯氏《あに》たる教《をしへ》を施《ほどこ》し給へ」。赤穴《あかな》拜していふ。「[二八]大丈夫は義を重《おも》しとす。功名富貴《こうめいふうき》はいふに足《たら》ず。吾いま母公《ぼこう》の慈愛《めぐみ》をかふむり、賢弟《けんてい》の[二九]敬《いや》を納《おさ》むる、何の望《のぞみ》かこれに過(ぐ)べき」と、よろこびうれしみつゝ、[三〇]又日來《ひごろ》をとゞまりける。きのふけふ咲(き)ぬると見し[三一]尾上《をのへ》の花も散(り)はてゝ、[三二]涼しき風によるより浪に、[三三]とはでもしるき夏の初《はじめ》になりぬ。赤穴母子《あかなおやこ》にむかひて、「吾近《わが》江を遁《のがれ》來りしも、[三四]雲州の動靜《やうす》を見んためなれば、一たび下向《くだり》てやがて歸(り)來り、[三五]菽《しゆく》水《すい》の奴《つぶね》に御恩《めぐみ》をかへしたてまつるべし。[三六]今のわかれを給へ」といふ。左門いふ。「さあらば[三七]兄長《このかみ》いつの時にか歸り給ふべき」。赤穴《あかな》いふ。「[三八]月日は逝《ゆき》やすし。おそくとも此秋は過さじ」。左門云(ふ)。「秋はいつの日を定《さだめ》て待(つ)べきや。ねがふは約《やく》し給へ」。赤穴《あかな》云(ふ)。「[三九]重陽《こゝぬか》の佳節《かせつ》をもて歸(り)來る日とすべし」。左門いふ。「兄長《このかみ》必(ず)此日をあやまり給ふな。一枝の菊花に[四〇]薄酒《うすきさけ》を備《そな》へて待(ち)たてまつらん」と、互《たがひ》に情《まこと》をつくして赤穴《あかな》は西に歸りけり。

[四一]あら玉の月日はやく經《へ》ゆきて、下枝《したえ》の[四二]茱萸《ぐみ》色づき、垣根の野ら菊[四三]艶《にほ》ひやかに、

二六 学問が時勢にむかないで。
二七 仕官立身のつても失った。書言故事大全「仕宦相与ニスルヲ青雲之交有リト曰フ」。「給へ」の下の句点は補。 二八 士君子たるものは人の道たる義を最も大切にする。成功名声や物質的な豊かさなど問題ではない。死生交に「邵曰フ、大丈夫ハ義気ヲ以テ重シト為ス、功名富貴ハ乃チ微末ノミ」。「足ず」の下の句点は補。
二九 敏達紀「礼(ゐや)」。また「敬」を「いやまふ」とよむ。 三〇 うれしく思いながら、また幾日か逗留した。 三一 山の峰にさく花。新拾遺二「初瀬山尾上の花は散り果てて入相のかねに春ぞ暮れぬる」。 三二 風葉四「衣手に涼しき風を」。新勅撰四「よる浪の涼しくもあるか」。
三三 尋ねるまでもなくはっきりした。
三四 出雲の状勢。
三五 書言故事大全「貧薄ニシテ親ニ事フルヲ輙チ菽水之歓ヲ尽スト曰フ」(礼記の檀弓下篇「孔子曰ク菽(大豆)ヲ啜リ水ヲ飲ミ其ノ歓ビヲ尽ス、斯レヲ之レ孝ト謂フ」)。和名抄の奴の条「和名豆布弥、人之下也」。ここでは奉仕の意。
三六 今しばしの別れをお許し下さい。
三七 仁徳紀「昆(このかみ)」(和名抄にも)。
三八 月日のたつのは早い意の成語。
三九 陰暦九月九日のいわゆる菊の節句の日。九を陽の極とし、それの重なる意で重陽という。
四〇 粗酒(みずくさい酒)を準備して。
四一 年・月などの枕詞。
四二 菊酒を飲むと共に茱萸(実は「かわはじかみ」で「ぐみ」でないという)を入れた嚢を帯びるのは、九月の節句の古来の習(五雑組・公事根源)。ただしここは死生交の主人公達の別れの杯に茱萸が浮んでいた一条から得て、景物として菊と共に点出した。 四三 色美しく。

九月《ながづき》にもなりぬ。九日《こゝぬか》はいつよりも蚤《はや》く起出《おき》(で)て、[一]草の屋の席《むしろ》をはらひ、[二]黄菊しら菊二枝三枝小瓶《こがめ》に挿《さし》、[三]嚢《ふくろ》をかたふけて酒飯《しゆはん》の設《まうけ》をす。老母云(ふ)。「かの[四]八雲たつ國は山陰の果《はて》にありて、こゝには百里を隔《へだ》つると聞(け)ば、けふとも定(め)がたきに、[五]其來《こ》しを見ても物すとも遲《おそ》からじ」。左門云(ふ)。「赤穴は信《まこと》ある武士《もののべ》なれば必(ず)約《ちぎり》を誤《あやま》らじ。其人を見てあはたゝしからんは[六]思はんことの恥かし」とて、美酒《よきさけ》を沽《か》ひ[七]鮮魚《あさらけき》を宰《に》て厨《くりや》に備《そな》ふ。此日や天晴《そらはれ》て、[八]千里《ちさと》に雲のたちゐもなく、[九]草枕旅ゆく人の群《むれ》〳〵かたりゆくは、「けふは誰某《たれがし》がよき京《みやこ》入《いり》[一〇]なる。此度《たび》の[一一]商物《あきもの》によき徳とるべき祥《さが》になん」とて過(ぐ)。五十《いそぢ》あまりの武士《もののべ》、廿《はたち》あまりの同じ出立なる、[一二]「日和《には》はかばかりよかりしものを、[一三]明石より船もとめなば、この[一四]朝びらきに[一五]牛窻《うしまど》の門《と》の泊《とま》りは[一六]追《おふ》べき。若き男《をのこ》は[一七]却《けく》物怯《をびへ》して、錢おほく費《つい》やすことよ」といふに、「殿《との》の上《のぼ》らせ給ふ時、[一八]小《あつ》

一 陋屋を掃除して。
二 死生交「遍ニ菊花ヲ瓶中ニ插ス」。この所は死生交より秋成の方が景をうつしてくわしい。
三 所持金を尽くして酒食の用意をした。
四 「八雲たつ」は出雲の枕詞。出雲の国をさす。出雲は山陰道(中国地方の日本海岸沿いの諸国)の奥にあって。
五 その来たのを見て、用意しても。「も」は強めの助詞。
六 彼がどう思うかを考えると此方が恥かしい。
七 仁徳紀「鮮魚(あさらけ きうを)」。「宰て」以下は、料理して台所に準備した意。
八 見渡すかぎり一点の雲もなく。死生交「是日ハ天晴レテ日朗カニ、万里ニ雲無シ」。
九 旅の枕詞。
一〇 「なり」の連体形で終止に用いる。この例以下に多い。
一一 こんどの商売物で大きなもうけをする吉兆。秋山記「あきものあまた積みもて」。雨夜物語たみことば「仁徳紀に、よきさがに、吉祥の字を書けり。(中略)祥はきざしをいへり」。
一二 補正「海上の風波なく平らかなるをにはよしと云ふ。日和(にわ)よしと書きけんより晴天を日和と云ひならはせし也」。
一三 明石市。一四 金砂三「朝びらきは朝夙く漕ぎ出づる舟也」。一五 牛窓の海峡の古来の港。岡山県邑久郡牛窓町。
一六 宇万伎の土佐日記解「此のおふは舟を風に進ます也」。牛窓港をめざして舟を進められたのに。一七 かえって物おじして。
一八 讃岐(香川県)小豆郡に属する瀬戸内海の島。
一九 播磨の古来の大港。兵庫県揖保郡御津町。
二〇 室津へ渡海なさって、こっぴどい目におあいになったのを。

豆嶋《きじま》より一九室津《むろつ》の二〇わたりし給ふに、なまからきめにあはせ給ふを、従《みとも》に侍《はべ》りしものゝかたりしを思へば、このほとりの渡りは必(ず)怯《をびゆ》べし。な二一恚《ふくつみ》給ひそ。二二魚が橋の二三蕎麥《くろむぎ》ふるまひまをさんに」といひなぐさめて行(く)。

二四口とる男《をのこ》の腹《はら》だゝしげに、「二五此死馬《しにうま》は眼《まなこ》をもはたけぬか」と、荷鞍《にぐら》おしなほして二六追(ひ)もて行(く)。午時《ひる》もやゝかたふきぬれど、待(ち)つる人は來らず。西に沈《しづ》む日に、宿り急《いそ》ぐ足のせはしげなるを見るにも、二七外《と》の方《かた》のみまもられて心酔《あへ》るが如し。

老母左門をよびて、「二八人の心の秋にはあらずとも、二九菊の色こきはけふのみかは。歸りくる信《まこと》だにあらば、空《そら》は三〇時雨にうつりゆくとも何をか怨《うらむ》べき。入(り)て臥《ふし》もして、又翌《あす》の日を待(つ)べし」とあるに、否《いな》みがたく、母をすかして前《さき》に臥《ふさ》しめ、もしやと戸《と》の外《そと》に出(で)て見れば、三一銀河《ぎんが》影きえぐ\に、三二氷輪《ひやうりん》我のみ

(この插画は内容と直接関係がなく、陰徳太平記二の記事による。尼子経久が富田城をおとした時、正月の千秋万歳の連中をかたらい、城門に城中の人々をあつめて、搦手からせめ入ったことの図である。)

二一 字典「恨怒也」。神代紀上「哭恚(なきふつくむこと)」。秋成は長く、このように誤り用いた。
二二 播磨の古来の宿駅。兵庫県高砂市阿弥陀町。→補注一六。
二三 和名抄「蕎麦　和名曾波牟伎、一ニ久呂無木ト云フ」。
二四 馬子。
二五 この死んだも同然の馬は、目を開けていないか。つまずいた馬を罵る言葉。
二六 馬をかって速力を出しながらゆく。
二七 自然と外にばかり眼がそそがれて、正心のないようである。死生交「酔フガ如ク癡ナルガ如シ」。
二八 赤穴の心は秋の空のように変り易くなくとも。新古今十五「色かはる萩のした葉を見てもまづ人の心の秋ぞ知らるる」。
二九 交りの情の深いのを、菊花の色の濃いのにたとえた。
三〇 時雨ふる頃になっても。続後拾遺六「偽のなき世なりけり神無月誰がまことよりしぐれ初めけむ」によって、信(まこと)と時雨は縁語。
三一 天の川の星の光はおぼろで。
三二 かがやく月。水滸伝二回(訓訳本)「氷輪展出ス三千里」。この前後の文章は死生交に「看見ス銀河耿耿トシテ、玉宇澄澄タリ。漸ク三更ノ時分ニ至リ、月光都ベテ没了ス」。

を照《てら》して淋しきに、軒守《も》る犬の吼《ほゆ》る聲すみわたり、浦浪の音ぞ[一]こゝもとにたちくるやうなり。[二]月の光も山の際《は》に陰《くら》くなれば、今はとて戸《と》を閉《たて》て入(ら)んとするに、たゞ[三]看《みる》。おぼろなる黒影《かげろひ》[四]の中に人ありて、風の[五]随《まに〳〵》來るをあやしと見ればて赤穴宗右衛門なり。踊《をど》りあがるこゝちして、「[六]小弟蚤《しやうていはや》くより待(ち)て今にいたりぬる。盟《ちかひ》たがはで來り給ふことのうれしさよ。いざ入(ら)せ給へ」といふ[七]めれど、只[八]點頭《うなづき》て物をもいはでである。左門前《さき》にすゝみて、南の[九]窻《まど》の下《もと》にむかへ座につかしめ、「兄長《このかみ》來り給ふことの遲《おそ》かりしに、老母も待(ち)わびて、[一〇]翌こそと臥所《ふしど》に入らせ給ふ。寤《さま》させまいらせん」といへるを、赤穴又頭《かしら》を搖《ふり》て[一一]とゞめつも、更《さら》に物をもいはでぞある。左門云(ふ)。「既に[一二]夜を續《つぎ》て來《こ》し給ふに、[一三]心も倦《うみ》足も勞《つか》れ給ふべし。[一四]幸《さいはひ》に一杯《はい》を酌《くみ》て[一五]歇息《やすませ》給へ」とて、酒をあたゝめ、[一六]下物《さかな》を列《つら》ねてすゝむるに、赤穴[一七]袖をもて面《おもて》を掩《おほ》ひ其臭《にほ》ひを嫌放《いみさく》るに似たり。左門いふ。「[一八]井臼《せいきう》の力《つとめ》はた欵《もてな》すに足《たら》ざれども、己《おの》が心なり。いやしみ給ふことなかれ」。赤穴猶答へもせで、長嘘《ながきいき》をつぎつゝ、しばししていふ。「賢弟が信《まこと》ある[一九]饗應《あるじぶり》をなどいなむべきことわりやあらん。欺《あざむ》くに詞なければ、実《じつ》をもて告《つぐ》るなり。必(ず)しもあやしみ給ひそ。吾は[二〇]陽世《うつせみ》の人にあらず、きたなき靈《たま》のかりに形《かたち》を見[二一]えつるなり」。左門大に驚きて、「兄長《このかみ》何ゆゑにこのあやしきをかたり出(で)給

一　ここの所へ寄せてくる気がする。源氏、須磨「ひとり目をさまし給ひて、(中略)浪ただこゝもとに立ちくる心地して」。「ぞ」の結びが終止形「なり」となっている。

二　山のかなたに月も入りかけて、光も暗くなったので。

三　中国白話小説で、中途で注意を転ずる時の常套語「只看」「只見」の訳。

四　陰になる意の動詞「かげろふ」の連用形を名詞としたもの。死生交「隠隠トシテ黒影ノ中ニ一人ノ風ニ随(したが)ツテ至ルヲ見ル」。

五　風に従って。神代紀上「順風(かぜのまにまに)」。

六　弟分の自分の謙辞。蚤くは早く。死生交「小弟蚤クヨリ直ニ候(ま)チテ今ニ至ル」。

七　ここの「めり」は婉曲な言い方を示す。

八　忠義水滸伝解「点頭　ウナヅクコト」。

九　南面した座敷即ち表座敷の窓下。繁野話第五篇「南廂(みなおもて)」。

一〇　明日にはきっとおいでになるだろうと、寝室へ入りました。

一一　とどめながらも。「つ」→補注五。

一二　日に夜をついでの意。昼夜兼行で。

一三　心身ともに疲れなさったでしょう。

一四　訳文筌蹄「幸　コヒネガハクバト訓スルトキハ上(冀)ニ同ジ。カクアラバ幸ナラント思フ意ユヘ義通ズルナリ」。

一五　死生交「各自歇息ス」。

一六　酒のさかな。世説の注「下物ハ飲ノ儲也」。

一七　死者が魚類の生臭いを避けるさま。

一八　手料理でどうも御馳走にはならないが、私の真心です。剪燈新話の愛卿伝に「井臼ヲ操持ス」(後漢書の馮衍伝に「児女皆常ニ自ラ井臼ヲ操ル」)。

一九　もてなしをいやがるわけがあろうか。竹取

ふや。更に夢ともおぼえ侍らず」。赤穴いふ。「賢弟とわかれて國にくだりしが、國人《くにびと》大かた經久が勢《いきほ》ひに服《つき》て、塩冶《えんや》の恩《めぐみ》を顧《かへりみ》るものなし。從弟《いとこ》なる赤穴《あかな》丹治冨田の城にあるを訪《とむ》らひしに、[二二]利害《りがゐ》を説《とき》て吾を經久に見《まみ》えしむ。假《かり》に其詞を容《いれ》て、つら〳〵經久がなす所を見るに、[二三]萬夫《ばんふ》の雄《ゆう》人に勝《すぐ》れ、よく[二四]士卒《いくさ》を[二五]習練《たならす》といへども、[二六]智を用《もち》うるに[二七]狐疑《こぎ》の心おほくして、[二八]腹心爪牙《ふくしんさうが》の家の子なし。永く居《を》りて益《やう》なきを思ひて、賢弟が菊花の約《ちぎり》ある叓をかたりて去《さら》んとすれば、經久怨《うら》める色ありて、丹治に令《れい》し、吾を[二九]大城《おほぎ》の外にはなたずして、遂《つひ》にけふにいたらしむ。此約《ちかひ》にたがふものならば、賢弟吾を[三〇]何ものとかせんと、ひたすら[三一]思ひ沈《しづ》めども遁《のが》るゝに方《(すべ)》なし。[三二]いにしへの人のいふ。「人一日に千里《ち》をゆく」と。[三三]此ことわりを思ひ出(で)て、みづから刃《やいば》に伏《ふし》、今夜《こよひ》[三四]陰風《かぜ》に乘《のり》てはる〳〵來り菊花の約《ちかひ》に[三五]赴《つく》。[三六]この心をあはれみ給へ」といひをはりて泪わき出(づ)るが如し。「今は永きわかれなり。只母公《ぼこう》によくつかへ給へ」とて、座を立(つ)と見しがかき消《きえ》て見えずなりにける。左門[三七]慌忙《あはて》とゞめんとすれば、陰風《いんふう》に[三八]眼《まなこ》くらみて行方《ゆくへ》をしらず。俯向《うつぶし》につまづき倒《たを》れたるまゝに、聲を放《はなち》て大に哭《なげ》く。老母目さめ驚《おどろ》き立(ち)て、左門がある所を見れば、座上《とこのべ》に酒瓶《さかがめ》[三九]魚盛《なもり》たる皿《さら》どもあまた列《なら》べたるが中に臥倒《ふしたを》れたるを、いそがはしく扶起《たすけおこ》し

物語「あるじいかめしうつかうまつる」。
二〇 この世の人でなく、死んでけがれた霊が。死生交「吾ハ陽世之人ニ非ズ。乃チ陰魂也」。
二一 あなたの前に現わしたのだ。
二二 為にならないことを述べて。忠義水滸伝解「雅語ニテハ利ト害ト二ツコトニナルナリ。俗語ニテハ害バカリノコトナリ」。
二三 万夫不当の英雄。
二四 兵士。允恭紀「卒(いくさ)」。
二五 ならす。「た」は接頭語。
二六 武勇はすぐれるが、智謀経略の方面では。
二七 うたがい深い性質で。楚辞「猶予シテ狐疑ス」。
二八 同心同徳をもって、手足の如く働く家臣。詩経の免置章に「赳々タル武夫ハ公侯ノ腹心」。同じ祈父章に「祈父ハ予ガ王ノ爪牙ナリ」。
二九 本城の外に出させないで。万葉八「大城(おほき)乃山」(一四七四)。
三〇 義にそむく人でなしと思うであろう。
三一 深く思案をしたが、脱出の方法がない。
三二 死生交「常ニ聞ク、古人云ヘル有リ。人ハ能ク千里ヲ行ク能ハズ。魂ハ能ク日ニ千里ヲ行クト」。三三 この理窟。
三四 妖怪亡霊などの出現にともなう生臭い風。死生交「自ラ刎レテ死シ、魂ハ陰風ニ駕シテ、特ニ雞黍之約ニ来タリ赴ク」。
三五 字典に「赴ハ至也」。
三六 この心情をおもいやって下さい。
三七 忠義水滸伝解「慌忙　アタフタトアハテルコト」。三八 目が見えなくなって。
三九 肴。料理。古事記伝十四「魚を那と云ふは、饌に用ひる時の名なり。只何となく海川にあるなどをば、宇乎と云ひて、那とは云はず。此のけぢめを心得おくべし」。

て、「いかに」ととへども、只聲[一]を呑《のみ》て泣《なく》〳〵[二]さらに言《ことば》なし。老母問(ひ)ていふ。

「伯氏赤穴《あにあかな》が約《ちかひ》にたがふを怨《うらむ》るとならば、明日《あす》[三]なんもし來るには言《ことば》なからんものを。汝[四]かくまでをさなくも愚《おろか》なるか」とつよく諫《いさむ》[五]るに、左門漸《やゝ》[六]答へていふ。

「兄長《このかみ》今夜《こよひ》菊花の約《ちかひ》に恃《わざ〳〵》[七]來る。酒殽《しゆかう》をもて迎《むか》ふるに、再三《あまたゝび》[八]辞《いなみ》[九]給ふて云(ふ)。しか〳〵のやうにて約《ちかひ》に背《そむ》くがゆゑに、自刃《みづからやいば》に伏《ふし》て陰魂《なきたま》百里を來るといひて見えずなりぬ。それ故にこそは母の眠《ねむり》[一〇]をも驚《おどろ》かしたてまつれ。只〳〵赦《ゆる》し給へ」と潸然《さめ〴〵》[一一]と哭《なき》入(る)を、老母いふ。「[一二]牢裏《らうり》に繋《つな》がるゝ人は夢《ゆめ》にも赦《ゆる》さるゝを見え、渴《かつ》するものは夢に漿水《しやうすい》を飲《のむ》」といへり。汝も又さる[一三]類《たぐひ》にやあらん。よく心を靜《しづ》むべし」とあれども、左門頭《かしら》を搖《ふり》て、「まことに夢の[一四]正《まさ》なきにあらず。兄長《このかみ》はこゝもとにこそありつれ」と、又聲を放《あげ》て哭倒《なきたを》る。老母も今は疑《うたが》はず、相叫《よび》て其夜は哭《なき》あかしぬ。


明(く)る日左門母を拜[一五]していふ。「吾幼《をさ》なきより身を翰墨《かんぼく》[一六]に托《よす》るといへども、國[一七]に忠義の聞[一八]えなく、家に孝信をつくすことあたはず、徒《いたづら》に天地のあひだに生《うま》るゝのみ。兄長赤穴《このかみあかな》は一生を信義の爲に終《をは》る。小弟[一九]けふより出雲に下り、せめては骨《ほね》[二〇]を藏《をさ》めて信《しん》を全《まつた》うせん。公尊體《きみおほんみ》[二一]を保《たもち》給ふて、しばらくの暇《いとま》を給ふべし」。老母云(ふ)。「吾兒《わがこ》かしこに去(る)ともはやく歸りて老[二二]が心を休めよ。永く逗《とゞ》

一　しのび泣きに。
二　一向に返事をしない。
三　明日になって、もし赤穴が来た時には、今怨んだという自己の心情が、自分で恥かしくて、言うべき言葉もないだろうがな。
四　お前はこうまで、たわいなく物の道理がわからないことはなかろう。仁徳紀「不賢(をさなし)」。
五　元気づけると。
六　ようやくにして。
七　「特」の誤刻。
八　度々。源氏、桐壺「相人おどろきてあまたゝびかたぶきあやしぶ」。
九　ことわる。皇極紀「再三固辞(しきりにいなびて)」。
一〇　眠を覚させました。何とぞおゆるし下さい。
一一　剪燈新話の滕穆酔遊聚景園記の注に「涕流ル、貌」。
一二　牢獄の中にとらわれている人。死生交「古人ノ云フ有リ。囚人ハ赦ヲ夢ミ、渴人ハ漿ヲ夢ムト」。漿は字典に「酢漿也、一ニ水米汁ヲ曰フ」。　一三　希望する所が夢にあらわれた類。
一四　夢なんかのような、確かでないことではない。　一五　願い出た様子。
一六　文事学問を専門にしているが。
一七　死生交「劭、国ニ忠ヲ尽ス能ハズ、家ニ孝ヲ尽ス能ハズ、徒ラニ天地ノ間ニ生クル耳」。
一八　名声。
一九　赤穴の為には弟分である自分は。
二〇　屍を葬って、兄弟分の信義の務をはたしたいと思う。
二一　公は母をさす。母上はお身を大事になさって。
二二　この老人に心配させないで欲しい。
二三　今日をもって、永の別れの日としないように。母は老人ゆえ死をはかられず、子にも多少

まりてけふを[二三]舊《ひさ》しき日となすことなかれ」。左門いふ。「[二四]生《しやう》は浮《うき》たる漚《あわ》のごとく、旦《あさ》にゆふべに定めがたくとも、[二五]やがて歸りまいるべし」とて泪を振《ふる》ふて家を出(づ)。佐用氏にゆきて老母の介抱《いたはり》を[二六]苦《ねんごろ》に[二七]あつらへ、出雲の國に[二八]まかる路《みち》に、[二九]飢《うゑ》て食《しよく》を思はず、寒きに衣をわすれて、まどろめば夢にも哭《なき》あかしつゝ、十日を經《へ》て冨田の大城《ぎ》にいたりぬ。

先赤穴丹治が宅《いへ》にいきて[三〇]姓名をもていひ入(る)るに、丹治迎《むか》へ請《せう》じて、「[三一]翼《つばさ》ある物の告(ぐ)るにあらで、いかでしらせ給ふべき。[三二]謂《いはれ》なし」としきりに問(ひ)尋《もと》む。左門いふ。「士《し》たる者は[三三]富貴消息《ふうきせうそく》の事ともに論ずべからず。只信義をもて重しとす。伯氏《あに》宗右衛門一旦《たび》の約《ちかひ》をおもんじ、[三四]むなしき魂《たま》の百里を來るに[三五]報《むく》ひすとて、[三六]日夜を逐《おふ》てこゝにくだりしなり。吾學《まな》ぶ所について士に尋ねまいらすべき旨《むね》あり。ねがふは明らかに答へ給へかし。昔魏《ぎ》の[三七]公叔座《こうしゆくざ》病の牀《ゆか》にふしたるに、[三八]魏王《ぎわう》みづからまうでゝ手をとりつも告《つぐ》るは、「[三九]若諱《もしいむ》べからずのことあらば誰をして[四〇]社稷《くに》を守らしめんや。吾(が)ために教《をしへ》を遺《のこ》せ」とあるに、叔座《しゆくざ》いふ。「[四一]商鞅《しやうおう》年少《わじ》しといへども奇才《きさい》あり。王若《きみもし》此人を用ゐ給はずば、これを殺《ころ》しても境《さかひ》を出(だ)すことなかれ。他の國にゆかしめば[四二]必(ず)も後の禍《わざはひ》となるべし」と、苦《ねんごろ》に教《をし》へて、又商鞅《しやうおう》を私《ひそか》にまねき、「吾汝をすゝむれども王[四三]許《ゆる》さゞる色

の危険を考えての言葉。
二四 人の命は泡のように、朝、その夕方の様が予定出来ぬ程はかないが。死生交「劭曰フ、生ハ浮キタル漚ノ如ク、死生之事ハ旦夕モ保チ難シ」。 二五 すぐに。
二六 訳文筌蹄「苦 ネンゴロトヨメドモ懇ト別ナリ(中略)ゼヒ〳〵ト請ヒ求ル」こととあるが、本書では懇と同意に用いてある。
二七 依頼して。
二八 都の方面から地方へゆく。下る。万葉六「天離るひなべにまかる古衣」(一〇一九)。
二九 ただ赤穴のことのみを思いつづけることを言った文。死生交「沿路上、餓ヱテ食ヲ択バズ、寒ニシテ衣ヲ思ハズ、夜ハ店舎ニ宿リ、夢中ト雖モ亦哭ス」。
三〇 姓名をつげて、事情を申し込むと。
三一 中国の昔、蘇武が雁の足に書状を託した故事をふんだ言葉。 三二 そんなわけがない。
三三 高貴盛衰。「…べからず」の下の句点は補。
三四 亡魂。
三五 信義に信義をもって報ぜんとするとて。
三六 夜を日についで。
三七 中国戦国時代、魏の宰相。以下の事は、史記六十八、商君列伝に見えて殆ど同じ。↓補注一七。 三八 自分で見舞に来て、手をとりながら。
三九 字典「不諱ハ死ヲ謂フ也」。死を婉曲にいったもの。
四〇 土の神と穀の神。これを祀る意で国家のこと。仁徳紀「社稷(くに)」。
四一 後に秦の宰相になり、商君と呼ばれる刑名家。この予言の如く魏は商鞅のために破られる。
四二 「も」は強めの助詞。
四三 自分の説を聞き入れない様子なので。

あれば、用ゐずはかへりて汝を害《がゐ》し給へと教ふ。是[一]君を先にし、臣を後にするなり。汝速《はや》く他《ひと》の國に去《さり》て害《がい》を免《のが》るべし」といへり。此事士《し》と宗右衛門に[二]比《たぐへ》てはいかに」。丹治只頭《かしら》を[三]低《たれ》て言《ことば》なし。左門[四]座をすゝみて、「伯氏宗右衛門塩冶《えんや》が舊交《よしみ》を思ひて尼子に仕へざるは義士なり。士は旧主《きうしゆ》の塩冶を捨(て)て尼子に降《くだ》りしは士たる義なし。伯氏《あに》は菊花の約《ちかひ》を重《おも》んじ、命を捨(て)て百里を來《こ》しは信《まこと》ある極《かぎり》なり。士は今尼子に媚《こび》て[五]骨肉《こつにく》の人をくるしめ、此[六]横死《わうし》をなさしむるは友とする[七]信《まこと》なし。經久強《しひ》てとゞめ給ふとも、[八]舊《ひさ》しき交《まじ》はりを思はゞ、私《ひそか》に商鞅叔《しやうおうしゆく》座《ざ》が信《まこと》をつくすべきに、只[九]榮利《えいり》にのみ走《はし》りて士家《しか》の風《ふう》なきは、[一〇]即《すなはち》尼子の家風《かふう》なるべし。[一一]さるから兄長《このかみ》何故此國に足をとゞむべき。吾今信義を重《おも》んじて態《わざ》とこゝに來る。汝は又不義のために汚名《をめい》をのこせ」とて、いひもをはらず[一二]抜打《ぬきうち》に斬《きり》つくれば、一刀《かたな》にてそこに倒《たを》る。[一三]家眷《いへのこ》ども立(ち)騒《さわ》ぐ間《ひま》にはやく逃《のが》れ出(で)て[一四]跡なし。尼子經久此よしを傳《つた》へ聞(き)て、兄弟信義《しんぎ》の篤《あつ》きをあはれみ、左門が跡をも強《しひ》て逐《おは》せざるとなり。[一五]咨[一六]輕薄《あゝけいはく》の人と交はりは結《むす》ぶべからずとなん

雨月物語一之巻終

一　商君列伝のこの条に「我ハ方ニ君ヲ先ニシテ、臣ヲ後ニスルナリ」。
二　比較してどう思うか。
三　字典に「垂ル也」。
四　→四一頁注三〇。
五　四二頁注一四の如く、親子兄弟のことであるが、ここではひいて親族をさす。
六　寿命でなくして、不慮に死ぬこと。
七　朋友の交あるを信という。
八　宗右衛門との長年の交際を考えたなら。
九　利益を得ることにばかり心がけて、武士としての気風がないのは。
一〇　とりもなおさず。
一一　それ故。
一二　刀をぬくや直ちに切りつけること。
一三　家来。
一四　行方がわからない。
一五　字典「咨ハ嗟歎之辞」。
一六　初めの結交行を引いた文章に対して、首尾相応じている。

雨月物語《うげつものがたり》　巻之二

浅茅《あさぢ》が宿《やど》

[一七]下総《しもをさ》の國[一八]葛餝郡《かつしかのこほり》[一九]眞間《まゝ》の郷《さと》に、勝《かつ》四郎といふ男ありけり。[二〇]祖父《おほぢ》より舊《ひさ》しくこゝに住(み)、田畠《ばた》あまた[二一]主《ぬし》づきて家豊《ゆたか》に暮しけるが、[二二]生長《ひとゝなり》て物にかゝはらぬ性《さが》より、[二三]農作《なりはひ》をうたてき物に厭《いと》ひけるまゝに、はた家貧《まづ》しくなりにけり。[二四]さるほどに親族《うから》おほくにも[二五]疎《うとん》じられけるを、[二六]朽《くち》をしきことに思ひしみて、いかにもして[二七]家を興《おこ》しなんものをと[二八]左右《とかく》にはかりける。其比[二九]雀部《さゝべ》の曾次《そう》といふ人、[三〇]足利染《あしかゞ》の絹を[三一]交易《かうえき》するために、年〳〵京よりくだりけるが、此郷《さと》に氏族《やから》のありけるを屢《しばく》來訪《きとふ》らひしかば、かねてより親《した》しかりけるまゝに、[三二]商人《(あきびと)》となりて京にまうのぼらんことを頼みしに、雀部《さゝべ》いと[三三]やすく肯《うけ》がひて、「いつの比は[三四]まかるべし」と[三五]聞えける。[三六]他《かれ》がたのもしきをよろこびて、残《のこ》る田をも販《うり》つくして金《かね》に代《かへ》、絹《き》素《ぬ》あまた買積《かいつみ》て、京にゆく日を[三七]もよほしける。

一七　千葉県内。「をさ」の訓は、総は麻(を)の意味と解してであろう。一八　和名抄「葛餝　加止志加」。普通は葛飾。一九　万葉九「勝鹿の真間」(一八〇七)。市川市真間町。二〇　和名抄の祖父の条「於保知」。二一　所有して。二二　生れながら物事にかまわぬ性質のために。雨夜物語たみことば「神代紀に、かみさがといふに、神性の字を書く、(中略)性はうまれつきたるくせをいひ」。二三　百姓仕事を苦にして嫌ったので、当然に。和名抄「日本紀私記ニ云フ、農　奈利波比」。二四　そうこうしている間に。二五　正しくは「疎ぜられ」とあるべき所。口語と混じて誤ったのであろう。二六　口惜しきことだと、しみじみ思って。二七　家運を盛んにしたいものだなあ。「なん」は未来完了の助動詞で、ここは強め。「ものを」は詠嘆の助詞。二八　あれこれと計画した。二九　和名抄に「雀部」を「散々倍」。三〇　下野(栃木県)足利附近産の染物。徒然草二百十六「年ごろに給はる足利の染物」。三一　取引。源氏、玉蔓の条の湖月抄に引く小右記「令交易後明燈心器等」。三二　雄略紀「商客(あきひと)」。和名抄に「商人　和名阿岐比止」。(七〇頁十一行目参照)。三三　簡単に承知して。三四「まかる」は貴い所から退出する義。ここは「まゐる」と混じて用いた。この地へ参りましょう。三五　申した。「言ふ」の雅語。鄭重語に用いた。三六　忠義水滸伝解「カレナリアレナリ又アノト訳スルナリ、無意ニ使フ時モアリ」。三七　準備した。

勝四郎が妻《(め)》宮木《みやぎ》なるものは、[一]人の目とむるばかりの容《かたち》に、心ばへも愚《おろか》ならずありけり。此度勝四郎が商物買《あきものかひ》て京《みやこ》にゆくといふをうたてきことに思ひ、言《ことば》をつくして諫《いさ》むれども、[二]常の心のはやりたるにせんかたなく、[三]梓弓末《あづさゆみすゑ》のたづきの心ぼそきにも、[四]かひ〴〵しく調《こし》らへて、[五]其夜はさりがたき別《わか》れをかたり、「[六]かくてはたのみなき女心の、[七]野にも山にも惑《まど》ふばかり、物うきかぎりに侍り。朝《あした》に夕べにわすれ給はで、速《はや》く帰り給へ。[八]命だにとは思ふものゝ、[九]明《あす》をたのまれぬ世のことわりは、[一〇]武《たけ》き御《み》心にもあはれみ給へ」といふに、「[一一]いかで浮木《うきぎ》[一二]に乗《のり》つもしらぬ國に長居せん。[一三]葛《くず》のうら葉のかへるは此秋なるべし。心づよく待(ち)給へ」といひなぐさめて、夜も明(け)ぬるに、[一四]鳥が啼(く)東《あづま》を立(ち)出(で)て京の方へ急ぎけり。

此年《ことし》[一五]享徳《きやうとく》の夏、[一六]鎌倉《かまくら》の御所成氏朝臣《ごしよしげうぢあそん》、[一七]管領《くはんれい》の上杉《うへすぎ》と御中放《さけ》て、舘《みたち》兵《へう》火に跡なく滅《ほろび》ければ、御所は[一八]総州《そうしう》の御味方《みかた》へ落(ち)させ給ふより、[一九]関の東忽(ち)に乱れて、[二〇]心〳〵の世の中となりしほどに、老(い)たるは山に逃竄《にげかく》れ、[二一]弱《わか》きは[二二]軍民《いくさひと》にもよほされ、「けふは此所を焼《やき》はらふ」、「明《あす》は敵のよせ來るぞ」と、女わらべ等《ら》は東西《おちこち》に迯(げ)まどひて泣(き)かなしむ。勝四郎が妻《(め)》なるものも、いづちへも遁《のが》れんものをと思ひしかど、「此秋を待《まて》」と[二三]聞えし夫《おつと》の言《ことば》を頼みつゝも、安か

一 人目をひく程の器量よしの上に、気性もしっかりしていた。
二 平常はやり気な上に、今度は更にはやっているので。勝四郎の性格を示す文句。
三 梓弓は末にかかる枕詞。この後の生計。万葉十二「あづさ弓末のたづきは知らねども心は君によりにしものを」(二九八五の一本歌)
四 まめまめしく夫の旅支度をして。
五 出発の前夜は、離れ難い別離の情を述べ。
六 一人後に残されては、たよりにする者のない女の気持では。七 全く途方にくれる意。古今十八「いづくにか世をばいとはむ心こそ野にも山にもまどふべらなれ」。八 命さえあればまた逢えると思いはするが。古今八「命だに心にかなふものならば何か別れの悲しからまし」。
九 明日知らぬ世などいわれる現世無常の理。
一〇 気丈な。以上女心の可憐を和文調で述べてある。一一 いかでは「長居せん」にかかる。
一二 筏に乗りながら他国に。不安定な生活のたとえ。源氏、松風「いくかへりゆきかふ秋をすぐしつゝうき木にのりてわれかへるらん」。
一三 「かへる」の序詞。合せて秋の季感を出す語。「かへる」は、葉の裏がえると帰郷の意をかける。
一四 あづまの枕詞。合せて、夜があけたとはやる夫の気持に、雞も鳴く夜明けの景を点出した。
一五 下の史実は享徳四年(康正元年、一四五五)。
一六 鎌倉公方足利持氏の子。後に古河に拠る。↓補注一八。一七 鎌倉管領上杉憲忠。憲忠と不和になって。一八 ここは下総をさす。一九 関東地方。
二〇 諸侯の統一がなくなったので。
二一 若い。万葉三「弱《(わか)》薦」(二三九)。
二二 軍卒に召集され。二三 「言った」の鄭重語。

らぬ心に日をかぞへて暮しける。秋にもなりしかど[二四]風の便りもあらねば、[二五]世とゝもに憑《たの》みなき人心かなと、恨みかなしみ[二六]おもひくづをれて

[二七]身のうさは人しも告《つげ》じあふ坂の夕づけ鳥よ秋も暮(れ)ぬと

かくよめれども、國あまた隔《へだて》ぬれば、いひおくるべき傳《つて》もなし。世の中騒《さわ》がしきにつれて、[二八]人の心も恐しくなりにたり。[二九]適間《たま〱》とふらふ人も、宮木《みやぎ》がかたちの[三〇]愛《めで》たきを見ては、さま〲にすかしいざなへども、[三一]三貞《てい》の賢《かしこ》き操《みさほ》を守りてつらくもてなし、後は戸を閉《たて》て見えざりけり。一人《ひとり》の婢女《はしため》も去《さり》て、すこしの貯《たくは》へもむなしく、[三二]其年も暮(れ)ぬ。年あらたまりぬれども猶をさまらず。あまさへ去《こ》年《ぞ》の秋[三三]京家の下知として、美濃の國[三四]郡上《ぐじやう》の主《ぬし》、[三五]東《とう》の下野守常縁《つねより》に[三六]御旗《みはた》を給《た》びて、[三七]下野の領所《しるところ》にくだり、氏族《しぞく》[三八]千葉《ちば》の実胤《さねたね》とはかりて責《せむ》るにより、御所方も固《かた》く守りて拒《ふせ》ぎ戦《たゝか》ひけるほどに、いつ果《はつ》べきとも見えず。[三九]野伏《のぶしら》等はこゝかしこに寨《さゐ》をかまへ、火を放ちて財《たから》を奪《うば》ふ。[四〇]八州《はつしう》すべて安き所もなく、浅ましき世の費《ついえ》なりけり。

勝四郎は雀部《さゝべ》に従ひて京にゆき、絹ども残りなく交易《かうえき》せしほどに、[四一]當時《このごろ》都は花美《くはび》を好む節《とき》なれば、よき[四二]徳とりて東《あづま》に帰る用意《はかりこと》をなすに、今度《このたび》上杉の兵《つはもの》鎌倉の御所を陥《おと》し、なほ御跡をしたふて責討《せめうて》ば、古郷《ふるさと》の邊《ほと》りは[四三]干戈《かんくは》みち〱て、[四四]涿《たく》

二四 少しの音信。秋風は先ずおとずれたが、夫については、風のたよりもない。 二五 世間の悪化と共に。 二六 落胆して。 二七 古今十一「あふ坂のゆふつけ鳥もわがごとく人や恋しき音のみ鳴くらむ」による。「夕つけ」が正しい。私の悲しみは誰人も夫に告げてはくれまい。「逢ふ」「つげる」と名のるあふ坂の夕つけ鳥よ、約束の秋も暮れたと知らせてくれ、との意。↓補注一九。 二八 方丈記「人の心皆あらたまりて」。 二九 死生交「適間親見巨卿到来」。 三〇 愛すべきを見て…なびくようにすかしさそうが。 三一 剪燈新話句解の愛卿伝の三貞の注「義婦節婦烈婦也、或ハ曰フ孝子忠臣烈女也」。ここは前。「つらく…」は冷淡にあつかい。 三二 方丈記「先の年かくのごとくからうじてくれぬ。(中略)あまさへゑやみ打ちそひて」。去年の秋は史上では享徳四年秋。 三三 京都足利将軍(義政)家。 三四 岐阜県郡上郡。 三五 武将兼歌人。明応三年(一四九四)没、九十四歳。 三六 将軍の命による征伐の印の旗を給い。 三七 東家の領地。下野は誤か、実際は下総香取郡東の荘。 三八 千葉胤将の子。成氏に通じた一族の原・馬加と争い、将軍に援を乞うた(鎌倉大草紙)。責は攻のあて字。 三九 山賊は各所にとりでを作って。 四〇 関八州。相模・武蔵・安房・上総・下総・常陸・上野・下野の八カ国。 四一 東山義政時代で、華美を好んだ。 四二 利益。 四三 干戈は「たて」と「ほこ」。武器。交戦最中で。愛卿伝「干戈満目、交揮フ」。 四四 黄帝《くわう》、蚩尤《しゆ》(しゆう)と戦った中国の古戦場(史記五帝本紀)。戦塵のちまた。

鹿《ろく》の岐《ちまた》となりしよしをいひはやす[一]。まのあたりなるさへ僞《いつはり》おほき世説《よがたり》[二]なるを、ましてしら雲[三]の八重に隔《へだ》たりし國なれば、心も心ならず、八月《はづき》のはじめ京《みやこ》をたち出(で)て、岐曾《きそ》[四]の眞坂《みさか》を日くらし[五]に踰《こえ》けるに、落草《ぬすびと》[六]ども道を塞《さゝ》[七]へて、行李《にもつ》[八]も殘りなく奪《うば》はれしがうへに、人のかたるを聞けば、是より東の方は所〳〵に新《しん》關《せき》を居《すゑ》て、旅客《たびひと》の徃來《いきゝ》をだに宥《ゆる》さゞるよし。さては消息《おとづれ》[九]をすべきたづきもなし。しからば古郷《ふるさと》とても兵火《へうくは》[一〇]にや亡《ほろ》びなん。妻も世に生《いき》てあらじ。しからば古郷《ふるさと》とても鬼《おに》[一一]のすむ所なりとて、こゝより又京《みやこ》に引(き)かへすに、近江の國に入(り)て、にはかにこゝちあしく、熱《あつ》[一二]き病を憂《うれ》ふ。武佐《むさ》[一三]といふ所に、兒玉《こだま》嘉兵衛とて冨貴の人あり。是は雀部《さゝべ》が妻の産所《さと》[一四]なりければ苦《ねんごろ》[一五]にたのみけるに、此人見捨(て)ずしていたは[一六]りつも、醫《ゐ》[一七]をむかへて藥の事專《もはら》なりし。やゝこゝち[一八]清《すゞ》しくなりぬれば、篤《あつ》き恩《めぐみ》をかたじけなうす。されど歩《あゆ》[一九]む事はまだはか〴〵しからねば、今年は思ひがけずもこゝに春を[二〇]迎ふるに、いつのほどか此里にも友をもとめて、揉《ため》[二一]ざるに直《なほ》き志を賞《しやう》ぜられて、兒玉《こだま》をはじめ誰〳〵も頼もしく[二二]交《まじは》りけり。此後は京《みやこ》に出(で)て雀部《さゝべ》をとふらひ[二三]、又は近江に歸りて兒玉《こだま》に身を托《よせ》、七とせがほどは夢のごとくに過しぬ。

[二四]寛正二年、畿内河内の國に畠山《はたけ》[二五]が同根《どうこん》の争《あらそ》ひ果さゞれば[二六]、京《みやこ》ぢかくも騒がし

一「はやらす」と同じに用う。専ら評判である。 二 世の噂。 三 甚だ遠方の形容。万葉五「白雲の千重にへだてる」(八六六)、古今八「白雲の八重にかさなる」。 四 木曾路で美濃(岐阜県)信濃(長野県)の境。長野県西筑摩郡神坂村。難所と歌枕で有名。 五 一日中かかって。 六 小説字彙「落艸盗人ノ仲間入スルコト」。 七 行路のじゃまをして。 八 忠義水滸伝解「行李ハ旅荷物也。(中略)左伝ニテハ行人ノ事ナリ、行人ハ他国ヘノ使者役也。ソレヨリ転ジテ荷物ニ転用シタルモノ也」。 九 音信をする方法もない。 一〇 戦争のために焼けてなくなったであろう。「なん」は未来完了を示すが、ここは現在の推量とせねば意は通じない。 一一 自分が情をよせ、自分に情をよせてくれるものの全くない所との意味。 一二 熱病にかかる。 一三 近江(滋賀県)の蒲生郡武佐村(近江八幡市)。 一四 実家。 一五 →五七頁注二六。ここは苦の文字がよくあたる。泣きついて頼んだところ。 一六 いたわりつつも。「つ」→補注五。 一七 医者を呼んで、薬餌に専念した。 一八 気分がさっぱりしたので、重い御恩をかたじけないと、御礼を述べる。 一九 歩行が十分にしっかりしないので。 二〇 越年したが。 二一 生来すなおな性質が喜ばれて。荀子の勧学篇に「蓬ハ麻ノ中ニ生ジ、扶ケズシテ直ナリ」。揉は字典「木ヲ屈申スル也」。勝四郎の性格を示す文句。 二二 親切に交際した。 二三 訪問し。 二四 後花園天皇の代(一四六一)。 二五 同根は兄弟のこと。家督をめぐる畠山持国の実子義就と、甥にして養子の政長の戦が寛正元年より河内(大阪府)で展開した。→補注二〇。 二六 終止符をうたないので。やめにしないので。 二七 流行病が大いにひろまって。

きに、春の頃より[二七]瘟疫《えやみ》さかんに行《おこな》はれて、屍《かばね》は衢《ちまた》に疊《つみ》、人の心も今や[二八]一劫《ごう》の尽《つく》るならんと、はかなきかぎりを悲しみける。勝四郎熟《つら〳〵》思ふに、かく落魄《おちぶれ》てなす事もなき身の何をたのみとて[二九]遠き國に逗《とゞ》まり、[三〇]由縁《ゆゑ》なき人の惠《めぐ》みをうけて、いつまで生《いく》べき命なるぞ。[三一]古郷《ふるさと》に捨(て)し人の消息《せうそこ》をだにしらで、[三二]萱草《わすれぐさ》おひぬる野方《のべ》に長〳〵しき年月を過しけるは、信《まこと》なき己《おの》が心なりける[三三]物を。たとへ[三四]泉《せん》下《か》の人となりて、[三五]ありつる世にはあらずとも、其あとをもとめて[三六]壠《つか》をも[三七]築《つく》べけれと、人〳〵に志を告《つげ》て、五月雨《さみだれ》のはれ間《ま》に[三八]手をわかちて、十日あまりを經《へ》て古郷《ふるさと》に歸り着(き)ぬ。

此時日ははや西に沈《しづ》みて、雨雲はおちかゝるばかりに闇《くら》けれど、舊《ひさ》しく住(み)なれし里なれば迷《まよ》ふべうもあらじと、夏野わけ行(く)に、いにしへの[三九]繼橋《つぎはし》も川瀬におちたれば、げに駒《こま》の足音《あおと》もせぬに、田畑は[四〇]荒《あれ》たきまゝにすさみて舊《もと》の道もわからず、ありつる[四一]人居《いへゐ》もなし。たま〳〵こゝかしこに殘る家に人の住(む)とは見ゆるもあれど、昔には[四二]似つゝもあらね、いづれか我(が)住(み)し家ぞと[四三]立(ち)惑《まど》ふに、こゝ二十[四四]歩《ほ》ばかりを去《さり》て、雷《らい》に摧《くだか》れし松の聳《そび》えて立《たて》るが、[四五]雲間《ま》の星のひかりに見えたるを、げに[四六]我(が)軒の標《しるし》こそ見えつると、先喜《まづうれ》しきこゝちしてあゆむに、家は故《もと》にかはらであり、人も住(む)と見えて、古戸《ふるど》の間《すき》

和名抄の疫の条に「衣夜美、度岐之介、民皆病ム也」。二八 仏説で宇宙の生命をわける四劫(成劫・住劫・壊劫・空劫)の一、生類の生存する期間である住劫も終りになるのかの意で、人類生活の世もつきるのかと。二九 故郷を離れた国。三〇 親族でもない人。万葉十六「由縁有ル雑歌」。三一 故郷にほって来た人即ち妻の安否。三二 妻も故郷も忘却したこの精神的にはすさんだ遠国。古今十七「住みよしと蜑はつぐとも長居すな人わすれ草おふといふなり」。三三「ものを」は、接続助詞とも、感動の助詞ともとれるが、詠嘆の気持の所とて、後者とする。三四 死んでしまって。泉下は黄泉の下。あの世。三五 以前のような状態でなくとも。三六 壟に同じ。土を屍の上に盛りあげた墓。愛卿伝「塋壠」。英草紙第六篇「壠(かつ)」。三七「ば」があると同じ条件法として解す。↓補注七。「塚をもこしらえましょうから」と情を残した言葉。三八 別れをして。三九 金砂五「継橋は板ばしを河の渡りのまゝに長く次ぎたる也」。万葉十四「あのおとせずゆかん駒もが葛飾の真間のつぎはしやまずかよはん」(三三八七、秋成の訓)。「げに」と次にあるは、この歌に応ずる。四〇 荒放題にあれて。擬人的表現。四一 家居。ここは家並の意。四二 ここも「ば」があると同じ条件法。方丈記「昔有りし家はまれ也」。四三 途方にくれて立つと。四四 雑令「凡ソ地ヲ度ルニ五尺ヲ歩ト為ス」。四五 世間妾形気一の二「星のひかりにすかし見て、雲に聳(え)し一木こそ」。四六 我が家の目じるし。この前後は源氏、蓬生の末摘花住居の描写による。「大空のほしのひかり」、「ふぢなみの打ち過ぎがたく見えつるはまづこそ宿のしるしなりけれ」。↓補注二一。「こそ」の結びが連体形となっている。

より燈火の影もれて輝《きら》〳〵とするに、他人《こと》や住(む)。もし其人[一]や在《いま》すかと心躁《さはが》しく、門に立(ち)よりて咳《しはぶき》[二]すれば、内にも速《はや》く聞(き)とりて、「誰《たそ》」と咎《とが》む。いたうねび[三]たれど正しく妻の聲なるを聞(き)て、夢かと胸のみさわがれて、「我こそ帰りまゐりたり。[四]かはらで獨自《ひとり》浅茅《あさぢ》[五]が原に住(み)つることの不思議さよ」といふを、聞[六](き)しりたればやがて戸を明(く)るに、いといたう黒く垢《あか》づきて、眼《まみ》[七]はおち入(り)たるやうに、結《あげ》[八]たる髪も脊《せ》にかゝりて、故《もと》の人とも思はれず、夫《をとこ》[九]を見て物をもいはで潸然《さめぐ》となく。勝四郎も心[一〇]くらみてしばし物をも聞えざりしが、やゝ[一一]していふは、「今までかくおはすと思ひなば、など年月を過すべき。去ぬる年京《みやこ》にありつる日、鎌倉の兵乱《へいらん》を聞(き)、御所[一二]の師潰《いくさついえ》しかば、総州《そうしう》に避《さけ》て禦《ふせ》ぎ給ふ。管領《くはんれい》これを責(む)る事急《きう》なりといふ。其明《あす》雀部《さゝべ》にわかれて、八月《はづき》のはじめ京《みやこ》を立(ち)く。木曾路[一三]を來《く》るに、山賊《だち》[一四]あまたに取(り)こめられ、衣服《いふく》金銀残りなく掠《かす》められ、命ばかりを辛労《からう》[一五]じて助《たす》かりぬ。且《かつ》里人のかたるを聞(け)ば、東海[一六]東山の道はすべて新関を居《すゑ》て人を駐《とゞ》むるよし。又きのふ京より節《せつ》[一七]刀使《とし》もくだり給ひて、上杉に与《くみ》し、総州の陣《いくさ》に向はせ給ふ。本國[一八]の邊《ほと》りは疾《とく》に焼(き)はらはれ馬[一九]の蹄尺地《ひづめせきち》も間《ひま》なしとかたるによりて、今は灰塵《くはいぢん》[二〇]となり給ひけん。海にや沈《しづ》み給ひけんとひたすらに思ひ[二一]とゞめて、又京《みやこ》にのぼりぬるより、

一　妻宮木をさす。
二　せきばらいをする。王朝物語に見える、来訪をつげる合図である。源氏、若紫「妻戸をならしてしはぶけば」。三　ふけているが。源氏、蓬生「いふ声いたうねび過ぎたれど」。
四　「こそ」の結びが終止形になっている。
五　茅のまばらにはえた荒原。源氏、蓬生「かゝる浅茅が原をうつろひ給はで」。
六　かねて知っている夫の声なので、すぐに。
七　目つき。ここは目の意。万葉七「吾が見し児等が目見(まみ)は知るしも」(一二六八)。
八　結び上げた髪も、がっくり背の方へずって。かつての行儀正しいきりっとした妻の様でない。
九　六〇頁最末行の「夫」の振仮名「おっと」は底本では入木によって改める。ここの振仮名は校正もれで、「おつと」とあるべき所。
一〇　理性をうしなって、暫時ものも言わなかったが。聞え↓五九頁注三五。一一　しばらくして。
一二　成氏方の軍勢が敗戦したので。
一三　木曾地方(長野県)を通って東国へ通ずる街道。中仙道。一四　徒然草八十七「山だちありとののしりければ」。一五「を」は「は」を強めて用いてある。↓補注二二。一六　東海道(京より太平洋沿岸を東国へゆく)と東山道(山間の国々をへて京より東国・奥羽へゆく)の二街道。
一七　正しくは節度使。節刀即ち征戦指揮の印の太刀を天子(ここは将軍)より下された使臣。前出の東常縁をさす。一八　故郷。
一九　軍馬が少しのひまなく充満している。
二〇　焼け死んだだろう。否、溺れ死んだだろう。
二一　一途に思い定めて。源氏、帚木「とまりにとも思ひとゞめ侍らず」。二二　人に寄食して。
二三　しきりに。二四　妻の死んだ跡だけでも。左伝隠公十一年「其ノ口ヲ四方ニ餬(らも)ハシム」。

[二二]人に齟口《くちもらひ》て七とせは過しけり。近曾《このごろ》すゞろに[二三]物のなつかしくありしかば、せめて[二四]其蹤《あと》をも見たきまゝに歸りぬれど、かくて世におはせんとは努《ゆめ》〳〵思はざりしなり。[二五]巫山《ふざん》の雲漢宮《かんきう》の幻《まぼろし》にもあらざるや」と[二六]くりことはてしぞなき。妻涙をとゞめて、「一たび離《わか》れまいらせて後、[二七]たのむの秋より前《さき》に恐《おそろ》しき世の中となりて、里人は皆家を捨(て)て海に[二八]漂《たゞよ》ひ山に隠《こも》れば、[二九]適《たま》〳〵に殘りたる人は、多く[三〇]虎《こ》狼《らう》の心ありて、かく寡《やもめ》となりしを便《たよ》りよしとや、言《ことば》を巧《たく》みていざなへども[三一]玉と碎《くだけ》ても瓦《かはら》の全《また》きにはならはじものをと、幾たびか[三二]辛苦《からきめ》を忍びぬる。[三三]銀河《ぎんが》秋を告《つぐ》れども君は歸り給はず。冬を待(ち)、春を迎《むか》へても消息《おとづれ》なし。今は京《みやこ》にのぼりて尋ねまいらせんと思ひしかど、丈夫《ますらを》さへ[三四]宥《ゆる》さゞる関の鎖《とざし》を、いかで女の越《こゆ》べき道もあらじと、軒端の[三五]松にかひなき宿に、[三六]狐《きつね》鵂鶹《ふくろう》を友として今日までは過しぬ。今は長き恨みもはれ〴〵となりぬる事の喜《うれ》しく侍《はべ》り。[三七]逢《あふ》を待間《まつま》に戀(ひ)死なんは[三八]人しらぬ恨みなるべし」と、又よゝと泣《なく》を、「夜こそ短きに」といひなぐさめてともに臥《ふし》ぬ。

[三九]窻《まど》の紙松風《かみまつかぜ》を啜《すゝ》りて夜もすがら涼しきに、[四〇]途《みち》の長手《ながて》に勞《つか》れ熟《うま》く寢《いね》たり。[四一]五更《ごかう》の天明《そらあけ》ゆく比、現《うつゝ》なき心にもすゞろに寒かりければ、[四二]衾《ふすま》[四三]帔《かづ(か)》んとさぐる手に、何物にや籟《さや》〳〵と音するに目さめぬ。面《かほ》にひや〳〵と物のこぼるゝを、雨や漏《もり》

二五 夢か現かと疑わしく思う形容。文選十九の高唐の賦と漢書六十七上外戚伝の李夫人の条に見える故事による。↓補注二三。二六 くどくどと言うこと。「なき」の下の句点は補。

二七 八月一日(八朔)をたのむの節句というと、帰りの期日をたのみにして待つ意とをかける。

二八 漂泊し逃げかくれるので。所々の戦乱の辛苦の描写は方丈記「或は地をすてて堺を出で、或は家を忘れて山に住み」によるようである。

二九 まれに。三〇 恐しい野心。↓四四頁注二〇。

三一 貞操を立てて死んでも、不義の名の下に生きのびまいの意。剪燈新話句解の愛卿伝の条の注「魏ノ宗室景皓曰ク、大丈夫ハ寧ロ玉砕シテ、瓦全ヲナサズト」(北斉書の元景安伝による)。

三二 苦しい立場をたえしのんだ。三三 天の川で星合の七夕の季節が近づいても。三四 きびしい掟の関所。三五 「松」に「待つ」をかける。

三六 源氏、蓬生「もとより荒れたりし宮のうち、いとゞ狐のすみ家になりて、うとましうけ遠き木立に、ふくろうの声を朝夕に耳ならしつゝ」(白氏文集の凶宅詩による)。鵂鶹の文字は剪燈新話の太虚司法伝に所見。

三七 後拾遺十一「人知れず逢ふをまつ間に恋ひ死なば何に代へたる命とかいはむ」。

三八 思う人にも知られないで恨めしいことだが、自分はそうでなくて喜ばしい。裏に恨みを含む。

三九 窓の破れた紙を松吹く風が、かすかな音をさせつづけて。藤簍冊子の聴雪にも「やれたる窓の紙は風を啜りて」。四〇 長途の旅。万葉十五「君がゆく道の長手を」(三七二四)。

四一 午前四時から六時の頃。四二 夜着。

四三 振仮名は入木で「ハづき」と見え、従来の翻刻では「はづさ」とよむ。この字他は皆「かづく」。よって誤刻と見て改。字典「帔ハ披也」。

ぬるかと見れば、屋根は風にまくられてあれば有明月のしらみて残りたるも見ゆ。家は扉《と》もあるやなし。[一]簀垣朽頽《すがきくちくづれ》たる間《ひま》より、荻薄《をぎすゝき》高く生出《おひ》(で)て、朝露うちこぼるゝに、袖[二]濕《ひぢ》てしぼるばかりなり。壁《かべ》には[三]蔦葛《つたくず》延《はひ》かゝり、庭は[四]葎《むぐら》に埋《うづも》れて、秋ならねども[五]野らなる宿なりけり。[六]さてしも臥《ふし》たる妻はいづち行(き)けん見えず。狐などのしわざにやと思へば、かく荒(れ)果(て)ぬれど故《もと》住(み)し家にたがはで、廣く造《つく》り作《なせ》し奥わたりより、端《はし》の方、[七]稲倉《いなぐら》まで[八]好みたるまゝの形《さま》なり。[九]呆自《あきれ》て足の踏所《ふみど》さへ失《わす》れたるやうなりしが、熟《つらく》おもふに、妻は既《すで》に[一〇]死《まかり》て、今は狐狸の住(み)かはりて、かく野らなる宿となりたれば、怪《あや》しき[一一]鬼《もの》の化《け》して[一二]ありし形《かたち》を見せつるにてぞあるべき。若《もし》又我を慕《した》ふ魂《たま》のかへり來りて[一三]かたりぬるものか。[一四]思ひし事の露たがはざりしよと、更に涙さへ出(で)ず。[一五]我(が)身ひとつは故《もと》の身にしてとあゆみ廻《めぐ》るに、むかし[一六]閨房《ふしど》にてありし所の簀子《すのこ》をはらひ、土を積(み)て壠《つか》とし、[一七]雨露をふせぐまうけもあり。夜《よべ》の靈《れゐ》はこゝもとよりやと恐しくも且《かつ》なつかし。[一八]水向《むけ》の具《ぐ》物せし中に、木の端《はし》を刪《けつ》りたるに、[一九]那須野紙《なすのがみ》のいたう古《ふる》びて、文字も[二〇]むら消《ぎえ》して所〳〵見定めがたき、正しく妻の筆の跡なり。法名といふものも[二一]年月もしるさで、三十一字に末期《いまは》の心を哀にも展《のべ》たり

[二二]さりともと思ふ心にはかられて世にもけふまでいける命か

一 簀掻。簀子状に、竹や板をすきまをおいて並べた床。簀掻と書くべきのあて字。上の「扉」は雨戸。

二 びっしょりぬれて。万葉三「ぬれ湿(ひ)づと」(三七〇)。

三 さまざまの蔓草。

四 八重葎。あかね科の草本。

五 野さながらに荒れた家。古今四「里は荒れて人はふりにし宿なれや庭もまがきも秋の野らなる」。

六 気づいたさま。

七 稲を収める蔵。和名抄の「倉廩」の条に「一ニ伊奈久良ト云フ」。

八 好みに合せて作った。

九 茫然自失して。

一〇 崇神紀「死亡者(まかれるもの)」。

一一 物の怪。生霊・死霊や草木の精の怪の総称。

一二 宮木の生前の姿。

一三 情を交したのであろうか。

一四 家も妻も正に想像通りであった。

一五 家は破れ、妻は死んだ今、自分のからだが昔のままだと、思いにふけりながら徘徊すると。古今十五「月やあらぬ春は昔の春ならぬ我が身ひとつはもとの身にして」。伊勢物語にも見える。

一六 寝室にあてていた部屋の簀子をとりのぞいて。すがきの床の簀子。

一七 雨露のかからぬよう設備もしてある。

一八 手向の水を供える道具を整えた中に。

一九 下野(栃木県)那須野地方烏山あたりから産する紙。この紙をはった木片が塔婆にかわる墓の印。

二〇 あちこち消えて。

二一 死んだ年月。

こゝにはじめて妻の死《しゝ》たるを覺《さと》りて、大に叫《さけ》びて倒《たを》れ伏す。去《さり》とて何の年何の月日に終《をは》りしさへしらぬ淺[二三]ましさよ。人はしりもやせんと、涙をとゞめて立(ち)出(づ)れば、日高くさし昇《のぼ》りぬ。先ちかき家に行(き)て主《あるじ》を見るに、昔見[二四]し人にあらず。かへりて「何國《いづく》の人ぞ」と咎《とが》む。勝四郎礼《ゐや》[二五]まひていふ。「此隣なる家の主《あるじ》なりしが、過活《わたらひ》[二六]のため京《みやこ》に七とせまでありて、昨《きそ》[二七]の夜帰りまゐりしに、既に荒廢《あれすさみ》[二八]て人も住《(すま)》ゐ侍らず。妻《(め)》なるものも死《まかり》しと見えて壠《つか》の設《まうけ》も見えつるが、いつ[二九]の年にともなきにまさり[三〇]て悲しく侍り。しらせ給はゞ教《をしへ》給へかし」。主《あるじ》の男いふ。「哀にも聞[三一]え給ふものかな。我《わが》こゝに住(む)もいまだ一とせばかりの事なれば、それよりはるかの昔に亡《うせ》給ふと見えて、住[三二](み)給ふ人のありつる世はしり侍らず。すべて此里の舊《ふる》き人は兵乱《へうらん》の初に逃失《にげうせ》て、今住居する人は大かた他《ほか》より移り來たる人なり。只一人《ひとり》の翁《おきな》の侍《はべ》るが、所[三三]に舊《ひさ》しき人と見え給ふ。時《をり》／＼あの家にゆきて、亡《うせ》給ふ人の菩提《ぼだい》[三四]を弔《とふら》はせ給ふなり。此翁こそ月日をもしらせ給ふべ[三五]し」といふ。勝四郎いふ。「さては其翁の栖《すみ》給ふ家は何方《いづべ》[三六]にて侍るや」。主《あるじ》いふ。「こゝより百歩《ほ》[三七]ばかり濱の方に、麻《あさ》[三八]おほく種《うゑ》たる畑の主《ぬし》にて、其所《そこ》にちいさき庵《いほり》して住(ま)せ給ふなり」と教ふ。勝四郎よろこびてかの家にゆきて見れば、七十可《なゝそぢばかり》の翁の、腰は淺[三九]ましきまで屈《かゞま》りたるが、庭竈《にはかまど》[四〇]の前に

二二 歌仙歌集の敦忠集(藤原)所収の歌。続後撰十三所収では「おもふ心に慰みて」とかわる。それでもやがては帰ってこようと思う自分の心に自分があざむかれて、よくもこの世に今日まで生きながらえて来たことよの意。
二三 情けなさよ。
二四 以前の知人。方丈記「人もおほかれど、いにしへ見し人は」。愛卿伝「城郭ノ人民皆旧ニ非ズ」。
二五 うやまって。敬意を示して。
二六 生業。繁野話第八篇「過活(すぎはひ)」。この中国の俗語に雅訓をつけたもの。斉明紀「存活(わたらふ)」。
二七 万葉四「久堅の昨夜(きそのよ)の雨に」(五一九)。
二八 愛卿伝「其ノ故宅ニ投ズレバ荒廃シテ人ノ居ル無シ」。
二九 いつの年死んだとも、記してないので。
三〇 一段と。
三一 「言う」の鄭重語。気の毒なお話でございますな。秋成がこの篇の参考としたと思われる、今昔物語二十七の人妻死後成本形会旧夫語に、隣人に自家の様子を聞く一条がある。
三二 住んでおられた人の生前。
三三 この土地に長く住む人。
三四 極楽往生をとげることを祈る。死後の冥福を祈っておられる。
三五 「こそ」の結びが終止形になっている。
三六 どちらの方。万葉二「秋の田の穂の へにきらふ朝霞何時辺(べ)の方に我が恋やまむ」(八八)。諸訓多く「いづへ」。万葉考や秋成の楢の杣は「いづべ」と訓む。
三七 一歩は五尺。↓六三頁注四四。
三八 麻は下総の主産物(延喜式二十四)。
三九 びっくりする程にかがんでおる。
四〇 土間につくりつけたかまど。

[一]圓座敷《わらうだしき》て茶を啜《すゝ》り居《を》る。翁も勝四郎と見るより、「[二]吾主《わぬし》何とて遅《おそ》く帰り給ふ」といふを見れば、此里に久しき[三]漆間《うるま》の翁といふ人なり。

勝四郎、翁が[四]高齢《よはひ》をことぶきて、次に京《みやこ》に行(き)て[五]心ならずも逗《とゞま》りしより、前夜《さきのよ》のあやしきまでを[六]詳《つばら》にかたりて、翁が[七]壠《つか》を築《つき》て[八]祭り給ふ恩《めぐみ》のかたじけなきを告《つげ》つゝも涙とゞめがたし。翁いふ。「吾主《わぬし》遠《とほ》くゆき給ひて後は、夏の比より[九]干戈《かんくは》を揮《ふる》ひ出(で)て、里人は所〳〵に遁《のが》れ、[一〇]弱《わか》き者どもは軍民《いくさびと》に召《めさ》るゝほどに、[一一]桑田《さうでん》にはかに狐兎《こと》の叢《くさむら》となる。只[一二]烈婦《さかしめ》のみ[一三]主《ぬし》が[一四]秋を約《ちか》ひ給ふを守りて、家を出(で)給はず。翁も又[一五]足蹇《あしなへぎ》て百歩《ほ》を[一六]難《かた》しとすれば、深く閉《たて》こもりて出(で)ず。一《ひと》旦《たび》[一七]樹神《こたま》などいふおそろしき鬼《もの》の栖《すむ》所となりたりしを、稚《わか》き女子《をんなご》の[一八]矢武《やたけ》におはするぞ、[一九]老が[二〇]物見たる中のあはれなりし。秋去《さり》春來りて、其年の八月《はづき》十日といふに死《まかり》給ふ。[二一]惆《いとを》しさのあまりに、老が手づから土を運《はこ》びて柩《ひつぎ》

一 藁や藺などを渦の如く丸くあんで作った敷物。和名抄「円座 一ニ和良布太ト云フ」。 二 おまえさん。同輩や目下をさす対称の代名詞。 三 徒然草三十九段の文段抄等の注に、法然上人の姓を「漆間(うるま)氏」とあるによる。(もと元亨釈書)。 四 長命を祝う言葉を述べて。
五 本意でなく長逗留したことから。
六 くわしく。 七 →六三頁注三六。
八 葬って下さった御恩がありがたいと。
九 戦争がはじまって。愛卿伝に「干戈満目交揮フ」。「を」は「の」の助詞を強めるためにかえたもの。→補注二二。
一〇 若い者。青年。→六〇頁注二一。
一一 田畑が原野の如く荒れはててしまった。神仙伝に「東海ノ三タビ桑田トナルヲ見ル」とあって、滄海桑田の変の成語によった。狐兎の叢は野獣のすみどころの意。狐兎の語は蕭条たる景をうつす漢詩に用いられる。
一二 宮木をさす。古事記上「佐加志売(さかしめ)」。
一三 勝四郎をさす。
一四 秋に帰ると約束なさったのを。
一五 歩行が不自由で。和名抄「蹇 説文ニ云フ蹇ハ(音犬、訓阿之奈閉、此間ニ那閉久ト云フ)行ノ正シカラザル也」。 一六 つらいので。
一七 樹木にやどる霊。和名抄「木魅ハ即チ樹神也。内典ニ樹神ト云フ。和名古太万」。徒然草二百三十五「あるじなき所には(中略)狐梟やうの物も、人気にせかれねば、所得顔に入り棲み、こだまなどいふけしからぬかたちもあらはるるなり」。→補注二四。 一八 気丈夫。
一九 老人の自称。この老人が。
二〇 長の一生色々なことを経験したが。
二一 字典「悲也」。
二二 水向に同じく供え物。愛卿伝に「蘋蘩ヲ採

を藏《をさ》め、其終焉《をはり》に殘し給ひし筆の跡を壠《つか》のしるしとして蘋蘩行潦《みづむけ》[二二]の祭りも心ばかりにものしけるが、翁もとより筆[二三]とる事《わざ》をしもしらねば、其月日を紀《しる》[二四]す事もえせず、寺院遠ければ贈号《おくりな》[二五]を求むる方《(すべ)》[二六]もなくて、五とせを過し侍るなり。今の物がたりを聞(く)に、必(ず)烈婦《さかしめ》の魂《たま》の來り給ひて、舊《ひさ》[二七]しき恨みを聞え給ふなるべし。復《ふたゝ》びかしこに行(き)て念比にとふらひ給へ」とて、杖を曳《ひき》て前《さき》に立(ち)、相ともに壠《つか》のまへに俯《ふ》して聲を放《あげ》て歎《なげ》きつゝも、其夜はそこに念佛して明(か)しける。

寝られぬまゝに翁かたりていふ。「翁が祖父《おほぢ》の其祖父《おほぢ》すらも生《うま》れぬはるかの徃古《いにしへ》の事よ。此郷《さと》に眞間《まま》[二八]の手兒女《てごな》といふいと美《うつく》しき娘子《をとめ》ありけり。家貧《まづ》しければ身には麻衣《あさごろも》[二九]に青衿《あをえり》つけて、髪[三〇]だも梳《けづ》らず、履《くつ》だも穿《はか》ずてあれど、面《かほ》は望《もち》[三一]の夜の月のごと、笑《ゑめ》ば花の艶《にほ》ふが如《ごと》、綾錦《あやにしき》[三二]に裹《つゝ》める京女臈《みやこぢょろう》にも勝《まさ》[三三]りたれとて、この

撥ス」。句解の注に左伝隠公三年の条を引く。その本文に「蘋蘩薀藻之菜、筐筥錡釜之器、潢汙行潦之水、鬼神ニ薦ムベク、王公ニ差(サ)ムベシ」。その注に蘋は大萍、蘩は皤蒿(しろよもぎ)、行潦は流潦とある。粗末なものながら、気持だけの供え物をしたの意となる。

二三 文字を書くことが出来ないので。

二四 字典「紀ハ記也」。

二五 死後に生前の徳や行状をあらわしておくる名。ここでは戒名の意。 二六 方法。

二七 長の恨みをおっしゃったのでしょう。

二八 殆どに「てごな」と振仮名するが、「てこな」が正しい。金砂八に「手こなははての子と云ふ事といへり。まだ男せねば名もなかりけん。はての子は弟子(おと)と云ふにおなじ」。万葉三・九・十四に見える伝説。以下は九の「詠勝鹿真間娘子歌一首幷短歌」(一八〇七・一八〇八)による。

二九 右の歌に「麻ぎぬに、青衿つけて」。金砂八の右の歌の注に「あやしきあさ布衣に野ずりの衿つけたる」。補正に「麻布に青衿つけてと云へり。いやしき人は領巾(ひれ)にかたどりてやよそひし」。野ずりは野草の花葉をすって模様に色を出したもの。

三〇 髪もすかず。万葉の歌に「髪だにも、かきもけづらず、履をだに、はかでゆけども」。

三一 望月のかがやく如き美貌で、笑えば、美しい花の咲き出た如く。万葉の「艶ふ」は色の美しいのをいう。万葉の歌に「望月の、みつる面輪に、花のごと、ゑみて立てれば」。

三二 美しい衣服をまとった都会の女性。万葉の歌に「錦綾の、中につゝめる、いつき子も、妹(いも)にしかめや」(金砂の訓による)。

三三 勝っているからと。「たれ」の下に「ば」のあると同じ。→補注七。

里人はもとより、京《みやこ》の防人等《さきもりたち》[一]、國の隣の人[二]までも、言《こと》をよせて戀(ひ)慕《しの》ばざるはなかりしを、手兒女《てこな》[三]物うき事に思ひ沈《しづ》みつゝ、[四]おほくの人の心に報《むく》ひすとて、[五]此浦回《うらわ》の波に身を投《なげ》しことを、世の哀《あはれ》なる例《ためし》とて、いにしへの人は歌にもよみ給ひてかたり傳へしを、翁が稚《をさな》かりしときに、母のおもしろく話《かた》り給ふをさへいと哀なることに聞(き)しを、此亡人《なき》[六]の心は昔の手兒女《てこな》が[七]をさなき心に[八]幾らをかまさりて悲しかりけん」と、かたる〳〵涙さしぐみてとゞめかぬるぞ、[九]老は物えこらへぬなりけり。勝四郎が悲しみはいふべくもなし。此物がたりを聞(き)て、おもふあまりを田舍人《いなか》の口[一〇]鈍《にぶ》くもよみける

[一一]いにしへの眞間《まゝ》の手兒奈《てこな》をかくばかり戀(ひ)てしあらん眞間《まゝ》のてごなを

[一二]思ふ心のはしばかりをもえいはぬぞ、[一三]よくいふ人の心にもまさりてあはれなりとやいはん。かの國にしば〳〵かよふ商人《あきびと》の聞(き)傳《つた》へてかたりけるなりき

夢《む》應《をう》の鯉魚《りぎよ》

むかし[一四]延長《えんてう》の頃、[一五]三井寺に[一六]興義《こうぎ》といふ僧ありけり。[一七]繪《ゑ》に巧《たくみ》なるをもて名を世にゆるされけり。嘗《つね》に畫《ゑが》く所、佛像山水花鳥《ぶつぞうさんすいくはてう》を[一八]事とせず。寺務《じむ》の間《いとま》ある日は[一九]湖《うみ》

一 元来は太宰府へ諸国から交替に出た辺要の警備兵。ここは京都から来た守備兵の意。
二 隣国の人まで言い寄って。
三 つらい事と煩悶を重ね。
四 前出万葉の歌の金砂八の注に「人々の志を身一つにはいかにせん、さりとてほと〳〵うらみおひなん、罪をやかさぬらんとて」。
五 入江。金砂八「下総の葛飾郡に真間の浦あり」。
六 宮木。七 うぶな気持。金砂八「いにしへの歌は思ふままををさなげに云ひし者とぞ」。
八 数段まさって。「を」は強めの気持を示す。
九 老人は感情もろいものである。
一〇 「口とく」の反対で、不器用な表現で。繁野話第五篇「田舎人(ゐなかうど)の口鈍く語り出だせるは」。
一一 昔人も、今私が妻を恋しがるように真間の手児奈をしたったのであろう。万葉十四「勝鹿の真間の手児奈をまことかも我によすとふ真間の手児奈を」(三三八四)によった。ここの「てこな」は底本清む。今統一した。
一二 この歌のように、思いの百分の一もあらわし得ないのが。一三 豊富な表現力の人。
一四 醍醐天皇時代の年号(九二三—九三一)。
一五 滋賀県大津市にある天台宗寺門派の本山。またの名は園城寺。一六 古今著聞集十一に見えて実在した人物。→七六頁注六。
一七 絵画の名手として世間に定評があった。
一八 専門にしない。
一九 ここでは三井寺より望む琵琶湖のこと。
二〇 網で魚をとり。動詞の連用形。万葉七「網引する海子(あま)とや見らむ」(一一八七)。
二一 漁夫。万葉十七「いづれの島の泉郎(あま)か

刈るらむ」(二六七)。

二二 入江にがして。仏教で生物を水に放つのを「放生」という。

二三 微妙の画域に達した。補正「既に云ふ精細細妙の義もてこゝには美称上なき事をくはしと云ふに用ひたる字也。日本紀には微の字をよめるも微細微妙の義也」。

二四 気をつめて、つい眠くなると。

二五 種々の。醒世恒言の薛録事魚服証仙(以下には薛録事と略す)に「大小ノ人家ヲ論ゼズ」。

二六 そのまま。

二七 夢中感応の鯉。

二八 順をきそうので。崇神紀「次第(ついで)」。

二九 ひたすら。

三〇 生き物を殺し、鮮魚を食す俗世間の人。鮮↓五二頁注七。

三一 冗談。

三二 魚服記(太平広記四百七十一の薛偉にも)「其ノ秋偉病ムコト七日、忽チ奄然タリ」。

三三 胸。魚服記・太平広記の薛偉「心頭微ニ暖ナリ」。

三四 万一生き返りもしようかと。

三五 守りながらも。「つ」は「つつ」と同じ。↓補注五。

三六 魚服記・太平広記の薛偉「忽チ長吁シテ起坐ス」。

三七 眠りからさめたように。

三八 人間界のことを忘れて(人事不省になって)大分になる。薛録事「我人事ヲ知ラズシテ幾日カ有ル」。「久し」の下の句点は補。

三九 弟子達など。

四〇 宗教家を尊敬していう語。あなた。魚服記などは二十日とあるを、秋成はみじかくした。

四一 俗家の人々もおいでになって。

四二 御相談になったが。

四三 賢明にも葬らなかったことだ。「物す」は中古語で、さまざまな動詞の代用をする。「あへり」の下の句点は補。

に小船をうかべて、[二〇]網引釣《あびきつり》する[二一]泉郎《あま》に錢を与《あた》へ、獲《え》たる魚をもとの[二二]江に放《はな》ちて、其魚の遊躍《あそぶ》を見ては画《ゑが》きけるほどに、年を經《へ》て[二三]細妙《くはしき》にいたりけり。或ときは繪に[二四]心を凝《こら》して眠《ねぶり》をさそへば、ゆめの裏《うち》に江に入(り)て、[二五]大小《さばかり》の魚とともに遊ぶ。覺《さむ》れば[二六]即《やがて》見つるまゝを画《ゑが》きて壁《かべ》に貼《お》し、みづから呼(び)て[二七]夢應《むをう》の鯉魚《りぎよ》と名付(け)けり。其繪の妙《たへ》なるを感《めで》て乞要《こひもと》むるもの[二八]前後《ついで》をあらそへば、只花鳥山水は乞《こふ》にまかせてあたへ、鯉魚《りぎよ》の繪は[二九]あながちに惜《をし》みて、人毎《ごと》に戯《たはふ》れていふ。「[三〇]生《しやう》を殺《ころ》し鮮《あさらけ》を喰《くら》ふ凡俗《ぼんぞく》の人に、法師の養《やしな》ふ魚必(ず)しも与《あた》へず」となん。其繪と[三一]俳諧《わざごと》とゝもに天下《あめがした》に聞えけり。

一とせ病《やまひ》に係《かゝ》りて、[三二]七日を經《へ》て忽(ち)に眼《まなこ》を閉息絶《とぢいきたえ》てむなしくなりぬ。徒弟《とてい》友どちあつまりて歎き惜(し)みけるが、只[三三]心頭《むね》のあたりの微《すこ》し暖《あたゝか》なるにぞ、[三四]若《もし》やと居めぐりて[三五]守りつも三日を經《へ》にけるに、手足すこし動《うご》き出(づ)るやうなりしが、[三六]忽(ち)長嘘《ためいき》を吐《はき》て、眼《め》をひらき、[三七]醒《さめ》たるがごとくに起(き)あがりて、人〱にむかひ「我[三八]人事《にんじ》をわすれて既《すで》に久し。幾日をか過しけん」。[三九]衆弟等《しうていら》いふ。「[四〇]師三日前《さき》に息《いき》たえ給ひぬ。寺中の人〱をはじめ、日比睦《むつ》まじくかたり給ふ[四一]殿《との》原《ばら》も詣《まうで》給ひて葬《はふむり》の事をも[四二]はかり給ひぬれど只師が心頭《むね》の暖《あたゝか》なるを見て、柩《ひつぎ》にも藏《をさ》めでかく守り侍りしに、今や蘇生《よみがへり》給ふにつきて、「[四三]かしこくも物せざりしよ」

と怡《よろこ》びあへり」。興義《こうぎ》點頭《うなづき》[一]ていふ。「誰にもあれ一人檀《だん》家[二]の平《たひら》[三]の助の殿の舘《みたち》に詣《まいり》て告《まう》さんは、「法師こそ不思議に生侍《いきはべ》れ。君今酒を[四]酧《くみ》鮮《あざらけ》き鱠《なます》[五]をつくらしめ給ふ。しばらく宴《えん》を罷《やめ》て寺に詣(で)させ給へ。稀有《けう》[六]の物がたり聞えまいらせん」とて、彼《かの》[七]人〳〵のある形《さま》を見よ。我(が)詞に露たがはじ」といふ。使異《あや》しみながら彼舘《みたち》に徃《いき》て其由をいひ入れ[八]てうかゞひ見るに、主《あるじ》の助をはじめ、令弟《おとうと》の十郎、家[九]の子掃守《かもり》など居《ゐ》めぐりて酒を酧《くみ》[一〇]ゐたる、師が詞のたがはぬを奇《あやし》とす。助の舘《たち》の人〳〵此事を聞(き)て大に異《あや》しみ、先箸《はし》を止《やめ》て、十郎掃守《かもり》をも召具《めしぐ》[一一]して寺に到る。興義《こうぎ》枕をあげて路次《ろじ》[一二]の労《わづら》ひをかたじけなうすれば、助も蘓生《よみがへり》の賀《ことぶき》を述《の》ぶ。

興義先問(ひ)ていふ。「君試《こゝろみ》に我(が)いふ事を聞(か)せ給へ。かの漁父《ぎよふ》[一三]文四に魚をあつらへ給ふ事ありや」。助驚きて、「まことにさる事あり。いかにしてしらせ給ふや」。興義《こうぎ》、「かの漁父《ぎよふ》[一四]三尺《たけ》あまりの魚を籠《かご》に

一　↓五四頁注八。繁野話第五篇「点頭(うなづ)きて」。
二　宗教信仰上で往来し交渉のある俗家。
三　平は氏、助はここでは国司の次官であることを示す。
四　酒宴を催し。
五　和名抄「鱠　音会、和名奈万須、細切ノ肉也」。魚服記「我ガ為メニ、群官方ニ鱠ヲ食スルヤ否ヤヲ覰ヘ」。
六　甚だ珍しい話を申し上げましょう。
七　あの人達の様子を見よ。私の言う所と少しも違うまい。
八　申し込んで。
九　代々の家臣。掃守は普通掃部と書き「かもん」と読む。古語拾遺に「掃守」として「かにもり」とよむ。
一〇　終止と見ず、「ゐたるに」の気持で下につづくと解する。
一一　引きつれて。
一二　御足労を感謝すると。
一三　魚服記「偉曰フ、諸公ハ司戸僕張弼ニ勅シテ魚ヲ求ムル乎」。この上の句点は、底本欠、意によって補。また次の「さる事あり」の下の句点もこれに同じ。
一四　目の下三尺余りの魚。薛録事「那ノ趙幹ハ一個三尺来長ノ金色ノ鯉魚ヲ釣リ得タリ」。

入(れ)て君が門に入(る)。君は賢弟《けんてい》と[一五]南面《みなみおもて》の所に碁《ご》を囲《かこ》みておはす。掃守《かもり》傍《かたはら》に侍《はべ》りて、桃《もゝ》の実《み》の大なるを啗《く》ひつゝ[一六]奕《えき》の[一七]手段《しゆだん》を見る。漁父が[一八]大魚《まな》を携《たづさ》へ來るを喜《よろこ》びて、[一九]高杯《たかつき》に盛《もり》たる桃をあたへ、又盃《さかづき》を給ふて[二〇]三献《こん》飲《のま》しめ給ふ。[二一]鱠手《かしはびと》[二二]したり顔に魚をとり出(で)て鱠《なます》にせしまで、法師がいふ所たがはでぞあるらめ[二三]」といふに、助の人〳〵此事を聞(き)て、或は異《あや》しみ、或は[二四]こゝち惑《まど》ひて、かく[二五]詳《つばら》なる言《こと》のよしを頻《しきり》に尋《たづ》ぬるに、興義《こうぎ》かたりていふ。

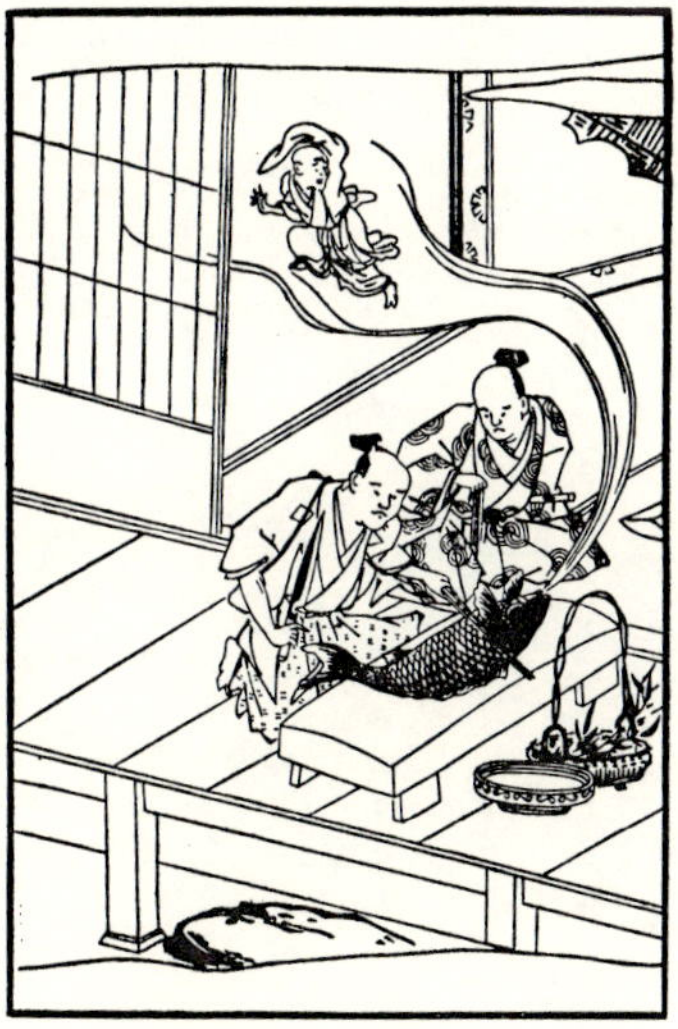

「我此頃病にくるしみて堪《たへ》がたきあまり、其死《しゝ》たるをもしらず、[二六]熱《あつ》きこゝちすこしさまさんものをと、杖《つゑ》に扶《たすけ》られて門を出(づ)れば、病もやゝ忘《わす》れたるやうにて[二七]籠《こ》の鳥の[二八]雲井にかへるこゝちす。山となく里となく行(き)〳〵て、又江の畔《ほとり》に出《いづ》。[二九]湖水《こすい》の碧《みどり》なるを見るより、[三〇]現《うつ(つ)》なき心に浴《あび》て遊びなんとて、そこに衣を脱去《ぬぎすて》て、身を跳《をど》らして深きに[三一]飛(び)入(り)つも、彼此《をちこち》に游《およ》めぐるに、幼《わかき》より

一五 南に面した座敷。正座敷。
一六 囲碁。字典「又囲碁ヲ奕ト曰フハ落奕之義」。
一七 手並。手法。
一八 「ま」は接頭語。魚の意。ただし魚服記の「巨魚」を訳したもの。
一九 食物を盛って出す台つきの盤。
二〇 献は盃をさすこと。正式の飲み方では一献では三盃のみ、三献で三三九度のむことになる(四季草等)。ここでは酒もしっかり飲ませたの意。
二一 料理人。仁徳紀「膳夫(かしはで)」。魚服記(太平広記も)「鱠手王士良」。
二二 得意気に。
二三 「ぞ」の結びが「らむ」の已然形になってる。この例以下にもあるが「らめ」の例が多い。
二四 変な気になって。
二五 このように詳細な話をするのはどうしたわけかと。薛録事「老長官如何ニシテ恁(かくのごとく)詳細ヲ暁得セルヤ」。
二六 熱気。源氏、夕顔「身もあつき心ちして」。魚服記「熱ノ為ニ逼ラレ殆ド堪フベカラズ」。
二七 束縛されたものが自由を得るたとえ。鶡冠子「籠中之鳥空シク窺ツテ出デズ」。魚服記「籠禽檻獣之逸レ得ルガ如シ」。
二八 雲居。空。
二九 青々とした湖水(ここは琵琶湖)を見ると。
三〇 夢見心地に。
三一 飛び込みながら。「つ」→補注五。

一水に狎《なれ》たるにもあらぬが、慾《おも》ふにまかせて戯《たはふ》れけり。今思へば愚《おろか》なる夢ごゝろなりし。されども人の二水に浮(か)ふは魚のこゝろよきにはしかず。こゝにて又魚の遊びをうらやむこゝろおこりぬ傍《かたはら》にひとつの大魚《まな》ありていふ。「師のねがふ事いとやすし。待(た)せ給へ」とて、杳《はるか》の底《そこ》に去《ゆく》と見しに、しばしして、冠《かむり》装束《さうぞく》したる人の、前《さき》の大魚《まな》に胯《また》がりて、許多《あまた》の三鼈魚《うろくず》を牽《ひき》ゐて浮(か)ひ來たり我にむかひていふ。「四海若《わたづみ》の詔《みことのり》あり。老僧かねて五放生《はうじやう》の功徳《くどく》多し。今江に入(り)て魚の遊躍《あそび》をねがふ。權《かり》に六金鯉《きんり》が服《ふく》を授《さづ》けて七水府《すいふ》のたのしみをせさせ給ふ。只餌《ゑ》の香《かん》ばしきに昧《くら》まされて、釣《つり》の糸にかゝり身を亡《うしな》ふ事なかれ」といひて去《さり》て見えずなりぬ。不思義のあまりにおのが身をかへり見れば、いつのまに鱗金光《うろこきんかう》を備《そな》へてひとつの鯉魚《りぎよ》と化《け》しぬ。あやしとも思はで、尾《を》を振鰭《ふりひれ》を動《うご》かして心のまゝに逍遙《せうえう》す。まづ八長等《ながら》の山おろし、立(ち)ゐる浪に身をのせて、九志賀の大湾《おほわだ》の汀《みぎわ》に遊べば、一〇かち人の一一裳《も》のすそぬらすゆきかひに驚《おど》されて、一二比良《ひら》の高山影うつる、深き水底《みなそこ》に一三潜《かづ》くとすれど、かくれ一四堅田《かただ》の漁火《いさりび》によるぞ一五うつゝなき。一六ぬばたまの一七夜中《よなか》の潟《がた》にやどる月は、一八鏡の山の峯に清《すみ》て、一九八十《やそ》の湊《みなと》の二〇八十隈《やそくま》もなくておもしろ。二一沖津嶋山、竹生嶋《ちくぶしま》、波にうつろふ朱《あけ》の垣《かき》こそおどろかるれ。二二さしも伊吹の山風に、二三旦妻船《あさつまぶね》も漕出《こぎ》(づ)れば、芦間《あしま》の二四夢をさまされ、二五矢橋《(やばせ)》の渡りする人

一 水練に達しているというでもないのに、思うままに遊泳した。二 魚服記「人ノ浮ブハ魚ノ快ナルニ如カザル也」。三 魚類。この文字→四七頁注二一。四 海神。和名抄の海若の条に「日本紀ニ海神ト云フ、和名和太豆美之加美」。五 捕えた生物を生きたまま放つことで、仏教では慈悲善行の一つに数えられている。放生の文字は薛録事に「多分這魚放生不成了」など。六 薛録事「金色鯉魚」。七 水神のおさめる所。水の世界。剪燈新話の竜堂霊会録に「竜王水府ニ処ス」。八 三井寺背後の山。歌枕。以下琵琶湖の西岸を北へ、それから東岸へ回って周遊する文章になっている。続拾遺六「しがの浦やしばし時雨の雲ながら雪になりゆく山颪の風」。「立ちゐる」は起き臥しする。九 万葉一「さゝなみのしがの大和太」(三一)。楢の杣の注に「志賀の入江」とあり、志賀の都跡前面の入江。一〇 路ゆく人。続古今六「かち人の汀の氷ふみならしわたれどぬれぬ志賀の大わだ」。一一 女子正装の時腰より下を覆うもの。ここは着物の裾をぬらす往来に程の意。一二 比叡山北方に続く連峰。「比良の暮雪」は近江八景の一。一三 水中にくぐる。万葉四「にほ鳥の潜(かづ)く池水」(七二五)。一四「かくれ難い」にその落雁が近江八景の一に数えられる堅田をかける。一五 餌に近よるなと止められながら、漁船の火に近よるのは正心なきうかれ心である。ここで周囲の景の夜になった事を示す。一六 夜の枕詞。一七 万葉九「さ夜ふけて夜中の潟」(一二二五)。同九「旅なればよなかをさして照る月の高島山に隠らくをしも」(一六九一)。補正「紀の国の哥の小序あれば、彼国に在りといへり。近江の高島郡にも在りといへり。(中略)地名にあらず聞ゆ」とあるが、作品中故に地名に用いた。「やどる」は夜中の縁。一八 琵琶湖東南

岸の歌枕。新続古今四「くもりなき月もますみの鏡山名に顕れてみゆる夜半かな」。鏡の如くすみわたって。一九 万葉三「磯のさきこぎたみ行けば近江の海八十の湊に田鶴さはに鳴く」(二七三)。楢の杣に「八十の湊は一所の名にあらぬ也。されど此歌にては一浦のけしき也」。二〇 湊々のくまくままでも月に照らし出されて。万葉一「川隈の八十隈落ちず」(七九)。二一 共に琵琶湖中の島。竹生島には弁財天を祭る。松葉集「めにたてゝ誰か見ざらん竹生島波にうつらふあけの玉垣」。二二 美濃(岐阜県)境の高山。後拾遺十一「かくとだにえやは伊吹のさしも草」による。その中伊吹の山風に夜気もはらわれて。二三 湖上に朝がおとずれて、坂田郡の歌枕朝妻の湊から、船も出て来ると。朝の文字に意をもたす。山家集下「おぼつかな伊吹おろしの風さきに朝妻舟のあひやしぬらむ」。二四 鯉としての眠の夢。二五 栗太郡。その帰帆が八景の一。松葉集「にほてるや矢橋の渡りする舟をいくそたび見つ瀬田の橋守」。二六 使いなれた棹。二七 瀬田川にかかる唐橋。八景の一。橋守の足音に遠ざかり逃げること度々。二八 餌をさがしたが得ないので、気も狂ったようになって。魚服記「俄ニシテ餓ユルコト甚シ食ヲ求メテ得ズ」。万葉四「草香江の入江に求食(あさ)る蘆鶴の」(五七五)。二九 和名抄「河伯 一ニ水伯ト云フ河之神也。和名加波之加美」。三〇 おろかに。三一 何でいやしく。「も」は強め。三二 何の遠慮があろうか。三三 釣糸を引き上げて。三四 あご。和名抄「鰓 阿木止、魚ノ頬也」。薛録事「幹聴カズシテ縄ヲ以テ我ガ腮ヲ貫ク」。「遊ばせ給ふ」の下の句点は、意によって補。三五 賞美なさる。三六 皆さんがた。三七 知らぬふりをして。三八 雨夜物語たみことば「和名抄に、指 由比 俗云於与

の水《み》[二六]なれ棹《さを》をのがれては、瀬田[二七]の橋守にいくそたびが追《(か)》(は)れぬ。日あたゝかなれば浮(か)ひ、風あらきときは千尋《ちひろ》の底《そこ》に遊ぶ。急《にはか》にも飢《うゑ》て食《もの》ほしげなるに、彼此《をちこち》に[二八]鴦《あさ》り得ずして狂ひゆくほどに、忽(ち)文四が釣を垂《たる》るにあふ。其餌《ゑ》はなはだ香《かんば》し。心又[二九]河伯《かはのかみ》の戒《いましめ》を守りて思ふ。我は佛《ほとけ》の御弟子なり。しばし食《もの》を求め得ずとも、[三〇]なぞもあさましく魚の餌《ゑ》を飲《のむ》べきとてそこを去《さる》。しばしありて飢《うゑ》ます〱甚しければ、かさねて思ふに、今は堪《たへ》がたし。たとへ此餌《ゑ》を飲《のむ》とも嗚呼《をこ》[三一]に捕《とら》れんやは。もとより他《かれ》は相識《しる》ものなれば、何の[三二]はゞかりかあらんとて遂《つひ》に餌《ゑ》をのむ。文四はやく糸[三三]を収《をさ》めて我を捕《とら》ふ。「こはいかにするぞ」と叫《さけ》びぬれども、他《かれ》かつて聞(か)ず顔にもてなして縄《なは》をもて我(が)腮《あぎと》[三四]を貫《つら》ぬき、芦間に船を繋《つな》ぎ、我を籠《かご》に押(し)入(れ)て君が門に進《すゝ》み入(る)。君は賢《けん》弟と南面《おもて》の間に奕《えき》して遊ばせ給ふ。掃守《かもり》傍《かたはら》に侍りて菓《このみ》を啗《くら》ふ。文四がもて來し大魚《まな》を見て人〱大に感《めで》[三五]させ給ふ。我其とき人〱にむかひ聲をはり上(げ)て、「旁等《かたがたら》[三六]は興《こう》義《ぎ》をわすれ給ふか。宥《ゆる》させ給へ。寺にかへさせ給へ」と連《しき》りに叫《さけ》びぬれど、人〱[三七]しらぬ形《さま》にもてなして、只手を拍《うつ》て喜び給ふ。鱠手《かしはで》なるものまづ我(が)両眼を左手《ひだり》の指《おゆび》[三八]にてつよくとらへ、右手《みぎり》に礪《とぎ》[三九]すませし刀《かたな》をとりて俎盤《まないた》[四〇]にのぼし既に切(る)べかりしとき、我くるしさのあまりに大聲をあげて、「佛弟子《ぶつでし》[四一]を害《がい》す

る例《ためし》やある。我を助けよ〳〵」と哭叫《なきさけ》びぬれど、聞(き)入(れ)ず。終《つひ》に切(ら)るゝとおぼえて夢醒《ゆめさめ》たり」とかたる。人〳〵大に感異《めであや》しみ、「師が物がたりにつきて思ふに、[一]其度ごとに魚の口の動《うご》くを見れど、[二]更に聲を出(だ)す事なし。かゝる事まのあたりに見しこそいと不思議なれ」とて、[三]從者《ずさ》を家に走《はしら》しめて殘《のこ》る鱠《なます》を湖《うみ》に捨(て)させけり。

興義これより病愈《いえ》て杳《はるか》の後[四]天年《よはひ》をもて死《まかり》ける。其終焉《をはり》に臨《のぞ》みて画《あが》く所の鯉魚数枚《すまい》をとりて湖《うみ》に散《ちら》せば、画《あが》ける魚[五]紙繭《しけん》《かみきぬ》をはなれて水に遊戲《ゆうげ》す。こゝをもて興義が繪世に傳はらず。其弟子[六]成光《なりみつ》なるもの、興義《こうぎ》が[七]神妙《しんめう》をつたへて時に名あり。[八]閑院《かんゐん》の殿《との》の[九]障子《しやうじ》に鶏《にはとり》を画《あがき》しに、生《いけ》る鶏《とり》この繪を見て蹴《け》たるよしを、[一〇]古き物がたりに戴《のせ》たり

雨月物語二之巻終

比とありて、五の指ともに、何のおよびといへり」。三九 太平広記「彼ノ鱠手王士良ナル者方ニ刀ヲ礪ギ喜ビテ我ヲ几上ニ投ゲ」。四〇 和名抄「俎 音阻、和名末奈以太」。四一 僧。仏説に僧を殺すは五逆の一。

一 興義の鯉が、言葉を発したという度毎に。
二 一向に声は出なかった。
三 召使。源氏、浮舟「たいふのずざ」。
四 天寿を全くして死んだ。
五 絵を画く用の紙と絵絹。
六 古今著聞集十一「成光 閑院の障子に鶏を書きたりけるを、実の鶏見て蹴けるとなん。この成光は、三井寺の僧興義が弟子になん侍りける」。
七 名人芸をうけついで時の評判であった。
八 京都の二条の南、西洞院の西にあって里内裏になった御殿。もと藤原冬嗣の邸。
九 襖障子。
一〇 古今著聞集。橘成季著の説話集。二十巻。建長六年(一二五四)成。
一一 日本の美称。神武紀「昔伊弉諾尊此ノ国ヲ目(なづ)ケテ曰ク、日本ハ浦安国」。補正「宇良夜須 心裏に思ふ事なき也」。
一二 長くつづき。ただし徳川幕府治下に太平の世が長くつづくを祝った文面。秋成はこのことを貧福論や胆大小心録一〇一などに述べる。
一三 楽しんで家業に従い、その余暇には。崇神紀「業(なりはひ)」。
一四 紅葉した林。春秋物見遊山に出るの意。
一五 筑紫の枕詞。ここではまだ知らないの意をも含む。一六 九州路。一七 船旅。

雨《う》月《げつ》物《もの》語《がたり》　巻之三

佛《ぶつ》法《ほふ》僧《そう》

[一一]うらやすの國ひさしく、[一二]民作業《たみなりはひ》をたのしむあまりに、春は花の下《もと》に息《やす》らひ、秋は[一四]錦の林を尋《たづ》ね、[一五]しらぬ火の[一六]筑紫路《つくしぢ》もしらではと[一七]械《かぢ》まくらする人の、[一八]冨士筑波の嶺《みね》〳〵を心にしむるぞ[一九]そゞろなるかな。伊勢の[二〇]相可《あふか》といふ郷《さと》に、[二一]拝志氏《はやしうぢ》の人、[二二]世をはやく嗣《つぎ》に譲《ゆづ》り、[二三]忌《いむ》こともなく[二四]頭《かしら》おろして、名を夢然《むぜん》とあらため従來《もとより》身に病さへなくて、彼此《をちこち》の旅寝を老のたのしみとする。季子《すゑのこ》作之治なるものが生長《ひとゝなり》の[二五]頑《かたく(な)》なるをうれひて、[二六]京の人見るとて、一月あまり[二七]二条の別業《べつげふ》に逗《とゞ》まりて、三月《やよひ》の[二八]末《すゑ》吉野の奥の花を見て、[二九]知れる寺院に七日ばかりかたらひ、此ついでに「いまだ[三〇]高野山を見ず。いざ」とて、夏のはじめ青葉の茂《しげ》みをわけつゝ、[三一]天《てん》の川といふより踰《こえ》て、[三二]摩《ま》尼《に》の御山にいたる。[三三]道のゆくての嶮《さか》しきになづみて、おもはずも日かたふきぬ。[三四]檀場《だんじやう》、[三五]諸堂[三六]靈《みた》

一八　共に東国の名山。西の九州へ船旅をしながら、陸路東の名山をしみじみとなつかしむのは。
一九　遊心勃々たるさま。
二〇　三重県多気郡多気町。胆大小心録一四に、この地出身の秋成の友人のことが見える。
二一　林氏の一族でこの文字を書く族も河内・伊予などにある。伊勢の林氏の一族のつもり。
二二　世帯を早く後とりに渡して。
二三　戒をうけて仏道に入るというのでもなく。源氏、夕顔「かしらそりいむ事うけなどして」。源語梯「イムコトトハ戒ヲ云フ」。
二四　法体して。剃髪して。江戸時代隠居の姿。
二五　源語梯「頑ノ字ヲヨミテ、一方ヘカタヨリテ外ノコトニカヨハスコトノナラヌヲイヘリ」。
二六　ひらけた京都の人に接せしめようと。
二七　京都二条の別荘。一月・二条・三月とつづく修辞。
二八　奈良県吉野郡。桜の名所。時候もおそく、奥の千本あたりの花を見て。
二九　かねて知り合いの寺で…話し込んで。交誼をあたため。
三〇　和歌山県。真言宗の霊場。
三一　奈良県吉野郡天川村。この道を大峰口と言い東より高野に入る道。七度半道という(紀伊国名所図会)。
三二　高野山の美称。金堂は兜率の内院摩尼殿を表わしているからの名。また奥の院背後の山を摩尼峰と称す。三三　道中のけわしいのに苦労して。三四　正しくは壇場。高野山上の金堂・御影堂等のある一帯を称し、奥の院と共に両壇と呼び、金剛・胎蔵の二界にたとえる。
三五　その他にある堂塔。
三六　奥の院にあって、開山弘法大師の入定の所。その霊をまつる。

廟《まや》、残りなく拝みめぐりて、「こゝに宿からん」といへど、[一]ふつに答ふるものなし。そこを行(く)人に所の掟《おきて》をきけば、「寺院僧坊に便《たより》なき人は、麓《ふもと》にくだりて明(か)すべし。此山すべて旅人に[二]一夜をかす事なし」とかたる。いかゞはせん、さすがにも老の身の嶮《さか》しき山路を來《こ》しがうへに、事のよしを聞(き)て大きに[三]心倦《うみ》つかれぬ。作之治がいふ。「日もくれ、足も痛《いた》みて、いかゞしてあまたのみちをくだらん。[四]弱《わか》き身は草に臥《ふす》とも厭《いと》ひなし。[五]只病《やみ》給はん事の悲しさよ」。夢然《むぜん》云(ふ)。「旅はかゝるをこそ[六]哀れともいふなれ。[七]今夜脚《こよひあし》をやぶり、倦《うみ》つかれて山をくだるともおのが古郷《ふるさと》にもあらず。[八]翌《あす》のみち又はかりがたし。此山は[九]扶桑《ふさう》第一の靈場《れいじやう》、[一〇]大師の[一一]廣徳《くはうとく》かたるに尽《つき》ず。殊《こと》にも來りて[一二]通夜《つや》し奉り、後世の事たのみ聞ゆべきに、幸《さいはひ》の時《をり》なれば、靈廟《みたまや》に夜もすがら[一三]法施《ほふせ》したてまつるべし」とて、[一四]杉の下道のをぐらきを行(く)〳〵、靈廟《みたまや》の前なる[一五]燈籠堂《とうろうだう》の[一六]簀子《すのこ》に上《のぼ》りて、雨具《あまぐ》うぢ《(ち)》敷(き)座をまうけて、閑《しづか》に念仏《ねぶつ》しつゝも、夜の更《ふけ》ゆくを[一七]わびてぞある。[一八]方《(はう)》五十町に開《ひら》きて、[一九]あやしげなる林も見えず。小石だも掃《はら》ひし[二〇]福田《ふくでん》ながら、さすがにこゝは寺院遠く、[二一]陀羅尼鈴錫《だらにれいしやく》の音《こゑ》も聞えず、木《こ》立は雲をしのぎて[二二]茂《しみ》さび、[二三]道に界《さか》ふ水の音ほそ〴〵と清《すみ》わたりて物がなしき。寝られぬまゝに夢然《むぜん》かたりていふ。「そも〳〵大師の[二四]神化《じんくは》、土《ど》石草《さう》木も[二五]靈《れい》を啓《ひら》きて、八百《やほ》とせあまりの今

一 一向に。
二 一夜の宿。これは実際の習慣であった。
三 気力がなくなった。
四 若い私は野宿をしても苦になりません。
五 父上がそのために病気をなさる事をうれいます。六 趣がある。
七 足を傷つけて疲労して高野山を下りても。
八 明日の旅路がまた心配だ。九 日本の異称。
一〇 弘法大師。空海。日本の真言宗の開祖で、延暦二十三年(八〇四)入唐、高野山を弘仁八年(八一七)に開く。承和二年(八三五)没、六十二歳。一一 大きい徳。一二 終夜参籠祈願して、死後の安楽をお願い申す筈だのに。一三 法供養。ここは「南無大師遍照金剛」をとなえ祈ること。
一四 奥の院へ大杉林の中の道をゆきゆきて。
一五 霊廟の拝殿にあたり、昔より灯明の絶えることがない所(野山名霊集等)。
一六 簀子縁。太平記の宮方怨霊会六本杉事による。↓補注二五。一七 心うく思っている。
一八 五十町四方。実際の高野山は大門より奥の院まで東西五十町、南北は広い所で十余町(紀伊続風土記)。一九 気味の悪い深林。水滸伝(訓訳本)八回「猛悪ノ林子」。二〇 ここは聖域の意。本来の意は都賀庭鐘の校正傍抄にも「善根ヲ種ユル者之ヲ福田ト謂フ」。↓補注二六。
二一 僧の祈念する経文陀羅尼の声や、鈴や錫杖を振る音。陀羅尼は梵文のままで読誦する呪文。
二二 補正「木草の茂盛するを云、しみは茂み也、さびはすすむ也」。万葉一「春山としみさび立てり」(五二)。
二三 剪燈新話の天台訪隠録に「瀑布泉流レテ道ヲ界(かき)フ」。句解に「道ヲ界フトハ猶分派ノ如キ也」。二四 偉大なる徳化。貞観政要の君道篇「神化潜ニ通ジ無為ニシテ治ル。徳之上也」。

にいたりて、いよゝ[二六]あらたに、いよゝたふとし。[二七]遺芳歴踪《ゐはうれきそう》多きが中に、此山なん第一の[二八]道場《だうじやう》なり。大師[二九]いまぞかりけるむかし、遠く唐土《もろこし》にわたり給ひ、あの國にて感《めで》させ給ふ事おはして、「此[三〇]三鈷《こ》のとゞまる所[三一]我(が)道を揚《あぐ》る靈地《れいち》なり」とて、[三二]杳冥《そら》にむかひて抛《なげ》させ給ふが、はた此山にとゞまりぬる。檀場《だんじやう》の御前なる[三三]三鈷《こ》の松こそ此物の落(ち)とゞまりし地《ところ》なりと聞(ゆ)。すべて此山の草木泉《さうもくせん》石靈《せきれい》ならざるはあらずとなん。こよひ不思《し》議《ぎ》にもこゝに一夜をかりたてまつる事、[三四]一世ならぬ善縁《ぜんえん》なり。你弱《なんぢわか》きとて[三五]努《ゆめ》〳〵信心《しんぐ》をこたるべからず」と、小《さゝ》やかにかたるも[三六]清《すみ》て心ぼそし。

御廟《みべう》のうしろの林にと覺えて、「[三七]仏法《ぶつぱん》〳〵」となく鳥の音山彦にこたへてちかく聞ゆ。夢然《むぜん》[三八]目さむる心ちして、「あなめづらし。あの啼《なく》鳥こそ[三九]仏法僧といふならめ。かねて此山に栖《すみ》つるとは聞(き)しかど、まさに其音を聞(き)しといふ人もなきに、こよひのやどりまことに[四〇]滅罪生善《めつざいしやうぜん》の祥《しるし》なるや。かの鳥は清淨《しやうぐ》の地《ち》をえらみてすめるよしなり。[四一]上野《かんづけ》の國迦葉山《かせうざん》、[四二]下野《しもづけ》の國二荒《ふたら》山、[四三]山城の醍醐《だいご》の峯《みね》、[四四]河内の杵長《しなが》山、就中《なかんづく》此山にすむ事、大師の[四五]詩偈《しげ》ありて世の人よくしれり

[四六]寒《かん》林《りん》獨《どく》坐《ざ》草堂曉《さうだうのあかつき》　[四七]三《さん》寶《ぼう》之《の》聲聞二一鳥一《こゑをいつてうにきく》

一《いつ》鳥《てう》有レ聲《こゑあり》人《ひと》有レ心《こゝろあり》　[四八]性《せい》心《しん》雲《うん》水《すい》倶《ともに》了《れう》〱と

二五 本性をあらわして。成仏して。

二六 あらたかに。二七 遺った業績や遍歴の旧跡。

二八 仏道修業の所。「なん」の結びが終止形。

二九 御在世の昔。三〇 真言宗で専ら使用の仏具。金属製で両端が三つにわかれた杵の形のもの。

三一 真言宗の教を発揚する。

三二 はるか空の彼方の意に用いた。「はた」はきまったように、当然のことにの意。

三三 御影堂の前にあり、明州の津から投げた三鈷がかかり止ったという(野山名霊集・三国伝記等)。三四 前世からの善因縁である。

三五 必ず。神武紀「努力(ゆめ)慎ム歟」。類聚名義抄も努を「ユメユメ」とよむ。↓四〇頁注一九。

三六 声がよく通り。

三七 胆大小心録四五「仏法僧は高野山で聞いたが、ブツパン〳〵とないた。形は見へなんだ」。

三八 ねむけも去って。

三九 仏法僧目の鳥。深山に住み三宝の声を出す霊鳥として古来有名。

四〇 現世の罪障を消滅して未来の善をなすこと。

四一 群馬県沼田市池田。竜華院がある。秋成早い頃の某書の抄記に「沼田カセウ山仏法僧ト云フ鳥アリ」。

四二 栃木県の日光山。続無名抄「下野国二荒山仏法僧有リ(藤原の敦光の記にあり)」。

四三 京都市伏見区の醍醐寺の山。続無名抄に「山城国宇治醍醐ニ仏法僧有リ(此事寺の鐘の銘にあり)」。四四 大阪府南河内郡太子町。

四五 仏法に関する意を述べる詩の一体。次の詩は性霊集十一に「後夜仏法僧鳥ヲ聞ク」と題して収まる。四六 冬の林中一人坐禅して。

四七 仏・法・僧。

四八 性霊集には「声心」。同便蒙の解に「鳥声人心、雲光水色、法身三密ニ非ル莫シ」。

又ふるき歌に

松[一]の尾の峯静《しづか》なる曙《あけぼの》にあふぎて聞けば佛法僧啼(く)

むかし最福寺《さいふくじ》[二]の延朗法師《えんらうほふし》[三]は世にならびなき法華者《ほつけしや》[四]なりしほどに、松[五]の尾の御神此[六]鳥をして常に延朗《えんらう》につかへしめ給ふよしをいひ傳ふれば、かの神垣[七]にも巣《すむ》よしは聞えぬ。こよひの奇妙《きめう》既に一鳥聲あり。我こゝにありて心[八]なからんや」とて、平生《つね》のたのしみとする俳諧風《はいかいぶり》[九]の十七言《こと》を、しばしうちかたふいて[一〇]いひ出(で)ける

鳥[一一]の音《ね》も祕密《ひみつ》の山の茂《しげ》みかな

旅硯《たびすゞり》[一二]とり出(で)て御燈《みあかし》[一三]の光りに書(き)つけ、今一聲もがなと耳を側《かたふく》[一四]るに、思ひがけずも遠く寺院の方より、前《さき》[一五]を追《お》ふ聲の嚴敷《いかめしく》聞えて、やゝ[一六]近づき來たり。「何人の夜深《ふけ》て詣《まうで》給ふや」と、異《あや》しくも恐しく、親子顔を見

一　京都市右京区松尾神社背後の山。新撰六帖にのる藤原光俊の詠。続無名抄も引く。
二　松尾神社の南方にあった延朗開基の寺(山城名勝志等)。
三　天台宗の高僧。承元二年(一二〇八)没、七十九歳。四法華経の信奉者。
五　松尾神社の祭神。大山咋神・市杵島姫神(山城名勝志等)。この祭神と法華経のこと三国伝記六等にも見える。
六　延朗の事は元亨釈書十二・本朝神社考一に見えるが仏法僧と明記なし。続無名抄は神社考を引いて「此鳥かの仏法僧といふ鳥なるべし」と附記。七神域。
八　詩心をおこさないでよかろうか。
九　日常たしなんでいる俳諧の発句。
一〇　思案して。
一一　鳥の声さえも三宝をとなえる、この真言秘密の霊山の茂みであるよ。真言宗を秘密の教という。「茂み」が季語で夏の句。秋成の作であろう。
一二　旅行用の小さい硯。
一三　灯籠堂の灯明。
一四　字典「偏也側也」とあるを他動詞に用いた。
一五　貴人の行列の前方をさえぎるものをしりぞけるかけ声。さきばらいの声。
一六　次第に。剪燈新話の富貴発跡司志に「忽チ呵殿之音ヲ聞ク。初メ遠クシテ漸ク近シ」。
一七　見守っていると。太平記二十五の宮方怨霊会六本杉事に「目もはなたで守り居たる程に」。
一八　行列の先供。
一九　御廟の前方にかかる御廟橋の橋板。金剛界三十七尊をかたどって三十七枚ある。罪障深いものはこの橋を渡れぬとの伝えがある(高野山通念集)。

あはせて息《いき》をつめ、そなたをのみ[一七]まもり居るに、はや[一八]前駆《ぜんぐ》の若侍《わかさむらい》[一九]橋板《はしいた》をあらゝかに踏《ふみ》てこゝに來る。

おどろきて堂の右に潜《ひそ》みかくるゝを、武士《ぶし》はやく見つけて、「何者なるぞ。[二〇]殿《でん》下《か》のわたらせ給ふ。疾《とく》下りよ」といふに、あはたゝしく簀子《すのこ》をくだり、土に俯《ふ》して[二一]跪《うずゞ》まる。程なく多くの足音聞ゆる中に、[二二]沓音《くつおと》高く響《ひゞき》て、[二三]烏帽子直衣《ゑぼしなほし》めしたる貴人堂[二四]に上り給へば、從《み》者《とも》の[二五]武士《もののべ》四五人ばかり右左《みぎひだり》に[二六]座をまうく。かの貴人人ゝに向ひて、「誰《たれ》〳〵はなど來らざる」と[二七]課《おほ》せらるゝに、「[二八]やがてぞ參りつらめ」と奏《まう》す。又一群《むれ》の足音して、[二九]威儀《ゐぎ》ある武士、頭《かしら》まろげたる入道等《にうだうら》うち交《まじ》りて、[三〇]禮《ゐや》たてまつりて堂に昇《のぼ》る。貴人只今來りし武士にむかひて、「[三一]常陸《ひたち》は何とておそく參りたるぞ」とあれば、かの武士いふ。「[三二]白江《しらえ》[三三]熊谷《くまがへ》の兩士、公《きみ》に[三四]大御酒《おほみき》すゝめたてまつるとて[三五]実《まめ》やかなるに、臣も[三六]鮮《あさら(け)》き物一種調《しゆてう》じまいらせんため、御従《みとも》に後《おく》れたてまつりぬ」

二〇 関白など朝廷における為政者をさす。何人の出現かと疑わす布石。

二一 土下座した。古事記下「宇受須麻理」で、「うずすまる」が正しい。秋成は契沖や真淵の説により、うずくまる意に用いた。古事記伝四十二には「群統居而なり」「群集居（むらがりつどいゐ）て」と解して「契沖、須と久と同韻なれば、蹲居而（うずくまりゐて）なりと云ひ、師も豆の誤にて、うづくまりなりとて、祝詞の集侍（うごなはり）を引きて、同音なりと云はれたれど、皆ひがことなり」と言う。↓補注二七。

二二 公家・武家が装束の時にはく、木または革製の沓。

二三 公家の略式のかずき物と服であるが、ゆるされれば「烏帽子直衣ハ大納言以上参院之時之ヲ著ク」(桃花蘂葉)であった。

二四 灯籠堂。

二五 武士部即ち物部氏の時はこうよむが、普通武士は「もののふ」とよんでいる。

二六 それぞれ席についた。

二七 ここは「仰」と同義に用いてある。

二八 すぐに参りましょう。「ぞ」の結びが已然形になっている。

二九 威厳のある武士。 三〇 一礼して。

三一 木村常陸介。豊臣秀次の臣。文禄四年秀次高野山自刄の折、摂津五カ庄で自刄(甫庵太閤記による。以下も同じ)。

三二 白江備後守。秀次の臣。四条貞安寺で切腹。

三三 熊谷大膳亮。秀次の臣。嵯峨二尊院で自害。行列と共に来なかったのは、皆秀次と別の場所で没した人々。

三四 雄略紀「酒（おほみき）」。お酒を差し上げようと。

三五 まめまめしくするので。

三六 鮮魚を一種料理して差し上げようとして。

と奏《まう》す。はやく酒殽《さかな》をつらねてすゝめまいらすれば、「[一]万作酌《しやく》[二]まゐれ」とぞ課《おほ》せらる。恐《かしこ》まりて、[三]美相《びさう》の若士《わかさふらい》膝行《ゐざり》よりて[四]瓶子《へいじ》を捧《さゝ》ぐ。かなたこなたに杯《さかづき》をめぐらしていと[五]興ありげなり。貴人又曰《のたま》はく、「[六]絶《たえ》て[七]紹巴《じやうは》が説話《ものがたり》を聞(か)ず。召《め》せ」との[八]給ふに、[九]呼《よび》つぐやうなりしが、我(が)跪《うずゞ》まりし背《うしろ》の方より、大《おほい》なる法師の、[一〇]面《おもて》うちひらめきて、目鼻《めはな》あざやかなる人の、僧衣《そうえ》かいつくろひて座の末《すゑ》にまゐれり。貴人[一一]古語《ふるごと》かれこれ[一二]問弁《とひわきま》へ給ふに、詳《つばら》に答へたてまつるを、いと〳〵感《めで》させ給ふて、「他《かれ》に[一三]錄《ろく》とらせよ」との給ふ。一人の武士かつ法師に問(ひ)ていふ。「此山は[一四]大徳の啓《ひら》き給ふて、土石草木《どせきさうもく》も靈《れゐ》なきはあらずと聞(く)。さるに[一五]玉川の流《ながれ》には毒《どく》あり。人飲《のむ》時は斃《たを》るが故に、大師のよませ給ふ哥とて

[一六]わすれても汲《くみ》やしつらん旅《たび》人の高野《たかの》の奥《おく》の玉川の水

といふことを聞(き)傳《つた》へたり。[一七]大徳のさすがに、此毒《どく》ある流《ながれ》をばなど[一八]涸《あせ》ては果《はた》し給はぬや。いぶかしき事を[一九]足下《そこ》にはいかに弁《わきま》へ給ふ」。法師笑《ゑみ》をふくみていふは、「此哥は[二〇]風雅集《ふうがしう》に[二一]撰《えら》み入(れ)給ふ。其[二二]端詞《はしことば》に、「[二三]高野《たかの》の奥《おく》の院《ゐん》へまゐる道に、玉川といふ河の水上《みなかみ》に毒《どく》虫おほかりければ、此流を[二四]飲《のむ》まじきよしをしめしおきて後よみ侍《はべ》りける」と[二五]ことわらせ給へば、足下《そこ》のおぼえ給ふ如くなり。されど今の御疑《うたが》ひ[二六]僻言《ひがこと》ならぬは、大師は[二七]神通自在《じんつうじざい》にして[二八]隱神《かくれがみ》を[二九]役《えき》して道なきをひ

一 不破万作。秀次の小姓。有名な美男である。高野山で主に先立ち殉死。 二 酌をせよ。 三 美貌。 四 酒を盃にそそぐ具。 五 面白そうである。 六 打ち絶えて。 七 著名な連歌師里村紹巴。秀次に一味した嫌疑で三井寺に蟄居したことがある(戴恩記)。慶長七年(一六〇二)没、七十九歳。以下の容貌は松永貞徳の戴恩記に「顔おほきにして眉なく、明らかなるひとかは目にて、鼻大きにあざやかに」とあるを用いた。 八 宣う。おっしゃる。 九 連絡する。

一〇 平面的で目鼻立のはっきりした顔の人。

一一 源氏、帚木「歌にまつはれ、をかしきふることをも」。雨夜物語たみことばの注「古事古歴」。 一二 質問理解なさるに。

一三 正しくは「禄」。褒美。当座のおくり物。

一四 高僧。釈氏要覧「増輝ニ云フ行満ジ徳高キヲ大徳ト曰フ」。ここは弘法大師を指す。

一五 奥の院御廟の橋の下をながれる川。

一六 風雅十六に弘法大師の作として載る。秋成の解釈は次にある。胆大小心録四六にも詳説が見える。 一七 高僧であったにもかかわらず。

一八 何ですっかり水をからしてしまわれなかったのか。この不審な事を。

一九 同等の人を敬って言う二人称の代名詞。

二〇 花園上皇撰、貞和二年成の勅撰和歌集。二十巻。以下の詞書は、そのまま引いたもの。

二一 選ぶ。選と撰は通じて用いられている。

二二 詩歌の前につけたその出来た次第などを説明した文章。 二三 奥の院は高野の霊廟などある地域一帯をいう。 二四 飲んではならないことを注意しておいて。 二五 説明なさっているから。

二六 道理のない説。

二七 霊妙な力を自由自在に発揮して。

二八 神社に祭られていない水土草木等の神。繁

らき、巖《いはほ》を[三〇]鐫《ゑる》には土を穿《うがつ》よりも易《やす》く、大蛇《をろち》を禁《いま》しめ、[三一]化鳥《けてう》を奉仕《まつろへ》しめ給ふ事、[三二]天《あめ》が下の人の仰《あを》ぎたてまつる功《いさをし》なるを思ふには、此哥の端《はし》の詞《ことば》ぞまことしから[三三]ね。もとより此玉河てふ川は[三四]國〳〵にありて、いづれをよめる歌も其流のきよきを[三五]譽《あげ》しなるを思へば、こゝの玉川も毒《どく》ある流にはあらで、哥の意《こゝろ》も、[三六]かばかり名に負《おふ》河の此山にあるを、こゝに詣《まう》づる人は[三七]忘《わす》る〳〵も、流れの清《きよ》きに愛《めで》て手に掬《むす》びつらんとよませ給ふにやあらんを、後の人の毒ありといふ[三八]狂言《まがこと》より、此端詞《はしことば》は[三九]つくりなせしものかとも思はるゝなり。又深く疑ふときには、此歌の調《しらべ》今の[四〇]京《みやこ》の初《はじめ》の[四一]口風《ぶり》にもあらず。おほよそ此國の古語《ふること》に、玉蘰《かづら》玉簾《だれ》珠衣《たまぎぬ》の類《たぐひ》は、形《かたち》をほめ清きを賞《ほむ》る[四二]語《ことば》なるから、清水《しみづ》をも玉水玉の井玉河ともほむるなり。毒ある[四三]流れをなど玉てふ語《ことば》は冠《かうむ》らしめん。[四四]强《あながち》に佛《ほとけ》をたふとむ人の、歌の意《こゝろ》に細《くは》妙《し》からぬは、これほどの[四五]訛《あやまり》は幾らをもしいづるなり。足下《そこ》は歌よむ人にもおはせで、此歌の意異《こゝろあや》しみ給ふは[四六]用意《ようゐ》ある事〔に〕こそ」と篤《あつ》く感《めで》にける。貴人をはじめ人ゝも此[四七]ことわりを頻《しき》りに感《めで》させ給ふ。

御《み》堂のうしろの方に「仏法《ぶつぱん》〳〵」と啼音《なくこゑ》ちかく聞ゆるに、貴人杯《さかづき》をあげ給ひて、「例《れい》の鳥絶《たえ》て鳴《なか》ざりしに、今夜《こよひ》の酒宴《しゆえん》に[四八]榮《はえ》あるぞ。[四九]紹巴《じやうは》いかに」と課《おほ》せ給ふ。法師かしこまりて、「某《それがし》が[五〇]短句《たんく》公《きみ》にも[五一]御耳すゝびましまさん。こゝに旅人

野話第五篇「隠れ神の岩窟」。→補注二八。
二九 使役して。 三〇 字典「鑿也」。うがつ。「禁しめ」はふうじ込む。
三一 怪鳥を帰服せしめる。万葉二「不奉仕(まつろはぬ)国」(一九九)。高野山を開く時に、怪異な霊力を示した伝説は色々とある。
三二 世人一統の尊敬する功徳。
三三 「ぞ」の結び已然形となっている。
三四 世に六玉川というは、山城(京都府)の井出玉川・近江(滋賀県)の野路玉川・摂津(大阪府)の擣衣玉川・紀伊(和歌山県)の高野玉川・武蔵(東京都)の調布玉川・陸前(宮城県)の野田玉川。胆大小心録四六「玉川・玉水・玉ノ井、皆きよき水を玉といふたのじゃ」。 三五 ほめたたえた。
三六 これ程に有名な。 三七 各〻忘れてしまって、ただきれいな流のみをよろこんで、すくって飲むだろうと。 三八 妄説。あやまった説。万葉三「吾聞きつるは枉言(まがこと)か」(四二〇、楢の杣の訓)。楢の杣「枉言は枉曲にはあらで過言(まがこと)なるべし」。異本に「狂」とあり、万葉集略解は「宣長云ふ、すべて枉は狂の誤にて、タハコトと訓むべしと言へり」。 三九 こしらえごとをした。
四〇 平安京の初め即ち弘法大師の時代。
四一 詠みぶり。 四二 であるから。 四三 流れに。
四四 仏法の強信者で、和歌の意味などはよくわからぬ人。細妙→七一頁注二三。ここは詳しいの意。 四五 「を」は強めの間投助詞。いくらでもしでかすものだ。
四六 平生の教養。「事」の下底本「に」なし。意によって補。
四七 説明。 四八 聞きばえがする。
四九 一句どうかといざなった言葉。 五〇 連歌の発句のこと。和歌に対して十七言の短い故にいう。 五一 お聞き古しておいででしょう。

の通夜《つや》しけるが、今の世の俳諧風《はいかいぶり》をまうして侍る。公《きみ》にはめづらしくおはさんに召《めし》[一]て聞(か)せ給へ」といふ。「それ召せ」と課《おほ》せらるゝに、若きさむらひ夢《む》然《ぜん》が方へむかひ、「召給《めし》ふぞ。ちかうまゐれ」と云(ふ)。夢現《ゆめうつゝ》[二]ともわかで、おそろしさのまゝに御[三]まのあたりへはひ出(づ)る。法師夢然《むぜん》にむかひ、「前《さき》によみつる詞を公《きみ》に申(し)上(げ)よ」といふ。夢然恐る〳〵、「何をか申(し)つる更《さら》に覚え侍《はべ》らず。只赦《ゆる》し給はれ」と云(ふ)。法師かさねて、「祕密《ひみつ》の山とは申さゞるや。殿下《でんか》の問(は)せ給ふ。いそぎ申(し)上(げ)よ」といふ。夢然いよ〳〵恐れて、「殿下と課《おほ》せ出され侍《はべ》るは誰にてわたらせ給ひ、かゝる深山《みやま》に夜宴《やえん》をもよほし給ふや。更にいぶかしき事に侍《はべ》る」といふ。法師答へて、「殿下《でんか》と申(し)奉るは、[四]關白秀次《くはんばくひでつぐ》公にてわたらせ給ふ。人々は木村常陸介、[五]雀部《さゝべ》淡路、白江備後、熊谷《くまがへ》大膳、[六]粟野杢《あはのもく》、[七]日比野《ひゞの》下野、[八]山口少雲《せううん》、[九]丸毛不心《まるもふしん》、[一〇]隆西《りうさい》入道、[一一]山本主殿《とのも》、[一二]山田三十郎、不破《ふは》万作、かく云(ふ)は紹巴法橋《じやうはほつきやう》[一三]なり。汝等《なんぢら》不思議の御目見えつかまつりたるは[一四]。前《さき》のことばいそぎ申(し)上(げ)よ」といふ。頭《かしら》[一五]に髪《かみ》あらばふとるべきばかりに凄《すさま》[一六]しく肝魂《きもたましゐ》[一七]も虚《そら》にかへるこゝちして、振《ふる》ふ〳〵、頭陀《づだ》[一八]嚢《ぶくろ》より清[一九]き紙取(り)出《いで》て、筆もしどろ[二〇]に書(き)つけてさし出(だ)すを、主殿《とのも》取(り)てたかく吟《ぎん》じ上(ぐ)る

一 呼び出して。「召給ふぞ」の下の句点は補。
二 夢の中か現実かもわからないで。
三 目の前に。
四 豊臣秀吉の甥。天正十九年(一五九一)関白となる。悪行もあり、秀吉に謀叛するとの讒言もうけて、文禄四年(一五九五)高野山で自刃させられた。二十八歳。
五 雀部淡路守。秀次の臣。高野山で秀次を介錯して自害。六 粟野杢助。秀次の臣。京都粟田口吉水辺で切腹。
七 日比野下野守。妾おあこの御方の父。京都北野辺で切腹。
八 妾お辰の御方の父。北野辺で切腹。
九 秀次の臣。京都相国寺門前で、自ら進んで首を打たれて死。一〇 秀次の臣。高野山にて殉死。秀次が介錯した。
一一 山本主殿助。秀次の小姓。高野山にて主に先立って殉死。
一二 秀次の小姓。高野山にて主に先立って殉死。
一三 もと僧位の第三番目。後には、画家・医者・文人等にも授けられた位。「なり」の下の句点は補。一四「は」は終助詞。
一五 恐怖の甚だしいことの形容。源氏、手習「頭に髪あらばふとりぬべき心地するに、この火ともしたる大徳はゞかりもなく」。
一六 物凄く。
一七 肝も魂も宙に飛んでしまう。どぎもを失うさま。崇神紀「大虚《おほぞら》」。
一八 僧侶の修業行脚に、首から前にかけて、携える品物を入れる袋。
一九 新しい紙。
二〇 みだれた書き様で。
二一 小器用に作ったが。
二二 下の句。ここでは前の十七言を発句として、

鳥の音も祕密の山の茂《しげ》みかな

貴人聞(か)せ給ひて、「[二〇]口がしこくもつかまつりしな。誰《たそ》此[二一]末句《すゑく》をまうせ」とのたまふに、山田三十郎[二二]座をすゝみて、「某《それがし》つかうまつらん」とて、しばしうちかたふきてかくなん

「[二三]芥子《けし》たき明《あか》すみじか夜の牀《ゆか》

[二五]いかゞあるべき」と紹巴に見する。「よろしくまうされたり」と公《きみ》の前に出すを見給ひて、「[二六]片羽《かたは》にもあらぬは」と興じ給ひて、又[二七]杯《さかづき》を揚《あげ》てめぐらし給ふ。

[二八]淡路と聞えし人にはかに色を違《たが》へて、「はや[二九]修羅《しゆら》の時にや。[三〇]阿修羅《あしゆら》ども御迎《むか》ひに來ると[三一]聞え侍《はべ》る。立(た)せ給へ」といへば、一座の人ゝ忽(ち)面《おもて》に[三二]血《ち》を灌《そゝ》ぎし如く、「いざ[三三]石田增田が徒《ともがら》に今夜《こよひ》も[三四]泡吹《あわふか》せん」と勇《いさ》みて立(ち)躁《さわ》ぐ。秀次《ひでつぐ》木村に向はせ給ひ、「[三五]よしなき奴《やつ》に我(が)姿《すがた》を見せつるぞ。他《かれ》二人《ふたり》も[三六]修羅《しゆら》につれ來れ」と課《おほ》せある。老臣の人ゝかけ隔《へだ》たりて聲をそろへ、「いまだ[三七]命《めい》つきざる者なり。[三八]例《れい》の惡業《あくぎやう》なせさせ給ひそ」といふ詞も、人ゝの形《かたち》も、遠く[三九]雲井に行(く)がごとし。

親子は氣《き》絶《たえ》てしばしがうち[四〇]死《しに》入(り)けるが、[四一]しのゝめの明《あけ》ゆく空に、[四二]ふる露の冷《ひや》やかなるに[四三]生《いき》出(で)しかど、いまだ明(け)きらぬ恐しさに、[四四]大師の御名《みな》を

十四言の脇句をつける連句の付句をいう。
二二 すすみ出て。→四一頁注三〇。
二三 芥子を焚いては焚き祈禱する護摩壇にも、夏の夜のみじかくて、早くも朝のけはいがするの意。即ち前句を夜明の鳥声と解してのつけ。芥子は真言宗の加持祈禱の時これを焚く。
二五 どんなものでしょう。
二六 雨夜物語たみことば「かたは 鳥の片羽より出でたる詞也。(中略)片羽は不具なる事故に、みにくき事にもいへり」。まんざら悪くもない。
二七 順の盃、逆の盃とて、上座から下座へ、またその逆の順序に盃を廻し飲む。
二八 淡路とかいった人が急に顔色をかえて。
二九 魔道で修羅道の苦をうける刻限。→補注八。
三〇 仏教で、闘争をことする魔神。この神が苦を与える。
三一 様子が聞えて来ます。
三二 魔道の気の高くなった時の顔色。
三三 石田三成・増田長盛。共に豊臣秀吉の臣。秀次に切腹を命じた状には、この二人の外に、前田玄以・長束正家・浅野長政が奉行として署名したので、この人々を指す。また秀次事件は彼らの讒言奸計によると伝える(甫庵太閤記)。
三四 手ひどい目に逢わせよう。
三五 つまらぬ奴。 三六 天狗道。
三七 天命のつきない者。
三八 いつもの悪いしわざをなさるな。秀次は殺生関白と異名される程、残忍な行為が多かったことをさす。 三九 雲中。
四〇 死んだようになっていたが。気絶していたが。 四一 「明」の枕詞。
四二 下りる朝露の。
四三 正気づいたが。
四四 南無大師遍照金剛。

せはしく唱《とな》へつゝ、漸《やゝ》日出(づ)ると見て、いそぎ山をくだり、京《みやこ》にかへりて[一]藥《やく》鍼《しん》の保養《ほやう》をなしける。一日《あるひ》夢然《むぜん》[二]三条の橋を過(ぐ)る時、[三]悪《あく》ぎやく塚《づか》の事思ひ出(づ)るより、かの寺眺《ながめ》られて「[四]白昼《ひる》ながら物凄《すざま》しくありける」と、京人《みやこ》にかたりしを、そがまゝにしるしぬ

吉備津《きびつ》の釜《かま》

「[五]妒婦《とふ》の養《やしな》ひがたきも、老《おい》ての後其功《こう》を知る」と、[六]咨《あゝ》これ何人の語《ことば》ぞや。[七]害《わざはひ》ひの甚しからぬも[八]商工《わたらひ》を妨《さまた》げ[九]物を破《やぶ》りて、[一〇]垣の隣の口《そしり》をふせぎがたく、害《わざはひ》の大なるにおよびては、[一一]家を失《うしな》ひ國をほろぼして、[一二]天が下に笑を傳ふ。いにしへより此毒《どく》にあたる人幾許《いくばく》といふ事をしらず。死《しゝ》て[一三]蟒《みづち》となり、或は[一四]霹靂《はたゝがみ》を震《ふる》ふて怨《うらみ》を報《むく》ふ類《たぐひ》は、其肉を[一五]醢《しゝびしほ》にするとも飽《あく》べからず。さるためしは希なり。夫《をっと》のおのれをよく[一六]脩《をさ》めて教《をし》へなば、[一七]此患《うれひ》おのづから避《さく》べきものを、[一八]只かりそめなる徒《あだ》ことに、女の[一九]慳《かだま》しき性《さが》を募《つの》らしめて、其身の憂《うれひ》をもとむるにぞありける。「[二〇]禽《きん》を制《せい》するは氣にあり。婦《ふ》を制《せい》するは其夫《をっと》の雄《を》々しきにあり」といふは、[二一]現《げ》にさることぞかし。

一 薬をのみ鍼(はり)を打って。二 京都の三条、賀茂川にかかる橋。秀次の首は三条河原にさらされ、ここでその妻妾子女三十余人が切られた(甫庵太閤記)。三 京都三条木屋町下る瑞泉寺にあり、秀次と妻子を葬る。銘に「秀次悪逆塚」「文禄四年七月十五日」とある(都名所図会)。四 白昼の恐怖は最も甚だしいといわれている。

五 嫉妬深い妻。五雑組八「故諺ニ曰ヘル有リ、老ニ到ツテ方ニ妒婦ノ功ヲ知ルベシ」。六 字典「嗟嘆之辞」。七 崇神紀「災害(わざはひ)」。八 生業。九 器物をこわし。一〇 近隣の悪口。一一 五雑組八「名伎ノ人ヲ惑ス、家ヲ喪ヒ身ヲ亡ス者多シ」。一二 後々まで天下の笑い物になる。一三 蟒は大蛇。みづちは蛟。五雑組八の妒婦条「梁ノ郗氏之死シテ巨蟒ト為リ」。一四 書言字考「霹靂(はたゝがみ)雷ノ急激ナル者」。五雑組八に蜀の功臣が妻の死後、声伎を愛した所、妻が霹靂をおこし、為に死んだとある。一五 振仮名「ほ」を補う。和名抄「醢 乎改反、海ト同ジ、和名之々比之保、肉醤也」。五雑組八に明の太祖が常遇春の妻を葅醢にして、その肉を群臣に与えたことがある。一六 道徳的に身を処して、妻を導いたなら。一七 嫉妬のわずらい。一八 つい一寸した浮気。源語梯「スキガマシキアダビトアリ(中略)アダシトイフモ、シハ助詞ニテ、好色ノ人ノウツリ気ナルヲ云フ」。一九 ねじけた性質。字典「悋也」で、ここでは悋気をいう。古くは清むが、近世は濁っていう。二〇 五雑組八「昔ノ人云フ、禽ノ制ハ気ニ在リト、然ラバ則チ婦ノ制ハ夫固ニ勇力ノ外ニ出ヅル者ニ有リ」。二一 誠にもっともである。二二 和名抄の備中国賀夜郡の内に

[二二]吉備《きび》の國賀夜郡《かやのこほり》庭妹《にひせ》の郷《さと》に、井沢《ゐざは》庄太夫といふものあり。祖父《おほぢ》は播磨の赤松[二三]に仕へしが、去《さん》ぬる[二四]嘉吉《かきつ》元年の乱《みだれ》に、かの館《たち》を去(り)てこゝに來り、庄太夫にいたるまで三代《みよ》を經《へ》て、[二五]春耕《たがや》し、秋收《をさ》めて、家豐《ゆたか》にくらしけり。一子正太郎なるもの[二六]農業《なりはひ》を厭《いと》ふあまりに、酒に乱れ色に酖《ふけ》りて、父が[二七]掟《おきて》を守らず。父母これを歎《なげ》きて[二八]私《ひそか》にはかるは、「[二九]あはれ[三〇]良人《よき》の女子《むすめ》の皃《かほ》よきを[三一]娶《めと》りてあはせなば、[三二]渠《かれ》が身もおのづから脩《をさ》まりなん」とて、[三三]あまねく國中《くになか》をもとむるに、幸に[三四]媒氏《なかうど》ありていふ。「[三五]吉備津《きびつ》の神主《かんざね》香央《かさだ》造酒《みき》が女子《むすめ》は、[三六]うまれだち秀麗《みやびやか》にて、父母にもよく仕へ、かつ歌をよみ、箏《こと》に工《たく》みなり。從來《もとより》かの家は[三七]吉備の鴨別《かもわけ》が裔《すゑ》にて家《すぢ》系《め》も正《たゞ》しければ、君が家に[三八]因《ちな》み給ふは果吉祥《はたよきさが》なるべし。此事の[三九]就《なら》んは老が願ふ所なり。[四〇]大人《うし》の御《み》心いかにおぼさんや」といふ。庄太夫大に怡《よろこ》び、「よくも説《とか》せ給ふものかな。此事我(が)家にとりて千とせの[四一]計《はかりこと》なりといへども、香央《かさだ》は此國の貴族《きぞく》にて、[四二]我は氏なき田夫《でんぶ》なり。門戸敵《こてき》すべからねば、おそらくは[四三]肯《うけ》がひ給はじ」。媒氏《なかだち》の翁笑《ゑみ》をつくりて、「大人《うし》の[四四]謙《くだ》り給ふ事甚し。我かならず[四五]万歳《(ばんぜい)》を諷《うた》ふべし」と、往《いき》て香央《かさだ》に説《とけ》ば、彼方《かなた》にもよろこびつゝ、妻なるものにもか[四六]たらふに、妻もいさみていふ。「我(が)女子《むすめ》既《すで》に十七歳になりぬれば、[四七]朝夕によき人がな娶《あは》せんものをと、心もおちゐ侍《はべ》らず。はやく日をえらみて[四八]聘礼《しるし》を納《いれ》

「庭妹　爾比世」とある。岡山県都窪郡吉備町庭瀬。二三 播磨(兵庫県)の豪族。二四 嘉吉元年(一四四一)赤松満祐が将軍足利義教を殺し、足利義勝に破られ自刃した戦。二五 荀子に「春耕シ、夏耘リ、秋収メ、冬蔵ス、四者時ヲ失ハズ。故ニ五穀絶エズシテ百姓余食有ル也」。二六 和名抄「日本紀私記云フ農　奈利波比」。二七 しつけ。二八 内々相談するには。二九 是非。どうか。三〇 良家の娘で器量のよいのを。補正「淑人・良人、君をはじめ官位ある人、物知りたる人をも云ふ」。三一 めあわしたならば。三二 彼。三三 国中一帯。三四 仲人。剪燈新話の翠々伝「媒氏ノ其ノ家ニ至ルニ及ンデ」。三五 岡山県吉備郡真金町にある吉備津神社。補正「神主部(かんざね) 神事を主どる官人也、後世には神ぬしと云ふ」。三六 うまれつき美しくて。繁野話第三篇に類似の文章がある。三七 吉備鴨別命。崇神天皇時代の四道将軍の一。本朝神社考三に鴨別の後裔に笠田氏ありと見える。→補注二九。三八 縁家となられるのはきっとよい吉兆でしょう。雨夜物語たみことば「仁徳紀に、よきさがに吉祥の字を書けり(中略)祥はきざしをいへり」。三九 成就するのは私(媒氏の老人)の願いです。四〇 あなた。井沢をさす。四一 家運永久の方法。四二 私は素姓もない百姓だ。家格が不釣合だから。四三 承知なさるまい。翠々伝「門戸甚ダ敵セズ」。四四 ひどく御謙遜なさる。四五 縁談を成功させましょう。万歳は祝いの辞。四六 相談すると妻も乗気になって。四七 始終よい人がないだろうか。嫁にやりたいものだがと、落着いた気がしませんでした。四八 結納。英草紙第九篇「聘礼(たのみのしるし)」。

一 返事。
二 吉日を占などで定めて婚礼の式の準備をした。
三 和名抄「巫 無反、和名加牟奈岐、祝女也(中略)覡 乎乃古加牟奈岐、男祝也」。日本書紀も祝を「はふり」とよみならう。男女共に、神に奉仕する者。
四 湯立をする。以下のこと本朝神社考による。↓補注三〇。
五 様々の供物。もと秡の時の罪のあがないの為のもの。天武紀「祓柱(はらへつもの)」。
六 善悪の兆(しるし)。七 受納なさらぬか。
八 少しの音もない意。すだくは集り鳴く。
九 前途の不安を予想させる文句。
一〇 書言故事大全に赤繩繋足として「婚姻前定ヲ言ヒテ、赤繩ノ足ヲ繋グト曰フ。韋固月下ノ老ニ問フ、嚢中ハ何物ト。曰ク、赤繩子ナリ。以テ夫婦ノ足ヲ繋グ。讐敵之家、呉楚ノ異郷、富貴ノ懸隔トイヘドモ、此ノ繩一タビ繫ゲバ、終ニ逭(にく)ル可カラズ」。
一一 敵味方にあたる家でも。
一二 変更することが出来ぬ。
一三 武家の系統で。大鏡の道隆の条「大弐殿、弓矢の本すゑをもしり給はねば」。繁野話第五篇「われ不肖なれども弓の本末を知り」。
一四 家憲きびしい家庭。
一五 婿となるべき人の様子がよいのを、一寸噂に聞いて。「あて」は上品なの意。一六 よくない話。一七 思いがけぬ短慮なことをしでかすかもわかりません。思いつめるこの女の性格を示す語。一八 とりかえしがつかぬ。
一九 元気をつけるのは、浅はかといわれる女の思慮である。二〇 関係。ここは縁談。
二一 親戚一同。補正「やからは親族うからは氏

給へ」と、強《あながち》にすゝむれば、盟約《ちかひ》すでになりて井沢に[一]かへりことす。即《やがて》聘礼《しるし》を厚くとゝのへて送り納《い》れ、[二]よき日をとりて婚儀《ことぶき》をもよほしけり。

猶 幸《さいはひ》を神に祈《いの》るとて、[三]巫子祝部《かんなぎはふり》を召《めし》あつめて[四]御湯《みゆ》をたてまつる。そも〳〵當社に祈誓《いのり》する人は、[五]數の秡《はらへつもの》物を供《そな》へて御湯《みゆ》を奉り、[六]吉祥凶祥《よきさがあしきさが》を占《うらな》ふ。巫子《かんなぎ》祝詞《のつと》をはり、湯の沸上《わきあが》るにおよびて、吉祥《よきさが》には釜の鳴音《なるこゑ》牛の吼《ほゆ》るが如し。凶《あし》きは釜に音なし。是を吉備津の御釜秡《みかまばらひ》といふ。さるに香央《かさだ》が家の事は、神の[七]祈《うけ》させ給はぬにや、只[八]秋の虫の叢《くさむら》にすだくばかりの聲もなし。こゝに[九]疑《うたが》ひをおこして、此祥《さが》を妻にかたらふ。妻更に疑はず、「御釜の音なかりしは祝部等《はふりたち》が身の清からぬにぞあらめ。既に聘礼《しるし》を納《をさ》めしうへ、かの[一〇]赤縄《せきじやう》に繋《つな》ぎては、[一一]仇《あた》ある家、異《こと》なる域《くに》なりとも[一二]易《かふ》べからずと聞(く)ものを。ことに井沢は[一三]弓の本末《もとすゑ》をもしりたる人の流《すゑ》にて、[一四]掟ある家と聞けば、今否《いな》むとも承《うけ》がはじ。ことに[一五]佳婿《むこがね》の麗《あて》なるをほの聞(き)て、我(が)兒《こ》も日をかぞへて待(ち)わぶる物を、今のよから[一六]ぬ言《こと》を聞(く)ものならば、[一七]不慮《すゞろ》なる事をや仕出(さ)ん。其とき[一八]悔《くゆ》るともかへらじ」と言《ことば》を尽《つく》して[一九]諫《いさ》むるは、まことに女の意《こゝろ》ばへなるべし。香央《かさだ》も從來《もとより》ねがふ[二〇]因《ちな》みなれば深く疑はず、妻のことばに從《つき》て婚儀《ことぶき》とゝのひ、兩家の[二一]親族氏族《うからやから》、[二二]靏の千とせ、亀の万代《よろづよ》をうたひことぶきけり。

香央《かさだ》の女子《むすめ》磯良《いそら》かしこに徃《いき》てより、夙《つと》に起《おき》、おそく臥《ふし》て、常に舅姑《おやく》の傍《かたへ》を去《さら》ず、[二三]夫《をつと》が性《さが》をはかりて、心を尽《つく》して仕へければ、井沢夫婦は[二四]孝節《かうせつ》を感《めで》たしとて歡《よろこ》びに耐《たへ》ねば、正太郎も其志に愛《めで》て[二五]むつまじくかたらひけり。されど[二六]おのがまゝの[二七]姧《たはけ》たる性《さが》はいかにせん。いつの比より[二八]鞆《とも》の津の袖といふ[二九]妓女《あそびもの》にふかくなじみて、遂に[三〇]贖《あがな》ひ出(だ)し、ちかき里に[三一]別荘《べつや》をしつらひ、かしこに日をかさねて家にかへらず。磯良《いそら》これを怨《うら》みて、或は舅姑《おやく》の忿《いかり》に[三二]托《よせ》て諌《いさ》め、[三三]或ひは[三四]徒《あだ》なる心をうらみかこてども、[三五]大虚《おほぞら》にのみ聞(き)なして、後は[三六]月をわたりてかへり來らず。父は磯良《いそら》が[三七]切《せつ》なる行止《ふるまひ》を見るに忍びず、正太郎を責《せめ》て[三八]押籠《おしこめ》ける。磯良これを悲《かな》しがりて、朝夕の[三九]奴《つぶね》も殊《こと》に実《まめ》やかに、かつ袖が方へも私《ひそか》に物を餉《おく》りて、信《まこと》のかぎりをつくしける。一日《あるひ》父が宿にあらぬ間《ひま》に、正太郎[四〇]磯良をかたらひていふ。「[四一]御許《おもと》の信《まこと》ある操《みさほ》を見て、今はおのれが身の罪をくゆるばかりなり。かの女をも古郷《ふるさと》に送りてのち、[四二]父の面《おもて》を和《なご》め奉らん。渠《かれ》は播磨の[四三]印南野《いなみの》の者なるが、親もなき身の淺ましくてあるを、[四四]いとかなしく思ひて憐《あはれ》をもかけつるなり。我に捨(て)られなば、はた[四五]船泊《ふなどま》りの妓女《うかれめ》となるべし。おなじ[四六]淺ましき奴《つぶね》なりとも、京《みやこ》は人の情もありと聞(け)ば、渠《かれ》をば京に送りやりて、[四七]榮《よし》ある人に仕へさせたく思ふなり。[四八]我かくてあれば万《よろづ》に貧《まづ》しかりぬべし。[四九]路《みち》の代《しろ》身にまとふ物も誰《た》が

族也」。祝詞などに見える一語として用いる。

二二 行末久しいことを祝った。鶴亀のこと本朝俚諺に、淮南子に「鶴千歳極其遊、亀経万歳齢」などと見えるとある。我が国にも既に俗間の諺となっていた。 二三 夫の性質に順応して。

二四 孝行貞節、感服すべきものだと。

二五 夫婦中はむつまじかった。

二六 生来の。

二七 色好みの性質。允恭紀「同母ノ妹軽ノ大郎皇女ヲ姧(はた)ケ給ヘリ」。これが正太郎の性格。

二八 古来の港。広島県福山市鞆町。

二九 遊女。和名抄「遊女 和名宇加礼女、又阿曾比ト云フ」。

三〇 身請して。

三一 妾宅を構えて、そこに長逗留し。

三二 かこつけて。

三三 底本「或日は」。「日」は「ひ」の仮名に用いた。

三四 他の女に移った心をなげき、恨みごとを言っても。 三五 うわの空に聞きながして。

三六 幾月も。 三七 実をつくした行動。

三八 近世風に言えば、座敷牢へ入れた。

三九 奉仕。↓五一頁注三五。

四〇 磯良をうまくまるめて。「かたらふ」は他動詞。 四一 女性に対する二人称。

四二 父上の手前も、怒りをなだめよう。

四三 播磨(兵庫県)の瀬戸内海沿い、加古・明石二郡境一帯の称。万葉七(一一七八・一一七九)などに見える地名。 四四 いとおしく思って。

四五 やっぱり湊の遊女になるだろう。

四六 いやしい遊女奉公であっても。

四七 歴々の人にはべらせてやりたいと。

四八 私がかく押し籠められているので、袖は諸事に不自由しておろう。 四九 路銀、衣類。

[一]はかりことしてあたへん。御許《おもと》[二]此事をよくして渠《かれ》を恵《めぐ》み給へ」と、[三]ねんごろにあつらへけるを、磯良いとも喜《うれ》[四]しく、「此事安[五]くおぼし給へ」とて、私《ひそか》におのが衣服調度《いふくてうど》[六]を金《かね》に貿《かへ》[七]、猶香央《かさだ》の母が許《もと》へも僞《いつは》りて金を乞《こひ》、正太郎に与《あた》へける。此金を得て密《ひそか》に家を脱《のが》れ出(で)、袖なるものを倶《ぐ》[八]して、京《みやこ》の方へ逃《にげ》のぼりける。かくまでたばかられしかば、今はひたすらにうらみ歎《なげ》きて、遂《つひ》に重《おも》き病《やまひ》に臥《ふし》にけり。井沢香央の人ゝ彼《かれ》[九]を悪《にく》み此《これ》を哀《かなし》みて、専醫《もはらゐ》[一〇]の験《しるし》をもとむれども、粥《もの》[一一]さへ日ゝにすたりて、よろ[一二]づにたのみなくぞ見えにけり。

こゝに播磨の國印南郡荒井《いなみのこほりあらゐ》[一三]の里に、彦六といふ男あり。渠《かれ》は袖とちか[一四]き従《いと》弟《こ》の因《ちなみ》あれば、先これを訪《とふ》らふて、しばらく足[一五]を休めける。彦六正太郎にむかひて、「京《みやこ》なりとて人[一六]ごとにたのもしくもあらじ。こゝに駐《とゞま》られよ。一飯《はん》[一七]をわけて、[一八]ともに過活《わたらひ》のはかりことあらん」と、たの[一九]みある詞に心おちゐて、こゝに住(む)べきに定めける。彦六我(が)住(む)となりなる破屋《あれや》[二〇]をかりて住(ま)しめ、友得たりとて怡《よろこ》びけり。しかるに袖、風のこゝちといひしが、何となく悩《なや》[二一]み出(で)て、鬼化《ものゝけ》[二二]のやうに狂《くる》はしげなれば、こゝに來りて幾日もあらず、此禍《わざはひ》に係《かゝ》る悲《かな》しさに、みづからも食《もの》さへわすれて抱《いだ》き扶《たす》くれども、只音《ね》[二三]をのみ泣(き)て、胸窮《むねせま》り堪《たへ》がたげに、さむれば常にかはるともなし。窮鬼《いきすだま》[二四]といふもの

一　工面して。
二　この工面を都合よくして、袖に恵んでやってくれ。三こんこんと頼むので。
四　今昔物語二十七の近江国生霊来京殺人話に「女糸喜(れう)シト」。五御安心下さい。
六　手廻りの道具。
七　字典「財ヲ易フル也」。八つれて。
九　正太郎を憎み、磯良に同情し。
一〇　医薬のききめのあるように専心手をつくしたけれども。
一一　食事さえ日毎に細くなって。
一二　どう見ても、死ぬより外はない容体になった。「ぞ」の結びが終止形になっている。ここで死を言わず後段にうつるのが作者の手腕。
一三　高砂市荒井町。昔は塩を産した(播磨名所巡覧図絵)。一四従弟という近い身より。
一五　旅中の滞在をした。
一六　皆が皆たよりになるというのでもなかろう。
一七　一杯の飯もわけ合って。
一八　一緒にくらしてゆく方法もありましょう。雅言集覧「世ワタリ也、日本紀に活の字をよめり」。繁野話第八篇「過活(すぎはひ)」(小説字彙も同じ)。一九たよりになる言葉に落着いて。
二〇　あばらや。
二一　正しくは「悩」。次頁の「脳ましき」も同じ。苦しみだして。二二生霊・死霊・化異などの総称。それにつかれたように常体でないので。
二三　声を出して泣くだけで、辛抱できないように胸苦しくなり。源氏、葵「たゞつく〴〵と音をのみ泣きたまひて、折々は胸をせきあげつゝ、(中略)いみじう堪へがたげに」。
二四　生霊。和名抄「窮鬼　師説ニ伊岐須太万」。源氏、葵「物怪生すたま」。
二五　磯良をさす。「独」とは袖には言えずに正

にや、[二五]古郷《ふるさと》に捨《すて》し人のもしやと獨《ひとり》むね苦《くる》し。彦六これを[二六]諫《いさ》めて、「いかでさる事のあらん。[二七]疫《えき》といふものゝ脳《なや》ましきはあまた見來りぬ。[二八]熱《あつ》き心少しさめたらんには、夢《ゆめ》わすれたるやうなるべし」と、[二九]やすげにいふぞたのみなる。[三〇]看《みる》〳〵[三一]露ばかりのしるしもなく、七日にして空《むな》しくなりぬ。[三二]天《そら》を仰《あを》ぎ、地を敲《たゝ》きて哭《なき》悲《かな》しみ、[三三]ともにもと物狂はしきを、さま〴〵といひ和《なぐ》さめて、[三四]かくてはとて遂《つひ》に[三五]曠野《あらの》の烟《けふり》となしはてぬ。骨《ほね》をひろひ[三六]壠《つか》を築《つき》て[三七]塔婆《たふば》を營《いとな》み、僧を迎《むか》へて[三八]菩提《ぼだい》のことねんごろに吊《とふ》らひける。

正太郎今は俯《ふ》して[三九]黄泉《よみぢ》をしたへども[四〇]招魂《せうこん》の法をもとむる方(すべ)なく、仰《あを》ぎて古《ふる》郷《さと》をおもへばかへりて[四一]地下《ちか》よりも遠きこゝちせられ、[四二]前に渡《わた》りなく、後《うしろ》に途《みち》をうしなひ、[四三]昼はしみらに打臥《ふし》て、夕《よひ》〳〵ごとには壠《つか》のもとに詣《まうで》て見れば、小草はやくも繁《しげ》りて、虫のこゑすゞろに悲《かな》し。[四四]此秋のわびしきは我(が)身ひとつぞと思ひつゞくるに、[四五]天雲《あまくも》のよそにも[四六]同じなげきありて、ならびたる新壠《あらづか》あり。こゝに詣《まうづ》る女の、世にも悲《かな》しげなる形《さま》して、花をたむけ水を灌《そゝ》ぎたるを見て、「[四七]あな哀《あは》れ。わかき御許《おもと》のかく[四八]氣疎《けうと》きあら野にさまよひ給ふよ」といふに、女かへり見て、「我(が)身夕《よひ》〳〵ごとに詣(で)侍《はべ》るには、殿はかならず前《さき》に詣(で)給ふ。[四九]さりがたき御方に別れ給ふにてやまさん。御心のうちはかりまいらせて

太郎の心痛するさま。ここで磯良を出して、構成をしめている。
二六 元気づけて。以下の言葉で彦六の「用意なき」性格を示す。
二七 和名抄に疫を「衣夜美」とよむ。同じ訓の瘧と混じて用いたか。瘧は「寒熱並作リ、二日ニ一タビ発スルノ病也」。
二八 熱気が少しさめたなら、忘れた夢のようでしょう。 二九 楽観的に。
三〇 そうこうする中に早く。中国小説の慣用語。
三一 少しも看病のききめもなく。
三二 感情の高ぶったさま。
三三 共に死のうと。正太郎のさま。なぐさめたのは彦六。 三四 このままにも置けないと。
三五 野辺送りをし火葬に附した。
三六 墓。↓六三頁注三六。
三七 元来は仏舎利をおく所だが、ここでは墓標。
三八 冥福を祈る供養を鄭重にした。
三九 あの世。 四〇 死者の魂をこの世に呼びもどす法。徒然草二百十段や楚辞第九招魂の王逸注などに見える。↓補注三一。
四一 黄泉と同じ。
四二 暇なく思いつづけ。 四三 全く途方にくれて。補正「昼はしみらといふて夜はすがらにと云ふに対語とのみにあらず。昼といへども物おもへば繁(しみ)らに心のいとまなく、夜はそれながらに寝もせで明かすと云ふ也」。万葉十三「昼は終(しみら)に」(三二七〇)。
四四 古今四「月見れば千々に物こそ悲しけれ我が身一つの秋にはあらねど」。秋の悲愁をひとりで負っていると。
四五 「よそ」の枕詞。墓原に秋の雲の飛ぶ背景をも示す語。 四六 死別の悲しみ。 四七 お気の毒です。 四八 人気のない。 四九 離れにくい。方丈記「さりがたき女男など持ちたる者」。

悲し」と潸然《さめぐ》となく。正太郎いふ。「さる事に侍《はべ》り。十日ばかりさきに[一]かなしき婦《つま》を亡《うし》なひたるが、世に殘りて憑《たの》みなく侍《はべ》れば、こゝに詣(づ)ることをこそ[二]心放《やり》にものし侍るなれ。[三]御許《おもと》にもさこそましますなるべし」。女いふ。「かく詣《まうで》つかふまつるは、憑《たの》みつる君の[四]御迹《あと》にて、いつ〳〵の日こゝに葬《はふむ》り奉る。家に殘ります[五]女君のあまりに歎《なげ》かせ給ひて、此頃は[六]むつかしき病にそませ給ふなれば、かくかはりまいらせて、香花をはこび侍るなり」といふ。正太郎云(ふ)。「[七]刀自《とじ》の君の病(み)給ふも[八]いとことわりなるものを。そも[九]古人《ふる》は何人にて、家は何地《いづち》に住(ま)せ給ふや」。女いふ。「憑《たの》みつる君は、此國にては[一〇]由縁《ゆゑ》ある御方なりしが、人の[一一]讒《さかしら》にあひて[一二]領所《しる》をも失《うしな》ひ、今は[一三]此野ゝ隈《くま》に侘《わび》しくて住(ま)せ給ふ。女君は國のとなりまでも聞え給ふ[一四]美人《かほよびと》なるが、[一五]此君によりてぞ家所領《しよりやう》をも亡《なく》し給ひぬれ」とかたる。此物がたりに[一六]心のうつるとはなく

一 愛する妻。
二 気ばらしにしております。
三 あなたもそのようなことでございましょう。
四 主人の御墓。
五 女主人。
六 重い病気におかかりになったので。
七 奥様(主婦)。雨夜物語たみことば「家の内第一の女をさして、戸自(とじ)といへり、それより転じて女の通称となれり」。補正「允恭紀に戸母を都自とよめり、戸主と云ふに同じく、人の妻は家の小事を主どるを云ふ、老母の事にするは違へり」。
八 誠にもっとものことですよ。
九 なくなった人。
一〇 名家。ゆかりのある家の人。
一一 讒言。
一二 領地。
一三 野原の一すみに乏しい生活をしています。
一四 美しい人。允恭紀「美麗(かほよき)」。「かほよ花」などの例によって用いた。
一五 家・領地をもなくした讒言の原因は、この女の美しさにあったとの意。
一六 気がひかれるというのでもなく、自然に引かれて。袖を失った悲しみの中にありながら、美人の話に気がひかれるのが、正太郎の「奸たる性」である。

て、「[一七]さてしもその君のは[一八]かなくて住(ま)せ給ふはこゝちかきにや。訪《とふ》らひまいらせて、同じ悲しみをもかたり[一九]和《なぐ》さまん。倶《ぐ》し給へ」といふ。「家は殿の來らせ給ふ道のすこし[二〇]引(き)入(り)たる方なり。便りなく

ませば時《をり》ゝ訪《とは》せ給へ。[二一]待(ち)侘《わび》給はんものを」と前《さき》に立(ち)てあゆむ。

二丁あまりを來てほそき徑《みち》あり。こゝよりも一丁ばかりをあゆみて、をぐらき林の裏《うち》にちいさき[二二]草屋《かやのや》あり。[二三]竹の扉《とぼそ》のわびしきに、七日あまりの月の[二四]あかくさし入(り)て、[二五]ほどなき庭の荒《あれ》たるさへ見ゆ。ほそき燈火《ともしび》の光り窓《まど》の紙を[二六]もりてうらさびし。「こゝに待(た)せ給へ」とて内に入(り)ぬ。苔《こけ》むしたる古井のもとに立(ち)て[二七]見入るに、唐紙《からかみ》すこし明(け)たる間《ひま》より、[二八]火影《ほかげ》吹(き)あふちて、[二九]黒棚の[三〇]きらめきたるも[三一]ゆかしく覺ゆ。女出(で)來りて、「御訪《とふ》らひのよし申(し)つるに、「入らせ給へ。[三二]物隔《へだて》てかたりまいらせん」と[三三]端《はし》の方へ膝行《いざり》出(で)給ふ。

一七 「さてしも」は「さて」を強めた語。
一八 たよりなくお住みの所は。
一九 悲しみをもやわらげましょう。連れて行って下さい。
二〇 脇道へ入った所です。
二一 主婦が、(この女の帰りを)さぞ待っておりましょう。前にゆく女の跡につづく正太郎は叙してないが、既に物につかれた姿を想像できる。
二二 萱葺きの家。
二三 貧弱な竹の編戸に。
二四 明るく。源氏、蓬生「月あかくさし出でたるにみれば」。
二五 狭い。この所の光景は源氏、夕顔から取り来ったもの。同、夕顔「程なき庭にされたる呉竹」。
二六 もれて。同、夕顔「限なき月影に、隙多かる板屋のこりなくもり来て」。
二七 家の内をのぞき見ると。
二八 火の光が、風に吹かれゆらめいて。
二九 黒漆で塗った、座敷に飾る棚。香具や火取りなどを置く。元来は厨棚かという(貞丈雑記)。
三〇 きらきらする。この語も源氏、夕顔に見える。↓九四頁注一。
三一 心をそそられる。
三二 几帳や屏風などを間のへだてにおいて、即ち物越しにお話しいたしましょう。中古から貴婦人の、男と話す時の習い。
三三 縁の方へにじり出て来られた。

彼方《かしこ》に入らせ給へ」とて、前栽《せんざい》[一]をめぐりて奥の方へともなひ行(く)。二間[二]の客[三]殿を人の入(る)ばかり明(け)て、低《ひく》き屏風[四]を立(つ)。古き衾《ふすま》[五]の端《はし》出(で)て、主《あるじ》はこゝにありと見えたり。正太郎かなたに向ひて、「はかなくて[六]病にさへそませ給ふよし。おのれもいとをしき[七]妻を亡《うし》なひて侍れば、おなじ悲しみをも問[八](ひ)かはしまいらせんとて推《おし》[九]て詣(で)侍りぬ」といふ。あるじの女屏風すこし引(き)あけて、「めづらしくもあひ見奉るものかな。つらき報《むく》ひ[一〇]の程しらせまいらせん」といふに、驚きて見れば、古郷《ふるさと》に殘せし磯良《いそら》なり。顔の色いと青ざめて、たゆき[一一]眼《まなこ》すざましく、我を指《さし》たる手[一二]の青くほそりたる恐しさに、「あな[一三]や」と叫《さけ》んでたをれ死《し》[一四]す。

時うつりて生《いき》[一五]出(づ)。眼《め》をほそくひらき見るに、家と見しはもとありし荒野《あらの》の[一六]三昧《まい》堂にて、黒き佛のみぞ立(た)せまします。里遠き[一七]犬の聲を力に、家に走りかへりて、彦六にしか〳〵のよしをかたりければ、「なでふ[一八]狐に欺《あざむ》かれしなるべし。心の臆《おく》れたる[一九]ときはかならず迷《まよ》[二〇]はし神の魘《おそ》ふものぞ。足下《そこ》のごとく虚《たよ》[二一]弱《はき》人のかく患《うれひ》に沈《しづ》みしは、神佛に祈りて心を収《をさ》[二二]めつべし。刀田《とだ》[二三]の里にたふとき[二四]陰陽師《をんやうじ》[二五]のいます。身禊《みそぎ》[二六]して厭符《あんふ》[二七]をも戴《いたゞ》き給へ」と、いざなひて陰陽師の許《もと》にゆき、はじめより詳《つばら》にかたりて此占《うら》[二八]をもとむ。陰陽師占《うら》[二九]べ考《かうが》へていふ。「災《わざはひ》[三〇]すで

一　前庭の植込。源氏、夕顔「前栽の露はなほかゝる所もおなじごときらめきたり」。　二　柱と柱の間を一間という。源氏、蓬生「かうし二間ばかりあけて、すだれうごく気色也、わづかにみつけたる心ち、おそろしくさへおぼゆれど」。　三　客をむかえる部屋。　四　源氏、夕顔「母屋の際に立てたる屏風の上こゝかしこの隈々しく見ゆるに」。　五　寝具。和名抄「衾　音金、和名布須万、大被也」。　六　不幸な境遇の上に、病気にさえかかられて。　七　愛した妻。　八　互にたずね合い、話しあいましょうとて。　九　たって。おしつけがましく。　一〇　つらい仕打に対する報い。　一一　源語梯「クタビレタルサマ也、目ツキノダルキヤウナル也」。源氏、桐壺「まみなどもいとたゆげにて」。つよく睨むよりかえって物すごい。　一二　怪奇を示すには効果的な表現である。　一三　伊勢物語六「鬼はや一口にくひてけり、あなやといひけれど」。伊勢物語古意「あなやは物の切なる時にあゝなどなげくを云ふ」。　一四　気絶した。　一五　正気になった。　一六　墓所にある葬式用の堂。　一七　遠くに聞える里の犬の声。　一八　源語梯「なてふことかあらん　何ト云フコトカアランナリ、但シナテウト書クハ、何条ニテ何ホドノコトカアランナリ」。これも彦六の楽観的な性格を示す語。　一九　気の弱くなっている時。　二〇　狐狸その他人をまどわす精を広くいう。今昔物語二十七「此の辺には、迷し神有るなるぞかし」。　二一　ひ弱い。万葉三「手弱き女」(四一九)。　二二　気を落ち着かせたがよい。　二三　刀田山鶴林寺聖霊院のある辺をさしたものか。加古川市内。　二四　有難い。えらい。　二五　もと陰陽寮の官人。その人々の如く、天文暦数、占筮方術、厄除の加持などをする人をさしてい

に窮《せま》りて易《やす》[三一]からず。さきに女の命をうばひ、怨《うら》み猶尽《つき》ず。足下《そこ》の命も旦夕《あさゆふ》にせまる。此鬼[三二]世をさりぬるは七日前《さき》なれば、今日より四十二[三三]日が間戸を閉《たて》ておもき物齋《いみ》[三四]すべし。我(が)禁《いま》しめを守らば九死[三五]を出(で)て全《まつた》からんか。一時[三六]を過《あやま》るともまぬがるべからず」と、かたくをしへて、筆をとり、正太郎が背《せ》より手足におよぶまで、篆籀《てんりう》[三七]のごとき文字を書(く)。猶朱符《しゆふ》[三八]あまた紙にしるして与《あた》へ、「此呪《じゆ》[三九]を戸毎《ごと》に貼《おし》て神佛を念ずべし。あやまちして身を亡《ほろ》[四〇]ぶることなかれ」と教ふるに、恐《おそ》れみかつ[四一]よろこびて家にかへり、朱符《しゆふ》を門に貼《おし》、窓《まど》に貼《おし》て、おもき物齋《いみ》にこもりける。

其夜三更《かう》[四二]の比おそろしきこゑして「あなにくや。こゝにたふとき符文《ふもん》[四三]を設《まうけ》つるよ」とつぶやきて復《ふたゝ》び聲なし。おそろしさのあまりに長き夜[四四]をかこつ。程なく夜明(け)ぬるに生出《いき》[四五](で)て、急ぎ彦六が方の壁《かべ》を敲《たゝ》きて夜《よべ》の事をかたる。彦六もはじめて陰陽師が詞を奇《き》なりとして、おのれも其夜は寝ずして三更の比を待[四六](ち)くれける。松[四七]ふく風物を僵《たを》すがごとく、雨さへふりて常《たゞ》[四八]ならぬ夜のさまに、壁《かべ》を隔《へだ》て聲をかけあひ、既に四更《かう》[四九]にいたる。下屋《しもや》[五〇]の窓《まど》の紙にさと赤き光《ひかり》さして、「あな惡《にく》やこゝにも貼《おし》つるよ」といふ聲、深き夜にはいとゞ凄《すさま》しく、髪《かみ》[五一]も生毛《うぶけ》もこと〴〵く聳立《そばたち》て、しばらくは死(に)入(り)たり。明(く)れば夜のさ

う。 二六 河水につかって、身の汚れを去ること。 二七 まじないのお符(だふ)。 二八 占の結果を尋ねた。 二九 占をして。 三〇 崇神紀「災害(わざはひ)」。

三一 容易でない。

三二 死霊。字典「人帰スル所ヲ鬼ト為ス」。

三三 仏説では死後四十九日即ち中陰の間は、霊が中有にまよっているという(真俗仏事編)。

三四 身心を清浄にし、不浄を遠ざけ慎むこと。「おもき」は厳しい。 三五 九死一生のこと。殆ど死と定まった命を脱して、生きることが出来ようか。 三六 僅に手おくれとなっても。

三七 正しくは「テンチウ」。篆・籀ともに漢字の古い字体。剪燈新話の牡丹燈記の句解の注に「鬼神ヲ召撥スルノ書ハ、後漢ノ張道陵ヨリ始ル、其ノ字古ノ篆籀ニ類シテ解ス可カラズ」。

三八 朱で書いた護符。牡丹燈記に「法師朱符二道ヲ以テ之ニ授ク。其ノ一ハ門ニ置キ、一ハ榻ニ懸ケシム」。 三九 呪符。まじないのしてあるお札。 四〇 「身の亡ぶる」の「の」を強めて「を」にかえた用法。↓補注二二。

四一 正しい文では「かつ」は不要。恐れて、そして喜んで。 四二 大体夜の十二時から二時の間。

四三 お札に書いた文字。 四四 前(九一頁)に「此秋」とあり、秋の長夜を嘆じた。

四五 生気がついて。 四六 待ちくらした。

四七 源氏、夕顔「風のやゝ荒々しう吹きたるは、松の木のひゞき木ぶかく聞えて」。 四八 異様な。この所、牡丹燈記による。↓補注三二。

四九 大体午前二時から四時の間。予想の時間を過ぎた時が、一層恐怖にさいなまれたと思うべき所。 五〇 源氏、松風「しもやにぞつくろひて」。湖月抄「雑舎也」。前出の破屋。

五一 恐怖の甚だしいさま。牡丹燈記「生之ヲ見テ毛髪尽ク竪チテ寒粟体ニ遍シ」。

まをかたり、暮(る)れば明(く)るを慕《した》ひて、此月日頃千歳《ちとせ》[一]を過(ぐ)るよりも久し。かの鬼も夜ごとに家を繞《めぐ》り或は屋の棟《むね》に叫《さけ》びて、忿《いか》れる聲[二]夜ましにすざまし。かくして四十二日といふ其夜にいたりぬ。今は[三]一夜にみたしぬれば、殊《こと》に愼《つゝし》みて、やゝ[四]五更の天《そら》もしら／＼と明(け)わたりぬ。長き夢《ゆめ》のさめたる如く、[五]やがて彦六をよぶに、壁《かべ》によりて「いかに」と答ふ。「おもき物いみも既に滿《みて》[六]ぬ。絶《たえ》て兄長《このかみ》[七]の面《おもて》を見ず。なつかしさに、かつ此月頃の憂怕《うさおそろ》しさを心のかぎりいひ和《なぐ》さまん。眠《ねふり》さまし給へ。我も外《と》の方に出(で)ん」といふ。彦六[八]用意なき男なれば、「[九]今は何かあらん。いざこなたへわたり給へ」と、戸を明(く)る事半《なかば》ならず、となりの軒に「あなや」と叫《さけ》ぶ聲[一〇]耳をつらぬきて、思はず[一一]尻居《しりゐ》に座す。こは正太郎が身のうへにこそと、斧《をの》引提《さげ》て[一二]大路《おほぢ》に出(づ)れば、明(け)たるといひし夜はいまだくらく、[一三]月は中天《なかぞら》ながら影朧《らう》／＼として、風冷《ひや》やかに、さて[一四]正太郎が戸は明(け)はなして其人は見えず。内にや迯(げ)入(り)つらんと走り入(り)て見れども、いづくに[一五]竄《かく》るべき住居にもあらねば、大路にや倒《たを》れけんともとむれども、其わたりには物もなし。いかになりつるやと、あるひは異《あや》しみ、或は恐《おそ》る／＼、ともし火を[一六]挑《かゝ》げてこゝかしこを見廻《めぐ》るに、明(け)たる[一七]戸腋《とわき》の壁《かべ》に腥《なま》／＼しき血灌《ちそゝ》ぎ流《ながれ》て地につたふ。されど屍《しかばね》も骨《ほね》も見えず。月あかりに

一　源氏、夕顔「夜のあくる程の久しさ、千夜を過ぐさむ心地し給ふ」。
二　一夜は一夜と。
三　今一夜をもっておわるから。
四　大体午前四時から六時の間。次第に霊出現の時間をおくらせたのは巧み。
五　早速。
六　満了した。終った。
七　兄貴。↓五一頁注三七。久しく兄貴に顔も合わしません。
八　不注意な。源氏、夕顔「隣の用意なさ」。
九　もう心配はない。
一〇　するどく聞えて。
一一　尻餅をついた。「座す」は正しくは「坐す」。
一二　大通り。
一三　月は空の中程にかかっているが、その光はおぼろであって、初冬の朝風は、不眠つづきの顔につめたい。
一四　正太郎の家の戸。
一五　字典「蔵也隠也」また「匿也逃也」。かくれることの出来るような広い家でもないので。
一六　火をかきたてて明るくする。ここは振って明るくするをいう。字典「掉ト同ジ、振也、揺也」。
一七　戸の側。神代紀上「磐戸之側(とわき)」。

見れば、軒[一八]の端《つま》にものあり。ともし火を捧《さゝ》[一九]げて照《てら》し見るに、男の髻《もとゞり》[二〇]ばかりか丶りて、外には露[二一]ばかりのものもなし。淺[二二]ましくもおそろしさは筆[二三]につくすべうもあらずなん。夜も明(け)てちかき野山を探《さが》しもとむれども、つひに其跡[二四]さへなくてやみぬ。

此事井沢が家へもいひおくりぬれば、涙ながらに香央《かさだ》にも告《つげ》しらせぬ。されば陰陽師が占《うら》のいちじるき[二五]、御釜《みかま》の凶祥《あしきさが》[二六]もはたがはざりけるぞ、いともたふとかりけるとかたり傳へけり

雨月物語三之巻終

一八 軒のはし。
一九 差上げて。牡丹燈記の句解の注に「韓子原鬼ニ、梁ニ嘯クコト有リ、従ツテ之ヲ燭スニ見ルコト無キ也」。
二〇 髪の髻の部分。この典拠としては、日本霊異記中の卅三「女人悪鬼見点攸食噉縁」をとる説(重友毅著雨月物語の研究)、今昔物語二十七・伊勢物語六・古事談等の一連の業平の例の鬼一口の話によるとする説(後藤丹治「雨月物語と伊勢、今昔との関係」—国文学論叢五)、また新御伽婢子一「化女髻」によるとする(野田寿雄、近世文学会での口頭発表)など、諸説があって定め難いが、そのいずれよりも秋成のこの一条の方が凄い。
二一 少しのものもない。
二二 驚きかえり且つ恐しいことは。
二三 文章では表現しつくすことは出来ない。
二四 形跡。
二五 あらたかなこと。
二六 やはり。

雨《う》月《げつ》物《もの》語《がたり》　巻之四

蛇《じや》性《せい》の婬《いん》

[一]いつの時代《ときよ》なりけん、紀[二]の國三輪が崎に、大宅《おほや》[三]の竹助といふ人在(り)けり。此人海[四]の幸《さち》ありて、海郎《あま》[五]どもあまた養《やしな》ひ、鰭《はた》[六]の廣《ひろ》物狭《さ》き物を尽《つく》してすなど[七]り、家豊《ゆたか》に暮《くら》しける。男子《をのこゞ》二人、女子《むすめ》一人をもてり。[八]太郎は質朴《すなほ》にてよく生産《なりはひ》[九]を治《をさ》む。[一〇]二郎の女子は大和の人の嫁《つまどひ》[一一]に迎《むかへ》られて、彼所《かしこ》にゆく。三郎の豊雄《とよを》なるものあり。生長優《ひとゝなりやさ》しく、常に都風《みやび》[一二]たる事をのみ好(み)て、過活《わたらひ》[一三]心なかりけり。父是を憂《うれひ》つゝ思ふは、家財《たから》[一四]をわかちたりとも即《やがて》[一五]人の物となさん。さりとて他の家を嗣《つが》しめんもはた[一六]うたて[一七]き事聞(く)らんが病《やま》しき。只なすまゝに生《おふ》し立《たて》て、博士《はかせ》[一八]にもなれかし、法師にもなれかし、命[一九]の極《かぎり》は太郎が羈《ほたし》物にてあらせんとて、強《しひ》て掟《おきて》[二〇]をもせざりけり。此豊雄《とよを》、新[二一]宮の神奴安倍《かんづこあべ》[二二]の弓麿《ゆみまろ》を師として行(き)通ひける。

一 時代はよくわからないが。源氏、桐壺「いづれの御時にか」。
二 和歌山県新宮市三輪崎。歌枕。
三 新撰姓氏録「大宅(おほやけ)ノ真人」。
四 漁業の利得。神代紀下「海幸(うみのさち)」。
五 漁師。万葉に見える海人・泉郎などの語を合せた文字か。六 様々の魚類。祈年祭の祝詞「鰭能広物鰭能狭物(はたのひろもの はたのさもの)」。和名抄「漁 訓須奈度利」。「ける」の下の句点は補。七 漁獲して。八 長男。
九 源語梯「ナリハ業ノ字ニテ、農作ニカギラズオノレガワザトスルスギハヒハスベテミナナリハヒ也。アキ人ヲモコメテ見ルベシ」。
一〇 二番目の子。三郎は三番目の子。
一一 嫁にと求められること。嬬の誤りか。万葉四「嬬問(つまどひ)」(六三七)。一二 風雅なこと。伊勢物語古意「みやびは宮風(みやぶり)にて都の手ぶりを始めて何にても風流なることを云ふ」。一三 生活力。伊勢物語十六(伊勢物語古意による)「人がらは心高貴(あて)なる事をこのみて、こと人にも似ず、活心(わたらひごころ)なく」。伊勢物語古意に「わたらひ心なくは、他(こと)人は権門にへつらひ昇進をもとむるをまづしけれどしかせぬは清警なり」。→九〇頁注一八。一四 財産を分けても。
一五 すぐに人手にわたるであろう。一六 やはり。
一七 こまる事を聞くだろうが、それがわずらわしい。一八 学者。雨夜物語たみことば「物しりのことを、すべてはかせといふ」。一九 生きている間は長男の厄介者にしておこう。和名抄に絆を「保太之」と訓む。二〇 しつけ。
二一 熊野速玉神社。熊野三山の一。今の新宮市にある。二二 神主。二三 源語梯「契(契沖)云フ、余波ヲナゴリトヨム、意ハ浪残ナルベシ」。
二四 万葉十六「青雲のたなびく日すら小雨そぼ

九月下旬《ながづきすゑつかた》、けふはことになごり[二三]なく和《なぎ》たる海の、暴《にはか》に東南《たつみ》の雲を生《おこ》して、小[二四]雨《さめ》そぼふり來る。師が許《もと》にて傘《おほがさ》[二五]かりて歸るに、飛鳥《あすか》[二六]の神秀倉《かんほぐら》[二七]見やらるゝ邊《ほとり》より、雨もや[二八]ゝ頻《しきり》なれば、其所《そこ》なる海郎《あま》が屋に立(ち)よる。あるじの老《おきな》はひ出(で)て、「こは大人《うし》[二九]の弟子《をとこ》の君にてます。[三〇]かく賤《あや》しき所に入(ら)せ給ふぞいと恐《かしこ》まりたる事。是敷(き)て奉らん」とて、[三一]圓座《わらうだ》の汚《きた》なげなるを清[三二]めてまゐらす。「[三三]霎時《しばし》息《やむ》るほどは何か厭《いと》ふべき。なあはたゝしくせそ」とて休《やす》らひぬ。外《と》の方に麗《うるは》しき聲して、「此軒[三四]しばし惠《めぐ》ませ給へ」といひつゝ入(り)來るを、奇《あや》しと見るに、年は廿《はたち》にたらぬ女の、顔容髪《かほかたちかみ》[三五]のかゝりいと艶《にほ》[三六]ひやかに、遠山[三七]ずりの色よき衣着《きぬき》て、了鬟《わらは》[三八]の十四五ばかりの清げなるに、包《つゝみ》し物もたせ、し[三九]とゞに濡《ぬれ》てわびしげ[四〇]なるが、豊雄《とよを》を見て、面《おもて》さと打(ち)赤《あか》めて恥かしげなる形《さま》の貴《あて》[四一]やかなるに、不《すゞ》[四二]慮《ろ》に心動《うご》きて、且《かつ》思ふは、此邊《あたり》にかうよろしき[四三]人の住(む)らんを今まで聞え[四四]ぬ事はあらじを、此《こ》は都人の三つ山[四五]詣《まうで》せし次《ついで》に、海愛《めづ》らしくこゝに遊ぶらん。さりとて男[四六]たつ者《もの》もつれざるぞいとは[四七]したなる事《わざ》かなと思ひつゝ、すこし身退《しりぞ》きて、「こゝに入(ら)せ給へ。雨もやがてぞ休《やみ》なん」といふ[四八]。女、「しばし宥《ゆる》させ給へ」とて、ほどなき住ゐなればつひ[四九]並《なら》ぶやうに居るを、見るに近《ちか》[五〇]まさりして、[五一]此世の人とも思はれぬばかり美しきに、[五二]心も空《そら》にかへる思ひして、女にむかひ、

ふる」(三八〇三)。後出の和歌にもよる。
二五 和名抄「簦 俗ニ大笠、於保賀佐ト云フ、笠ニ柄有ル也」。
二六 新宮市上熊野にある阿須賀神社。神倉(かんのくら)とは神社そのものをいう。秋成の初瀬詣に「布留の神祠(かみほくら)」。 二七 はるかに見える。
二八 かなりにひどい。 二九 旦那の末の坊ちゃん。
三〇 こんないやしい所へおいでは誠に恐縮です。
三一 →六八頁注一。 三二 塵を払って。 三三 しばらく雨やどりする間は、何だってかまわない。忙しくしないように。霎は字典に「小雨也」。息は休の意に用いたか。 三四 しばらく貸して下さい。 三五 髪の様子。 三六 美しく魅力的で。万葉十「開艶(さきにほへる)は」(一八七二)。 三七 遠山のさまを摺り出した模様の色美しい(河社)。 三八 童女の召使。警世通言の白娘子永鎮雷峰塔(白娘子と略す)に「這ノ婦人ノ肩下ニ一個了鬟(中略)手中ニ一個ノ包児ヲ捧着シテ」。 三九 びっしょりと。伊勢物語百七「しとゞに濡れてまどひ来にけり」。
四〇 困った様子なのが。 四一 上品なのに。
四二 しきりに気が引かれて。白娘子「不免動念」の訳。 四三 佳人。
四四 評判がない事はあるまいが。
四五 熊野三山(本宮・新宮・那智権現)参詣。
四六 下男らしい者。
四七 雨夜物語たみことば「はしたは物のたらぬこと也」。略式なこと。 四八 「…といふ」の下の句点は補。 四九 むかい合って並ぶ。
五〇 近く見る程美しくて。源氏、藤裏葉「いとゞしきちかまさり」。
五一 やがて本性を示すこの女性の伏線。源氏、須磨「この世のものとも見え給はず」。
五二 心ここにないさま。

[一]「貴《あて》なるわたりの御方とは見奉るが、三山詣《まうで》やし給ふらん。[二]峯《みね》の溫泉《ゆ》にや出(で)立(ち)給ふらん。かう[三]すざましき荒磯《ありそ》を何の見所ありて[四]狩《かり》くらし給ふ。こゝなん[五]いにしへの人の

[六]くるしくもふりくる雨か三輪が崎佐野のわたりに家もあらなくに

[七]とよめるは、まこと[八]けふのあはれなりける。此家賤《あや》しけれどおのれが親の[九]目かくる男なり。[一〇]心ゆりて雨休《やめ》給へ。そも[一一]いづ地旅《ち》の御宿《やど》りとはし給ふ。御見送《おく》りせんも却《かへ》て[一二]無礼《なめげ》なれば、此傘《かさ》もて出(で)給へ」といふ。女、「いと[一三]喜《うれ》しき御心を聞え給ふ。[一四]其御思《み》ひに乾《ほし》てまいりなん。都のものにてもあらず。此近き所に年來《としごろ》住(み)こし侍《はべ》るが、けふなんよき日とて[一五]那智《なち》に詣《まうで》侍るを、暴《にはか》なる雨の恐《おそろ》しさに、やどらせ給ふともしらで[一六]わりなくも立(ち)よりて侍る。こゝより遠からねば、此小休《をやみ》に出(で)侍らん」といふを、[一七]强《あながち》に「此傘《かさ》もていき給へ。[一八]何《いつ》の便《たより》にも求《もとめ》なん。雨は更に休《やみ》たりともなきを、さて御住ゐは[一九]いづ方《べ》ぞ。[二〇]是より使奉らん」といへば、「新宮の邊《ほとり》にて[二一]縣《あがた》の眞女兒《まなご》が家はと尋(ね)給はれ。日も暮(れ)なん。御惠《めぐみ》のほどを[二二]指戴《さしいたゞき》て歸りなん」とて、傘とりて出(づ)るを、[二三]見送りつも、あるじが簑笠《みのかさ》かりて家に歸りしかど、猶俤《おもかげ》の露忘《わす》れがたく、[二四]しばしまどろむ曉《あかつき》の夢《ゆめ》に、かの眞女兒《まなご》が家に尋(ね)いきて見れば、門も家もいと大きに造《つく》

一　貴い御身分の御方。
二　湯の峰温泉へおでかけでしょうか。熊野本宮の西南、和歌山県東牟婁郡本宮町湯峰。
三　殺風景な。
四　終日見物し歩かれるのでしょう。
五　万葉三(二六五)の長忌寸奥麻呂の作。金砂の注に「紀の温泉に出駕の御供なるべし」と。
六　困ったことに降って来た雨だ。三輪が崎の佐野の辺には、一軒の家もないのに。佐野も三輪崎の中の地名。
七　「こゝなん」の結びのくる所であるが、「と詠んだ所で、その歌の内容は」の意で下に続く。
八　今日の風趣。以下美女の前で、風流ぶった豊雄のきざな言葉と、それに合わせて、豊雄の好みにかなうような女の思わせぶりな物言いを、雅文で示してある点に注意。
九　世話をしてやっている。
一〇　気をゆるして雨やどりして下さい。
一一　一体。
一二　源語梯「軽ノ字無礼ノ字ヲナナメケトヨメリ」。
一三　添い御親切なお言葉を下さいます。
一四　その思いで濡れた衣類を乾してゆきましょう。「思ひ」の「火」と「乾」は縁。伊勢物語百二十一「鶯の花を縫ふてふ笠はいなおもひをつけよ乾してかへらむ」。
一五　熊野三山の一、熊野那智神社。
一六　わきまえもなく。源語梯「人ト我トノワカチナキヲイヘリ」。
一七　無理やりに。
一八　何かのついでに頂きます。
一九　どちらですか。↓六七頁注三六。
二〇　私の方から使をやりましょう。
二一　新撰姓氏録「県犬養宿弥」。万葉六(一〇二三)・

りなし、蔀《しとみ》[二五]おろし簾垂《すだれたれ》こめて、ゆかしげ[二六]に住(み)なしたり。眞女子《まなご》出(で)迎《むか》ひて、「御情《なさけ》わすれがたく待(ち)戀《こひ》奉る。此方《こなた》に入(ら)せ給へ」とて奥の方にいざなひ、酒菓子種《くだものさま》ゞゞと管待《もてな》[二七]しつゝ、喜《うれ》しき醉《あひ》ごゝちに、つひに枕をともにしてかたるとおもへば、夜明(け)て夢さめぬ。現《うつゝ》[二八]ならましかばと思ふ心のいそがしきに朝食《あさげ》も打(ち)忘れてうかれ[二九]出(で)ぬ。

新宮の郷《さと》に來て「縣《あがた》の眞女子《まなご》が家は」と尋(ぬ)るに、更《さら》[三〇]にしりたる人なし。午時《ひる》[三一]かたふくまで尋(ね)勞《わづら》ひたるに、かの了鬟《わらは》[三二]東の方よりあゆみ來る。豊雄《とよを》見るより大に喜《よろこ》び、「娘子《をとめ》[三三]の家はいづくぞ。傘《かさ》もとむとて尋(ね)來る」といふ。了鬟打(ち)ゑみて、「よくも來ませり。こなたに歩《あゆ》み給へ」とて、前《さき》に立(ち)てゆく〳〵。幾ほどもなく、「こゝぞ」と聞[三四]ゆる所を見るに、門高く造《つく》りなし、家も大きなり。蔀《しとみ》おろし簾《すだれ》たれこめしまで、夢[三五]の裏《うち》に見しと露違《たが》はぬを、奇《あや》しと思ふ[三六]〳〵門に入(る)。了鬟走り入(り)て、「おほがさ[三七]の主詣《ぬしまうで》給ふを誘《いざな》ひ奉る」といへば、「いづ方にますぞ。こち迎《むか》へませ」といひつゝ立(ち)出(づ)るは眞《ま》女子《なご》なり。豊雄、「こゝに安倍《あべ》の大人《うし》とまうすは、年來《としごろ》物學《まな》ぶ師にてます。彼《かし》所《こ》に詣(づ)る便に傘とりて歸るとて推《おし》[三八]て參りぬ。御住居見おきて侍れば又こそ詣(で)來《こ》ん」といふを、眞女子強《あながち》にとゞめて、「まろや努《ゆめ》[三九]出し奉るな」といへ

十三(三三六)に「真女子」。ただし普通名詞。本篇では、真女子・真女児を混じて用いてある。
二二 親切をうけるの意を、傘なので指戴くという。
二三 見送りながらも。
二四 一夜寝られず、暁方にとろとろとした夢の中に。夜中寝られず、暁方に漸くねられたさまを示す。白娘子「当夜思量那婦人、翻来覆去、睡不着、夢中共日間見的一般情意相濃、不想金鶏一声、卻是南柯一夢」。
二五 格子の裏に板を張った風雨や日ざしをよける戸。ここの上下するのを釣蔀という。
二六 奥ゆかしく。
二七 忠義水滸伝解「管待　モテナシフルマフナリ」。
二八 下に「うれしからまし」などある気持。本当ならうれしいがと思うと、心が落着かないままに。
二九 心もうかうかと家を出た。
三〇 白娘子「問了半日、一箇ノ認得スルナシ」。
三一 正午過ぎまで捜しあぐねていた所に。
三二 白娘子「東辺ヨリ走リ来タル」。
三三 白娘子にある文字をそのままに和訓した。
三四 「言う」の鄭重語。
三五 女を思い寝の夢に見た景色と現実が一致するのは、前掲の白娘子にも少しあるが、剪燈新話の渭塘奇遇記に案を得たのであろう。
三六 思いながら。
三七 傘のあの方がおいでになったのを案内しました。
三八 おしかけて参りました。
三九 決して出してはなりません。雄略紀「努力相助」の努力を「ゆめ」と訓む。↓七九頁注三五。

ば、了鬟立(ち)ふたがりて「おほがさ強《しひ》て惠《めぐ》ませ給ふならずや。其《そ》[一]がむくひに強(ひ)てとゞめまいらす」とて、腰《こし》を押《おし》て南面《みなみおもて》[二]の所に迎へける。板敷の間に床《とこ》[三]疊《だゝみ》を設《まう》けて、几帳《きちやう》[四]、御厨子《みづし》[五]の餝《かざり》、壁代《かべしろ》[六]の繪《ゑ》なども、皆古代《こだい》[七]のよき物にて、倫《なみ》[八]の人の住居ならず。眞女子立(ち)出(で)て、「故《ゆゑ》[九]ありて人なき家とはなりぬれば、[一〇]実《まめ》やかなる御饗《みあへ》もえし奉らず。只薄酒一杯《うすきさけひとつぎ》[一一]すゝめ奉らん」とて、高杯平杯《たかつきひらつき》[一二]の[一三]清《きよ》らなるに、海の物山の物盛《もり》ならべて、瓶子《へいじ》[一四]土器《かはらけ》[一五]擎《さゝ》げて、まろや酌《しやく》[一六]まゐる。豊雄また夢心してさむるやと思へど、正《まさ》に現《うつゝ》なるを却《かへり》て奇《あや》しみゐたる。客《まらうど》も主《あるじ》もともに酔《ゑひ》ごゝちなるとき、眞女子杯《さかづき》[一七]をあげて、豊雄にむかひ、花精妙《はなぐはし》[一八]櫻[一九]が枝の水にうつろひなす面《おもて》に、春[二〇]吹(く)風をあやなし、梢《こずゑ》[二一]たちぐゝ鶯の艶《にほ》[二二]ひある聲していひ出《いづ》るは、「面《おも》[二三]なきことのいはで病《やみ》[二四]なんも、いづ[二五]れの神になき名負《おふ》すらんかし。努徒《ゆめあだ》[二六]なる言《こと》にな聞(き)給ひそ。故《もと》は都の生《うまれ》なるが、父にも母にもはやう離《わか》れまいらせて、乳母《めのと》の許《もと》に成長《ひとゝなり》しを、此國の受領《じゆりやう》[二七]の下司縣《したづかさあがた》[二八]の何某《なにがし》に迎《むか》[二九]へられて伴《とも》なひ下《くだ》りしははやく三とせになりぬ。夫《つま》は任《にん》[三〇]はてぬ此春、かり[三一]そめの病《やまひ》に死《しゝ》給ひしかば、便なき身とはなり侍る。都の乳母《めのと》も尼《あま》になりて、行方《ゆくへ》なき修行《しゆぎやう》に出(で)しと聞《きけ》ば、彼方《かなた》[三二]も又しらぬ國とはなりぬるをあはれみ給へ。きのふの雨のやどりの御惠《めぐ》みに、信《まこと》ある御方にこそとおもふ物[三三]から、今[三四]より後の齢《よはひ》

一そのおかえしに。二南向の部屋、即ち客座敷。三普通床の間に敷く畳のこと。ただしここは板間の座すべき所に、敷物としておく畳。四几という台に柱を立て、横木を渡して帷を結び垂れたもの。中古には室内の隔てをするに用いた家具。五両開の扉のついた小柄な戸棚。手近な調度を入れるためのもの。六壁の代りに間毎のへだてに垂れておく帳帷。白綾の類を用いて、朽木形、また紐には蝶鳥などを胡粉で書き、または縫をした。勿論中古の用品(安斎随筆)。七時代のついたよい品。八普通の身分の人。九わけあって主人のない家になりましたので。一〇丁寧な御馳走。神代紀上「饗之(みあへたてまつる)」。一一白娘子「薄酒三盃、意ヲ表ス而已」。一二食物を盛る盤。高い台のあるのとないのと。一三小ざっぱりした。一四酒を入れて盃につぐ用具。徳利の一種。一五酒をのむ器。一六お酌をする。一七杯をさして。一八桜の枕詞。允恭紀「波那具波辞、佐区羅能梅涅(めで)」。神代紀上「精妙之(くはしくたへなる)」。一九美しく酔って桜色にうるおった顔。二〇春風のような愛嬌を作って。この所白娘子の文による。↓補注三三。二一梢の間をくぐる。万葉八「足引の木の間たちぐゝほとゝぎす」(一四九五)。金砂一「くゞるといふ語約めては、鶯の木ま立ちぐゝ、又立ちくゝりとも」。二二なまめかしい声をして。二三恥かしいことを言わないで。万葉八「宵に逢ひて朝(あした)面羞(おもなみ)」(一五三六)。二四くよくよ心に悩むのは。「止みなん」が普通だが替えてある。二五どこかの神にたたりをしたと無実の罪を負わすことになろう。伊勢物語八十九「人しれず我恋ひ死なばあぢきなくいづれの神に無き名おふせん」。二六決して浮気な話だとお聞き下さらぬように。二七国司。朝廷から任ぜられた一国の長官。二八下

をもて[三五]御宮仕《つが》へし奉らばやと願ふを、[三六]汚《きた》なき物に捨(て)給はずば、此一杯《ひとつぎ》に[三七]千とせの契をはじめなん」といふ。豊雄、[三八]もとよりかゝるをこそと乱心《みだれ》なる思ひ妻なれば、[三九]塒《ねぐら》の鳥の飛(び)立(つ)ばかりには思へど、[四〇]おのが世ならぬ身を顧《かへりみ》れば、親兄弟《おやはらから》のゆるしなき事をと、かつ喜《うれ》しみ、且恐《かつおそ》れみて、頓《とみ》に答《こた》ふべき詞なきを、眞女兒《まなご》わびしがりて、「[四一]女の淺き心より、嗚呼《をこ》なる事をいひ出(で)て、[四二]帰るべき道なきこそ面《おも》なけれ。かう淺ましき身を[四三]海にも沒《いら》で、[四四]人の御心を煩《わづら》はし奉るは罪深《つみふか》きこと、今の詞は徒《あだ》ならねども、[四五]只酔ごゝちの狂言《まがこと》に[四六]おぼしとりて、こゝの海にすて給へかし」といふ。豊雄、「はじめより都人の貴《あて》なる御方とは見奉るこそ[四七]賢《かしこ》かりき。[四八]鯨《くぢら》よる濱に生《おひ》立(ち)し身の、かく喜《うれ》しきこと[四九]いつかは聞ゆべき。[五〇]即《やがて》の御答《こた》へもせぬは、親兄に仕《つか》ふる身の、おのが物とては爪髪《つめかみ》の外なし。何を[五一]錄《ろく》に迎へまゐらせん便もなければ[五二]身の徳なきをくゆるばかりなり。[五三]何事をもおぼし耐《たへ》給はゞ、[五四]いかにも〳〵後見《うしろみ》し奉らん。[五五]孔子《くし》さへ倒《たを》るゝ戀の山には、孝をも身をも忘《わす》れて」といへば、「いと喜《うれ》しき御心を聞(き)まいらするうへは、貧《まづ》しくとも時《をり》〳〵こゝに[五六]住(ま)せ給へ。こゝに前《さき》の夫《つま》の[五七]二《ふた》つなき寶《たから》にめで給ふ帶《おび》あり。これ常に[五八]帶《はか》せ給へ」とてあたふるを見れば、金《きがね》銀《しろがね》を餝《かざ》りたる太刀《たち》の、あやしきまで[五九]鍛《きた》ふたる古代の物なりける。[六〇]物のはじめに辞《いなみ》なんは祥《さが》あ

役。繁野話第八篇「下司(しもづかさ)」。二九 妻にめとられて。三〇 任期の満了しない。三一 つい一寸した病気。三二 京都も知人のいない国。「給へ」の下の句点は補。三三 中古は「けれども」の意。近世では「故に」の意に用いる。↓補注一〇。三四 これからの半生を。三五 御奉公。源氏、帚木「宮づかへにいでたちて」。ここは妻として仕えたいとの意。三六 けがらわしい女。三七 末長い夫婦のかためとしましょう。白娘子「你ト共ニ百年ノ姻眷ト成ラン」。三八 既に夫婦にもと希望し、思慕の情の深くつのっている恋しい女なので。三九 「飛び立つ」の序詞。古事記下「淤母比豆麻あはれ」。四〇 自分で一家の生計を立てていない身の上。四一 浅はかな女心から、馬鹿なことを言い出し。四二 取り返しがつかぬのが恥かしい。四三 入水もせず。源氏、若紫「宿世たがはゞ海にも入りね」。四四 貴方の御気持を乱し。四五 酔の上での根なし言。↓八三頁注三八。四六 思召して、さらりとこの海の水に流してください。四七 推察が誤りでなかった。四八 鯨のよせる熊野あたりの田舎の海辺。四九 いつ耳にすることがありましょうか。五〇 即答。五一 「禄」とあるべき所。費用・収入・結納の贈物、または生活の資(俸禄)など考えられるが、与えるものの意で結納に解して見る。五二 自分に福分のないのが甚だ残念です。五三 万事辛抱してくださるなら。五四 どうしてでもお世話いたしましょう(夫になるの意)。源氏、帚木「うしろみのかたは」(たみことば「介抱のこころ也」)。五五 聖人さえ恋には過つ意の諺。源氏、胡蝶「恋の山には孔子の倒れ」。五六 中古風に夫が妻の所へ通うをいう。五七 この上ない宝と愛玩した太刀。帯はおびるものの意で用いたか。春秋関「けふは佩(をびもの)投げて水飲(かふ)」。五八 字典「佩

しければとてとりて納《をさ》む。「今夜《こよひ》はこゝに明《あか》させ給へ」とて、[一]あながちにとゞむれど、「まだ[二]赦《ゆるし》なき旅寝は[三]親の罪《つみ》し給はん。明《あす》の夜よく僞《いつは》りて詣《まうで》なん」とて出(で)ぬ。其夜も寝《いね》[四]がてに明(け)ゆく。

太郎は網子《あご》[五]とゝのほるとて、晨《つとめ》て起(き)出(で)て、豐雄が閨房《ねや》の戸《と》の間《ひま》をふと[六]見入(れ)たるに、消《きえ》残りたる灯火《ともしび》の影《かげ》に、輝《きら》[七]〳〵しき太刀《たち》を枕《まくら》に置《おき》て臥《ふし》たり。「[八]あやし。いづちより求《もとめ》ぬらん」と[九]おぼつかなくて、戸をあらゝかに明(く)る音に目さめぬ。太郎があるを見て、「召《めし》給ふか」といへば、「輝《きら》〳〵しき物を枕[一〇]に置(き)しは何ぞ。價貴《あたひたか》き物は海人《あま》[一一]の家にふさはしからず。父の見給はゞいかに罪《つみ》し給はん」といふ。豐雄、「財《たから》を費《ついや》して買《かひ》たるにもあらず。きのふ人の得《え》[一二]させしをこゝに置《おき》しなり」。太郎、「いかでさる寶《たから》をくるゝ人此邊《あたり》にあるべき。[一三]あなむつかしの唐言書《からことかき》たる物を買(ひ)たむるさへ、[一四]世の費《ついえ》なりと思へど、父の默《だま》りておはすれば今までもいはざるなり。其太刀《たち》帯《おび》て[一五]大宮《おほみや》の祭《まつり》を邌《ねる》[一六]やらん。いかに物[一七]に狂《くる》ふぞ」といふ聲の高きに、父聞(き)つけて「[一八]徒者《いたづらもの》が何事をか仕出(で)つる。こゝにつれ來《こ》よ太郎」と呼《よぶ》に、「いづちにて求(め)ぬらん、[一九]軍將等《いくさぎみたち》の佩《はき》給ふべき輝《きら》〳〵しき物を買(ひ)たるはよからぬ事、[二〇]御目《ま》のあたりに召《めし》て問(ひ)あきらめ給へ。おのれは網子《あご》どもの怠《をこた》[二一]るらん」と云(ひ)捨(て)て出(で)ぬ。

也」。五九「ふ」は「う」の誤。「鍛ひ」の音便。「あやしき」の文字は、後にわかるこの太刀の影をにおわしたもの。六〇 めでたい第一歩に辞退するのは縁起が悪いから。

一 ひたすら。源語梯「強ノ字ヲヨメリツヨキ意也、シヒテト云フニ同ジ」。
二 父兄の許しなくて家をあけ外泊すること。前の「おのが世ならぬ」の反省と共に、豊雄にも一片の正心があることを示す。
三 親が叱るであろう。
四 よく寝られないで。
五 檣の杣「網子とゝのふるは大網を引くには人多く網手綱に取つきて引きよするを、漁翁(らむみぎ)の呼びたて声して調練するを云ふ」。万葉三(二三八)。「あびきすと網子とゝのふる海人の呼び声」
六 のぞいた所が。七 ぴかぴかした太刀。八 おかしいぞ。九 源語梯「コヽロモトナクタシカナラヌヲイヘル詞也」。
一〇 枕もとに。
一一 漁師の家には不似合だ、おやぢ様が見つけなさるとどんなにか叱られるだろう。
一二 くれたのを。
一三 七むつかしい漢字を書いた書物。
一四 甚だしい無駄。
一五 新宮の祭礼。大祭は旧暦九月十五日。小祭は同六月十四日。大祭には行列がある。
一六 得意になって歩く。字典「徐行ノ貌」。神楽歌「しろがねの目貫の太刀を下げはきて奈良の都をねるは誰が子ぞ」。
一七 たわけをつくすのもいい加減にせよ。
一八 無用者が何事をしでかしたのか。繁野話第三篇「徒者(いたづらもの)」。
一九 武将。

母豐雄を召《めし》て、「さる物[二二]何の料《れう》に買(ひ)つるぞ。米も錢も太郎が物なり。吾主《わぬし》が物とて何をか持(ち)たる。日來《ひごろ》は爲《なす》まゝにおきつるを、かくて太郎に惡《にく》まれなば、[二三]天地《あめつち》の中に何國《いづく》に住(む)らん。[二四]賢《かしこ》き事をも學《まな》びたる者が、など是ほどの事[二五]わいためぬぞ」といふ。豐雄、「実《まこと》に買(ひ)たる物にあらず。[二六]さる由縁《ゆゑ》有(り)て人の得《え》させしを、兄の見咎《とがめ》てかくの給ふなり」。父、「[二七]何の譽《ほまれ》ありてさる寶《たから》をば人のくれたるぞ。更《さら》におぼつかなき事。只今所縁《いはれ》かたり出(で)よ」と[二八]罵《のゝし》る。豐雄、「此事只今は[二九]面俯《おもてぶせ》なり。[三〇]人傳《つて》に申(し)出(で)侍らん」といへば、「親兄にいはぬ事を誰にかいふぞ」と聲あらゝかなるを、[三一]太郎の嫁《よめ》の刀自《とじ》傍《かたへ》にありて、「[三二]此事愚《おろか》なりとも聞(き)侍らん。入(ら)せ給へ」と[三三]宥《なだ》むるに、[三四]つひ立(ち)ていりぬ。豐雄刀自《とじ》にむかひて「兄の見咎《とが》め給はずとも、密《みそか》に[三五]姉君をかたらひてんと[三六]思ひ設《まうけ》つるに、[三七]速《はや》く責《さい》なまるゝ事よ。[三八]かう〳〵の人の女《め》のはかなくてあるが、「後身《うしろみ》してよ」とて賜《たま》へるなり。[三九]己《おの》が世しらぬ身の、[四〇]御赦《ゆるし》さへなき事は[四一]重《おも》き勘《かん》當《どう》なるべければ、今さら[四二]悔《くゆ》るばかりなるを、姉君よく[四三]憐《あはれ》み給へ」といふ。刀自《とじ》打(ち)笑《ゑみ》て、「男子《をのこゞ》の[四四]ひとり寢《ね》し給ふが、[四五]兼(ね)ていとをしかりつるに、いとよき事ぞ。愚也《おろかなり》ともよく[四六]いひとり侍らん」とて、其夜太郎に、「かう〳〵の事なるは幸《さいはひ》におぼさずや。父君の前をもよきにいひなし給へ」といふ。太郎眉《まゆ》を

二〇 目の前に呼ばれて問いただしてください。
二一 なまけるでしょうから、浜へ行きます。
二二 何をするために。
二三 どこにもおり所がないではないか。
二四 聖賢の道。儒学。
二五 分別しないのか。
二六 一応わけがあって人がくれましたのを。
二七 どうした手柄。
二八 大きい声を出す。わめく。
二九 面目ない。恥かしい。英草紙第四篇「面俯(おもてぶせ)」。源氏、帚木「おもてぶせにやおもはれん」。三〇 人を介して。
三一 長男の妻にあたる女(主婦)。↓九二頁注七。
三二 私はふつつかではありますが伺いましょう。此方へ(別室へ)おいでなさい。
三三 両親と豊雄の中を、とりなしたので。
三四 急ぎ立って、豊雄は別室へ入った。
三五 姉上に相談したいと。
三六 思案しておりましたところ。
三七 早速に叱られた事でした。
三八 こうした素姓の人の妻で、わびしい生活をしている人があって。
三九 独立の生計を立てていない私の境遇では。
四〇 許可のない夫婦約束。
四一 厳しいお叱りでしょうから。源語梯「文徳実録ニ本朝ノ俗為二君父一擯斥曰二勘当一ト云フ、勘ハ勘弁トツヾキテ、物ヲカンガヘサバクヲ云ヒ、当ハ其罪ニ応ジテ其刑ヲ当ルヨリ云フナルベシ(中略)セツカンシ叱ルヲ云ヘルナリ」。
四二 ひどく後悔しているのですが。
四三 同情して下さい。
四四 独身でおいでなのが。
四五 前から気の毒でしたが。
四六 言い伝えましょう。

顰《ひそ》めて、「あやし。此國の守の下司《したづかさ》に縣《あがた》の何某《なにがし》と云(ふ)人を聞(か)ず。我(が)家保正《をさ》[一]なればさる人の亡《なく》なり給ひしを聞え[二]ぬ事あらじを。まづ太刀こゝにとりて來よ」といふに、刀自やがて[三]携《たづさ》へ來るを、よく〳〵見をはりて、長嘘《ためいき》[四]をつぎつゝもいふは、「こゝに恐しき事あり。近來《ちかごろ》都の大臣殿《おほいどの》[五]の御願《ごぐはん》[六]の事みたしめ給ひて、權現《ごんげん》[七]におほくの寶《たから》を奉り給ふ。さるに此神寶《かんだから》ども、御寶藏《みたからぐら》の中にて頓《とみ》に失《うせ》しとて、大宮司《だいぐじ》[八]より國の守《かみ》[九]に訴《うつたへ》出(で)給ふ。守此賊《ぬすびと》を探《さぐ》り捕《とら》ふために、[一〇]助の君文室《ふんや》の廣之《ひろゆき》、大宮司の館《たち》に來(り)て、今専《もつはら》に此事[一一]をはかり給ふよしを聞(き)ぬ。此太刀いかさま[一二]にも下司《したづかさ》などの帶《はく》べき物にあらず。猶父に見せ奉らん」とて、御前に持(ち)いきて、「かう〳〵の恐しき事[一三]のあなるは、いかゞ計《はか》らひ申さん」といふ。父面《おもて》を青くして、「[一四]こは淺ましき事の出(で)きつるかな。日來《ひごろ》は一毛《もう》[一五]をもぬかざるが、何の報《むくひ》[一六]にてかう良《よか》らぬ心や出(で)きぬらん。他《ほか》[一七]よりあらはれなば此家[一八]をも絶《たや》されん。祖《みおや》[一九]の爲子孫《のち》の爲には、不孝《かう》の子一人惜《をし》からじ。明《あす》は訴《うつた》へ出(で)よ」といふ。

太郎夜の明(く)るを待(ち)て、大宮司の舘《みたち》に來り、しか〳〵のよしを申(し)出(で)て、此太刀を見せ奉るに、大宮司驚《おどろ》きて、「是なん大臣殿《おほいどの》の獻《たてまつ》り物なり」といふに、助聞(き)給ひて、「猶失《うせ》し物問(ひ)[二〇]あきらめん。召捕《めしとれ》」とて、武士《もののふ》

一　里の長。水滸伝(訓訳本)十三回「一箇ノ保正ノ荘上ニ投ジ」。
二　耳に入ってこないことはないがな。
三　すぐに。
四　苦痛のさまの形容。
五　大殿。大臣の敬称。源氏、桐壺「おほいどのゝ君」。
六　ねがいごとがおかないになりまして、その御礼として。
七　熊野権現。
八　一社における神官の長。
九　国守。朝廷任命の一国地方官の長。
一〇　助正しくは介。国衙における次官。
一一　賊の逮捕を計策なさること。
一二　どう見ても。
一三　おそろしい事のありますのは。
一四　これは情けない事が起ったことだ。
一五　人の物といえば、毛一筋も抜きとらない。盗み心など全くない意。白娘子「許宣ハ日常ハ一毛モ抜カズ」(孟子尽心篇上に「一毛ヲ抜イテ天下ヲ利ス」)。豊雄の正しい心の持主なるを示す語。
一六　何の因果で。
一七　他人によって露顕したならば。自宅から訴え出ようの意。
一八　一家断絶にあうであろう。名例律に、大社を毀したり、大社の乗輿服御などの物を盗むは、大不敬という罪だと上っている。
一九　先祖から子孫に至る家の存続のためには。
二〇　糺明しよう。

ら十人ばかり、太郎を前《さき》にたてゝゆく。豊雄、かゝる事をもしらで書見《ふみ》ゐたるを武士ら押《おし》かゝりて捕《とら》ふ。「こは何の罪《つみ》ぞ」といふをも聞(き)入(れ)ず縛《から》めぬ。父母太郎夫婦も今は「淺まし」と[二一]歎《なげき》まどふばかりなり。「[二二]公廳《おほやけ》より召《めし》給ふ」「[二三]疾《とく》あゆめ」とて、[二四]中にとりこめて舘に追(ひ)もてゆく。助、豊雄をにらまへて、「你神寶《なんぢかんだから》を盗《ぬすみ》とりしは例《ためし》なき[二五]國津罪《くにつつみ》なり。猶種《くさぐさ》の財《たから》はいづ地に隠《かく》したる。明らかにまうせ」といふ。豊雄[二六]漸《やゝ》此事を覺《さと》り、涙を流して、「おのれ更に盗をなさず。かう〱の事にて縣《あがた》の何某の女《め》が、前《さき》の夫《つま》の帶《おび》たるなりとて得させしなり。[二七]今にもかの女召《めし》て、おのれが罪なき事を覺《さと》らせ給へ」。助いよゝ怒《いか》りて、「我(が)下司《したづかさ》に縣《あがた》の[二八]姓《かばね》を名のる者ある事なし。かく僞《いつは》るは[二九]刑《つみ》ます〱大なり」。豊雄、「かく捕《とら》はれていつまで僞《いつは》るべき。[三〇]あはれかの女召(し)て問(は)せ給へ」。助、武士らに向ひて、「縣《あがた》の眞女子《まなご》が家はいづくなるぞ。渠《かれ》を[三一]押(し)て捕《とら》へ來れ」といふ。

武士ら[三二]かしこまりて、又豊雄を押(し)たてゝ彼所《かしこ》に行(き)て見るに、嚴《いか》めしく造《つく》りなせし門の柱《はしら》も朽《くち》くさり、軒の瓦《かはら》も大かたは碎《くだけ》おちて、[三三]草《くさ》しのぶ生《おひ》さがり、人住(む)とは見えず。豊雄是を見て只あきれにあきれゐたる。武士ら[三四]かけ廻《めぐ》りて、[三五]ちかきとなりを召《めし》あつむ。木伐老《ききるをぢ》、[三六]米かつ男ら、[三七]恐れ惑《まど》ひて[三八]跪《うずゞま》る。武

二一 大いに歎くばかりである。
二二 国衙。国司のいる役所。
二三 きりきり歩め。
二四 厳重に、真中にとりかこみ、国司の役所へ追い立てて行く。
二五 祝詞の大祓詞などに、天津罪と並んで、国民のこの土で犯した罪と解される。ここは国法を犯した罪ぐらいの意。秋山記「朧月夜のしひたるさゞめ言、王命婦をせめありくなどは、いかめしき国つゝみならずや」。
二六 事情がどうやら分って来て。
二七 即座に。「も」は強め。
二八 氏と同義に用いてある。元来は職名や家筋を示すものが姓、一家の名称が氏で区別があった。
二九 罰がいよいよ重くなるぞ。
三〇 何とぞ。
三一 有無をいわさず。
三二 つつしんで命令をうけ。
三三 忍ぶ草、のきしのぶ。以下廃屋のさまは源氏、夕顔の巻による所が多い。「あれたるかどのしのぶぐさしげりて、見上げられたるたとしへなく木暗し」。
三四 走り廻って。
三五 近所の人々を呼び集めた。
三六 米を搗く男。
三七 大いに恐縮して。
三八 うずくまる。↓八一頁注二一。

士他《かれ》[一]らにむかひて、「此家何者が住(み)しぞ。縣《あがた》の何某が女《め》のこゝにあるはまことか」といふに、鍛冶《かぢ》の翁はひ出(で)て、「さる人の名はかけて[二]もうけ給はらず、此家三とせばかり前《さき》までは、村主《すぐり》[三]の何某といふ人の、賑《にぎ》[四]はしくて住(み)侍るが、筑紫《つくし》[五]に商《あき》[六]物積《つみ》てくだりし、其船行方《ゆくへ》なくなりて後は、家に残る人も散[七]〴〵になりぬるより、絶《たえ》[八]て人の住(む)ことなきを、此男のきのふこゝに入(り)て、漸《やゝ》して歸りしを奇《あや》しとて、此漆師《ぬし》[九]の老《をぢ》がまうされし」といふに、「さもあ[一〇]れ、よく見極《きはめ》て殿に申さん」とて、門押(し)ひらきて入る。家は外《と》よりも荒《あれ》まさりけり。なほ奥の方に進《すゝ》みゆく。前栽《せんざい》[一一]廣く造《つく》りなしたり。池[一二]は水あせて水草《みくさ》も皆枯《かれ》、野[一三]ら藪生《やぶおひ》[一四]かたふきたる中に、大きなる松の吹(き)倒《たを》れたるぞ物すざまし。客殿《きやくでん》[一五]の格子戸《かうしど》をひらけば、腥《なまぐさ》[一六]き風のさと吹(き)おくりきたるに恐れまどひて、人〴〵後《あと》にしりぞく。豊雄只聲[一七]を呑《のみ》て歎《なげ》きゐる。武士の中に巨勢《こせ》の熊檮《くまがし》なる者膽《きも》[一八]ふとき男にて、「人〴〵我(が)後《あと》に從《つき》て來れ」とて、板敷《いたじき》[一九]をあらかに踏《ふみ》て進《すゝ》みゆく。塵《ちり》は一寸ばかり積《つも》りたり。鼠の糞《くそ》ひりちらしたる中に、古き帳[二〇]を立(て)て、花[二一]の如くなる女ひとりぞ座《を》る。熊檮《くまがし》女にむかひて、「國の守《かみ》の召《めし》つるぞ。急ぎまゐれ」といへど、答《こた》へもせであるを、近く進みて捕《とら》ふとせしに、忽《たちまち》地も裂《さく》るばかりの霹靂《はたゝがみ》[二二]鳴響《なりひゞ》くに、許多《あまた》の人迯《にぐ》る間《ひま》もなくてそこに倒《たを》る。然《さて》

一 彼等。
二 全く聞いていません。下は打消の語で結ぶ副詞。源氏、夕顔「かけても思ひよらぬさまに」。
三 新撰姓氏録「村主(すぐり)」。「給はらず」の下の句点は補。
四 繁昌して住んでいましたが。
五 九州路へ。
六 商品を舟につみ込んで、商売に下りましたが。
七 一家離散してから後は。
八 ぷっつりと人が住んだことがありませんのに。
九 塗物屋の老人。
一〇 ともかくも。
一一 前庭の植込。
一二 池は水も涸れて。源氏、夕顔「こだちいとうとましくものふりたり。けぢかき草木などはことに見所なく、みな秋の野らにて、池もみくさにうづもれたれば、いとけうとげに成りにける所かな」。
一三 野の如くしげった草木。源氏、蓬生「かくいみじき野らやぶなれども」。
一四 高くしげって倒れかかった中に。
一五 正殿。客座敷にあたる所。
一六 妖怪にともなって吹く風。白娘子「一陣ノ風ヲ起シ、一道ノ腥気ヲ捲キ出シ来タル。衆人都テ一驚ヲ喫了シ、倒レテ退歩ス」。
一七 驚きの余り声も出ないで。白娘子「許宣看了、則チ声シテ得ズ、一ニ呆的ニ似タリ」。
一八 大胆な。白娘子「一箇能ク胆大」。
一九 板の間。
二〇 几帳。
二一 美しいさま。白娘子「只見ル、一個花ノ如ク玉ニ似タル、白的ヲ穿着シタル、美貌ノ娘子坐シテ床上ニ在リ」。西湖佳話の雷峰怪蹟「那ノ婦人動カン也動カズ、声セン也、做サズ」。
二二 大かみなり。↓八六頁注一四。白娘子「只一声ノ響ヲ聴キ得テ、卻ケバ是レ青天裏打一個霹靂、衆人都ベテ驚倒シ了ル」。
二三 ゆか。
二四 高麗(朝鮮)わたりの錦。万葉十「こまにしき紐解きかはし」(二〇九〇)。
二五 呉(南中国)地方産の綾。

見るに、女はいづち行(き)けん見えずなりにけり。此[二三]床《とこ》の上《うへ》に輝《きら》〳〵しき物あり。人〳〵恐る〳〵いきて見るに、[二四]狛錦《こまにしき》、[二五]呉《くれ》の綾《あや》、[二六]倭文《しづり》、[二七]縑《かとり》、[二八]楯《たて》、槍《ほこ》、靫《ゆき》、[二九]鐅《くは》の類《たぐひ》、此失《うせ》つる神寶《かんだから》なりき。武士らこれをとりもたせて、怪《あや》しかりつる事どもを詳《つばら》に訴《うつた》ふ。助も大宮司も[三〇]妖怪《もののけ》のなせる事をさとりて、豊雄を[三一]責《さいな》む事をゆるくす。されど[三二]當罪免《おもてつみまぬが》れず。守《かみ》の舘《みたち》にわたされて牢裏《ろうり》に繋《つな》がる。大宅《おほや》の父子《おやこ》多くの物を[三三]賄《まひ》して[三四]罪《つみ》を贖《かふ》によりて、百日がほどに赦《ゆる》さるゝ事を得たり。「かくて世にたち接《まじは》らんも[三五]面俯《おもてぶせ》なり。姉の大和におはすを訪《とぶ》らひて、しばし彼所《かしこ》に住《すま》ん」といふ。「げにかう憂《うき》め見つる後は重《おも》き病をも得るものなり。ゆきて[三六]月ごろを過《すご》せ」とて、人を添(へ)て出(で)たゝす。

二郎の姉が家は[三七]石榴市《つばいち》といふ所に、[三八]田邊《たなべ》の金忠《かねたゞ》といふ商人《あきびと》なりける。豊雄が訪《とむ》らひ來るを喜《よろこ》び、かつ[三九]月ごろの事どもをいとほしがりて、「いつ〳〵までもこゝに住め」とて、念比に勞《いたは》りけり。年かはりて二月《きさらぎ》になりぬ。此石榴市《つばいち》といふは、[四〇]泊瀬《はつせ》の寺ちかき所なりき。佛の御中には泊瀬《はつせ》なん[四一]あらたなる事を、唐土《もろこし》までも聞えたるとて、都より[四二]邊鄙《いなか》より詣《まう》づる人の、春はことに多かりけり。詣《まう》づる人は必(ず)こゝに宿《やど》れば、軒を並《なら》べて旅人をとゞめける。田邊《たなべ》が家は[四三]御明《みあかし》燈心《とうしん》の類《たぐひ》を商ひぬれば、[四四]所せく人の入(り)たちける中に、都の人の忍びの詣《まうで》と

二六　倭文織(しづおり)の略。栲・麻などを青赤にそめて、乱文にした古代の織物。神代紀下「倭文神、此ヲ斯図梨俄未ト云フ」。

二七　和名抄「縑　和名加止利(中略)其糸ハ細緻、数絹ヲ兼ヌル也」。

二八　以下、皆兵器。古代のもので宝となっているもの。「天日槍」の槍は「ほこ」と訓む。鉾のこと。靫は矢を入れて背に負う器。

二九　和名抄「鐅　和名久波(中略)大鋤也」。古代の農耕具で神宝とするもの。　三〇　→九〇頁注二二。　三一　取調べの手をゆるくした。

三二　当面の罪状(盗品を現に所持していた罪)。

三三　賄賂をおくって。　三四　財物を出して罪を免れようとしたので。　三五　面目ない。→一〇五頁注二九。

三六　幾月も滞在せよ。源氏、葵上「月頃はいとゞ涙に」。　三七　古来有名な市。今の奈良県磯城郡大三輪町の中。源氏、玉鬘「からうじてつばいちといふ所に」。秋成に初瀬詣の一文があって、昔のさまを想像して描く。

三八　新撰姓氏録「田辺(たのべ)史」。

三九　数月来の一件に同情して。

四〇　長谷寺。奈良県磯城郡初瀬町にある真言宗の大寺。王朝以来都よりの参籠者も多かった。

四一　霊験あらたかなこと。源氏、玉鬘「仏の御なかには、泊瀬なん日の本のうちには、あらたなるしるしあらはし給ふと、もろこしにだにきこえあんなる」。以下真女児の出現は、玉鬘の巻による所が多い。→補注三四。

四二　源氏、玉鬘「国々より田舎人多く詣で」。

四三　湖月抄に花鳥余情を引く。小右記を上げて、「午ノ時ニ椿市ニ至リ、御明灯心器等ヲ交易セシム」とあるによる。

四四　店も狭い程に人の入っている中に。

見えて、いと[一]よろしき女一人、了鬟《わらは》一人、[二]薫《たき》物もとむとてこゝに立(ち)よる。此了鬟《わらは》豊雄を見て、「[三]吾君《わが》のこゝにいますは」といふに、驚きて見れば、かの眞女子《まなご》まろやなり。「あな恐し」とて内に隠るゝ。金忠夫婦「こは何ぞ」といへば、「かの[四]鬼《おに》こゝに逐《おひ》來る。あれに近寄《ちかより》給ふな」と隠れ[五]惑《まど》ふを、人〳〵「それいづくに」と立(ち)騒《さわ》ぐ。眞女子入(り)來りて、「人〳〵あやしみ給ひそ。[六]吾夫《わがせ》の君な恐れ給ひそ。[七]おのが心より罪《つみ》に堕《おと》し奉る事の悲《かな》しさに、御有家《ありか》もとめて、事の[八]由縁《ゆゑ》をもかたり、[九]御心放《みこゝろやり》せさせ奉らんとて、御住家尋(ね)まいらせしに、かひありてあひ見奉る事の喜《うれ》しさよ。あるじの君よく[一〇]聞(き)わけて給へ。我もし怪《あや》しき物ならば、[一一]此人繁《しげ》きわたりさへあるに、かうのどかなる昼《ひる》をいかにせん。[一二]衣《きぬ》に縫目《ぬいめ》あり、日にむかへば影《かげ》あり。[一三]此正《まさ》しきことわりを思しわけて、御疑ひを解《とか》せ給へ」。豊雄[一四]漸《やゝ》人ごゝちして、「你正《なんぢまさ》しく人ならぬは、我捕《とら》はれて、武士らとともにいきて見れば、きのふにも似ず浅ましく荒果《あれはて》て、まことに[一五]鬼の住(む)べき宿に一人居《を》るを、人〳〵ら捕へんとすれば、忽(ち)[一六]青天霹靂《はたゝがみ》を震《ふる》ふて、[一七]跡《あと》なくかき消《きえ》ぬるをまのあたり見つるに、又逐《おひ》來(り)て何をかなす。すみやかに去《さ》れ」といふ。眞女子《まなご》涙を流して、「まことにさこそおぼさんはことわりなれど、妾《しやう》が言《こと》をもしばし聞(か)せ給へ。君公廳《おほやけ》に召《めさ》れ給ふと聞(き)しより、

一　美しい女。源氏、玉鬘「よろしき女ふたり」。
二　薫香。ねって製した香。三 うちの旦那様がここにおいでになるよ。四 あやしい物。五 しきりに隠れようとするのを。六 旦那様もこわがらないで下さい。七 私の考え違いから。八 理由。
九　御安心をしていただこうと。
一〇　聞いて判断して下さい。
一一　これほど人出の多い場所でさえある上に、こんなに日和のよい真昼間をどうしましょう。
一二　白娘子「我怎的(いかで)是レ鬼怪ナラン、衣裳ニ縫有リ、日ニ対シテ影有リ」。
一三　この正しい申分を判別して。
一四　どうやら正気づいて。豊雄の心が次第にまた真女児を許す気になる変化を示す語。
一五　あやしい物の住むににつかわしい家。
一六　好天気なのに、大雷がなり出して。
一七　真女児が、全く行方もわからず。
一八　平常恩をほどこしていた。
一九　味方にして。翁と相談して。
二〇　急に荒れはてた家の様子を作りました。古今四「里はあれて人はふりにし宿なれや庭も籬も秋の野らなる」。
二一　捕えようとした時に。
二二　たくらんだのです。西湖佳話で白娘子と同じ話をのせる雷峰怪蹟に「彼ノ一声ノ響ハ是青々毛竹片ヲ用ヒ、板壁ヲ刷リ、怪ヲ弄シテ衆人ヲ嚇ス」。この文字は白娘子に見えて、小説字彙「計較　モクロム」。二三 大阪。
二四　その後の様子を知りたいと。源語梯「せうそこ　消息ト書キテ音問ナリ、消ハ徃也、息ハ来ル也、(中略)コレヨリ文通ナラズトモ、使ヲヤリテヤウスヲタヅヌルヲモ消息ト云フ也」。
二五　長谷寺の観世音。
二六　長谷の古川の岸にあって伊勢大神宮が天降

[一八]かねて憐《あはれ》をかけつる隣《となり》の翁《おきな》を[一九]かたらひ、[二〇]頓《とみ》に野らなる宿のさまをこしらへし。我を[二一]捕《とら》んず〔る〕ときに鳴神《なるかみ》響《ひゞ》かせしはまろやが[二二]計較《たばかり》つるなり。其後船もとめて[二三]難波の方に遁《のが》れしかど、[二四]御消息《せうそこ》しらまほしく、[二五]こゝの御《み》佛にたのみを懸(け)つるに、[二六]二本《ふたもと》の杉の[二七]しるしありて、[二八]喜《うれ》しき瀬《せ》にながれあふことは、ひとへに[二九]大悲《ひ》の御徳かふむりたてまつりしぞかし。種《くさ》〴〵の神寶《かんだから》は何とて女の盗み出すべき。前《さき》の夫《つま》の[三〇]良《よか》らぬ心にてこそあれ。よく〳〵おぼしわけて、[三一]思ふ心の露ばかりをもうけさせ給へ」とてさめ〴〵と泣(く)。豊雄或《ある》は疑《うたが》ひ、或は憐《あはれ》みて、かさねていふべき詞もなし。金忠夫婦、眞女子《まなご》がことわりの明らかなるに、此[三二]女しきふるまひを見て、[三三]努《ゆめ》疑ふ心もなく、「豊雄のもの語りにては世に恐しき事よと思ひしに、[三四]さる例《ためし》あるべき世にもあらずかし。はる〴〵と[三五]尋(ね)まどひ給ふ御心ねのいとほしきに、豊雄肯《うけが》はずとも我〳〵とゞめまいらせん」とて、一間《ま》なる所に迎《むか》へける。こゝに一日二日を過すまゝに、金忠夫婦が[三六]心をとりて、ひたすら歎《なげ》きたのみける。其志の篤《あつ》きに愛《めで》て、豊雄をすゝめてつひに[三七]婚儀《ことぶき》をとりむすぶ。豊雄も日〳〵に[三八]心とけて、もとより容姿《かたち》のよろしきを愛《めで》よろこび、[三九]千とせをかけて契るには、[四〇]葛城《かづらき》や高間《たかま》の山に夜《よひ》〳〵ごとにたつ雲も、[四一]初瀬の寺の暁の鐘に[四二]雨収《をさ》まりて、[四三]只あひあふ事の遲《おそ》きをなん恨《うら》みける。

ったという二本の杉。源氏、玉鬘「ふたもとの杉のたちどを尋ねずばふる川のべに君を見ましや」また古今十九「はつせ川ふる川のべにふたもとある杉としを経てまたもあひみむ二本ある杉」。
二七 願いのききめは古歌のように。
二八 うれしくも同じ所で落合いましたのは。源氏、玉鬘「うれしきせにもときこゆ」。湖月抄は細流抄を引いて「祈りつゝたのみをわたるはつせ川うれしき世にもながれあふやと」。
二九 大慈大悲の観世音の御利益を頂いたのです。
三〇 盗心の結果です。白娘子「先夫日前ノ所為」。
三一 私のお慕い申す心のかけらでもお受け下さい。
三二 雨夜物語たみことば「女しとは、是今昔物語に(中略)細やかに女めかしけれと、是におなじ」。
三三 少しも。全く。
三四 妖怪などの例のある当世ではないはずだ。
三五 苦労して尋ねなさる御気持。
三六 気に入るようにして。
三七 婚礼の祝儀を行った。
三八 気がやわらいで。初めからだが、真女児のよい器量を愛して。
三九 幾久しく夫婦としての将来を約束する。
四〇 奈良県西南境の葛城連山。高間山はその最高峰。新拾遺三「葛城や高間の山にゐる雲のよそにもしるき夕立の空」。夜々石榴市から見る景。
四一 新古今十一「年も経ぬ祈る契りは初瀬山尾上の鐘のよその夕暮」。石榴市で朝毎に聞く鐘。
四二 前の「たつ雲」に応じて二人の相愛の雲雨の交をいう。それは前出(補注二三)の高唐賦の巫山の条に「旦ニハ朝雲ト為リ、暮ニハ行雨ト為リ」とあるによって、男女相会の快夢のことをいう。
四三 白娘子「只相見之晩キヲ恨ム」。

三月《やよひ》にもなりぬ。金忠豊雄夫婦にむかひて、「都わたりには似るべうもあらねど、さすがに紀路《きぢ》にはまさりぬらんかし。[一]名細《なぐはし》の吉野《よしの》は春はいとよき所なり。[二]三船《みふね》の山菜摘《なつみ》川常に[三]見るとも飽《あか》ぬを、此頃はいかにおもしろからん。[四]いざ給へ出(で)立(ち)なん」といふ。眞女兒《まなご》うち笑《ゑみ》て、「[五]よき人のよしと見給ひし所は、都の人も[六]見ぬを恨《うら》みに聞え侍るを、我(が)身稚《をさな》きより、人おほき所、或《ある》は道の[七]長手《ながて》をあゆみては、必(ず)氣《け》[八]のぼりてくるしき病あれば、[九]從駕《みとも》にえ出(で)立(ち)侍らぬぞいと[一〇]憂《うれ》たけれ。[一一]山土産《づと》必(ず)[一二]待(ち)こひ奉る」といふを、「そは[一三]あゆみなんこそ病も苦《くる》しからめ。車こそもたらね。[一四]いかにも〳〵土は踏《ふま》せまいらせじ。留《とゞま》り給はんは豊雄のいかばかり[一五]心もとなかりつらん」とて、夫婦すゝめたつに、豊雄も「[一六]かうたのもしくの給ふを、道に倒《たを》るゝとも[一七]いかでかは」と聞ゆるに、[一八]不慮《すゞろ》ながら出(で)たちぬ。人〳〵[一九]花やぎて出

一 吉野の枕詞。吉野は奈良県吉野郡吉野町。古来桜の名所。見物には山を下って吉野川筋をも訪うた(秋成、岩橋の記参照)。万葉一「名細の吉野の山は」(五二)。

二 共に今の奈良県吉野郡吉野町の中で、吉野川上流の著名な歌枕。金砂一「三舟山、並河の大和志に、夏見の里(今の吉野町菜摘)の上に舟やかたの状せし山也と云ふ、いきて見しに、さるかたちの山あり」。

三 万葉一「見れど飽かぬ吉野の河の常滑(とこなめ)の絶ゆる事なくまたかへり見む」(三七)。

四 さあいらっしゃい、出かけましょう。

五 万葉一、天武天皇御製に、「よき人のよしとよく見てよしと云ひし吉野よく見よよき人よく見つ」(二七)。「よき人」は補正に「君をはしめ官位ある人、物知りたる人をも云ふ」。

六 吉野を見ないのを残念だと申しておりますが。 七 長道。万葉五「国遠き路の長手をおほゝしく」(八八四)。 八 のぼせて。

九 お伴をしてよう参りませぬのが。万葉一「石上大臣従駕(みとも)作歌」。 一〇 なげかわしい。「ぞ」の結びが已然形となっている。

一一 源語梯「山ヨリ産スル所ノ物ヲ持来ル也」。

一二 待ちこがれております。 一三 歩行するというなら病気に苦しむこともありましょうが。

一四 どんなにしてでも、徒歩でゆかせはいたしますまい。 一五 気がかりであろう。

一六 こんなに親切に言って下さるのに。

一七 どうして行かぬことがあろうか。

一八 伊勢物語古意に「こゝはおもひもかけぬからきめ見るてふ意也、文選の注に坐(すゞろ)は無故辞といひ、又不慮不覚など意得るもみなかなへり」。ここは不本意ながらの意。

一九 花やかによそおって。源氏、蓬生「今めか

(で)ぬれど、眞女子が麗《あて》[二〇]なるには似るべうもあらずぞ見えける。何某《なにがし》の院《ゐん》[二一]はかねて心よく聞えかはしければ、こゝに訪《とむ》らふ。主《あるじ》の僧迎へて、「此春は遲《おそ》く詣《まうで》給ふことよ。花もなかばは散(り)過(ぎ)て鶯[二二]の聲もやゝ流《なが》るめれど、猶よき方《かた》[二三]にしるべし侍らん」とて、夕食《ゆふげ》[二四]いと清くして食《くは》せける。明[二五](け)ゆく空いたう霞みたるも、晴(れ)ゆくまゝに見わたせば、此院は高き所[二六]にて、こゝかしこ僧坊《そうばう》どもあらはに[二七]見おろさるゝ。山の鳥どもゝそこは[二八]かとなく囀《さえづ》りあひて、木草の花色〳〵に咲(き)まじりたる、同じ山里ながら目さむるこゝちせらる。「初詣《うひまうで》には瀧[二九]ある方こそ見所[三〇]はおほかめれ」とて、彼方《かなた》にしるべ[三一]の人乞《こひ》て出(で)たつ。谷を繞《めぐ》りて下りゆく。いにしへ行幸《いでまし》[三二]の宮ありし所は、石[三三]はしる瀧[三四]つせのむせび流るゝに、ちいさき[三五]鮎《あゆ》どもの水に逆《さか》ふ[三六]など、目もあやに[三七]おもしろし。檜破子《ひわりご》[三八]打(ち)[三九]散《ちら》して喰《くひ》つゝあそぶ。

しなどは花やぎ給はぬ所にて」。
二〇 上品に美しいのには比較も出来ない。
二一 以前からじっこんに交際していたので。この何某の院の所、源氏、若紫の北山の僧院によって描く。 二二 晩春になって鶯の声のやや乱れるをいう。 二三 案内。
二四 夕飯を甚ださっぱりとして。
二五 源氏、若紫「明け行く空はいといとう霞みて、山の鳥どもも、そこはかとなく轉りあひたり。名もしらぬ木草の花ども色々に散りまじり、にしきをしけるとみゆるに」。
二六 源氏、若紫「たかき所にてこゝかしこ僧坊どもあらはにみおろさるゝ」。
二七 明瞭に。隠れなく。 二八 どこともなく。
二九 吉野川の宮滝。歌枕。金砂一「河北に今は宮滝と云ふ里在り。宮とは離宮在りし所のかみ也。滝は即よしの河の早瀬也」。
三〇 見物する所が多いでしょう。 三一 案内人。
三二 吉野離宮。上代の天子の度々行幸のこと万葉集などに見える。跡は今の吉野町宮滝の辺と秋成は考えていた(金砂一「滝のうへの三船の山ゆ」の注参照)。 三三 滝にかかる枕詞。叙景をも兼ねる。補正「滝川の早瀬に石のころび流るゝ也」。万葉一「珠水激(いはばしる)滝のみやこは」(三六)。 三四 滝の瀬の岩角につかえつつ流れるに。
三五 春頃のまだ小さい鮎。秋成曾遊の地で、実景に接するようである。鱗の字は当時一般に鮎に用いた。↓補注三五。
三六 水に逆らって上る。 三七 目にも美しく。
三八 檜の薄片で作ったまげ物の弁当箱。源氏、葵「をかしげなるひわりごなど」。
三九 一面にひろげて。源氏、若紫に「おちくる水のさま故ある滝のもと」で、酒宴のさまがあるにならった。

岩[一]がねづたひに來る人あり。髮は績麻《うみそ》[二]をわがねたる如くなれど、手足いと健《すこ》[三]やかなる翁なり。此瀧[四]の下《もと》にあゆみ來る。人〳〵を見てあやしげにまもり[五]たるに、眞女子もまろやも此人を背《そがひ》[六]に見ぬふりなるを、翁渠《かれ》二人をよくまもりて、「あやし。此邪神《あしきかみ》、など人をまど[七]はす。翁がまのあたりをかくても有(る)や」とつぶやくを聞(き)て、此二人忽[八](ち)躍《をど》りたちて、瀧に飛(び)入(る)と見しが、水は大虚《おほぞら》に湧《わき》あがりて見えずなるほどに、雲[九]摺墨《するすみ》をうちこぼしたる如く、雨篠《しの》を乱してふり來る。翁人〳〵の慌忙惑《あはてまど》ふを[一〇]まつろへて人里にくだる。賤《あや》しき軒にかゞまりて生《いけ》るこゝちもせぬを、翁豊雄にむかひ、「熟《つら〳〵》そこの面《おもて》を見るに、此隱神《かくれがみ》[一一]のために腦《なや》まされ給ふが、吾救《すく》はずばつひに命をも失《うしな》ひつべし。後よく愼《つゝし》み給へ」といふ。豊雄地に額着《ぬかづき》て、此事の始よりかたり出(で)て、「猶命[一二]得させ給へ」とて、恐[一三]れみ敬《うや》まひて願ふ。翁「さればこそ。此邪神《あしきかみ》は年經《へ》たる蚰《おろち》[一四]なり。かれ[一五]が性《さが》は婬《みだり》なる物にて、牛《うし》と孳《つる》みては麟《りん》を生《う》み、馬とあひては龍馬《りやうめ》を生《うむ》といへり。此魅《まど》[一六]はせつるも、はたそこ[一七]の秀麗《かほよき》に姧《たはけ》[一八]たると見えたり。かくまで狘《しう》[一九]ねきをよく愼《つゝし》み給はずば、おそらくは命を失《うしな》ひ給ふべし」といふに、人〳〵いよゝ恐[二〇]れ惑《まど》ひつゝ、翁を崇《あが》まへて「遠津神《とほつがみ》[二一]にこそ」と拜《をが》[二二]みあへり。翁打(ち)笑《ゑみ》て、「おのれは神にもあらず。大倭《やまと》[二三]の神社に仕へまつる當麻《たぎま》[二四]の酒人《きびと》とい

一 岩のこと。岩から岩を通って。 二 長くよりつないだ麻糸をたばねた。万葉六「績麻(うみを)」(一〇五六)。和名抄「績 則歴反、宇無、績麻苧ノ名也」。 三 底本「僆」。今改めた。 四 滝のほとり。 五 見つめた。 六 背にして。万葉三「背(そがひ)に見つつ」(三五八)。 七 何で人をたぶらかすか。 八 白娘子「一翻シテ両個都ベテ水底ニ翻下シテ去リ了ス」。 九 真黒な雲が出て、雨足しげく激しい雨が降って来た。 一〇 統率して。万葉十八「まつろへのむけのまにまに」(四〇九四)。「賤しき…」はあばらやの軒下に小さくなって。 一一 →八二頁注二八。「脳」は悩の誤字。 一二 命の助かるようにして下さい。 一三 恐懼し且つ尊敬して。 一四 字典「俗ニ蛇ノ字」。 一五 五雑組九「竜ノ性最モ淫ナリ、故ニ牛ト交レバ則チ麟ヲ生ミ、豕ト交レバ則チ象ヲ生ミ、馬ト交レバ則チ竜馬ヲ生ム」。婬は字典に「通ジテ淫ニ作ル」。麟・竜馬共に想像上の動物。 一六 今度の魅惑の一件も、やっぱり。 一七 あなたの美男なのに。仁徳紀「美麗(かほよし)」。 一八 みだりに情交をした。允恭紀「同母ノ妹軽大郎皇女ヲ姧(はた)ケ給ヘリ」。 一九 執念なのだから。 二〇 大いに恐れながら。 二一 冠辞考「顕津御神にまして(現世なさって)、遙に人のたぐひならねば、遠つ神とは申す也」。 二二 皆々拝をなした。 二三 大和(おおやまと)神社。今は天理市朝和にあり古来の大社。金砂一「大和の神社と申すは、この国の地霊神の、山辺郡に鎮座ましますにも思ひより」。 二四 新撰姓氏録「当麻(たいま・たぎま)真人」。 二五 見送ってあげましょう。 二六 大和神社のある里。 二七 御世話の礼を言い。 二八 美濃産の絹。延喜式主計上、美濃国の調に

ふ翁なり。道の程《ほど》[二五]見たてゝまいらせん。いざ給へ」とて出(で)たてば、人〳〵後《あと》につきて歸り來る。明《あけ》の日大倭《やまと》[二六]の郷《さと》にいきて、翁が惠《めぐ》[二七]みを謝《かへ》し、且《かつ》美濃絹《みののぎぬ》[二八]三疋《むら》[二九]筑紫綿《つくしわた》[三〇]二屯《ふたつみ》[三一]を遺《おく》り來り、「猶此妖災《ものゝけ》[三二]の身禊《みそぎ》し給へ」とつゝしみて願ふ。翁これを納《をさ》めて、祝部《はふり》[三三]らにわかちあたへ、自《みづから》は一疋《むら》一屯《つみ》をもとゞめずして、豊雄にむかひ、「畜你《かれなんぢ》[三四]が秀麗《かほよき》に姧《たは》けて你を纏《まと》ふ。你又畜《かれ》が假《かり》の化《かたち》に魅《まど》はされて丈夫《ますらを》[三五]心なし。今より雄氣《をとこさび》[三六]してよく心を靜《しづ》[三七]まりまさば、此らの邪神《あしきかみ》を逐《やら》[三八]はんに翁が力《ちから》をもかり給はじ。ゆめ〳〵[三九]心を靜まりませ」とて実《まめ》[四〇]やかに覺《さと》しぬ。豊雄夢のさめたるこゝちに、禮言尽《いやことつき》[四一]ずして歸り來る。金忠にむかひて、「此年月畜《かれ》に魅《まど》はされしは己《おの》が心の正《たゞ》しからぬなりし。親兄の孝《つかへ》をもなさで、君が家の覊《ほだし》[四二]ならんは由縁《よし》なし。御惠《めぐみ》いとかたじけなけれど、又も參りなん」とて、紀の國に歸りける。

父母太郎夫婦、此恐しかりつる事を聞(き)て、いよゝ豊雄が過《あやまち》ならぬを憐《あはれ》み、かつは妖怪《ものゝけ》の執《しう》ねきを恐れける。「かくて鰥《やむを》[四三]にてあらするにこそ。妻《つま》むかへさせん」とてはかりける。芝《しば》[四四]の里に芝の庄司[四五]なるものあり。女子《むすめ》一人もてりしを、大内《おほうち》[四六]の釆女《うねめ》[四七]にまゐらせてありしが、此度いとま申(し)給はり、此豊雄を聟《むこ》[四八]がねにとて、媒氏《なかだち》[四九]をもて大宅《おほや》が許《もと》へいひ納《いる》る。よき事なりて卽因《やがてちな》[五〇]みをなしける。か

「白絹十疋、長絹百疋」などある。
二九 布帛の巻物を数える単位。物によって違う。延喜式主計上「絹絁・広絹並ビニ四丁ニ疋(むら)ヲ成シ、長絹・長幡部ノ絁並ビニ五丁ニ疋ヲ成ス」。三〇 九州産の綿。延喜式主計上に九州諸国の調庸に綿が上っている。万葉にも見える。
三一 綿をはかる単位。延喜式主計上に細屯の綿では三両一分二銖、綿では四両を一屯とする。中原職俊の官家不審問答「綿一屯 二斤をいふ也」。三二 物の怪を除くための御祓。
三三 神官。持統紀「祝部(はふり)等」。
三四 白娘子の「業畜」とあるを用いた。畜生。
三五 男らしい気象。万葉四「丈夫(ますらを)の思ひわびつゝ」(六四六)。三六 雄々しい気持を出して。万葉五「ますらをのをとこさびすと」(八〇四)。
三七 「を」がなくても意が通ずる所からして、この「を」を強調の間投助詞と見る。うわついた気持がなくなったなら。↓補注二二。三八 追いはらうに。古事記上「神夜良比爾夜良比賜フ也」。三九 努めて。四〇 親切に諭した。これで豊雄は風流心を捨てて、正心に帰るきざしを示す。四一 お礼の言葉をくりかえして。四二 厄介物になっているのはわけのたたない事だ。
四三 独身でおくからこんな事が起る。伊勢物語百十三「昔をとこ有りけり鰥にて居て」。和名抄「鰥夫 釈名ニ云フ無妻ヲ鰥ト曰フ、和名夜無乎」。四四 古の熊野道の宿駅。鍛冶屋川ののぞき橋があった。和歌山県西牟婁郡白浜町の中。
四五 庄園の事務をつかさどる者。四六 朝廷。
四七 地方の郡司や諸司の子女で美貌の者を後宮の下級女官としたもの。四八 聟の候補者。伊勢物語古意「聟がねはやがて聟になるべき儲なる人を云ふ」。四九 仲人。↓八七頁注三四。
五〇 婚約。↓八七頁注三八。

くて都へも迎《むかひ》の人を登《のぼ》せしかば、此采女富子《とみこ》なるものよろこびて歸り來る。年《とし》來《ごろ》の大宮仕《つか》へに馴《なれ》こしかば、萬《よろづ》の[一]行儀《ふるまひ》よりして、姿《かたち》なども花やぎ勝《まさ》りけり。豐雄こゝに迎へられて見るに、此富子《とみこ》がかたちいとよく[二]萬《よろづ》心に足《たら》ひぬるに、かの蛇《おろち》が懸想《けさう》せしことも[三]おろ〳〵おもひ出(づ)るなるべし。はじめの夜は事なければ書《かゝ》ず。二日の夜、よきほどの醉《ゑひ》ごゝちにて、「年來《としごろ》の[四]大内住《うちずみ》に、邊鄙《いなか》の人は[五]はたうるさくまさん。かの[六]御わたりにては、何の[七]中將宰相《さいしやう》の君などいふに[八]添《そひ》ぶし給ふらん。[九]今更にくゝこそおぼゆれ」など戲《たはむ》るゝに、富子《とみこ》[一〇]卽面《やがておもて》をあげて、「[一一]古き契《ちぎり》を忘《わす》れ給ひて、[一二]かくことなる事なき人を時めかし給ふこそ、[一三]こなたよりまして惡《にく》くあれ」といふは、姿《かたち》こそかはれ、正《まさ》しく眞女子《まなご》が聲《こゑ》なり。聞(く)に[一四]あさましう、[一五]身の毛《け》もたちて恐しく、只[一六]あきれまどふを、女打(ち)ゑみて、「吾君な怪《あや》しみ給ひそ。[一七]海に誓《ちか》ひ山に盟《ちか》ひし事を速《はや》くわすれ

一　行動も容姿も一段と華美であった。
二　諸事に満足したについて。
三　ぼつぼつ。富子の美しさに真女児を思い出すゆるんだ心理に乗じて、次に蛇の出現となる伏線。
四　内裏での生活。源氏、桐壺「うちずみのみこのましう覚え給ふ」。
五　やっぱりお嫌でしょう。
六　内裏では。
七　近衛府の次官と四位以上で、才幹あって政治の会議にあずかる参議(職原抄)。家柄の貴公子は早くこの官につく。
八　そい寝。同衾。
九　今更言っても仕方ないが、憎らしいよ。
一〇　すぐに。
一一　以前からの仲をお忘れになって。
一二　格別とりえのない人を御寵愛になるのは。源氏、夕顔「己がいとめでたしと見奉るをば尋ねも思ほさで、かくことなる事なき人をゐておはして、時めかし給ふこそいとめざましくつらけれ」。
一三　此方の方があなた以上に憎いですよ。真女児にはやはり洗練した物言いをさせてあることに注意。
一四　興ざめて。
一五　恐怖の甚だしい形容。
一六　大いにあきれる。
一七　堅く約束したこと。剪燈新話の翠々伝「海ニ誓ヒ山ニ盟ヒ、心已ニ許ス」。白娘子「我ト你ト情ハ太山ニ似、恩ハ東海ニ同ジ、誓ツテ生死ヲ同ジクセン」。

給ふとも、[一八]さるべき縁《ゑ》にしのあれば又もあひ見奉るものを、[一九]他《あだ》し人のいふことをまことしくおぼして、[二〇]强《あながち》に遠ざけ給はんには、恨《うら》み報《むく》ひなん。紀路《きぢ》の山〳〵さばかり高くとも、[二一]君が血《ち》をもて峯より谷に灌《そゝ》ぎくださん。

[二二]あたら御身をいたづらになし果《はて》給ひそ」といふに、只[二三]わなゝきにわなゝかれて、今やとらるべきこゝちに死(に)入(り)ける。屛風《びやうぶ》のうしろより、「[二四]吾君いかにむつかり給ふ。[二五]かうめでたき御契なるは」とて出(づ)るはまろやなり。見るに又[二六]膽《きも》を飛《とば》し、眼《まなこ》を閉《とぢ》て伏向《うつぶさ》に臥《ふ》す。[二七]和《なご》めつ驚《おど》しつかはる〴〵物うちいへど、只死(に)入(り)たるやうにて夜明(け)ぬ。

かくて閨《ねや》房を免《のが》れ出(で)て庄司にむかひ、「かう〳〵の恐しき事[二八]あなり。[二九]これいかにして放《さけ》なん。よく計《はか》り給へ」といふも、背《うしろ》にや聞(く)らんと聲を小《さゝ》やかにしてかたる。庄司も妻も面《おもて》を青《あを》くして歎《なげ》きまどひ、「こはいかにすべき。

一八　そうなる前世の縁のあったればこそ、こうしてまたお逢いできたのに。
一九　他人の言葉を本当に思われて。白娘子「如今卻ツテ別人間ノ言語ヲ信ジ、我ガ夫妻ヲシテ睦マザラシム」。
二〇　無理に私を離そうとなさるなら。
二一　白娘子「若シ外心ヲ生セバ你ヲシテ満城皆血水タラシメン。人人モ手シテ洪浪ヲ攀ヂ、脚シテ渾波ヲ踏ミ、皆非命ニ死セン」。
二二　惜しいお身体をむだ死になさらぬように。
二三　ふるいはとまらず、今にとり殺されるかと、気絶してしまった。
二四　旦那様。なんでそう気分をそこないなさるのですか。源氏、夕顔「わが君、生き出で給へ。いみじき目な見せ給ひそ」。この吾君を真女児とする説は既に豊雄が死に入っているからである。しかし次に胆を飛ばすは豊雄なので、「屛風のうしろ」の文章と「死に入りける」の間に時間の経過を見て、豊雄とする一般の説に従う。
二五　欽明紀「国家ノ新羅ノ任那ヲ滅スニ憤(むつか)リ給フヲ」。源語梯「むつかりたまふて　ムツカシガリテハラ立テルコトトミエタリ、日本紀ニ憤ヲムツカリト訓ズレバ、グド〳〵言フニモ、下ニウラメル意ヲ含メリ」。
二六　大いに驚くさま。
二七　機嫌をとったりおどしたりして。
二八　「あるなり」の略。
二九　この禍からどうしてのがれよう。

こゝに都の鞍馬寺《くらまでら》[一]の僧の、年〳〵熊野《くまの》[二]に詣づるが、きのふより此向岳《むかつを》[三]の蘭若《てら》[四]に宿りたり。いとも験《げん》[五]なる法師にて凡(そ)疫病《えやみ》[六]妖灾《もののけ》[七]蝗《いなむし》[八]などをもよく祈《いの》るよしにて、此郷《さと》の人は貴《たふと》[九]みあへり。[一〇]此法師請《むか》へてん」とて、あはたゝしく呼《よび》[一一]つげるに、漸《やゝ》して來りぬ。しか〳〵のよしを語《かた》れば、此法師鼻を高くして、「これらの蟲《まじ》[一二]物《もの》らを捉《とら》んは何の難《かた》き事にもあらじ。必(ず)静《しづ》まりおはせ」[一三]とやすげにいふに、人〳〵心落(ち)ゐぬ。法師まづ雄黄《ゆうわう》[一四]をもとめて藥の水を調《てう》[一五]じ、小瓶《こがめ》に堪《たゝ》へて、かの閨房《ねや》にむかふ。人〳〵驚隠《おぢかく》るゝを、法師嘲《あざみ》[一六]わらひて、「老(い)たるも童《わらは》も必(ず)そこにおはせ、此蚦《おろち》只今捉《とり》て見せ奉らん」とてすゝみゆく。閨房の戸あくるを遅《おそ》しと、かの蛇頭《おろちかしら》をさし出(だ)して法師にむかふ。此頭何[一七]ばかりの物ぞ。此戸口に充満《みちく》て、雪を積《つみ》たるよりも白く輝《きら》[一八]〳〵しく、眼《まなこ》は鏡《かゞみ》の如く、角《つの》は枯木《かれき》の如《ごと》、三尺《たけ》餘りの口を開《ひら》き、紅《くれなゐ》の舌《した》を吐《はい》て、只一呑《のみ》[一九]に飲《のむ》らん勢《いきほ》ひをなす。「あ[二〇]なや」と叫《さけ》びて、手にするゐし小瓶《こがめ》をもそこに打(ち)すてゝ、たつ[二一]足もなく、展《こい》[二二]轉《まろ》びは倒《たを》れて、からうじてのがれ來り、人〳〵にむかひ、「あな恐し。祟《たゝ》[二三]ります御神にてましますものを、など法師らが祈《いのり》奉らん。此[二四]手足なくば、はた[二五]命失《うし》なひてん」といふ〳〵絶入《たえ》[二六](り)ぬ。人〳〵扶《たす》け起《おこ》すれど、すべて面《おもて》も肌《はだへ》も黒《くろ》く赤《あか》く染《そめ》なしたるが如《ごと》に、熱《あつ》き事焚火《たきび》に手[二七]さすらんにひとし。毒氣《あしきいき》[二八]にあたりた

一　京都市左京区鞍馬にある天台宗の名刹。正しくは松尾山金剛寿命院。この一条は安珍清姫の道成寺伝説と、源氏、若紫の北山を鞍馬寺とする古注から得た。
二　熊野三山へ参詣。→九九頁注四五。
三　向いの山。万葉七「向岡《むかつを》の若楓」(一三五九)。
四　阿蘭若の略で、静かに人里を離れた所の意から寺院をさす(釈氏要覧)。
五　加持祈禱の上手な法師。
六　流行病。和名抄「疫　音役、衣夜美、度岐乃介ト云フ、民ノ皆病ム也」。
七　死霊・生霊その他の精の人についてたたりをするもの一般。これを祈りおとすのである。
八　稲の害虫。その退散をも祈禱すること。通俗女仙伝五に蝗・蝗虫共に「いなむし」とよむ。
九　皆尊敬している。
一〇　この法師を呼んで頼みましょう。
一一　連絡してまねくと。
一二　大祓の祝詞「蠱物為罪《まじものせるつみ》」。諸説あるが、ここは人を惑わすつきものと解しておく。
一三　気易そうにいうので、人々は安心した。
一四　本草綱目の雄黄の主治の条に「精物・悪鬼ノ邪気・百虫ノ毒ヲ殺ス(中略)諸蛇虺ノ毒ヲ殺ス」。白娘子「那ノ先生一瓶ノ雄黄ノ薬水ヲ装丁シ」。　一五　調合し。　一六　あざ笑って。　一七　まあ、どれ位あったと思いますか。　一八　きらきら光って。　一九　あわや一口に呑もうとする様子である。　二〇　伊勢物語古意により前出。→九四頁注一三。　二一　腰がぬけたこと。　二二　補正「こけまろびと云ふに同じくこいまろぶと云ふ也(中略)展転反側の語こひまろひとよむべし」。
二三　おたたりなさる神であられるのに。
二四　白娘子「若シ這ノ双脚ヲ生ゼズンバ、性命ヲ連ネテ都ベテ没了セン」。　二五　きっと。

ると見えて、後《のち》は只眼《め》のみはたらきて物いひたげなれど、聲[二九]さへなさでぞある。水灌《そゝ》ぎなどすれど、つひに死《しに》ける。これを見る人いよゝ魂《たましひ》も身に添(は)ぬ思ひして泣惑《なきまど》ふ。豊雄すこし心[三〇]を収《をさ》めて、「かく験《げん》なる法師だも祈(り)得ず。執《しう》[三一]ねく我を纏《まと》ふものから、天地《あめつち》[三二]のあひだにあらんかぎりは探《さが》し得られなん。おの[三三]が命ひとつに人〳〵を苦しむるは実《まめ》[三四]ならず。今[三五]は人をもかたらはじ。やすくおぼせ」とて閨房《ねや》にゆくを、庄司の人〳〵「こは物に狂ひ給ふか」といへど、更に聞(か)ず顔にかしこにゆく。戸を静に明(く)れば、物[三六]の騒《さわ》がしき音《おと》もなくて、此二人ぞむかひゐたる。富子《とみこ》豊雄にむかひて、「君何の讐《あた》に我を捉《とら》へんとて人をかたらひ給ふ。此後も仇《あた》[三七]をもて報《むく》ひ給はゞ、君が御身のみにあらじ。此郷《さと》の人〳〵をもすべて苦しきめ見せなん。ひたすら吾貞操《みさを》[三八]をうれしとおぼして、徒《あだ》[三九]〳〵しき御《み》心をなおぼしそ」と、いとけさうじ[四〇]ていふぞうたてかりき。豊雄いふは、「世の諺《ことわざ》にも聞(ゆ)ることあり。「人[四一]かならず虎《とら》を害《がゐ》する心なけれども、虎反《かへ》りて人を傷《やぶ》る意《こゝろ》あり」とや。你《なんぢ》人ならぬ心より、我を纏《まと》ふて幾度かから[四二]きめを見するさへあるに、か[四三]りそめ言《こと》をだにも此[四四]恐しき報《むく》ひをなんいふは、いと[四五]むくつけなり。されど吾を慕《した》ふ心は[四六]はた世人にもかはらざれば、こゝ[四七]にありて人〳〵の歎《なげ》き給はんがいたはし。此富子《とみこ》が命ひとつたすけよかし。然《さて》[四八]我をいづ

二六　気絶した。　二七　手をかざすと同じ。　二八　仁徳紀「蛇ノ毒(あしきいき)」。　二九　声にさえなって出ない。　三〇　気を落ち着けて。豊雄はここに至って、酒人の教の如く、雄々しい丈夫心を持つにいたったのが次の言葉でわかる。

三一　執念深く私につきまとう以上は。

三二　この世に生きている限りは。

三三　自分の一命を惜しむために。　三四　誠実。

三五　もう人に相談いたしません。覚悟しました、気を安んじて下さい。

三六　この部屋は、外の騒ぎに引きかえ静かで、富子(真女児)と豊雄が対座した。

三七　敵意をもって、私の仕打に対されるのでしたら。白娘子「你若シ我ガ好意ニ和セバ、仏眼モテ相看ラン、若シ好マザル時ハ一城ノ百姓ヲ帯累シテ苦ヲ受ケ、都ベテ非命ニ死ナセン」。

三八　雨夜物語たみことば「古書にはみえぬことば也、後拾遺集に、匡衡卿の歌に、衣をかくる竿によせたるによれば、女の心ざし、竿のごとくなほくして、たわまぬにたとふるか、又志のかはらぬを、ときはの色の真青にていふ歟」。

三九　浮気なお心をおこさないで下さい。

四〇　嬌態していうのが気持が悪い。伊勢物語三「けさうじける女の許に」(古意による)。「ぞ」の結びが終止形となっている。

四一　白娘子「人ニ虎ヲ害スル心無クトモ、虎ニ人ヲ傷フノ心有リ」。　四二　ひどい目にあわす。

四三　つい一寸した言葉にさえも。「を」は「に」に通じる。　四四　こんな聞くも悲しい報いのことをいうのは。　四五　気味が悪い。おそろしい。

四六　やっぱり一般の人に変らないから、その思慕に応じよう。　四七　この家にいて、人々を歎かすのは気の毒だ。豊雄の犠牲的精神で、末の豊雄が生き、富子が死ぬ伏線。　四八　その上で。

くにも連《つれ》ゆけ」といへば、いと喜《うれ》しげに點頭《うなづき》をる。

又立(ち)出(で)て庄司にむかひ、「かう[一]淺ましきもの丶添(ひ)てあれば、こ丶にありて人〳〵を苦しめ奉らんはいと[二]心なきことなり。只今暇《いとま》給はらば、娘子《をとめ》の命も恙《つゝが》なくおはすべし」といふを、庄司[三]更《さら》に肯《うけ》ず。「[四]我弓の本末《もとすゑ》をもしりながら、かくいひがひなからんは大宅《おほや》の人〳〵のおぼす心もはづかし。猶計《はか》較《り》なん。[五]小松原の[六]道成寺に[七]法海和尚《ほふかいおしやう》とて貴《たふ》とき[八]祈《いのり》の師おはす。今は[九]老《おひ》て室《むろ》の外《と》にも出(で)ずと聞《きけ》ど、我(が)爲には[一〇]いかにも〳〵捨(て)給はじ」とて、馬にていそぎ出(で)たちぬ。道遙《はるか》なれば夜なかばかりに蘭若《てら》に到《いた》る。老《らう》和尚[一一]眠藏《めんざう》をゐざり出(で)て、此物がたりを聞(き)て、「そは淺ましくおぼすべし。今は[一二]老朽《おいくち》て驗《げん》あるべくもおぼえ侍らねど、君が家の[一三]灾《わざは》ひを默《もだ》[一四]してやあらん。[一五]まづおはせ。法師も卽詣《やがてまうで》なん」とて、[一六]芥子《けし》の香《か》にしみたる[一七]袈裟《けさ》とり出(で)て、庄司にあたへ、「[一八]畜《かれ》をやすくすかしよせて、これをもて頭《かしら》に打(ち)帔《かづ》け、力《ちから》を出して押(し)ふせ給へ。手弱《たよは》くあらばおそらくは迯《にげ》さらん。よく[一九]念《ねん》じてよくなし給へ」と実《まめ》やかに敎《をし》ふ。庄司[二〇]よろこぼひつ丶馬を飛(ば)してかへりぬ。豊雄を密《ひそか》に招《まね》きて、「此事よくしてよ」とて袈裟《けさ》をあたふ。豊雄これを懐《ふところ》に隱《かく》して閨房《ねや》にいき、「庄司今はいとま[二一]たびぬ。[二二]いざたまへ出(で)立(ち)なん」といふ。いと喜《うれ》しげ

一　いまいましい物がついていますから。
二　思慮のない。
三　一向承知しない。
四　武芸の心得もありながら。↓八八頁注一三。
五　和歌山県御坊市湯川町小松原。謡曲の道成寺「煙みちくる小松原、急ぐ心かまだ暮れぬ日高の寺に著きにけり」。
六　御坊市にある天台宗の名刹。安珍清姫の伝説で有名。
七　白娘子の法海禅師の名を用い、源氏、若紫の北山の聖の面影を与えてある。
八　御祈禱僧。
九　源氏、若紫「老いかがまりて室の外だもまかでず」。
一〇　どのようにしても、ほっておきはなさるまい。
一一　寺の寝室。
一二　源氏、若紫「いまはこの世の事を思ひ給へねば、験方のおこなひもすて忘れて侍るを」による。
一三　欽明紀「灾(わざはひ)」。
一四　だまっているわけにもゆきません。
一五　まあ、先にお帰りなさい。私もすぐに参上いたします。
一六　祈禱の護摩壇にたく芥子の匂のしみこんだ袈裟。護摩の時の芥子の香は諸仏や一切諸忿怒尊を供養し、また嗔恚・煩悩や一切の罪業が消滅する功徳があるとする(古事類苑所収護摩記)。
一七　僧侶が衣の上にかける長方形の布。五種の功徳があるといわれる(釈氏要覧)。
一八　うまくだましよせて。
一九　しっかりこらえて。
二〇　よろこびつつ。伊勢物語十四「よろこぼひて思ひけらしとぞ」。伊勢物語古意「よろこぼ

にてあるを、此袈裟とり出(で)てはやく打(ち)帔《かつ》け、[二三]力をきはめて押(し)ふせぬれば、「あな苦し。[二四]你何とてかく情なきぞ。しばしこゝ放《ゆる》せよかし」といへど、猶力にまかせて押(し)ふせぬ。法海和尚の輿《こし》[二五]やがて入(り)來る。庄司の人〴〵に扶《たす》けられてこゝにいたり給ひ、口のうちつ[二六]ぶ〳〵と念《ねん》じ給ひつゝ、豊雄を退《しりぞ》けて、かの袈裟《けさ》とりて見給へば、富子は現《うつゝ》[二七]なく伏《ふし》たる上に、白き蛇《おろち》の三尺《たけ》[二八]あまりなる蟠《わたかま》りて動《うごき》だもせずてぞある。老和尚これを捉《とら》へて、徒弟《とてい》が捧《さゝげ》たる鉄《てつ》[二九]鉢《はち》に納《いれ》給ふ。猶念《ねん》じ給へば、屛風《びやうぶ》の背《うしろ》より、尺《たけ》ばかりの小蛇《こへび》はひ出(づ)るを、是をも捉《とり》て鉢に納《いれ》給ひ、かの袈裟《けさ》をもてよく封《ふう》[三〇]じ給ひ、そがまゝに輿《こし》に乗《のら》せ給へば、人〴〵掌《て》をあはせ涙を流して敬《うや》まひ奉る。蘭若《てら》に歸り給ひて、堂の前を深く堀《ほら》[三一]せて、鉢のまゝに埋《うめ》させ、永劫《えうごう》[三二]があひだ世に出ることを戒《いま》しめ給ふ。今猶蛇《おろち》[三三]が塚《つか》ありとかや。庄司が女子《むすめ》はつひに病にそみてむなしくなりぬ。豊雄は命恙《つゝが》なしとなんかたりつたへける

雨月物語四之巻終

ひはよろこびを述べて云ふのみ」。
二一 賜わった。
二二 さあ、おいでなさい。
二三 力の限り。ここに至って豊雄の性格は、その初めと全く変って、丈夫心の持主となった。この変化を所々で示した如く秋成は物語っている。
二四 白娘子「好シ一些児ノ人情ナシ、略放一放セヨ」。真女児もここに至っては社交的言辞をすてている。
二五 牛車の屋形の部分に轅をつけたごとき乗物で、肩にかいてはこぶ。高貴や高僧などの外出に用いる。
二六 つぶやくように呪文を念誦されながら。
二七 正体なく。
二八 白娘子「原形ニ復了シテ、三尺ノ長キ一条ノ白蛇ニ変了ス」。
二九 鉄製の鉢。仏家の食器。
三〇 通力でとじ込めてしまわれて。
三一 底本のまま。「掘」が正しい。
三二 永遠。劫は仏説で甚だ長い時間をあらわす単位。
三三 紀伊国名所図会の道成寺の条に「清姫塚、寺より一丁許にあり、土俗蛇塚(じやづか)といふ」。

雨《う》月《げつ》物《もの》語《がたり》　巻之五

青《あを》頭《づ》巾《きん》

むかし[一]快庵禪師《くはいあんぜんじ》といふ[二]大徳《とこ》の聖《ひじり》おはしましけり。[三]総角《わかき》より[四]教外《きやうぐはい》の旨《むね》をあきらめ給ひて、常に身を[五]雲水にまかせたまふ。美濃の國の[六]龍泰寺《りやうたいじ》に[七]一夏《いちげ》を満《みた》しめ、此秋は[八]奥羽《おうう》のかたに住(む)とて、旅立(ち)給ふ。ゆき〳〵て[九]下野の國に入(り)給ふ。

[一〇]冨田といふ里にて日入(り)[一一]はてぬれば、大きなる家の賑《にぎ》[一二]はゝしげなるに立(ち)よりて[一三]一宿《ひとよ》をもとめ給ふに、田畑《たばた》よりかへる男等《ら》、黄昏《たそかれ》にこの僧の立(て)るを見て、大きに怕《おそ》れたるさまして、「山の鬼こそ來りたれ。人みな出(で)よ」と呼(び)[一四]のゝじる。家の内にも騒《さは》ぎたち、女童《わらべ》は泣(き)さけび展轉《こいまろ》[一五]びて隈《くま》[一六]〳〵に竄《かく》る。あるじ[一七]山枴《おほこ》をとりて走り出(で)、外《と》の方を見るに、年紀《としのころ》[一八]五旬《いそじ》にちかき老僧の、頭《かしら》に紺染《あをぞめ》の[一九]巾《(きん)》を帔《かづ》き、身に[二〇]墨衣の破《やれ》たるを穿《き》[二一]て、[二二]裹《つゝみ》たる物を背《せ》におひ

一　妙慶。曹洞宗の高僧。美濃の竜泰寺に華叟正蕚につき、後に越後に行き、下野大平山大中寺の開山となる。明応二年(一四九三)没、七十二歳(大中寺縁起・日本洞上聯燈録)。
二　徳の高い僧。↓八二頁注一四。
三　総角(あげまき)は幼児の結髪の風。意によって「わかき」と訓む。
四　教外別伝の教旨。禅宗の要諦。
五　修行遍歴の旅を事とした。
六　美濃国(岐阜県)、美濃市にある祥雲山竜泰寺。快庵の師の住院。
七　四月十六日から七月十五日まで夏九十日間の修行即ち夏安居(げあんご)を終了して。
八　東北地方に滞在しようというので。
九　栃木県。
一〇　栃木県下都賀郡大平村富田(とんだ)。
一一　とっぷり暮れてしまった。
一二　豊かそうな。源氏、帚木「すべてにぎはゝしきによるべきなり」。
一三　一夜の宿を頼まれたところ。
一四　大声で呼ぶ。
一五　ころげて。↓一一八頁注二二。
一六　入り込んだ所。
一七　先のとがったにない棒(和漢三才図会)。水滸伝(訓訳本)五回「那ノ老人年ハ六旬ノ上ニ近ク、一条ノ頭ヲ過グル拄杖ヲ拄ゲ、走ツテ門前ニ到ル」。
一八　五十歳。
一九　曹洞宗の僧の頭にかぶるもので、形は衣の袖に似る。頭巾(ときん)という(禅林象器箋)。一篇の題名となるものを、何げなく点出する。
二〇　墨染の衣。僧衣。
二一　着る。繁野話第八篇「穿(左訓キル)」。
二二　旅行用の青い布袱でつつんだ物。袱子、俗に油単という(禅林象器箋)。

たるが、杖《つゑ》をもてさしまねき、「[二三]檀越《だんをつ》なに事にてか[二四]ばかり備《そな》へ給ふや。[二五]遍參《へんさん》の僧今夜ばかりの宿をかり奉らんとてこゝに人を[二六]待(ち)しに、[二七]おもひきやかく異《あや》しめられんとは。瘦《やせ》法師の强盜《がうどう》などなすべきにもあらぬを、なあやしみ給ひそ」といふ。[二八]莊主《あるじ》枴《おほこ》を捨(て)て手を拍《うつ》て笑ひ、「渠等《かれら》が愚《おろか》なる眼より客僧を驚《おど》しまいらせぬ。一宿《ひとよ》を[二九]供養《くやう》して罪《つみ》を贖《あがな》ひたてまつらん」と、禮《いや》まひて奥の方に迎へ、こゝろよく食をもすゝめて饗《もてな》しけり。

莊主《あるじ》かたりていふ。「さきに[三〇]下等《しづら》が御僧を見て鬼來りしとおそれしもさるいはれの侍るなり。こゝに希有《けう》の物がたりの侍る。[三一]妖言《およつれごと》ながら人にもつたへ給へかし。此里の上の山に[三二]一宇の蘭若《てら》の侍《はべ》る。故《もと》は[三三]小山《をやま》氏の[三四]菩提院《ぼだいゐん》にて、代《よ》ゝ大德《とこ》の住(み)給ふなり。今の[三五]阿闍梨《あじやり》は[三六]何某《なにがし》殿の猶子《ゆうじ》にて、ことに篤學修行《とくがくしゆぎやう》の[三七]聞えめでたく、此國の人は[三八]香燭《かうしよく》をはこびて[三九]歸依《きえ》したてまつる。我(が)莊《いへ》にもしば〳〵詣(で)給ふて、[四〇]いともうらなく仕《つか》へしが、去年《こぞ》の春にてありける。[四一]越《こし》の國へ[四二]水《くはん》丁《でう》の[四三]戒師《かいし》にむかへられ給ひて、百日あまり逗《とゞ》まり給ふが、他國《かの》より十二三歳なる[四四]童兒《わらは》を倶《ぐ》してかへり給ひ、起臥《おきふし》の扶《たすけ》とせらる。かの童兒《わらは》が容《かたち》の秀麗《みやびやか》なるをふかく愛《めで》させたま[四五]ふて、[四六]年來《としごろ》の事どもゝいつとなく怠《をこた》りがちに見え給ふ。さるに茲年《ことし》四月《うづき》の比、かの童兒《わらは》[四七]かりそめの病に臥《ふし》けるが、日を經《へ》ておもくなやみける

二三　施主又は寺の檀那(旦那)。正しくは「ダンヲチ」「ダンヲツ」。ここは一宿を乞う家の主人を呼びかけた語。水滸伝六回「施主檀越ノ面ヲ看ル」。　二四　こんなに厳重に用心をなさるのか。
二五　諸刹を遍歴参詣する僧。
二六　人の出てくるのを。　二七　思いもかけません。
二八　水滸伝三回に「莊主(しゆじん)」。
二九　おもてなしして。僧に対する故にこの文字を用いた。礼まひて→六七頁注二五。
三〇　下賤な連中。百姓達。源氏、夕顔「あやしきしづのをの声々」。
三一　あやしい話。天武紀「妖言(およつれごと)」。
三二　一構えの寺。蘭若→一一八頁注四。
三三　東国の名門。下野国誌所収の大中寺縁起に、同寺は小山成長が施主として創建したものとある。それを「故」(元来の意)と作りかえた。
三四　旦那寺。　三五　もと弟子を糾正するの意。日本では僧位の一。ここは住職をさす。
三六　相当な人の兄弟の子で。書言故事大全「姪ヲ猶子ト曰フ記(檀弓上篇)ニ兄弟ノ子ハ猶、子ノゴトキ也」。　三七　評判がよくて。
三八　英草紙第三篇「香燭料(たきものらうそく)」。
三九　信仰した。　四〇　うちとけて交際していたが。源氏、帚木「例のうらなき物から」。
四一　北陸方面を広くさす。大中寺縁起に快庵が一度越後顕聖寺にいた後、この寺を創めたとあるによる。
四二　灌頂。仏縁を結ぶとき香水を頂に灌ぐ式。真言宗で行い、結縁・伝法・授職のときにする。
四三　戒をさずける師僧。
四四　召使の童。
四五　「たまうて」とあるべき所。
四六　年来仏事に専念したこと。
四七　ついちょっとした病気で。

一 国衙(国司の役所)のある土地。
二 官医。「おもだゝしき」は、れっきとした。
三 大切なものを失ったたとえ。插頭は冠や髪にさすこと。以下死屍を愛する状は艶道通鑑四の「大江定基の段」(原話は宇治拾遺物語)による。↓補注三六。
四 火葬も土葬もしないで。
五 繁野話第八篇「瞼《かほ》」。字典「頬也」。
六 当然の帰結として。
七 忠義水滸伝解「連忙　アハテルコト」。
八 ひどく驚かして。
九 墓の屍を食うことは新著聞集十「僧尸肉を啖ふ」や怪談実録(明和三)一「人の肉を食ひし僧」など先行書に見える。
一〇 伊勢物語・今昔物語・日本霊異記など。
一一 この已然形は下に「ども」の気持をもって切れる。その気持を次の「されど」で示してある。↓補注七。
一二 「制」のあて字。やめさせることが出来ない。
一三 暮六つ(日没時)を時限として。
一四 あまねく一国中へ。

を痛《いた》みかなしませ給ふて、[一]國府《こうふ》の[二]典藥《てんやく》のおもだゝしきまで迎《むか》へ給へども、其しるしもなく終《つひ》にむなしくなりぬ。[三]ふところの璧《たま》をうばはれ、挿頭《かざし》の花を嵐にさそはれしおもひ、泣(く)に涙なく、叫《さけ》ぶに聲なく、あまりに歎《なげ》かせたまふまゝに、[四]火に燒《やき》、土に葬《はうむ》る事をもせで、[五]瞼《かほ》に瞼をもたせ、手に手をとりくみて日を經《へ》給ふが、終《つひ》に心神《こゝろ》みだれ、生《いき》てありし日に違《たが》はず戯《たはふ》れつゝも、其肉《にく》の腐《くさ》り爛《たゞる》るを吝《をし》みて、肉を吸骨《すひほね》を嘗《なめ》て、[六]はた喫《くら》ひつくしぬ。寺中の人ゝ、「院主《じゆ》こそ鬼になり給ひつれ」と、[七]連忙迯《あはたゝしくにげ》さりぬるのちは、夜《よな》〳〵里に下りて人を[八]驚殺《おど》し、或は[九]墓《はか》をあばきて腥《なま》〳〵しき屍《かばね》を喫《くら》ふありさま、実《まこと》に鬼といふものは[一〇]昔物がたりには聞(き)もしつれど、現《うつゝ》にかくなり給ふを見て[一一]侍れ。されどいかゞしてこれを[一二]征《せい》し得ん。只戸《いへ》ごとに[一三]暮をかぎりて堅《かた》く關《とざ》してあれば、近曾《このごろ》は[一四]國中《くになか》へも聞えて、人の往來《いきき》さへなくなり侍るなり。さるゆゑのありてこ

そ客僧《きやくそう》をも[一五]過《あやま》りつるなり」とかたる。快庵《くはいあん》この物がたりを聞(か)せ給ふて、「世には不可思議《かしぎ》の事もあるものかな。凡《およそ》人とうまれて、佛菩薩の教《をしへ》の廣大なるをもしらず、愚《おろか》なるまゝ、[一六]慳《かだま》しきまゝに世を終《をは》るものは、其愛慾邪念《あいよくじやねん》の[一七]業障《ごうしやう》に[一八]攬《ひか》れて、或は[一九]故《もと》の形《かたち》をあらはして[二〇]恚《いかり》を報《むく》ひ、或は鬼となり[二一]蟒《みづち》となりて祟《たゝ》りをなすためし、往古《いにしへ》より今にいたるまで筭《かぞ》ふるに[二二]尽《つき》しがたし。又人活《いき》ながらにして鬼に化《け》するもあり。[二三]楚王《そわう》の宮人は蛇《をろち》となり、王舎《わうがん》が母は[二四]夜《や》叉《しや》となり、呉生《ごせい》が妻は蛾《が》となる。又いにしへある[二五]僧[二六]卑《あや》しき家に旅寝《たびね》せしに、其夜雨風はげしく、燈《ともし》さへなき[二七]わびしさにいも寝られぬを、夜ふけて羊《ひつじ》の鳴《なく》こゑの聞えけるが、頃刻《しばらく》して僧のねふりをうかゞひてしきりに[二八]齅《かぐ》ものあり、僧異《あや》しと見て、[二九]枕におきたる[三〇]禪杖《ぜんじやう》をもてつよく撃《うち》ければ、大きに叫《さけ》んでそこにたをる。この音に主《あるじ》の嫗《うば》なるもの燈《あかし》を照《てら》し來るに見れば、若き女の打(ち)たをれてぞあ

一五　見間違ったのです。「こそ」の結びが終止形になっている。
一六　ねじけた心。↓四四頁注一九。
一七　成仏をさまたげる悪業。
一八　擥に同じ。字典「取也」。
一九　本来の動物の形。
二〇　字典「恨怒也」。
二一　↓八六頁注一三。
二二　振仮名「つく」の誤り。
二三　五雑組五「化シテ狼ト為ル者ハ太原ノ王含ガ母也。化シテ夜叉ト為ル者ハ呉生ガ妾劉氏也。化シテ蛾ト為ル者ハ楚ノ荘王ノ宮人也。化シテ蛇ト為ル者ハ李勢ガ宮人也」とあるを、人と事実を一つずつ組み違えて書いたのである。
二四　正しくは夜叉。印度から伝わる鬼神。
二五　五雑組五「黔筑ニ鬼ニ変ズル人有リ。能ク人ヲ魅シテ死ニ至ラシム。遊僧アリ山寺ノ中ニ至リ、数人ト与ニ宿ス。夜深ケテ羊ノ声ヲ聞ク。頃アツテ便チ室ニ入リ睡ル者ニ就キテ連リニ之ヲ齅ク。僧覚メテ禅杖ヲ以テ痛ク之ヲ撃ツ。地ニ踣ル乃チ一裸体ノ婦人也。将ニ以テ官ニ送ラントス。其ノ家人奔リ至ツテ羅拝シテ命ヲ乞フ。遂ニ之ヲ舎(ゆる)ス。他日僧出デテ、土官方ニ人ヲ執ヘテ生キナガラ之ヲ瘞ムヲ見テ、其ノ従者ニ問フ、曰ク鬼ニ変ズル人ヲ捉ヘ得タル也ト」。
二六　下賤な家に、旅のやどりを取ったのに。
二七　心淋しくて寝ても寝られなかったが。「い」は寝。万葉十五「夜をながみいの寝らえぬに」(三六八〇)。
二八　正しくは齅。字典「鼻ヲ以テ臭ニ就ク也」。
二九　枕もとにおいた。
三〇　竹葦をもって作り、一方の頭をつつむ。坐禅の時に昏睡すれば、これで打つ具(釈氏要覧)。

りける。嫗泣《うばなく》〳〵[一]命を乞《こふ》。[二]いかゞせん。捨(て)て其家を出(で)しが、其のち又た[三]よりにつきて其里を過(ぎ)しに、田中に人多く集《つど》ひてものを見る。僧も立(ち)よりて「何なるぞ」と尋ねしに、里人いふ。「鬼《おに》に化《け》したる女を捉《とら》へて、今土に[四]瘞《うづ》むなり」とかたりしとなり。されどこれらは皆女子《をんなご》にて男たるものゝかゝるためしを聞(か)ず。凡(そ)女の性《さが》の慳《かだま》しきには、さる淺ましき鬼《もの》にも化するなり。又男子《なんし》にも[五]隋《ずい》の煬帝《やうだい》の臣家《しんか》に[六]麻叔謀《ましゆくばう》といふもの、小兒《せうに》の肉を嗜好《このみ》て、潛《ひそか》に民の小兒を偸《ぬす》み、これを蒸《むし》て喫《くら》ひしもあなれど、是は[七]淺ましき[八]夷《あびす》心にて、主《あるじ》のかたり給ふとは異《こと》なり。さるにてもかの僧の鬼になりつるこそ、過去《くはこ》の因縁《いんえん》にてぞあらめ。そも平生《つね》の[九]行徳《ぎやうとく》のかしこかりしは、佛につかふる事に志誠《まごゝろ》を尽《つく》せしなれば、其童兒《わらは》をやしなは[一〇]ざらましかば、あはれよき法師なるべきものを。一たび愛慾《あいよく》の迷路《めいろ》に入(り)て、[一一]無明《むめう》の業火《ごうくは》の熾《さかん》なるより鬼と化したるも、ひとへに[一二]直《なほ》くたくましき性《さが》のなす所なるぞかし。「[一三]心放《ゆる》せば妖魔《ようま》となり、[一四]收《をさ》むる則《とき》は仏果《ふつくは》を得る」とは、此法師が[一五]ためしなりける。[一六]老衲《らうのう》もしこの鬼を[一七]教化《きやうげ》して[一八]本《も》源《と》の心にかへらしめなば、[一九]こよひの饗《あるじ》の報《むく》ひともなりなんかし」と、たふときこゝろざしを發《おこ》し給ふ。莊主頭《あるじかうべ》を疊《たゝみ》に摺《すり》て、「御僧この事をなし給はゞ、此國の人は[二〇]淨土にうまれ出(で)たるがごとし」と、涙を流してよろこびけり。山里

一 命ばかりは助けてくれと願う。
二 どうも仕方がない。殺しも出来ず。
三 ついでがあって。
四 底本「瘞」。意によって改。字典「埋也」。「牲ヲ埋メルヲ瘞ト曰フ」。
五 中国の国号(五八一―六一八)。煬帝はその二世皇帝。
六 五雑組五「隋ノ麻叔謀・朱粲嘗テ小児ヲ蒸シテ以テ勝トス。五代ノ萇従簡好ンデ人肉ヲ食ス。至ル所多クハ潜ンデ民間ノ小児ヲ捕ヘテ以テ食ト為ス」。隋煬帝艶史にも見える。
七 源語梯「俗ニケウノサムル、ケウガルコトナド云フ意ナリ、何ニテモ甚シキヲ云フ」。
八 野蛮な心。伊勢物語十五「さるさがなきえびす心を見ては」。
九 修行し徳をつむことにまじめであったのは。
一〇 養わなかったならば、ほんとに立派な僧になる筈だったのに。惜しいことであった。
一一 煩悩に迷って悪業を作ること、さながら自身を火で焼く如くであるからいう。
一二 一本気で強気な性質。以下は胆大小心録一六一「一文不知の僧と剛毅木訥の民とには、必ず無の見成就の人あり」というと同じ見解。
一三 摩訶止観八下などに見える魔界即仏界で、「魔ハ是レ悪縁ノ感ズル所、善ハ是レ心力ノ致ス所」と同じ思想であるが、出典未詳。
一四 心を正しきに集中したならば仏となり得る。
一五 よい例。 一六 底本「老納」。意によって改。僧の自称。衲はぼろの衣の意。
一七 教誨勧化して、善に導く意の仏教語。
一八 善なるべき本来の精神。
一九 今夜のおもてなしの御礼。 二〇 極楽。
二一 寺でふきならす貝や鐘。近くに立派な寺もない意。 二二 荘主をさす。「入りぬ」の下の句

のやどり[二一]貝鐘《かひがね》も聞えず、廿日あまりの月も出(で)て、古戸の間《すき》に洩《もり》たるに、夜の深きをもしりて、「いざ休ませ給へ」とて[二二]おのれも臥戸《ふしど》に入りぬ。

山院[二三]人とゞまらねば、[二四]樓門《ろうもん》は荊棘《うばら》おひかゝり、[二五]經閣《きやうかく》もむなしく[二六]苔蒸《こけむし》ぬ。蜘網《くもあみ》をむすびて諸佛を繫《つな》ぎ、[二七]燕子《つばくら》の糞《くそ》[二八]護摩《ごま》の牀《ゆか》をうづみ、[二九]方丈廊房《はうじやうらうばう》すべて物すざましく荒(れ)はてぬ。[三〇]日の影申《さる》にかたふく比、快庵禪師寺に入(り)て[三一]錫《しやく》を鳴《なら》し給ひ、「遍參《へんさん》の僧今夜《こよひ》ばかりの宿をかし給へ」と、あまたたび叫《よべ》ども[三二]さらに應《こたへ》なし。[三三]眠藏《めんざう》より瘦槁《やせがれ》たる僧の[三四]漸《よは》〱とあゆみ出(で)、[三五]咳《からび》たる聲して、「御僧は何地へ通るとてこゝに來るや。此寺はさる由緣《ゆゑ》ありてかく荒《あれ》はて、人も住(ま)ぬ[三六]野らとなりしかば、一粒《りう》の[三七]齋糧《ときりやう》もなく、一宿《ひとよ》をかすべき[三八]はかりこともなし。はやく里に出(で)よ」といふ。禪師いふ。「これは美濃の國を出(で)て、みちの奥《く》へ[三九]いぬる旅なるが、この麓《ふもと》の里を過(ぐ)るに、[四〇]山の靈《かたち》水の流のおもしろさにおもはずもこゝにまうづ。[四一]日も斜《なゝめ》なれば里にくだらんもはるけし。[四二]ひたすら一《ひと》宿《よ》をかし給へ」。あるじの僧云(ふ)。「かく野らなる所はよからぬ事も[四三]あなり。強《しひ》てとゞめがたし。強《しひ》てゆけとにもあらず。僧のこゝろにまかせよ」とて復《ふたゝ》び物をもいはず。こなたよりも一言《こと》を問はで、あるじのかたはらに座をしむる。看《みる》〱日は入(り)果(て)て、[四四]宵闇《よひやみ》の夜のいとくらきに、[四五]燈《ひ》を點《あげ》ざればまのあた

点は補。 二三 人々が住んでいないので。
二四 楼になった寺の門。水滸伝(訓訳本)六回瓦鑵寺の荒廃を述べて「山門尽シテ蒼苔ヲ長ジ、経閣都ベテ碧蘚ヲ生ズ。(中略)観世音ハ荊棘ヲ身ニ纏ヒ、(中略)帝釈ハ欹斜シテ口内ニ蜘蛛網ヲ結ブ」。 二五 経典をおさめる楼。
二六 苔が生じている。
二七 水滸伝六回「只見ル満地都ベテ是燕子ノ糞」。 二八 護摩をたき祈禱する壇。
二九 寺の長老の居間。釈氏要覧に「蓋シ寺院之正寝也」として、維摩居士の宅の広さにはじまることを叙べる。廊は廻廊、房は坊達の居間。水滸伝六回「方丈淒涼、廊房寂寞」。
三〇 日光が斜になって午後四時から六時の間を示す時分。 三一 錫杖。遍歴の僧の携える杖。
三二 一向返答がない。水滸伝六回「叫了スルコト半日、一箇ノ答応ナシ」。
三三 →一二〇頁注一一。
三四 やっとこさと。 三五 しわがれ声で。
三六 野原同然に。徒然草二十五「花やかなりしあたりも、人住まぬ野らとなり」。
三七 斎(僧侶の正午食)とする食糧。水滸伝六回「一粒ノ斎糧無シ」。
三八 思案。方法。「なし」の下の句点は補。
三九 行く。神代紀に「適」を「いぬ」とよむ。万葉五「鶯ぞなきていぬなる」(八二七)。
四〇 大中寺縁起にも、快庵の弟子正悦が山を奇として、寺を建てたことが見える。水滸伝五回「山水秀麗」。
四一 日も暮方で人里へ下るのも道のりはある。
四二 切に。 四三 あるなり。悪いことがあります。
四四 前出「廿日余り」とある故、宵には月はない。 四五 灯をつけないので、一寸先さえわからない。この「さへ」は口語の意で用いてある。

りさへわかぬに、只澗《たに》[一]水の音ぞちかく聞ゆ。あるじの僧も又眠藏《めんざう》に入(り)て音なし。

[二]夜更(け)て月の夜にあらたまりぬ。影玲瓏《れいろう》[三]としていたらぬ[四]隈《くま》もなし。子《ね》[五]ひとつともおもふ比、あるじの僧眠藏を出(で)て、あはたゝしく物を討《たづ》[六]ぬ。たづね得ずして大に叫《さけ》び、「禿驢《とくろ》[七]《くそぼうず》いづくに隠れけん。こゝ[八]もとにこそありつれ」と禪師が前を幾たび走り過(ぐ)れども、更に禪師を見る事なし。堂[九]の方に駈《かけ》りゆくかと見れば、庭をめぐりて躍《をど》りくるひ、遂《つひ》に疲《つか》れふして起(き)來らず。夜明(け)て朝日のさし出(で)ぬれば、酒の醒《さめ》たるごとくにして、禪師がもとの所に在《いま》すを見て、只あきれたる形《さま》にものさへいはで、柱《はしら》にもたれ長嘘《ためいき》をつぎて默《もだ》[一〇]しゐたりける。禪師ちかくすゝみよりて、「院主《ゐんじゆ》何をか歎《なげ》き給ふ。もし飢《うへ》給ふとならば野[一一]僧が肉《にく》に腹《はら》をみたしめ給へ」。あるじの僧いふ。「師は夜[一二]もすがらそこに居させたまふや」。禪師いふ。「こゝにありてねふる事なし」。あるじの僧いふ。「我あさましくも人の肉を好めども、いまだ佛身《ぶつしん》[一三]の肉味をしらず。師[一四]はまことに佛なり。鬼畜《きちく》のくらき眼《まなこ》をもて、活佛《くはつぶつ》[一五]の來迎《らいがう》[一六]を見んとするとも、見[一七]ゆべからぬ理《ことわ》りなるかな。あなたふと」ゝ頭《かうべ》を低《たれ》て默《もだ》しける。禪師いふ。「里人のかたるを聞けば、汝一旦《ひとたび》の愛慾《あいよく》に心神《こゝろ》みだれしより、忽[一八](ち)鬼畜に墮罪《だざい》したるは、あ

一　谷水。暗中寂寞として、物の音のよく聞えるをいう。
二　夜がおそくなって、月が出た。
三　月の光は美しくかがやいて。
四　どの隅々までも明るく見える。
五　ひとつ即ち一刻の数え方は数種あったが、(山口隆二著、日本の時計参照)大体十一時半頃。
六　字典「尋也」。
七　忠義水滸伝解「禿驢　アタマノ丸キ者ヲ罵ル詞、驢ハ臚ト通ズ、臚ハアタマ也、ソノ上驢或馬ト云フモ罵ル辞也」。
八　ここの所におったのだが。
九　本堂。
一〇　だまって。万葉十六「はぢを黙(もだ)して」(三七九五)。
一一　僧が自らを卑下していう語。
一二　夜どおし。
一三　元来は仏の身体。ここは僧侶の身体をいう。
一四　ここは僧をうやまって称する語。
一五　生き仏。水滸伝(訓訳本)五回「師父ハ是活仏」。
一六　仏の現世に出現すること。元来は、善行によって極楽に往生する人を導くために、仏菩薩のこの世に出現すること。
一七　見ることが出来ないのも道理である。
一八　生きながらにして畜生道に落ちたのは。堕罪は罪のむくいをうけること。

さましとも哀《かな》しとも、ためしさへ希なる[一九]悪因《あくいん》なり。夜《よひ》〳〵里に出(で)て[二〇]人を害《わざはひ》するゆゑに、ちかき里人は安き心なし。我これを聞(き)て捨(つ)るに忍びず。[二一]恃《わざく》來りて教化《けうげ》し本源《もと》の心にかへらしめんとなるを、汝我(が)をしへを聞(く)や否《いな》や」。あるじの僧いふ。「師はまことに佛なり。かく淺ましき[二二]悪業《あくごう》を頓《とみ》にわするべきことわりを教《をしへ》給へ」。禪師いふ。「汝聞(く)とならばこゝに來れ」とて、[二三]簀子《すのこ》の前のたひらなる石の上に座せしめて、みづから帔《かつ》き給ふ紺染《あをぞめ》の巾を脱《ぬぎ》て僧が頭《かうべ》に帔《かつか》しめ、[二四]證道《しやうだう》の哥の二句を[二五]授《さづけ》給ふ

「[二六]江《こう》月《げつ》照《てらし》松《せう》風《ふう》吹《ふく》　永《えい》夜《や》清《せい》宵《しよう》何《なんの》所《しよ》爲《ゐぞ》

汝こゝを去《さら》ずして徐《しづか》に此句の[二七]意《こゝろ》をもとむべし。意觧《とけ》ぬる則《とき》はおのずから[二八]本來の佛心に會《あ》ふなるは」と、[二九]念頃に教(へ)て山を下り給ふ。此のちは里人おもき[三〇]灾《わざはひ》をのがれしといへども、猶僧が生死をしらざれば、疑ひ恐れて人〳〵山にのぼる事をい[三一]ましめけり。

一とせ速《はや》くたちて、[三二]むかふ年の冬十月《かみなづき》の初旬《はじめ》快庵大徳、[三三]奥路《おうろ》のかへるさに又こゝを過(ぎ)給ふが、かの[三四]一宿《ひとよ》のあるじが莊《いへ》に立(ち)よりて、僧が[三五]消息《せうそこ》を尋ね給ふ。莊主《あるじ》よろこび迎へて、「御僧の大德によりて鬼ふたゝび山をくだらねば、人皆淨土にうまれ出(で)たるごとし。されど山にゆく事はおそろしがりて、一

一九　悪因縁。
二〇　人に害を及ぼすから。
二一　「恃」は「特」の誤刻。
二二　悪い結果をまねくこと。悪事。
二三　簀子縁。家の廂の外に細い板を、少しずつすきを作って並べた縁。竹を用いることもある。
二四　唐の僧永嘉大師こと玄覚の作った、禅の要諦を百六十六句の詩の体で述べたもの。
二五　問題として与えなさった。
二六　証道歌の百三・百四の句。謡曲の弱法師にも見える。入江には明らかに月の光が照らし、松吹く風は爽かな声を立てている。この永い夜の清らかな宵の景色は何のためにあるか。四部録抄に「註ニ云フ勝解ヲ作ル莫レ、是レ真境界也」とある。
二七　真意を考え求めてみよ。大中寺縁起に、快庵参禅の弟子、正悦が、先にこの山に庵を結び、小山成長の招きにより、延徳元年、快庵がこの寺の第一祖となった。これによりこの作中の僧を、弟子とした。
二八　自己の持って生れた仏心をさがしあてることが出来る。
二九　懇ろ。
三〇　禍。↓九五頁注三〇。
三一　互に禁じていた。
三二　翌年。
三三　奥羽方面の旅の帰り途。
三四　一夜の宿を求めた亭主の家。
三五　様子。

人としてのぼるものなし。[一]さるから消息《せうそこ》をしり侍らねど、[二]など今まで活《いき》ては侍《はべ》らじ。今夜《こよひ》の御泊《とま》りにかの[三]菩提《ぼだい》をとふらひ給へ。[四]誰も[五]隨縁《ずいえん》したてまつらん」といふ。禪師いふ。「[六]他善果《かれぜんくわ》に基《もとづき》て[七]迁化《せんげ》せしとならば[八]道に先達《せんだち》の師ともいふべし。又活(き)てあるときは我(が)ために一個《ひとり》の徒弟《とてい》なり。いづれ消息《せうそこ》を見ずばあらじ」とて、復《ふたゝ》び山にのぼり給ふに、[九]いかさまにも人のいきゝ絶《たえ》たると見えて、去年《こぞ》ふみわけし道ぞとも思はれず。寺に入(り)て見れば、荻《をぎ》尾花のたけ人よりもたかく生茂《おひしげ》り、[一〇]露は時雨めきて降(り)こぼれたるに、[一一]三《みつ》の徑《みち》さへわからざる中に、堂閣《だうかく》の戸右左《みぎひだり》に頽《たを》れ、[一二]方丈庫裏《はうじやうくり》に縁《めぐ》りたる廊《らう》も、[一三]朽目《くちめ》に雨をふくみて苔《こけ》むしぬ。さてかの僧を座《を》らしめたる簀子《すのこ》のほとりをもとむるに、[一四]影のやうなる人の、[一五]僧俗ともわからぬまでに髭髪《ひげかみ》もみだれしに、葎《むぐら》[一六]むすぼふれ、[一七]尾花おしなみたるなかに、蚊《か》の鳴《なく》ばかりのほそき音《こゑ》して、[一八]物とも聞えぬやうにまれ〱唱《とな》ふるを聞けば

江《かう》月《げつ》照《てらし》松《せう》風《ふう》吹《ふく》　永《えい》夜《や》清《せい》宵《しやう》何《なんの》所《しよ》爲《ゐぞ》

禪師見給ひて、やがて禪杖《ぜんじやう》を拿《とり》なほし、「[一九]作麼生《そもさん》何所爲《なんのしよゐ》ぞ」と、[二〇]一喝《かつ》して他《かれ》が頭《かうべ》を撃《うち》給へば、忽(ち)[二一]氷《こほり》の朝日にあふがごとくきえうせて、かの青頭巾と骨《ほね》のみぞ草葉にとゞまりける。現《げ》にも[二二]久しき念のこゝに消《せう》じつきたるにやあらん。

一 それ故に。
二 どうしても今まで生きていることはございますまい。三 冥福。四 私を初め人々も。
五 仏縁にあやかりましょう。ここは共に回向することによって、あやかるの意。「いふ」の下の句点は補。六 善い果報。
七 僧侶の死。釈氏要覧「釈氏ノ死ヲ涅槃ト謂フ。(中略)遷化・順世、皆一義也」。
八 成仏の道においては、先輩といってよい。
九 成程。
一〇 源氏、蓬生「御さきの露を、馬の鞭してはらひつゝ入れ奉る。(中略)なほ秋の時雨めきてふりそゝげば」。
一一 源氏、蓬生「左右の戸もよろぼひたうれにければ、(中略)いづれかこのさびしきやどにも、かならずわけたる跡あなる三つのみちとたどる」。河海抄に「三径は門にゆくみち、井へゆくみち、厠にゆくみち也」。帰去来辞「三径荒ニ就イテ、松菊猶存ス」。一二 寺の台所。
一三 くちた所。
一四 甚だ痩せた人の形容。春雨物語の樊噲「影のやうなる者二三人、我が前に来て、うらめしげ也」(二三五頁)。発心集六「かげの如くやせ衰へたる、物を乞ひありく有りけり」。
一五 僧侶とも俗人ともわからぬ程に。
一六 むすぼれ。からみついて。
一七 新古今十「旅ねしてあかつき方の鹿の音に稲葉おしなみ秋風ぞふく」の如く、「おしなむ」は他動詞。ここは自動詞に用いる。一面に倒れている中に。一八 物を言うようにも聞えないが。
一九 禅宗の用語で「いかに」の意。もと中国宋代の俗語。二〇 禅語で、激しく「喝」とさけび、覚をさそう。二一 見る見る消えるさま。都鳥妻恋笛巻五による。↓補注三七。

[二三]たふときことわりあるにこそ。

されば禪師の大徳[二四]雲の裏《うら》海の外にも聞えて、「初[二五]祖《しよそ》の肉《にく》いまだ乾《かは》かず」とぞ称歎《せうたん》しけるとなり。かくて里人あつまりて、寺内を清め、修理《しゆり》をもよほし、禪師を推《おし》たふとみてこゝに住(ま)しめけるより、故《もと》の[二六]密宗《みつしう》をあらためて、[二七]曹洞《さうどう》の靈場《れいぢやう》をひらき給ふ。今なほ[二八]御《み》寺はたふとく榮《さか》えてありけるとなり

貧《ひん》福《ふく》論《ろん》

[二九]陸奥《むつ》の國[三〇]蒲生氏郷《がまううぢさと》の家に、[三一]岡左内といふ武士《もののふ》あり。[三二]祿《ろく》おもく、[三三]譽《ほまれ》たかく、[三四]丈夫《ますらを》の名を關の東に震《ふる》ふ。此士《し》いと[三五]偏固《かたわ》なる事あり。[三六]富貴をねがふ心常の[三七]武扁《ぶへん》にひとしからず。[三八]儉約《けんやく》を宗《むね》として家の掟《おきて》をせしほどに、年を疊《つみ》て富(み)昌《さか》へけり。かつ[三九]軍《いくさ》を調練《たならす》間《いとま》には、[四〇]茶味翫香《さみぐはんかう》を娯《たの》しまず、[四一]廳上《ひとま》なる所に許多《あまた》の金《こがね》を布班《しきなら》べて、心を[四二]和《なぐ》さむる事、世の人の月花にあそぶに勝《まさ》れり。人みな左内が行跡《ふるまひ》をあやしみて、[四三]吝嗇野情《りんしよくやじやう》の人なりとて、[四四]爪《つま》はぢきをして惡《にく》みけり。[四五]家に久しき男《をのこ》に[四六]黄金《わうごん》一枚《まい》かくし持(ち)たるものあるを聞(き)つけて、ちかく召《めし》ていふ。「[四七]崑山《こんざん》の璧《たま》もみだれたる世には[四八]瓦礫《ぐはれき》にひとし。かゝる世にうまれて[四九]弓矢とらん軀《み》には、

二二 長い間の執念が、今全く消えたのであろう。
二三 尊い仏教上の理があるのであろう。
二四 雲のかなた。遠国のこと。海の外は外国。
二五 禅宗の初祖達磨大師がまだ死なずにいる如しの意。 二六 真言宗。
二七 曹洞宗。我国へは道元がつたえた禅宗の一派。 二八 大平山大中寺。曹洞宗関東惣禄三カ寺の一であった。
二九 氏郷は奥州会津(福島県)の城主であった。
三〇 信長・秀吉に従った戦国の武将。文禄四年(一五九五)没、四十歳。
三一 この人物の逸話は岡野左内として、翁草三十三・老士語録・東国太平記十六・常山紀談十六等に見える。秋成はこれより先、世間妾形気三の一にも、この人物の名を出した。↓補注三八。 三二 高禄をもらっていて。翁草には一万石。
三三 名望があって。
三四 勇士の評判が東国一帯に高かった。
三五 片よった。「かたわ」↓八五頁注二六。
三六 富貴を願う心があっての意。
三七 武辺。ここは武士の意。
三八 倹約を本旨として、家政を取締ったので。
三九 兵士を訓練する。 四〇 茶の湯や香道。
四一 一室。 四二 慰める。 四三 無風流な。
四四 土佐日記解「物うとましく思ふ時に爪はしきと云ふ事かた〳〵見ゆ」。
四五 長くこの家に奉公している男。
四六 小判。一両にあたる。春雨物語の死首のゑがほに「金三ひら」(一八八頁)とあるも三両。
四七 中国の崑崙山から出る名玉。呂氏春秋「崑山之玉、江漢之珠」。 四八 瓦と石ころ。無価値なものの代表。 四九 武士の身にとって。

一棠谿墨陽《とうけいぼくやう》の劔《つるぎ》、さてはありたきもの財寶《たから》なり。されど良劔《よきつるぎ》なりとて千人の敵《あた》には逆《むか》ふべからず。二金の徳は天《あめ》が下の人をも從《したが》へつべし。武士たるもの三漫《みだり》にあつかふべからず。かならず貯《たくは》へ藏《をさ》むべきなり。你賤《なんぢいや》しき身の四分限《ぶげん》に過(ぎ)たる財《たから》を得たるは五嗚呼《をこ》の事《わざ》なり。賞《しやう》なくばあらじ」とて、六十兩の金を給ひ、七刀《かたな》をも赦《ゆる》して召《めし》つかひけり。人これを傳へ聞(き)て、「左内が金をあつむるは八長啄《ちやうたく》にして飽《あか》ざる類《たぐひ》にはあらず。只當世の一奇士《きし》なり」とぞいひはやしける。

其夜左内が枕上《まくらがみ》に人の來たる音しけるに、目さめて見れば、九燈臺《とうだい》の下《もと》に、ちいさげなる翁の笑《ゑみ》をふくみて座《を》れり。左内枕一〇をあげて、「こゝに來るは誰《たそ》。我一一に粮《かて》からんとならば力量《りきりやう》の男どもこそ參りつらめ。你がやうの一二耄《ほげ》たる形《さま》してねふりを一三魘《をそ》ひつるは、狐狸《きつねたぬき》などのたはむるゝにや。一四何のおぼえたる術《わざ》かある。秋の夜の目さましに、そと見せよ」とて、すこしも騒《さは》ぎたる一五容色《いろめ》なし。翁いふ。「かく參りたるは一六魑魅《ちみ》にあらず人にあらず、君が一七かしづき給ふ一八黄金《わうごん》の精靈《せいれい》なり。年來篤《としごろあつ》くもてなし給ふうれしさに、夜話《よがたり》せんとて一九推《おし》てまいりたるなり。君が今日家二〇の子を賞《しやう》じ給ふに感《めで》て、翁が思ふ二一こゝろばへをもかたり和《なぐ》さまんとて、假《かり》に化《かたち》二二を見《あら》はし侍るが、十にひとつも益《やう》なき閑談《むだこと》ながら、二三いはざるは腹みつれば、二四わざとにまうでゝ眠《ねふり》をさまたげ侍る。さても二五富《とみ》て驕《おご》らぬは二六大聖《おほきひじり》の道なり。さる

一 古の名剣で、産地によって呼ぶ。塩鉄論「楚鄭ノ棠谿・墨陽ハ利ナラザルニ非ズ」。二 魯褒の銭神論「諺ニ曰ク、銭有ラバ鬼ヲモ使フベシ、況ヤ人ニオイテヲヤ」。三 粗末に。四 分際。五 馬鹿なこと。武将らしく、馬鹿と言って、ほめる意に用いたもの。六 小判十枚にあたる。七 帯刀を許し士分にして。八 長頸烏喙の略で貪欲の相をいう。正しくは「ちやうかい」。ここは貪欲の意。剪燈新話の竜堂霊会録「勾践人トナリ、長頸烏喙」(もと呉越春秋に出る)。九 高足の火ともし台。一〇 枕から頭を上げて。一一 兵糧。神武紀「兵食(かて)」。一二 老いぼれた。源氏、竹河「われより年の数つもりほけたる人のひがごとにや」。一三 字典「夢驚也」。一四 何かしなれた芸があるか。一五 顔色。一六 和名抄「山海経ニ云フ魑魅、和名須太万、鬼類也、野王云フ、魑魅ハ老物ノ精也」。一七 大切になさる。一八 銭の霊と談ずる話は伽婢子(寛文六)五に和銅銭、新玉櫛笥(宝永六)三に出世の銭独楽の章がある。一九 推参したのだ。二〇 家来。二一 日頃の気持。二二 変化の姿を示す。字典「能ク非類ヲ生ズルヲ化ト曰フ」。二三 大鏡に「おぼしき事いはぬは、げに腹ふくるゝ心地しける」(徒然草にも)とある早くからの諺。二四 わざわざ。水滸伝十四回「保正ノ安寝ヲ驚カスコト有リ」。二五 論語の学而篇「子貢問ヒテ曰ク、貧ニシテ諂フ無ク、富ミテ驕ル無キハ如何、子曰ク可也」。二六 ここは孔子をさす。二七 源語梯「悪・不祥ナドノ字ヲ日本紀ニサガナシトヨメリ、恐ノ字モ万葉ニヨメルハオソロシキ意也、コヽハ嫉妬ノコトニイヘリ、ネタミ心ノオソロシキヲイフニヤ」。二八 五雑組五「富者ハ多ク慳ナリ、富者ハ慳ナルニ非ザレバ富ムコト能ハザル也、愚ナリ、愚ニ非ザレバ富ムコト能ハザル也」。

を世の[二七]悪《さがなき》ことばに、「[二八]富《とめ》るものはかならず慳《かだま》し、富(め)るものはおほく愚《おろか》なり」といふは、晋《しん》の[二九]石崇《せきそう》唐《とう》の[三〇]王元宝《わうげんほう》がごとき、[三一]豺狼蛇蝎《さいらうじやかつ》の徒《ともがら》のみをいへるなりけり。往古《いにしへ》に富《とめ》る人は、[三二]天の時をはかり、地の利を察《あき》らめて、おのづからなる富貴《ふうき》を得《う》るなり。[三三]呂望《りよばう》[三四]齊《せい》に封《はう》ぜられて民に産業《なりはひ》を教《をし》ふれば、[三五]海方《うなべ》の人利に走《はし》りてこゝに來朝《きむか》ふ。[三六]管仲《くはんちう》九《こゝの》たび諸侯《しよこう》をあはせて、身は[三七]倍臣《やっこ》ながら富貴は列國《れつこく》の君に勝《まさ》れり。[三八]范蠡《はんれい》、子貢《しこう》、白圭《はつけい》が徒《ともがら》、[三九]財《たから》を鬻《ひさ》ぎ[四〇]利を逐《おふ》て、[四一]巨萬《こゝだく》の金《こがね》を疊《つみ》なす。これらの人をつらねて[四二]貨殖傳《くわしよくでん》を書し侍《しる》るを、其いふ所陋《いやし》とて、[四三]のちの博士《はかせ》筆を競《きそ》ふて誘《そし》るは、ふかく穎《さと》らざる人の語《ことば》なり。[四四]恒《つね》の産《なりはひ》なきは恒の心なし。[四五]百姓《おたから》は勤《つとめ》て[四六]穀《たなつもの》を出(だ)し、工匠《たくみら》等修《つとめ》てこれを助け、[四七]商賈《あきびと》務《つとめ》て此《これ》を通《かよ》はし、おのれ〳〵が産《なり》を治《をさ》め家を富《とま》して、祖《みおや》を祭《まつ》り子孫《のち》を謀《はか》る外、人たるもの何をか爲《なさ》ん。諺《ことわざ》にもいへり。「[四八]千金の子は市に死せず」。「[四九]富貴《ふうき》の人は王者《わうしや》とたのしみを同じうす」となん。まことに[五〇]淵《ふち》深ければ魚よくあそび、山長《なが》ければ獸《けもの》よくそだつは[五一]天《あめ》の隨《まに》〳〵なることわりなり。只「[五二]貧《まづ》しうしてたのしむ」てふことばありて、[五三]字を學《まな》び韻《いん》を探《さぐ》る人の[五四]惑《まどひ》をとる端《はし》となりて、弓矢とる[五五]ますら雄《を》も富貴は國の基《もとゐ》なるをわすれ、[五六]あやしき計策《たばかり》をのみ調練《たならひ》て、ものを[五七]戕《やぶ》り人を傷《そこな》ひ、おのが徳をうしなひて子孫を絶《たつ》は、財《たから》を薄《かろ》んじて[五八]名をおもしとする惑《まど》ひなり。[五九]顧《おもふ》に名とたからともとむる

二九 晋書三十三に見える富人。 三〇 天宝逸事・通俗編に見える富人。ここは五雑組による。 三一 正しくは「だかつ」。貪欲無慈悲で人のきらう者。 三二 天地自然、天候風土を考え。五雑組五「古ノ富ヲ致ス者ハ皆、天ノ時ヲ観、地ノ利ヲ逐ヒ」。 三三 中国周の太公望。史記の貨殖列伝に見える。↓補注四〇。 三四 斉(山東省)に領地をもらい。艶道通鑑四「産業(なりはひ)」。 三五 海辺。 三六 斉の桓公の臣。貨殖列伝に見える。↓補注四一。 三七 陪臣が正しい。安康紀「臣(やっこ)」。 三八 越王勾践の臣。孔子の門人。周代の富人。皆貨殖列伝に見える。↓補注四二・四三・四四。 三九 産物を売る。貨殖列伝「財ヲ曹魯ノ間ニ鬻グ」。 四〇 利益を求める。貨殖列伝注に「時ニ随ヒ利ヲ逐フ也」。 四一 甚だ多く。貨殖列伝「遂ニ巨万ニ至ル」。万葉十「幾多(こゝだく)もさきにたるかも」(二三二七)。 四二 司馬遷著史記第百二十九巻。 四三 後世の学者。史記評林中、これを難ずる評がある。↓補注四五。 四四 孟子梁恵王篇下「民ノ若キハ則チ恒産無ケレバ因ツテ恒心無シ」。 四五 神代紀上「百姓(おほみたから)」。 四六 和名抄「五穀 以都々乃太奈豆毛乃」。 四七 貨殖列伝「農ヲ待チテ之ヲ食ヒ、虞アリテ之ヲ出ダシ、工アリテ之ヲ成シ、商アリテ之ヲ通ズ」。 四八 富家の子。貨殖列伝「諺ニ曰ク(中略)千金ノ子ハ市ニ死セズ」。 四九 同「巨万ノ者ハ乃チ王者ト楽ヲ同ジクス」。 五〇 同「淵深クシテ魚之ニ生ジ、山深クシテ獣之ニ往キ、人富ミテ仁義附ク」。 五一 天然の理。補正の「まゝに」の条「随意は義字也、事物共に自然にまかするを云ふ」。 五二 論語の学而篇「未ダ貧ニシテ楽シミ、富ミテ礼ヲ好ム者ニシカザル也」。 五三 学者文人。 五四 疑問をおこす原因。 五五 勇士。 五六 けしからぬ軍略ばかり訓練して。調練

の振仮名は底本「たねらひ」。前例により改。五七 字典「殺也」。五八 名誉。五九 求めるという精神においては、名誉も富貴も同じことである。

一 書物の論にとらわれて。
二 清貧。三 生産富貴の業をきれいさっぱりかえりみない人。「…からじ」の下の句点は補。
四 仏説で金・銀・瑠璃・玻璃・硨磲・瑪瑙・珊瑚を七宝という(般若経)。
五 円機活法の金の条「生麗水」とし、韓子を引き「麗水ハ益州ノ永昌郡ニ在リ、中ニ金有リ糖ノ如シ、浮ンデ水中ニ出ヅ、此ノ金他金ヨリモ勝レリ」という。このことか。
六 円機活法の金の条「地ニ擲ツテ清音有リ」。
七 愚痴不昧貪欲無慈悲の人の手にのみ集まる。
八 席からのり出して。「座をすゝみて」に同じ。↓四一頁注三〇。
九 高級。いやしむべきでない。一〇 願わくば。
一一 道理を述べられたのは。一二 大事業。
一三 書物を食う虫。艶道通鑑「一生文学して志を遂げず、蠹(と)と成りて物の本屋に損をかけんもきのどく」。貧書生達の論をいう。
一四 知行。俸与。一五 先祖より代々。
一六 おちぶれた人。剪燈新話の富貴発跡司志「隣田ノ壌ヲ接スル者ヲ兼ネ幷スルコトヲ為ス、其ノ勢孤ニシテ援無キヲ欺キ、価ヲ賤クシテ之ヲ售フ、又其ノ直ヲ匿サズ」。一七 礼義を心得ている人。一八 時節の見舞。一九 自家。
二〇 孝行清廉の評判。二一 冬の三カ月。
二二 毛衣一枚きりで。富貴発跡司志「寒ニ一裘、暑ニ一葛、朝晡ニ粥飯一盂、(中略)常ニ不足ノ憂有リ、冬暖ナレドモ寒タリト愁ヘ、年豊ナレドモ飢タリト苦ム。出ルニ知己之投ズル無ク、処ルニ蓄積ノ守リ無シ、妻孥賤シミ棄テ、郷党

に心ふたつある事なし。[一]文字てふものに繫《つな》がれて、金の德を薄《かろ》んじては、みづから[二]清潔《せいけつ》と唱《とな》へ、[三]鋤《すき》を揮《ふるふ》て棄《すて》たる人を賢《かしこ》しといふ。さる人はかしこくとも、さる事《わざ》は賢《かしこ》からじ。金《こがね》は[四]七《なゝ》のたからの最《つかさ》なり。土に埋《うも》れては[五]靈泉《れゐせん》を湛《たゝ》へ、不淨《ふじやう》を除《のぞ》き、[六]妙《たへ》なる音《こゑ》を藏《かく》せり。かく清《いさぎ》よきものゝ、いかなれば[七]愚《ぐ》昧《まい》貪酷《どんかう》の人にのみ集《つど》ふべきやうなし。今夜《こよひ》此憤《いきどほ》りを吐《はき》て年來《としごろ》のこゝろやりをなし侍る事の喜《うれ》しさよ」といふ。

左内興《けう》じて[八]席《むしろ》をすゝみ、「さてしもかたらせ給ふに、富貴の道の[九]たかき事、己《おの》がつねにおもふ所露たがはずぞ侍る。こゝに愚《おろか》なる問《とひ》事の侍るが、[一〇]ねがふは詳《つばら》にしめさせ給へ。今[一一]ことわらせ給ふは、專《もはら》金の德を薄《かろ》しめ、富貴の[一二]大業《たいぎやう》なる事をしらざるを罪《つみ》とし給ふなるが、かの[一三]紙魚《しぎよ》がいふ所もゆゑなきにあらず。今の世に富(め)るものは、十が八ツまではおほかた貪酷殘忍《どんかうざんにん》の人多し。おのれは[一四]俸祿《はうろく》に飽《あき》たりながら、兄弟《はらから》一属《やから》をはじめ、[一五]祖《みおや》より久しくつかふるものゝ貧《まづ》しきをすくふ事《わざ》をもせず、となりに栖《すみ》つる人のいきほひをうしなひ、他《ひと》の援《たす》けさへなく[一六]世にくだりしものゝ田畑《たばた》をも、價《あたひ》を賤《やす》くしてあながちに己《おの》がものとし、今おのれは村長《むらをさ》とうやまはれても、むかしかりたる人のものをかへさず、[一七]禮ある人の席《むしろ》を讓《ゆづ》れば、其人を奴《やつこ》のごとく見おとし、たまく\舊《ふる》き友の[一八]寒暑《かんしよ》を訪《とむ》らひ

來れば、物からんためかと疑《うたが》ひて、[一九]宿にあらぬよしを應《こた》へさせつる類《たぐひ》あまた見來りぬ。又君に忠なるかぎりをつくし、父母《ふぼ》に[二〇]孝廉《かうれん》の聞えあり、貴《たふと》きをたふとみ、賤《いや》しきを扶《たす》くる意《こゝろ》ありながら、[二一]三冬のさむきにも[二二]一裘《きう》に起臥《おきふし》、[二三]三伏《ぷく》のあつきにも[二四]一葛《かつ》を濯《すゝ》ぐいとまなく、[二五]年ゆたかなれども朝《あした》に[二六]晡《くれ》に一椀《わん》の粥《かゆ》にはらをみたしめ、さる人はもとより[二七]朋友《ともがき》の訪《とむ》らふ事もなく、かへりて[二八]兄弟《はらから》一属《やから》にも[二九]通《みち》を塞《きら》れ、まじはりを絕《たゝ》れて、其怨《うらみ》をうつたふる方(すべ)さへなく、[三〇]汲《きう》〳〵として一生を終《おふ》るもあり、さらばその人は[三一]作業《なりはひ》にうときゆゑかと見れば、[三二]夙《つと》に起《おき》おそくふして性力《ちから》を凝《こら》し、[三三]西にひがしに走りまどふ[三四]蹺蹊《ありさま》さらに閑《いとま》なく、その人愚《おろか》にもあらで[三五]才をもちうるに的《あた》るはまれなり。これらは[三六]顔子《がんし》が[三七]一瓢《へう》の味《あぢ》はひをもしらず。かく果《はつ》るを佛家《ぶつか》には[三八]前業《ぜんごう》をもて說《とき》しめし、[三九]儒門《じゆもん》には[四〇]天命《てんめい》と敎《をし》ふ。もし未來《みらい》あるときは現世《げんぜ》の[四一]陰德《いんとく》[四二]善功《ぜんこう》も[四三]來世《らいせ》のたのみありとして、人しばらくこゝに[四四]いきどほりを休《やす》めん。されば富貴のみちは[四五]佛家にのみその理《ことはり》をつくして、儒門の敎《をし》へは[四六]荒唐《くはうとう》なりとやせん。[四七]靈《かみ》も佛の敎にこそ憑《よら》せ給ふらめ。[四八]否《いな》ならば詳《つばら》にのべさせ給へ」。

翁いふ。「君が問(ひ)給ふは徃古《いにしへ》より論《ろん》じ尽さゞることわりなり。かの佛の御法《みのり》を聞けば、富と貧しきは前生《さきのよ》の[四九]脩否《よきあしき》によるとや。[五〇]此《こ》はあらましなる敎へぞ

交ヲ絶ツ」。二三 酷暑の候をいう。書言故事大全「夏至ノ後第三ノ庚ヲ初伏ト為シ、第四ノ庚ヲ中伏ト為シ、立秋ノ後初ノ庚ヲ末伏ト為ス」。
二四 葛の繊維で織った薄い着物一枚しかないので。二五 豊年でも。二六 暮。
二七 友人。神代紀下「朋友(ともがき)之道理」。
二八 親族。神代紀下「親属(うから やから)」(私記)。
二九 往来訪問も出来なくされ。
三〇 富貴発跡司志「遑遑汲汲」。句解の注に「汲汲ハ休息セザル貌」。三一 生業に関心がないのかと見ると。三二 朝は早く起き。
三三 徒然草七十四「蟻の如くに集まりて、東西に急ぎ南北にわしる。(中略)夕にいねて朝におく。営む所何事ぞや」。
三四 むつかしそうな様子。↓補注四六。
三五 実生活の才覚には無駄になることが多い。
三六 孔子の高弟の顔回。論語の雍也篇「子曰ク、賢ナル哉回ヤ、一箪ノ食一瓢ノ飲、陋巷ニ在リ、人ハ其ノ憂ニ堪ヘズ、回ヤ其ノ楽シミヲ改メズ、賢ナル哉回ヤ」。三七 清貧の悟りに達していない。
三八 前世の因縁。三九 儒者仲間。四〇 天から各々の人間に下した運命。↓補注四七。
四一 ↓四九頁注四二。四二 よい結果となる功徳。
四三 次の世で報われるを楽しみと考えて。
四四 善人の現世の不幸に対する公憤。
四五 仏説にのみ道理の通った説があって。
四六 でたらめな。繁野話第七篇「荒唐(とりとめなし)」。
四七 銭の霊を指す。あなた。
四八 そうでないと否定なさるなら、くわしく。
四九 善功を修めるか修めないかの善悪。
五〇 そうあって欲しいと思う。希望的な。源氏、澪標「いま行末のあらまし事」。美濃の家づと「すべてあらましとはゆくさきのことを、とやせんかくせんとおもひまうくるをいへり」。

かし。前生にありしとき[一]おのれをよく脩《をさ》め、慈悲《じひ》の心専《もは》らに、他人《ことひと》にもなさけふかく接《まじ》はりし人の、その善報《ぜんはう》によりて、今[二]此生《しやう》に富貴の家にうまれきたり、おのがたからをたのみて他人《ことひと》に[三]いきほひをふるひ、[四]あらぬ狂言《まがこと》をいひのゝじり、[五]あさましき夷《あびす》こゝろをも見するは、前生《さきのよ》の善心かくまで[六]なりくだる事はいかなるむくひのなせるにや。佛菩薩《ぶつぼさつ》は[七]名聞利要《みやうもんりよう》を嫌《いみ》給ふとこそ聞(き)つる物を、など貧福《ひんふく》の事に[八]係《かゝ》づらひ給ふべき。さるを富貴は前生《さきのよ》のおこなひの善《よか》りし所、貧《ひん》賤《せん》は悪《あし》かりしむくひとのみ説《とき》なすは、[九]尼媽《あまかゝ》を[一〇]蕩《とら》かすな[一一]ま佛法ぞかし。貧福をいはず、ひたすら善を積《つま》ん人は、その身に來らずとも、子孫《しそん》はかならず幸福《さいはひ》を得《う》べし。「[一二]宗廟《そうべう》これを饗《うけ》て子孫これを保《たも》つ」とは、[一三]此ことわりの細妙《くはしき》なり。おのれ善をなして、おのれその報《むく》ひの來るを待(つ)は[一四]直《なほ》きこゝろにもあらずかし。又[一五]悪《あく》[一六]業慳貪《ごうけんどん》の人の富(み)昌《さか》ふるのみかは、壽《いのち》めでたくその

一　我欲をおさえた生活をし。
二　この世。
三　威勢を示し。
四　とんでもない道理に合わぬことを、大げさに言い。狂言→八三頁注三八。
五　甚だしい野卑な志をあらわすのは。夷こゝろ→一二六頁注八。
六　堕落する。
七　一般には利養。外聞の誉と、私利の欲ばり。古今著聞集の釈教の西行法師大峰入峰難行苦行事に「みだりがはしく名聞利養の職也といへる事はなはだ愚なり」。秋成が生涯持っていた仏説への不信を示している。
八　関係する。関して論をする。
九　無智な女ども。
一〇　たぶらかす。
一一　生ざとりの、よい加減な仏法。
一二　中庸に「舜ハ其レ大孝ナルカ、徳ハ聖人タリ、尊ハ天子為リ、富ハ四海ノ内ヲ有ツ、宗廟ハ之ヲ饗ケ、子孫之ヲ保ツ」。死後には国家の廟に祭られ、子孫も亦その徳をうけて諸侯として優遇されたの意。
一三　善をつむ人の末に幸ある理を微妙にも言い得たものである。補正「細(くはし)　精細・細妙の義もてこゝには美称上なき事をくはしと云ふに用ひたる字也(中略)後世にくはしきと云ふは上古につはらかと云ひし也」。
一四　素直な。
一五　悪事をすること。
一六　自分の物を惜しみ、人の物をむさぼること。

一七 異説。一家言。「…たまへ」の下の句点は補。
一八 金属なので、かくいう。

一九 天然自然に応じた方略。→一三三頁注五一。
二〇 しわいこと。
二一 貨殖列伝「能ク飲食ヲ薄クシ、嗜欲ヲ忍ビ、衣服ヲ節シ」。
二二 「穿るべき」とあるべき所。穿→一二二頁注二一。
二三 二度得ることのない生命。
二四 目に見えて当然の。
二五 善悪の結果に応じて、私が行動しなければならぬ理由はない。善悪の因果応報は我が知る所でない。
二六 勧善懲悪の問題は、儒教・神道・仏教の上のことで、非情の金には関係がない。「天」は天命を云々する儒教。
二七 儒・神・仏三教は人間の行い従うべき道である。繁野話第七篇「三教併せ用ひて世道安からん」。

終《をはり》をよくするは、我に一七異《こと》なることわりあり。霎時《しばらく》聞(か)せたまへ。我今假《かり》に化《かたち》をあらはして話《かた》るといへども、神にあらず佛にあらず、もと一八非情《ひじやう》の物なれば人と異《こと》なる慮《こゝろ》あり。いにしへに富(め)る人は、天《あめ》の時に合《かな》ひ、地《くに》の利をあきらめて、産を治《をさ》めて富貴となる。これ一九天の隨《まに／＼》なる計策《たばかり》なれば、たからのこゝにあつまるも天のまに／＼なることわりなり。又二〇卑吝貪酷《ひりんどんこう》の人は、金銀を見ては父母のごとくしたしみ、二一食《くら》ふべきをも喫《くら》はず、二二穿《き》るべきをも着《き》ず、二三得がたきいのちさへ惜《をし》とおもはで、起《おき》ておもひ臥《ふし》てわすれねば、こゝにあつまる事二四まのあたりなることわりなり。我もと神にあらず佛にあらず、只これ非情《ひじやう》なり。非情のものとして人の善惡を糺《たゞ》し、二五それにしたがふべきいはれなし。二六善を撫《なで》惡を罪《つみ》するは、天なり、神なり、佛なり。二七三ツのものは道なり。我(が)ともがらのおよぶべきにあらず。只かれらがつかへ傅《かしづ》く事のうや／＼しきにあつ

一　よい結果を得る行い。慈善の行い。根とある縁で「うゝる」といった。
二　わけもゆかりもなしに。
三　恵みを与える相手が義にそむいている事をも判断しないで、金を貸すような人は。
四　正しくは「貸」であるが、当時の慣用で、「借」と混じている。五　用い方。
六　世間せまくなって。おちぶれて。
七　造物者。繁野話第五篇「千石の粟は、天蒼氏の賜ふ常の産なり」。八　生涯。
九　論語の述而篇「子曰ク、富ンデ求ム可クンバ、執鞭之士トイヘドモ、吾亦之ヲ為サン、如シ求ム可カラズンバ、吾ガ好ム所ニ従ハン」。
一〇　富を。一一　気の向くままに、世間を人里離れた所にさけ。一二　すがすがしい。徒然草十八段に中国上古の賢人許由が蓄えのないことを言い「いかばかり心のうち涼しかりけん」。
一三　貨殖列伝にも吾が術などの語がある。
一四　同伝に「能者ハ輻輳シ、不肖者ハ瓦解ス」。また「巧者ハ余リ有リ、拙者ハ足ラズ」。
一五　字典「聚也」。一六　愚なる者。
一七　屋上の瓦のくずれる如く、全く収拾し難くばらばらになる。
一八　貨殖列伝「吾生産ヲ治ムルハ」。
一九　同「富ニ経業無クンバ、則チ貨ニ常主無シ」。
二〇　同「各ゝ其ノ業ヲ勤メ、其ノ事ヲ楽ムコト、水ノ下ニ趨クガ若ク、日夜休ム時無シ」。
二一　往来。万葉一「まつち山行来(ゆきく)と見らむ」(五五)。二二　職業もないひま人。
二三　中国山東省にある五岳の一。醒世恒言の十五貫戯言成巧禍に「坐シテ吃セバ山モ空シク、立チテ喫セバ地モ陥シ、咽喉深キコト海ニ似タリ」。二四　沢山なもののたとえ。説苑「譬ヘバ渇者ノ江海ヲ飲ミテ足ルヲ知ルノミ」。

まるとしるべし。これ金《かね》に靈《れゐ》あれども人とこゝろの異《こと》なる所なり。また富(み)て[一]善根《ぜんごん》を種《う》ゝるにも[二]ゆゑなきに惠《めぐ》みほどこし、[三]その人の不義をも察《あき》らめず[四]借《かし》あたへたらん人は、善根なりとも財《たから》はつひに散《さん》ずべし。これらは金の[五]用を知《しり》て、金の徳をしらず、かろくあつかふが故《ゆゑ》なり。又身のおこなひもよろしく、人にも志誠《まごゝろ》ありながら、[六]世に窮《せばめ》られてくるしむ人は、[七]天蒼氏《てんそうし》の賜《たまもの》すくなくうまれ出(で)たるなれば、精神《せいしん》を勞《らう》しても、[八]いのちのうちに富貴を得る事なし。さればこそ[九]いにしへの賢《かし》き人は、[一〇]もとめて益《やう》あればもとめ、益なくばもとめず。己《おの》が[一一]このむまに〳〵世を山林にのがれて、しづかに一生を終《をは》る。心のうちいかばかり[一二]清《すゞ》しからんとはうらやみぬるぞ。かくいへど富貴のみちは[一三]術《わざ》にして、[一四]巧《たくみ》なるものはよく[一五]湊《あつ》め、[一六]不肖《せう》のものは[一七]瓦《かはら》の解《とく》るより易《やす》し。且《かつ》我(が)ともがらは、人の[一八]生産《なりはひ》につきめぐりて、[一九]たのみとする主《ぬし》もさだまらず、こゝにあつまるかとすれば、その主《ぬし》のおこなひによりてたちまちにかしこに走《はし》る。[二〇]水のひくき方にかたふくがごとし。夜に昼に[二一]ゆきくと休《やむ》ときなし。たゞ[二二]閑人《むだびと》の生産《なりはひ》もなくてあらば、[二三]泰山《たいざん》もやがて喫《くひ》つくすべし。[二四]江海《ごうかい》もつひに飲《のみ》ほすべし。いくたびもいふ。不徳《ふとく》の人のたからを積《つむ》は、[二五]これとあらそふことわり、[二六]君子《くんし》は論《ろん》ずる事なかれ。[二七]ときを得たらん人の儉約《けんやく》を守りついえを省《はぶ》きてよく務《つと》めんには、おのづから家富

(み)人服《ふく》すべし。我は佛家の前業《ぜんごう》もしらず、儒門《じゆもん》の天命にも抱《かゝ》はらず、異《こと》なる境《さかひ》にあそぶなり」といふ。

左内いよ〳〵興《けう》に乗《ぜう》じて、「靈《れゐ》の議論《ぎろん》きはめて妙《めう》なり。舊《ひさ》しき疑念《うたがひ》も今夜《こよひ》に[二八]消《せう》じつくしぬ。試《こゝろみ》にふたゝび問《とは》ん。今[二九]豐臣《とよとみ》の威風《ゐふう》四海を靡《なみ》し、[三〇]五畿七道[三一]漸《やゝ》しづかなるに似たれども、[三二]亡國《ばうこく》の義士彼此《をちこち》に潜《ひそ》み竄《かく》れ、或は大國の主《ぬし》に身を托《よせ》て[三三]世の変《へん》をうかゞひ、かねて志《こゝろざし》を遂《とげ》んと策《はか》る。民も又戰國《せんごく》の民なれば、[三四]耒《すき》を釈《すて》て矛《ほこ》に易《かえ》、[三五]農事《なりはひ》をことゝせず、士たるもの枕を高くして眠《ねむ》るべからず。今の躰《さま》にては長く[三六]不朽《きう》の政《まつりごと》にもあらじ。誰か一統《とう》して民をやすきに居《をら》しめんや。又誰にか[三七]合《くみ》し給はんや」。翁云(ふ)。「[三八]これ又人道なれば我(が)しるべき所にあらず。只[三九]富貴をもて論ぜば、[四〇]信玄《しんげん》がごとく智謀《はかりこと》は[四一]百《もゝ》が百的《あた》らずといふ事なくて、一生の威《ゐ》を[四二]三國に震《ふる》ふのみ。しかも名將の聞えは世擧《こぞ》りて賞《しやう》ずる所なり。その末期《まつご》の言《ことば》に、「當時[四三]信長《のぶ》は[四四]果報《くはほう》いみじき大將なり。我平生《つね》に他《かれ》を侮《あなど》りて征伐《せいばつ》を怠《をこた》り此疾《やまひ》に係《かゝ》る。[四五]我(が)子孫も即他《やがてかれ》に亡《ほろぼ》されん」といひしとなり。[四六]謙信《けんしん》は勇將《ゆうしやう》なり。信玄死《しんげんしゝ》ては天《あめ》が下に對《つい》なし。不幸《かう》にして遽死《はやくみまか》りぬ。信長の[四七]器量《きりやう》人にすぐれたれども、信玄の智に及《しか》ず。謙信の勇に劣《おと》れり。しかれども富貴を得て天が下の事一回《たび》は此人に[四八]依《よざ》す。[四九]任《にん》ずるものを辱《はづか》しめて命《いのち》を殞《おと》すにて見れば、文武を兼《かね》しと

二五 貨殖列伝に「最下ナル者ハ之ト争フ」とあるによって、不徳者の富を積むは史記にいう最下者であるの意。↓補注四八。 二六 君子の富については特別で論外である。↓補注四九。

二七 運命にめぐまれた人。 二八 全部明らかにわかった。 二九 豊臣家は秀吉・秀頼とつづいて、その威勢天下を従えている。「なみす」は「あって無きが如く軽んずる」意。ここは「なびかす」の意に用いたか。 三〇 日本全国。山城・大和・河内・和泉・摂津の近畿五カ国と、東海・東山・北陸・山陽・山陰・南海・西海の七道。

三一 どうやら平静だ。 三二 ほろぼされた国の忠義の士。 三三 世の形勢の変化を見て、かねがね、亡んだ主君の国を興そうとの希望実現を計画している。 三四 農具のすきを太刀にかえ。

三五 ↓五九頁注二三。 三六 長く続く政治の様体でもないらしい。 三七 字典「同也」。 三八 政治も亦人倫に関すること。 三九 富貴論の立場から。

四〇 武田信玄。戦国の武将。天正元年(一五七三)没、五十三歳。 四一 百発百中。史記の周紀に養由基のことをいって「百発シテ百之ニ中ツ」。 四二 甲斐・信濃・上野(山梨・長野・群馬の三県)。 四三 織田信長。戦国の武将。天正十年(一五八二)没、四十九歳。

四四 信長が後に京都に入って、天下を一統し、右大臣に任ぜられることなどをさす。

四五 天正十年(一五八二)信玄の子勝頼、信長に亡ぼされるをさす。 四六 上杉謙信。戦国の勇将。天正六年(一五七八)没、四十九歳。 四七 才能。

四八 古事記伝「事を其の人に依り任せて、執り行はしむる意なり」「今の人多く濁るはひがことなり」。 四九 臣の明智光秀に討たれたをいう。黄石公の著という素書に「任ズル所ヲ戮辱スル者ハ危シ」。

いふにもあらず。[一]秀吉《ひでよし》の志《こゝろざし》大《おほい》なるも、はじめより[二]天地《あめつち》に満《みつ》るにもあらず、[三]柴《しば》田《た》と丹羽《には》が富貴をうらやみて、[四]羽柴《はしば》と云(ふ)氏《うぢ》を設《まうけ》しにてしるべし。今[五]龍《りやう》と化《け》して太虚《みそら》に昇《のぼ》り池中《ちちう》をわすれたるならずや。秀吉龍と化したれども[六]蛟蜃《かうしん》の類《たぐひ》也。[七]「蛟蜃の龍と化したるは、壽《いのち》わづかに三歳《みとせ》を過(ぎ)ず」と、これもはた[八]後なからんか。それ[九]驕《おごり》をもて治《をさめ》たる世は、往古《いにしへ》より久しきを見ず、人の守るべきは儉《けん》約《やく》なれども、過(ぐ)るものは卑吝《ひりん》に陥《おつ》る。されば儉約と卑吝の境《さかひ》よくわきまへて務《つと》むべき物にこそ。今豊臣《とよとみ》の政《まつりごと》久しからずとも、[一〇]萬民和《ばんみんにぎ》はゝしく、戸《こ》ゝに[一一]千秋樂を唱《うた》はん事ちかきにあり。[一二]君が望《のぞみ》にまかすべし」とて八字の句を諷《うた》ふ。

そのことばにいはく

[一三]堯蓂《ぎやうめい》[一四]日杲《ひにあきらかに》　[一五]百姓《ひやくせい》[一六]帰レ家《いへによる》

[一七]數言興盡《すげんけうつき》て遠寺《えんじ》の鐘《かね》[一八]五更《かう》を告《つぐ》る。「夜既《すで》に曙《あけ》ぬ。[一九]別《わか》れを給ふべし。こよひの長《なが》談《ものがたり》まことに君が眠《ねむ》りをさまたぐ」と、起《たち》てゆくやうなりしが、[二〇]かき消《けし》て見えずなりにけり。

左内つらつら夜もすがらの事をおもひて、かの句を案《あん》ずるに、百姓《ひやくせい》家に帰《き》すの句[二一]粗《ほゞ》其意《こゝろ》を得《え》て、[二二]ふかくこゝに信《しん》を發《おこ》す。まことに[二三]瑞草《ずいさう》の瑞あるかな

一 豊臣秀吉。慶長三年(一五九八)没、六十三歳。
二 外国までも従えんとする雄志でなかった。
三 柴田勝家・丹羽長秀。共に織田の老臣。
四 天正三年改姓(胆大小心録一三一参照)。
五 書言故事大全には「勢ニ乗ジテ変化スルヲ、蛟竜ノ雲雨ヲ得ルト曰フ」として、呉志によって「恐ラクハ蛟竜雲雨ヲ得テ、終ニ池中ノ物ニ非ズ」。甚だ勢よく立身して、自らを忘れること。
六 蛟は竜の属(埤雅)。蜃は蛟の属(本草綱目)。共に想像の動物。繁野話第七篇「蛟蜃(みづち)」。
七 五雑組「竜由蛟蜃化者、寿不過三歳」。「也」の下の句点は補。
八 子孫は長く続くまい。秀頼で亡んだことをさす。
九 秀吉の驕奢をさす。老子「自ラ傲ル者ハ長カラズ」。
一〇 平和に繁昌して。艶道通鑑序「万民和きて戸々に千秋楽を唱へ家々に万歳楽を諷ふこと」。
一一 雅楽の曲名。御代の長久を祝うことをいう。
一二 誰が天下一統するかと問うた希望に応じて、答えようの意。
一三 堯の代に出た太平のしるしの草。↓補注五〇。
一四 字典「明也」。
一五 庶民。万民。
一六 「帰」は字典「依帰也」。従いたよること。この句の意は、日々に太平の徴候は明らかになって行って、やがて万民は家(徳川家康をさす)に帰服する。
一七 数々の話をして。
一八 午前四時頃。

雨月物語五之巻大尾

安永五歳丙申　孟[二四]夏吉旦

書肆

京都　寺町通五條上ル町　梅村判兵衛

大坂　高麗橋筋壹町目　野村長兵衛

一九　お別れにいたしましょう。
二〇　かき消すように、ふっと。
二一　大体その寓意を察することが出来て。
二二　霊の言ったこの点(家康が天下を統一すること)を堅く信ずるようになった。
二三　蓂莢から瑞草(めでたい草)の語を出し、これを序にして、瑞兆となった言葉であると結んだ。今の徳川家の栄える太平の世を言いあてたの意で、めでたく全篇を結んだのである。
二四　四月。

春雨物語

春雨物がたり

はるさめけふ幾日[一]、しづかにておもしろ。[二]れいの筆研《すゞり》[三]とう出たれど、思ひめぐらすに、[四]いふべき事もなし。[五]物がたりざまのまねびは[六]うひ事也。されど[七]おのが世の[八]山がつめきたるには、[九]何をかかたり出(で)ん。[一〇]むかし此頃の事どもも人に欺かれしを、我又いつはりとしらで人をあざむく。[一一]よしやよし、[一二]寓《そら》ごとかたりつゞけて、[一三]ふみと[一四]おしいたゞかする人もあればとて、[一五]物いひつゞくれば、猶春さめはふる〳〵。

血かたびら

[一六]天《あめ》のおし國高日子《くにたかひこ》の天皇《すめらみこと》、開初《ひらけはじめ》より五十一代の[一七]大まつり事きこしめしたまへば、[一八]五畿七道[一九]水旱《すゐかん》無く、[二〇]民《たみ》腹をうちて[二一]豊《とよ》としうたひ、[二二]良禽木をえらばず巣くひて、[二三]大同《だいどう》の[二四]佳運《かうん》[二五]記傳《きでん》のはかせ字をえらびて奏聞す。[二六]登極《とうきよく》あらせてほどもなく、

一「ならん」と補って解く。幾日降りつづいていることだろう。 二 使いなれた。愛用の。研は字典に「研ハ滑石也、硯ト同ジ」。 三 取り出したけれども。 四 書くべきこと。 五 王朝物語体を模倣することは。→補注一。 六 源氏、帚木「そのきはぐ\をまだおもひしらぬうひごとぞや」。湖月抄の注「初事也」。初めてのこと。この下に、そうして見ようと思うの意を補って解く。 七 自分の境遇、または生涯。 八 山住みの賤しい者のような。秋成晩年の窮迫した生活をいう。雨夜物語たみことばに「山かつの…」の和歌を注して「かひなき身をたとへて…」。 九 何を物語として作ろうか。 一〇 古今のことも、自分が人の著述を真実だと思いこみ、それをまた人に伝え、結局だますつもりがなくて人を欺くことがある。 一一 金砂一「この集(万葉)によしゑやしとも云へり、やとよは通言也、ゑは助音也、後世よしやよしと云ふ」。よしよしと自得の語。 一二 こしらえごと。→補注二。 一三 雨夜物語たみことば「学問の書物也」。ここは正史をさす。秋成は正史にもこしらえごとが混るとの説を持っていた。→補注三。 一四 本当の古典正史だと有難く扱わせる人。 一五 この作品を書きつづけると。 一六 平城天皇。日本逸史十五「日本根子天排国高彦(やまとねこあめおしくにたかひこの)天皇」。大同元年(八〇六)から四年在位。 一七 天下の政治を親政なさったので。 一八 大和・山城・河内・和泉・摂津の五畿内の国と、東海・東山・北陸・山陰・山陽・南海・西海の七道とで日本全国。 一九 日でり。 二〇 太平の世を示す語。十八史略の帝堯の条「哺ヲ含ミ腹ヲ鼓シ、壌ヲ撃チテ歌フ」。 二一 豊年。弘仁改元詔「方今時豊稔」。 二二 賢臣が多く仕えて。蜀志「良禽ハ木ヲ相シテ棲ミ、賢臣ハ主ヲ択ンデ事フ」。 二三 平城帝の年号。延暦

[一]太弟神野《かみの》親王を春《はる》[二]の〔宮《みや》〕つくらして遷《うつ》させ、是は先《せん》[三]だいの御寵愛殊なりしによりて也けり。太弟《たいてい》[四]聰明にて、君としてためしなく、和漢の典籍にわたらせたまひ、[五]草隷《さうれい》[六]もろこし人の推《お》(し)いたゞき乞(ひ)もてかへりしとぞ。此時、唐は憲[七]宗の代にして、[八]徳の隣《となり》に通ひ來たり、[九]新羅の哀莊王[一〇]いにしへの跡とめて、數十艘の貢物たてまつる。

天皇善柔《ぜんじう》[一一]の御さがにましませれば、はやく春の宮に御くらゐゆづらまく、内[一二]ことさたしたまふを、[一三]大臣參議「さる事しばし」とて、推(し)とゞめたてまつる。[一四]一夜《ひとよ》、夢見たまへり。先帝《せんだい》のおほん[一五]高らかに、

[一六]けさの朝け鳴(く)なる鹿の其聲を聞(か)ずはゆかじ夜のふけぬとに

[一七]打(ち)傾きて、御歌のこゝろおぼししりたまへりき。[一八]又の夜、先だいの御使あり、「[一九]早良《さはら》の親王の靈[二〇]かし原《はら》の御墓に參りて罪を謝す。只おのが[二一]後なき事をうたへなげく」と申(し)て、使は去(り)ぬ。是はみ[二二]心のたよわさにあだ夢ぞと、[二三]おぼししらせたまへど、[二四]崇道天皇《すだうてんわう》と尊號おくらせたまひき。法師かんなぎ[二五]等祭[二六]壇に昇りて、[二七]加持《かぢ》[二八]まいらせ[二九]はらへしたり。侍臣藤原の[三〇]仲成《なかなり》、いもうとの[三一]藥子《くすりこ》等申す。「[三二]夢に六のけぢめを云(ふ)。よきあしきに[三三]數《すう》定まらんやは。御心の[三四]直きにあしき[三五]神のよりつくぞ」と申(し)て、[三六]出雲の廣成におほせて、御藥[三七]てうぜさ

二十五年(八〇六)五月十八日改元。二四 よいめぐり合せというので。二五 正しくは紀伝。文学・史学の博士。↓補注四。二六 即位されて。

一 皇太弟。後の嵯峨天皇。日本逸史十七「諱賀美能」。二「宮」は文化五年本により補。東宮の御所。また皇太子(弟)の意。三 先帝桓武天皇。四 日本逸史十七「幼ニシテ聡、好ンデ書ヲ読ミ(中略)草隷ニ妙ナリ」。五 草書・隷書即ち書道。六 源氏、桐壺に高麗の相人の源氏の君の詩賦をほめたによる。七 大同元年は憲宗の元和元年。八 論語の里仁篇「徳孤ナラズ必ズ隣有リ」。九 大同元年は哀荘王の七年。一〇 古い応神推古朝の来貢にならって。この史実はない。一一 善良で気が弱い御性質。↓補注五。一二 おもらしになる。一三 行政の長官と参与達。一四 ある夜。一五 御製。一六 夜はふけた時分だが、朝に鳴く鹿の声を聞かないでは立去るまいの意。鹿の声を嵯峨天皇の即位に託して用いた。↓補注六。一七 思案して。一八 次の夜。その夢中に。一九 桓武の皇太弟。延暦四年(七八五)廃され淡路流謫途上に薨。二〇 京都市伏見の桓武帝柏原陵。二一 追善供養。二二 お心の弱さに原因した。二三 理解なさったが。二四 桓武天皇延暦十九年の史実の転用(日本逸史九)。二五 巫覡。神に奉仕し、祓などする男女。二六 底本「檀」を改。二七 災難よけの密教の祈り。二八 正しくは「まゐら」。以下も秋成は「い」を用いる。二九 悪霊を去る神事。三〇 種継の子。右兵衛督。三一 藤原縄主に嫁し、後平城帝の寵あり。乱後毒死。天理冊子本後大同五年九月十一日射殺。三二 周礼の春官の占夢の条に見える吉凶を占う六つの夢。正夢・霊夢・思夢・寤夢・喜夢・懼夢のこと。三三 卜の変化。

せたいまつる。又[三八]参議の臣達はかり合せて、[三九]こゝかしこの神やしろ大てらの御使あり。又[四〇]伯岐の國に[四一]世をさけたる[四二]玄賓《げんびん》召(し)て、御加持まいらす。此法師は、[四三]僧都《そうづ》になし昇したまひしかど、一族[四四]弓削《ゆげ》の道鏡《だうきやう》が暴悪をけがらはしとて、山深くこゝかしこに住(み)て、[四五]行《おこな》ひたりけり。七日、朝廷に立(ち)て、[四六]妖魔をやらひしとて、「御いとまたまはれ」と申す。み心すが〳〵しくならせたまひしかば、「猶参れ」とみことのらせしかど、思ふ所やある、又も[四七]遠きにかへりぬ。[四八]仲成外臣を遠ざけんとはかりては、薬子と心あはせ、[四九]なぐさめたいまつる。よからぬ事も打(ち)ゐみて、[五〇]是が心をもとらせ給(ひ)ぬ。夜《よ》ひ〳〵の御宴の[五一]うた垣、[五二]八重めぐらせ遊ばせたまふ。御製《おほん》をうたひあぐる。其歌、

[五三]棹鹿《さをしか》はよるこそ來なけおく露は霜結ばねば朕《われ》わかゆ也

[五四]御かはらけとらせたまへば、薬子扇とりて立(ち)まふ。

[五五]三輪《みわ》の殿《との》の神《かみ》の戸《と》をおしひらかすもよ、いく久《ひさ》〳〵

と、[五六]袖かへして[五七]ことほぎたいまつる。御こゝろすが〳〵しく、[五八]朝まつりごと怠らせ給はず。太弟の才學長じたまふを忌《い》(み)て、[五九]みそかにしらし奏する人もありけり。みかど獨《ひとり》ごたせ給ふ。「[六〇]皇祖《みおやの》〔尊《みこと》〕矛《ほこ》とりて[六一]道ひらかせ、弓箭《ゆみや》[六二]みとらして、[六三]仇《あた》うちしたまふより、[六四]十《と》つぎの崇神の御時までは、[六五]しるすに事なかりしに

条理。 三四 素直。帝の性質を示す語。 三五 悪霊。 三六 史上の出雲広貞・難波広成の二人の医人を合せて作った名。 三七 調製させ。 三八 大同二年参議をやめ観察使とした史実より特にこの語を使用。 三九 大同四年の史実による。 四〇 鳥取県の一部。 四一 俗世間を離れた。 四二 河内の僧。弘仁九年(八一八)没、八十余。この所は主に元亨釈書九による。 四三 僧官の次官に昇進させたが。 四四 称徳帝の寵により立身し、帝位をうかがい、和気清麿にはばまる。下野薬師寺別当に貶されて終る。 四五 修行した。 四六 追いはらう。神代紀上「逐(やらひき)」。 四七 遠方即ち伯耆の国。 四八 儀礼の士相見礼「他国之人則外臣ト曰フ」。 四九 天皇の憂いを散じようとした。「たいまつる」は「たてまつる」の転。 五〇 仲成・薬子等の気持にさからわぬようになさる。 五一 多数の男女が集まって、歌を唱い合い、舞踏する古代の遊び(類聚国史七十七)。 五二 幾重にも輪をなして開催なさった。 五三 露が霜に変る時がまだこないので、さ小鹿は夜毎妻を求めて鳴いている。私も若やぐよ。↓補注七。 五四 素焼の酒盃。 五五 三輪神社の大神様が戸を一杯に開かれた。末長く末長く。「も」「よ」は強めの助詞。崇神紀八年四月の条による。↓補注八。 五六 袖ひるがえして。類聚国史七十七歌垣の条「袂ヲ挙ゲテ節ヲ為ス」。 五七 君が代を祝福した。 五八 早朝正殿で政事を聞くこと。 五九 讒言する。 六〇 神武天皇。推古紀「皇祖(みおや)天皇」。底本の「酋」を「尊」に改。 六一 王道即ち日本の国を初められた。 六二 金砂六「みとらしとは至尊の大み手に取らせ給ふを云ふ」。 六三 秋成の習いで清んで読む。↓四二頁注一一。手むかう敵。「し」衍か。 六四 十代。 六五 記載する事件。

や、[一]養老の紀に見る所無し。儒道わたりて、[二]さかしき教に[三]あしきを撓《た》むかと見れば、又[四]枉《ま》(げ)て言《ことば》を巧みにし、[五]代とさかゆくまゝに静ならず。朕《われ》は[六]ふみよむ事うとければ、たゞ[七]直きをつとめん」と[八]おほす。一日《ひとひ》、太虚《おほぞら》に雲なく[九]風枝《かぜえだ》を鳴(ら)さぬに、空にとゞろく音す。[一〇]空海参りあひて、念珠《ねんじゅ》おしすり、[一一]咒文たからかにぞとなふるに、[一二]即(ち)、地に墮《お》(ち)たり。あやし、[一三]蛮人《ばんじん》車に乗(り)てかける也。捕へて櫃にこめ、[一四]難波穿江《ほりえ》に沈めさせ、[一五]忌部《いんべ》の濱成《はまなり》、おちし所の土三尺《さか》をほらせて、[一六]神やらひ、[一七]をらび聲高らか也。一日、皇太弟柏原のみさゝぎに參りて、密旨の奏文さゝげまつらす。[一八]何の御心とも、誰つたふべきに非ず。天皇も一日[一九]みはかまうでし給ふ。百官百司、[二〇]みさき追ひあとべに備ふ。[二一]左右《さう》の大將中將、おん車のをちこちに、弓矢[二二]取(り)しばり、御はかせきらびやかに[二三]帶(び)たまへり。[二四]百取《ももとり》の机《つくゑ》に、[二五]幣帛《みてぐら》[二六]うづまさに[二七]つみはえ、[二八]堅樹《さかき》の枝に[二九]色こきまぜてとり掛(け)たる、[三〇]神代の事もおもはるゝ也けり。[三一]雅樂寮の[三二]左右の人人立(ち)なみて、[三三]三くさの笛鼓の音、「面白し」と心なき[三四]よぼろさへ耳傾(け)たりけり。怪し、うしろの山より黒き雲きり立(ち)昇りて、雨ふらねど[三五]年の夜のくらきにひとし。いそぎ[三六]鳳輦にて、[三七]我も〳〵と、あまたのよぼろ等のみならず、取(り)つぎて、左右の大中將、つらを乱してそなへたり。「還御」たからかに申せば、

一 養老五年(七二一)奉勅撰の日本書紀。 二 賢い。条理正しい教旨。 三 我が国の欠点をためなおすかと思うと。 四 巧言でもって無理な理窟をつけ。 五 時代と共に儒道は盛んになって、世はおだやかでない。これは秋成の持論。遠馳延五登などに詳。 六 漢籍に暗いから。 七 安々言「古語ニ直ト云フハ質直ノ義」。 八 仰す。 九 論衡「風枝ヲ鳴ラサズ、雨塊ヲ破ラズ」。ここは風の少しもない意。 一〇 真言宗の開祖。承和二年(八三五)没、六十二。達人として登場する。 一一 真言秘密の陀羅尼。 一二 直ちに。 一三 南方黒色魁偉の人。 一四 大和(奈良県)高市郡豊浦寺の東、大阪堀江川、大阪阿弥陀池の諸説がある。 一五 神別記の編者。同序に「従五位下神祇権小副忌部宿禰浜成」。 一六 古事記上「神夜良比」。ここは神式の悪魔払い。 一七 正しくは「おらび」。ここは大きく祝詞をよむ声。 一八 どんなお気持か。↓補注九。 一九 柏原陵参拝。 二〇 前駆・後衛の警備。↓ 二一 左右近衛府の大将・中将。最上の武官達。↓補注一〇。 二二 神代がたり「しかともたせらるゝを取りしばると云ふ」。 二三 佩刀をつける。 二四 大きな机。記上「令持百取机之代物」。神代紀上「百机」。私記「百人共ニ一机ヲ挙グ其ノ高大ヲ言フ也」。 二五 神の供物の総称。和名抄「幣　美天久良」。 二六 沢山に。↓補注一一。 二七 積みならべ。正しくは「はへ」。↓補注一二。 二八 金砂七「いにしへは(中略)冬青木を折りつみて、奉る種々の物を枝々にゆひ付けて捧げし事也、栄樹堅木いづれとも祝言也。(中略)故実には何にても冬青の物を用ひたるべし」。 二九 青や白の和幣(にぎて)をとりまぜて。 三〇 古今十七「おほ原や小塩の山も今日こそは神代のことも思ひ出づらめ」。 三一 朝廷の祭事行列に歌舞楽を勤める官。 三二 金砂二「大唐は左方、高麗は右方

[三八]大伴の氏人開門す。「[三九]御常にあらじ」とて、くす師等いそぎ参りて、御薬調じ奉るに、兼(ね)ておぼす御國譲りの[四〇]さがにやと[四一]おぼしのどめて、更に御なやみ無し。御かはらけ参る。[四二]栗栖野《くるすの》の流の[四三]小鮎《こあゆ》に、[四四]〔な〕らびの岡の[四五]蕨とりてはへて、膾や何やすゝめたいまつる。みけしきよくてぞ。夜に月出(で)、ほとゝぎす一二聲鳴(き)わたるを聞(か)せたまひて、[四六]大とのごもらせたまひぬ。空海[四七]あした参る。問(は)せたまへるは、「[四八]三皇五帝は遠し。[四九]其後の物がたり申せ」となん。空海申す。「[五〇]いづれの國か教へに開くべき。「[五一]三隅の網一隅我に來たれ」と云(ひ)しが、[五二]私《わたくし》の始なり。たゞ〳〵御心の直くましませば、[五三]まゝにおぼし知(らせ)たまへと[五四]こそ。[五五]日出(で)て興《お》(き)、日入(り)て臥(す)。飢(ゑ)てはくらひ、渇してのむ。[五六]民の心にわたくしなし」とぞ。打(ち)うなづかせ給ひて、「よし〳〵」とみことのらす。太弟参りたまへり。御物がたり久し。のたまはくは、「[五七]周は八百年漢四百年、いかにすればか長かりし」とぞ。太弟[五八]さかしくましませば、御心をはかりてこたへたまはく。「長しといへども、[五九]周は七十年にて漸《やや》衰ふ。漢家も又、[六〇]高祖の[六一]骨いまだ冷(え)ぬに、[六二]呂氏の亂おこる。[六三]つゝしみの怠りにもあらず」と答(へ)たまふ。「さらば[六四]天の時か。天とは日ゝに照(ら)しませる[六五]皇祖《みおや》の御國也。儒士等、「天とは卽(ち)[六六]あめを指(す)か」と聞けば、「[六七]命祿《めいろく》

の奏楽也」。三三 三笛(笙・篳篥・笛)三鼓(太鼓・羯鼓・鉦鼓)。三四 仕丁。三五 大晦日の夜。天武紀に、黒雲十余丈が立って、占に天下両分の祥と出たとあるによる。三六 天皇乗御の輿の一。上に金鳳をつける。三七 帰られるの意を補う。三八 宮門の警備。↓補注一三。三九 御不例だ。四〇 前兆。↓補注一四。四一 自ら自分を落ち付かせて。源氏、夕顔「思ひのどめて」。四二 京都市鷹ガ峰の東。中古の天皇遊猟地の一(類聚国史など)。鮎はその地の名産。四三 鮎に同じ(大和本草)。四四 底本「わらひ」。意によって改。四五 京都市仁和寺の南。中古の天皇遊猟地の一。四六 御寝になる。四七 翌朝。四八 中国古代伝説の君主達。その名は諸説一定しない。四九 王位の継承。五〇 理論が先に出来て始った国はない。五一 殷の湯王が禽獣の網の一方を開いて、民心を得た故事。↓補注一五。五二 天下の政を私欲によってする。五三 そのままで御判断下さい。五四 思うの意を補。五五 十八史略の堯の代の民の詠「日出デテ作シ、日入ツテ息フ、井ヲ鑿リテ飲ミ、田ヲ耕シテ食フ、帝力何ゾ我ニ有ランヤ」。五六 民心は自然に従って生活し、自欲による禅位簒奪等に無関心である。五七 周は八百六十七年、漢は四百二十六年続く(十八史略)。五八 賢明であられたので。五九 周は四代昭王で王威が衰えた。六〇 前漢初代劉邦。六一 死後いくらも経ないで。六二 高祖の后の呂太后が政をほしいままにし、一族王となる。陳平・周勃等これを討った事件。六三 帝位にある者の自分を慎しむことを怠ったために起ったのでない。六四 帝位王朝の隆替も時運によるのか。六五 皇祖天照大御神のおられる高天原。六六 空。六七 持って生れた幸不幸。遠馳延五登「人各遇不遇ありて我しらぬ命禄は論ずまじきや」。

也」と云(ふ)。又[一]數《すう》のかぎりにもいへり。是は[二]多端也。[三]佛氏は[四]天帝も[五]我に冠かたふけて聽(か)せたまふと申す。あな煩はし」と。太弟御こたへなくて[六]まかん出たまへり。あした[七]御國ゆづりの[八]宣旨くだる。

[九]故《ふる》さとゝなりし[一〇]平城《なら》に[一一]おり居させたまはんとぞ。[一二]元明よりせん帝《だい》にいたるまで、七代の宮所なりしかば、昔は宮殿のありしさまを、「[一三]咲(く)花のにほふが如く今さかり也」と、よみしを[一四]おぼし出(で)たまひ、そこにと定(め)たまへりき。[一五]日をえらびて、けふ出(で)させたまへり。[一六]宇治にいたりて、[一七]鸞輿《らんよ》しばしとゞめさせて、[一八]河づらをながめて、おほんよませ給へる、

　[一九]ものゝふよ此橋板のたひらけくかよひてつかへ萬代《よろづよ》までに

[二〇]是をうた人等七たびうたひ上(ぐ)る。「[二一]網代《あじろ》の波はけふ見(え)ねど、千代〳〵と鳴(く)[二二]鳥は河洲《かはす》に群(れ)ゐるを」とて、又[二三]御かはらけめす。藥子れいに[二四]擎《ささ》(げ)まいらす。「所につけてよめ」と[二五]おほせたうぶ。藥子先よむ。

　[二六]朝日山にほへる空はきのふにて衣手さむし宇治の川波

と申せば、「[二七]河風はすゞしくこそ吹け」とて、打(ち)ゐませたまふ。左中將藤原の[二八]惟成よむ。

　[二九]君がけふ朝川わたるよど瀬なく我はつかへん世をうぢならで

一 運のつき。二 多義でとらえがたい。三 僧侶。四 須弥山頂忉利天の主。帝釈天。五 法華経などに釈尊説法の時、帝釈天が眷属と共に出現して、これを聞くと見える。六 退出なさった。七 御譲位。八 蔵人所外記を通じて出される勅の一。九 旧都。金砂一「ふるさととは旧都を云ふ、転じて吾本土をも云ひ、又旅に在りては産国をいひ、かつ名だかくふりたる処をも云ふ」。一〇 奈良市。一一 退位して住む。大和物語「亭子のみかど今は下居(おり)たまひなんと」。一二 四十三代元明天皇から先代桓武天皇まで。一三 万葉三「青丹よし奈良の都は咲く花の匂ふが如く今盛りなり」(三二八)。一四 思い出されて。一五 佳い日柄を選んで。一六 宇治市。京都・奈良間の古来の歌枕。一七 鳳輦に同じ。一八 河面。河の景色。一九 武士達よ、この宇治橋の橋板の平らなごとく、かわりなく何時までも奈良へ通って我に奉仕してくれ。↓補注一六。二〇 雅楽寮の歌曲音楽に従う職員。二一 宇治の名物。竹や木で網の如く編み小魚をとる具。更級日記「音にのみ聞き渡りこし宇治川の網代の浪も今日ぞ数ふる」。二二 千鳥。万葉十九「河洲にも(中略)千鳥なくらし」(四二八八)。二三 御酒を召上る。二四 いつもの如く。二五 仰せを下される。二六 宇治川北岸の歌枕。朝日山のその朝日の花やかな空の如く平城帝の御代の栄えたのは過去となって、今日は宇治の川波よせる風が袖に寒く吹いて、淋しい境遇だ。二七 退位してさっぱりした自分にはこの河風は寒くなく涼しい。二八 三継と共に実在でない。二九 君は今朝宇治川を渡り奈良へ移られるが、川に淀や瀬のあるような変った心なく、私は世を憂いと思わず、お仕えしましょう。↓補注一七。三〇 兵部省の次官。三一 万葉十九「妹に似る草と見しより吾がしめし野べの山吹

[三〇]兵部太輔橘の三繼よむ。

　[三一]妹に似る花としいへばとく來ても見てまし物を岸の山振《やまぶき》

「[三二]それは[三三]橘の小嶌が崎ならずや。飛鳥《あすか》の故《ふる》さとの[三四]草香部《くさかべ》の太子《みこ》の[三五]宮居ありし所よ」とおほせたまふ。猶[三六]多かりしかど忘れたり。[三七]奈良坂にて、御ゆふげまゐる。「[三八]この手がし葉はいづれ」とゝはせ給(ふ)。「それは二《ふた》おもてにて、[三九]心ねぢけたる人にたとへし[四〇]忌《いみ》こと也。御供つかふまつる臣達、いかで[四一]二おもならん」と申す。「よし」とのたまひて、[四二]古宮《ふるみや》に夜に入(り)て入(ら)せたまひぬ。あした、御簾かゝげさせて、[四三]見はるかさせたまへり。東は[四四]春日《かすが》・高圓《たかまど》・[四五]三輪山《みわやま》、みんなみは[四六]鷹《たか》むち山をかぎり、西は葛城《かづらき》や[四七]たかんまの山・[四八]生駒《いこま》・ふた神《がみ》の峯ゝ、[四九]青墻《あをがき》なせり。「[五〇]むべも開初より宮居こゝと定めたまひしを、せんだいの[五一]いかさまにおぼして、北に遷らせ給(ひ)し」と、ひとりごたせ給ふ。「北は[五二]元明・[五三]元正・[五四]聖武の御《み》墓立(ち)幷びたまひたり」と申せば、杳《はるか》にふし拜《おが》みしたまへり。大寺の甍たかく、層塔數をかぞへさせ給(ふ)。城市の家どもゝ[五五]また[五六]今の都にうつりはてねば、[五七]故《ふる》さと〔と〕もあらぬ[五八]たゝずまひ也。[五九]東大寺の毘盧舍那佛拜まんとて、先《まづ》出(で)させ給(ひ)、見上(げ)させたまひて、「[六〇]思ふに過(ぎ)し御かたち也。[六一]西の國のはてに生れて、[六二]此陸奥《みちのく》のこがね花に光そへさせ給ふとぞ。[六三]いぶかし」

誰か手折りし」(四一九七)というから、早く来て、この岸の山吹を見たらよかった。山吹の瀬は宇治橋の北西にある。三二 古今三「今もかも咲き匂ふらむ橘の小島の崎の山吹の花」。妹に似ると言ったのは。三三 八雲御抄は宇治とし、秋成は飛鳥川と見る(金砂一)。上皇の大和に心の進む様を描く。三四 天武の皇子、日並知《ひなみし》皇子。持統三年(六八九)薨。三五 島の宮(奈良県高市郡明日香村)。三六 詠歌が。三七 奈良市。山城・大和境。三八 ひのき科の側柏。葉の両面が青く、掌の如く立つ。三九 万葉十六「奈良山の児手柏の二おもにかにもかくにもねぢけ人の徒」(三八三六)。四〇 忌言葉。四一 二股者。風流の問に現実の答。四二 以前の内裏。日本逸史十八「古《ふる》京」。四三 眺望なさる。四四 奈良市街東方の山々。四五 大和平野中央に位する。四六 鷹鞭山。奈良平野の南、高取町の後にそびえる。四七 高天山。奈良県西南境葛城連山の高峰。千載一「葛城やたかまの山」。四八 大和・河内境の生駒山・二上山。四九 青々と垣のようにとりまく。↓補注一八。五〇 成程尤もで。五一 どんなお考えで。↓補注一九。五二 四十三代。奈良市奈保山東陵。五三 四十四代。同奈保山西陵。五四 四十五代。同佐保山南陵。五五 天理冊子本「又」。文化五年本「いまだ」。五六 京都。五七 古都。底本「と」欠、五年本により補。五八 様子。繁昌していること。五九 いわゆる奈良の大仏。六〇 想像以上の。六一 天竺。六二 日本の陸奥産の黄金で一しおお光りになっているとか。天平二十一年二月、奥州国守百済王敬福献上の黄金を造仏用とした。この時大伴家持の歌「すめろぎの御代さかえむと東なる陸奥山に黄金花咲く」(万葉十八、四〇九七)(続日本紀)。六三 素直な日本精神の持主として仏教流行に対する不審を示させた語。

とおほせたまへば、近く參りたる法師が申す。「是は[一]華嚴と申(す)御經にとかせし御かたち也。如來のへん化、天にあらせれば虚空《おほぞら》に[二]せはだかり、又芥子の中にも所[三]えさするよしに申(し)たり。[四]肖像はこゝにも渡せし。御足の裏に開元の年號あるが、三たびの御うつし姿にて、五尺《いつさか》に過(ぎ)させしをまことゝは[五]たのみ奉る」と申(す)。[六]露《つゆ》御こたへなくて、[七]たゞたがはせで、物いひたまはず。[八]此〔御〕本じやうこそたふとけれ。藥子・仲成等、[九]あしくためんとするには、御[一〇]烏帽子《あぼし》かたふけてのみおはすがいとほしき。

[一一]御臺《みだい》まいらす。よく[一二]きこしをして、「[一三]難波の蜑《あま》がみつぐは、こゝも近きか」とぞ。くすり子申す。「[一四]かしこに都あらせし帝《みかど》は、[一五]御父の弟[一六]御子《みこ》を立(て)て[一七]日嗣とは定(め)たまひしかば、[一八]神去(り)たまひては、兄み子[一九]打(ち)もだし宇治につかふまつり[二〇]給ふを、兎遲《うぢ》のみ子は、「我、兄に踰《こ》(え)て[二一]登極せん事、[二二]聖の道にあらず」とて、[二三]譲(り)たまへど、「否、既に[二四]日繼のみ子とは、君を定(め)たまひしぞ」とて、三とせまで相ゆづりて、[二五]御座むなしかりしかば、弟み子はついに[二六]刄にふして世をさらせしとぞ。難波の蜑《あま》等貢ぐ[二七]眞魚《まな》は、[二八]をちこちさまよひて、道に[二九]くされたりしとぞ。「[三〇]蜑なれや、おのが物からもて[三一]いさつ」となんかたりつたへたる。兄のみ子[三二]いかにせん、御位に昇らせしを、聖王と申(し)たて

一 旧華厳経の盧舎那仏品の第二に十方に大光明を放つなど見える。 二 一杯にひろがる。 三 落ち付くことが出来る。↓補注二〇。 四 文化五年本「こゝにもわたせし中に、御足のうらに開元のとしを鐫らせしが、竺国にて三たびの御かたち也。五尺にわづかに過(ぐ)させしよと、をろがみたいまつるとかや」。これと同意に解しておく。開元は唐の玄宗の年号。この事実未詳。 五 信仰する。 六 少しも。 七 異存を含まず。奇異な話にも反対しない上皇の性格をまた示す。 八 底本「御」脱、文化五年本により補。御性質。 九 邪道へ引き入れようとする時には。 一〇 不審に気のすすまぬさま。 一一 御食事を差上げる。 一二 召し上がられて。 一三 大阪地方の漁師が海産物を貢物するのは。 一四 その難波の高津宮に都した十六代仁徳天皇。 一五 十五代応神天皇。 一六 菟道稚郎子(うじのわきいらつこ)。 一七 帝位につく人。 一八 崩御になって後は。ことは仁徳紀に詳らか。 一九 文句を言わないで。そのまま先帝の言に従って。 二〇 底本この下「り」一字衍、略す。 二一 即位。 二二 儒教でいう聖人の道。長幼の序をさす。皇子は阿直岐・王仁に儒を学んだ。 二三 仁徳紀「位ヲ大鷦鷯尊(仁徳)ニ譲リタマフニ」。 二四 日嗣に同じ。 二五 帝位が空白であったので。 二六 自刃して。 二七 魚類。「ま」は接頭辞。 二八 宇治・難波とゆきもどりして。 二九 正しくは「くさりたり」。口語「くされる」を混じたもの。 三〇 仁徳紀「諺ニ曰フ、海人ナレヤ、オノガ物カラネ泣クトイフハ、其是之縁也」。 三一 啼く。記上「啼ハ伊佐知伎也」。 三二 どうしようもないので。 三三 仁徳という諡号。 三四 たぐい稀な。同じ内容の記事が「賜摂津国西成郡今宮庄弘安之勅書並代々之御牒文序」に見える。 三五 平城天皇。 三六 簒奪によって王位の変る悪

まつり、[三三]御名は世ゝに[三四]ありがたく申(し)つたへたりき。[三五]君わづかに四とせにており居させたまへば、臣も民も望失ひて、「かなし」と申(す)とぞ。今の帝はもろこしのふみ讀(み)て、[三六]かしこの簒《うば》ひかはるあしきを[三七]試みさせしよ」と申す。「[三八]あなかま」とせいし給ふ。「いな、こゝにつかふまつる臣達は、今一たび、[三九]たひらの宮を都として、御くらゐに[四〇]かへらせん事をこそ[四一]ねぎ奉る」と申(す)。太弟に心かよはす[四二]奈良坂の人も有(り)て、[四三]聞(き)もらし、「[四四]あな」とぞ[四五]さゝめきたりし。仲成是につきて、「君の下居《おりゐ》は[四六]しばしの御悩み也と申(し)て、御卽位又あらせたまへ、[四七]今上の御心にたがはゞ、我、[四八]兵衛のかみ也、[四九]奈ら山、[五〇]泉川《いづみがは》に[五一]軍《いくさ》だちして、[五二]稜威《みいつ》しめさん」とぞ申(す)。又、市町の[五三]わらべがうたふに、

[五四]花は南に先さくものを、雪の北窻《きたまど》心さむしも

とうたふが、[五五]北に聞えて、平城《なら》の近臣をめして、[五六]推《お》(し)問はせたまへば、「是は藥子・仲成等がすゝめまいらす事也。此春の[五七]む月のついたちに、[五八]れいのみ藥まいらすに、[五九]屠蘇《とそ》、[六〇]白散《びやくさん》をのみすゝめて、[六一]度嶂《としやう》さん奉らず。「[六二]いかに」とゝはせしかば、「君、[六三]峭壁《せうへき》をこえさせまじきに。奈良坂たひらなれど、[六四]青垣山の外の重《へ》の山路也。この[六五]御墻の內だに、こと〳〵は貢物たてまつらぬ。悲し〳〵」とて、[六六]涙を袖につゝみもらしたり。此時御前に侍りて聞(き)し外は、[六七]正《まさ》しき事

風。ここに秋成の史観を示す。三七 実行した。三八 静かにと制止する語。三九 平安京。日本逸史十八「平安京(たひらのみやこ)」。四〇 お返りになろうこと。四一 祈り奉る。四二 前出の二面即ち二股者。四三 底本「聞ひらし」、意によって改。もれ聞いて。源氏、夕霧「人のききもらさんこともことわりとはしたなう」。四四 神代がたり「あなとは喜び悲しみにつきて声にあぐる也」。ここは驚き。四五 ひそひそ話をした。四六 暫時の御病気の故である。御病気のことは譲位の詔に見える。四七 嵯峨天皇のお気に入らないなら。四八 兵衛府の長官。仲成は時に従四位上右兵衛督。四九 奈良北方一帯の山。五〇 木津川の一部。京都府南部を東西に流れる。五一 出陣。崇神紀「進ンデ那羅山ニ登リテ軍立(いくさだちす)」。五二 上皇の御威光を示し、天皇方に一泡ふかせよう。五三 童謡に。五四 南即ち兄の平城帝が先に花咲くべきを、その間もなく早く退位させたのは、北即ち嵯峨帝の御心が冷酷すぎるの意。五五 京都方。五六 審問し。大同五年(八一〇)九月十一日の史実を用いた。五七 一月一日。五八 正月に主上と中宮に、白散・屠蘇・度嶂散各一剤を献ずる例(延喜式三十七典薬寮の条)があった。↓補注二一。五九 肉桂・山椒・白朮・桔梗・防風などを混じ製す。六〇 白朮・桔梗・烏頭・附子・細辛などで製す。六一 篳撥・山椒・細辛・防風・乾薑・白朮・肉桂などで製す。嶂山の悪気をさける効があるという。↓補注二一。六二 何故か。六三 けわしいがけ。六四 大和の国の外まわりの。六五 山を垣とする大和の国内。五年九月一日大和の田租地子稲を平城宮の雑用料とした史実による。六六 涙が袖にあまった。六七 確かな。

しらず侍る。[一]聖代に生れあひて、[二]誰かは兵〔仗〕《ひやうぢやう》を思ふべき」と申す。「さらば」とて、卽(ち)官兵を遣はされて、[三]仲成をとらへて首刎(ね)させ、なら坂に[四]梟《か》(け)させ、[五]藥子は家におろさせてこめをらす。

又御子の[六]高丘《たかをか》親王は、今の帝の、上皇の御心とりて、[七]儲《まうけ》の君と定(め)たまひしを、停《とゞ》めさせて、「僧になれ」と宣旨あれば、親王かしらを薙《な》ぎ、改名して[八]眞如と申(し)奉る。[九]三論を[一〇]道詮に學び、眞言の密旨を[一一]空海に習(ひ)たまひ、「猶[一二]奥あらばや」とて、[一三]貞觀三年唐土《もろこし》にわたり、行々《ゆくゆく》[一四]葱嶺《そうれい》をこえ、[一五]羅越國《らをこく》にいたり、[一六]御心ゆくまで問(ひ)學びて、歸朝ありしとぞ。「此皇太子の[一七]御代しらせたまはゞや」と、みそかには上下申(し)あへりきと也。藥子おのれが罪はくやまずして、怨氣《あんき》[一八]ほむらなし、ついに[一九]刄に伏(し)て死ぬ。此血の[二〇]帳かたびらに飛(び)走り[二一]そゝぎて、[二二]ぬれ〳〵と乾かず。[二三]たけき若者は弓に射れどなびかず。劔にうてば刄缺(け)こぼれて、たゞおそろしさのみまさりしとなん。上皇には[二四]かたくしろしめさゞる事なれど、たゞ「あやまりつ」とて、御みづからおぼし立(ち)て、みぐしおろし、[二五]御齢五十二と云(ふ)まで、世にはおはせしとなん、[二六]史にしるしたりける。

一 よい世の中。 二 戦を望むものは誰がありましょう。底本「杖」、改。 三 九月十日右兵衛府に禁、十一日射殺(日本逸史)。 四 さらしものにして。 五 解任宮中を下げると史実にある。 六 大同四年四月皇太子。弘仁元年九月十三日廃。 七 皇太子。 八 以下は元亨釈書十六、釈真如の条による。 九 三論宗の中心の経。竜樹の中論・十二門論、提婆の百論。 一〇 武蔵人、法隆寺等で三論を学ぶ。貞観十八年(八七六)没(釈書)。 一一 ↓一四八頁注一〇。 一二 釈書「密乗ノ奥秘ハ此方未ダ尽サズ」。 一三 清和天皇の代(八六一)。史実は四年入唐。 一四 パミール高原。中国西域の交通路。 一五 ラオス。仏印の西北部。釈書では真如法親王がここで遷化する。近時はその地をマレー半島の南とする(新村出著、史伝叢考など)。 一六 自ら満足なさるまで。 一七 天下を治められたらよいのに。 一八 もえ上って、甚だしいこと。 一九 自刃して。史実では九月十二日薬を仰いで死ぬ。 二〇 几帳用の一重の絹。日本逸史十五、桓武崩御の日、「血有リ東宮寝殿上ニ灑グ」とあるを転用した。 二一 さっとかかって。 二二 ぺったりと。古今著聞集十一「件の馬の足につち付きて、ぬれ〳〵とある事たび〳〵に及びける時」からの転用。この方巧み。 二三 勇敢な。 二四 全くお知りにならぬこと。日本逸史三十二「都ヲ平城ニ遷ス、是太上天皇(平城)之旨ニ非ズ。(中略)落髪シテ、沙門ニ為リ給フ」。 二五 天長元年(八二四)七月七日崩、史実では五十一歳(日本逸史三十二など)。 二六 歴史の書。 二七 五十二代の嵯峨天皇。大同四年より十四年在位。承和九年(八四二)崩、五十六歳。 二八 立派に御統治になった。 二九 諸般の政事を実施なさるに。 三〇 礼法や法令に、唐法にならった史実がある。 三一 採用して。底本「ら」欠、意に

天津處女《あまつをとめ》

[二七]嵯峨《さが》のみかどの英才、君としてたぐひなければ、御代《みよ》[二八]押(し)知らせたまひし也。[二九]萬機《ばんき》をこゝろみたまふに、[三〇]唐土のかしこきふみどもを[三一]取(り)え〔ら〕びて行はせたまへば、御世はたゞ[三二]國つちも改りたるやうになん人申す。[三三]皇女の[三四]御すさびにさへ、「[三五]木にもあらず艸《くさ》にもあらぬ竹のよの」又は「[三六]毛を吹(き)疵を」など、[三七]口つきこは[三八]〴〵しくて、[三九]國ぶりの歌よむ人は、おのづから[四〇]口閉(ぢ)てぞありき。[四一]上皇わづかに四とせにて[四二]おり居させたまひしを、[四三]下なげきする人も少からざりき。「今一たび[四四]取(り)かへさまほしく[四五]おぼしぬらん」と、[四六]ひたいあつめて申(し)あへりとぞ。嵯峨のみかども[四七]おぼしやらせて、[四八]御弟の大伴《おほとも》の皇子《みこ》を太子に定(め)たまひて、上皇をなぐさめたまへるは、是ぞたふとき叡慮ぞと人申す。

[四九]やがて御位おりゐさせて、[五〇]さが野といふ山陰に、[五一]茅茨《ばうし》剪《き》らずのためしして、うつらせたまへりき。是[五二]は、[五三]先帝の[五四]平城の結構を、[五五]この邦にては例《ためし》無し、[五六]瑞籬《みづがき》ふし垣の宮居にかへさせしなるべし。されど[五七]長岡《ながをか》はあまりに狭くて、王臣たち家を奈良にとゞめて、通ひてつかふまつるもあり、民は[五八]まいてなりしかば、是

よって補。 三二 国土も日本ならぬ唐土になったようだ。 三三 高津内親王をさす。桓武の皇女。 三四 雨夜物語たみことば「歌よみ琴ひくなど也」。なぐさみ。 三五 古今十八「木にも非ず草にも非ぬ竹のよのはしに我が身はなりぬべらなり、或人のいはく高津のみこの歌なり」。晋の戴凱之の竹譜「植物之中ニ物有リ竹ト曰フ、不剛不柔、草ニモ非ズ木ニモ非ズ」。古今和歌集打聴の注にも同書を引く。 三六 後撰十六「直き木に曲れる枝もある物を毛を吹き疵をいふがわりなさ高津内親王」。韓非子「毛ヲ吹キ小疵ヲ求メズ」とあり、人の欠点を求めること。 三七 歌のよみぶり。 三八 かどばって。雨夜物語たみことば「一ふでとよむべき心にて書きても、文字にて一筆(ぴいつ)とよまれて、こは〳〵しき也」。 三九 和歌。金砂六・楢の杣序にも同じ内容の文章が見える。 四〇 詠出しなかった。 四一 平城上皇。 四二 御退位。 四三 内心で歎く。 四四 帝位を。 四五 底本「おほし」三字衍、略す。思われたであろう。 四六 「ひたい」正しくは「ひたひ」。内緒話をした。 四七 同情なさって。 四八 淳和天皇。日本逸史三十一「諱大伴(をほとも)」。桓武第三皇子。弘仁元年立皇太子。 四九 その中に。弘仁十四年(八二三)退位。 五〇 京都市嵯峨。今の大覚寺の所。↓補注二二。 五一 帝堯の質素にならって。↓補注二三。 五二 天子の御在所については。 五三 桓武天皇。「の」は主語を示す格助詞。 五四 奈良の都の唐風の立派な構えを。 五五 日本。 五六 古代の日本の天子の簡略な御所。神代紀下「八重蒼柴籬(あをふしがき)」。崇神紀「磯城瑞籬(みづがき)宮」。↓補注二四。 五七 山城国乙訓郡長岡(京都市)。延暦二年(七八三)ここに遷都。同十三年今の京都へまた遷る。 五八 まして、新都にうつらなかったから。

はあやまりつとおぼして、今の[一]たひらの宮を作らせてうつらせたまふ也。土を均《なら》して[二]百《もゝ》しきついたて、[三]豐岩眞戸《とよいはまど》、くし岩窓《いはまど》の神とに[四]ねぎこと[五]うけひて、うつらせしかど、[六]人の心は花にのみうつり榮ゆる物なれば、いつしか王臣の家、殿堂の大いさ、[七]奈良の古きに復させたまへば、老(い)たる物知《ものしり》は、「[八]賈誼《かぎ》が[九]三代のいにしへをしのびて、「まつり事あらためさせよ」と申せしを、[一〇]賢臣等いさめ奉(り)しはまこと也けり」と、[一一]漢書《かんじよ》のそれの巻さぐり出(で)て、今を[一二]あをぎたてまつりしとなん。[一三]上皇おり居の宮に、わかう[一四]花やぎたまへば、たゞ、参る者に、「もろこしのふみよめ」とすゝめ[一五]たうぶ。[一六]草隷よく學(び)得させたまひて、多く[一七]海舶の便《たより》に[一八]求(め)えらばせし中に、[一九]空海を召(し)て、「是見よ。[二〇]王羲《ぎ》之《し》が[二一]まことの筆也」と、しめしたまへば、[二二]おろして見奉り、「是は空海が[二三]かしこに在(る)中に[二四]手習(ひ)し跡也。是見たまへ」とて、紙のうらをすこしそぎて見せ奉(り)しに、[二五]海《かい》が筆としるし置(き)たるに、[二六]御ことなくて、ねたくやおぼし成(り)にけん。空海は手よく書(き)て、[二七]五筆和上《わじやう》といひしは、[二八]書體さまゞゝに書(き)わかちけんかし。皇太弟[二九]受禪したまひて、後に淳和てんわうと申(し)奉りしは此御代也。[三〇]元を天長と改めたまふ。[三一]奈良の上皇はこの秋七月に[三二]雲隠(れ)させたまへば、是を平城天皇と尊號おくり奉(り)たまへりき。

一 平安京。 二 檜の杣「皇居を営造するに石ずゑを高く百のさねに築き立つるを云ふ文言也とぞ」。 三 御門を守る神々。この神々を祭る御門祭の祝詞をとなえて。↓補注二五。 四 祈願事。 五 神代がたり「誓をウケヒといふ、誓願の意にて」。 六 人心ははでに流れてばかりゆく。古今序「人の心花になりにけるより」。 七 奈良の都の古式に再び従った。即ち唐風に習った。 八 漢の文帝の儒臣。 九 夏・殷・周の中国の理想的古代をしたい、正朝を改め、服色礼楽など復古の制に改めることを献言。 一〇 灌嬰・周勃などの高官。 一一 漢書の巻四十八賈誼伝をさがし出して。 一二 現代を謳歌した。 一三 嵯峨上皇。 一四 花やかになさって。落窪物語に「いとはなやぎまさり給ふ事」。 一五 給ふ。 一六 草書・隷書。 一七 海上交通の船の便宜。中国通いの船便。 一八 筆跡の手本を求め。 一九 ↓一四八頁注一〇。 二〇 晋代の能書家。草隷は古今に冠とされる書聖(晋書八十に伝あり)。 二一 真筆。 二二 手におうけして。 二三 唐土。 二四 臨摸した筆跡。このこと古今著聞集七や服部南郭著の大東世語にのる逸話を作りかえて用いた。 二五 空海を略して。 二六 お言葉。一言もなくて。 二七 和上は和尚。この称については、古今著聞集に、口と両の手足に筆をもって文字を書いた故とあるなどを初め色々の説明がある。次が秋成の一説。 二八 楷・行・草・篆・隷の五つの書体を、よく区別して書いた。 二九 帝位を譲りうけられて。 三〇 年号。弘仁十五年(八二四)一月五日改元。 三一 平城上皇。 三二 おかくれになったので。万葉三「敷たへの家をば出でて雲隠れにき」(四六〇)。 三三 見識度量。上皇のお考で政事をとられるようになってからは。日本逸史三十二「天皇識度沈敏」。 三四 次々と法令が出て。

嵯峩の上皇の[三三]識《しき》度《ど》にあらたまりては、[三四]法令事しげく、儒教[三五]もはらに取(り)用ひさせたまへり。されど佛法は専らおとろへずして、君の上に此御佛のたゝせたまへるよとて、堂塔[三六]年なみに建(ち)ならび、[三七]博文[三八]有《う》験《げん》の僧等[三九]つかさ人に同じく、[四〇]朝には立(た)ねど、まつり事をさへ時ゝ奏したれば、おのづから彼《かの》をしへに引(き)導(か)せられたまふ事も少からずぞ有(り)ける。「[四一]いかなれば、佛法の[四二]冥福をかうふらせたまひて、[四三]如來の大智の網にこめられたまふよ」と、[四四]下なげきする人もありけり。中納言[四五]清丸の[四六]高雄山の[四七]神願寺は、妖僧[四八]道鏡[四九]きほひて、[五〇]宇《う》佐《さ》の神勅を[五一]矯《た》(め)さするに、清万侶[五二]あからさまに奏せしかば、怒りて一たびは[五三]因《いな》幡《ば》の員外《ゐんぐわい》の介《すけ》におとせしかど、猶飽(き)たらずして[五四]庶人にくだし、[五五]大隅《おほすみ》の國に[五六]適《てき》せしむ。忠誠の志よきに、[五七]稱徳崩御の後に召(し)かへされしかど、やゝ老にいたりて、[五八]中納言に擧(げ)られたり。「[五九]本國の備前にくだりて、[六〇]水害を除き、民を安きに置(か)れし功勞もありしかど」ゝて、「[六一]いとほし」と申さぬ人もなかりし。「神德の報恩の寺也」とて、後に神《じん》護《ご》寺《じ》と[六二]改(め)し事、[六三]命祿の薄きをいかにせん。今上の皇太子[六四]正良、御くらゐ受(け)させたまひて、淳和の帝ほどなくおりゐさせて、ためしなき[六五]上皇御二方と申(す)事、「から國にもきかぬためし也」と申す。天皇仁明と尊崇し奉りて、[六六]紀元を承和と[六七]改めたまふ。佛

三五 専ら採用なさった。 三六 年毎に。 三七 見聞智識に富む僧。 三八 修行つみ祈禱に験のある僧。 三九 官人。仁徳紀「有司(つかさびと)」。 四〇 朝廷。直接行政にはたずさわらぬが。 四一 何故だろうか。 四二 仏説で言う来世の幸福と前世の善果。 四三 仏の大きい智恵の中にまるめこまれなさった。 四四 内心で嘆く。 四五 和気清麿。 四六 洛北の高雄。 四七 宇佐八幡への願を清麿実現して延暦中建立。↓補注二六。 四八 ↓一四七頁注四四。 四九 勢があって。 五〇 宇佐八幡宮。大分県宇佐郡の大社。 五一 まげさせる。日本逸史十八「八幡ノ神託ヲ矯メテ」。↓補注二七。 五二 ありのまま。元亨釈書によると、道鏡は邪神をまつり、宝位をうかがうもの。我が国の帝位は日種のつぐことは開闢以来で、他種をまじえない。道鏡が跡をつぐべきでないとの神託。 五三 因幡国(鳥取県の一部)の二番官の員外に位を下げたが。 五四 官位剝奪。 五五 鹿児島県の一部。 五六 正しくは謫(漢音タク)。流罪にさせた。 五七 四十八代。道鏡を寵したという女帝。宝亀元年(七七〇)崩、同年清麿召還。 五八 太政官秘書局の次官。 五九 和気氏は備前(岡山県)和気郡が郷土。 六〇 延暦七年のこと。続日本紀三十九に見える。 六一 気の毒な。功臣の官位の低いのに同情した語。 六二 天長二年(八二五)四月改名。 六三 運の悪い。本篇では清麿は日本精神の剛直な持主として出した(胆大小心録一六三参照)。 六四 五十四代仁明天皇。嵯峨天皇第二皇子。弘仁十四年立太子。天長十年即位。 六五 退位の天子。 六六 年号。 六七 天長十一年正月三日改元。

一 怪に同じ。 二 仏教・儒教の並び行われるを車の両輪にたとえていう。 三 屢ゝ改めたの意を補

道は猶さかんなる事[一]怜《あや》しむべし。儒教も相并びて行はるゝに似たれど、車の[二]片輪のいさゝか缺(け)そこなひて足遲き如し。さて政令は唐朝のさかんなるを羨みたまひ、[三][四]ついの御心は[五]驕に伏したまひたりき。

[六]良峯《よしみね》の宗貞《むねさだ》といふ、[七]六位の[八]藏人なるが、才学ある者にて、帝の御心に叶ひちかう[九]召(し)まつはさせ、時ゝ「文よめ」「歌よめ」と[一〇]御あはれみかうぶりしかば、いつとなく朝政もみそかに問(ひ)きゝ[一一]給へるとぞ。宗貞さかしくて、まつり事は[一二]かたはしばかりも御答(へ)申さず、たゞ御遊びにつきし事どもを、しかせしためしなど、[一三]御心をとりて申す。色このむ男にて、[一四]花ゝしき事をなん好みけるが、年毎の[一五]豊《とよ》の明《あか》りの[一六]舞姫の數をすゝめてくはへさせし。「是は、[一七]清見原《きよみはら》の天皇の[一八]よし野に世を避(け)たまひしが、[一九]御國しらすべきさがにて、[二〇]天女五人天くだりて、[二一]舞妓《ぶぎ》をなぐさめ奉(り)したためしなれば、五人のをとめこそ古き例《ためし》なれ」と申す。同じく色このませしかば、[二二]ことしの冬を初めに宣旨くだりて、[二三]花さかせたまへりけり。[二四]大臣・納言の人ゝの[二五]、御むすめたちつくりみがゝせて、[二六]御目うつらばやとし[二七]かまへたりき。[二八]ながめ捨(て)させたまふはいかにせん。[二九]伊勢・加茂のいつきの宮のためしに、[三〇]老(い)ゆくまでこめられはてたまひき。[三一]國ぶりの歌此み代より又さかえ出(で)て、宗貞につぎて、[三二]ふんやの康秀《やすひで》・大友《おほとも》の

って解く。四 正しくは「つひ」。御心の底をたたけば。五 栄華の気持にまけてしまった。三善清行の意見十二箇条(本朝文粋二)「仁明天皇位ニ即クヤ、尤モ奢靡ヲ好ミ、彫文刻鏤、錦繡綺組、農事ヲ傷ヒ、女功ヲ害スル者、朝ニ製シテ夕ニ改メ、日ニ変ジ月ニ悛(あらた)ム」。六 後の僧正遍昭。六歌仙の一。寛平二年(八九〇)没、七十四。遍昭はオポチュニストとして登場している。七 宗貞は承和十一年蔵人、同十二年正月従五位下。八 天皇近侍の官。蔵人所に属し、六位でも昇殿を許された。定員四。九 何時も傍につきそわせなさって。源氏、紅梅「まつはさせ給へりしこそ」。一〇 御寵愛をうけたので。一一 正しくは「給へりとぞ」。一二 些細なことでも。一三 お気に入るように。一四 華美なこと。一五 豊明の節会。毎年の陰暦十一月中の辰の日、その年の稲を神に奉り君臣試食する式日。大嘗会の時にもある。一六 五節の舞姫。↓補注二八。一七 四十代天武天皇。↓補注二九。一八 奈良県吉野地方。天皇即位以前、世評をさけてここにあった。一九 帝位につくべき前兆。二〇 五の数は舞姫四人を五人とする根拠として秋成の加えたもの。二一 正しくは舞伎。舞をもってお慰めした例によるのであるから。宗貞、後の遍昭の「天津風くものかよひ路」の詠による趣向。篇名の出所。二二 早速の意。二三 花やかに催し。二四 舞姫は公卿・殿上人・受領から出す制。二五 「の」は主格を示す助詞。その娘達を美々しく飾り立てて。二六 天皇のお目にとまればと。二七 心して準備した。二八 舞を見たのみで、お心にかけられない。↓補注三〇。二九 伊勢の斎宮、加茂の斎院。天皇即位の時、未婚の王女から選んで、両宮奉祀の役としたもの。普通在位中仕え、独身を通す。三〇 舞姫もその如く、独

黒主《くろぬし》・喜撰《きせん》などいふ上手出(で)て、[三三]女がたにも、[三四]伊勢・小町、[三五]いにしへならぬ姿をよみて、名を後にもつたへたりき。帝五八《よそ》[三六]の御賀に、[三七]興福寺の僧がよみて奉(り)しを見そなはして、「[三八]長歌《ながうた》は今僧徒にのこりしよ」と、おほせありしとぞ。[三九]今見ればよくもあらぬを、[四〇]そのかみは珍らしければにや。[四一]人丸・赤人・〔憶〕良・金村・家持卿の手ぶりは、しらぬ物にぞみえける。或時、空海に問(は)せたまへる。「[四二]欽明・[四三]推古の御時より、經典[四四]しき〳〵にわたりても、猶[四五]一切の御經には數たらぬとか。汝が眞言の呪《じゆ》[四六]はいかに」と。空海こたへ申さく、「經典は、たとへば醫士の[四七]素難《そなん》の旨を学び、[四八]運氣・[四九]六經をさとりたるに同じ。我(が)呪術は[五〇]黄耆《わうぎ》・人蔘《にんじん》・[五一]附子《ぶす》・[五二]大黄《だいわう》の[五三]功有(る)をえらびて、[五四]因より症をし〔たがひ〕、病さぐりて病〔癒〕(え)しむるに似たり。[五五]車の二つ輪、相ならびて道はゆかん」と申す。[五六]祿たまひて、うなづかせたまへりき。みかど、宗貞が色このみて[五七]あざれあるくを、あらはさんとて、[五八]後涼殿《こうらうでん》の[五九]はしの間《ま》の簾《すだれ》のもとに、[六〇]衣かづきてしのびやかにあらすを、宗貞[六一]たばかりたまふともしらで、御袖ひかへたれば、御こたへなし。哥よみて[六二]しのびに、

[六三]山吹の花色衣ぬしや誰とへどこたへず口なしにして

と申す。帝きぬゝぎて見あひたまへり。おどろきまどひて逃(ぐ)るを、たゞ

身でふけるまで宮中に留められた。 三一 和歌。 三二 文屋の康秀・大伴の黒主・喜撰・小野の小町は、古今序に見える六歌仙の人々。 三三 女性にも。 三四 三十六歌仙の一。宇多帝の寵をうけた人。 三五 新しい歌風を示して。 三六 四十の御賀。 三七 奈良の名刹。この和歌、続日本後紀の嘉祥二年三月廿六日の条にのる。 三八 長歌(ちょうか)。続後紀に「季世陵遅、斯道已ニ墜ツ、今僧中ニ至ツテ頗ル古語ヲ存ス」。 三九 著者の評。金砂六にも見える。 四〇 当時。 四一 柿本人麿・山辺赤人・山上憶良・笠金村・大伴家持の歌風。共に長歌にも秀でた万葉歌人。「憶」は底本「億」、改める。 四二 二十九代。この時百済より仏像・経論来る。 四三 三十三代。この時聖徳太子尊崇して流布。 四四 しきりに。 四五 一切経の全部でない。 四六 陀羅尼の呪法。 四七 中国の代表的古医書の素問と難経。 四八 五運六気。陰陽の理の天地人にあらわれるさまの諸相。 四九 人体経脈の総称。合せて医学の基礎知識をそなえるを言う。 五〇 利用の多い薬材。 五一 鎮痛剤。 五二 健胃剤。 五三 効能。 五四 原因をただし病状に応じて病気を見立て。底本「しりて」の三字を「したがひ」と改。上の「を」は「に」とすべきか。 五五 「癒」は底本「愈」。密教の現世利益をたとえた。 五六 経典と呪法。顕教と密教。→補注三一。 五七 うかれ廻る。 五八 大内裏の中、清涼殿の西にあった。 五九 簀子と庇の間。 六〇 女の衣服をすっぽりかぶって隠れておられた。 六一 「た」は接頭辞。御計略とは知らないで。 六二 こっそりと。主語は宗貞。 六三 古今十九の素性の作。古今和歌集打聴「山吹色の衣のぬしをとへどこたへず、むべこそ、梔子色なれと、口をひらかぬにたとへていへり(中略)くちなし染を山吹の花の色に見たてゝ云ふなるべし」。

「参れ」と召(し)たまひて、御けしきよし。もろこしに、桃[一]の子《み》[二]く[三]ひつみしを、「是めせ。味いとよし」とて奉りしを、忠誠の者に召(し)まつはせしためしになん。山吹を口なし色とは、此哥[四]をぞはじめ也ける。

淳和のきさい[五]の宮、今、太皇后にてまし[六]ませり。橘[七]の清友のおとゞの御むすめ也。圓提寺《あんだいじ》[八]の僧奏聞す。「『橘の氏の神を我[九]寺に祭るべし』と、先[一〇]帝の夢の御告ありし」とぞ。帝さる[一一]事にゆるさまくおぼすを、太后の宮聞(こ)し召(し)て、「外[一二]戚の家なり。國[一三]家の大祭にあづからしむるは、かへりて非禮也」とて、ゆるさせたまはざりし也。葛野《かどの》[一四]川のべ、今の梅[一五]の宮のまつりは是也。かく男さび[一六]たまへば、宗貞がさが[一七]のよからぬを、ひそかににくませたまひしとぞ。伴《とも》の〔健《こは》[一八]岑《みね》〕・橘の逸勢《はやなり》等、さが[一九]の上皇の諒闇[二〇]の御つゝしみの時に乘(じ)て謀反ある事を、阿[二一]保親王のもれ聞(き)て、朝廷にあら[二二]はしたまへば、官兵卽(ち)いたりて搦めとる。太后是をも、逸勢が氏[二三]のけがれをなすとて、「重[二四]く刑せよ」と、ひとり[二五]ごたせたまひ〔し〕とぞ。太子[二六]は此反逆のぬしに名付(け)られて、僧となり、名を恒寂と申(し)たまへる也。「嗟乎《ああ》、受[二七]禪廢立のあしきためしは、もろこしの文に見えて、是にならはせたまふよ」とて、憎む人多かりけり。帝は嘉祥三年[二八]に崩御ありて、御陵墓を紀[二九]伊の郡深草山につきて、はふり[三〇]奉るなべに、深くさ

一衛の霊公の寵臣弥子瑕が果園で甘い桃を食い、その半ばを公に出したのを、我を愛する故にとよみしたが、寵おとろえてその故にしりぞけられた韓非子の説難篇の故事。二実に同じ。三食いかじった。四歌の古字。五皇后。六御存生である。七贈太政大臣清友の女は嵯峨皇后で、仁明御母の嘉智子(嘉祥三年薨)。以下の話は嘉智子皇后のこと。淳和の皇后としたのは故意か誤か明らかでない。八山城相楽郡鹿背山(京都府相楽郡木津町)に、橘氏の氏神を祭った寺。九自分と同じ寺に祭り国家の行事とするがよい。一〇この一事は伊呂波字類抄梅宮の条(山城名勝志も引く)による。ただし抄の氏神の託宣を先帝の告とかえた。一一そのように許そうと考えられたが。「く」は用言を体言化する接尾辞。一二皇后方の親戚。一三字類抄に「国家大幣」。一四大井川の葛野郡を流れる部分の名。一五京都市右京区梅津にある。字類抄「仍チ近ク移シテ葛野川ノ頭ニ祭リ、太后自ラ幸シテ拝祭ス、今ノ梅宮ノ祭是也」。一六男らしくしっかりして。一七性格。一八底本「健宗」、正史により改。続日本後紀の承和九年七月十七日の条にこの一件がある。一九上皇七月十五日崩。二〇天子の喪に服すること。二一平城天皇第一皇子。承和九年(八四二)薨。二二うったえ出なさったので。二三家系をけがす。二四逸勢は非人の姓を与えられ伊豆へ、健岑は隠岐へ流罪。二五独り言なさった。底本「し」欠、意によって補。二六淳和第二皇子恒良親王。天長十年立太子。承和九年七月廿四日廃。元慶八年(八八四)薨。二七天命と称して、賢者に帝位をうけ渡しし、賢愚によって廃しまた立てる儒教革命の悪習。「血かたびら」に続き、この思想のなお続くを示した。二八三年(八五〇)三月廿一日崩、四十一歳。

の帝とは申(し)奉(る)也けり。
[三一]みはうふりの夜より、宗貞行《ゆく》へしらず失(せ)ぬ。是は太后・大臣の御にくみを恐れて也。殉死[三二]といふ事今は停めさせしかど、此人生(き)て在(る)まじきに、人はいひあへりける。衣だに着ず、簑笠[三三]に身をやつして、こゝかしこ行《おこな》[三四]ひありきける。清水寺[三五]にこもりて在る夜、小町[三六]もこよひ局《つぼね》[三七]して念じあかすに、となりの方に經よむ聲凡[三八]ならざりし、もしや宗貞ならんかとて、哥よみてもたせてやる。

石[三九]の上に旅ねはすれば肌さむし苔の衣を我にかさなん

宗貞の法師この紙のうらに、墨[四〇]つぼの墨してかきてやるは、手[四一]を見れば小町なりけりとしりて也。

世[四二]をすてし苔のころもはたゞひとへかさねて薄しいざ二人ねむ

かく云(ひ)て、そこをはやく立(ち)去(り)ぬ。小町されば[四三]こそとて、おかしく思ひ、五条[四四]の太后の宮に見せ[四五]たてまつる。「せんだい[四六]の御かたみ[四七]の者よ」とて、さがしもとめさする時也。「いかでとゞめざる」と、打[四八](ち)うめかせたまひぬとぞ。内つ國[四九]のこゝかしこにす行《ぎやう》[五〇]しあるけば、ついにあらはされて、内[五一]にしき[五二]〳〵参りたりき。又時の帝の、「才《ざえ》[五三]有(る)者ぞ」とて、しきりになし昇[五四]し、僧[五五]

二九 京都市伏見区深草。 三〇 葬り申し上げると共に。 三一 御葬式。以下大和物語百六十八段による。「御葬の夜(中略)この良少将うせにけり」。 三二 孝徳大化二年(六四六)、光仁天応元年(七八一)など殉死の禁令が出た。 三三 大和物語「法師になりて、蓑一つを打ち著て、世間世界を行ひありきて」。 三四 修行し廻った。 三五 京都東山の名刹。後撰十七では石上寺、大和では清水寺となっている。 三六 小野小町。 三七 一部屋をしめてお籠りして祈念していたが。 三八 ただ人とは思われないのを。大和物語「たふとき法師のこゑにて読経し」。「し」は「き」の連体形。下に「を」を補って解く。 三九 大和物語「岩のうへに旅ねをすればいとさむし」(後撰同)。つめたい石の上でしかも旅寝をすると肌寒くてならぬ。あなたの僧衣を私にかして下さい。石と苔は縁。苔の衣は僧の衣。 四〇 墨汁を蓄え携行する具。 四一 筆跡。 四二 大和物語「世をそむくこけの衣はたゞひとへかさねばうとしいざ二人ねん」(後撰同)。世を捨てて僧となったこの身の衣は一枚きりです。あなたが重ねて着ても薄いもの、それより、さあ二人一緒に寝ましょう。 四三 この「ひとへ」と「二人」は言葉のあや。洒脱な詠で宗貞と知った。 四四 仁明皇后、文徳御母、藤原冬嗣女。 四五 和歌を。 四六 仁明先帝。 四七 思い出となる者。大和物語に五条太后の宗貞を捜したことを述べ「むつまじくおぼしめしゝ人をかたみとおもふべきに」。 四八 雨夜物語たみことば「ためいきをつくほどの事也」。源氏、帚木「うめきたるけしき」。 四九 楢の杣「畿内(うちつくに)」。 五〇 仏道修行。大和物語「こゝにあり(中略)かしこにあり」。 五一 内裏。 五二 しきりに参内した。 五三 才能ある者。元慶六年(八八二)六月三日、七カ条の宗教政策を進じて、

正位にすゝめたまふ。遍昭と名は改(め)たりき。これも修行の徳にはあらで、[一]冥福の人なるべし。をのこ子二人、兄の[二]弘延は[三]おほやけにつかへて、かしこき人なりけり。弟は、「[四]法師の子はほうしになれ」とて、髪おろさせ、[五]素性と申せしは此人也。哥のほまれ、父に次(ぎ)て聞えたりしかど、時ゝ[六]よからぬ世ごゝろのありしは、[七]心より發《おこ》せし道心にあらざれば也。僧正[八]花山と云(ふ)所に[九]寺つくりて、[一〇]おこなひよく終らせたまへりとぞ。仏の道こそいと〳〵[一一]あやしけれ。世を捨(て)し始の心に似ずして、色よき衣[一二]から錦の袈裟まとひ、[一三]車とゞろかせ、内に参りし事、[一四]「かにかくに人のよしあしは稟《う》(け)得たるおのがさち〳〵」といふ人ありき。[一五]御みづからもしか思《おぼ》されぬらんかし。

海賊

[一六]紀の朝臣つらゆき、[一七]土佐守にて[一八]五とせの任はてゝ、[一九]承和それの年十二月《しはす》それの日、都に[二〇]まうのぼらせたまふ。[二一]國人のしたしきかぎりは、名殘をしみて悲しがる。民も「[二二]昔よりかゝる守のあらせたまふを聞(か)ず」とて、父母の別れに[二三]泣(く)子なしてしたひなげく。[二四]出舟のほども、[二五]人ゝこゝかしこ追(ひ)來て、酒

採用されたをいう(三代実録)。
五四　昇官させて。
五五　仁和元年(八八五)僧正に昇進させなさった(三代実録)。

一　仏の幸福をうけたというのだろう。
二　未詳。本朝皇胤紹運録などには、素性の外に由性(小僧都、清和御時殿上人、右近少監、雲林院延暦寺別当)を記載する。
三　朝廷。
四　大和物語「法師の子はほうしになるぞよきとて、これも法師になしてげり」。
五　俗名玄利、左近将監となる、後出家。
六　悪い俗念。大和物語に「心にもあらでなりたりければ、親にも似ず京にもかよひてなんしありける」として、内裏に奉ろうとした一族の娘を語らったことを述べる。
七　一念発起した菩提心。
八　京都市東山区山科。
九　元慶寺。陽成天皇降誕を祈念して草創(三代実録三十二)。
一〇　仏道三昧で。
一一　秋成の仏教に対する不審で、「二世の縁」にも示される。
一二　唐織の錦。
一三　仁和二年三月十四日、輦車に駕して宮門出入を許された(三代実録)をいう。
一四　ともかく人の幸不幸は、生れながらの運不運による。古事記上「山佐知母、己之佐知佐知、海佐知母、己之佐知佐知」。
一五　遍昭自らも。
一六　貫之。古今集の撰者・序者たる歌人。天慶九年(九四六)没。
一七　延長八年(九三〇)任土佐守、承平四年(九三四)解任、同五年帰京。
一八　土佐日記「あがたの四とせ五とせはてゝ」。以下土佐日記(以下日記と略す)に多くよる。
一九　日記「それのとしの、しはすの廿日あまり一日の日」。承和は仁明天皇の年号。史実の承平を改めた理由は不明。→補注三二。
二〇　参り

[26]よき物さゝげきて、[27]哥よみかはすべくする人もあり。船は、[28]風のしたがはずして、思の外に[29]日を經るほどに、[30]「海賊うらみありて追(ひ)く」と云(ふ)。安き心こそなけれ、たゞ〳〵たひらかに[31]宮古《みやこ》へ〔と〕、朝ゆふ海の神に[32]ぬさ散《ちら》して、[33]ねぎたいまつる。舟の中の人ゝ[34]こぞりて[35]わたの底を拜みす。[36]「いづみの國まで」と舟長が云(ふ)に、くだりし所ゝは[37]ながめ捨(て)て、さる國の名おぼえず、今はたゞ和泉のくにとのみ[38]となふる也けり。守《かみ》夫婦は、[39]國にて失ひしいとし子のなきをのみいひつゝ、都に[40]心はさせれど、跡にも忘られぬ事のあるぞ悲しき。「こゝいづみの國」と、船長が[41]聞(え)しらすにぞ、舟の人皆[42]生(き)出(で)て、先、落居《おちゐ》たり。嬉しき事限なし。

こゝに釣ぶねかとおぼしき[43]木葉《このは》のやうなるが散(り)來て、我(が)船に漕(ぎ)よせ、[44]笘上(げ)て出(づ)る男、聲をかけ、「前《さき》の[45]土左守殿のみ舟に、[46]たいめたまはるべき事ありとて追(ひ)來たる」と、聲あらゝかに云(ふ)。「何事ぞ」といへば、「[47]國を出(で)させしよりおひくれど、風波の荒きにえ[48]おはずして、今日な[49]んたいめたまはるべし」と云(ふ)。「すは、[50]さればこそ海ぞくの追(ひ)來たるよ」とて、さわぎたつ。つらゆき[51]舟屋かたの上に出(で)たまひて、「[52]なぞ、此男我に物いはんと云(ふ)や」とのたまへば、「是は[53]いたづら事也。しかれど

二一 土佐の人の親交あるは皆。 二二 国司。朝廷任命の諸国の長官。 二三 泣く子のように。万葉三「泣く子なす慕ひ来まして」(四六〇)。 二四 舟出した後も。 二五 日記「み館より出でたうびし日より、こゝかしこ追ひ来る」。 二六 肴。日記「酒よき物奉れり」。 二七 同「この人歌よまんと思ふ心ありてなりけり」。 二八 順風がなくて。 二九 日数がたった。日記には四国に一カ月以上かかった。 三〇 日記「海賊返報せむといふなること」「海賊追ひ来といふこと絶えず聞ゆ」。 三一 都。 三二 旅の平安を祈って、絹の小片などを神前に散らす幣物。底本「と」欠、文化五年本で補。 三三 祈願し奉る。 三四 悉く。伊勢物語「舟こぞりて泣きにけり」。 三五 海底。海神の在所。 承平年間南海の海賊跳梁(扶桑略記)。 三六 大阪府の一部。日記「和泉の国までと、たひらかに願ひ立つ」。 三七 見流して。 三八 口毎にいう。 三九 土佐で。日記「京にて生まれたりし女子、くににてにはかにうせにしかば」。 四〇 心ははせるけれど。 四一 報告する。 四二 生き返って、どうやら落ちついた。 四三 日記「みな人々の舟出づ。(中略)春の海に秋の木の葉しも散れるやうにぞありける」。 四四 茅や菅を並べ編んだ縄のようなもの。船上の覆い。 四五 正しくは「土佐」。 四六 対面して欲しいこと。 四七 あなた(貫之)が土佐を。 四八 土佐日記解「此おふは舟を風に進ます也」。 四九 お目にかかりましょう。 五〇 やっぱり。 五一 日記「かくうたふに舟屋形のちりも」。和名抄「篷廬 和名布奈夜加太、舟上ノ屋也」。倭訓栞は笘の屋形と想像。 五二 そこな男が私に話があるというは何だ。 五三 つまらないこと。次に出る和歌や文事を政治道徳などに対して、秋成は徒事と言うこと屢ゝである。

も波[一]の上へだてゝは、聲を風がとりてかひなし。ゆる[二]させよ」とて、翅《つばさ》ある如くに吾[三](が)ふねに飛(び)乗る。見れば、いとむさ[四]〳〵しき男の、腰に廣[五]刃の劔おびて、恐しげなる眼つきしたり。朝臣けし[六]きよくて、「八[七]重の汐路をしのぎて、こゝまで來たるは何事」と、ゝ《と》はせたまへば、帶[八](び)たるつるぎ取(り)棄(て)て、おのが舟に抛(げ)入(れ)たり。

さて申すは、「海[九]ぞく也とて、仇《あた》すべき事おぼししらせたまはねば、打[一〇](ち)ゆるひて、物答へて聞(か)せよ。君[一一]が國に、五歳のあいだ、參らんとおもひしかど、竺紫《つくし》[一二]九國、山陽道の國の守等が怠[一三]りを見聞(き)て、其をちこちしあるきて、けふに成(り)たる也。海賊は心[一四]をさなき者にて、君が國能(く)守らすのみならず、あ[一五]さましく貧しき山國にて、あ[一六]ぶるゝにた[一七]よりなければ、余[一八]所にして怠りたるにぞ。都[一九]の御《み》たちへ參るべけれど、こ[二〇]と〴〵しく、且、人に見知られたれば、世[二一]狹くて、と[二二]にかくに紛れあるくなり。さて問(ひ)まゐらすは、延[二三]喜五年に勅を奉りて、國ぶりの歌撰びて奉りし中に、君こそ長君《をさぎみ》[二四]たれと聞(く)。續《しよく》[二五]万葉集の題號は、昔[二六]の誰《た》があつめしともしらぬに次《つ》(が)れしなるべし。是はよし。題の心をきけば、萬[二七]は多數の義とは、是もよし。葉は、後漢の劉[二八]熙が釋名《しやくみやう》[二九]に「歌[三〇]は柯《か》[三一]也」。いふ意は、「人の声あるや、草木の柯葉有(る)が如し」とぞ。是はい

一 波の上で間隔があっては、風で声が散って話にならない。
二 御免下され。
三 貫之の。
四 毛むじゃらの。鬚の濃い。狂言の鬚櫓「むさむさとした大鬚」。
五 刃広(はびろ)の剣。刀身の広い大きなもの。
六 顔色をやわらげて。上機嫌で。
七 遠い海上をのり越して。新勅撰五「わたの原八重の汐路にとぶ雁のつばさの浪に秋風ぞ吹く」。
八 敵意のないのを示した行動。
九 海賊が害を加えるような事に覚えがないでしょうから。
一〇 心をゆるめて。源氏、帚木「げにうちゆるべみはなちたるも」。
一一 在任五年の間。
一二 筑紫即ち九州。
一三 警備の怠慢。
一四 子供のように単純。日記「女子のためには親をさなくなりぬべし」。
一五 甚だしく貧乏な。
一六 暴れる。さすらうの意の中世以後転義したもの。
一七 都合が悪い。
一八 ほっておいて。
一九 京都の貫之の屋敷へ参上するはずだが。
二〇 仰山らしく。
二一 世間せまくて。
二二 何かと、人知れず放浪するのだ。源氏、帚木「とかくまぎれありきはべりしぞ」。
二三 醍醐天皇の代(九〇五)。勅を奉じて、紀貫之をはじめ、紀友則・凡河内(おおしこうち)躬恒・壬生忠岑が古今和歌集二十巻を撰進した。
二四 中心人物。頭領。
二五 古今集の別名。真名の序「続万葉集ト曰フ」。
二六 撰者未詳の万葉集。
二七 金砂剰言「万は十千を云ふに非ず(中略)多数の義のみに云ふ也」。以下万と葉のことは、金砂・金砂剰言・古葉剰言などに同内容を詳しく述べる。↓補注三三。
二八 字成国、北海の人。
二九 八巻、訓詁字書。
三〇 釈名四、釈楽器二十二に見える。↓補注三四。
三一 木の枝、草の茎(字典)。
三二 感情の如何によって、声を聞くと、聞き手が喜んだり悲しんだりするさまざまのものがある。
三三 また感情に応じて声の出し方もさまざまで、和歌として歌うのに

かにぞや。人の聲には、[三二]喜怒哀樂につきて、聞(く)によろこぶべく、悲しむべきがあり。故に[三三]聲に長短緩急有(り)て、うたふにしらべとゝのはぬがあり。草木の枝葉の風に音するも、[三四]はやちならば、誰かはあ[三五]はれと聞(く)べき。さて柯葉とのみにては[三六]ことわり足(ら)ず。[三七]そのかみの人、わづかに釋名につきて字を解く。人の愚なるにもあらで、かく[三八]心をあやまりしが世の姿也。[三九]同じ代にも、[四〇]許愼が[四一]説文には、[四二]「歌は詠也」と云(ひ)しは、[四三]舜典に、[四四]「歌は永言也」と有(る)を、[四五]よん所として云(ひ)しはよし。字を解くさへぞ、[四六]道の教のさま〴〵なるを思へ。[四七]ぬしが序に、[四八]「やまとうたはひとつ心を種として、よろづの言の葉となれる」と云(ひ)しは、[四九]文めきたれど、明かに誤りつ。言・語・詞・辭は、こと〴〵ことゝよむより他無し。言のは、ことばともいひし[五〇]例なし。釈名によりて、[五一]題のこゝろを助くるとも、[五二]古言にたがふ罪、國ぶりの歌にも文にも見ゆるすまじきを、大臣參議の人ゝ、[五三]己が任にあづからねば、[五四]よそめつかひて有(り)しなるべし。又[五五]「歌に六義あり」と云(ふ)は、唐土《もろこし》にても僞妄の説ぞ。[五六]三義三體といはゞゆるすべし。それも[五七]數の定《さだめ》有(る)べきにあらず。喜怒哀樂の情のあまたに別れては、[五八]幾《いく》ならん。かぞふるも[五九]いたづら事也。[六〇]濱成《はまなり》が和哥式《わかしき》に云(ふ)は、[六一]十體也と云(ふ)も、同じ[六二]淺はか事也。汝は歌よくよめど、古言の心もしらぬか

調子のとれないものがある。 三四 和名抄「暴風八夜知、又、乃和木乃加世」。 三五 興趣をおこさないだろう。 三六 理が十分通らない。 三七 昔の人。金砂五「奈良の朝の比までには、字書は此釈名をやおしいたゞきて証因としけんは、是が先東来せし始にてやある」。 三八 意味。字義。 三九 後漢時代。 四〇 字叔重。五経無双の評あった学者(後漢書儒林伝)。 四一 説文解字十五巻。中国字書の淵源。 四二 歌の字の注に見える。↓補注三五。 四三 書経の一篇。 四四 「詩ハ志ヲ言フ、歌ハ永言ナリ。声ハ永ニ依テ、律ハ声ニ和ス」。→補注三六。 四五 所拠。 四六 儒教の説の色々あること。 四七 あんた(貫之)の仮名の序。 四八 古今集の原文「ひとの…とぞなれりける」。 和歌は人の心一つから出て、さまざまな表現となったものだ。 四九 一応文章にはなっているが。 五〇 同古葉剰言「万の言の葉とぞなれるとは、万葉の題字の義を、詞章にことわられし也」。同「是より以往の古言にことゝのみいひて、しか(ことの葉)いひしを見ず」。 五一 書名の意味は言いのがれが出来ても。 五二 古い文字づかいを誤った失敗。 五三 直接自分の任務でないので。 五四 傍観していた。万葉十二「玉梓の道に行きあひて外目(よそめ)にも見れば」(二九四六)。 五五 古今序「そも〳〵歌のさまむつなり、からのうたにもかくぞあるべき」。↓補注三七。 五六 いわゆる詩の六義の風雅頌と、賦比興各三を性質の別のものとする説は早くからある。↓補注三八。 五七 いくつと定められるものでない。 五八 いくつになるかわからない。 五九 無益。 六〇 伝藤原浜成宝亀三年作の歌経標式。 六一 「雑体十有リ」と韻・律・辞から十にわける。↓補注三九。 六二 未熟な考えだ。

ら、[1]帝さへもあやまらせ奉るよ。又[2]大寶の令《りやう》に、[3]もろこしの定めに習ひて、法を立(て)られし後は、[4]人の道に良媒なきは、犬猫の[5]いどみ争ふものぞ。必(ず)亂るまじく[6]事立(て)られしを、歌よしとて、[7]教にたがへるを集め、[8]人のめに心をよせてはしのびあひ、見とがめられたりとて出(で)ゆく別《わかれ》の袖の[9]泪川《なみだがは》、[10]聞(き)にくきをまでえらびて奉りしは、政令にたがふ也。さらば罪は同じき者ぞ。[11]戀の部とて五巻まで多かるは、[12]いたづら事のつゝしみなき也。淫奔の事、[13]神代のむかしは、兄妹相思ひても、情のまことぞとて、其罪にあらざりし。人の代となりて、儒教さかんに成(り)んたりしかば、「[14]夫婦別あり」、又「[15]〔同〕姓を娶らず」と云(ふ)は、[16]外國《とつくに》のさかしきをまでえらび給(ひ)しならはせ也。さらば、[17]清涼《せいりやう》、後涼《こうらう》の造立はありし也。かの國にても、始は[18]同姓ならで相近よるべからぬを、國さかえて、他姓とも交り篤くして、[19]境をひろめ、[20]人多く産(む)べき便の爲なりしかば、是を必(ず)よき事とはしたる也。歌[21]さかしくよむとも、[22]撰びし四人の[23]筆あやまりしは、学文なくてたがへる也。[24]菅相公ひとりに[25]くませおはせしかど、やがて[26]外藩におとされたまひしかば、御咎なかりしなるべし。[27]延喜を聖代といふも、[28]阿諛《おもねり》の言ぞ。君も[29]御眼くらくて、[30]博覧の忠臣をば黜《しりぞ》けさせ給ふ世なり。[31]三善《みよし》の清行《きよつら》こそ、[32]いさゝかもたがへずしてつかふまつるをば、[33]参議

一 勅撰集だから、撰者の失敗は君の名をはずかしめる。 二 文武天皇の大宝元年(七〇一)制定の法令。 三 唐の制にならって。 四 男女間によい仲人のないのは。唐律疏議十三に「婚ヲ為スノ法、必ズ行媒有リ」。 五 恋慕をしかける。さかる。 六 制定された。 七 人倫の教。 八 他人の妻に横恋慕して。業平の詠などをさす。 九 古今十三「業平の朝臣の家に侍りける女の許によみてつかはしける、つれづれのながめに増る涙川袖のみぬれてあふ由もなし」。泪川は涙の多く流れること。 一〇 醜聞。 一一 古今集は恋の部五巻。 一二 みだらな事に不謹慎。 一三 大国主神と須世理毘売が逢う(古事記)などの例。 一四 孟子の滕文公上篇に五倫を上げて「夫婦別有リ」。 一五 底本「他」、文化五年本によって改。礼記の曲礼に見え、唐律に法律となり、日本もこれに習った。 ↓補注四〇。 一六 それを、唐のこざかしい点まで、選んで習ったと評したもの。 一七 大内裏中の二殿。前を天皇、後を皇后の常殿として説明してある。 一八 親類でなければ男女も親しく出来なかったが。 一九 国の地域を広くし。 二〇 人口増産。 二一 こざかしく。 二二 古今撰者四人。前出。以上は、貫之評にかりて秋成当時の歌人達の無学淫奔を諷したもの。 二三 ここは編纂の意。 二四 菅原道真。右大臣。後左遷、延喜三年(九〇三)没、五十九。 二五 批難の心を持ったが。 二六 原義は外国、ここは延喜三年諸外国と交渉する大宰府に左遷されたこと。古今の勅撰より前で史実に合わぬ。 二七 平安末以来延喜を善政の代とした。 二八 へつらい。 二九 人を見る明がなく。 三〇 道真。 三一 文章博士。清和から五世に仕え、延喜十八年(九一八)死、七十二。 三二 誠実一本で。秋成は忠烈三英の一と数

式部卿にて停められし、選擧《せんきょ》[三四]の道暗し。意見封事《いけんふうじ》[三五]十二条は文もよく、事共[三六]も聞(く)べかりけるを、たゞ〳〵學者は古轍[三七]をふみたがへじとて、頑愚[三八]の言もある也。第一[三九]〔條〕に、齊明天皇西征[四〇]の時、吉備[四一]の國を過(ぎ)たまふに、人烟[四二]いとにぎはしき里在(り)。「誰(が)すみて、いかなる所ぞ」と、御問ありしかば、里の長《をさ》[四三]こたへりし、「ちかき比、年に月に人多く住(み)つきて、今は幾万人か住(み)たる。若(し)軍民[四四]を召(さ)れなば、二萬の兵士は奉るべし」と云(ふ)。「さは、此のち里の名を二万《にま》[四五]の里と申せ」とありしに、延喜[四六]の頃には、國の守がかぞへしかば、幾人も出(だ)すべくもあらぬ者に數へしと云(ふ)を、栄枯[四七]地を易《かふ》ると云(ふ)を思はず、國[四八]の爲に患(ひ)しは愚也。いづく[四九]に棲(み)かはりて榮ゆらん。是はいたづら[五〇]事也。人民《たみ》は利益損益につきてうつる事、蜂の巣をくみかへるに同じ。又學問[五一]の事は、大臣公卿[五二]のつとめにて、翰林[五三]の士才高[五四]しとも、すゝむべきに定まらず。是、此國[五五]の俗習也。学校にあつまる童形[五六]の君に讀書たてまつり、文の意を解く道[五七]ひらき申(す)のみなるを思はずして、朝政の時ゞに改りて、この時学寮[五八]は坎壈《かんらん》[五九]の府《ふ》、凍餒《とうたい》[六〇]の舍《しゃ》と打(ち)歎くも、心ゆかざり[六一]し也。又播磨《はりま》[六二]のいなみ野の魚住[六三]の泊《とまり》は、行基《ぎやうき》[六四]が、「此間《このあひだ》遠し。舟とまりの便よからず」とて造りし也。其後に度ゞ[六五]風波につき崩されしは、天造[六六]にたがへる者から、つい[六七]の世に

えた。三三 参議兼式部省(礼儀や文官取締の役所)の長官。史実は延喜十七年任参議宮内卿。「停め」は昇進を止められ。三四 人材登用。淮南子の兵略訓「選挙以テ賢士之志ヲ得ルニ足ル」。三五 密奏の意見書。延喜十四年四月廿八日上奏のもの。本朝文粋二所収。三六 内容も聞くにたる。三七 古例にそむくまいと。三八 愚かしくかたくな。三九 正しくは序文。底本「絛」、改。↓補注四一。四〇 三十七代。斉明六・七年間(六六〇―一)百済救助に出征。四一 岡山県の古称。四二 人家の炊煙の盛んな。四三 お答えしたのに。四四 軍士。四五 岡山県吉備郡真備町の中。四六 延喜十一年国の介藤原公利の答は「一人ノ有ル無シ」。四七 一方の地が栄えれば他方が衰える、との道理。四八 国家の虚耗の兆と嘆いたのは。四九 どこかへ居を移して、また栄えるであろう。五〇 むだごと。五一 治国の為に賢者を得る大学の充実を論じた第四条。↓補注四二。五二 治国の賢となるべく学問をするのは、大臣や公卿など上流階層の務め。五三 文筆学問にたずさわる者。五四 すぐれた才能でも、執政の位置に進むとはきまっていない。五五 悪いことでも日本の習である。大江朝綱が宰相にならなかったのを渤海の使が驚いた話など踏む。五六 公卿の子弟に読み方を教え。五七 手ほどきをする。五八 大学寮。五九 困窮者の巣。楚辞の九弁に「坎壈兮、貧士職ヲ失フ」。六〇 生活の苦しいものの集り。孟子の尽心上篇「不暖不飽、之ヲ凍餒ト謂フ」。六一 意に満たなかった。賛成できなかった。万葉三「そを見れど心もゆかず」(四六六)。六二 兵庫県の加古・明石二郡境一帯の称。六三 金砂八によれば魚が橋(高砂市阿弥陀町)あたりとする。この事第十二条。↓補注四三。六四 奈良朝の高僧。天平勝宝元年(七四九)寂、八十。封事「此

益有(る)まじ。惻隠《そくいん》[一]の心あるも、むなしき[二]ものから、朝廷には見放ち[三]ておかせたまひしなるべし。是等、聖教[四]にあらぬ老婆心[五]にてこそあれ。かく至らぬ[六]事どもは、塩毒《えんばい》[七]の臣の任にあらず。我は詩つくり歌よまざれど、文よむ事を好みて、人にほこりにくまれ、遂に酒[八]のみだれに罪かうぶり、追[九](ひ)やらはれし後は、海にうかびわたらひす[一〇]。人の財《たから》を我(が)たからとし、酒のみ肉くらひ、かくてあらば、百年の壽はたもつべし。歌[一一]よみて道との[一二]ゝしる輩ならねば、物とへ。猶云(は)ん。咽かはく。酒ふるまへ」と云(ふ)。酒《さか》[一三]な物とりそへてあたふ。飽(く)までくらひのみ、「今は興尽(き)たり。木偶《もく》[一四]殿よ、暇申さん」とて、おのが舟に飛(び)うつり、舷《ふなばた》たゝいて、「やんらめでた[一五]」と聲たかくうたふ。つらゆきの舟も、「もうそろ〳〵[一六]」とふな子等がうたひつるゝ。海ぞくが舟は、はやいづ〔く〕[一七]に〔か〕漕(ぎ)かくれて、跡[一八]しら波とぞ成(り)にけェり。

都にかへりて後にも、誰ともしらぬ者の文もて來て、投(げ)入(れ)てかへりぬ。抜き見れば、菅相公[一九]の論〔と〕[二〇]云(ふ)事、手はおに〳〵[二一]しくて清からねど、[二二]ことわり正しげにろうじたり。よむに、

懿哉《ヨキカナ》[二三]菅公、生キテ而得ニ人望ヲ一、死シテ而耀カカヤカス[二四]神威ヲ一、自リレ古惟コレ一人已ノミ。曾テ聞ク、君子無クシテレ〔辜〕[二五]而有リ二不幸一、小人有リテレ辜而有リ二不幸一。如キハレ公ノ則チ、有リテレ徳而非ズレ辜ニ、然ルニ亦不幸ニシテ貶セラル[二六]二

皆行基菩薩、程ヲ計リテ建テ置シ所也」。六五 弘仁・承和に壊れたと封事にある。六六 自然の地形に合っていないから。「ものから」↓雨月補注一〇。六七 正しくは「つひ」。末々の世まで。

一 忍びない情。孟子の公孫丑上篇「惻隠之心ハ仁之端也」。二 無駄なので。三 そのままにほって。四 孔孟の教。五 度の過ぎた親切心。六 行きとどかぬこと。七 程よく君を輔佐する良臣。書経の説命篇に「若シ和羹ヲ作ラバ爾ニ惟塩梅」。以上は清行評にかりて、秋成当時の儒者のかたくなな欠点を諷した。八 後出の文屋秋津の酔泣の癖を用いた。九 追放されて後。一〇 海賊業をする。一一 和歌を敷島の道とてもったいぶる連中。「此女を外へ追ひやらんとす」。伊勢物語四十秋成の時の宗匠家を諷した。一二 仰々しく言う。一三 肴。一四 でくのぼう殿。貫之が天慶八年木工権頭になったのにかけていう。一五 舟歌の初めの句。胆大小心録一三五「川面に舟よそひして、やんらめでたとうたふを見たれば」。↓補注四四。一六 出雲風土記の八束水臣津野命の国引の条「河船之毛々曾々呂々《もそろもそろ》爾」とあるによるか。そろそろの意。文化五年本「そろ〳〵と舟子等うたひつるる」。一七 底本「く」「か」欠、意により補。一八 賊を白波というと跡知れず白波の間に隠れた意とをかける。一九 殆ど同文が別にある(秋成遺文所収)。二〇 底本「と」欠、意によって補。二一 荒々しい。源氏、夕霧「いとおに〳〵しう侍るさがな物とて」。二二 理路整然と論じ。二三 継体紀「ヨキカナ」と訓む。字典に「温柔聖善ヲ懿ト曰フ」。二四 天神として祭られたこと。二五 底本「幸」、別文により改。辜は字典に「罪也」。二六 ↓一六六頁注二六。貶(へん)は字典に「謫也」。しりぞけら

于外藩。其所以不冤者、蓋遇君臣刻賊之天運、而不能致仕以令其終。又罵辱藤菅根、而結其冤、不擧清公、人以爲私。且不納其革命之諫、抑非求之乎。清公之言云。「明年辛酉、運當革命、二月建卯、將動干戈。遭凶衝禍、雖未知誰是、引弩射市、當中薄命。自翰林超昇槐位者、吉備公之外、無復與美、伏冀知其止、則足察其榮分。」由是思之、吉公當妖僧立朝之昃、持大器而不傾殆、建勃平之勳矣。今也、公以朝之寵遇道之光燁、与左相公有釁、終所貶黜。故雖無辜、亦不免不幸也。然生而得人望、死而耀神威。有德之餘烈、可見赫〻然于萬世矣哉。

言のこは〲しき、ほしきまゝなる、かの海賊が文としらる。又副書あり。前《さき》のたいめに云(ふ)べき事を、言にあまりてもらしつ。汝が名、以一貫之と云(ふ)語をとりたる者とはしらる。さらば、つらぬきとよむべけれ。之は助音、之には意ある事無し。之の字ゆきとよむ事、詩三百篇の所ゝにあれど、それは文の意につきて訓《よ》む也。汝歌よめど文多くよまねば、目いたくこそあれ。名は父のえらびて付(く)るためしなれば、汝しらずは、歌の名をおとすべし。歌暫しやめて、窓のともし火かゝげ文よめかし。ある博士の、以貫と

れる。二七 うらみ。二八 三善清行の奉菅右相府書(本朝文粋七)「君臣尅賊之期」。君臣賊害の時。二九 官職を辞して。三〇 藤原菅根。文章博士。蔵人頭。延喜八年(九〇八)没。道真が庚申の夜殿上の間で菅根の頰を打った(江談抄三)。三一 三善清行を挙用しなかった。三二 私情による。↓補注四五。三三 清行の奉菅右相府書か、昌泰三年の預論革命議(本朝文集三十一)をさすか不明。↓補注四六。三四 外藩に貶されたこと。三五 延喜元年歳次辛酉。古来辛酉・甲子を革命の年とする。三六 礼記の月令「仲春者日月降婁ニ会シ、斗卯ニ建ツノ辰也」。二月には兵乱が起るだろう。三七 自ら害をさけなければ。後漢書の李業伝の故事。↓補注四七。三八 不幸に落入るだろう。三九 ↓一六七頁注五三。四〇 三公の位。大臣の位。四一 吉備真備。留学生より右大臣にまで昇進した。宝亀六年(七七五)薨、八十三。四二 立派な昇進を同じようにした人はない。四三 やめる時を知れば、本当の栄を味わうことになる。四四 吉備公。四五 道鏡。四六 時。四七 国家。荀子「国家ハ天下之大器也」。四八 そこなわず。四九 漢の呂氏の乱を治めた周勃・陳平の如き功。↓一四九頁注六二。五〇 ひかり。五一 藤原時平。昌泰二年左大臣。延喜九年薨、三十九。五二 不和。五三 しりぞけられる。五四 無骨な。五五 放縦な。五六 言いもらした。五七 論語の里仁篇「吾ガ道ハ一以テ之ヲ貫ク」。五八 音を助ける文字。五九 詩経。六〇 漢籍。六一 欠点が目につく。六二 習慣。「なれば」は「なれど」とあるべき所。六三 和歌の名声をまで失墜するだろう。六四 書斎読書の灯火。新後撰九「よもすがら窓のともし火かゝげてもふみみる道になほまよふ哉」。六五 穂積以貫のことか。大阪住の儒者。通称伊助、号能改斎。以貫は名。明和六

付(け)しは、つらぬきとこそよみためれ[一]。あたら男よと、あら〱しく憎[二]さげに書(き)て、[三]杢頭《もくのかみ》どのへ〔と〕書(き)つけたり。此事、[四]學文の友にあひて、「誰ならん」と問へば、「[五]ふん屋の秋津なるべし。文よむ事博かりしかど、放蕩乱行にして、ついに[六]追(ひ)はらはれしが、海賊となりて[七]あぶれあるくよ。それはた[八]渠儂《かれ》が[九]天ろくの助くるならめ。さてなん[一〇]罪にあたらずして、今まで[一一]縦横しあるくよ」とかたりしとぞ。是は、[一二]我欺かれて又人をあざむく也。[一三]筆、人を刺す。又人にさゝるゝれども、相共に血を不見《みず》。

二世の縁

[一四]山城の[一五]高槻《たかつき》の樹《き》の葉《は》散(り)はてゝ、山里いとさむく、いと[一六]さう〲し。[一七]古曾部と云(ふ)所に、[一八]年を久しく住(み)ふりたる農家あり。[一九]山田あまた[二〇]ぬしづきて、[二一]年の豊凶にもなげかず、家ゆたかにて、常に文よむ事をつとめ、友をもとめず、夜に[二二]窓のともし火かゝげて[二三]遊ぶ。母なる人の、「いざ寝よや。[二四]鐘はとく鳴(り)たり。[二五]夜中過(ぎ)てふみ見れば、心つかれて、遂には病する由に、我(が)父ののたまへりしを聞(き)知りたり。好(み)たる事には、[二六]みづからは思ひたらぬ

年(一七六九)没、七十八。

一「たるめれ」が「たんめれ」となり、記載の時「ん」を略した。 二憎々しく。 三貫之の土佐守よりは後の官位で呼ぶ。→一六八頁注一四。 四漢学。 五文屋の秋津。続日本後紀十三に見える実在の武将。承和十年(八四三)没、五十七。→補注四八。 六追放されたが。 七あばれ廻る。 八彼。字典「又俗ニ他人ヲ謂ヒテ、渠儂ト為ス」。 九天から受けた幸福。論語の堯曰篇「天禄永終」。 一〇処罰もうけないで。 一一横行している。 一二歴史にだまされ、それを作品にして自分も人をだます。序文に言う一例。また史実に違う断り。 一三諷刺する。文筆でお互に諷刺し合うが、これは肉体を損じないからよかろうの意。当時の儒者・歌人を諷した断り。

一四京都府。 一五槻の大木。万葉三「とく来ても見てましものを山背の高槻の樹は散りにけるかも」(二七七)。楢の杣「山城の国内にいづこならむ槻の喬木の秋は面しろく染むと聞くに」。 一六淋しい。 一七高槻市古曾部。歌人能因や伊勢の隠棲の地。 一八ここは幾代にも渡って古く住んだの意。 一九山辺にある田。詞花九(在古曾部の能因の詠)「ひたぶるに山田もる身と成りぬれば…」。 二〇所有して。 二一豊年凶年に関係ない程の富家。 二二書斎の灯。→一六九頁注六四。 二三読書を楽しむ。 二四夜中の鐘。天理巻子本の「寝よとの鐘」に同じ。万葉四「みな人の寝よとの鐘は」(六〇七)の金砂の注「寝よとの鐘は亥時也」。 二五五雑組十三「夜書ヲ読ムニ、子ノ時ヲ過スベカラズ。蓋シ人是ノ時ニ当リテ、諸血心ニ帰ス。一ニ睡ルコトヲ得ザレバ血耗リ

ぞ」と、諫《いさ》(め)られて、いとかたじけなく、[二七]亥過(ぎ)ては[二八]枕によるを、大事としけり。

雨ふりてよひの間も物の音せず。こよひは[二九]御いさめあやまちて、[三〇]丑にや成(り)ぬらん。雨止(み)て風ふかず。月出(で)て窓[三一]あかし。[三三]一言《ひとこと》もあらでやと、墨すり、筆とりて、こよひの[三二]哀れ、やゝ一二句思(ひ)よりて、[三四]打(ち)かたふき居(る)に、[三五]虫の音とのみ聞(き)つるに、時々かねの音、[三六]夜毎よと、[三七]今やう〳〵思ひなりて、あやし。庭に下り、遠近《をちこち》見めぐるに、こゝぞとおもふ所は、常に草も刈(り)はらはぬ[三八]隈《くま》の、石の下にと[三九]聞(き)さだめたり。[四〇]あした、[四一]男どもよびて、「こゝ[四二]掘れ」とて堀(ら)す。三尺ばかり過(ぎ)て、大なる石に[四三]あたりて、是をほれば、又石ぶたしたる棺あり。[四四]蓋《ふた》取(り)やらせて内を見たれば、[四五]物有(り)て、夫《それ》が手に[四六]鉦《かね》を時々打(つ)也と見る。人のやうにもあらず、[四七]から鮭と云(ふ)魚のやうに、[四八]猶痩《やせ》〳〵としたり。髪は[四九]膝まで生《お》ひ過(ぐ)るを取(り)出(だ)さするに、「たゞかろくてきたなげにも思はず」と、男等云(ふ)。かく取(り)あつかふ[五〇]間《あひ》だにも、鉦打(つ)手ばかりは變らず。「是は佛の教へに[五一]禪定と云(ふ)事して、[五二]後の世たうとからんと思(ひ)入(り)たる行ひ也。吾こゝにすむ事、凡十代、[五三]かれより昔にこそあらめ。[五四]魂《こん》は願のまゝにやどりて、魄《はく》のかくてあるか。手動

テ病ヲ生ズ」。

二六 自分では反省が及ばないものだと、とめられて。二七 今の午後十時頃。二八 寝につくを大事に心がけていた。二九 はからずも忠言にそむいて。三〇 午後十二時頃。三一 漆山本「あかるし」。三二 情趣。三三 詩歌の一つも作らなくてはと。三四 思案している。三五 虫の鳴く音だとばかり聞いていたのに鉦の声がまじる。三六 そう気がつけば、この声は毎夜のことだ。三七 やっとわかって。三八 庭のすみ。三九 音で判定した。

四〇 翌朝。四一 下男。四二 正しくは「掘」。

四三 掘りあたって。四四 取りのけさせて。

四五 何ともわからぬ物。源氏、手習の巻で、横川の僧都とその母が浮舟を助ける所と、この前後は似る。「火をあかくしてみれば、もののゐたるすがたなり」。四六 たたきがね。平たく製し、下に置き、撞木にて打つ。

四七 鮭の腸を去り、屋上樹枝で霜露風にさらし乾しかためたもの。痩せたものと比較される。

四八 それ以上に。金銀ねぢふくさ(元禄十七刊)一「讃州雨鐘の事」に、雨中に幽かに聞く鐘の声により、地下四尺から掘り出した入定の僧と、その痩せた様をうつしてある。↓補注四九。

四九 膝の所までより長くはえている。五〇 桜山本・漆山本「あいた」。五一 欲界を去り妄念をやめ、静座する仏道修行の一。ここは、往生の時を察した僧などの、生きて禅定の姿で葬られることを言う。伝説の空海の死がそれ。中世の説話文学には、その例が多く見える。五二 後生の往生を望んだ修行。五三 祖先の住みついた時より。五四 字典に「魂魄ハ神霊之名。附形之霊ヲ魄ト為シ、附気之神ヲ魂ト為ス也」。精神は希望通り極楽にゆき、肉体はこのように残ったか。

きたるいと執[一]ねし。[二]とまれかうまれ、[三]よみぢがへらせてん」とて、内にかき入(れ)させ、物[四]の隅に喰(ひ)つかすなどして、あたゝかに物打[五](ち)かづかせ、唇[六]喎にときぐ湯水すはす。やう[七]く是を吸(ふ)やう也。爰にいたりて、女わらべはおそろしがりて立(ち)よらず。[八]みづから是を大事とすれば、母刀自[九]も水そゝぐ度に、念佛して怠[一〇]らず。五十日ばかり在(り)て、こ[一一]ゝかしこうるほひ、あたゝかにさへ成(り)たる[一二]。「さればよ」とて、いよゝ心[一三]とせしに、目を開きたり。され〔ど〕[一四]物さだ[一五]くとは見えぬ成(る)べし。飯[一六]の湯、うすき粥などそゝぎ入(る)れば、舌吐(き)て味はふほどに、何[一七]の事もあらぬ人也。肌[一八]肉とゝのひて、手足はたらき、耳に聞ゆるにや、風さむきにや、赤裸を患ふと見(ゆ)る。古き綿子《ぬのこ》[一九]打(ち)きせ〔ら〕れて、手[二〇]にて戴く。嬉しげ也。物[二一]にもくひつきたり。法師なりとて、魚はくはせず。彼は却(り)てほしげにすと見て、あたへつれば、骨まで喰(ひ)尽す。扨、よみぢかへりしたれば、事問《こととひ》[二二]すれど、「何事も覺えず」と云(ふ)。「此土の下に入(り)たるばかりはおぼえつらめ[二三]。名は何と云(ひ)し法師ぞ」と問へど、「ふ[二四]つにしらず」といふ。今[二五]はかひなげなる者なれば、庭はかせ、水まかせなどさして養ふに、是はお[二六]のれがわざとして怠らず。

扨も仏のをしへは、あだ[二七]くしき事のみぞかし。かく土の下に入(り)て鉦打

一　執念深い。
二　ともかくも。
三　生きかえらせよう。「よみぢがへり」は近世の俗語。
四　器物の一すみにしっかりとすがりつかせ。
五　衣類布団の類をかぶせ。
六　唇吻の誤か。二つで「くちびる」。喎は字典に「飲也」で、ここに当らない。源氏、手習「猶心みにしばしゆをのませなどして」。
七　どうやら。
八　主人。
九　雨夜物語たみことば「家の内第一の女をさして戸主(じと)といへり。それより転じて女の通称となれり。和名抄に老女の称といへるは、凡(おほよそ)をいへる也」。
一〇　世話につとめた。　一一　身体のあちこち。
一二　時代的用法で連体形の終止。
一三　気をくばった。
一四　底本「ど」欠、桜山本・漆山本により補。
一五　源語梯「サダカニ也。分明ナル也」。底本「さだくと」の下「と」一つ衍、略す。
一六　おもゆ。　一七　一向に変ったことのない人間。
一八　人間らしく肉づき膚もはって。
一九　木綿のわた入。底本「ら」欠、意によって補。　二〇　前に生きていた時の法師の習の残ったを示す。　二一　食物を摂取するようになった。
二二　質問。言問とするのが普通。
二三　「つらむ」と終止であるべき所。已然形としたのは、「それにしても」などと下へつづく気味を持たせた。　二四　全く。
二五　昔は知らず今は甲斐性なさそうな男。
二六　自分の任務。　二七　不実な。でたらめな。
二八　修行の効験も何もなく。
二九　あきれたこと。これ秋成の対仏教観の一部

(ち)ならす事、凡百余年なるべし。[28]何のしるしもなくて、骨のみ留まりしは、[29]あさましき有様也。母刀自はかへりて[30]覺悟あらためて、「[31]年月大〔事〕」と、子の財寶を[32]ぬすみて、[33]三施怠らじとつとめしは、[34]狐狸に道まどはされしよ」とて、子の[35]物しりに問(ひ)て、[36]日がらの墓まうでの外は、[37]野山の遊びして、嫁孫子に手ひかれ、よろこぶ〳〵。一族の人ゝにもよく交り、召仕ふ者等に[38]心つけて、物折ゝあたへつれば、[39]「[40]貴しと聞(き)し事も忘れて、心靜にくらす事の嬉しさ」と、時ゝ人にかたり出(で)て、うれしげ也。

此ほり出(だ)せし男は、時ゝ[41]腹たゝしく目怒《いか》らせ物いふ。[42]定《ぢやう》に入(り)たる者ぞとて、入定の定助と名呼(び)て、五とせばかりこゝに在(り)しが、此里の貧しきやもめ[43]住の方へ、聟に入(り)て行(き)し也。齢はいくつとて己知らずても、[44]かゝる交りはするにぞありける。「扨も〳〵[45]仏因のまのあたりにしるし見ぬは」とて、一里《ひとさと》又隣の里ゝにも[46]いひさやめくほどに、[47]法師はいかりて、「[48]いつはり事也」と云(ひ)[49]あさみて、[50]説法すれど、[51]聞(く)人やう〳〵少く成(り)ぬ。

又この[52]里の長の母の、八十まで生(き)て、今は重き病にて死(な)んずるに、[53]くす師にかたりて云(ふ)。「やう〳〵[54]思(ひ)知(り)たりしかど、いつ死ぬともしられず。御藥に今まで生(き)しのみ也。[55]そこには、[56]年月たのもしくていきかひ

を示す。三〇 根性を入れかえ。
三一 長年の間、文字通り後生大事に。底本「事」欠、桜山本・漆山本により補。
三二 無駄にして。
三三 仏教での布施のさまざま。財施・法施・無畏施と智度論にいうが、経典によって相違がある。三四 狐狸にばかされて道をまよったようだ。
三五 博識家。意味は違うが竜田風神祭「百の物知人」。三六 死んだ一族の命日。
三七 寺参りのかわりに物見遊山して。
三八 金品など心づけを与える。寺へ寄附するかわりの意。三九 この下脱文か。人にも尊敬され、心身安く、今がいう所の極楽のようだなどの意を補って解く。
四〇 仏説で、後生安楽を祈るが貴いとつとめたが、そんな一種の欲望を忘れて、この世で心を労せずして生きること。
四一 腹立てがましく。以下は禅定する程の修業者の面影の少しも残らぬを示す。
四二 禅定した者。→補注五〇。
四三 後家ぐらしの女。四四 夫婦の交り。
四五 仏果を得る因、善根功徳。仏説でいう仏因の結果を、この世ながらに見たの意。禅定した前世の善因が、今貧乏家の入聟と悪果になったのをさす。四六 こそこそ噂する。
四七 一般の僧侶達。四八 定助の一件が。
四九 浅む。いやしめて言う。徒然草四十一「見る人あざけりあさみて」。
五〇 定助一件を取上げて説法するが。
五一 耳をかす人。五二 名主。五三 医者。ここの母と医者のことは、胆大小心録二〇、小説の礎稿らしいものの、母と医者の関係に似る。
五四 寿命のつきるのも近いと覚悟したが。
五五 貴方。五六 長年親切に交際して下さったが。

たまひしが、猶御齢のかぎりは、[一]ねもごろにて來らせよ。我(が)子六十に近けれど、猶[二]〔稚〕き[三]心だちにて、いと[四]おぼつかなく侍る。時〻意見して、「家衰へさすな」と、[五]示し給へ」と云(ふ)。子なる長は、「[六]白髪《しらが》づきて、かしこくこそあらね、我をさなしとて[七]御心に煩はせたまへる、いとかたじけなく、よく〳〵家の業[八]つとめたらん。念佛して静に臨終し給はん事をこそ、ねがひ[九]侍る」といへば、「あれ聞(き)たまへ。あの如くに愚也。仏いのりて[一〇]よき所に生れたらんとも願はず。又、[一一]畜生道とかに落(ち)て、苦しむともいかにせん。[一二]思ふに牛も馬もくるしきのみにはあらで、又たのし嬉しと思ふ事も、[一三]打(ち)見るにありげ也。人とても[一四]樂地にのみはあらで、[一五]世をわたるありさま、牛馬よりも[一六]あはたゝし。年くるゝとて衣そめ洗ひ、[一七]年の貢大事とするに、我に納むべき者の來(た)りて[一八]なげき云(ふ)事、いとうたてし。又目を閉(ぢ)て物いはじ」とて、[一九]臨終を告(げ)て死(に)たりとぞ。

かの入定の定助は、[二〇]竹輿《かご》かき、荷かつぎて、牛馬におとらず立(ち)走りつゝ、猶[二一]からき世をわたる。「[二二]あさまし。仏ねがひて淨土に到らん事、かたくぞ思ゆ[二三]。[二四]命の中よくつとめたらんは、[二五]家のわたらひ也」と、是等を見聞(き)し人はかたり合(ひ)て、子にもをしへ聞ゆ。「かの入定の定助も、かくて世にとゞまるは、

一 ねんごろにゆききして下さい。
二 諸本皆「移」「穢」に近く、底本「キタナ」と仮名をふるが、原本の稚を誤読したか(山本茂氏同説)。次にも「我をさなしとて」とある。よって改。 三 性質。 四 源語梯「コヽロモトナクタシカナラヌヲイヘル詞也」。「侍る」は連体の終止。 五 教え。 六 白髪もまじる年頃で。 七 お心にかけて御心配下さるのは。「たまへる」の下「は」を補って解く。 八 つとめましょう(つとめむ)を確認した表現。 九「こそ」の結びが連体形になっている。 一〇 極楽。 一一 仏教の六道の一。畜生となる因を持つものの死んでゆく所。
一二 畜生道というにつけて考えて見るに。以下勿論秋成の所懐。 一三 観察した所ではありそうだ。 一四 たのしい所。司空図詩「楽地ハ高趣ニ留リ、権門ハ後生ニ譲ル」(佩文韻府による)。
一五 渡世の様子。真淵の国意考「凡天地の間に、いきとしいけるものは、みな虫ならずや。それが中に、人のみいかで貴く、人のみいかなる事にて、唐にては万物の霊とかいひて、いと人を貴めるや、おのれおもふに、人は万物のあしきものとかいふべき」。 一六 落ちつきがない。
一七 年貢を、生活の中でも大事な務めとするが。
一八 泣言いうのが、聞くにも嫌である。
一九 臨終の時には知らせて。大往生のさま。
二〇 竹製のそまつな駕籠。
二一 生活難をつづける。 二二 興ざめなことだ。
二三「ぞ」の結びが終止形。 二四 この世で。
二五 家業。後生願うより現実の務めが大切の意。
二六 諺に「夫婦は二世」というが、これだろうと冷笑する言葉。篇名のよる所。「は」は詠嘆の終助詞。
二七 ふがいない。
二八 古く村落で、後家は落穂を拾って生活を助

さだまりし[二六]二世の縁を結びしは」とて、人云(ふ)。其妻《め》となりし人は、「何に此[二七]かひ〴〵しからぬ男を、又もたる。[二八]落穂ひろひて、[二九]獨住(め)りにて有(り)し時戀し。[三〇]又さきの男、今一たび出(で)かへりこよ。[三一]米麥肌かくすものも乏しからじ」とて、[三二]人〔み〕ればうらみ泣(き)して居(る)となん。いといぶかしき世のさまにこそあれ。

目ひとつの神

「[三三]阿嬬《あづま》の人は夷《えびす》なり。哥いかでよまん」と云(ふ)よ。[三四]相模の國小よろぎの浦人の、[三五]やさしくおひたちて、[三六]よろづに志ふかく思ひわたり、いかで、都にのぼりて歌の道まなびてん。[三七]高き御あたりによりて、習ひつたへた[三八]覽《らん》には、「[三九]花のかげの山がつよ」と、人の云(ふ)ばかりはとて、[四〇]西をさす心頻り也。「[四一]鶯は田舎の谷の巣なりとも、[四二]だみたる聲は鳴(か)ぬと聞(く)を」とて、親にいとま乞(ふ)。「此頃は[四三]文明、[四四]享祿の乱につきて、[四五]ゆきかひぢをきられ、[四六]たよりあしゝと云(ふ)」など、一度は[四七]諫《いさ》(め)つれど、「[四八]しいて思ひ入(り)たる道ぞ」とてしたがはず。母の親も乱(れ)たる世の人にて、[四九]おに〳〵しくこそなけれ、「とくゆ

けることが許されていた(柳田国男著、木綿以前の事)。
二九 桜山本・漆山本「すめり」。動詞として書き、名詞として下につづけた誤記か。寡居。
三〇 前夫。
三一 どうやら身体をつつむ程の衣類。
三二 底本・漆山本「こ」。桜山本「た」は「こ」を「た」の草体と見た誤読。「こ」も「ミ」の転写の折の誤か(漆山氏同意)として「み」とした。人の顔を見さえすると、ぐち泣きをして。
三三 景行紀「吾嬬(あづま)」。関東地方。京辺の人が「あづまえびす」と、その地方の未文化を言った。
三四 神奈川県高座郡寒川町。ただし冠辞続貂には「後に大磯小磯と云ふ所なり」(同県大磯町)とある。 三五 優美に。文雅に。
三六 何かにつけて、風雅の志も深く持ちつづけ。
三七 堂上家へ出入して。 三八 助動詞「らん」。
三九 田舎者だが風流を解する者。古今序「大伴の黒主はそのさまいやし。云はゞ薪負へる山人の花の陰に休めるが如し」。
四〇 都へ上りたい心。
四一 田舎者でも、正風の和歌を詠みたいとの意。山家集下「鶯は田舎の谷の巣なれどもだみたる声は鳴かぬなりけり」。 四二 訛る。
四三 後土御門天皇の世(一四六九—八七)。
四四 後奈良天皇の世(一五二八—三二)。文明に続く長享の誤か。いずれも戦国時代。
四五 往還の道をさえぎられ。 四六 便宜が悪い。
四七 禁止したが。万葉十六「な立そと禁(いさむる)乙女」(三七九一)。 四八 強く執心した和歌の道。
四九 鬼のような。無情な。↓一六八頁注二一。

一 さりげなく出発させた。 二 関所通過用の身分証明書。中世では守護地頭や社寺で出した。 三 所々の関所。 四 滋賀県。 五 心のはずみからか。 六 宿をとりはぐれて。 七 滋賀県蒲生郡安土町の歌枕。 八 下に「宿らん」など補って解く。 九 枕とすべき松の根。千載八「松が根の枕も何かあだならむ玉の床とて常の床かは」。 一〇 正しくは「たふれ」。 一一 不安を感じて。 一二 前に進むのをとまどった。 一三 びしょびしょとぬれて。 一四 階段。きざはし。 一五 誰か昨夜野宿した跡。土佐日記解「よんべは夜方にて昨夜也」。 一六 寝る所。「と」底本「も」、文化五年本により改。 一七 気が落ち付くと、かえって。緊張がとけた方が恐怖がつのる。 一八 和名抄「木枝相交ル下陰、樾ト曰フ、音越、和名古無良」。 一九 目に入るが。 二〇 月は宵の間のみで早く入り、露は既に下りてつめたい。源氏、桐壺「月は入かたの空きようすみわたれるに、かぜいと冷しく吹きて」。 二一 天気のよいことうけ合だ。土佐日記「てけのこと、梶取りの心にまかせつ」。同解「てけは天気也」。 二二 底本「と」一つ衍、略。 二三 祭の渡御の儀仗用にする槍様の武器。 二四 道案内。神代紀下「稜威之道別(ちわき)ニ道別キテ」。 二五 瓊々杵尊降臨の時、天の八ちまたに迎えて先導した神。 二六 →一四八頁注三〇。ここは近世祭礼の渡御に先行した猿田彦、俗にいう天狗を想像してよい。 二七 山伏。修験者。これも山伏姿の木葉天狗を想像してよい。 二八 山伏などの持つ四角または八角で、上部の剣頭になった白木の杖。 二九 金剛杖と錫杖を混じたか。 三〇 緋の袴の糊のよくきいたのを。 三一 踏み散らして。神代紀上「蹴散、此ヲ倶穢簸邏邏箇須(くゑはららかす)ト云フ」。 三二 檜の木片で作った扇。檜扇。万葉

きて疾《と》(く)かへれ」とて、いさめもせず、別[一]かなしくもあらずて出(で)たゝす。

關所あまたの過書文《くわしよぶみ》[二]とりて、所[三]ゝのとがめなく、近[四]江の國に入(り)て、あすは都にと思ふ心[五]すゝみにや、宿[六]とりまどひて、老曾《おいそ》[七]の杜《もり》の木隱れ、こよひはこゝにと[八]、松[九]がね枕もとめに深く入(り)て見れば、風に折(れ)たりともなくて、大樹の朽(ち)た[一〇]をれし有(り)。ふみこえてさすが安[一一]からぬ思ひして立[一二](ち)煩ふ。落葉小枝道を埋みて、淺沼わたるに似て、衣のすそぬれ[一三]〳〵と悲し。神の祠《ほこら》立(た)せます。軒こぼれ御[一四]はし崩れて、昇るべくもあらず、草たかく苔むしたり。誰[一五](が)よんべやどりし跡なる、すこしかき拂ひたる處あり。枕[一六]はこゝに〔と〕定む。おひし物おろして、心[一七]おちゐたれば、おそろしさは勝りぬ。高き木[一八]むらの茂くおひたるひまより、きら〳〵しく星の光こそみれ[一九]、月[二〇]はよいの間にて、露ひやゝか也。されど、「あすのてけ[二一]たのもし」と[二二]獨言して、物打(ち)しき眠りにつかんとす。

あやし、こゝにくる人あり。背たかく手に矛[二三]とりて、道分《ちわき》[二四]したる猿[二五]田彦の神[二六]代さへおもほゆ。あとにつきて、修驗[二七]の柿染の衣肩にむすび上(げ)て、金[二八]剛杖つき鳴[二九](ら)したり。其跡につきて、女房のしろき小袖に、赤[三〇]き袴のすそ糊こはげに、はら〳〵とふ[三一]みはらゝかして歩む。檜《ひ》[三二]のつまでの扇かざして、いとなつ[三三]

かしげなるつらを見れば、[三四]白き狐也。其あとに、わらはめの[三五]ふつゝかに見ゆる、是もきつねなり。やしろの前に立(ち)并びて、矛とりし[三六]かん人《びと》、[三七]中臣《なかとみ》のをらび聲高らかに、夜まだ深からねど、物の[三八]こたふるやうにて[三九]すざまし。神殿の戸あらゝかに明(け)放《はな》ちていづるを見れば、かしら髪面《おもて》におひみだれて、目ひとつ[四〇]かゝやき、口は耳の根まで切(れ)たるに、鼻は[四一]ありやなし。しろき[四二]打着のにぶ色に[四三]そみたるに、藤色の[四四]無紋《むもん》の袴、是は今て[四五]うじたるに似たり。[四六]羽扇を右手に持(ち)て、[四七]〔停〕《たゝず》みたるが恐し。かん人申す。「修験はきのふ[四八]筑石《つくし》を出(で)て山陽道[四九]へ、都に在《おは》(せ)しに、[五〇]何某殿の御使してこゝを過(ぐ)るに、[五一]一たび御目たまはらばやと申(し)て、[五二]山づとの[五三]宍《しゝ》むら油に[五四]煮こらしたる、又[五五]出雲の松江の鱸二尾、是はしたがひし輩にとらせて、けさ都に來たりと、[五六]あさらけきを鱠につくりてたいまつる」と。[五七]〔修〕げん者申す。「みやこの何がし殿の、[五八]あづまの君に[五九]聞(え)たち、[六〇]申(し)合さるべきにて、御つかひにまいる也。[六一]事起りても、[六二]御あたりまでは騒がし奉らじ」。神云(ふ)。「[六三]此國は無やくの湖水にせばめられて、[六四]山の物海のものも共に乏し。[六五]たま物[六六]いそぎ、酒くまん」とおほす。わらはめ立(ち)て、[六七]御湯《ごゆ》たいまつりし竈《かまど》の[六八]こぼれたるに、木の葉小枝松笠かきあつめてくゆらす。めら〳〵とほの火《ほ》の立(ち)昇るあかりに、[六九]物の隈なくみわたさるゝ。

一「真木さく檜のつま手」(五〇)。 三三 人なつこい。 三四 この女狐どもは高山寺の鳥獣戯画絵巻から得た。 三五 不恰好な童女。 三六 神主。 三七 祝詞をとなえる声高く。神の出御を願う祝詞。「をらぶ」正しくは「おらぶ」。雄略紀「呼号(よばひおらび)キ」。 三八 こだまを言ったもの。 三九 雨月物語の清濁に従う。本篇は以下すざまし・恐しの語を頻発するが、恐怖感より童話的な楽しさがある。 四〇 当時は清んでよむ。かがやき。 四一 不明瞭、要するに殆どないこと。伊勢物語九「我が思ふ人はありやなしやと」。 四二 直衣・狩衣・法衣などの下に着る衣服。 四三 元来の白が濃い鼠色にあかじみたもの。 四四 模様のない。 四五 雨夜物語たみことば「こしらへとゝのへ」。 四六 鳥の羽根で作った団扇。 四七 判読しがたい。従来「歩」と読むが違う。 四八 筑紫。九州。天狗の居という彦山をさす。 四九 経て。 五〇 京都の愛宕山の天狗太郎坊をさす。 五一 一度お目にかかりたい。 五二 山からの土産。 五三 伊呂波字類抄「宍」を「シ、ムラ」。切った肉の塊。 五四 煮つめた。 五五 島根県松江市。鱸は名産。 五六 新鮮なのを。→五二頁注七。 五七 底本「篠」、改める。 五八 江戸に勧請された愛宕山の権現をさす。勧請の年代はこの作品中の時代より後。 五九 話しかけて。 六〇 相談することがあって。 六一 争乱がおこっても。→補注五一。 六二 御近所まで騒乱を及ぼしません。 六三 近江の国。 六四 山海の物産。 六五 贈り物。 六六 準備して。 六七 神前の大釜の熱湯を篠葉で神主・巫女などが身にそそぎかける神事。願いごとのかなった時に御湯を上げるとてする。探湯(くかだち)の変形か(双樹落葉下)。 六八 こわれた。 六九 隅々まで見える。連体の終止。

恐しさに、笠打(ち)被《かづ》きねたるさまして、いかに成(る)べき命ぞと、[一]心も空にてあるに、「酒とくあたゝめよ」とおほす。[二]狙《さる》と兎が、大なる酒がめ[三]さし荷ひて、あゆみくるしげ也。「とく」と申せば、「肩弱くて」と[四]かしこまりぬ。わらは女《め》[五]事ども執(り)行ふ。大なる[六]かはらけ七つかさねて、御前におもたげに擎《さゝ》ぐ。わらは女は[七]正木《まさき》づらの[八]手《た》すき掛(け)て、火たき、物しろき狐の女房酌まいる。あたゝむるさま[九]まめやか也。上の四つを除きて五つめ[一〇]參らす。たゝへさせて、「うまし〱」とて、重ね飲(み)て、「[一一]修驗、まろう人《ど》なり」とて[一二]たまへり。

さて、「あの杢《まつ》がね枕して空ね入したる若き男よびて、「[一三]あいせよ」といへ」とぞ。「[一四]召す」と、女房の呼ぶに、活(き)たるこゝちはなくて[一五]ひ出(で)たり。よつめの土器《かはらけ》とらせて、「のめ」とおほす。是をのまずはとて、多くは好まねど飲(み)ほす。「宍むら膾いづれもこのむをあたへよ」。「汝は都に出(で)て物学ばんとや。[一六]事おくれたり。[一七]四五百年前にこそ、[一八]師といふ人はありたれ。[一九]みだれたる世には、[二〇]文よみ物知る事行はれず。[二一]高き人もおのが[二二]封食《ふうじき》の地は[二三]かすめ奪はれて、乏しさの餘りには、「何の藝はおのが家の[二四]傳へあり」と[二五]諂《いつは》りて[二六]職とするに、富豪の民も[二七]又ものゝ夫《ふ》のあら〱しきも、是に欺かれて、[二八]へい帛《はく》[二九]積(み)はへ、習ふ事の[三〇]愚なる。すべて藝技は、[三一]よき人のいとまに玩ぶ事にて、つたへ

一 心も宙に飛んでしまって。
二 この景も高山寺の鳥獣戯画絵巻から得た。絵巻には蛙と兎が酒壺をかつぐさまがあり、別の所に猿も多く見える。 三 棒でかついで。
四 わびた。源氏、柏木「心のうちにかしこまり申すこと」。 五 酒宴の準備をする。
六 素焼の酒盃。
七 まさきのかずら。神事に冠につける葛の一種。継体紀「魔左棄逗曬(まさきづら)手たきあざはり」。
八 襷。
九 こまめである。 一〇 神へ。
一一 修験者よ、今宵はそなたが客人だ。
一二 盃を。
一三 盃のやりとりの間、第三者が一方にかわって盃をうける酒席の一作法。
一四 お呼びになります。雨月物語の仏法僧で夢然父子が秀次の霊の前に呼出される場に似ている。 一五 恐る恐る前に出たさま。
一六 手おくれだ。そんな時代はもう過ぎたの意。
一七 文明・享禄より四五百年前は、古今・後撰・拾遺の三代集が出た頃にあたる。
一八 先生というに価する人。
一九 この戦国の世には。 二〇 文学、学問。
二一 身分ある人。以下秋成の伝授に関する見解は、文反古下の「難波の竹斎に」の一文などにも見える。
二二 領地。 二三 ごまかしとられて。
二四 伝授。古今伝授などをさす。
二五 字典「偽也」。
二六 職業。和歌の家などをさす。
二七 武辺一途な武士達も。 二八 幣帛。進物。
二九 積み延へ。沢山につみ並べて。↓一四八頁注二七。 三〇 連体の終止。「ことよ」とつづける詠嘆の気持。 三一 高貴な人。落窪物語「よき

ありとは云はず。上手と[三二]わろものゝ[三三]けぢめは必(ず)ありて、[三四]親さかしき子は習ひ得ず。まいて[三五]文書(き)歌よむ事の、己が心より思(ひ)得たらんに、[三六]いかで教へのまゝならんや。[三七]始には師とつかふる、其道のたづき也。[三八]たどり行(く)には、いかで我(が)さす枝折《しをり》のほかに習ひやあらん。あづま人は[三九]心たけく夷心して、[四〇]直きは愚に、さかしげなるは佞《ねぢ》けまがりて、たのもしからずといへども、國にかへりて、隠れたらんよき師もとめて[四一]心とせよ。よく[四二]思ひえて社《こそ》おのがわざなれ。酒のめ、夜寒きに」とぞ。祠のうしろより法師一人出(で)て、「[四三]酒は戒破り安くとも又醒(め)やすし。こよひの[四四]あいだ一つのまん」とて、神の[四五]左坐《かみくら》に、[四六]足高く結びて居たり。面《つら》は丸くひらたく、[四七]目鼻あざやかに、大なる袋を携へたるを右に置(き)て、「かはらけいざ」と云(ふ)。女房とりて参らす。扇とりて、「[四八]から玉や〳〵」とうたふ聲、[四九]めゝしくはあれど、是も又すざまし。法師云(ふ)。「己は[五〇]扇かざすとも、尾ふとく長きには、[五一]誰かは袖ひかん」。「わかき者よ、神の教へに従ひてとく歸れ。[五二]山にも野にもぬす人立(ち)て、たやすくは通さず。こゝまで來たる事、[五三]優曇花也。修驗のあづまの使にくだるに、衣のすそにとりつきてとくかへれ。「[五四]親あるからは、遠く遊ばぬ」と云(ふ)教へは、東《あづま》の人も知(り)たるべし」とて、盃さす。「[五五]おのれはさか魚《な》物臭し」とて、袋の中

人のむすめなど」。
三二 下手。 三三 区別。
三四 親が上手だとて、その子が必ずしも、それを習得するとはかぎらない。
三五 詠歌作文など、文学というものは自力で創造すべきものだのに。
三六 どうして教えの通りにゆくものか。
三七 初め師匠を持つことは、その道の手段である。 三八 深く入ってゆくには、自分で立てる道筋即ち自力による進歩の外に、学習があろうか。この和歌学習論はまた「物問ふ人にこたへし文」などに見える。 三九 武ばって非文化的で。
四〇 愚直でなかったら奸佞で。
四一 師の心を心として務めよ。
四二 創造力を体得してこそ自分の芸術である。
四三 飲酒戒は五戒の中でもつい破りやすいものだが、すぐにさめる。
四四 天理冊子本「興に」とある。
四五 左方を上座とする。 四六 高あぐらをかいて。
四七 輪廓がはっきりして。雨月物語の仏法僧の紹巴の紹介と似ているが、これは次に「絵に見知りたり」とあって布袋和尚である。
四八 韓国から伝来の宝玉。公事根源などに見える和歌「をとめどもをとめさびすも、から玉を袂にまきてをとめさびすも」。→補注五二。
四九 女らしいが。
五〇 扇で顔をかざし隠しても、尾が隠されずの意。 五一 したいよって袖を引くものもない。
五二 山賊即ち野だち・山だちどもがはびこって。
五三 仏説で三千年に一度花開くといわれるもので、稀有のたとえ(法華文句など)。
五四 論語の里仁篇「父母在サバ、遠クニ遊バズ、遊ババ必ズ方有リ」。
五五 自分は。一人称。

より大なる[一]蕪根《かぶらね》をほしかためしをとり出(で)て、しがむつらつき、[二]わらべ顔して又懼《おそろ》し。[三]「いづれの御心も同じく聞(え)しらせたまへば、都にはあすとこゝろざしたれど上らじ。[四]御しるべにつきて、文よみ歌学ばん。小ゆるぎの[五]蜑《あま》が目ざす道は、栞《しをり》得たり」とて喜ぶ。かはらけ幾回か巡らせたれば、「夜や明(け)ん」と申す。かん人《びと》も酔《ゑ》(ひ)たるにや、矛とり直して、[六]物まうしの聲、[七]皺《しは》ぶる人なれば、[八]おかしと聞(え)たる。

山ぶし「いざいとま賜はらん」と、金がう杖とりて、若き者に、「是に取(り)つけよ」といふ。神は扇とり直して、「[九]一目連《いちもくれん》がこゝに在(り)て、[一〇]むなしからんや」とて、わかき男を空に[一一]あをぎ上(ぐ)る。猿とうさぎは手打(ち)てわらふ〳〵。[一二]木末《こずゑ》にいたりて待(ち)とりて、[一三]山臥《やまぶし》は飛(び)立(つ)。この男を[一四]腋《わき》にはさみて飛(び)かけり行(く)。法しは、「あの男よ〳〵」とて笑ふ。[一五]帒《ふくろ》とりて背におひ、ひくきあしだ履《は》(き)て、[一六]ゆらめき立(ち)たるさま、[一七]繪に見知(り)たり。かん人と僧とは人也。人なれど、妖に交りて魅せられず、人を魅せず、[一八]白髪《しらが》づくまで齢はへたり。明(け)はなれて、森陰のおのがやどりにかへる。女房、わらはゝ、かん人の「こゝにとまれ」とて、いざなひ行(く)。

この夜の事は、神人が百年を生(き)延(び)て、[一九]日なみの手習したるに、書

一 ほし蕪。 二 童顔。 三 どなた様も同じ御意見で御教示下さったので。 四 御教導。 五 田舎者の志望する和歌道。 六 祝詞を奏する声。ここは神の御退場を願うのりと。仁徳紀「山城のつゞきの宮に茂能莽鳥輪(ものもうす)」。 七 源氏、榊や同、明石に「しはぶるひ人」として見え、源語梯「注ニ老人ヲ云フトアリ」と。語源は、源注余滴に「しわぶきしわたる」故かとある。秋成は藤簍冊子所収の秋山記にも「皺ぶる人」と書き、皺のある人の意に解していたらしい。 八 酔うたようであるし、老人なので変に聞える。 九 この名の神、美濃(岐阜県)田戸権現のは国中に光り廻る(本朝故事因縁集)、伊勢(三重県)桑名のは風雨をおこす(市井雑談集)など見える。晩年目を悪くした秋成自身の面影もある。→補注五三。 一〇 手をむなしくして見ておろうか。 一一 正しくは「あふぎ」。 一二 梢の所で待っていて、青年をとらえ。 一三 山伏。 一四 字典「左右脅之間ヲ腋ト曰フ」。 一五 袋。 一六 ゆらゆらと動いて。身体をふってゆっくり立ち上るさま。 一七 絵によく見うける。前述の布袋和尚だとのこと。 一八 白髪になるまで、長年を経た。 一九 日毎。この部分も、老いて物書くを日課とした秋成の面影がある。 二〇 優美さのないさま。源氏、葵「物になさけおくれてすく〳〵しき所つき給へるあまりに」。 二一 誰が見てもよく読めまい。秋成自らの筆跡を匂わす。 二二 文字のくずし方。

(き)しるしたるがありき。墨くろく、[二〇]すく〳〵しく、[二一]誰が見るともよく讀(む)べき。[二二]文字のやつしは、大かたにあやまりたり。[二三]己はよく書(き)たりとおもひしならめ[二四]。

死首のゑがほ

[二五]津《つ》の國《くに》兎原《うばら》の郡宇奈五《うなご》の丘《をか》は、むかし〔[二六]より〕[二七]一里《ひとさと》よく住(み)つきて、鯖江氏の人ことに多かり。酒つくる事を[二八]わたらひとする人多きが中に、五曾次と云(ふ)家殊に[二九]賑はしく、秋は[三〇]いな春哥《つきうた》の聲、[三一]此前《まへ》の海《うみ》に響きて、海の神を驚かすべし。一人子《ひとりご》あり、五藏といふ。父に似ずうまれつき、[三二]宮古人《みやこびと》にて、[三三]手《て》書(き)、[三四]歌や文このみ習ひ、弓とりては[三五]翅《つばさ》を射おとし、[三六]かたちに似ぬ心たけくて、[三七]さりとも人の爲ならん事を常思ひて、[三八]交りゐや〳〵しく、貧しきをあはれびて、力を添(ふ)る事をつとめとするほどに、父が[三九]おに〳〵しきを鬼曾次とよび、子は佛藏殿と[四〇]たうとびて、[四一]人此もとに、[四二]先《まづ》休らふを[四三]心よしとて、同じ家の中に、曾次が所へはよりこぬ事となるを、父はいかりて、[四四]無やうのものには茶も飮(ま)すまじき事、門に入(る)壁におしおきて、[四五]まなこ光らせ、[四六]征し〔あ〕らがひけり。

二三 自分では上手に書いたと。

二四 下に「ども」を略した形で、已然形でとめてある。

二五 兵庫県神戸市の辺。冠辞続貂「大和の法隆寺の資財牒に、摂津国雄伴郡宇治郷宇奈五丘壱地と見えたり、(中略)かの資財牒に、東限弥奈刀川、南限加須加多池、西限凡河内寺、北限伊米野と見ゆると、風土記に夢野の地を指すとかなへるは、今の兵庫の津より西辺を云ふ也」。続群書類従七九八所収の同資財帳に確かに記載あり、金砂二・五にも引用。

二六 底本「より」の二字欠、桜山本・漆山本により補。 二七 一村あげて定住して。 二八 生業。

二九 繁栄して。 三〇 稲つき唄。醸酒用の米を精白する盛んな様をいう。 三一 住吉神社の前とも又は西の宮夷社の前面の大阪湾一帯とも言う(国花万葉記など)。秋成は後者をとる。去年の枝折に「此御前の海に月清き夜也」とあるのも西宮辺。 三二 都人。ここは風雅人の意。

三三 筆跡も見事で。 三四 漢学。

三五 飛ぶ鳥。所がら大和物語の百四十七段の菟原・血沼の二人の男が鳥を射たことによるか。

三六 やさしい容姿に似ず勇敢な気象で。

三七 何とかして。

三八 交際も礼儀正しく。源氏、槇柱「ゐや〳〵しくかきなし給へ」。

三九 無慈悲。→一六八頁注二一。

四〇 正しくは「たふとびて」。 四一 五蔵の所。

四二 立寄ってゆっくりする。 四三 愉快。土佐日記「酔事に心よげなることして」。 四四 貼紙の文句である。 四五 油断なく注意して。

四六 征は制のあて字。制止して争った。やかましく禁じた。「あ」諸本「か」、意によって改。

又同じ氏人《うぢひと》に元助と云(ふ)は、久しく家衰へ、田畑〔わ〕づかにぬしづきて、手づから鋤《すき》くは取(り)て、母一人いもと一人をやう〳〵養ひぬ。母はまだ五十《いそぢ》にたらで、いとかひ〴〵しく、女の業の機《はた》おり、うみつむぎして、おのがためならず立(ち)まどふ。妹を宗といひて、世のかたち人にて、母の手わざを手がたきなし、火たき飯《いひ》かしぎて、夜はともし火のもとに、母と古き物がた〔り〕をよみ、手拙からじと習ひたりけり。

同じ氏の人なれば、五藏常に行(き)かひして、交り淺からぬに、物とひ聞(き)て、師とたのみて学びけり。いつしか物いひかはして、たのもし人にかたらひしを、母も兄もよき事に見ゆるしてけり。同じぞこの人、くすし靫負《ゆきへ》といふ老人あり。是をさいはひの事とて、母兄に問(ひ)たゞして、酒つくる翁が所に來たり、「鶯はかならず梅にすくひて、他にやどらず。御むす子の爲に、かの娘めとりたる、人貧しくてこそおはせ、兄は志たかき〔健《ますらを》〕男也。いとよき事」といへば、鬼曾次あざ笑ひて云(ふ)。「我(が)家には福の神の御宿申(し)たれば、あのあさましき者の娘呼(び)入(る)れば、神の御心にかなふまじ。とくかへらせよ。そこ掃(き)清むべし」と云(ふ)に、おどろき〔て乃《すなは》〕(ち)迯(げ)出(で)て、かさねて誰いひわたすべき打橋《うちはし》なし。五藏聞(き)て、「此事父母ゆる

一 同姓の人。親族。 二 家運ふるわず。 三 底本「は」、桜山本・漆山本により改。 四 所有して。 五 自身で。召使の乏しいさま。 六 紡績。 七 家のためを思って。 八 まめまめしく働く。 九 非常な美人。「世の」は甚だしい意。源氏、桐壺「きさいの宮の姫君こそ(中略)ありがたきかたち人になん」。 一〇 手仕事。 一一 手助けをして。 一二 炊事をして。 一三 王朝の物語。底本「り」欠、桜山本・漆山本により補。 一四 筆跡も下手でないようにと。この一家の人々は雨月物語の菊花の約の左門の一家と似る。 一五 往来して。 一六 宗が五蔵に色々質問して。 一七 恋情を通じ合って。 一八 生涯を託する人。夫。源氏、椎本「はかなの御たのもし人や」。 一九 約束したのを。 二〇 族(ぞ)を訛ったか。又は「ぞう(族)」の「う」の誤写か。同族。 二一 医師。 二二 二人の仲を好都合なことと。 二三 事情も意見も改めて聞き。 二四 源氏、若菜上「いかなれば花に木づたふ鶯の桜を分けてねぐらとはせぬ」。八雲御抄三「尋常には梅にすくふもの也、さくらにはやどらず」。花と鳥の様に夫婦も似合がある意。 二五 「めとりたる」事は「いとよき事」とつづく。 二六 高尚な精神を持った。 二七 底本「徤」。この振仮名は桜山本の「ますらを」の仮名書による。 二八 この神を祭ることは以下にも出る。福の神の御在宿で即ち富裕だから。 二九 みすぼらしい。近世的な意味に用いた。 三〇 早くお帰り。 三一 底本「馬乃」。桜山本「ての」。「馬」は「弖」の誤読。「の」は「乃」を仮名と誤ったもの。よって下の如くにした。乃ちは早々。 三二 中をとりもつ。 三三 臨時にかける橋。万葉集に多く恋の通路にいう。ここは仲介者。万葉七「勢の山にたゞにむかへる妹の山事ゆるすやも打橋わたす」(一一九三)。

したまはずとも、[三四]おもふ心あれば、必(ず)よ[三五]我よくせん」といひて、絶(え)ず[三六]とひよると[三七]聞(き)て、「おのれは[三八]何神のつきて、親のきらふ者に[三九]契《ちぎり》やふかき。只今思ひたえよかし。さらずは、[四〇]赤裸《あかはだか》にて何處《いづこ》へ〔も〕ゆけ。不孝と云(ふ)事、おのれがよむ[四一]書物にはなきか」とて、[四二]聲あらゝか也。母[四三]きゝわづらひて、「いかにもあれ、父の憎みをかうむりて[四四]たつ所やある。貧しき人の家には[四五]ふつに行(き)そ」とて、夜は我(が)まへに[四六]來たらし、物がたりなどよませてはなたず。

[四七]通ひ絶(え)たりとも、[四八]兼(ね)ての心あつきを思ひて、うらみ云(ふ)べくもあらずぞありける。[四九]かりそめ臥《ぶし》に病ひして、物くはず、夜ひるなくこもり居り。兄は若きまゝに心にかけず。母[五〇]日毎にやせ〳〵と、色しろく[五一]くろみつきたるを見て、戀に病(む)とはかゝるにやあらん。[五二]藥はあたふべきにあらず。「五藏こそ、來たまへ」と云(ひ)やりつれば、其ひるま過に來たりて、[五三]「いふかひ無し。[五四]親のなげきを思はぬ[五五]罪業とかに、[五六]さきの世いかなる所にか生れて、荷かつぎ、夜は繩なひて、[五七]猶くるしき瀬にかゝりたらん。親のゆるしなきは、はじめよりしりたらずや。我、[五八]〔父〕に背きても、[五九]一たびの言葉たがへじ。[六〇]山ふかき所にもはひかくれて、[六一]相むかひたらんが嬉しと思《おぼ》せ。こゝの母君[六二]せうとのゆるしたまへば、[六三]何の報かあらん。我(が)家は[六四]寳つみて、[六五]くづるまじき父の[六六]守り也。[六七]よき

三四 互に相思うておれば。 三五 私がうまく取計らおう。 三六 訪問する。 三七 五曾次が。 三八 どこの貧乏神がついて。 三九 深く契ったのか。 四〇 振仮名は桜山本の仮名書による。「も」底本・諸本共になし。意によって補。 四一 儒学の書をさす。 四二 あらい声で叱る。 四三 聞くにつらくて。 四四 立つ瀬がなかろう。 四五 全く行きなさるな。「そ」は禁止の助詞。 四六 正しくは「来たらせ」。近世の口語的用法を混じたもの。

四七 五蔵の訪問が。

四八 平常の情の厚いのを宗は考えて。

四九 つい仮に寝たのが、本式の病気になって。風雅十「露ながら結ぶ小笹のかり枕かりそめぶしの幾夜へぬらむ」。 五〇 一日一日と宗の痩が目立ち。 五一 目の下などに黒いくまが出来た。

五二 薬を飲ませるのが方法でない。

五三 いくじがない。

五四 病気となって、親に悲しみをかけることを気にしない。 五五 罪にあたる業。ここは不孝。

五六 来世。 五七 苦しい境遇に落ち入るだろう。「瀬」と「かゝり」は縁語。風雅九「やす川といかでか名には流れけむ苦しき瀬のみある世と思ふに」。「たらん」の「たり」は確認の助動詞。

五八 底本「父」欠、桜山本により補。 五九 一旦約束した言葉に間違いはない。

六〇 深山へでもかくれ住んで。源氏、帚木「深き山里世ばなれたる海つらなどにはひかくれぬかし」。 六一 二人さし向いで生活するのを。

六二 兄上。

六三 不孝の罪のむくいをうけることもなかろう。

六四 財宝。

六五 没落するようなこともあるまい。

六六 堅実な家政。

六七 よい養子をとって。

子養ひて、財寶まさせ給はんには、我(が)事忘れて、[一]百年を保ち給ふべし。[二]人百年の壽たもちがたし。たま〳〵にあるも、五十年は[三]夜のねぶりに費(え)、なほ病に臥(し)、[四]おほやけ事に役《やく》せられて、指くはしく折(り)たらば、廿年ばかり[五]〔や〕おのが物ならん。山ふかくとも、海邊にすだれ垂(れ)こめて、[六]世に在(る)人ともしられずとも、たゞ[七]思ふ世を[八]命にて、一二とせにても[九]経なゝん。[一〇]おろかといふは、親兄も、我〔[一一]も〕[一二]罪あるものにてあらせんとや。いと〳〵つらし。たゞ今より[一三]心あらためたまへ」と、懇に示されて、「[一四]さらに〳〵病ひすとも思さで。[一五]おのが心のまゝに起(き)ふしたる、[一六]御咎めかたじけなし。[一七]即(ち)見たまへ」とて、[一八]小櫛《をぐし》[一九]かき入(れ)て、みだれを清め、着たる[二〇]馴衣《なれごろも》ぬぎやりて、あたらしきにあらため、牀《とこ》は見かへりもせず起(き)出(で)て、母にせうと[二一]にゑみたてまつりて、かひ〴〵しく掃(き)ふきす。[二二]五曹「[二三]心かろらかにおはすを見てこそ、うれしけれ。[二四]あかしの濱に釣(り)し鯛を、[二五]蜑《あま》が今朝漕(ぎ)てもてこし也。是にて[二六]箸とるを見て歸らん」とて、[二七]苞苴《わらづと》いときよらにして出す。打(ち)ゑみて、「[二八]よんべの夢見よかりしは、[二九]めで鯛《たい》と云(ふ)魚得べき[三〇]さがぞ」とて、庖丁とり、煮又[三一]あぶりものにして、母と兄とすゝめ、後に五曹の[三二]右に在(り)て[三三]立(ち)走りするを、母はいと〳〵よろこぶ。兄は[三四]うそぶきてのみ。五曹は涙かくして、「うま

一 十分長命するだろう。 二 列子の楊朱篇「楊朱曰ク、百年ハ寿ノ大斉也。百年ヲ得ル者ハ千ニ一無シ。タトヒ一者有ルモ、孩提ヨリ以テ昏老ニ逮ブ、幾ド其ノ半ニ居ル。夜眠ノ弭ム所、昼覚ノ遺フ所、又幾ド其ノ半ニ居ル。痛疾哀苦、亡失憂懼、又幾ド其ノ半ニ居ル」(胆大小心録一五参照)。 三 寝る時間でむだになり。 四 公事(租・庸・調や諸課役)に使役(命をうけ務めとして働かされること)せられて。 五 底本「也」、桜山本により改。 六 社会から無視されても。 七 愛し合った仲。 八 たのみとして。新後拾遺十八「長らふる心よわさを命にて」など和歌に多い語。 九 生活することを望もう。

一〇 お前をさして愚かと言うは。

一一 底本「も」欠、桜山本・漆山本により補。

一二 お前を見殺しにした罪の思いを、持たそうとするのか。 一三 気持をかえてしっかりしなさい。 一四 けっして病気をしているとお思い下さるな。「あれ」などの語を補って解く。 一五 気儘で寝たり起きたりしていたのに。 一六 御忠告。

一七 直ちに。ここは「それ」位の意味。

一八 装飾でなく平常さしている小さい櫛。

一九 櫛ですき、髪の乱れをさっぱりとし。

二〇 着なれて折目のなくなった衣服。万葉十五「別れにし妹が着せにしなれごろも」(三六二五)。

二一 笑顔を見せて。

二二 五蔵。以下蔵と曹混るが底本のままにした。

二三 気分が軽そうでおいでなのを。 二四 兵庫県明石市の海辺。鯛は名産。 二五 漁師。 二六 食事をする。 二七 きれいにした苞苴を出した。苞苴は仁徳紀「鮮魚之苞苴」。藁製のつと。 二八 昨夜よい夢を見たのは。 二九 目出度と鯛をかける。 三〇 前兆。

三一 気分よさそうにつとめるを示す諧謔。 三二 焼き物。 三三 下座である。 三三 こまめに動

し」とて箸鳴(ら)し[三五]、常よりもすゝみてくらふ。「今宵はこゝ」とやどりぬ。

あしたとく起(き)て、多露行露[三六]の篇うたひてかへるを待(ち)とりて[三七]、親立(ち)むかへ、「この柱《はしら》[三八]くさらしよ。家を忘れ、親をかろしめ、身を亡《ほろぼ》すがよき事か。目代《もくだい》[三九]どのへせめかうじて[四〇]、親子の縁断(つ)べし。物な云(ひ)そ[四一]」とて、おに〳〵しき事、いつより恐し。母とりさへて[四二]、「先、我(が)ところにこよ。よんべ[四三]よりのた〔ま〕ひし[四四]事、つばらかに[四五]云(ひ)きかせて後、兎《と》もかうもなるべし[四六]」。曾次いかりにらみたるも、流石に子とおもひて、おのが所[四七]へ入る。母なく〳〵意見まめやか也[四八]。五曹頭を上げ、「いかにも申(す)べき様ぞなき。若き[四九]身は生死のさたもすみやかにて、かなしからず。財寶もほしからず。父母につかへずして出(で)ゆかんが、わりなき[五〇]事と思へば、只今、心をあらためてん[五一]。罪いかにも赦《ゆる》したうべよ[五二]」と云(ふ)つらつき[五三]まこと也。母よろこびて、「神の結びたまふ縁ならば、つい[五四]のあふせ[五五]あるべし」と、慰めつゝ、父にかくと申(す)。「いつはり者めが言《こと》、聞(き)入(る)べからねど、酒の長[五六]が腹やみ[五七]して、よべより臥(し)たり。藏とのくまに小ぬす人等[五八]が、米酒とり隠す事、あまた度ぞ。ゆき[五九]て見あらためて[六〇]後に、長が腹やみをも〔またとひやれ〕[六一]。此男なくては、一日に何ばかりの費《つひえ》あらん。今たゞ今ぞ[六二]」と追(ひ)は〔し〕[六三]らす。承りて履《くつ》だにつけ

く。源氏、御幸「雑やくをもたちはしりやすくまどひありきつゝ」。三四 感情を示さないさま。宗のいたいけさに三人三様の態。三五 箸の早く動き、食の進むさま。三六 詩経の召南中の詩。女子のつつしむ意味の内容を、男に転用した。朝露わけて帰る景をも出した。↓補注五四。三七 待ちうけて。源氏、梅枝「やがて待ちとり入れ奉り給ふ」。三八 家を倒す者の意。放蕩者をののしる語。三九 代官。中古風に言ったもの。四〇 責め勘じ。「勘ず」は罪状をきびしく取調べること。ここは目代殿へ申し上げて、罪を責め勘じての意。四一 つべこべ言うな。言訳は聞かぬ。四二 仲裁して。四三 昨夜からあなたのおっしゃったことを。夫への言葉。四四 底本「ま」欠、桜山本・漆山本により補。四五 詳らかに。四六 何とかなるでしょう。子への言葉。四七 自分の部屋。四八 懇切をつくした。四九 若い自分は、生死の判断も簡単にきめて、何とも思わない。五〇 道理にそむくこと。五一 改めました。「てん」は意志を示す助動詞。五二 給えよ。五三 顔付きには誠意が見える。五四 正しくは「つひ」。結局の。五五 逢う瀬。男女の結ばれることを瀬にたとえた和歌の慣用語。五六 酒杜氏。日本山海名産図会一の杜氏の注に「酒工の長なり」。五七 腹痛で。五八 部下の連中が、こそこそとぬすみをするを言った。五九 醸酒場へ。六〇 検査して。六一 底本「まゝこかす」。漆山本「儘こかす」。桜山本「儘こりやれ(「やれ」二字を改め傍に「す」)」。皆原本を誤読し誤写したとして改めた。↓補注五五。見舞って来てやれ。六二 早速行け。六三 底本・諸本「し」なし、意によって補。

ず、只[一]かた時に見めぐりて、「まう候[二]」と申(す)。「澁[三]ぞめの物似[四]あひしは、福の神の御仕《し》[五]きせなり。けふをはじめにくる春[六]の朔日迄は、物くふとも、用[七]へと出(づ)るは[八]しにせよ。あらいそがしの寳[九]の山や。[一〇]ふくの神たちに追(ひ)付(き)たいまつらん」とて、外[一一]のこと云(ひ)まじへずぞある。「此ついでにいふぞ。おのれが部屋には書物とかいふもの高くつみ、夜は油火かゝげて無やくの費する。是も福の神は嫌ひたまふと云(ふ)。反[一二]古買には損すべし。元の商人よびて[一三]價とれ。親のしらぬ事知りて、何かする。まことに似[一四]ぬを鬼子といふは、おのれよ」とのゝしる。「何[一五]事も此後うけたまはりぬ」とて、日來《ひごろ》澁ぞめの裾[一六]たかくかゝげて、父の心[一七]をとるほどに、「今こそ福の神の御心にかなふらめ」とよろこぶ〳〵。

かの娘のかたには、おとづれ絶(え)ぬるまゝに、病ひおもく成(り)て、「け[一八]ふあすよ」と母兄はなげきて、五曹[一九]にみそかの使してきこゆ。兼(ね)て思(ひ)し事とて、[二〇]ことみねどもあはれにえ堪(へ)ずして、つかひ[二一]〔の〕しりに立(ち)ていそぎ來たり、親子に向ひて云(ふ)は、「かゝ[二二]らんと思ふにたがはざりし事よ。[二三]後の世の事は、いつ[二四]はりをしらねば頼まれず。たゞ此[二五]あした、我(が)家におく[二六]り給へ。千[二七]秋万代〔也〕とも、たゞかた時といふとも、同じ夫婦なるぞ。父母の

一 一時の半分(一時間)。ここは短時間の意。 二 参り候の略。行って来ました。 三 醸酒場で用いる渋で染めた前かけ衣類。 四 お前にも似合っているのは。 五 江戸時代に四季折々、殊に盆正月に主家から召使達に送る衣類。 六 醸酒は秋彼岸過ぎの新酒より、寒にかけて、間酒・寒前・寒酒と続いて作る(日本山海名産図会)。 七 大小便。 八 ついで。 九 摩訶止観四「宝ノ山ニ入ツテ手ヲ空クシテ帰ルガ如シ」。ここは金もうけでいそがしい程の意。

一〇 ますます金をつみましょうの意。 一一 金もうけ以外のこと。 一二 紙屑買に売っては。 一三 代金をそのまま取りかえせ。 一四 諺「親に似ぬ子は鬼子」。鬼曾次の言だから滑稽。 一五 この後は何でも仰せを承知します。 一六 かいがいしく働くさま。 一七 気に入るようにする。 一八 死ぬのは今日明日だ。 一九 こっそり使いを出して知らせた。 二〇 底本「ことみかね」とも読める。諸本同。「か」は「年」(ね)の草体の上半が長くなったものの誤読か。現状は見ないが、可愛そうで耐えられず。 二一 使のうしろにつづいて。底本・諸本「の」なし。意によって補。 二二 想像した通りでした。 二三 後生即ち二世の縁の説は。 二四 真偽の程がわからないのでたよりにならない。 二五 明朝。 二六 嫁として。 二七 いくら長くつれそっても。「也」は底本・桜山本「へ」、漆山本「也」、「乀」を「へ」と誤読か、また「経」(ふる)を「へ」と仮名に誤写か。漆山本による。 二八 「入さ」は入る体。嫁入の体が清い即ちさっぱりしていることだけ希望する。↓補注五六。 二九 兄上の御判断に期待します。よろしく段取りして下さい。 三〇 あなたの家の段取りをよくりして。 三一 他に嫁して生家を出ること。 三二 待

前にて、[二八]入《いる》さきよからんぞ、せめて願ふ也。[二九]せうとの御心たのもしくはからひてたべ」と申(す)。元助いふ。「何事も仰のまゝにとり行ふべし。[三〇]御宿の事よくして待(ち)たまへ」とて、悦び顔也。母も「いつの比、[三一]門出ぞと、[三二]待(ち)久しかりしを、あすときゝて[三三]心おちゐたる哉」とて、是もよろこびの[三四]立舞して、茶たき酒あたゝめて参らす。盃とりてむねにさす。いと嬉しげにて、[三五]三ゝ九度ことぶき[三六]元輔[三七]うたふ。[三八]其夜の鐘聞(き)て、[三九]「例の門《かど》立(て)こめられんよ」とて、五藏はいぬ。親子三人こよひの月のひかりに、何事をもかたりあかす。

夜明(け)ぬれば、母[四〇]白小袖[四一]〔と〕う出て打(ち)きせ、髪のみだれ小櫛《をぐし》かき[四二]〔い〕れて、「我も若きむかしの嬉しさ、露忘られずぞある。かしこに参りては、たゞ[四三]父のおに〳〵しきをよく御心とれ。母君は必(ず)よ、[四四]いとほしみたまひてん」とて、[四五]粧《よそほ》ひとり繕ひて、駕《かご》に乗(る)まで、萬《よろづ》敎(へ)きこゆ。元輔麻がみしも[四六]正しく、刀脇ざし横たへ、[四七]「又五日といふ日には歸りこんを、あまりに[四八]言《こと》長し」とて、母を[四九]せいしかねたり。[五〇]嬢《むすめ》たゞゑみさかえて、[五一]「やがて又参らん」とて、駕にかきのせられ行(く)。元輔そひて出(づ)れば、母は[五二]門火《かどび》たきてうれしげ也。めしつかふ二人のもの等、みそかに語りあふ。[五三]「かくても御こし入といふにや。我ゝもつきそひて、[五四]錢いたゞき、[五五]ざう煮の餅に[五六]腹みたさんと思ふにた

ちくたびれていたが。三三 安心しました。三四 祝言の舞を一さし舞って。藤簍冊子の剣の舞に「今は立舞ふべくもあらぬ身の程」。三五 夫婦かための盃事をめでたくして。三六 「助」「輔」を混じる。底本のままにおく。三七 祝儀の謡曲を謡った。三八 午後八時前後にあたる八ツの鐘。三九 いつものように門口を閉ざされてしまうだろう。四〇 嫁入用の白羽二重または白練の着物。四一 底本「た」、桜山本・漆山本「と」とあるによる。取り出し。四二 諸本「い」欠、意によって補。四三 情味のない父の御機嫌をとれ。四四 可愛がって下さるだろう。四五 化粧身じたくして。四六 礼儀通りに。四七 五日帰りをいう。婚礼後五日目に嫁の里帰りする風習。四八 話が長すぎる。四九 制し。とめる。とめかねる兄は万一の娘の死を覚悟しているさま。五〇 娘のみは笑もとまらず。源氏、末摘花「老人どもゑみさかえて見奉る」。五一 すぐに。この言葉、覚悟せぬだけにあわれである。五二 門口で火を切り、また肥松をたく。婚礼の儀式。女重宝記「父母の家にかへらぬといふえんをとりて、こしのり物をしとみより出し、門火をたき、塩と灰とにてうちいだす事の死人のまねびをする事うへ〳〵も有る事なり」。このあたりは死の門出になる伏線。五三 貧しい嫁入をいう。五四 嫁の伴への祝儀。五五 雑煮。嫁のつきそいなどに出す近世の習慣であった。女重宝記「雑煮はまち女らうつぼねにもすゆるなり」。五六 満腹しようと思ったが思惑違いだ。

がふよ」とて、今朝の[一]朝げの煙[二]しぶ〳〵にもゆる。[三]かの家には思ひまうけざる事にて、「何ものゝ[四]病してこゝに來たる。御娘ありとも、兼(ね)て聞(か)ざるを」と、あやしみて[五]立(ち)ならびをる。元輔、曾次の前に[六]正しく向ひて、「妹なるもの、五藏どのの[七]思ひ人也。久しく病(み)つかれてあり、「こし入[八]いそぎてん」と願ふまゝにつれ來りぬ。[九]日がらよし。[一〇]盃とらせたまへ」と云(ふ)。[一一]鬼の[一二]口ありたけにはたけて、「何事を云(ふ)ぞ。妹に我(が)子が[一三]目かけしと云(ふ)事聞(き)しかば、つよく[一四]いさめて、今は[一五]心にも出(さ)ず。おのれ等狐のつきて[一六]狂ふか」とて、膝立(て)直し、目いからして、「歸れ。かへらずは、[一七]我(が)手にも及ばず、男どもに棒とらせて、[一八]追(ひ)うたんぞ」とて、恐しげ也。元輔打(ち)わらひて、「五藏よび來よ。とくむかへとらんとて、[一九]月日をわたるほどに、病して死ぬるに、「せめて此家の庭に入(り)て死なん」とねがふまゝに、つれ來たる也。こゝにてしなせ、此家の墓にならべて葬れ。例の[二〇]物をしきさがはしりたる故に、此家の[二一]費にしはせじ。[二二]金三ひらこゝに有(り)。[二三]是にてかろくともとり[二四]おさめよ」といふを、取(り)上(げ)て、「金は我(が)ふくの神のたまものなれど、[二五]おのれが家に[二六]けがれたるは何せん。もとより嫁子にあらず。死人ならばとくつれいね。五曹何處にをる。[二七]此けがらはしき、きかずはいかに。[二八]よくは

一 朝飯。
二 乏しい煙と召使達の気持をこめた。
三 曾次の家では意想外のことで。
四 嫁入駕籠の貧相なさまを示す。
五 召使達が。
六 威儀を正して、対座し。
七 恋人。
八 急いで下さい。「てん」は希望の助動詞。
九 吉日である。
一〇 かための盃をやって下さい。
一一 鬼曾次が。
一二 大きな口を開けて。怒って大声を出したさま。
一三 相手にした。
一四 禁止して。
一五 言外は勿論、内心にも思い出しさえしない。
一六 馬鹿をつくすのか。
一七 自分が手を下すまでもない。
一八 打って追っぱらうぞ。
一九 月日がたつ間に。
二〇 吝嗇な性質。
二一 失費。
二二 小判三枚。一枚が一両。
二三 是で簡略でも片づけてくれ。
二四 桜山本・漆山本「をさめよ」。「を」が正しい。
二五 きさま。二人称。
二六 貧乏人の家で一旦けちのついた金は仕方がない。欲しくない。この悪人を、秋成はひどく戯画化している。
二七 けがらわしいものを、自分が承知しなかったら、どうするつもりか。
二八 上手に処置しないと。

からはずは、おのれも追(ひ)うたん。親に逆ふ罪、目代どのにうたへ[二九]申(し)て、[三〇]執《と》(り)行はせん」とて、來たるをすぐに立蹴《たちげ》[三一]に庭にけおとしたり。五藏、「いか〔に〕[三二]もしたまへ。この女我(が)つま也。追(ひ)出されば、こゝより手とりて[三三]出(で)んと、兼[三四](ね)て思ふにたがはざる此あした也」。「いざ」といひて、手と[三五]りて出(づ)べくす。兄がいふ。「一足引(き)ては、たをるべし。汝がつま也。この家にて死ぬべし」とて、刀ぬきて妹が首切(り)おとす。五藏取(り)上(げ)て、袖につゝみて、涙も見せず門を出(で)んとす。父驚き、馬にはね上(が)り、「おのれ、其首もちていづこにか行(く)。我(が)おや[三六]〳〵の墓におさめん事[三七]ゆるさじ。それ迄[三八]もあらず。兄めは人ごろしぞ。おほやけ[三九]にて罪《つみ》なはれよ」とて、いそぎ村長《むらをさ》の方へしらせにゆく。長きゝて、「いかなる物ぐるひしたる[四〇]。元輔が母はしらじ」とて、軒遠[四一]からねば、走(り)行(き)て、「かく〳〵なん。元輔は氣ちがひなり」とて、息まくして[四二]いふ。母はいつもの機《はた》にのぼりて、布織(り)ゐたるが、〔きゝて〕[四三]、「しかつかうまつりしよ[四四]」。心得たれば驚かず。「よくこそ知らせたまふ」とて、おり來て、ゐやまひ申(す)[四五]。長又これにもおどろきて、「鬼はかねて曾次が事と思(ひ)しに、此母も鬼女なり。よくかくしてとし月あ[四六]りしよ」とて、逃(げ)出(で)て目代にうたふ。

二九 訴え。
三〇 処分してもらう。
三一 立ち上がりざまに蹴ること。
三二 底本・諸本「に」なし、意によって補。
三三 一緒に。
三四 前から考えていたが、その予想通りの今朝の様子。かくいう五藏の性質はかなり所々で説明しているが、描きたらないようである。
三五 宗の手。
三六 祖先。
三七 桜山本・漆山本「をさめん事」。「を」が正しい。
三八 それどころではない。
三九 お上で罰をうけよ。推古紀「賞罰(たまものつみなへ)必ズ当ヨ」。神代紀下「誅(つみなひて)」。
四〇 とんでもない気狂い沙汰をしでかした。
四一 何軒と離れていないので。
四二 息まいて。ひどい勢いでいう。
四三 この三字、桜山本により補。
四四 そういたしましたですか。
四五 お礼を言う。
四六 桜山本・漆山本「角」の字あり、この文字なくとも意は通じるので底本の無いに従った。

すなはち[一]、人ゝ[二]めしとらへて、「おのれら何事をかして、一さとを騒(が)すぞ。元輔は妹[三]ながら人殺したれば、爰にとゞむべし。五藏も問(ひ)糺すべき事あれば、こゝにとらへ置(く)ぞ」とて、共にひとや[四]につながれたり。日比十日[五]ばかりへて、人ゝめし出(で)、たゞしつる[六]に、「曾次は罪なきに似て、罪おもし。みす〳〵[七]におのが心のよからぬから、かゝる事仕出(で)たり。家[八]〔に〕籠りをれ。やがて御つみ[九]承りて行はん。元輔は母のゆるしたる事なれば、罪あれど罪かろし。是も家にこもりをれ。五藏が心いと〳〵あやし[一〇]。されど[一一]せめとふべきにあらず」とて、またひとやに追(ひ)入(れ)たり。五十日ばかりありて、「國の守[一二]の仰うけたまはれ。此事こと〴〵く五曹と曾次が罪におこる。此里に居らせじ。只今たゞ追(ひ)はらふ[一三]ぞ」とて、この御門よりいかめしく[一四]取(り)かこまれ、親子は隣[一五]の領ざかひまで、追(ひ)うたれて[一六]行(く)。「元輔は母ともに事かはりし事を仕出(で)たれば、此さとにはをらせじ。西のさかひまで追(ひ)やらへ」とて、事すみぬ[一七]。曾次が家の寶[一八]は、ふくの神とゝもにおほやけにめし上(げ)られたり。鬼曾次足ずりし[一九]、手を上(げ)てをらびなく[二〇]さま、いと見ぐるし。「五藏、おのれによりてかく罪なはるゝは」とて、引(き)ふせてうつ。うてどもさらず、「御心のまゝに[二一]」といふ。「にくし〳〵」とて、こゝかしこに血は[二二]〔しら〕せた

一 即時に。
二 関係した人々。
三 妹とは言い条。
四 獄。和名抄に獄を「比度夜」とよむ。
五 日数十日ばかりたって。
六 吟味したのには。
七 見ていながら。源氏、手習「めにみす〳〵いける人をかゝる雨にうちうしなはせんは」(湖月抄の注に「みる〳〵也」)。
八 家で謹慎しておれ。「に」桜山本・漆山本による。底本「り」(里の草体)。
九 その中に罪状の御裁断を承って、処刑しょう。
一〇 不審である。
一一 しかし詰問すべき筋のものでない。
一二 国主の申しわたし。
一三 追払にあたるか。江戸時代の刑の一で所払。御定書百ヵ条に「所払、在方は居村、江戸は居町払。但し欠所無之、然共利欲に拘り候類は、田畑家屋敷欠所」。
一四 厳重に代官所の下役にかこまれて。
一五 隣の領地との境界。
一六 追放。江戸時代の刑の一つ、軽追放にあたるらしい(御定書百ヵ条)。
一七 事件は落着した。
一八 前出所払の利欲に拘った罪の取扱い。
一九 じたんだ踏んで。万葉九「足ずりしねのみや泣かむ」(一七〇)。
二〇 号泣する。↓一七七頁注三七。
二一 お気のすむようにして下さい。
二二 諸本「はらら(ゝ)せたり」。「はらゝ」は万葉二十「あま小舟はらゝにうきて」(四三六〇)を動詞にしたかとも解されるが、なお「し」「ら」の誤読で、「はしらせ」であろう。血をふき出

り。里人等集《つど》ひきて、兼(ね)て憎みしものなれば、曾次はとり[二三]放ちて、五藏をたすけたり。「命[二四]給(は)るべくもあらねど、わたくし[二五]には死(す)べからず」とて、父の前にをりて、面[二六]もかはらず。「おのれはい[二七]かで貧乏神のつきしよ。財寶なくしたれど、又稼(ぎ)たらば、元の如くならん。難波《なには》[二八]に出(で)て商人《あきびと》とならん。勘當の子也。我(が)し[二九]りにつきて來な」迚《とて》、面ふくらしつゝ、立(ち)出(で)て、いづこにか行(き)けん。五曹はやがて髮剃(り)て法師となり、この山の寺に入(り)て、[三〇]いみじき大德《だいとこ》の名とりたり。元輔は母をたすけて、播磨[三一]の〔ぞう〕[三二]の方へ退きて、鋤鍬とりて昔に同じ。母も機[三三]たてゝ、たく[三四]はた千ゝ姫の神に似たり。曾次が妻は、親の里へかへりて、是も尼となりしとぞ。妹が首のゐみたるまゝにありしこそ、いとたけ[三五]〳〵〔し〕[三六]けれと、人皆かたりつたへたり。

捨石丸

「[三七]みちのく山にこがね花さく」と云(ふ)古[三八]ことは、まこと也けり。麓の里に、[三九]小田の長者と云(ふ)人あ〔り〕[四〇]。[四一]あづまのはてには、ならびなき富人なりけり。父は、寶[四二]も何も子の小傳次と云(ふ)に任せて、明《あけ》くれに酒のみて遊ぶ。姉の常[四三]

させた。二三 五蔵とわけ、離れさせて。
二四 私の罪は、命を助けられる程軽いものではありませんが。
二五 自分勝手に死ぬことも出来ません。
二六 顔色も変えない。自若たるさま。
二七 なんで貧乏神がついたのか。俗説に貧しくなるはこの神のつくためという。
二八 大阪市。
二九 後に。
三〇 すぐれた高僧の評判を得た。↓補注五七。
三一 兵庫県の内海側の一部。
三二 底本「僧」、桜山本「そう」。僧は誤解。「ぞう」は族のなまり。親族。
三三 機織の台をすえて。
三四 栲機千々姫。神代紀下に見える天忍穂耳尊の妃。織物に巧みの意味の称。年のなゝふ「神代に栲はたちゞ姫と申して、天照大神のおほんぞ織りて奉らせしを始に」。
三五 気性のしっかりしたこと。
三六 底本・諸本「し」欠、意によって補。
三七 万葉十八「すめろぎのみ代栄えんとあづまなるみちのく山に黄金花さく」(四〇九七)。みちのくは岩手県・宮城県及び青森県の東側の総称。
三八 古歌。天平二十一年(七四九)陸奥国から黄金を献じた時の大伴家持の長歌の反歌が前出のもの。
三九 その長歌(四〇九四)に「みちのくの小田なる山に」とあり、今の宮城県遠田郡涌谷町の中。
四〇 底本・諸本「る」、意によって改。
四一 東国の末即ちみちのくをさす。
四二 財宝。財産。
四三 後に「豊」を「常」に誤り写す所がある。ここも豊かも知れず、しばらくそのままとする。

と云(ふ)は、男[一]をさいだて丶、行[二]にゆるされて尼となり、豊苑比丘尼と改め、すぎ[三]やうまめやか也。母[四]なければ、家[五]のこと司《つかさど》りて、惠[六]みふかゝりければ、出入る人いと[七]かたじ〔け〕なく、つか[八]ふまつりけり。

捨石丸と云(ふ)は、脊六尺にあまりて、肥(え)ふとり、世にすぐれ酒よくのみくらふ。長者の心[九]にかなひ、酒のむ時は必(ず)呼(び)よせたり。或時長者酔《ゑひ》[一〇]のすゝみに、「お[一一]のれは酒よくのめど、酔(ひ)ては野[一二]山を忘れ臥《ふ》(す)故に、〔石[一三]捨〕(て)たりと云(ふ)あだ名は呼(ば)るゝ也。よく寐入(り)たらんには、熊狼にくらはるべし。此剱《つるぎ》は五代[一四]〔の〕祖の力量[一五]にほこりて、刃[一六]廣にうたせ給へる也。野山の狩を好みて、あら熊に出(で)あひ、いかりにらまへ齒むきて向(ひ)來たるを、此剱ぬきて、腹をさし首うちて歸られしより、熊切丸と名よばせし也。おのれ必(ず)酔(ひ)ふして、くら[一七]はれん。此剱常に帯(び)よ。守り神ならん」とて給へる、推[一八](し)いたゞき、「熊狼は手どりにせん。鬼や出(で)てくらひつらん。鬼[一九]去丸と申さん」とて、左に置(き)、「悦びの酒」とてすゝむ[二〇]ほどに、酌[二一]にたつ童女《わらはめ》、「今は三[二二]ますにも過(ぎ)たらん」とて、〔わ[二三]〕らふ〳〵。「此心よきに、野風[二四]をあびん」とて、たつ足しどろ[二五]にたち行(く)。長者見て、「得させしつるぎ失ふべし。歸る[二六]を見とゞめん」とて立(つ)も、足よろぼ[二七]ひたり、小[二八]傳

一 夫に死別して。
二 類(らうが)の草体の誤写か。とすれば一族に。または上からつづき「さいだてゝ行くに」と読むか。今は「類」の誤写説をとる。
三 篤実に仏道修行につとめた。
四 尼の母即ち長者の妻が、死んでいないので。
五 家事の采配を取って。
六 下々をいつくしんだので。
七 ひどく有難がって。底本「け」欠、桜山本により補。八 正しくは「つかう」。
九 お気に入りで。
一〇 酔興がこうじて。
一一 お前。二人称。
一二 所かまわず、野でも山でも。
一三 底本「捨石」とあり、桜山本により改める。
一四 天理巻子本では「我父」となっている。底本「の」なし、桜山本により補。
一五 力自慢して。
一六 刃わたりの広いこと。
一七 熊狼に食われるだろう。
一八 下に「を」を補って解く。
一九 天理巻子本では「おに切丸」。「切」の方がよい。二〇 酒量をますので。
二一 酒の酌に出ている。二二 三升。
二三 底本・桜山本「いらふ」、天理巻子本「哂ふ」。「い」は「わ」の誤読であろう。または「ら」が「ろ」の誤読で「綺ふ(干渉する)」でも通ずる。前者をとる。二四 野の涼風にふかれよう。二五 千鳥足で。二六 帰り路を見とどけよう。
二七 よろよろ足である。
二八 「次」と「治」を混じている。以下も底本のままに存す。二九 果して。
三〇 正しくは「たふれ」。秋成の癖の誤用。
三一 流れの水に足をつけて。

治、父あやうしとて、跡に付(き)て行(く)。[二九]はた、流ある所に打(ち)[三〇]たをれ、
[三一]足はひたし、劔は[三二]枕のかたに捨(て)たり。[三三]「かくぞあらん」とて、長者[三四]とりた
るに、目さめ、「給ひしを又うばひたまふや」とて、[三五]主忘れあらそふ。父力に
たへねば、劔持(ち)ながら、あをむきに成(り)て、捨石其上にまたがる。小傳
次はるかに見て、[三六]丸を引(き)たをし、父を助(け)んとすれど、力よわくて[三七]心ゆ
かず。丸、又小傳次を右手にとらへて、[三八]「和子《わこ》よ、[三九]何をかす」と、前に引(き)廻
し、父の上に[四〇]すえたり。されど主といふ心やつきけん、[四一]いたはるほどに、[四二]父を
たすけて、丸をつよくつき倒す。父起(き)上りて、劔をとり、「おのれはまこ
とに日本一の力量ぞ。[四三]武藏坊と申せしは、西塔一《さいたふいち》の法師也」と、うたひ行(く)。
捨石あとにつき、[四四]「衣河へと急がるゝ」と、拍子とりて來る。父が劔に手かけ
て、[四五]うばはんやとするに拔(き)出(で)て、[四六]おのれが腕に突(き)立てしかど、[四七]長
〔者〕の面《おもて》にそゝぎて、血にまみれたり。小傳次父を[四八]あやめしやとて、後よりつ
よく捕へたり。とらへたるを又引(き)まはして、面を打(つ)。是もいさゝか血
そゝぎかけたり。父は子を[四九]あやまちしかとて、劔の鞘もて、丸がつらをうつ。
[五〇]拔(け)たるにうけて、何やらんうたひつゝ、又父をとらふ。さすがに刀は當
(て)ざれど、おのが血の流(れ)て、長者の衣《きぬ》に染《そ》(み)たり。[五一]家の子ども一二人

三二 頭の方に。
三三 こんなことだろうと思った。
三四 太刀を。
三五 相手の主人であるを忘れ。 三六 捨石丸。
三七 思うにまかせぬ。 三八 若旦那。
三九 何をするのですか。「か」の結びが連体形「する」とあるべき所。
四〇 重ねのせ。
四一 大事にして起す時に。
四二 父と共に。この所天理巻子本は「からうじてのがれ、父をいたはりてかへらんとす。剣大事の物也。今はくれじとて、柄のかたをつよく握りしに、ぬけはなれたるもしらず。長者は老の力にたへずして鞱(やき)とりて、己は日本一の力量ぞ。武蔵殿と申せしは、西塔一の法師なりとうたふ。捨いし跡をつけて、衣河へといそがるゝ。其ひまに小伝二につるぎ取(り)をさめさせてかへるあとに、猶立(ち)まひて脛のあたりを切(り)さきたり。父の面に飛びちりかゝるに、剣をやう〳〵うばひとりて、面の血ぬぐひ〳〵御供す」。
四三 舞曲・浄瑠璃の文句。出拠未詳。仙台浄瑠璃のつもりか。西塔は比叡山の寺院集中地の一。弁慶はここの出身と伝える。
四四 同じく語り物の文句。衣川は義経主従の終った岩手県平泉町の高館附近を流れる北上川の支流。
四五 捨石が、父(長者)の持つ剣を取ろうとする。
四六 捨石の腕。
四七 長者の顔面に捨石の腕の血が流れかかって、血まみれになった。底本「者」欠、桜山本により補。
四八・四九 傷害したかと。
五〇 剣の中身で鞘をうけとめて。
五一 召使。

追(ひ)來て、「[一]こわや、御二人を殺すよ」とて、前うしろに取(り)つく。扨は[二]あやまりつと思ひて、二人の男を左右の腋《わき》にかいはさみ、「主ごろしはせぬぞ」とて、迯(げ)行(く)。二人の男等とらはれながら、「主殺しよ」とて、をらび[三]云(ふ)。扨は、父子ともに我あやまちしよとて、二人の男を深き流れに打(ち)こみて迯(げ)ゆく。父はまだ酒さめざれば、血にまみれながら、劔の身さゝげて、[四]おどり拍子にかへる。小傳〔次〕[五]もあとにつきてかへる。家の内こぞりて[六]、「[七]いかに〳〵」と、立(ち)[八]さうどく。されど、小傳次が[九]せいししづめて、父をふし所《ど》へつれゆく。[一〇]尼のこゝろえで、「この血はいかに」と問ふ。「捨石めが、給へる劔に、おのが腕をつきさしたる血也。おのれもいさゝか[一一]染《そ》(み)たれど、[一二]事なし」と云(ふ)。姉落(ち)[一三]ゐて喜ぶ。捨いしは主を殺せしよと思ひて、家にも歸らず、[一四]何地《いづち》なく迯(げ)うせたり。二人の男等こそ水底にしづみて、空[一五]しく成(り)ぬ。[一六]一里《ひとさと》たちさうどき、捨石、主を殺して迯(げ)行(き)しかとて、みな長者の家に集りて[一七]、小傳次制[一八]して、「必[一九](ず)あらぬ事也。渠《かれ》[二〇]がかいなに血出(で)て、父にそゝぎし也」と云(ふ)。「さらば」とて、「二人の男が屍《かばね》もとめん」とて、立(ち)走り行(く)。いかにしけん、父はあ[二一]したになれど、起(き)出(で)ず。[二二]おとゞひゆき見れば、口あき目閉(ぢ)、身はひえて死(に)たり。「こはいかに」

一　おそろしいことだ。正しくは「こはや」。
二　捨石がやや正気づき、主人父子を殺傷の過失をしたかと。以下捨石のおだやかな性質を示す所。　三　大声で叫び。　四　踊りの拍子をとりながら。　五　底本「次」欠、桜山本により補。
六　皆あつまって。　七　どうしたことか。
八　立ちさわぐ。源語梯「さうどけば」の注「イソガハシクモノサワガシキナリ」。
九　制し。おしとどめ、静かにさせて。
一〇　尼が不審に思って。血のわけの問答のあと天理巻子本には「あやうき事なりし。先衣ぬぎたまへ。洗ひてん。休ませたまへと云(ふ)。父は酔(ひ)ふして、いな〳〵と云(ふ)。屛風かこひて、おとゞひはかたはらに臥(し)ぬ」と加える。
一一　少し血がつきましたが。　一二　何の事もない。
一三　安心して。　一四　どこを目あてともなく。
一五　死んだ。　一六　村中大さわぎで。
一七　下に「さわぐ」の意を補う。　一八　おしとどめ。　一九　全くそんなことはないことだ。
二〇　彼に同じ。「かいな」は正しくは「かひな」。
二一　翌朝。　二二　正しくは「おとどい」。以下皆「ひ」を用いる。ここは姉弟。　二三　医者。
二四　診察さす。底本「み」欠、桜山本により補。
二五　急死なさったのです。天理巻子本「卒症のしるし」とある。　二六　甚だ愁嘆した。
二七　御慈悲深くて。　二八　度が過ぎている。
二九　代官。　三〇　この家をつぶしてしまおうと。
三一　検屍して。　三二　血は死後にかけたものだ。
三三　敵の捨石丸を。
三四　病気に言いなすのは不審である。
三五　理を非にまげて。非道に。源氏、明石「横さまの罪にあたりて」。
三六　居合せて。天理巻子本、この前後はかなり文章が増加し筋がかわっている。医師が来てか

とて、急ぎくす師よびて、[二三]こゝろ[二四]〔み〕さす。醫師《くすし》こゝろみて云(ふ)。「是は頓《とみ》[二五]にやみて死(に)たまふ也。今はくすり參らすとも、かひなし」と云(ふ)。おとゞひ泣(き)[二六]まどふ。家の内の者ども、又立(ち)さうどき、「誠、主は殺せし也。御恵《めぐみ》[二七]ふかくて、とみの病とはのたまふ也。御仁惠といふもあまり也」[二八]と云(ふ)。

國の守に聞えて、目代《もくだい》[二九]急ぎ來たる。兼(ね)て長者が富をうらやみしかば、此ついでになくしてん[三〇]とて、屍《かばね》[三一]見あらため、「是は、血はそゝぎかけし[三二]也。只したゝかにうたれて死(に)たる也。小傳次親を殺されながら、え追(ひ)とらへず[三三]、病に申(す)[三四]事いぶかし」とて、よこさまにいふ[三五]。醫師をりあひて[三六]、「聊《いささか》もうたれし所なし」と。目代目いからせ[三七]、「おのれ賄賂《まひなひ》[三八]とりて、いつはるよ」とて、からめさす[三九]。小傳次は流石にえからめず、「守に參れ」[四〇]とてつれ行(く)。參りて始よりを[四一]、つばらかに申す。守も妬《ねた》[四二]くてありし〔か〕ば、「いな、明らかならず[四三]。醫師めはひとやにこめよ。小傳〔次〕は、數百年爰に住(み)て、民の數ながら[四四]、刀ゆるし[四五]鑓《やり》馬乘輿《こし》ゆるされしは、ものゝふの數也[四六]。目の前に親をうたせながら、いつはる事いかに。國の刑に行はんものを[四七]。見ゆるすべし。親のかたき〔の〕[四八]首さげて歸らずは、領したる野山家の財殘りなく召(し)上(げ)[四九]て、追(ひ)やらふ[五〇]べし。ゆけ、とく」とて入(り)ぬ[五一]。打(ち)わびつゝ[五二]歸りて、姉に申(す)。「病

ら、「いかにしてと問へば、よんべはしかぐ／＼の事にて、酔(ひ)くるひのあまりに、捨いしめとたはれたまひて、きのふ渠にくれたまひし剣のぬけ走りて、石わが高もゝにあやまちし、其血飛(び)ちりて、御面にまみれ、衣にもぬれ／＼とつきたりとかたる。くすし等云(ふ)。御供にありて、始をはりよくしりたまふ事はたがふ事有(る)まじ。されど、おのれ等がうかゞひたる時は、病にてこそあれ、いき絶(え)ておはす。国の守へしかうたへ出(で)申さんと申すことわりなれば、いづれもうたへたまへ、我は本よりぞとて、姉に御かたはらにはなれ給ふなと示して、つれだちゆく。守訴へどもを聞(き)て、事明らかに似て、捨いし、病ならば、など兄弟が夜がら(脱文あるか)、夜明(け)て、くすしら申す。病は中風の一症に、卒倒して鼾を吹(き)、寝たるまゝに死ぬる者あり。顔は血洗ひて見たれば、いさゝかも疵なし。たゞ病にて候」となっている。三七 怒りの目つきをして。

三八 伊呂波字類抄の訓による。三九 捕縛させる。

四〇 国守(その地の大名)の所へこい。

四一 始終を詳細に申し上げる。

四二 小田の長者の富をうらやんでいたので。底本「か」欠、桜山本により補。四三 申分がまだ暗い。四四 庶民の身分ながら。四五 帯刀その他を許されて。四六 その点では武士の身分である。

四七 国の法に照らして処刑すべきだが。「ものを」は形式名詞「もの」と格助詞「を」の一語となったもの。ここでは逆接の接続助詞。

四八 底本「の」欠、桜山本により補。

四九 所持した。

五〇 追放に処する。追放は江戸時代の刑の一。

五一 おしらべの場から退場した。

五二 意気銷沈しながら。

こそやまね、[一]骨ほそく、刀こそさせ、[二]人うつすべ知らず。[三]丸めは力量の者也。
逢(は)ば、必(ず)[四]さいなまれん」と云(ふ)。姉の尼泣(く)〳〵云(ふ)。「我(が)
舅君、[五]日高見《ひだかみ》の[六]社司《かんづかさ》は、[七]弓矢とりて、[八]みちのく常陸のあら夷等をよく[九]なごし給
ふ。行(き)て[一〇]刀うつ業ならへ。必(ず)[一一]いとほしひて、まめやかにをしへ給ふべ
し」とて、[一二]こま〳〵文かき添(へ)て出(で)たゝす。小傳次是に[一三]便《たより》を得て、いそ
ぎ日高見の社に行(く)。社司《かんづかさ》春永聞(き)て、「あはれ也。力は限りあり、[一四]業は
ほどこすに變化自在也。やすくうたせん」とて、[一五]年をこえ習はす。[一六]心にいりて
習へば、一とせ過(ぎ)て、社司「よし」と云(ひ)て出(で)たゝす。「[一七]助太刀とい
ふ事、おほやけにゆるしたまへど、[一八]ますら男《を》ならず。一人ゆけ。あはゞ[一九]必(ず)
首うちてかへらんものぞ」とて、[二〇]いさめて立(た)しむ。はじめ[二一]いかにせんと思
ひし心は、いさゝかあらで、身輕げに、先[二二]あづまの都にと心ざし行(く)。
捨石は[二三]すゞろ神に誘はれて、夜ひるなく迯(げ)て、江戸に、[二四]こゝかしこと、
[二五]わたらひ業しらねば、[二六]力量にやとはれ、角力に[二七]立(ち)交りたり。或國の守の[二八]す
まひこのみ、酒好み給ふに召(さ)れて、[二九]御伽につかふまつりぬ。「[三〇]いかなる者
ぞ」と問(は)せしかば、愚なるまゝに、諞《いつは》らず申(し)上(ぐ)る。「[三一]さるは、主の
敵もち也。其子弱くとも、只にてあらんや。富(み)たりといへ〔[三二]ば〕、[三三]人數にお

一 骨組もかぼそく。二 人を切る法。
三 捨石丸の奴は。
四 源語梯「大ニシカラレ打チタヽキセラルヽナリ」。手痛い目に逢うだろう。
五 延喜式に陸奥国桃生郡の日高見神社とあり、この神社は宮城県桃生郡桃生町太田にあると考証されるが、秋成は天保歌に「常陸なる影日高見の神の前」という。天理巻子本では「香取のかんづかさ」となっている。六 宮司。七 武芸によって。八 陸奥・常陸(茨城県)方面の中央の威に従わぬ民。全体が江戸時代らしい話の中に大時代のこの条は前後にそわない。
九 おだやかにする。服従せしめる。
一〇 剣術。一一 同情して。
一二 委細の添書を書いて旅立たせる。
一三 力づけられて。
一四 武芸は変化自在に使える。一五 二年ごしに。
一六 専念して。桜山本「いかりて」とある。
一七 徳川幕府では実際許可していた(平出鏗二郎著、敵討内篇第四)。
一八 助太刀を頼むのは大丈夫のことではない。万葉一「丈夫(ますらを)」(五)。
一九 首を討って帰るは必定だぞ。
二〇 元気をつけて。江戸時代的意味。
二一 途方にくれた気持。二二 江戸(東京)。
二三 奥の細道の「そゞろ神の物につきて」から転じ用いた語であろう。秋成の理解では、心を落ちつかせぬ神の意。
二四 「力量にやとはれ」にかかる。
二五 渡世とする業。
二六 力業。天理巻子本「力量世にすぐれたりしかば、車つかひにやとはれ、すまひ力持に交はりて、ついに劣りたる沙汰なし」。
二七 仲間に入った。二八 相撲。

して捕ふべし。國[三四]にことしはまかれば、我よく隱すべし。とく」とて、御[三五]乘物ぞひに召(さ)れて下る。小傳次は尋[三六]ねまどひて、江[三七]戸をちこちにも、三とせばかりありて、其國の守の御惠みにて、西に行(き)しと聞[三八](き)あらはし、其日に立(ち)行(く)。國は〔豐《とよ》〕[三九]くにの何がし殿にて、心[四〇]廣き御人也。かく養ひ給ふ中に、酒の毒にや、疔《ちやう》[四一]をやみて、遂に腰ぬけと成(り)たり。申[四二](し)上(ぐ)るは、「主をこそ殺さね、其[四三]名高きには罪大也。若[四四]〔君〕[四五]たわやかにて、我[四六]は得うつまじく、佛[四七]の弟子にや、姉の尼君と同じ衣に、[四八]やつさせ給はんもの〔ぞ〕[四九]。急[五〇]ぎてうたれんと思へど、こし折(れ)たれば、四百余里いかであゆまん。聞(き)つるに、此御國の何[五一]がしの山は、い[五二]はほ赤はだかにて、今[五三]の道を廻りて、八里ばかりと聞(く)。ある人の大願にて、此赤石一[五四]里ばかりを、道にきりとほさば、往來の旅客《たびひと》[五五]夏冬のしのぎを得て、命損ずべからず。今やう〳〵穴をつゝ[五六]きて、一丁ばかりと云(ふ)。我(が)主の長[五七]者の御爲に、是[五八]をぬきて、人のためにすべし。足立(た)ねど力あり。よく〳〵つとむべし」とて、御暇《いとま》給(は)り、鐵槌の二十人してもさ[五九]ゝげがたきを振(り)立て、先うつほどに、凡一日に、十歩は打(ち)拔(き)たり。國の守觸[六〇](れ)ながして、民に「力添(へ)よ」とて、民は此石の屑をはこぶ事を、い[六一]く人かしてつとむ。

二九 なぐさみ相手として仕えた。正しくは「つかう」。天理巻子本では「いかづち」と名をつけたとある。 三〇 素姓はどうか。 三一 それでは。
三二 底本・諸本「と」、意によって改。
三三 人数に物を言わせて。
三四 参観交代で今年は国に下るから。
三五 御駕籠の傍に召しつれて。用心のさま。
三六 尋ねかねて。 三七 江戸近在。
三八 聞き出して。 三九 底本・諸本「常」、意味の上から改める。豊前・豊後の地方。以下の内容からここは豊前をさす。福岡・大分二県にわたる。 四〇 寛大な。 四一 悪質の腫物の一。
四二 捨石丸が国の守に。 四三 主殺しの評判が高いから。 四四 底本・諸本「若者」、次の「尼君」「若ぎみ」の例により改める。
四五 たおやか。きゃしゃ。 四六 我をば。
四七 僧侶にでもなって、姉の尼君と同じく墨染の衣に。 四八 姿をかえなさるだろう。
四九 底本「ぞ」欠、桜山本により補。
五〇 早く敵討をされようと思うが。
五一 豊前の耶馬渓の青の洞門を東国の僧禅海が切り開いた話を利用した。この話は甲子夜話八十、三浦梅園の梅園拾葉や豊後志(丸山季夫「禅海の伝説と小説」―日本歴史昭和三十一年一月号)にのるが、秋成は西国方面の人の口伝によったか写本の以上の書を見たかは不明。
五二 岩石が露出していて。
五三 今の道はまわり道で。 五四 甲子夜話などには百間、三町とある。誇張したもの。
五五 夏冬の暑さ寒さをしのぐことができ。
五六 掘り初めて。 五七 長者の御冥福のために。
五八 この穴を貫通して。 五九 さし上げ。
六〇 お触を広く伝えて。
六一 日毎に幾人と定めて、任務とした。

[一]一とせに過(ぎ)て、やがて打(ち)ぬくべき時に、小傳次たづね來たりぬ。捨石申(す)。「主を殺さぬ事、[二]御子《みこ》の君ぞしらせ給へる。されどかく事[三]ひろごりては、[四]申(し)分くとも無やく也。我(が)首うちて[五]いに給へ」と云(ふ)。「首とらんとて來しかど、此行路難を開(き)て、[六]長き代にたよりする、御父の手向とぞ。いで、我も力そへん。家は[七][亡]ぶともいかにせん。[八]始あるもの必(ず)よ終ある、時なるべし。姉は佛の弟子にておはせば、よく[九]思《おぼ》しとりて、心靜に[一〇]行ひたまはん。我[一一]力を添(へ)て後に、あねの處にいきて、[一二]修行すべし」とて、かひ〴〵しく石はこび、民と共によく交はる。捨石、「[一三]あなとふと。しか思して、此事に力そへ給ふは、神よほとけよ」とて、よろこぶ〳〵。或日云(ふ)。「若[一四][ぎみ我]をうたんとて、尋ね來たまへど、骨よわく力なければ、こしぬけたる我をもえ打(ち)給はじ」と云(ふ)。小傳次こたへなく、そこにある石の廿人斗《ばかり》してかゝぐべきを、躍(り)たちて蹴(れ)ば、石は鞠のごとくに轉びたり。捨石驚きて、「いつのまに、かゝる力量は得たまひけん」といぶかる。小傳次又[一五]こしの[一六]弓つがひて、ひようと放つに、鴈ふたつ射ぬかれて地に落(ち)たり。「汝力にほこれども、[一七]かれは限あり。[一八]我(が)わざ千變万化、汝がこし立(ち)て向ふとも、[一九]わらべを制する斗たやすし」。丸ふし拜《をが》みて、「[二〇]心奢《おご》りたるは愚也」とて、

一 一年以上を経過して。 二 若旦那。
三 噂が大きくなっては。
四 言いわけをしても役に立ちません。
五 お帰りなさい。天理巻子本は「長者が死(に)たまへるは病なるを、我(が)しわざといひふるゝに、心もなくて逃(げ)はしり、御家の為あしゝと聞(き)たりし。こゝにたづね来たまふは、仇打せんとなるべし。生(き)てかいなき命也。首とりて国の守に見せたまへ。この山の道ほり通せし功力にて、今は極楽にうまれたりしよと。主の御ためには、いかにも成(り)なん」。
六 後々までの便宜をはかるは。
七 底本・諸本「と」、恐らくは「亡」の誤読として改める。
八 揚子法言の君子篇「始有ル者ハ必ズ終リ有ルハ自然之道也」。その自分の家の終りの時が今だろう。 九 思念して。覚悟して。
一〇 仏道修行なさろう。
一一 道を開くを援けて。
一二 僧侶となって仏道の修行を。
一三 尊いことだ。正しくは「たふと」。
一四 底本「ぎみ我」三字欠、桜山本により補。
一五 腰の弓か。持っているのが唐突である。小篠弓か(山本茂氏説)。天理巻子本は「又枯木の大なるが立(ち)たるを、刀ぬきて丁と切れば、やすく倒れぬ。又弓取(り)出(で)て」と加わっている。
一六 矢をつがえて。 一七 力は。
一八 自分の武芸はどうでも変化がきいて。
一九 子供をやりこめる。
二〇 この所天理巻子本は「鬼法師おどろきて、目口はたけ手を打ち、我足立(ち)たりとも、和子には何の苦もなく首とられむ。かくまでも習(ひ)得させ給ふものか。昔牛若殿の五条の橋の

小傳次に、かへりて事どひし[二一]、学ぶ。かくて月日をへ、年をわたりて、凡一里がほどの赤岩を打(ち)ぬき、道平らかに、所〻石窟《いはまど》[二二]をぬきて、内くらからず。もとの道は八里に過(ぎ)て、水駅《みづうまや》[二三]だになく、夏は照(り)ころされ、冬はこゞゆるを、此岩穴にて、往來易く成(り)にたり。馬に乘(り)て鎗立(て)て行(く)ともさわりなし。太初[二四]の時、大穴《おほな》むち[二五]、少名彦《すくなひこ》[二六]の國つくらせしと云(ふ)も、かゝる奇工[二七]にはあらず。國の守大に歡びて、みちのくの守に使遣はして、事[二八]よく執(り)おさめたまへば、小傳次は、御ゐやまひ[二九]申(し)て歸りぬ。

捨石はほどなく、病して死(に)たれば、捨石明神とあがめて、岩穴の口に祠《ほこら》たてゝ、國中の民仰ぎまつる。小傳次は東にかへりて、國の守の罪かふむらず、益《ますます》家とみ栄えたり。姉の喜びいかばかりならん。日高見の神社、大破[三〇]にて年わたりしを、此[三一]ゐやまひに、こがね[三二]玉をきざみて作りたりしかば、荘厳《しやうごん》のきら〱しきによりて、隣[三三]の國までも、夜ひるまうでゝちか[三四]言《こと》す。はたうけひ[三五]給ひて、此御ゐやまひに、たから[三六]やぬさや集[三七]ひみちて、東《あづま》[三八]には二つなき大神とならん、いはひ[三九]まつれりける。

千人斬と云(ふ)も、和子にあひたらば、弁慶どのよりさきにうたれたまはんよとて、稚きことのみいひて」とある。巻子本の方が捨石らしい。
二一 質問し。
二二 梅園拾葉「太陽明通せざれば、処々岩に窓をうがち」。甲子夜話「巌下の川の方へ窓の如く鑿りぬき所々より明を引く」など、この窓が有名であったと見える。
二三 秋成の用例からすれば、街道の茶店をいう。→補注五八。「さわり」、正しくは「さはり」。
二四 そもそもの初め。神代。
二五 大国主命。古事記上にこの神をいって「亦ノ名ハ大穴牟遅ノ神ト謂(まふ)シ」。
二六 高皇産霊神の子少名毗古那命。大国主命と「此国作リ堅メ給」うたことが、古事記上や書紀の一書に見える。 二七 奇巧。上手な仕事。
二八 小田の長者の一件を円満に解決なさったので。「おさめ」、正しくは「をさめ」。
二九 御礼。天智紀「礼儀(ゐやまひ)」とあるが、近世では礼という字の和訓に用いる。
三〇 大いに荒廃したままで長年になるのを。
三一 小伝次が、今度の御礼に。
三二 黄金をのべ、玉を彫んでちりばめ。
三三 神威が隣国まで及んで。
三四 神代がたりに「誓をウケヒといひ、誓願の意にて、誓約をチカコト、チカヒといふにたがへり」と、古例にかなった解を下したが、ここは祈願の意。
三五 ここは納受の意。果して神はお引受けになり、霊験を示されて。
三六 金銀や帛布のお供え。
三七 沢山に集まって。 三八 東国辺。
三九 斎みつつしんで。秋成の作では珍しくあらわにハッピーエンドになっている。

宮木が塚

本[一]州河邊《かはのべ》[二]こほり、神《かん》[三]ざきの津《つ》は、むかしより古[四]き物がたりのつたへある所也。難波戸《なにはのと》[五]に入る船の、又山崎[六]のつく[七]し津に荷[八]をわかちて運ぶに、風あらければ、こゝに船[九]とめて日を過(ぐ)す。その又昔は、猪[一〇]名のみなとゝ呼(び)し所也けり。此岸より北は河邊郡とよぶ。是[一一]はゐなの川邊と云(ふ)べければ、猪奈郡《ゐなのこほり》と名付(く)べ[一二]かんめるを、「す[一三]べて國・郡・里の名、よき字二字をえらめ[一四]」と勅有(り)しによりて、言[一五]をつゞめ、又ことを延(べ)ては名づけたるに、大かたはよしと思へる中に、かくお[一六]ろそげなるも有(り)けり。

此泊[一七]りに日をへる船長商人《ふなをさあきびと》等、岸に上りて、酒うる家に入(り)て、遊[一八]びに酌とらせ、た[一九]はれ興ぜし也。何がしの長《ちやう》[二〇]が許《もと》に、宮[二一]木と云(ふ)遊びめは、色[二二]かたちより心ざまたかく、立[二三](ち)まひ、哥よみて、人[二四]の心をなぐさむと云(ふ)。されど多くの人にはむ[二五]かへられず、昆陽野《こやの》[二六]の郷《さと》に富(み)たる人あり、是がなが[二七]め草にして、ほ[二八]かに行(く)事をゆるさず。此こや野の人は河守十太兵衞と云(ひ)て、津[二九]の國の此あたりにては、并び無きほ[三〇]まれの家也けり。年いまだ廿四にて、か[三一]たちよく、立ふるまひ靜に、文[三二]よむ事を專に、詩作りて都の博[三三]士たちに行

一 この国。ここは摂津。↓補注五九。 二 和名抄「加波乃倍」。今は兵庫県。 三 尼崎市の中。古来淀川の川口や大物浦に入る船の水駅。 四 古い物語の色々と伝わる土地。 五 難波の水門。淀川の川口。 六 京都府乙訓郡大山崎村。淀川溯航の終点。 七 終点の意か。繁野話第八篇「山崎の筑紫の津」。 八 大きな海船から小さな河舟に荷を分けて運搬する。 九 海船の出港を見合せて。 一〇 上古、大阪湾が猪名川下流に湾入していた一帯の称。万葉七「大海にあらしなふきそしながどりいなの湊に船はつるまで」(一一八九)。 一一 金砂二「此あたりを河辺郡と云ふは、猪奈河の辺と云ふ名の由なるべし」。 一二 筈だろうのに。 一三 和銅六年(七一三)の勅。↓補注六〇。 一四 えらべ。底本「め」一字衍、略す。 一五 言葉をちぢめ又のばして。 一六 いい加減な。 一七 湊。 一八 遊女。 一九 遊興した。 二〇 古く遊女屋の主人を長と呼ぶ。 二一 神崎にあった傾城塚の主の名やその他の古典による命名。↓補注六一。 二二 容貌風姿のよいは勿論心情も高尚で。伽婢子六「遊女宮木野」「眉目かたち美しく、手能くかきて哥の道に心をかけ、情の色深かりければ」。 二三 舞も上手で。 二四 客の機嫌を巧みにとった。 二五 呼ばれない。揚げられない。 二六 伊丹市昆陽。古の山陽道の駅舎があった。 二七 寵愛の対象。手活けの花。 二八 この人より他の客に出ること。 二九 摂津の国。 三〇 名家。 三一 風采が立派で挙止も上品で。「遊女宮木野」に「府の間には富裕の人といはれ、殊更清六は風流を好み情深き者也」。 三二 学問に専念して。 三三 学者(儒者)達と交際し。その中でも上手の名誉のあった人。

(き)交はりて、上手の名とりたる人也。此宮木が[三四]色よきに目とゞめて、しば〳〵かよひしほどに、今はおもひ者にして、外の人にはあはせずぞありける。[三五]宮材も「この君の外には[三六]酌とらじ」とて、いとよくつかへたり。十太は[三七]黄がねにかへてんとて、よく云(ひ)入(れ)たるに、「[三八]いとかたじけなし。人には見えじ」とて長は[三九]うべなひぬ。

宮木が父は、都の何がし殿と云(ひ)し[四〇]納言《なふごん》の君《きみ》也しが、[四一]いさゝかの罪かうふりて、[四二]司《つかさ》解け、ついに庶人にくだされしかば、[四三]めのとのよしありて、此かん嵜の里に、[四四]はふれ來たりて住(み)たまへりけり。[四五]世わたる事はいかにしてともしらせ給はねば、もたせしわづかの[四六]たからも何も、今は殘りなく失ひて、[四七]わる泣してついに空しくならせけり。母も[四八]藤原なる人にて、父につかへて、[四九]おのが里といふ家にはかへらで、此[五〇]首細き人にしたがひ、田舍にと聞(え)て、[五一]家よりは、「など[五二]姫君の爲思はぬ。[五三]めの子ははゝにつく者也。手とりて歸れ」と、情なく[五四]云(ひ)こさるゝに、いよゝ悲しくて、[五五]ふつにこたへはしたまはざりき。[五六]みはうぶりの事も、[五七]もてこし小袖[五八]てう度賣(り)拂ひて、[五九]まめやかに行なひたまへりけり。彼めのとは[六〇]寡《やもめ》ずみして、人にやとはれ、ぬひ針とりて[六一]口はもらへど、[六二]御かたゞ〳〵の爲にや及ぶべからねば、あはれ貧し〔さ〕[六三]のみまさりけり。母は[六四]稚きを膝にするゐて、たゞ[一]涙の干《ひ》るまなくぞおはしけるに、めのとが云(ふ)。「かくておはさば、姫君も我も[二]土くひ水飲(み)てぞ、いのち活(き)ん。いかにおぼしめすや。此ひめぎみ、このさとの[三]長が、「むすめにたまはれ」と、「[四]たのみのしるしに、黄がね[五]十ひら奉らん」と申(す)。彼(の)長は此里に久しくすみふりて、家富(み)、人あまたかゝへ、夫婦の志も[六]都の人恥(づ)かしきばかりになんある。かしこに養なはせ給へ。よき婿とりして、後は[七]よくつかへさせんものぞ」と、[八]すかいこしらへ云(ひ)さる。「[九]たのもし人の[一〇]心よりて、[一一]事もよくのたまふには、憂の中の喜び也。[一二]よく申(し)て、[一三]むかへに來たまへ」といふ。遊びと云(ふ)者の[一四]いやしき世わたりともしらで、[一五]鳥飼のしろめが、[一六]宇多の上皇の御前にめされて、「[一七]濱千鳥」とうたひし[一八]ためしにのみおぼししりて、ゆるしたまへりけり。めのと、「[一九]よくいひし」とて、長がもとへ走(り)ゆきて、「[二〇]御爲よしと申(し)たれば、「おくらん」とのたまふ也。しるしのこがね見せ奉らん」といふ。長[二一]卽(ち)かぞへてわたすを、母君に、「是見給へ。人の貴ぶ寶をかく多く積(み)もちて、[二二]安く贈りたるぞ。姫ぎみこよひ出(だ)し立(て)て、おくりたまへ。御供は我つかふまつらん」とて、[二三]あやしきわざの家の内見せじとて云(ふ)。母君、「[二四]いかにもせよ。稚きものは母が手離れて、一日《ひとひ》ひと夜も[二五]ほかにあらぬものか

一 泣いてばかりいたので。
二 土食い水飲んで、どうやら生命をつなぐことになるだろう。 三 前出の遊女屋の主人。
四 女諸礼集「互に媒を以つて婚姻を定め、吉日を撰びて、男の方より言入れを遣す事を結納といへり、俗にたのみのしるしといふ」。ここは養子約束の時の贈物。
五 小判十枚。十両にあたる。 六 洗練された都の人も、この人に対しては気がおかれる程。
七 母上にも孝養させますでしょう。
八 たらし作り事し。「すかい」は源氏、帚木「さて〳〵をかしかりける女かなとすかい給ふを」。「こしらへ」を作り事するの意に用いるは近世の語義。
九 以下母親の返事。たよりになる人。源氏、玉葛「此たのもし人のすけ」。
一〇 心かたむいて。同情して。万葉十二「既に心はよりにしものを」(二九八六)。
一一 好都合に。 一二 よくお願い申して。
一三 この子を迎えに来て下さい。 一四 賤業。
一五 摂津島下郡の鳥飼(大阪府三島郡)にいた昔の遊女。大和物語所見。↓補注六二。
一六 五十九代の天皇。 一七 ↓補注六二。
一八 例の様にばかりお考えになって。主語は母。
一九 上手に言いまるめたぞ。自分のことを自分で合点した語。 二〇 お二人の為によいと言いましたら、養女に送ると。 二一 即座に。
二二 手軽に。この所、武家義理物語(貞享五年刊)四「丸綿かづきて偽りの世渡り」の、きもいりの女が母をすかして、武将の孫娘を遊女に送る所と面影が似ている。
二三 遊女屋の変ないとなみの実際。
二四 よいようにして下さい。
二五 余所にいたことがないから。「ものから」

ら、[二六]泣(き)わぶらん」と、悲しげにのたまふ。ひめ君きゝて、「御ゆるしある所ならば、いづこへも行(く)べし。女はおとなに成(ら)ば、必(ず)[二七]人に送らるゝものならずや」と、[二八]おとなしくのたまふ。「今は名殘ぞ」とて背を撫(で)、[二九]うなゐ髪かき上(げ)て、さめ〴〵[三〇]ない給ふ。めのと、「[三一]さては、今いかにしたまへる。[三二]しるしとて納めたれば、かなたの子也」と、[三三]ことわりせめられては、「ゆけ」とのみないたまへり。手とりてつれ立(ち)行(く)。[三四]何の心もあらぬものから、にぎはゝしき家に入(り)て、「よき所也」とよろこぶ。長夫婦「[三五]いとし子ぞ」とて、[三六]物きよく〔し〕てくはせ、小袖も新しくて[三七]うぜしを着す。をさなき心にはたゞ「うれし」とのたまひて、此夜よりなつかしきものに[三八]馴(れ)むつれたまふ。「母君はあす必(ず)來たまへ」と云(ふ)。めのと「しか申さん」とていぬ。「ひめ君ぞいとよく馴ゝしく物などよみて、遊びたまへりき。[三九]御心落(ち)ゐたまへ」とて、「しるしの中[四〇]二ひらかしたまへ。さき〴〵御父のために、[四一]おきのりわざして、今にかへさぬぞある」とて分ちとる。[四二]周の制に[四三]什が二つと見(え)し[四四]ためしに、しかするなるべし。[四五]いにしへ人もおのれよしに[四六]事は行ひたりけり。はゝ君は、「その家にゆきて、よろづたのみなん」と[四七]おほせど、「[四八]御小袖あたらしくて、[四九]日がらえらびて」と妨(げ)られて、[五〇]何の故ともしらず。「姫

↓雨月補注一〇。 二六 泣き悲しがるだろう。 二七 嫁として、他人へ送られるものではないのですか。 二八 大人びて。 二九 和名抄「髫髪 和名宇奈為、俗ニ垂髪二字ヲ用フ。童子ノ髪ヲ垂ルルヲ謂フ也」。いつくしみながら顔を見るさま。 三〇 泣きなさる。 三一 そういう風に別れを惜しみなさるならば、さあどうなさいます。もはや仕方がないと高圧的な言い分が憎々しい。 三二 結納として金をとった以上は先方の子です。 三三 理ぜめにされては。 三四 幼い子は、何のわきまえもない故に。 三五 可愛い子だ。 三六 小ぎれいに食事をこさえ。底本「て」二字重ねる、一は意によって「し」と改めた。 三七 調製したのを。 三八 長に馴れなじむ。 三九 御安心下さい。 四〇 二枚だから二両。 四一 土佐日記解「物をかひて価やらでおくを、おきのりわざと云ふ、玉篇に貰は賖也貸也と有る是に当れり」。同秋成の補に「賖は懸買未価直と云ふ義とぞ。おきのりの語は舟人の道を近きにとるとて、沖へ乗り出だすはあやうき事なるをもて、物はつかはしてあたひをただちにとらぬにたとへ云ふ歟、舟人の詞より出でしなるべし」。 四二 中国古代の王朝の制度。 四三 什は十。手数料や謝礼金に十分の二をとる制度であるが、その事実未詳。↓補注六三。 四四 例に従ってそうするのだろう。 四五 周というような昔の人も、自分の都合のよいことを頭において。 四六 人の世話をはこんだのだ。 四七 おっしゃるが。 四八 着物。江戸時代は一般に着物をこの称でよぶ。 四九 佳い日どりを見て。 五〇 乳母が遊女屋を見せまいとの口車であるが、その事情も知らない。

ぎみの顔見せよ〳〵」とて、朝ゆふのみならずないたまへりしが、ついに是も病して、むなしく成(り)たまへりけり。

[一]宮城十五といふ春に髪揚《かみあげ》[二]して、長が、「[三]まろう人《ど》の召《めし》也。出(で)てよくつか[四]へよ」とていそ[五]がする。さかしく[六]おはせしかば、「物がたりに見しあそび女[七]とは我(が)事よ。母のゆるして養なはせしかば、うらむべき人無し」とて、心[八]をさだめ、長夫婦が習はす事ども、うしと[九]思(ひ)つゝ、月日わたりて上手に成りたり。「[一〇]かたちよし。この郷の遊びには、かく宮《みや》[一一]びたるは久しくあらざりし[一二]」とて、人多くか[一三]へり見しけり。宮木と云(ふ)名は、何のよしにか長が名付(け)たる。かくて河守の色[一四]好みにあひそめて、後には「[一五]人には見えじ」といふを、「[一六]よし」とて、長にはかりて、「[一七]迎へとらむまでは」とて、「[一八]遊びのつらにはあらせじ、[一九]此花折(る)べからず」と、[二〇]しるし立(て)たりけり。

春立(ち)て[二一]やよひの初め、「野山のながめよし。いづこにも率《いさ》なひて見せん」とて、[二二]兎原の郡生田の森の櫻さかり也と聞(き)、「[二三]舟の道も風なぎて」とて、宮木を連(れ)て一日《ひとひ》あそびに行(き)けり。林の花みだれ咲(き)たるに、幕張(り)て遊ぶ人あまた也。宮木がゝ《か》たちをけふの花ぞとて、こゝかしこより目[二四]偸《ぬす》みて見[二五]おこす。[二六]玉の扇とりてもたす。たゞ[二七]つゝましうて、酒杯しづかに巡らし有る。

一 底本のまま。宮木に同じ。
二 女子の年頃となって、うない髪を上げて、髪を結ぶこと。補正「女の男を得て髪を結(あげ)初むる也、それまでは放(はなり)髪とて髫(もとひ)する事なし、允恭紀に妾自結髪(かみあげし)陪後宮と見ゆ」。
三 客人のお呼びだ。
四 上手に奉仕せよ。
五 準備させる。支度させる。大和物語「御仏事の事いそがせたまふ」。
六 賢明なので。七 遊女。
八 覚悟して。
九 つらいと思いながら。
一〇 器量よしだ。一一 優雅なのは。
一二 連体形で終止となっている。
一三 ひいきにした。源氏、少女「身に余るまで、おんかへりみを賜はりて」。
一四 粋人。伊勢物語三十九「天の下の色好み源至といふ人」。
一五 他の客には出まい。宮木の希望。
一六 河守の語。一七 妻として呼ぶまでは。
一八 遊女並みにはおくまい。
一九 遊女を花にたとえて、他の客を制した意だが、俗説に弁慶が須磨の若木の桜に立てた制札の文句「此花江南無キ所也、一枝折盗之輩ニオイテハ、天永ノ紅葉ノ例ニ任セ、一枝ヲ伐ラバ一指ヲ剪ル可シ」(続無名抄など)による修飾。
二〇 立札。二一 三月。
二二 神戸市生田区生田神社の森。秋成時代には桜が多かった。↓補注六四。
二三 舟路もなぎでよい。二四 ぬすみ目して。
二五 注意の目をむける。竹取物語「月のでたらん夜は見おこせ給へ」。
二六 美しい扇をもたせた。
二七 宮木その人はひかえがちで。

十太は今日のめいぼく[二八]に、若ければ思[二九]ひほこりてなんある。河守の此在《あり》さまに、心劣[三〇]りせられて、「宮木がかたちよし」、「ねたし」など云[三一](ひ)ささやめく中に、こや野のうまや[三二]の長《をさ》藤太夫と云(ふ)も、けふこゝに來たりて、つれ立(ち)しく[三三]す師、何某の院のわか法師にさゝ[三四]やき、酒くむ心さへなく成(り)ぬ。さて何思ひけん。「大事忘れたり」とて、かち[三五]よりは遲し、みぬめ[三六]の和田《わだ》の天《あめ》[三七]の鳥船《とりぶね》に、舟子《かこ》[三八]の數まさせて、飛[三九](び)かへるやうにて急ぐ〳〵。唯かた時ばかりにぞ漕(が)せける。家に入(る)より、先、人はしらせて、「十太兵衛只[四〇]今來れ。おほや[四一]けの御使ひ、こゝを過(ぎ)させたまふに、一夜をやどらせ給ふ。汝がつとむべ[四二]き也。いとと[四三]く〳〵」とせめ[四四]聞ゆ。留主守(る)翁があはたゝしく來[四五]たりて、「あるじはけふ物[四六]にまかりて、あすならでは歸らず。外の御家に」と申(す)。「いな、汝が家きよしと申(し)て、はや使[四七]は通られたり。やが[四八]てにも至り給はん」と云(ふ)。「いかに承るとも、あるじあらねば、つか[四九]ふまつるまじき」と云(ふ)。長にらまへて、「おのれは老[五〇](い)しれて、國の大事を忘(れ)たるよ。我(が)家の母[五一]あつき病にふし給へば、汝が家にと申(し)たり。いそげ、今[五二]たゞ即(ち)ならん」と云(ふ)。老は走り歸りても、誰[五三]にはかり合(は)すべき者なし。たゞ長[五四]き息つぎて、「若君、翅《つばさ》かりても飛(び)かへらせよ。中[五五]山寺の觀自在ぼさつ」と、

二八 面目。今日の晴れに。 二九 得意になって。 三〇 元来は思ったより劣って見えること。だがここは、気負けの意か。 三一 あちこちで、がやがや言う。平家物語二「兵ども入道にはからうとも申しも入れずさやめきつれて」。 三二 宿駅の長。廐牧令に「凡ソ駅ニハ各長一人ヲ置ケ。駅戸ノ内ノ家口富ミテ事ニ幹ナル者ヲ取リテ、之ニ為ヨ。一タビ置キテノ以後、悉ク長ク仕ヘシメヨ」。 三三 医者。 三四 以下次頁「亥中に帰り来て」まで文化五年本によって補。同行の者に宮木の噂を耳語して。 三五 陸路。 三六 金砂三「敏馬(みぬめ)の大湾、今は和田が崎とよぶ、兵庫の津の事也」。今神戸市。 三七 舟足の早い船。古事記上「次ニ生ミマセル神ノミ名ハ鳥ノ石楠船ノ神、亦ノミ名ハ天鳥船ト誦(をま)ス」。金砂四「天の岩舟は(中略)岩くす船とも云ひ、又天の鳥舟とも云ふは、よく走る事飛鳥の如しとて也」。 三八 舟のりを増加して。 三九 天の鳥船の縁による表現。 四〇 すぐに来い。 四一 朝廷から諸国へ出す至急の使。朝使という。昆陽野は官途にあたっていた。金砂四「此山路はそのかみ国々より皇都に上りくる官途にて、猪名野、昆陽野を歴つゝ、山崎を指し」。 四二 お前の家で御用を勤めるべきだ。 四三 大至急で。 四四 きびしく申しつける。 四五 駅長の所へ。 四六 所用で外出して。 四七 連絡の使。 四八 すぐにも。至る人は朝使。 四九 お宿は出来ません。 五〇 おいぼれて。ぼけて。 五一 重病で寝ているので。 五二 もうすぐお見えになるだろう。 五三 誰も相談する者もない。 五四 長嘆息して。 五五 宝塚市の中山にある紫雲山中山寺で、本尊は十一面観世音菩薩。信仰者の多い寺である。

[一]うけひ言すれど、[二]すべなかりけり。長が方より[三]使たち來て、「「宿すべきものゝ、立(ち)むかへ來ぬ、[四]むらい也。こゝには宿らじ。[五]夜こめて[六]住よしの里迄」とて、[七]高張あまた用意申(し)付(け)給ひしかば、[八]松などをも俄にくゝりつかねて奉りし也。「十太は今めしかへせ。罪に[九]籠らせよ」とて、馬飛(ば)せて行(き)過(ぎ)たまひぬぞ」とて、「先十太が歸らぬにも」とて、門の戸[一〇]ひし〳〵と、[一一]竹にて釘うち閉《と》(ぢ)めたり。十太[一二]何心なくて在(り)しが、「[一三]心さわぎぬ」とて、夜の[一四]亥中に歸り來て、「[一五]是はいかに〳〵」と問ふ。[一六]翁人《おきなびと》[一七]腋《わき》の戸《と》より出(で)て、「しか〳〵の事なん侍りて、あはたゝしく[一八]閉《と》(じ)めたまへりき。いきてわびたまへ」と云(ふ)。たゞちに長が前に[一九]畏りて承る。長怒(り)て、「[二〇]此月は汝が役つとむべきにさし置(き)たりしに、我に告(げ)ずしていづこにか[二一]うかれあそぶ。[二二]今は取(り)かへされず。五十日は籠りをれ」とて、[二三]言荒く云(ひ)のゝしりて入(り)ぬ。「[二四]花はまだ盛と見しを、此嵐に今は散(り)なん。我只こもりをらん」とて[二五]息つぎ、つゝしみをる。其あした長[二六]申(し)つぐる。「御使、[二七]赤石《あかし》の驛《うまや》より[二八]飛檄つたへたまへる、

[二九]汝がりにやどりしてんを、[三〇]夜にまよひて馬の脚折(り)たり。今は、舟にて[三一]竺《つく》石《し》にくだる也。[三二]波路は[三三]御つかひ人の乘(る)まじき[三四]掟をたがへたるは、[三五]日のを

一 祈願する。↓一九九頁注三四。 二 ほどこす方法がなかった。 三 使が立って。 四 無礼。 五 夜分にかけて。夜道をとって。風雅九「夜をこめて旅のやどりを立つ人は」。 六 神戸市東灘区住吉町。 七 高張提灯。長い竿の先に提灯をつけるように作る。 八 たい松なども即席でたばねてさし上げた。 九 籠居謹慎させよ。 一〇 厳重に。 一一 竹で釘づけして、閉門した。王朝風の所へ江戸時代風の閉門など混じている。 一二 何も知らないで。 一三 胸さわぎがする。 一四 亥の中の刻。今の午後十時頃。 一五 閉門の様におどろいた体。 一六 老人。 一七 側門。門脇の口。和名抄に「腋」を「和名和岐」。 一八 閉門なさった。 一九 十太兵衛が恐縮して、次第を聞いた。 二〇 此月はお前が公事の当番をするように指定しておいたのに。 二一 うかうかと遊んでいた。 二二 もはやとりかえしがつかぬ。 二三 悪しざまに言って退席した。 二四 十太兵衛の風雅な文化人らしい諦めの情を示した言葉。生々しく悪人振を示したのが、「死首のゑがほ」の鬼曾次と共に秋成には珍しい。 二五 嘆息し。閉口したさま。この嵐に思いがけない災難をうけて、花は盛りだと見えたが、この春の遊宴も嵐のような不時の災難のために終ったの意。 二六 駅長から河守へ申伝えがあった。 二七 明石市。 二八 急ぎの文書。 二九 その方の駅に宿泊を予定していたのに。以下「都合悪く夜路をして」など補って解く。 三〇 夜行軍にとまどって。 三一 筑紫。九州。 三二 海路。 三三 政治上の使をする人。朝使・公使がある。 三四 官人は陸路を行くことに早くは定まっていた。↓補注六五。 三五 目的地まで定めの日数に到着しなければ、罰をうけるのを恐れて。↓補注六六。

しき罪のかしこさに、[三六]しかすれど、又風波あらくばいかにせん。五百貫の價の駿馬也。このあたひなんぢが里より[三七]債《つぐの》へ。と申し來たりき。[三八]さと人誰かは受(け)ん。汝こそ[三九]五百貫の錢今たゞいま運べ。此錢を都の御家に送る[四〇]費《つひえ》せよ。又卅貫文なり」とて、[四一]取(り)たてゝはこばす。「五十日は猶こもりをれ。つくしの御[四二](使)事はてゝ上りたまはんに、[四三]わびたらん」とて[四四]つゝしみをらす。此間に藤[四五]大夫、くす士《し》理内をつれて、[四六]神崎に「酌とらせよ」と云(ふ)。「此者は[四七]御里の河守殿のあづけおかれて、「[四八]他の人には見えそ」と。此[四九]曾《ごろ》御つゝしみの事にてこもらせしかば、問(ひ)まいらせてんたより無し」とて[五〇]出(だ)さず。[五一]いよゝますゝゝ妬《ねた》く、ほのほの如《ごと》に、つら赤めて酒みて、[五二]耳だゝしく、「河守めは此度の御咎めに首刎(ね)られつべし。よき若き者をしゝ」といひおどしてかへる。宮木[五三]こゝちつとふたがりて、佛に願たて、[五四]命またけん事をいのる。[五五]お物《もの》もたちて十日ばかり籠り有(り)しかど、[五六]よき風も吹(き)つたへこず。長夫婦云(ふ)、「物くはで命やある。[五七]よく養ひて出(で)立(た)せたまふをまて。長が[五八]酒醉《さかゑひ》のにくて口聞(き)たる也。[五九]ま事ならじ。御罪の事は、五佰くわんの馬買(ひ)て[六〇]あがなひたまへば、やがてめで度[六一]門《かど》ひらかせんを」と云(ふ)に力を得て、[六二]經よみ寫し、[六三]燒《た》(き)くゆらせ、「觀自在

三六 海路によったが、もししけならばどうする、迷惑至極だ。三七 伊呂波字類抄「債」を「ツグノフ」とよむ。弁償する。三八 この里の者で誰が、その命令をお受けしよう。

三九 五百貫は銅銭の単位。四〇 入費も出せ。

四一 やかましく言って取り。四二 底本「夫」、使のつくりの誤記と見て、従来の翻刻では「使」とあてられているに従う。四三 おわびしよう。「たり」は語勢をつよめた用法。

四四 謹慎させておく。四五 底本「大」、「太」と混ずるが底本のままに存す。

四六 神崎の長の所へ行き、宮木に酌をさせよという意。次は長の返事。四七 あなたの所。

四八 外の者には出してくれるなと言われていますの意。四九 御謹慎の事あって籠居しておいでなので。五〇 宮木を客席へ出さない。

五一 いよいよ。

五二 きこえよがしに。

五三 途端に気がふさいで。

五四 生命にかかわらないようにと。古事記中「命のまたけん人は」。

五五 食事。落窪物語「お物もいできにければ」。ここは祈願の食断ちをして。

五六 よいたよりも、河守からはない。

五七 十分養生をして、河守が元気でおいでになるのを待て。

五八 酩酊した上でのにくまれ口をはいたのだ。「にくて口」は江戸時代の語。

五九 真実。

六〇 弁償なさったので。

六一 閉門もゆるされるだろうよ。「を」は強めの助詞。

六二 読経し写経し。

六三 香煙をもそなえて。

ぼと〔け〕[一]」と、中山[二]でらのかたを拝む〳〵。さて十駝[三]はかく愼みをるほどに、風[四]のこゝちになやましくて、くす師よびむかふ。「當馬と云(ふ)は上手ぞ」とてむかへたり。診《こゝろ》[五]みて、「あな大事也。日過(ぎ)[六]ては斃れん。よき時見せし」とて、ほこり[七]て匕子《さじ》[八]とる。女あるじなきには、誰もあきるゝ[九]のみにて、怠りぬ[一〇]べし。長が方へもくすし[一一]、此頃日ゝに來て、「十太兵衞大事也」とかたる。耳[一二]にひそかに言(ひ)つけて、「かの五百貫[一三]の中わかち[一四]て奉らん。藥たがへてよ[一五]」と云(ふ)。くすし首打(ち)[一六]ふりて、「大事の御たのみ也。我は承らじ[一七]」といへども、「ついに[一八]たをるべし」と云(ひ)て、〔膈〕[一九]症あらはなるに、附子《ぶす》[二〇]つよく責[二一](め)てもりしかば、ついに死ぬ。長いと喜びて、外の事のゐやまひ[二二]にとりなして、百貫文をおくる。宮木が方へかく[二三]と聞(え)しらせしかば、「倶に死なん」といひて狂ふを、せいし[二四]て、「御仏[二五]のいのりだに、験《しるし》なき御命也。よく弔ひ[二六]て御恵[二七]み報《むく》へ」といへど、せいし兼(ね)たり。

かくて在(る)ほどに、藤大夫[二八]よくしたり[二九]と獨ゑみす。宮木がもとへし[三〇]ば來て、言[三一]よくいひこしらふれど、露[三二]したがふ色めなし。長呼(び)出(で)て、彼(の)五百貫の銭のの[三三]こりはこばせけるとなん。「一月[三四]の身のしろよ」と云(ふ)。欲心には誰[三五]もかたふきて、「一月[三六]二月。猶増[三七](し)てたばらば、生[三八](き)てあらんほどは

一 底本「け」欠、意によって補。 二 →二〇五頁注五五。 三 底本、駝・駄・太など混じて用いる。そのままに出したが、十太に同じ。 四 風邪気で気分が悪くなって。 五 診察して。 六 手おくれになると死ぬだろう。 七 得意顔で。 八 匙を用いて薬を調剤する。 九 驚くばかりで。

一〇 看病はおろそかになりがちである。

一一 同じく当馬である。 一二 こっそりと耳うちして。

一三 馬のつぐない金として藤太夫がかたり取った五百貫文。

一四 わけ前を上げる。

一五 投薬を違わせてくれ。 一六 不承知のてい。

一七 私は聞かないことにいたしましょう。

一八 やがて死にましょう。

一九 底本「隔」、正しきに改。飲食物が胸につまる病気で、今日の胃癌や食道癌にあたるという。膈の症状が明白なのに。 二〇 とりかぶとの根。鎮痛剤に用いられるが、もとは毒草。 二一 礼金だということにして。

二二 次々と多量に配剤したので。

二三 河守の死。 二四 なだめて。 二五 仏様に祈願してさえ、ききめのなかったのは、定命でなくなられたのだ。 二六 追善供養して。 二七 生前の御恩がえしをしなさい。 二八 底本「大」、「太」とあるべき所そのままにした。

二九 しでかしたと、ほくそ笑んだ。

三〇 度々来て。万葉三「かほ鳥の間なく数(しば)鳴く」(三七二)。

三一 言葉たくみにさそうけれども。

三二 少しもなびく様子がない。「いろめ」は江戸時代の語。

三三 当馬に礼をした残りを。

三四 先ず一カ月の揚代だ。 三五 誰もが心動いて。

つかへしめん」と云(ふ)。さて宮木に示[三九]すは、「十駄[四〇]どのなく成(り)たまひてよるべ[四一]なし。かの里[四二]にては長なれば、此人につかへよ」と。心[四三]にもあらねばこたふべくもあらぬを、「命の限買(ひ)たるからは、汝[四四]が物とな思ひそ。親なく成(り)てたよりなきを、今迄養ひたりと思へ。まことの親より恩深し。死なんとせば過(ぎ)たまひし母君のみ心にたがひ、今の親の吾[四五]〻にも罪かうむりて、何にする。藤たゆふよるべとこそたのめ。先席[四六]に出(で)て物いへ」とて出(だ)したつる。藤太も言を巧みてさま〴〵に心[四七]をとる。「十太世に在(り)ともあらずとも、女《め》[四八]と定まりしには非ず。我は女なし。命[四九]長くて相たのまん」など、さま〴〵いひこしらへて、ついに枕ならべぬ。一夜酔《ゑ》[五〇](ひ)ほこりて、くすし理内が云(ふ)。「生田《いくた》[五一]の森のさくら色よくとも、我[五二](が)長のときはかきはに齢[五三]まけたりき。君[五四]もよき舟[五五]にめしかへらせしよ」とそ[五六]ゝる。「いかにしていくたの咲《さく》[五七]良《ら》かたり出(で)けん。藤大夫が始[五八]をはりのいひ事たのもしきにあらず。男[五九]ぶり〔より〕してはかり[六〇]事すべき人也。十太どのをい何《か》にはかりて罪したるよ。病はかなしきもの也。生(き)ておはしたまはんには、作[六一]りて罪せしむくひたま[六二]はんを」と、にくゝ成(り)ては、「胸[六三]やみたり」といひて相見ざりけり。

こゝに其頃法[六四]然上人と申(し)て大《だい》[六五]とこの世に出(で)まし、「六[六六]字の法名だに

長も亦しかり。 三六 一月はおろか二月でも。 三七 この上に加えて賜われば。万葉四「神の社に我がかけし幣はたばらむ」(五五八)。 三八 生涯御奉公させましょう。

三九 教え示すには。 四〇 底本のまま。「太」と同じ。 四一 生涯の託し所。源氏、帚木「しづかなる心のおもむきならんよるべをぞ」。

四二 昆陽野の里では駅長だから。

四三 思いもかけぬことなので。

四四 お前の身体を自分の物と思うな。

四五 吾々に対しても、不孝の罪にあたるが、それで何とするのか。

四六 宴席へ出て話相手をせよ。 四七 機嫌をとる。

四八 本妻。 四九 末長く、夫婦として世話してほしい。 五〇 酔のあまりに得意になって。

五一 河守は立派は立派だったがという意をふくむ。早く死んだ河守を散り易い桜にたとえた。

五二 見ばは悪いが長くおとろえない常磐木に藤太夫をたとえた。拾遺五「山科の山の岩ねに松を植えてときはかきはに祈りつるかな」。

五三 生きまけてしまった。 五四 宮木をさす。

五五 よい舟に乗りかえなさったことだ。

五六 うかれさわぐ。幇間口をきいたさまである。江戸時代の語。 五七 桜。

五八 始終の言辞。

五九 顔付からしても。 底本「より」二字欠、文化五年本により補。 六〇 悪だくみをしそうな人。

六一 作り事をして河守を罪におとし入れた仕返し。 六二 お上から藤太夫へしてもらうものを。

六三 胸がつかえまして。 六四 名、源空。浄土宗の開祖。建暦二年(一二一二)寂、八十。摂陽群談や摂津名所図会にのる揺上橋や上臈塚の伝えをふんでこの人物を登場させた。 六五 高僧。

六六 弥陀の名号。南無阿弥陀仏。

信[1]じとなへなば、極[2]らくに到る事安し」とて、しめ[3]したまへば、高[4]き卑《いや》しき老もわかきも、たゞ此御前にありて、「南無あみだぶち」ととなふ〔る〕[5]人多し。後[6]鳥羽のゐん上《うへ》[7]つぼねに鈴虫[8]、松虫とて、二人のかほよ[9]人あり。上人の御をしへをふかく信じて、朝夕念ぶつし、ついに宮中をのがれ出(で)て、法尼となり、庵むすびて行[10]ひけるを、帝《みかど》御いかりつよくにくませしかど、い[11]かにすべく思ひ過(ぐ)したまふに、叡[12]ざんより「佛敵也」と申(し)て、上人を訴へ出づ。「是よし」とて、土〔佐〕[13]の國へ流[14]しやりたまふ。けふ上人の御舟神[15]ざきの泊《とまり》して、翌は波路杳《はるか》にと、汐[16]船にめしかへてときく。宮木長にむかひ、「しばしい[17]とま給へ。上人の御かたちを近く拝みたいまつりて、御陰たのみて十太どのゝ後[18]の世手向させたまへ」と云(ふ)。長夫婦「是はこ[19]とわり也」とて心[20]をとりて、物に馴(れ)たるうば[21]ら一人わらはめ一人そへて、小舟にてこぎ出(で)さす。上人の御ふねや[22]をら岸遠(く)はなるゝに立(ち)むかひて、「あ[23]さましき世わたりする者にて候。御念佛さづけさせたまへよ」と、泣(く)泣(く)思ひ入(り)て申(す)。上人見[24]おこせたまひ、「今[25]は命すてんと思(ひ)定(め)たる人よ。いとかなしくあはれ也」とて、船の舳《へ》に立(ち)出(で)たまひて、御聲きよくたふとくたからかに、念仏十ぺん授(け)させたまひぬ。是をばつゝしみて、口[26]に答(へ)

一 信心深く。 二 極楽往生も容易にできる。摂津名所図会の宮城墓の条「一たび弥陀の本願に帰入し、名号を怠らず修せば仏の光明の中に摂取して、極重の罪障も忽消滅し、西方浄土に至らん事何の疑ひかあらん」。 三 御教示になったので。 四 身分年齢の別なく。 五 底本「る」欠、文法上によって補。 六 八十二代の天皇。 七 禁中で后・女御・更衣などが天皇の御座所の近くに与えられる室。ここは、その局に奉仕する女性。 八 この説話は秋成の安楽寺上人伝にもあり、往生伝和解などにも見える。↓補注六七。 九 美人。神代紀下「有国色(かほよし)」の如きに人をつけた。 一〇 仏道三昧に入った。 一一 どう処置するかと日頃考えておられた所に。 一二 天台宗の本拠比叡山。円光大師行状画図翼賛では南都北嶺の訴訟が高まり、後鳥羽院の女房の出家にからんで、建永二年(一二〇七)二月廿八日付にて土佐流罪になったとある。 一三 底本「左」、文化五年本により改。 一四 神代紀上「流之(はなちやりき)」。流罪に処した。 一五 神崎の湊に碇泊して。 一六 河船から海船にのりかえなさる。 一七 おひまを下さい。 一八 後世安楽を祈るべく手向けをさせて下さい。 一九 もっともだと。 二〇 機嫌をとって。 二一 老女・童女、江戸時代の遣手(やりて)と禿(かむろ)の気味がある。 二二 徐々に。海船がいよいよ出船のさま。 二三 あさましい渡世。即ち遊女稼業。 二四 はるかに目をとめられて。 二五 もはや。 二六 口うつしに唱えおわって。運命に翻弄されながら、純粋な自己に生きることによって死となる所は、同名の雨月物語の浅茅が宿の宮木に通ずる人物である。

申(し)終り、やがて水に落(ち)入(り)たり。上人[二七]「念佛うたがふな。成ぶつ疑がふな」と、波の底に示して舟に入(り)たまへば、[二八]汐かなへりとて漕(ぎ)出(で)たり。[二九]うばらわらは等[三〇]驚きまどひて、家に走[り][三一]かへり、「かくなん」と告ぐ。[三二]長夫婦くつだに附(け)ず、走(り)來て見れど、屍《かばね》もとむべくもなし。や[三三]〔ゝ〕ありて人の告ぐ。[三四]「かん崎の橋柱に、うきてかゝれり」とぞ。い[三五]〔そ〕ぎ舟子どもをたのみて、[三六]かづき上(げ)さす。此宮木が屍の波にゆりよせられしとて、[三七]ゆり上《あげ》の橋となん呼(び)つたへたる。屍は棺に納めて、[三八]野づかさには[三九]ふりぬ。[四〇]宮木が塚のしるし、今に野中にたちて、昔止(め)たりける。昔、我[四一]此川の南の岸の[四二]かん嶋といふ里に[四三]物学びのために、[四四]三とせ庵結びて住(み)たりける。此塚ある[四五]を問(ひ)まどひて、やゝいたりぬ。[四六]しるしの石は[四七]はづかに扇打(ち)ひらきたるばかりにて、冢《つか》と云(ふ)べき跡は、[四八]ありやなし。いとあはれにて、哥なんよみて、たむけたりける。[四九]其歌、

[五〇]うつせみの　[五一]世わたる業は　[五二]はかなくも　いそしくもあるか　立(ち)はしり
[五三]高きいやしき　おのがどち　[五四]はかれるものを　[五五]ちゝの身の　父にわかれて
[五六]はゝそ葉の　母に手《た》[五七]ばなれ　世のわざは　多かるものを　[五八]何しかも　[五九]心にも
あらぬ　たをや女の　みさほくだけて　[六〇]しながどり　[六一]猪名の湊に　よる船の

二七 念仏の功徳をうたがうな。 二八 船出に好都合な汐になった。万葉一「にぎた津に船乗りせむと月まてば潮もかなひぬ今はこげこそな」(八)、楢の杣の訓)。 二九 「うばら」以下文化五年本による。 三〇 驚きあわてて。 三一 底本「に」、桜山本により改。 三二 履物をもはかず。 三三 しばらくして。底本「ゝ」欠、桜山本・漆山本により補。 三四 後出するゆり上げの橋。 三五 底本「そ」欠、桜山本・漆山本により補。 三六 水に潜って。 三七 摂陽群談などに円光大師(法然)讃州下向の時、入水の遊女の屍の、流れ上り橋柱にかかった故の名との伝説をのせる。 三八 野の小丘。万葉十七「足引の山谷こえてのづかさに」(三九一五)。 三九 葬った。 四〇 →補注六一。 四一 神崎川。 四二 大阪市東淀川区加島町。 四三 国学・医学の学問。 四四 安永二年(一七七三)から同四年まで。→補注六八。 四五 尋ねまようて、やっとたどりついた。 四六 墓石。 四七 正しくは「わづか」。小さく。 四八 ないと言った方が早い。 四九 藤簍冊子二にも所収。やや違う。 五〇 世の枕詞。 五一 渡世の業。 五二 はかないものだが勤めるべきものでもある。 五三 高下を問わず各ゝ。 五四 立ち走りいそがしく営んでいるが。 五五 父の枕詞。 五六 母の枕詞。万葉十九「ちちのみの父の命と、ははそはの母のみことと」(四一六四)。 五七 離れ。万葉十四「かなとでにたばなれ惜しみ」(三五六九)。父には死別、母に生別。 五八 何で。 五九 思いもかけぬ、女だてらに操を捨てて遊女となり。 六〇 「いな」の枕詞。 六一 →二〇〇頁注一〇。万葉七「大海に嵐な吹きそしなが鳥猪名の湊に舟はつるまで」(一一八九)。

[一]梶まくらして　[二]浪のむた　かよりかくより　[三]玉藻なす　[四]なびきてぬれば　[五]うれたくも　悲しくもあるか　[六]かくてのみ　在(り)はつべくば　[七]いける身の生(け)るともなしと　朝よひに　[八]うらびなげかひ　[九]とし月を　息つきくらし　[一〇]たまきはる　[一一]命もつらく　思ほえて　此かん崎の　[一二]川くまの　[一三]夕しほまたでよる[一四]浪を　まくらとなせれ　くろ髪は　[一五]玉藻となびき　[一六]空しくも　過(ぎ)にし妹《いも》が　[一七]置槃《おきつき》を　をさめて爰《ここ》に　[一八]かたりつぎ　いひ繼(ぎ)けらし　この野べの　[一九]淺茅にまじり　露ふかき　[二〇]しるしの石は　誰(が)手向ぞも

となんよみて、たむけける。今はあとさへなきと聞(く)。うたよみしは三十年のむかし事也。

歌のほまれ

[二一]山部《やまべ》の赤人《あかひと》の、

[二二]わかの浦に汐滿(ち)くればかたを無み芦べをさしてたづ鳴(き)わたる

と[二三]〔云(ふ)〕歌は、[二四]人丸《ひとまろ》の「[二五]ほの〴〵とあかしの浦の朝霧」にならべて、[二六]哥のちゝ母のやうにいひつたへたりけり。此時のみかどは、[二七]聖武天皇にておはしませ

一 梶を枕に船人と寝を共にして。 二 浪と共にあちへよりこちへより。 三 玉藻のように。万葉二「柿本朝臣人麻呂従石見国別妻上来時作歌」「波のむたかよりかくより玉藻なすより寝し妹を」(一三一)。 四 なびいて意に従って寝るのは。 五 なげかわしく悲しいことだ。 六 この様な生活で生涯を終るのなら。 七 人としてこの世に生れて来た甲斐がないと。 八 恨みなげき。又はうらぶれなげきの誤で、しおれ嘆きか。 九 長の月日をため息ばかりで暮して来。 一〇 命の枕詞。 一一 生命のあるのもつらく思われるようになって。 一二 川のまがった所。万葉一「吾が行く川の川隅の」(七九)。 一三 満ちてくる夕汐を待たないで。 一四 浪を枕として入水すると。已然形で条件法で下につづく。 一五 玉藻のようになびいて。 一六 はかなく死んだその女。 一七 墓。墓をここに作って。 一八 長く話し伝えて来た。万葉三「語りつぎ言ひつぎゆかむ」(三一七)。 一九 浅茅の中に埋れて、共に露のしとどにおく。 二〇 墓石は誰が手向けておいたのだろうか。

二一 天平頃(七〇〇年中葉)までいた万葉集中の代表歌人。自然の詠歌にすぐれる。 二二 万葉六の神亀元年(七二四)甲子冬十月五日幸于紀伊国時山部宿禰赤人作歌の反歌(九一九)。↓補注六九。 二三 底本「云ふ」二字欠、桜山本により補。 二四 柿本人麿。持統・文武朝の人で万葉集の代表歌人。 二五 古今九「ほの〴〵と明石の浦の朝霧に島かくれ行く舟をしぞ思ふ」。 二六 古今序「此ふた歌は歌の父母のやうにてぞ」。「人丸は赤人が上に立たん事かたく、赤人は人丸の下に立たんことかたくなんありける」。↓補注七〇。 二七 四十五代の天皇。

しが、筑紫に廣繼《ひろつぐ》[二八]が反逆せしかば、都に内應[二九]の者あらんかとて、恐(れ)たまひ、[三〇]巡幸と呼[三一](ば)せて、伊賀[三二]・伊勢・志摩の國、尾張・三河の國〻に行(き)めぐらせたまふ時に、いせの三重《みへ》郡阿虞《あご》[三三]の浦《うら》にてよませしおほん[三四]、

妹[三五]に戀ふあごの松原見わたせば汐干の潟にたづ啼(き)わたる

又、この巡幸に遠く[三六]備へありて、舍人[三七]あまたみさき[三八]に立(ち)て、見巡る中に、[三九]高市《たけち》の黑人《くろうづ》が尾張[四〇]の愛智《あゆち》郡の浦べに立(ち)てよみける、

櫻田[四一]へたづ鳴(き)わたるあゆちがた汐ひのかたにたづなき渡る

是等は同じ帝につかうまつりて、おほん[四二]を犯すべきに非ず。むかしの人は、たゞ打[四三](ち)見るまゝをよみ出(だ)せしか、さきの人のしかよみしともしらでいひし者也。赤人[四四]の哥は紀の國に行幸の御供つかふまつりてよみしなるべし。さる[四五]は、同じ事いひしとてとがむる人もあらず、浦山のたゝ[四六]ずまひ、花鳥の見るま[四七]さめによみし、其けしき繪に寫し得がたしとて、めで[四八]ゝはよみし也。又、おなじ萬葉集に、よみ人しられぬ哥、

難波[四九]がた汐干にたちてみわたせば淡路の島へたづ鳴(き)わたる

是亦同[五〇]じ心なり。いにしへの人のこゝろ直[五一]くて、人のうた犯すと云(ふ)事なく、思[五二]ひは述(べ)たるもの也。歌[五三]よむはおのが心のまゝに。又浦山のたゝずまひ、

二八 藤原広嗣。継は誤り。宇合の子大宰の少貳。天平十二年(七四〇)九月、九州で乱をおこし、十一月松浦郡で斬られた。 二九 敵方に通ずるもの。 三〇 十二年十月立って伊勢に幸し、その近国を巡りその年中に帰京(続日本紀)。 三一 という名目で。 三二 三重県・愛知県に属する国々。

三三 今の四日市近辺の海岸。諸説がある。

三四 御製。 三五 万葉六(一〇三〇)所収で、二句は「あがの松原」。「十二年(天平)庚辰冬十月、依大宰少貳藤原朝臣広嗣謀反発軍、幸于伊勢国之時、河口行宮…」とした歌の次にある。↓補注七一。 三六 遠くまで警備していて。 三七 天皇を初め皇族に侍った雑掌。 三八 前衛となって。

三九 文武朝につかえた万葉歌人。この訓は秋成の鷲央行による。 四〇 名古屋市南区の低地帯にあたる。 四一 万葉三「高市連黒人羇旅歌八首」の一(二七一)。四句「潮干にけらし」。桜田は名古屋市南区桜台町あたり。↓補注七二。 四二 御製をうばうはずはない。 四三 見たままを。 四四 わかの浦の歌の左注に「右年月不記、但称従駕玉津島也、因今検注行幸年月、以載之焉」。

四五 そんな現象のおこるのは。 四六 雨夜物語たみことば「自然のかたち」。浦や山の様子。

四七 正しく自分の目で見る所。万葉十三「まそ鏡正目に君を相見ては」(三二五〇)。

四八 感心しては。

四九 万葉七(一一六〇)の歌。末句「わたる見ゆ」。↓補注七三。

五〇 同じ内容である。

五一 素直で。賀茂真淵の歌意考「上つ代には、人の心ひたぶるになほくなむ有りける」。

五二 思いのままを。

五三 今の人の誦歌も自分の心のままに詠出したのがよいと、語を補って解く。

花鳥の[一]いろねいつたがふべきに非ず。たゞ〳〵あはれと思ふ事は、すなはによみたる[二]。[三]是をなんまことの道とは、歌をいふべかりける。

樊噲（上）

[四]むかし今をしらず。[五]伯耆《はうき》の國大智大權現《たいちだいごんげん》の御山は、恐しき神のすみて、夜はもとより、昼も[六]申《さる》の時過(ぎ)ては、[七]寺僧だにくだるべきは[八]下り、[九]行ふべきはおこなひ明(か)すとなん聞ゆ。麓の里に、夜毎わかき[一〇]あぶれ者等集り、酒のみ博奕打(ち)て[一一]争ひ遊ぶ宿《やど》あり。けふは雨降(り)て、[一二]野山のかせぎゆるされ、[一三]午時よりあつまり來て、[一四]跡無《あとな》きかたり言してたのしがる中に、[一五]腕だてして[一六]口とき男あり。憎しとて、[一七]「おのれは強き事いへど、お山に夜のぼり[一八]しるし置(き)て歸れ。さらず[一九](は)、力ありとも心は[二〇]臆したり」とて、あまたが中に恥(づ)かしむ。[二一]「それ何事かは。こよひのぼりて、正《まさ》しくしるしおきてかへらむ」とて、酒のみ物[二二]くひみちて、小雨なれば簑笠かづきて、[二三]たゞ今出(で)ゆく。友達が中に、[二四]老(い)て心有(る)は、[二五]「無やくの争ひ也。[二六]渠《かれ》必(ず)神に引(き)さき捨(て)られん」と、[二七]眉ひそめていへど、[二八]追(ひ)止(め)むともさらにせず。此大藏と云(ふ)

一　美しい色や声。自然は何時も誰に対しても違っているはずはない。
二　下に「がよい」と補って解く。
三　こういう和歌であってこそ、和歌がまことの道だと言えるのである。彼の類歌論が作歌論に転じた所。

四　何時の頃か。今昔物語の各話頭に「今は昔」。胆大小心録二〇「昔でもなし、今でも無し」。
五　鳥取県西伯郡大山の大神山の奥の宮。神仏混淆の昔は大山（たいせん）寺の奥の院で、その鎮守。
六　午後四時頃。七　神に奉仕する大山寺の僧。
八　下山し。九　修行する者は終夜おつとめをする。
一〇　無頼漢。源語梯「あふれん」の注「ホシイマヽニスルヨリ、人ニモハナタル、ナリ」。
一一　勝負を争い。一二　野山の労働にひまが出て。
一三　正午頃から。一四　でたらめな雑談をして。
一五　何かというと腕力をふるって。この主人公のいたずら心を示す語。天武紀「無跡事（あとなしごと）」。
一六　口出しをよくする。源氏、帚木「さすがに口とくなど侍りきと」。文化五年本「口こわき」。一七　二人称。お前。一八　証拠の品。
一九　底本「は」欠、文化五年本により補。二〇　臆病者だ。二一　そんなことは何でもない。二二　十分腹ごしらえをして。二三　即座に。二四　年配で分別のある者は。二五　無益な。二六　彼に同じ。
↓一七〇頁注八。二七　心配顔をして。二八　追っかけて留めようとは一向にしない。

は、足もいとはやし。まだ日高きに、御堂[二九]のあたりにゆきて、見巡るほどに、日やゝ傾きて、物凄《すざま》[三〇]しく風[三一]吹(き)たち、檜[三二]原杉むらさや[三三]〳〵と鳴[三四](り)とよむ。暮(れ)はてゝ人[三五]なきにほこり、「此あたり何事もなし。山[三六]の僧の驚かすにこそあれ」とて、雨晴(れ)たれば、みの笠投(げ)やり、火[三七]切(り)出(だ)してたばこのむ。いと暗ぅ成(り)て、「さらば、上[三八]の社に」とて、木《こ》[三九]むらが中を、落葉踏(み)分(け)ふ[四〇]みはら〔ら〕かしてのぼる〳〵。十[四一]八丁とぞ聞(え)し。こゝに來て、「何のしるしをかおかん」とて見巡るに、ぬ[四二]さたいまつる箱[四三]の大きなるが有(り)、「是か[四四]づきて下りなん」とて、重きをかるげに打(ち)かづきてんとするに、此箱のゆ[四五]らめき出(で)て、手足おひ、大蔵を安ゝと引(き)提(げ)、空にかけり上る。こゝにて心よわり、「ゆるせよ」、「助けよ」とをら[四六]べど、こたへなくて飛(び)かけり行(く)ほどに、波の音のお[四七]どろ〳〵しきを聞(き)、いと悲しく、こゝに打(ち)はめられやするとて、今は箱をつよくとらへてた[四八]のみたり。夜漸(く)明(け)ぬ。神[四九]は箱を地に投(げ)おきてかへりたり。眼をひらきて見れば、海べにて、こゝも神の社《やしろ》あり。松[五〇]杉かう〳〵しきが中にたゝせたまへり。か[五一]んなぎならめ、白髪交りたる頭に烏帽子《ゑぼし》か[五二]ゞぶり、浄衣《じやうえ》[五三][五四]なれたるに、手には今朝のに[五五]へつ物み臺にさゝげてあゆみくるが[五六]、見とがめて、「い[五七]づこより來たる。

二九 大山寺の堂。大山の中腹にあって修験道の道場として繁栄していた。三〇 雨月物語中のよみに従った。凡例の雨月物語の条参照。三一 風がふき起って。三二 檜や杉の群立。万葉七「始瀬の檜原」(一〇九五)。同三「ふるの山なる杉むら」(四二二)。三三 すれ合って発する音の形容。三四 音を発してひびく。万葉集の多くの例は皆「鳴きとよむ」である。三五 人気もなくすごくなった中に一人いる自分に得意を感じて。この男の胆力を物語る。三六 恐ろしい神のいるとい う話はきっと僧達のうそを言って人を驚かすのだな。三七 火打石で火を打ち出して。三八 奥の院の大智権現の社。大山寺の東南十八丁剣峰の中腹にある。三九 木立。四〇 ふみ散らして。↓一七六頁注三一。底本「ら」欠、天理冊子本により補。四一 上り路は十八丁ということだ。四二 幣帛。神にささげるものの総称。四三 賽銭箱のこと。四四 かづき、かつぎ両方にとれる。前者ならば頭にのせる。後者は肩にのせる。前者をとる。四五 ゆらゆらと動いて手足がはえ。四六 叫ぶが。霊力で空中をさげられてゆく話は、秋成の旧作諸道聴耳世間猿五「祈禱はなでこむ天狗の羽帚」にも見える(論究日本文学七参照)。四七 源語梯「オソロシキ心又オドロクサマニモイヘリ」。四八 たよりとした。四九 大蔵が存在を信じなかった恐ろしい神。五〇 神々しい松杉の中に社が。五一 神官だろう。五二 かぶり。濁点は、補正の「命かゞぶり 命令を被る也」による。万葉五「麻ふすま引きかがふり」(八九二)。五三 神事に着る白衣。五四 よれよれになった。着古した。源氏、蓬生「いと古代になれたるが」。五五 おそなえにする物。五六 主語を示す格助詞。

「あゆみくる」神官らしい人が。五七 どこから来たのか。

あやしき男也」と問(ふ)。「伯耆の大山にのぼりて、神にいましめられ[一]、遠く此ぬさの箱と倶《とも》にこゝに投(げ)[二]弃《す》(て)て、神は歸らせたまふ」と云(ふ)。「いと恠《あや》[三]し。汝はをこ[四]業《わざ》する愚《おろか》もの也。命たまはりしこそよろこべ。こゝは隱岐の[五]國のたく火の權現の御やしろ也」と聞(き)て、目口はだけ[六]て驚き、「二親ある[七]者也。海[八]をこさせて里にかへらせ[九]給へ」と云(ふ)。「他國の者の故なくて來たれば、掟有(り)て、國所《くにところ》[一〇]を正しく問(ひ)て後に、送りかへさるゝ也。しばしをれ。是奉りて後、我(が)もとに來たれ」。問[一一](ひ)糺《ただ》して、目代《もくだい》[一二]に行(き)て申すは、「けさのみに[一三]へたてまつるふとのり[一四]と言《こと》高く申(す)手に、物のはら〳〵[一五]とこぼれしに、御戸たてゝ歸ると夢見たり。お[一六]〔ど〕ろきて、いそぎ御《み》にへて[一七]うじて、御社に參るに、松蔭に見しらぬ者のたてり。いづこの人とゝひしかば、伯耆の國の者也。しか〴〵の事して、こゝにしらず參りたりと申(す)。卽[一八](ち)吾(が)家にをらせて、うたへ[一九]奉る」とぞ。目代聞(き)て、「そやつは神の御咎[二〇]にこゝまでわたされし也。此國の者ならねば、罪すべきやうなし」とて、其日の夕[二一]汐まつ舟に、むかひの出雲の國に送らす。八百[二二]石と云(ふ)船にて、ちいさくもあらぬを、風追[二三](ひ)ていと早し。されど、「よんべ[二四]の神の翅《つばさ》[二五]にかけしよりは遲し」と云(ふ)。三十八里のわたりを、辰《たつ》[二六]の時に出(で)て、申《さる》[二七]の上剋《じやうこく》と云(ふ)

一　こらしめられて。
二　下に「つれて来られて」の意を補って解く。
三　怪しに同じ。　四　馬鹿げたこと。
五　島根県隠岐の西の島の焼火山の中腹にある社。
六　あきれかえったさま。宇治拾遺十二「増賀上人三条の宮…」の条「これを聞くにあさましく、目口はたかりておぼゆ」。
七　二親にも心配かけることになりますからの意。親のことをここで出して、以下に応じた。
八　海上を渡らせて。
九　故郷。　一〇　本籍現住地。
一一　神官宅にともなったことは省略してある。
一二　王朝時代の地方官の代理。江戸時代の代官にあたる。この篇の背景は大体秋成時代であるが、社会上の用語も地の文相当に王朝のものを用いる。　一三　供物。
一四　祝詞。「ふと」は美称。古事記上「布刀詔戸言《ふとのりとごと》」。
一五　何かこぼれて手に触れたので。
一六　目覚めて。底本「ど」欠、意によって補。
一七　調製して。　一八　即座に。
一九　訴え申し上げます。
二〇　「の」は主語を示す格助詞。
二一　夕方の出潮を待って船出しようとする舟。万葉十一「渚にゐる船の夕塩を待つらむよりは」(二八三一)。
二二　八百石積の船。穀類を積む量にて船の大きさを示した。「ちいさく」、正しくは「ちひさく」。
二三　追手の風で。
二四　土佐日記解「よんべは夜方にて昨夜也」。
二五　翅によって飛び走った。　二六　午前八時頃。
二七　午後四時頃。一刻を二つまたは三つにわけて、その前段が上剋。

に、向《むか》ひの出雲の國に著(き)ぬ。こゝに[二八]嵜守《さきもり》のありて、事のよし問(ひ)あきらめ、「さても[二九]世のいたづら者也。にくし」とて、つらに唾《つば》吐(き)かけて、[三〇]過書《くわしよ》文《ぶみ》あたふ。里の次ゝに、二人の男に[三一]囲まれて、七日と云(ふ)[三二]午時《うまのとき》に、ふる郷《さと》に來たる。[三三]目代に引(き)出(だ)され、罪重からねば、[三四]しもと杖五十うたせて、[三五]里《さと》正《をさ》召(し)てわたさるゝ。[三六]一さと聞(き)つけて、「大藏がかへりしぞ」とて、先其家に走(り)行(き)て告(ぐ)る。母と兄嫁は、「いかにして」とて、嬉しくも悲しくも、[三七]門立《かどだち》して待(つ)ほどに、[三八]送《おくり》の人にかこまれて來たる。先《まづ》むかへて、「物くへ」「足洗へ」と、[三九]立(ち)さうどく。父は[四〇]持仏の前に[四一]膝たかく組(み)て、[四二]烟くゆらせ空に吹(き)ゐたり。兄は山に出(づ)るとて、[四三]朸《あふこ》鎌とりて、「生《なが》へ帰りしは不思義の事也。[四四]とふもうるさし」とて、[四五]つらをきとにらみて出(で)行(く)。里の友だちあつま[四六]〔り〕來て、「[四七]腕こき止(め)よかし。神に裂(か)れぬこそありがたけれ」とて、喜び云(ひ)て皆かへる。いつもの[四八]臥所《ふしど》に入(り)て、翌《あす》のひる時まで[四九]うまく寐《い》(ね)たり。今はたゞ親にしたがはんとて、兄につきて[五〇]山かせぎす。「出雲へわたり、[五一]隠岐の島よりかへるは、罪ある者の[五二]大赦《たいしや》にあひし也」とて、大藏と云(ふ)名はよばで、「大しや〳〵」とあざ名したり。

日數へて母に云(ふ)。「権現のたまひし命也。[五三]心きよくして、今一たび詣

二八 補正に、島守・崎守として「大宝の軍防令に兵士守辺者名防人と見えてさき守とよめり、異国の冦の来たらんに備へて、筑紫の嶋々碕々に人を居ゑて守らしむ、其兵士は必ず東国の人を差さるゝ也」。この原義をかりて、ここは浜方の役人の意。万葉十六「埼守(さきもり)」(三八六六)。
二九 甚だしい。王朝時代の用法。 三〇 →一七六頁注二。 三一 護送の役人。 三二 正午頃。
三三 大蔵の故郷の代官所。
三四 笞(しもと)という木の若枝で作った杖で背や臀部を打つ刑。十から五十回まで段がある。それ以上は杖罪。
三五 庄屋。村長。万葉五「しもと取る五十戸長(さとをさ)が声は」(八九二)。
三六 村中。 三七 人を待って入口に立つこと。
三八 護送の者。 三九 立ちさわぐ。
四〇 江戸時代では仏壇と同義に用いた。
四一 高あぐらをかいて。
四二 煙草の煙。我関せず焉の姿を言ったもの。
四三 両端に荷物をつけて、中央を肩にのせかつぐ棒。伊勢物語古意の頭注(二一七の条)「あふこは物を荷ふ木也、朸の字新撰字鏡に阿保古、和名抄に阿布古、布保は通言也」。 四四 事情を聞くのも面倒くさい。 四五 大蔵の顔をきつくにらんで。 四六 底本「り」欠、意によって補。
四七 腕だて。 四八 寝所。
四九 ぐっすりと寝た。 五〇 山仕事。
五一 隠岐は江戸時代も流罪地の一。流罪即ち遠島のような大罪人は、大赦でもなければ許されなかった故に、島還りの意を大赦と言った(古事類苑法律部五十二など参照)。出雲大社の意もかねて用いたか。
五二 国家の慶弔事に際して、広く罪人犯人の刑罰を赦免すること。 五三 すがすがしい心で。

(でん)」と云(ふ)。母[一]あやうがりて、「身をよく清め、[二]心あらためてあらば、[三]如來も神も同じ事にこそ。[四]よく拜みて、[五]御ゐやまひ申(し)て、[六]兄と連(れ)だちてお山にはのぼれ」と云(ひ)てゆるさず。父き丶て、「にくしとおぼし給はゞ命たまはらんやは。いそぎまうでこよ」と云(ふ)。兄嫁、「[七]つきて上りたまへ」といへば、あざ笑(ひ)て、「[八]父のおほせことわり也。一人のぼれ。[九]おのが心の改りたるを、神佛はよくしろしめすべし」とて、[一〇]友《とも》なはず。大藏もとより[一一]心ぶとなれば、「一人上りて、御わび申(し)て來たらん」とて出(づ)る。はやくかへりて、何の事も[一二]なかりし。「錢たまひしは、彼御前に奉りてよく拜(み)て、さて、[一三]其夜のみの笠の木陰にありしを取(り)かへりし」と云(ふ)。母、「[一四]猶つよき事して、又御罰かうむるな。引(き)さきすて給ふとて、人は云(ふ)よ。[一五]事無くてかへし給ふは」とて、[一六]物くはせてよろこぶ。このゝちは心あらたまりて、[一七]兄がしりに立(ち)て、木こり柴荷ひかへりて、親の[一八]心をとるほどに、大力なれば[一九]兄とは刈(り)まさり、錢多《さは》にかふるを、母と嫁とは[二〇]ほめごとして喜ぶ。年も暮(れ)ぬ。いつの年よりは、大藏がかせぎするに、[二一]錢三十貫文を積(み)て、「[二二]此としよし」と、父も兄も心よくいふに、母とよめとは、「まことに」とて、大藏に[二三]布子《ぬのこ》ひとへ新らしくてうじて着す。[二四]年かへりて春のゝどかなるに、又[二五]いつ

一　心配して。「あやうがり」、正しくは「あやふがり」。この前後の父と兄は、世間体や家計にのみ走って、情に乏しく、母と兄嫁は情のみで思慮に乏しい。不良青年の育つに恰好の家庭として描いてある。雨月物語の蛇性の婬の豊雄の家族と一脈通ずるものがある。
二　真人間にかえっていたら。
三　阿弥陀如来。
四　しばらくは神と同じ如来を拝んで。
五　お礼を申上げていて。天智紀「礼儀《ゐやまひ》」とあるが、江戸時代は礼の訓として、この文字の持つ色々な意味に用いる。
六　上る折がくればの意を補って解く。
七　兄にいう言葉。大蔵について上って下さい。
八　父親の言うのがもっともだ。
九　お前の心がけのなおったことは。
一〇　伴のあて字。一緒に山に詣でない。
一一　大胆。
一二　連体形の終止。次の「かへりし」も同じ。当時一般の用法。
一三　あの夜。前に神に飛ばされた夜に着けていた簑笠。　一四　気づよいこと。
一五　よく無事でお帰し下さったことよ。「は」は詠嘆の終助詞。
一六　下向の祝に赤飯などたべさせたことをいう。
一七　兄に従って。
一八　気に入るようにするにつれて。
一九　兄よりは柴も多く刈って、売って得る銭も多いのを。
二〇　ほめちぎって。
二一　銅銭は文・十・百・貫の単位で勘定する。
二二　今年は収入がよかった。
二三　綿入の着物を一枚新調して。
二四　正月になって。

もの宿に遊びて、博奕はじめ負(け)たりしかば、錢[二六]こはれて、さすがに心[二七]おくれたれば、ひと夜ふたよはえゆかず、母にいふ。「春[二八]の御ゐやまひに山にのぼらん。友だちが詣づるに」といひて、錢こふ。「はやくかへれ。申《さる》[二九]かたぶかばおそろし」とて藏《くら》にゆく。あとにつきて、「[三〇]いくらもたまへ」と乞(ふ)。「お山にまうづとておほくは何する。是[三一]ばかりを」とて、櫃のふた明(け)てつかみ出で、[三二]みだれたるが百文にあまりぬべし。「もてゆけ」と、櫃のふたする内を見れば、[三三]からげし錢二十貫もんあり。母に云(ふ)。「春[三四]毎の遊びして錢まけたり。友だ[三五]ちがつぐのへとて、度ゝ責《はた》[三六]るに、其錢しばしたまへ。山かせぎして本《もと》の如く積(む)べし。あすよりは山に入(る)よ」とて、[三七]こふつらにくし。「[三八]さても〳〵、[三九]心あらためしかと思へば、博奕やめぬよ。目代どのより春ごとにいましめたまふいたづら事也。神も惡《にく》ませたまはん。此錢は兄が入(れ)おきたるぞ。[四〇]ゆるさねば手は觸(れ)じ」とて、櫃の鑰《かぎ》さゝんとす。[四一]れいの心より、母をとらへて動かせず、「聲たてな。父が昼寝さむるぞ」とて、片手にふたひらきて、二十貫文つかみ出(だ)して、母はひつの中へ押(し)こめて、錢肩におきてゆらめ[四二]きいづ。兄嫁見て、「其錢いづこへ持(ち)ゆきたまふよ。男[四三]のかぞへて入(れ)置(き)たる也。父目さまし給へ。又いたづら心のおこりしぞ」とて、[四四]をらび聲して云

二五 以前にも出た、若者達の集合所の宿。
二六 銭を請求されて。土佐日記「よむべのうなゐもがな、銭こはむ」。
二七 大蔵の如き乱暴者も気がひけたので。
二八 正月詣。ここは「ゐやまひ」の語を礼の文字に配して、礼拝の意に用いた。
二九 午後四時頃を過ぎると。本篇の初めにそのことが見えた。
三〇 沢山に下さいとねだる。
三一 これだけあげよう。
三二 銭さしにさしてない銭。江戸時代では銅銭の中央の穴に、細いわら縄の銭さしを通して、まとまった額を一本にした。
三三 銭さしに通したものを束ねた。
三四 例年正月にする手なぐさみ即ち博奕。
三五 支払え。
三六 催促するので。
三七 ねだる面がまえが憎々しい。
三八 嘆息の語。
三九 悪心を思いかえした。
四〇 兄の許可がなければ。
四一 悪いことでも、一度欲すれば強情に実行する心情。それを可能にする胆力・腕力のあることが、この男に悪事を重ねさせることになる。がこれはまた善事に一転すれば、悟道に達する根性でもある。
四二 ゆらゆらと出てゆく。銭の重みで敏速に動けないさま。↓一八〇頁注一六。
四三 夫。
四四 大声上げて。↓一七七頁注三七。

(ふ)。ちゝ[一]おどろきて、「[二]おのれぬす人め、赦《ゆる》さじ」とて、枴とりて庭におり、うしろより[三]丁《ちやう》とうつ。うたれても骨かたければ、あざわらひて門に出づ。「にくし〱」とて[四]追(ひ)しけど、足は[五]韋駄天走《ゐだてんばし》りして迯(げ)ゆく。「あれとらへてよ」と呼(ば)はり〱追ふ。兄もかへり路にゆきあひて、「おのれ、此銭[六]ぬすまさんや」とて、奪ひかへさんと[七]〔すれど〕、[八]手に當らずして蹴たをされたり。父足よわくて、兄におくれたれば、此時にやう〱追(ひ)つきて、後よりしかと抱(き)とむるを、[九]「年よりの力だて、[一〇]いたづら事ぞ」とて、片手にて前へ引(き)廻し、横さまに投(げ)たれば、[一一]道ほそきに、溜池《ためいけ》の[一二]氷とけぬ上に轉び落(ち)たり。兄は「親を何とする」とて、助けあがらすほどに遠く成(り)ぬ。父も[一三]山賤《やまがつ》なれば[一四]心はたけくて、ぬれし衣《きぬ》からげ上(げ)て又追ふ。谷わたる所にて友だちがゆきあひ、[一五]むかひ立(ち)てつよく捕《とら》へたり。是は力ある男なれば、[一六]おのれも腕のかぎりしてつらを打(ち)、ひるむと見て蹴たれば、谷の底へ落(ち)ころびぬ。[一七]水いとさむき比なれば、心たけきにもえはひ上らぬを、「おのれが博奕の[一八]おひめ責《はた》るから、つぐのはんとて、親の銭なればもて出(で)たるぞ」とて、岸にたつ石の大いなるを又蹴おとしたれば、[一九]はひ上るとするほどの上にころびかゝりて、谷のふかきに[二〇]倶に落(ち)入(り)て、[二一]此たびはえあがらず。兄と

一 昼寝の目がさめて。
二 「おのれ」は感動詞。
三 びしりと。
四 追い及ぶ意。万葉二「おくれゐて恋ひつつあらずは追ひ及(し)かむ」(一一五)。ここは追いかける意。
五 韋駄天のように早く走って。韋駄天は仏教守護の神将の一。捷疾鬼が仏牙をうばって走ったのをとらえたとの話から、足の早いことにいいなされた(谷響集十)。
六 ぬすますものか。
七 底本「すれど」欠、意によって補。
八 全く相手にならないで。
九 年寄りの力自慢などと同じく、似合わぬことの意の成語。
一〇 無駄な事だ。
一一 細かったので。
一二 氷のとけた上へ。
一三 木樵。山はたらきする男。
一四 気丈で。
一五 真正面から。
一六 大蔵自身も、腕力を十分に発揮して。
一七 雪消で谷水のつめたい時なので、気丈な者でも這い上ることが出来ないのを。
一八 負債を催促するから。
一九 這い上って来ようとする丁度その上に。
二〇 人と石と共に。
二一 結局は寒水の中で死んだことになる。
二二 ひたすら。
二三 大あばれにあばれて。

父とは追(ひ)兼ねて、此間にやう〳〵來て、錢只[二二]うばひかへさんとす。今はあ[二三]ぶれにあぶれて、親も兄も谷の流にけおとして、韋《ゐ》它《だ》天足《てんあし》して、いづちしらず[二四]迯(げ)うせぬ。ちゝ兄も淵にともにしづみてえあがらず、こゞへ〳〵て死(に)たり。一[二五]ざと立(ち)さうどきて追へど、手なみは見つ、目代へかけり[二六]行(き)て、しか〳〵の事とうたへたり。「さても〳〵にくき大罪人也。追(ひ)とらへて重[二七]く行なはん。足[二八]とき奴なれば、國の内に今はあらじ」とて、か[二九]たち繪にかきて觸[三〇](れ)ながし、とらへんとす。里長申す。「山ざとには繪かく者なし。たゞか[三一]たちを書(き)、ことわりて云(ひ)流したまへ」と申す。「し[三二]からん」とて、「身の丈五尺七寸ばかり、つら[三三]つきおに〳〵しく、肥(え)ふとり、物[三四]もよくいふぞ」とまで、くはしく書(き)付(け)て、國ゝへい[三五]ひながす。

大蔵は迯(げ)のびて、今はとて遠く築《つく》[三六]紫《し》にわたり、博[三七]多の津に日[三八]ごろ在(り)て、博奕うつ中に入(り)て、何の幸ひぞ錢多く勝(ち)たり。こゝへも「しか〳〵の大罪人とらへよ」と觸(れ)ながさるゝ。このあ[三九]ぶれ者等も、大蔵なるべしとて、目[四〇]くはせたるを見て、はやくこゝをのがれて、「錢は重し」とて、木のもとに投(げ)すて、黄《こ》[四一]がね五《いつ》ひらあるを心だよりに、旅[四二]人にやつし、長崎の津[四三]にさ[四四]まよひ來たりしが、こゝにや[四五]もめ住のわびしくてあるに身[四六]をよせて、ばく

二四 どこへともわからず。この一条は、後にも活躍する主人公の腕力を物語っている。
二五 村中大騒動して。
二六 走り込んで。
二七 重罪を課そう。
二八 足の早い奴だから、この国にはもういまい。
二九 書紀に、形姿・状貌を「かたち」と読むなどから作った語か。姿絵。ここは人相書。律令要略に「人相書を以尋」ねる罪人の中に、「主殺、親殺、関所破」の一条がある。
三〇 お触書をもって天下に通知し。この条は水滸伝の魯智深の面影をかり用いたらしく、ここは同書(冠山訓訳本)の三回鄭屠を殺して走った時のさまに似る。
三一 人相の特徴を書きつらね、罪の次第を説明して、お触書を出して下さい。
三二 それがよかろう。
三三 容貌が鬼に似ていて。
三四 口も達者である。
三五 触れ流すに同じ。
三六 筑紫。九州。金砂五に「筑紫」と書く。
三七 博多の港。今の福岡市の一部。
三八 しばらくの間滞在して。
三九 無頼漢たち。大蔵が仲間入りした博奕打ちたちをさす。
四〇 目ばたきをして心を通わす。伊勢物語百四「世をうみのあまとし人をみるからに眴(はめく)せよともたのまるゝかな」。
四一 黄金(小判)五枚。金五両にあたる。
四二 旅人のような風をして。
四三 長崎の港。長崎市。
四四 飄然とやって来た。
四五 淋しく暮している後家のもとに。
四六 住み込んで。

ちの修行しきりにて、[一]勝(ち)ほこり、「[二]財《たから》のぬしぞ」とて、[三]酒よはせ、明暮[四]酔《あひ》ごとして、[五]ことわりなきが恐しさに、やもめは逃(げ)出(で)て、[六]丸山の[七]揚屋がもとへ、[八]ぬひ事にやとはるゝを[九]たよりに、「かくしてよ」と、こゝにあり。[一〇]大曹酔《あひ》さめて、「いづこにぞ」と呼べどあらず。「さては、[一一]我(が)ほしきまゝをにくみて迯(げ)ゆきしよ。いつも丸山に、何がしの所へとて、ゆく物がたりしたれば、そこにこそをらめ」とて、追(ひ)ゆきて、「我(が)[一二]女《め》をかへせ」とて、[一三]あらくいひのゝしる。あるじも家の内の者等も、こゝに[一四]やどりしまろう人《ど》も、[一五]「いかに〳〵、鬼の來たるは」とてさわぎたつ。[一六]さうじ皆蹴はなちて、こゝかしこに乱(れ)入(り)て、「先、酔さめたれば」とて、[一七]酒《さか》づきの散じたるを取(り)て[一八]のむ〳〵。さかな物、鉢や何や引(き)よせてくらふほどに、氣力ます〳〵さかりに成(り)て、「我(が)女《め》出(だ)せよ」とておどり狂ふ。奥の方に、[一九]もろこし人のやどりて遊ぶ所へみだれ入(り)て、[二〇]屏風も蹴たをして、もろこし人の前に[二一]膝たかくかゝげて、どうと座したり。驚きおそれて、「[二二]樊噲《はんくわい》[二三]排闥《はいたつ》〳〵。ゆるしたまへ。我はたゞ何事もしらず」とてわぶる。あるじ、此まろうど[二四]あやまたせてはとて、[二五]手すりわび、「御妻《め》なる人はこゝに來て、又いづこへか迯(げ)行(き)たりし。[二六]心静(め)たまへ。いづちにかかくれん。倶にさがしもとめて参らせん。

一　しきりに勝って。万葉九「鰹釣り、鯛釣りほこり」(一七四〇)。
二　財主。大金持。水滸伝四回「一箇大財主」。
三　酔うまで酒を出させて。
四　酔態を呈して。土佐日記「ゑひごとに心よげなることして出でにけり」。
五　無茶苦茶なのが。
六　長崎の遊廓のあった所。
七　遊女屋から遊女を呼んで遊ぶ家。
八　仕立物。お針もの。「やとはるゝ」は連体形で、やとはるる揚屋の意。　九　たよって。
一〇　底本のまま。大蔵に同じ。
一一　自分の我がままを嫌って。
一二　妻。
一三　乱暴にわめきたてる。
一四　泊っている客人。即ち遊客。
一五　これはどうしたことか。
一六　障子。ここは襖や障子の総称。
一七　盃の、客の逃げた跡にちらばっているのを。
一八　盛んにのんだ。
一九　中国人。丸山は渡来の中国商人など出入りするので有名な遊廓であった。
二〇　寝具の辺に立てた屏風。
二一　高あぐらでどっかりと坐った。
二二　漢初の勇士。高祖が宦者と臥した所に入っていさめたことが蒙求に樊噲排闥として見える(もとは漢書四十一の樊噲伝)。枕席に乱入したことが似ているからの語。→補注七四。
二三　排は門の扉をおすこと。字典に漢書のこの所の注を引いて、闥は「宮中ノ小門也」。
二四　怪我でもあってはと。
二五　懇願するさま。竹取物語「娘をわれにたべと、手をすりてのたまへど」。
二六　落ち着いて下さい。どこへ隠れましたでし

酒[27]のみたまふよ」とて、熊[28]掌駝蹄こそあらね、山[29]の物海の物さゝげ出(で)てもてなすにぞ、是に心[30]折(れ)て飲(み)くらふ。「もろこし人のつけし、はん[31]くわいと云(ふ)名よし」とて、「今より後、名とせん」とよろこぶ。夜明(け)はなれたり。雑式《ざふしき》[32]い[33]かめしき男四五人つれ來たりて、「親兄をころせし伯耆の國の大藏出(だ)せ。縄かけん」と聞(き)て、い[34]かにすべきにあらねば、心[35]をすゑておどり出(で)、「我は親ころせし者にあらず」とて、わ[36]ぶるさまして、前[37]の男が持(ち)たる棒うばひとりて、誰かれなく打[38](ち)ちらすほどに、えとらへずして迯(が)したり。

こゝよりいづちへともあ[39]てどなくて、野にふし山に隠れてあるくほどに、疫《え》[40]やみして、山陰の所にころびふしたり。狼[41]のをらび聲して叫べば、ゆ[42]きゝの人、「懼し」とて見[43]とゞむる人なし。や[44]うやうあつきこゝちさめがたになりしかど、この比《ころ》物くはねば、足たゝずして、道にはひ出(で)、人のくるを待(つ)。夜に入(り)てこゝ過(ぐ)る人あり。月[45]あかりに、此大藏がうめく聲を聞(き)て、「何者ぞ」とゝ《と》がむ。「お[46]のれは旅人也。病してこゝに日頃ありしが、や[47]ゝさむるにも物くはねば足たゝず。もの喰[48](は)せてたべ」と云(ふ)。ともし火持(ち)たるあかりにて見たれば、鬼の如くにて、おとろへ、お[49]どろ髪ふりみだし、たゞ

ょうか。 二七 お酒をあがる御様子ですな。
二八 熊のたなごころの肉と、駝鳥のひずめの間の肉。中国で珍味中の珍とされたもの。水滸伝二回「玻璨碗ニ熊掌駝蹄ヲ供ス」。
二九 山海産の珍味。
三〇 気がなごんで。
三一 寛延二年(一七四九)初演の浄瑠璃の容競出入湊にも、強い者を「ナアく〵おにじや、はんくわいじやとみなく〵いさみ悦ぶにぞ」とある。
三二 平安朝の中央地方の諸庁に雑役に従ったものの名と、江戸時代京都町奉行所で捕手その他を任とした名を混じて、召捕の役人にあてたもの。 三三 身仕度厳重な男。
三四 今はどうも方法がないので。
三五 覚悟して。主語は大蔵。
三六 近世の語義で「あやまる」。困却したという古語の意味ではなかろう。
三七 前に進んだ男。
三八 打って追いちらす。
三九 目的地。
四〇 以下の病状からして、おこり。和名抄「瘧病 俗ニ衣夜美ト云フ。一ニ和良波夜美ト云ヒ、寒熱竝ビニ作リ、二日一発之病也」。
四一 狼の如くおそろしいうなり声。
四二 往来の人。
四三 確かめて見る人がない。
四四 熱気も下りかけたが。源氏、夕顔「身もあつき心地して」。
四五 文脈が乱れている。うめき声を聞き、月の光で、大蔵を見つけての意であろう。
四六 一人称の代名詞。自分。
四七 少し癒って来たが。
四八 喰わせて下さい。
四九 櫛を入れずぼうぼうとなった髪。

「物くはせよ」と乞(ふ)。人なりけりと見とゞめて、おもふ心あれば、こやつ助くべしとて、腰の餌[一]ぶくろより、[二]飯《いひ》[三]とうでゝあたふ。たゞ推(し)いたゞき、[四]「うゝ」といひつゝくらふ。くらひつくしてさて云(ふ)。「御恩かたじけなし。[五]いつにてもむくひ申さん」と云(ふ)。旅ひとわらひて、「[六]おのれはおもしろき男也。[七]落(ち)はふれて何をかする。[八]盗《ぬすみ》して世をわたれ。我(が)下につきてかせげ」と云(ふ)。打(ち)笑ひて、「ぬす人殿、よくも出(で)あひたる。博奕[九]打(ち)ほこりて、かく田舎へはさまよひ來たる也。[一〇]ばく打《ち》もぬすみも罪は同じ。ばくちは負いろに[一一]成(り)て、力わざもせさせず、盗人は[一二]筋ひとすぢなるは」とてよろこぶ。「さて、おのれは[一三]膽ふとき奴也。伯岐の國の親兄ころして迯(げ)し男めか」と問(ふ)。「それ也。[一四]人里に出(で)交りては安き心なし。[一五]御手につきて、[一六]野山に立(ち)かせがん事よし〳〵」とてよろこぶ。「こよひこゝ過(ぐ)るたび人あり。馬に荷おもく負(は)せたり。[一七]足輕一人、老(い)たる男つきたる外には、[一八]さはりなし。馬士《まご》めもともに打(ち)殺して。荷の中に金《こがね》ありと見たれば、よきかせぎぞ。手[一九]初めしてみせよ」と云(ふ)。「是はいと安き事也。猶力づけに、麓に下りて酒のませてたべ」。「我も寒かりつれば」とて、十丁ばかりくだりて、[二〇]水うまやの戸たゝき、「酒買(は)ん」と云(ふ)。まだよひのほどなれば、[二一]「を」

一　もとは鷹の餌を入れた袋であったが、後は食料携帯用とした袋。落窪物語「をかしきさまならん果子、一餌袋して置きたまへ」。
二　文化五年本に「こりにつめし飯」。
三　取り出して与える。
四　むしゃぶり食うさまを示す語。
五　何時でも御恩がえしをしましょう。
六　二人称。お前。
七　零落漂泊の身になって何をしようと思うか。源氏、玉葛「われさへ打ちすて奉りて、いかなるさまにはふれんとすらん」。
八　盗人稼業をやって見よ。
九　しきりに打って。打ちしこって。「ほこる」→二二二頁注一。
一〇　律令要略によると、博奕の重い罪は流罪または死罪、盗賊は勿論死罪にあたる。ここはどっちにしたとて死罪で同じとの意。
一一　負けかけた様子がわかっても。近世の語。
一二　一筋の腕力でやってゆける。善悪にかかわらず一筋道に人生を歩くことを喜ぶ、この主人公の性質を示した言葉。
一三　大胆者。
一四　町や村で人交わりをしていては安心できない。
一五　手下になって。
一六　野だち山だちの盗人業して。
一七　軽輩の侍。
一八　邪魔。
一九　仕事はじめ。
二〇　街道の茶店の意に用いる。藤簍冊子の御嶽さうし「藤井寺にまうづ、門の前なる水うまやに入りて、昼の物とう出たるに」。→補注五八。
二一　雅言集覧「答ふる声なり」。

とこたへて戸明(け)たり。「よき酒さかな、何にても何にても出(だ)せ」といそぐ。「[二二]夜あるきなれば、價先《まづ》とらすぞ」とて、[二三]金一分とり出(で)て投(げ)あたふ。あるじ[二四]立(ち)走りて、「隣の家に[二五]鮪《しび》の煮たる有(り)」とて、酒あたゝめるあいだに求(め)來て、[二六]鰒《ふぐ》の[二七]つくり膾《なます》、豆麩《とうふ》の汁物あつくして出(だ)す。「よし」とて[二八]二人のみあくほどに、「夜更(け)ぬ中に」とて出(で)行(く)。あるじ、「あの背高き男は大ぬす人也。つきて來たるは、見しらずといへども、手下にぞあらめ」とて、のこりの酒さかな物くひのみて寐《い》(ね)たり[二九]。二人の[三〇]山立《やまだち》は、「こゝよし」とて、[三一]木《こ》むらの陰にたゝずみしほどに、馬の[三二]鈴ゆらぎて聞ゆ。「ぬかるな」といへば、「[三三]手むなしきは」といひて、松の木の[三四]一《ひと》つえあまりなるを根ぬきにして、振(り)たてゝ見する。「[三五]よし〳〵、いさぎよし」とて笑ふ。馬のあし音こゝに來たれば、物をもいはで、松の木ふりたてゝ、[三六]口とる男も馬も打(ち)たをしぬ。老(い)たる足輕の、「是は」とて、刀ぬくわざもしらぬにや、あはて迯(げ)んとす。又追(ひ)つきて、「[三七]首ほそき奴かな」とて、谷の深きと思ふ所へ投(げ)おとしたり。「馬はついにふみころさぬ」とて、[三八]力足して腹つよくふめば、嘶《いなな》き叫びて死(に)たるべし。「荷の繩もほどく[三九]手なし」とて、ふつ〳〵とちぎりて、「いざ」と云(ふ)。「よし、よくせし」とて、荷ほどきて見

二二 夜の旅だから。
二三 一分金。一両の四分の一にあたる金貨幣。
二四 小まめに動いて。
二五 和名抄に「之比」とよむ。大魚の一。
二六 和名抄に「伏(ふ)」また「阿波比」とよむ。悪魚のふぐの方をとっておく。
二七 つくり。以前は生の魚肉を細く切り、醬油につけるも、酢につけるも、共になますという。
二八 十分に呑んでから。
二九 盗人達と知りつつ、高い金を遠慮なくとり、その残物を食うこの亭主は社会悪の一例としてかかげてある。
三〇 山賊。他にもこの篇と関係ある古今著聞集十二「奈良坂にて山だち待ちまうけて」。
三一 木立。万葉三「三湯の上の樹村(こむら)を見れば」(三二二)。
三二 ゆれて音がして。万葉二十「手にとるからにゆらぐ玉の緒」(四四九三)。
三三 得物がない。
三四 一丈。正しくは「つゑ」。景行紀「一丈」を「ひとつゑ」とよむ。
三五 盗人の言葉。
三六 馬士。
三七 かぼそいいくじなしめだ。↓二〇一頁注五〇。
三八 四股をふんで。
三九 そんな手を持ち合わさぬ。こと面倒な。

れば、[一]思ふごとく[二]黄金《こがね》千両のつゝみあり。「[三]殘りの物何せん。さむしとて馬が泣(か)んよ」とて、打(ち)きせたはふれて、飛(び)かけり山を下《くだ》る。

夜はまだくらきに、海べに走(り)くだりぬ。「[四]波よする。[五]岸にありや」とゝへば、「あ」とこたへて笘舟こぎよせたり。男二人出(で)むかへて、「[六]こよひいかに」と云(ふ)。「よき男めを召(し)かゝへて、[七]かせぎよくしたり。よろこびの酒のまん」といへば、「を」といひて、「海に釣(り)たる」とて、鯛や[八]さわらや膾につくりて出(だ)す。「樊噲と申(す)也。これより兄弟《はらから》とおぼせよ」とて、盃二《ふたつ》三つゞけて、[九]かしら髪かきさぐりよろこぶ。「[一〇]よき世にあひしよ」とて、のみくらふさま、盗人等も恐れて見る。さて、「御名いまだ承らず」といへば、「村雲と云(ふ)。昔はすまひとり也。喧嘩して、[一一]罪かろけれど、[一二]追(ひ)やらはれしかば、故《ふる》さとに[一三]かゞまりをらんいとさむし。[一四]盗みしてあぶれあるかんとて、[一五]此三とせこなたは、野山に立(ち)、[一六]海にうかひて、人の寶をうばふ事いと安ければ、あづまの方へ出(で)ず、[一七]この海のむかひ、山陽道、[一八]つくし九國の間、又伊与・土佐・さぬきに漕(ぎ)よせて、[一九]おほやけの手にあたらず。こゝは[二〇]いよの國也。千両のたから[二一]ついやすべき所にはあらねど、春になるまでは、[二二]にぎたづの湯に入(り)て遊ばん。酒よし。[二三]海の物よし」とて、夜明(け)たれば、漕(ぎ)

一　想像通り。
二　千両箱の気持。文化五年本に「金箱」としたが余り新しい感じなので変えたのであろう。
三　荷の中にあった金以外のもの。
四　白波よするの意か。白波は盗賊の異名なので、自分達の来たことを意味させたか。
五　これまで「山濁りありや」とよまれて、賊の符牒かと解された所。しかし山濁は岸の文字の上下が離れて、二字の如く見える所からの誤読か。「り」の部分は「り」とも「る」とも「に」ともよめる。舟が岸近くにあるかと問う意味。賊が水辺に舟をよぶは水滸伝の梁山泊の水寨の面影がある。
六　今夜の首尾はどうですか。
七　上々の実入りがあった。祝酒をしよう。
八　正しくは「さはら」。
九　頭髪をかきながら。
一〇　やっとよい運にめぐりあった。
一一　律令要略によれば狼藉あばれ者の類は追放や所払になると定まっていた。
一二　追放されたので。
一三　小さくなって居るのも、不景気なことだ。大和物語「竈のしりへにかゞまりをりけり」。
一四　盗人となってあばれ廻ろう。
一五　三年以来は。
一六　海賊もして、人の財物をとる。
一七　この海の対岸即ち山陽や九州。
一八　九州地方。
一九　お上の手にかからない。召捕られたことがない。
二〇　今の愛媛県。土佐は高知県、さぬきは香川県にあたる。
二一　消費する。正しくは「つひやす」。
二二　今の道後の温泉。松山市道後。万葉一や三

よせぬ。「二人の男どもは、こゝに一日《ひとひ》[二四]ふた日あれ。見とがめられぬために、むかひの國にて春を待て。金あたへん。ぬすみすな。商人にやつして、我しか[二五]ま津へいたるをまて」とて、物分ちて[二六]、舟はこぎ出(で)さす。はん噲には百兩をわかちあたへたり。「いづこの人よ」と問へば、「大師《だいし》[二七]の御跡めぐらんとて來たれど、いとさむきほどは湯[二八]あみして、後に出(で)たつべし」と云(ふ)。あるじ聞(き)て、「大[二九]師のへん照《ぜう》こん剛《がう》にも、交[三〇]りがたき人も有(る)よ」とて日[三一]ごろあらせる。「はんくわいと云(ふ)名こと[三二]ぐ\〵し。又いづちに旅ゆくとも、かの事觸《ふれ》流しにあひては、身[三三]つきぬべし。僧[三四]にやつしてん」。あの見ゆる山[三五]の峯に寺あるを、行(き)てすみ[三六]たるさま見れば、老[三七](い)かゞまりし翁法師の、「南無大師」の聲いとさゝやかにとなふ。あ[三八]なひして、「我は都がたの者也。母につきて四[三九]國めぐりしほどに、きのふ舟を上るとて、母がふ[四〇]みたがひて海に落(ち)たる。あれよ\〵といへど、舟子が云(ふ)。「こゝは底深くして、鰐と云(ふ)魚のすみて人をのみくらふ。今はのまれたるべし。力[四一]無し」と云(ふ)。よく思へば、父は無し。兄はかしこき人にて、しか\〵の事にて母失ひしとて國にかへらば、にくみて追(ひ)出(だ)すべし。世[四二]のかせぎしらぬ子は、僧になりて大[四三]師の所ゝめぐりはたし、又六[四四]十六くにゝ行(ひ)めぐりなんと思ふ也。かしらの

には「にぎたづ」(八・三三)として見える。
二三 海産物。
二四 数日。
二五 飾磨の港。兵庫県姫路市。
二六 主に金を分けて。
二七 弘法大師の御遺跡。四国八十八カ所の霊場を巡礼しようと来たが。
二八 湯治してから出立しよう。
二九 南無大師遍照金剛ととなえながら巡礼する信仰者の中にも。
三〇 交際のできにくい人。この亭主も彼等の盗人なることを察知したことを示して、世間には盗人の上をゆくこの亭主のごとき者のあるを諷したもの。律令要略には「盗人と乍存宿致し或は盗物売り払ひ、或は質置き遣し配分取り候もの」は死罪と定まっていたのだが。
三一 しばらく宿泊させた。
三二 仰山そうだ。
三三 身の破滅である。
三四 僧侶に姿をかえよう。ここまで樊噲の語。文化五年本に「かたちかへてんとて、こゝより見やる山寺に行(き)て」。
三五 底本「山の」二字衍、略す。
三六 人の様子をうかがうと。
三七 年とって腰のかがんだ老僧。
三八 来意をつげて。案内を乞うて。正しくは「あない」。
三九 四国八十八カ所の巡礼をした途中。
四〇 足ふみはずして。
四一 自分らの力では及ばない。
四二 生業のすべ。
四三 四国の八十八の霊場を廻り終って。
四四 六十六国。日本全国を修行して廻りましょう。

髪煩はし。そりてたべ。衣古きを一重《ひとへ》たまへ」とて、むら雲がわかちし[一]金《こがね》百両の中を、一両とり出(で)て、[二]ゐや〳〵しくまいらせたれば、山法し、[三]春咲(く)花の外には、黄なる光見ねば、おしいたゞきて納め、「[四]受戒さづけん」と云へば、「いな、たゞ[五]大《だい》しへん照金剛《ぜうこんがう》の外には事煩はし」とて、手合せて高らかにとなふ。髪剃(り)おとされて、「心よく成(り)ぬ」とて喜ぶ。破(れ)たる鼠ぞめの衣をとう出て打(ち)きせたり。[六]かり着にはあれど、いとせばくて手通らず。是をも「かたじけなし」とて、[七]ゐやごと申(し)て寺をくだり、湯の宿にかへりぬ。むら雲は[八]待(ち)わびたらんとて、いそぎて参る。見て、「さても〳〵、たふとき法師ぶり也。よき衣《ころも》ひとへ買(ひ)てあたへん」とて、あるじにはかり、是も鼠染のすこし廣きをたちぬはせてあたふ。「[九]身にかなひたらんには、かへりて[一〇]人め恐しからん」と云(ふ)。「[一一]身すぼめて[一二]修行しあるけ。[一三]笈も見あたらば買(ひ)てあたへん」と云(ふ)に、「[一四]いな、何を入(れ)て負(ひ)あるかん。佛こそたのみつれ。大師遍ぜう金剛」と、[一五]高らかにとなふ。

打(ち)わらひつゝ、「さて、[一六]いつまでかあらん」とて、[一七]むかひの[一八]播磨路《はりまぢ》に舟もとめてわたりて、「[一九]しかまの津に叔母有(り)、こゝに先」とて門《かど》に入(る)。門に入(る)より、「をば、[二〇]いかにおはす」といへば、「そなたの問(ひ)こぬ故に

一　小判をさす。一枚が一両。
二　うやうやしく。
三　山吹の花を黄金色といい、黄金を山吹色というから、山吹をさす。
四　仏門に入る初め、師につき僧の規範とする戒をうけること。その次第や作法は定まっていて煩雑である(釈氏要覧)。
五　大師の称号を唱える以外はめんどうな。
六　間に合わせの衣とはいいじょう。
七　礼言。お礼の言葉。
八　待ちくたびれているだろうと。
九　からだに寸法のあった衣を着ては。このあたり樊噲の坊主となる一条は、水滸伝四回で魯智深が五台山で僧となる面影がある。
一〇　見る人にはこわかろう。
一一　身体を小さくして。
一二　底本「修」に作る。今改めた。
一三　荷物を入れて背に負う、僧などの旅ゆく時の具。
一四　不用である。何も入れて負い歩くものがない。
一五　底本「高」の下「か」あり、略す。
一六　何時までもここにおれまい。
一七　海の彼方の。
一八　兵庫県の瀬戸内側一帯。
一九　→二二七頁注二五。
二〇　御無事ですか。
二一　万葉集にこの字を「ともし」と訓むによる。ただし少いという後世の意味に用いる。

錢米乏《とも》[二一]し。みやげ物に多くくれよ[二二]」とて、立[二三](ち)走り酒かひに行(く)。こゝに又廿日ばかり在(り)て、「東《あづま》[二四]の方ついに見ねば、修行しあるかん」とて、つゝみ物一つ背におひて、笠打(ち)かふり、せばき[二五]物衣《ころも》[二六]からげまとひて、別[二七]れを告ぐ。「都[二八]の東へこゆる坂路に、あふ[二九]坂山と云(ふ)里は、軒ごとに繪をかきて賣る中に、鬼[三〇]の鉦《かね》たゝいて念佛申すがあり。お僧のうつし[三一]繪也《なる》ぞ」とて笑ひて、門出《かどいで》[三二]にぎはしくす。酒のみくひ飽(き)て、「大道[三三]に出(で)なば見[三四]やとがむる。山[三五]につきてぞゆかん」とて、行(く)〱廣き野らなる所に日暮(れ)たり。やど[三六]りもとめんにも家なし。ひとつ[三七]屋のやうにて、「一夜《ひとよ》[三八]かしたまへ」と云(ふ)。おそろしき僧なれど、ぬす人にておはすとも、とられん物なければ、「あすは死(に)たる男[三九]の日がら也。むすこは米《よね》買(ひ)に、惣《そう》[四〇]の社《やしろ》といふ所まで行(け)ば、入(り)て經よみて手向したまふべし」と云(ふ)。「心得たり」とて、先はひ上りて、「ゐろ[四一]〔り〕のあたりあたゝか也」とて、手足あぶりてをる。「くふ物なし。むす子がかへるをまたせよ」とて、芋のしほに煮たるをすゝむ。是にて腹ふくらさんとて、いくらをも盛[四二](り)てあたふるを、「うまし〱」とてくふほどに、となりの人也とて、入(り)來たる。谷川のあなたの家より也。あとにつきて商《あき》[四三]人《びと》ひとり。「むすこはいまだかへられずや。此あき人《びと》どのは、いつも此あたり

二一 盗人と知りつつ利を得る三番目の人物を出して、社会悪を物語る。
二三 小まめに動いて。
二四 以下樊噲の言葉。関東方面はまだ見ないから。
二五 せまい衣のことを形容しながら衣と同格の語として用いた。
二六 すそみじかに着て。
二七 別れの挨拶をする。
二八 京都から東へ行く坂。
二九 大津の西方追分のあたり。いわゆる大津絵のこと。伊勢参宮名所図会一「大津絵、追分絵ともいふ。昔の諺にいはく、昔土佐の弟子浮世又平といふ者(中略)絵を鬻ぎしより以来、今に此地の名物とはなれり」。
三〇 「鬼の念仏」の図柄。東海道名所図会の追分の条にこの図を売る所が出ている。
三一 肖像画。写生画。
三二 送別の宴や餞別などはでにした。底本「門出」の下「す」一字あり。意は通るが今は略。
三三 本街道。
三四 見とがめられるかも知れない。
三五 山ぞいの道を行こう。
三六 一夜の宿。
三七 一軒家らしくて。この語の上に、やっと見つけたのは、などの意を補って解く。
三八 一晩とめて下さい。
三九 夫。
四〇 播磨の国の惣社伊和大明神のある所で、今の姫路市総社本町のあたりをさす。
四一 底本「り」欠、意によって補。
四二 「を」は上代の強意の間投助詞にならって用いたもの。
四三 和名抄に商人を「阿岐比止」と訓む。

へ[一]かへ事にくる人也。此家に黄なる金といふ物を持(ち)たりとかたりたれば、「それは珍しき物なり。贋《にせ》のかねありて、春は[二]大坂の戎《えびす》まつりに、又[三]京の鞍馬の初寅《はつとら》まうでにも商ふ。それらは皆譌《いつはり》もの也。よく見て參らすべし」とて、夕飯《ゆふげ》の箸をさめて、たゞに來たるは」と云(ふ)。「むすこがいづこに置(き)つる。[四]入(ら)ぬ物なりとて、人にもやらじ」と云(ふ)ほどに、むすこ米おひ收(め)て來たり。「僧をとめたり。[五]供養の物たきてまいらせよ。米洗へ。飯《いひ》たかん」とて、[六]柴たきくゆらせ、「「かの黄なる金見せよ」とて、隣へくる商人殿が、[七]待《まち》久しく居らるゝよ」。「それはこゝに」とて、神祭る棚より取(り)出(で)て見する。つゝみたる紙の破(れ)たるより、光きら〳〵しくまばゆきは、[八]手まさぐりせぬ故也。されど僧が眼つきのおそろしさに、[九]いつはりもえせず、「是はま事の金也。[一〇]錢二貫文にかへてまいらせん。米ならば我もたねば、[一一]社《やしろ》の町へいきて、[一二]三斗にかへてまいらすべし」[一三]〔と〕ぞ。[一四]樊くわいにくゝ成(り)て、「[一五]こゝにも持(ち)たる也。國巡《めぐ》りすれば、いくらも[一六]價も聞(き)たり。米は一石、錢ならば七貫文には[一七]買(ふ)べし」と云(ふ)。此妨《さまたげ》に詞なくて、商人も「おのがあきなふ物の外は、よくもしらず」とて迯(げ)ていぬ。「[一八]あの商人めはぬす人にもあらねど、我居《ゐ》ずは[一九]かたり取(る)べし。必(ず)ゝ人に見すな。[二〇]こよひの宿りには、今一ひ

一　交換。交易。
二　旧暦正月十日は大阪市南部の今宮の夷神社の祭。日本年中行事大全のその条に「帰路、小判・米俵・桝・米袋・束のしを笹に付けたるを買ふ」。この小判は金属製で俗に銅脈（どうみやく）とよんだ。
三　京都市の北部鞍馬寺の初寅詣即ち旧暦正月初めの寅の日が福徳を祈る縁日。日本年中行事大全のその条に「鞍馬の土民銅にて造る小判を売る。是をくらま小判といふ。二の寅三の寅の日も亦参詣す」。
四　不必要だからとて、人にやりもすまい。
五　仏・法・僧や死者に物を供えること。ここは僧を饗応する食事。
六　もやして煙を上げて。
七　長い間お待ちですよ。
八　手でもてあそばない。いじくらない。宇治拾遺「是を手まさぐりにしつつ、ゆくほどに」。
九　主語は商人。
一〇　三貨図彙によると、文化五年で金一両は銀で約六六匁がえ、文化四年で銭一貫文は銀約九匁がえ、金一両は七貫文余りとなる。それを三分の一以下の相場とした。一一　前出の惣の社の町の意であろう。今の姫路市。
一二　三貨図彙によれば文化五年で、加賀米一石が銀五十五匁から五十六匁の間の相場。従って一両では一石以上で、これも三分の一以下の評価。一三　底本「と」なし、意によって補。
一四　野人の樊噲の持ついたずら心と一片の正義心を示す。一五　私も。
一六　相場。金・銀・銭の三種の貨幣が行われ、物価の中心であった米価や相互間の交換の価。
一七　両替するだろう。三種の貨幣を各両替することを、売り、買いと言った。

ら増(し)てあたふべし」とて、百兩の中つかひしは、わづかなれば、光きら〳〵と、此ひとつやの中には、目ざましかりけり。「あしたも飯たき、芋にて僧に[二一]くやう申せ。一夜のあたひに金たまひしぞ」とて、かく里離れたる所は、[二二]義皇上の人と云(ふ)に似たるべし。樊噲、「南無大師」高らかにとなふれば、[二三]朝戸《あさと》出《で》の柴人、「この家には鬼が入(り)たるか、おそろしき聲きこゆる」とて、立(ち)よりてみては、「僧はかゝるぞたふとき。親の日[二四]がら也。よく供養[二五]申せ」とて行(き)ぬ。はん噲もおかしき宿りして、別を告(げ)て出(づ)れば、「又來たまへ。[二六]明石の浦のわかめ、椎茸、氷豆麩も、惣のやしろにいきてとゝ[二七]のへり」とてた[二八]のもし。うなづく〳〵出(で)て、足[二九]とければ、野こえ山にそひて、けふ[三〇]の日暮に難[三一]波に出(で)たり。日本一の大湊にて、い[三二]づこの浦舟もこゝに泊るときけば、我見知(り)たる者もあるよとて、や[三三]どりとらず、野寺の門にころび寐して明(か)す。鳥の鳴(く)にお[三四]どろきて、又笠かづき杖つきて身[三五]をほそめ、市《いち》町《まち》を通りて見れば、い[三六]とも賑はしきが恐し。す[三七]みよし・天[三八]王寺などもえ見ずて、[三九]河内・和泉・紀[四〇]の路をこえ、大[四一]和路のこゝかしこ見巡りて、都[四二]に來たり。難波の騒がしきには似ねど、人目多ければとて、此冬はみ[四三]こし路の雪にこ[四四]もりて、春は東の國〻見巡らんとて、い[四五]そがぬ旅にも心せかれ、近[四六]江の海づらを右にな

一八 淳朴の山家に小悪人を出して、強盗をしながらも、一片の人間心のある主人公をひき立たせ、その精神の成長を示す作家の配慮。
一九 だましとるだろう。
二〇 今夜の宿のお礼。一ひらは一枚。日本書紀にも枚を「ひら」と訓む。
二一 おもてなしせよ。
二二 正しくは羲皇上。伏羲以前の人の意で、淳朴さをいう。陶淵明の「子儼等ニ与ヘル疏」に「常ニ言フ、五六月ノ中、北窓ノ下ニ臥シ、涼風暫ク至ルニ遇ヘバ、自ラ謂フ是羲皇上ノ人」。
二三 補正「朝とく家を出づる也」。万葉十「朝戸出の君がすがたを」(一九二五)。二四 命日。
二五 ここは僧をよび物をそなえ仏を回向する意。
二六 兵庫県明石市の海辺。
二七 用意しておきます。二八 親切に言う。
二九 足が早いので。三〇 その日の夕方。
三一 大阪市。
三二 どこの国の海船もこの湊に碇泊する。
三三 宿屋を定めず。三四 目ざめて。
三五 身体を小さくして。
三六 人出の多いのがかえって、見つけられようかとこわい。
三七 住吉神社。大阪市住吉区にある大社。
三八 大阪市天王寺区にある大寺。共に大阪では第一の見物場所である。
三九 共に大阪府の一部。秋成当時は大阪の在郷。
四〇 紀伊国あたり。和歌山県。
四一 奈良県。四二 京都。
四三 北陸路。万葉集九「三越ぢの雪ふる山を越えむ日は」(一七八六)。四四 冬ごもりして。
四五 目的地のない急がぬ旅ながら、追われる身の気がいそがれて。
四六 琵琶湖の湖面を右手に見て。

がめわたして、[一]こしの國へとこゝろざす。

樊噲（下）

[二]つぬがの浦のあな[三]ひ聞（き）て、「[四]夜よし」と、[五]其しほにあら[六]乳《ち》の關山《せきやま》こゆる。岩の上に小男の居て、「法師めはいづこへ行（く）ぞ。懷に物あらん。[七]酒代《さかしろ》にお いてゆけ」と云（ふ）。[八]うしろにも人ありて、笈をしかととらへ、「此坊主めは金多く持（ち）たるぞ」とて、赦さぬ面つき也。[九]笈ときおろして、「金あまたあり。とらばとれ」とて、岩の左に腰かけ、[一〇]火切（り）出（だ）して煙くゆらす。「さても[一一]ふとき奴也」と云（ひ）つゝ、笈のかねかぞへて見れば八十兩あり。「分ちてとれ。[一二]子供等に花もたせつるよ」とて、あざわらひをる。「憎き奴かな」とて、一人が立（ち）向（か）へば、[一三]立蹴《たちげ》にけて、仰向に倒る。一人すかさず手とりたるを、稚子《ちご》の如くに抱きすゑ、「おのれ等、ぬすみするとて、力量なくては、[一四]いかに命長からん。我に[一五]つきてかせげ。[一六]此金ばかりは、常に得させん」と云（ふ）。[一七]又云（ふ）。「小男めは小猿と呼（ば）ん。おのれは今よひの夜に[一八]釜ぬかれたつらつき也。月夜と名づくべし。思ふ心ありて、此冬は[一九]雪にこもりて遊（ば）

一 越前・越中・越後。今の福井・石川・富山・新潟の諸県。
二 敦賀市。万葉三「越の海のつぬがの浜ゆ」(三六六)。
三 道案内を聞いて。敦賀へ出る道筋を聞いて。
四 よい月夜だと。万葉四「月夜よし河の音(と)清し」(五七一)。
五 その勢いで。
六 近江・越前の境。福井県敦賀市愛発。金砂二「荒乳山、越前の敦賀郡に在り、昔は関を此の山に置かれし事史に見ゆ」。
七 酒手。
八 「うしろ」より以下西荘文庫本を底本とする。
九 富岡本では笈を持たぬことに作ったが、文化五年本では、しかま津出発の時「笈をもとめ、錫杖つきならし」となっている。
一〇 燧石で火を打ち出して煙草をすう。
一一 胆太き奴。
一二 小僧達に花を持たせてやるよ。「花をもたせる」は近世の語。
一三 立ち上りさまに蹴って。倒れたのは勿論相手。
一四 長く生命を全くすることが出来ようか。
一五 従って。手下になって。
一六 これ位の金は。
一七 既に二人の承服したことを略してある。
一八 諺「月夜に釜をぬかれる」とは不注意の甚だしいたとえ。そのようにまぬけた顔つきだ。
一九 雪国で冬ごもりして。

ん。よき所につれゆけ」といふ。[二〇]加賀の國に入(り)て、「[二一]山中と云(ふ)は、[二二]湯あみしに[二三]春かけて人集る。こゝにやどりて、雪見たまへ」と云(ふ)。[二四]しるべさせて、宿りとる。[二五]湯のあるじ、此二人は盗人也と見知(り)しかど、[二六]法師のをさなきものよびつかふやうにするをたのまれて、とゞむ。[二七]物おどろきせさせず、法師いとゞたのもし。雪は日毎にふる。「ことしの雪いと深し」とて、[二八]湯あみ等かたり合ふ。山寺の僧の[二九]匏簫《はうせう》もて來て、吹(き)て遊ぶ。樊噲面しろく聞(き)て、「[三〇]教へたまはんや」と云(ふ)。僧喜びて、「よき友設《まう》(け)たり」とて、[三一]喜春樂と云(ふ)曲を先をしふ。[三二]うまれつきて、拍子よく節に叶ひ、[三三]咽ふとければ、笙の音高し。僧よろこびて、「修行者は[三四]妙音天の鬼にてあらはれたまふ也」。はん噲云(ふ)。「天女の[三五]遣《つかは》しめに、我(が)ごとき鬼ありし」とて、打(ち)笑ふありさま[三六]唯ならず。「面しろき冬籠り也。されど寺に一たびかへりて、[三七]春の事ども設《まうけ》して、又こん。今一曲を」といへば、「いな、一曲にて[三八]心たりぬ。多く覺(え)んは煩(は)し」とて、習はず。「春は必(ず)[三九]山に來たり給へ。[四〇]あたら妙音ぼさつ也」とて出(で)たつ。月夜に、「御送りつかふまつれ」、一曲の御礼にとて、[四一]判金一枚《ひら》つゝみ、書(き)つけてまいらす。いと思ひがけぬ寶を得て、山にかへる。湯の中にも[四二]笛もて行(き)て、さゝげてふく。雪おほしとて人皆いぬる。さ

二〇 石川県の一部。
二一 石川県江沼郡山中町。古来著名なる温泉地。
二二 湯治に。
二三 冬から春頃まで。古今一「梅が枝にきゐる鶯春かけてなけどもいまだ雪はふりつゝ」。
二四 案内させて。
二五 湯治宿の主人。
二六 法師が、二人を子供を使うようにする様子に、気が安らいで。
二七 亭主を驚かすような行動を二人にさせないので、法師を信頼した。
二八 湯治客。
二九 この文字他に未見。後に笙とあると同じ意のはずである。とすれば、簫と笙と別の楽器の音の似たより混じ、笙のつぼを匏というから冠したものか(和名抄)。
三〇 教えて下さいませんか。
三一 源氏、若菜下にも所見の古い唐楽の楽曲。黄鐘調で、仁智要録八などに詳しい。
三二 樊噲は天性で、拍子と節がうまく合って。
三三 息がつよく出て。
三四 弁才天の美妙の音を出し、楽にすぐれたによる異名。お僧あなたは弁天さまが鬼の姿で現れなさったのだ。↓補注七五。
三五 神仏の侍者。
三六 正に鬼さながらである。
三七 正月の準備をして。
三八 満足した。樊噲の一筋を行く強情の性格がこの音楽によって次第に善の方向へ転舵してゆくことを描く。
三九 自分の寺。
四〇 もったいない。冗談を言ったのである。
四一 小判一枚。一両にあたる。
四二 前出の笙のこと。

びしく成(り)て、「又い[一]づちにも賑はしき所やある」と問へば、「粟[二]津と云(ふ)所にも湯わく。加賀の城[三]市近ければ、人も多く入(り)來たる也」。「さらばそこに宿らん」とて、あるじに、[四]心ゆかせて物あたへ立(ち)出づ。こゝにも國の人あまた來て、賑はしさ勝りたり。れいの喜春樂夜ひる吹(き)て遊ぶ。城[五]市の人、「さても〳〵妙音也。た[六]ゞ一曲にとゞまり給ふ、又妙也。我はよ[七]こ笛吹(く)」とて、とり出(で)て吹[八](き)合(は)す。「節よく音高く、いまだかゝるを聞(か)ず。我[九](が)宿にも一二夜やどりてよ」とて、あ[一〇]した迎ひの人來たる。ゆきて見れば、高[一一]くひろく作りて、富(み)たる人なるべし。「小猿、よく見とゞけおけ。此家も寶[一二]預(け)たるぞ」とて、奥の方へい[一三]ざなはれたり。[一四]篋栗《ひちりき》ふく友も來て、幾たびも〳〵吹(き)合せて、「妙音也」とて頭[一五]うなだるゝ。酒あ[一六]つ物あぶ[一七]りものさゝげ出(で)て、「法師は一向宗にやおはす。湯[一八]本にて、き[一九]らひなくもの参るを見し」とて、いろ〳〵す[二〇]ゝむ。酔[二一](ひ)ほこりて、笙とう出て〔吹[二二]く〕。「一向宗の一[二三]向一心に、一曲の妙得たまへり」とて、幾たびも倦(ま)ず感じ入(り)たり。

睦《むつ》月過(ぎ)て二月《きさらぎ》の三日と云(ふ)より、こ[二四]ゝ立(ち)て、能[二五]登の浦[二六]めぐり、いと寒しと聞(き)、「さ[二七]し出の磯の千鳥の聲　八[二八]千代と啼(く)をきゝて、この中[二九]の國のみ山の地獄見ん」とて、のぼる〳〵。いと高し。雪まだ深くて、「地獄は

一　どこでもよい、賑わしい所がないか。
二　今は小松市の中。これも著名な温泉地。
三　藩主のいる城下町。ここは金沢をさす。
四　満足する程、礼金をやって。源氏、帚木「心ゆかぬやうになん聞き給ふる」。五　金沢住の一人。六　作家秋成の作意をあらわした一言。
七　横笛。唐楽以来の楽器の一。八　合奏する。
九　私の家へも二、三日はおとまり下さい。
一〇　この人の帰宅した翌日。一一　棟高く、囲りの広い作りで。一二　何時でも盗人に入れるから、財宝をあずけたと同様との意。一三　招き入れられた。一四　篳篥のことを和漢三才図会など觱篥として出すが、それの誤字または誤写であろう。このままで、その意のよみをつけた。
一五　感心するさま。一六　羹。汁物。
一七　焼物。一八　温泉場。
一九　一向宗は肉食を許すので、精進物に限らず食するからの語。二〇　馳走をすすめた。
二一　ひどく酔って。「ほこる」→二三二頁注一。
二二　底本「吹く」二字欠、桜山本により補。
二三　ひたすら。蓮如の五帖御文「正雑の分別をきゝわけ、一向一心になりて、信心決定のうへに、仏恩報尽のために念仏まうすこゝろは」。また安心用心集「一心一向ニ今度ノワレカラ、一大事ノ後生タスケ給ヘト、フカクタノミタテマツリテ」。一向は専修、一心は専念の意。
二四　加賀の富人の家。二五　石川県の一部。
二六　海辺を見物し廻ること。
二七　歌枕だが諸書に甲斐の国とする。秋成のここに出したのは思い違いか。
二八　古今七「しほの山さしでの磯にすむ千鳥きみが御代をば八千代とぞなく」。
二九　越の中の国。越中立山の地獄。→補注七六。
三〇　おそろしいのでまだ見たことがない。

いづこぞ」と、二人の男等に問ふ。「[三〇]恐しさについに見ず」と云(ふ)。足にまかせ、谷峯こえて廻る〳〵。あやしき事なし。「[三一]いつはりとは聞(き)しかど」とて、岩の雪はらひて、やすむあいだに、[三二]影のやうなる者二三人、我(が)前に來て、うらめしげ也。「[三三]餓鬼《がき》ならめ。物くはせん」とて、[三四]腰に付(け)たるを皆、打(ち)拂(ひ)てあたふ。あつまりくらひて、嬉しげなる中に、笙取(り)出(で)て、高ね吹(き)たれば、驚きて[三五]かきけちたり。「[三六]立山禪定のか[三七]〔ひ〕あり」とて、山をくだる。

[三八]しん〔通〕川の舟橋[三九]、雪解《ゆきげ》[四〇]にもわたりあり。珍らしくて川の中央に立(ち)て、[四一]立山より、見やるに、大なる木の根[四二]こじにて、流(れ)くだるが、舟はしに打(ち)よせたり。「よき杖得たり」とて、[四三]やすく取(り)上(げ)て、橋の上つきならしこゆ。これより大〔沼[四四]〕の浮嶋見んとて、[四五]行手に、村雲に行(き)あひたり。「[四六]いかに」「〳〵」と、かたみに云(ふ)。「[四七]船のすまゐをさぐられて、疵つきたれど、命は遁れたり」。「[四八]此北國に冬籠りして、山中に湯あみし、[四九]手足ゆるびたれば、又出(で)たちし也」。「[五〇]おのれらは麓に宿とりて、まて」とて、村雲と二人のぼり行(く)ゝ。いたれば、大なる沢に水鳥鳴(き)遊ぶ中を、うかれて嶋[五一]二つたゞよひたり。又此岸よりもたゞ[五二]今と見るを、樊噲引(き)とゞめて、「いざ乘れ。

三一 怪奇な地獄の様子があるというのは偽だとも聞いていたが。「あいだ」、正しくは「あひだ」。 三二 やせ衰ろえた者。諸国里人談の立山の条「此山にして願へば、思ふ人の亡霊、影のごとくに見ゆるとなり」。痼癖談「其正躰もなきもの、かげのやうなるが」。発心集六「かげの如くやせ衰へたる、物を乞ひありく有りけり」。→一三〇頁注一四。 三三 うえた亡者。諸国里人談には、亡者が禅定の者に食を出した話がある。これを転用したか。 三四 弁当を。 三五 たちまち消えた。樊噲の笙の高音には陽気の精神が充満しているからである。 三六 修行の為に立山の険所の霊場をめぐること。 三七 甲斐があった。底本「い」、桜山本により改。 三八 富山県の中央を北流する大川、神通川。底本・諸本「堂」。地理から見て「通」の誤として改。 三九 金砂六「山河の急湍の棹取りがたき所には、舟数艘を横に繫ぎならべ、其の上に板を敷きわたして、人馬を通はす也。藤綱又鉄索に掛けつなぐか、今も北越に処々有りと云ふ」。→補注七七。 四〇 雪どけ水の増加した折も渡ることができる。 四一 「立山より」は「流れくだる」にかかる。 四二 根のまま掘りとれたのが。神代紀上「天ノ香山之五百箇真坂樹ヲ掘(ねこじ)ニシテ」。 四三 軽々と。 四四 底本・諸本「津」、地理と以下の内容から見て改。大沼は山形県西村山郡朝日町大谷。→補注七八。 四五 行くさき。新勅撰一「玉ぼこの道のゆくて」。 四六 互に安否を問い交わす言葉。 四七 村雲の言葉。船住みを探索されて。 四八 樊噲の言葉。 四九 身体がなまけて来たので、また旅に出かけたのだ。 五〇 樊噲の手下への言葉。 五一 いわゆる大沼の浮島である。植物体や泥炭などのかたまってその上にまた植物が生えて出来たもの。 五二 もうすぐ。

浮(ひ)て遊(ばん)」と云(ふ)。村雲飛(び)のるを、力[一]にまかせてつき出(だ)したり。「いかにするぞ」といへどこたへず、笙とり出(で)て、喜春樂高く吹(き)遊(ぶ)中、「いかに〱」といへど、こたへず[二]、打(ち)わらひて立(ち)行(く)。[三]あしたの朝戸出《あさとで》に、村雲行(き)合(ひ)たり。「おのれ恩しらずめ、命得させ[四]、金百兩あたへしには、親ともたのみつると云(ひ)しを忘れ、我を水上に離ちたる、ゆるすまじきを、今[五]は思ふ所あれば」とて、つれ立(ち)行(く)。

城府[六]に出(で)たり。「これは何がし殿の領し給ひて、いと國豐にて人多し。此家は卽(ち)殿の御爲に一族なるが、民[七]にくだりて最《いと》富(み)たり。北陸道[八]には[九]幷びなしと云(ふ)」と、月夜[一〇]〔の〕かたる。石[一一]高く積(み)し白壁きら〱しく、門高く見入《みい》れ[一二]はるか也。樊噲云(ふ)、「我盜人と成(り)て、いまだ物取(り)たる事なし。今宵《こよひ》此家に入(り)て試みん」とて、かなたこなたよく見廻りて、酒肆《さかみせ》[一三]に入(る)。「酒あたゝめよ。四人が中に一斗買(は)ん」と、先金取(り)出(で)てあたへたり。あるじいと驚きつれど、價くれつれば、いふまゝにあたゝめて、[一四]かよはす。「さかなは」〔と〕[一五]問へば、「山のものあり」とて、兎猪の宍《しし》[一六]むらあぶりて出(だ)す。飽(く)まで呑(み)くらふ程に日入(り)ぬ。「いざ」とて又かの家めざして行(く)。昼見しよりは、月の光に高くきら〱しく、「いづちより[一七]」

一　樊噲の例の童心的ないたずら心と、村雲より格の高くなった人柄を示す一条。
二　村雲の言葉に返事をしないで。
三　翌朝の出立時に。朝戸出→二三一頁注二三。
四　命を助けてやり。
五　一寸所存があるから、そのままにしておく。村雲は樊噲の腕力を恐れると共に、既に彼に圧せられている。
六　その国の城下町。
七　水滸伝の九回に、滄州道に有名な小施風柴進は大周柴世宗の子孫で、今も民間でも別格である家柄であったとし、その荘園のさまを述べた条によったか。
八　若狭から三越・加賀・能登・佐渡の七国を入れて本州日本海岸の中央部。
九　第一の名家である。
一〇　底本・桜山本「に」とあるが、「の」と「尓」の草体を誤ったと解して、「の」とする。「の」は主語の格助詞。
一一　石垣の上に壁のある高塀のさま。
一二　のぞき見た所。源氏、夕顔「みいれの程なく、物はかなきすまひ」。
一三　酒を売る家。この所は水滸伝の三回に魯達(後の智深)が史進・李忠と共に酒店にゆく所によるか。そこに「怎ゾ見得タリ好座ノ酒肆」。
一四　酒をはこばせる。
一五　底本・桜山本ともに「と」欠、意によって補。
一六　肉の塊。→一七七頁注五三。
一七　どこからしのび込もうかと。

とて[一八]はかりあふ。樊噲云(ふ)。「あの見ゆるは金納めたる藏ならめ[一九]。[二〇]軒をはなれしかど、廊《らう》[二一][二二]めぐらせてかよふと見ゆ。小猿、おのれぞ身かろし。こゝにこよ」といひて、高塀のもとに立(ち)て、小猿を[二三]肩にのぼらせ、内よりたれたる松の枝に取[二四](り)つかせたり。「枝づたひして、庭に下り、此[二五]犬門《くゞり》ひらけ」と教ふ。をしへのまゝに庭におりて、犬門ひらかんとすれど、「[二六]二重《ふたへ》に戸ざし、[二七]黒金《くろがね》の鎖[二八]したゝかにて、明(け)がたし」と内よりいふ。「石も人の積み、鎖も人の手しておろしたる物ぞ。おのれ等は[二九]盗人と名のりて、[三〇]落(ち)こぼれたる物のみ拾ふか。月夜、おのれも松が枝よりくだりて、小猿めに力をそへよ」とて、又是も肩にのぼらせ、[三一]しづ枝に[三二]よりつかせて、内に入(れ)たり。さて二人の者の力足らで、鎖あくる事得せず。[三三]時な〔か〕ば過(ぐ)れば、樊噲いかりて、つみたる石垣の中に大なるが、土のすこしこぼれし[三四]ひまに、手入れて、「えい」と一聲かけて拔(き)たり。「村雲、あとより入れ」と云(ひ)て、こゝよりはひ入る。かの金藏とおぼしきは、実に[三五]よくしかまへて、[三六]いづこよりいかにせんと思ふ。暫しありて、「[三七]思ひめぐらせし」とて、廊の柱より取(り)つきのぼりて、此屋根の軒より鳥獸の飛(ぶ)如くに、藏のやねにうつりたり。上より、「おのれ等二人も、[三八]柱より上り來たれ」。「[三九]こゝには得うつらじ。此[四〇]錫杖に取(り)つけ」とて、

一八 相談する。
一九 「らむ」と終止形であるべきが已然形となっている。
二〇 人の住む主家とは別棟になっているが。
二一 底本「廓」。前後の文章により改。屋舎間の通路。平安朝の語。
二二 長々と作って。
二三 樊噲の肩。
二四 つかまらせた。
二五 底本・桜山本同文字。この文字未詳。「犬くぐり」などの語もあれば、くぐり門のことであろう。
二六 二カ所に戸じまりがあって。
二七 鉄。
二八 厳重で。
二九 「盗人で候の」というが。
三〇 落穂拾い風の小仕事しかしないのか。
三一 下枝。万葉五「我が宿の梅のしづ枝に」(八四二)。
三二 つかまらせて。
三三 半時即ち一時間程すぎたので。底本「か」欠、桜山本により補。
三四 すきま。
三五 十分に厳重な構えであって。
三六 どこから、どうして入ったものかと案じ煩った。
三七 思案がついた。
三八 柱から廊の屋根へ。
三九 蔵の屋根へは。
四〇 僧侶や修験者の修行旅行中の杖。先に錫がついて、突けば鳴るようになっている。富岡本の前半には錫杖のことは見えないが、文化五年本には笈と共に前に出ている。↓二三二頁注九。

さしおろす。二人も盗人なれば、身かろくて、廊の屋根にのぼり、錫杖をたよりにて、引(き)上(げ)られたり。瓦四五枚取(り)すてゝ、屋のへ[一]つりたる木に、打(ち)たる板、紙破る如く引(き)放(ち)て、「[二]人入《い》(る)べからず。かへれ」とて、二人をかい摑《つか》みて、投(げ)おろす。夜更(け)て、物の音おどろ[三]〳〵しけれど、人の寐たる所には遠くて、驚き起(き)も來ず。上より火切[四](り)て繩につけ、又ほり入(れ)たり。二人の者見廻るに、まことに金藏也。二階よりはしごくだりて見れば、金銀入(れ)たる箱、あまた積(み)かさねたり。「金[五]こそ」とて、一箱二箱肩にかけて、二階に上りたれど、「いかにせん[六]」と云(ふ)。はん噲「其あたりに繩などはなきや」といふ。見れば、苧《を》[七]綱《づな》の太きをつかね置[八](き)たり。「是あり」と云(ふ)。「夫《それ》をおのれらが中に一人、よくおのが身をくゝりからめて、物[九]よりはひのぼれ」とぞ。小猿おのが身によくからみつけて、月夜にはし子を二階へ引(き)上(げ)させ、是を壁[一〇]についたてゝ、はひのぼる。「今すこ[一一]し也」とて心[一二]いるを、又錫杖をさしのべて引(き)上(げ)たり。「此綱[一三]をたよりにくゝり上(げ)よ」〔と〕て、月夜にいふ。「こゝ[一四]ろえし」とて、箱二つをよくからめて、「いざ」といふ。はん噲つるべに水汲(む)が如く、いと安げに引(き)上(げ)たり。明(け)て見るに、二つに二千両納めたり。月夜も又一つ上(げ)て、

一 「屋のへ」は屋上(和名抄に屋遊を「夜乃倍乃古介」)。屋上をささえる梁やたるきのこと。桜山本「屋の元つかたに木に打たる板」とある。
二 願望の言葉として「誰人もはいってはならない。もしおれば帰れ」の意。山本茂氏は「人入へかりき、はいれ」の誤読と見て、「これで人がどうやら入れる。さあはいれ」の意と解した。
三 仰々しい。源氏、夕顔「よるの声はおどろおどろし」。
四 燧石で火を起して、火縄につけて。
五 金貨幣。銀その他には目をくれない。一箱とは千両箱一つをさす。
六 これをどうして外へ出そう。
七 麻で作った綱。
八 あつめて置いてあった。
九 物をつたって。
一〇 蔵の壁にそって立てて。
一一 屋根にとどくにはもう少しだ。
一二 あせる小猿を。源語梯「心いられ」の注に「今云フ気ノイレルナリ」。
一三 小猿が身につけて屋上へ出した綱を使って金箱をくくって、屋上にのぼせよ。底本「上げよ」の下「と」欠、桜山本によって補。
一四 合点だ。
一五 今度屋外の地上へ出すのには。
一六 待ちかまえて。
一七 気がせかれたのであろう。

このたび[一五]は綱にからめて、藏より釣(り)おろす。むら雲おり[一六]あひて、取(り)おろす。扨、二人の者らを、又廊のやねにわたし、我は氣[一七]をいりてや、藏の屋根より飛(び)たり。聊も疵つかで、金箱荷はせて、石垣の穴より、四人がはひ出(で)て云(ふ)。「はん噲の御働き、い[一八]く度も修し得たる人に似たり」とて[一九]。此箱の金とり出(し)て、むら雲に云(ふ)。「冷[二〇]飯くはせ金百兩あたへし恩を、い[二一]かめしく「命得させし」と云(ふ)よ。百兩はもとより、冷飯の價ともに千兩とれ。二人の者は五百兩とれ。我は五百〔兩〕[二二]を得ん」とて、をしげなきに、村雲はじめて[二三]伏[二四]したり。夜は里[二五]放れて明(け)たり。樊噲云(ふ)。「四[二六]人つれたらん事見とがめてん。おのれ等は江戸に出(で)よ」。「村雲はい[二七]かに」と問ふ。「津[二八]輕の果まだ見ず。いざ」といへば、「我もしかこそ思ふ」とて、酒店《さかみせ》に入(り)て、別[二九]れの盃めぐらす。はん噲醉[三〇](ひ)ぐるひして、「つたへ聞(く)、から[三一]人は別《わかれ》[三二]に柳條《りうでう》を折(る)と也。さらば[三三]」とて、此川に老(い)たる柳の木を、「えい」と聲かけてぬきとりたり。「扨[三四]いかにする事ぞ。知らず」とて、大道に投(げ)すてたり。酒屋のあるじ、恐れて物いはず。あくまで飮《のみ》くひして、二[三五]人は江戸にとこゝろざす。

村雲、「千[三六]兩の金とり納めん、今は恥あり」とて、「半をかへさん」といへば、

一八　幾度も修業経験ある人のようだ。
一九　この下に「村雲初め手下どものほめた」との意を補って解く。
二〇　そまつな食をあてがって。
二一　もったいらしく。
二二　底本欠、桜山本によって補。この金の分配は、そのままではうばった三箱三千両に合わない。四人が各〻わけ前として五百両取り、別に冷飯の価として村雲に千両与えたとすれば合う。それには文章が少し簡略すぎる。
二三　ここに至って。
二四　心服した。盗人をしながらも樊噲の人がらの大きくなったことを示す。
二五　人里遠くはなれてから。
二六　四人づれである事を、誰かが見とがめただろう。
二七　どうするか。
二八　青森県の西北の半島部分。本州の北のはて。
二九　袂別の宴を催した。
三〇　酒興の余りに。酔態を示して。
三一　中国人。
三二　三輔黄図に「覇橋ハ長安ノ東ニ有リ、水ヲ跨ギ橋ヲ作ル、漢ノ人客ヲ送ツテ此ノ橋ニ至レバ、柳ヲ折ツテ別ヲ贈ル」。「折楊柳」の楽府もあり、「柳条を綰(わが)ぬ」なども言う。
三三　それで俺も。ただし柳をぬくのは水滸伝の七回に魯智深が大相国寺の菜園で酒興に乗じて柳をぬく条によった。
三四　これからどうするものか、折楊柳の作法は知らない。
三五　小猿・月夜の二人。
三六　千両の金を納めてしまうのは、どうも恥かしい。「納めん」の下「は」を補って解く。

「多く[一]得て何せん。盗みはいとやすき物也。飢[二](ゑ)ばくらはん。空しくば人の寶とらん。數多くは煩はし」とて納めず。共にわら苞《づと》[三]にして、背におひて行(く)。日やう〳〵暮(れ)なん、[四]宿るべき里なし。丘の上に、いと貧しげなる寺院あり。行(き)てやどり[五]乞(ふ)。わかき[六]病僧にて、「こゝには人[七]やどしたり。[八]あたふべき食なし。二十丁あゆめ。よき[九]驛《うまや》あり」と云(ふ)。「くらはずともよし。寐ずもあらん。しらぬ道にまよはんよりは、一夜かせよ」とて、お[一〇]し入(り)て見れば、破(れ)たるさうじ[一一]の奥に、宿りたる人ありや、し[一二]はぶき聞ゆ。[一三]小者一人外より歸りたり。「米[一四]もとめこし」とて、帒《ふくろ》[一五]おろす。二人が云(ふ)。「いな、「この米、價たかく買(は)ん。賣れ」とて、金[一六]一ひら投(げ)出(だ)す。是は客人《まらうど》の米なり。[一七]このあたいもあたらず。汝達一人ゆきて、駅に出(で)て買(ひ)こよ。此米も此主《このぬし》[一八]のとりに走らせしぞ」と云(ふ)。聞[一九](き)わきて、牀《ゆか》[二〇]にのぼり、[二一]へだて明(け)やりて見たれば、五十餘《いそぢ》[二二]の武士也。打(ち)わらひて、「二人はい[二三]とすくやかなる人ゝ也。こゝに居たまへ。夜終《よすがら》[二四]物がたり聞(か)ん。あるじは我(が)甥子《をひご》也。常に病して、心[二五]よわし。飯たく事は、我(が)小者がせん。分ちてくらはん。[二六]べちになもとめそ」とて、心[二七]よしの詞に落(ち)ゐて、煙くゆらせ湯のみ物がたりす。〔武[二八]士云ふ〕。「お僧はいともたけ〴〵しく、眼《まなこ》つき恐し。

一　俺が沢山とって何になろう。
二　飢えば食うの例の如くで、金がなくなったなら。
三　藁で包んでつとにして。
四　下に「とするに」とか「として」とか補わねば意が通らない。
五　一夜の宿をたのんだ。
六　応対に出たのは若い病人の僧で。貧寺に宿を求めて病僧にむかえられたのは、水滸伝の六回に魯智深が廃寺同様の瓦罐寺を訪い、面黄肌痩の和尚に逢う場面によった。
七　既に人をとめている。
八　水滸伝のその条に「並ビニ一粒ノ斎糧無シ」。九　大きな宿場。
一〇　無理に入って見ると。
一一　障子。襖のこと。
一二　和名抄に、咳嗽を「之波不岐」とよむ。
一三　武家に仕えて雑用をする召使。
一四　米を買って来ました。
一五　字典に説文を引いて「嚢也」。
一六　小判金一枚。一両にあたる。
一七　この代金は相当していない。「あたい」、正しくは「あたひ」。
一八　客人をさす。
一九　納得して。
二〇　座敷へ上り。
二一　隔ての襖を明けはなって。
二二　桜山本「五十余のよはひの武士也」。
二三　ひどくお元気な方々だ。
二四　桜山本「夜すがら」。夜通し。
二五　気が弱い。消極的だ。
二六　別に米を買わないがよい。
二七　気前のよい言葉に安心して。
二八　底本この四字なし、桜山本により補。

大男はいかなるにや、[二九]ひたいに刀疵二ところ見ゆ。[三〇]米の價はづかに、金一兩出(だ)されたるは、富貴の人の旅ゆくにもあらず。[三一]心はやりて博奕うち、又盗みして[三二]あぶれあるくか」と問ふ。村雲答(ふ)。「ぬす人也。[三三]よんべ幸ひ得て、金あまたのわらづとにあり。多きも煩はしとて、[三四]いかでつかひ弃《す》(て)んとす」と云(ふ)。「[三五]しか見たりき。男つき僧がら、まことに悪徒《わるもの》とこそ見ゆれ。[三六]命は塵《ちり》灰《あくた》にあぶれあるく。乱(れ)たる世にてあらば、豪傑の名取(り)、國を奪ひて、敵を恐(れ)しめん。いさまし」と云(ふ)。樊噲云(ふ)。「ぬす人とても、命は惜(し)きぞ。[三七]財宝は得やすし。命は保ちがたし。[三八]百年の壽を盗む術《すべ》しりたらば教へよ」とぞ。武士わらふ〳〵。「財宝かすめられたらん者のうらみ、[三九]なからんやは。[四〇]おほやけには、しかる〔[四一]者〕捕へんとて備へたり。人をも殺し盗あまたして、[四二]報《むく》ひの命百年と云(ふ)事あるべからず。我きく、「盗人は[四三]罪を知りて、[四四]良民には得立(ち)帰らで、若きほどに、[四五]罪正されん事を覺悟よくす」とぞ。汝達は是に異なるか。[四六]乱世の英雄なり。されど治世久しければ、盗賊の罪科に處せられん。[四七]やめたりとも、大罪ならば終にとら〔[四八]へら〕るべし。[四九]あだ口いひて戯《たはむ》(る)るか」と云(ふ)。はん噲にらみつけて、「[五〇]力身に餘りたり。既にもえとらへざりし事度ゝぞ。[五一]天命長くば、罪ありとものがれん」と云(ふ)。むら雲が云

二九 正しくは「ひたひ」。
三〇 安い米の価に。
三一 血気盛んで。
三二 乱暴し廻るのか。どうもそんな人のように見えるがの意を補って解く。
三三 昨夜よいかせぎがあって。
三四 何とかして使い切ろうとしているのだ。
三五 そんな風に見えた。
三六 諺「命を塵芥と見る」。最も軽くあつかって。
三七 諺「命にかえる宝なし」。「命は金で買われぬ」。
三八 極めての長寿。
三九 ないことがあろうか。
四〇 公儀。お上。
四一 底本「者」一字欠、桜山本により補。
四二 そうしたむくいのある身で、百年も生きること。
四三 罪の深いことを。
四四 真人間にもどり得ないで。
四五 罪状を定めて処罰されること。
四六 武士が二度この件を言うは、秋成の「乱世の英雄」観を示したもの。
四七 盗人の足を洗っても。
四八 底本「へら」二字欠、桜山本により補。
四九 冗談口をたたいて、私をなぶるか。
五〇 力はあり余っている。
五一 天からさずかった寿命。

（ふ）。「老（い）たる人也。念仏申（し）て極樂參りねがふべし。此主僧も甥子と聞けば、[一]一子出家スレバ九族生ズレ天ニとやらのこぼれ[二]幸ひ《さいは》得んとて、こゝにも宿りて、念佛せらるゝよ」とて、嘲りわらふ。「老（い）たりとも武士なり。君につかへて、忠誠の外に願ひなし。壽も天命にまかせて、長くとも短くともいかにせん。百年の壽をねがひて、こゝかしこと迯（げ）かくれ、安き地なくば、[三]夭亡《わかじに》の人に同じとぞ」。樊噲「[四]物争ひして無やく也。君に[五]忠臣の人の[六]心がけを見ん」とて、面《おもて》うたんとて手ふりあぐ。得うたで引（き）倒されたり。[七]「扨は[八]腕こきぞ」とて起（き）上りて、[九]立蹴にけんとす。足をとらへて、此たびは横ざまに投（げ）て、「えい」と聲して、[一〇]肋骨《わきぼね》つよく當（て）たり。當（て）ら[一一]〔れ〕て得おきず。村雲立（ち）代り、錫杖にてうたんとす。打（ち）はづして、右手をとられ、動（か）せず。「おのれが面の刀疵、二所あるは、度々[一二]からきめにあひたる[一三]無術の盗人也。此手はなちて見よ。おほやけには、我（が）如き人あまたありて、安く捕へらるべし」とて、是を突（き）たをす。手しびれたるにや又えうたず。はん噲[一四]うめき出（で）て、「骨折れたり。憎き奴ぞ」とて、いかり聲すれど、[一五]力つきたり。武士打（ち）わらひて、「いで夕食《ゆふめし》出來たりとぞ。喰（は）せん」とて、はん噲を引（き）おこし、脊より「う」といふて蹴たれば、やう〳〵起（き）直りたり。村雲は、

一　出家の功徳をといたもの。九族は高祖父から玄孫までとする説と、外祖父・外祖母・従母子・妻父・妻母・姑之子・姉妹之子・女子之子・己之同族とする説があるが、七世の孫まで生天との言葉もあって、その徳親族に及ぶの意。盂蘭盆経の所説などに出て、中国で既に成語となっていた（通俗編二十等）。
二　幸福のおすそわけ。
三　この振仮名底本にあり。安住の地がないような若死する人と同じことだ。
四　「物争ひ」は、口争い。問答無用。
五　桜山本「忠信」。
六　平生の心がけ、即ち武芸の手なみ。
七　水滸伝瓦罐寺の条で、魯智深が生鉄仏崔道成と飛天夜叉丘小乙と戦って、一度は負けたのに案を得たか。
八　腕きき。
九　→二三二頁注一三。
一〇　肋骨。あばらぼね。
一一　底本「れ」欠、桜山本により補。次の「うたんと」は「と」一つ衍により略。
一二　手ひどい目。
一三　芸のない。手練のない。
一四　気絶していたのが、息つき出して。
一五　ここで樊噲の腕力に対する自信の喪失が、彼の正心にかえる一契機で、本当の意味の人間の強さを、考える段階となる。しかしなお迷いの人としてえがく。

「手の筋たがひし」とて、つぶやきをる。是もとらへてい[一六]かにかする、いたくおぼえし跡は、常[一七]になほりたり。小者主僧、手に夕めしはこび出づ。「おのれらには、一椀づゝあたへん。牢獄の内を思ひしれ」とて、たかく盛(り)たる飯、一わんづゝくれたり。口惜(し)ければくはず。扨夜ふけて、寐牀《ねどこ》[一八]わかちて臥(す)。あ[一九]した起(き)出(で)たれば、「是いたむ所へはれ」とて、藥あたへたり。「是は有がたし」とて、おの〳〵いたゞきて張る。武士は朝餉《あさげ》くひて立(ち)ゆかんに、「此[二〇]者どもよ、主僧若けれど、病[二一]ひにつかれたる人也。武士の子なれば、術《すべ》[二二]あれどかくしつゝみて、せずぞあらん。いたみよくば一礼して、とくゆけ」とて門に出づ。主僧おくり出(で)て、「あの盗人等は籠[二三]の鳥に似たり。病[二四]つかれしかど、手[二五]いたくせば、又骨たがへさせんものぞ。心やすく思して出(で)たまへ」と云(ふ)。眼《まなこ》のたゞならずと見(る)に[二六]、やう〳〵昼[二七]かたぶきて、飯の湯のにごりあたへられ、さきに出(だ)せし金一兩を、や[二八]どの代《しろ》に出(だ)すれば、「盗みし金を法師の納めんやは」とて、目[二九]もおくらずして、圍炉〔裏〕[三〇]に柴くゆらせたり。恐しくなりて、物[三一]もいはで出(で)ぬ。

扨、村雲が云(ふ)。「何となく海を上りて此かたは、心[三二]おくれたり。本[三三]國に、信[三四]濃にかへりて養[三五]なはん。江戸はす[三六]まひのむかしに見知られたれば危し」とて、

一六 どうしたのであろうか。
一七 平常通り。
一八 各〻に寝床をとって寝た。
一九 明朝。
二〇 そこな連中。お前達よ。
二一 病気で衰えた人だ。
二二 武芸の手なみ。
二三 とらわれ者同然の意。
二四 やみほうけたが。
二五 手荒いことをしたならば。
二六 「又心おかれて」の意を補って解く。
二七 正午過ぎて。
二八 宿泊の賃。
二九 見むきもしないで。「おこす」を後世風に四段に活用させてある。
三〇 底本「裏」欠、桜山本によって補。
三一 挨拶もしないで。
三二 気が臆してならない。
三三 生れ故郷。「に」は、前出の例の如く「の」の誤読か。→二三六頁注一〇。
三四 長野県。
三五 心身を養生しよう。
三六 昔、相撲取であった頃。

こゝに[一]手を分つ。樊噲も心さびしげに、「今はひとり、奥羽のはて見んともなし。江戸に出(で)て遊(ば)ん」とて、[二]又を契りて行(く)。江戸に出(で)しかど、[三]れいの人あまた立(ち)つどふ所は、心ゆかず。一日《ひとひ》、雨いさゝか[四]打(ち)そゝぐに、[五]浅草寺に[六]心ざして來たれば、[七]けふといへども静ならず。[八]あじろ笠深くかゞ[九]ぶりて、酒店に[一〇]心ゆかぬほどに酔(ひ)て、[一一]神鳴門《かみなりもん》に入(り)たれば、何事か人[一二]立(ち)さうどく。「盗人よ」とて口ゝにいふ。小猿・月夜等がこゝに危きやと、いきて見れば、[一三]はた二人が手に血つきて、おのれ等も刀打(ち)ふりたゝかふ也。若きさむらひ、五六人が[一四]中に取(り)かこみて、此五六人もいさゝかづゝ疵かうむりたり。[一五]市人《いちびと》寺院の内よりも、男ども[一六]棒とり〳〵に追(つ)[一七]〔とり〕巻(く)。「不便《ふびん》也、助(け)えさせん」とて、人おし分(け)て、「是はいかなる喧嘩ぞ」とて、しらぬ顔に問へば、「あの二人の盗人め、酒にゑひて、若さむらひ達の[一八]懐をさぐり取(り)しを見あらはされ、屋敷へつれいきて、殺さんと[一九]おしやる。遁(れ)んとて、ぬき刀《がたな》して一人に疵つけたり。[二〇]皆一つれにておはせば、かく血にまみれて、互に打(ち)あふ也」と云(ふ)。「さらば」[二一]〔と〕て近くより、「今はたがひに無やくの戦ひ也。[二二]あつかはん」と云(ふ)。小猿・月夜は力を得て、刀ぬきたるをかまへて、樹下《きのもと》に立(つ)。侍等、「いな、かく我ゝも疵つきしかば、[二三]歸

一 別れる。
二 再会を約して。
三 例によって、人の沢山あつまる所は気がすすまない。
四 ばらばらと降って。源氏、蓬生「雨すこしそゝぎて」。
五 東京都台東区にある名刹。
六 目的にして。
七 さすがは江戸の浅草で、雨模様の今日でも、人出で静かでない。
八 檜のへぎ板を斜めに、即ち網代形に組んで作った笠。
九 かぶり。↓二一五頁注五二。
一〇 十分でない程度に。
一一 浅草寺の正門。雷神・風神を両側にまつるからの名。
一二 立ちさわぐ。
一三 やっぱり。
一四 二人を中にかこみ。
一五 近辺の町の人。
一六 各ゝ棒を持って。
一七 底本「とり」二字欠、桜山本により補。
一八 懐中物。
一九 おっしゃる。ここに口語の見えるのは、この部分未推敲の故である。
二〇 武士連は仲間うちでおいでなので。
二一 底本「と」欠、桜山本により補。
二二 仲裁しよう。
二三 屋敷へそのまま帰る法はない。

るべき道なし。かれら首にしてかへり、主の君にわびん。[二四]扱ひ言して法師も命損ずな」とて、聞(き)入(る)べくもあらず。「首はかれらが物也。盗(み)し物だに[二五]わきまへなば、助けてとらせ。[二六]立まひあしくて盗人に疵つけられたるは、おの〳〵不幸の事也。聞(き)入(れ)ずは」とて、錫杖とりて二三人を一度に打(ち)倒す。「すは、ぬす人のかしら來たるは」とて、群《むらが》り逃(ぐ)るもあり、「打(ち)たをせ」「打(ち)ころせ」とて、棒[二七]はしの原よりしげし。「おのれら眼《まなこ》なきか、我は修行者也。[二八]事聞(き)分(け)て、[二九]人の命失なはせぬを、[三〇]心なく云(ふ)は共に打(ち)ちらさん」とて、錫杖に前にたつ七八人をうつほどに、「あ」と叫んで、皆打(ち)たをる。さむらひは今はうろたへて、逃(げ)行(く)まゝにして、[三一]人聲のみさわがしくて、追(ひ)もこず。廣き所へつれ行(き)て、血をふき顔手足洗はせて、[三二]取(り)繕ひ、物だにいはせずして、走りかけり行(く)。江戸を放《はな》れて見れば、[三三]おのれ等に金つゝみし苞《つと》はなし。「落せしぞと思へど、歸りても得られまじ。[三四]損見る事。得させしもあるまじ」と問へば、「博奕にまけ、[三五]遊所に、酒の價に、[三六]蒔(き)つくしたれば、けふはかの侍がふところの物とりて、こゝにあり。[三七]金《こがね》あるまじけれど、酒代《さかしろ》ばかりは」とて見れば、わづかに[三八]金一分あり。是にて又酒

二四　仲裁口を聞いて。
二五　弁償すれば。
二六　ふるまい。じたばたして。伊勢物語六十七「きのふけふ雲の立ちまひかくろふは…」。この前書に「かふちの国いこまの山を見やれば、くもりみはれみ立ち居る雲やまず、あしたよりくもりて、ひるはれたり、雪いとしろう木梢にふりたり」とある。雲のさまざまな様子をさす。
二七　篠竹の原。
二八　事情を聞いて判断し。
二九　喧嘩をとめて、人命をそこなうまいとするのを。
三〇　分別なく言う奴は。
三一　がやがや言うのみで。
三二　身なりをととのえ。
三三　お前達のために損をしたぞ。「事」は感嘆の気持を示す語。
三四　前にやったのももう持っていまい。
三五　遊廓。
三六　蒔くように全部使ったので。
三七　小判。
三八　一分金。一両の四分の一にあたる金貨幣。

かひ、ふぐと汁くひあきて、「江戸には出(で)がたし」とて、東をさして行(く)ゝ、下野[一]の那須野の原に日入(り)たり。小猿・月夜云(ふ)。「此野は道ちまた[二]にて、くらき夜にはまよふ事、既にありき。こゝにしばらく休みたまへ。あな[三]い見てこん」とて走りゆく。殺生石[四]とて毒ありと云(ふ)石の垣のくづれたるに、火切(り)てたき[五]ほこらし居る。僧一人來たる。目[六]もおこさで過(ぐ)るさまにくし。「法師よ、物あらばくはせよ、旅費あらば置(い)てゆけ、空[七]しくば通さじ」と云(ふ)。法師立(ち)とゞまりて、「こゝに金一分あり。とらせん。くふ物はもたず」とて、はだか[八]金を樊噲が手にわたして、かへり〔み〕[九]もせずゆ(く)。「ゆく先にて、若き者等二人立(つ)べし。「はん噲にあひて、物おくりし」といふて過(ぎ)よ」と云(ふ)。「應[一〇]」とこたへて、足靜かにあゆみたり。片時《かたとき》[一一]にはまだならじと思ふに、僧立(ち)かへりて、「はん噲おはすか。我發心[一二]のはじめより、いつはり云(は)ざるに、ふと物をしくて、今一分の[一三]こしたる、心清[一四]からず。是をもあたふぞ」とて、取(り)あたふ。手にすゑしかば、只心[一五]さむくなりて、かく直き法師あり、我親兄を殺し、多くの人を損ひ、盗《ぬすみ》して世にある事、あさまし〳〵と、しきりに思ひなりて、法師に向ひ、「御徳に心[一六]あらたまり、今は御弟子となり、行《おこな》[一七]ひの道に入(ら)ん」と云(ふ)。法師感じて、「いとよし。こよ」

一 栃木県の有名な広野。
二 多くにわかれていて。奥の細道「此の野は縦横にわかれて、うゐ〳〵敷旅人の道ふみたがえん」。
三 道の様子をしらべて。
四 諸国里人談二「下野国那須野にあり、方五間ばかりに垣を囲む。毒石なり。人此の石に触るれば則死す。又虫を捉へて石上に置けば立所に死すなり」(胆大小心録三四参照)。
五 焚火をどんどんとたいた。「ほこる」はしきりにする意に秋成は用いる。
六 目もくれないで。
七 ただでは通さないぞ。
八 何にも包まないままの金。
九 底本・桜山本「み」なし、意によって補。
一〇 応答の声。↓二二四頁注二一。
一一 一刻の半分。今の一時間程。
一二 仏道に志した初めから。
一三 「残したのは」の意で、「のこしたる」は主語となる。
一四 清い心ではない。
一五 心中に寒々としたものが通った。長年の無反省の行動が一瞬にして反省され、悟道に入らんとする心の状態を言ったもの。すぐれた表現である。この一条は松崎堯臣の随筆、窓のすさみの雲居禅師の話や古今著聞集十二の「安養尼教化盗人の事」によった。↓補注七九。
一六 改心して。
一七 仏道修行に従いたい。

とて、つれだち行(く)。小猿・月夜出(で)きたる。「おのれらいづこにも去り、いかにもなれ。我は此法師の弟子と成(り)て修行せん。[一八]襟元の虱、身につくまじ。又あふまじきぞ」とて、[一九]目おこせて、別れ行(く)。「[二〇]無やくの子供等は捨(て)よかし。懺悔行(く)と聞(かん)」とて、先に立(ち)たり。

この物がたりは、[二一]みちのくに古寺の[二二]大和尚《をしやう》、八十よのよはひして、けふ終らんとて、[二三]湯あみし、衣あらため、倚子《いす》に坐し、目を閉(ぢ)て、佛名をさへ唱(へ)ず。[二四]侍者・[二五]客僧等すゝみて申(す)。「いとたふとし。[二六]遺偈《ゐげ》一章しめし給へ」と申(す)。「遺偈と云(ふ)は、皆いつはり也。まことの事かたりて、命終らん。我はうきの國にうまれて、しか〳〵の悪徒《わるもの》なりし。ふと思ひ入(り)て、今日にいたる。[二七]釈迦・達磨も、我もひとつ心にて、曇りはなきぞ」とて、死(に)たりとぞ。「[二八]心納(む)れば誰も佛心也。放てば妖魔」とは、此はん噲の事なりけり。

一八　襟元の虱のように俺につきまとうてくれるな。
一九　「おこす」を前出と違って古代の下二段に活用させてある。それで「おこせで」とし「目もとめないで」と解せるが、形を違えたのは意も違って用いたと見て、連用形とし、じっと目をくれながらとする方が、前後にもかなう。
二〇　無益な。悪い。
二一　陸奥。
二二　禅宗の師僧。
二三　斎戒沐浴し。水滸伝の百十九回の魯智深の遷化の条に似る。
二四　寺院で老僧に近侍する僧。
二五　雲水中にその寺院に足をとめている僧。
二六　僧家で臨終の時に示す詩句。
二七　仏教の祖と禅宗の祖。
二八　摩訶止観に見える魔界即仏界の思想。↓一二六頁注一三。

膽大小心錄

〔膽大小心録〕

一* 都なれば、歌よむと云(ふ)人多し。[一]皆口眞似のえまねぬ也。師と云(ふ)人も我に似よと也。[二]京極中納言の巧みによく似せんとぞ。其師は[三]貫之《つらゆき》、躬恒《みつね》在(り)し世も知らぬにはあらざるべし。貫之、[四]忠岑《ただみね》は[五]人丸を[六]たうとめ〔る〕ぞかし。かゝるあそびにさへ[七]〔阿諛《あゆ》〕はありて妨(ぐ)るよ。

二* [八]芦庵《ろあん》云(ふ)。「そなたは何わざもせずして在(る)が、[九]いたづら也。人の歌なほして、[一〇]事廣くして遊べよ」と云(ふ)。答ふ。「人の[一一]哥直すべき事知らず」と云(ふ)。「[一二]いなや、たゞおろか者をかしこくして[一三]つかはさせよと思ひて勤めよ」と云(ふ)。「いな〱、[一四]其方《そのかた》にうまれえぬ人は、かへりて愚にするにこそあれ。親のおしへし[一五]わたらひをよく心得し人も、おのれになき才学は、学ぶとはいへども、愚になるのみ也」と云(ひ)しかば、芦庵答なかりし。

一口真似をしようとするが、それもよう出来ない。二藤原定家。仁治二年(一二四一)没、八十歳。中世の代表歌人。以後近世まで堂上家の範とする人物。定家の上手を十分まねて見ましょうと言う。三紀貫之、凡河内躬恒。共に古今集の撰者。平安朝の代表歌人。四壬生忠岑。古今集の撰者の一人。五柿本人麿。万葉の代表歌人。貫之の古今集の序、忠岑の長歌に人麿をたたえる。→補注一。六底本「たうとめり」、意によって改。正しくは「たふとめり」。七底本「何謂」、異本により改。和歌のような遊戯にも、今の堂上家の仰ぐ定家を、その先輩の名人より高くおくのは、へつらいで、そのため歌の道は進歩しないの意。▽つゞら文・自伝・異本。

八小沢芦庵。名玄仲、称帯刀。享和元年(一八〇一)没、七十九歳。秋成と親交あった京住の歌人。→補注二。九なまけ者。一〇交際も広くして。一一哥は歌の古字。一二そうむずかしく言わないで。一三「つかはさしよ」のつもり。やりましょう。一四和歌の方面の才能を持って生れなかった人。一五生業。実生活にすぐれた人が、下手な和歌をやると、かえって愚になるの意。▽目ひとつの神・「六九」・異本。

一 伴蒿蹊。名資芳、号閑田子。文化三年(一八〇六)没、七十四歳。早くから親しい京の歌人・国学者。底本「渓」、異本により改。→補注三。二 種々の職人をよんだ和歌を合せたもの。東北院歌合に起り、七十一番歌合が有名。文化頃また試みられた(歌書綜覧参照)。三 連体形の終止。以下一々注しない。四 歌人が商人らしくなった現代への皮肉。▽「一」・「七〇」・異本。

五 寛政九年刊霊語通。六 谷直躬。秋成門で霊語通に序す。→補注四。七 出板させた。八 村田春海。字士観、称平四郎、号錦織斎。文化八年没、六十六歳。賀茂真淵門の歌人・国学者。九 私見が多すぎる。一〇 中国上古の聖王達。一一 これが有徳者への禅譲の初めで、よい私案。一二 猪本は正しく改め「湯」。殷の湯王。狩猟の網の一方を開いて民心を自分に集めた故事。→春雨補注一五。一三 中国古代の王朝。一四 底本読めず、異本による。姫は周の姓。諸国の王に一族をあてた。五十三国の説あり(古今図書集成姫姓部)。一五 周の武王が滅ぼした王朝。一六 十八史略「宋ハ子姓、高紂ノ庶兄微子啓之所封也」。一七 武王のこと。→補注五。一八 武王が私欲によって殷の天下を奪ったこと。一九 簒奪をもって禅位としたをいう。→雨月補注九。二〇 古典の究明はしないでよいこと(「五」参照)。二一 音声の同じ文字を代用する漢字の使用法。二二 本義を転じて相似た意味にする漢字の使用法。二三 私案。思いつき。二四 晋の隠逸詩人。二五 五柳先生伝の記事による。→補注六。二六 晋書の隠逸伝中の淵明の逸事。→補注七。二七 かけてない。二八 淵明の論に賛成だ。古則の仮名づかいというは無理に穿鑿して作ったとする秋成の説と合うからである。二九 おそらくは悪口を好んだ春

*三 [一]蒿《かう》〔蹊《けい》〕云(ふ)。「[二]職人哥合《しよくにんうたあはせ》久しく絶(え)たりし[三]。いざ、二人してよまん」とぞ。「よむ事はかたからず。[四]今の世には商人歌合と題号をかふべし」といへば、黙して答へず。

*四 [五]假名づかひはなかつた事を書(き)あらはして、[六]魚臣《なおみ》が木[七]にゑらせし也。江戸の[八]春海《はるみ》の翁は、「とかくに学問に[九]私《わたくし》めさるよ」と言(ひ)こせしかば、答(へ)云(ふ)。「わたくしとは才能の別名也。[一〇]堯《げう》が舜《しゆん》に天下をゆづりしはよき[一一]私也。[一二]蕩《たう》が「網の三隅をのぞきて、一隅をえん」と云(ひ)しは、私の始なり。[一三]周が天下を治(め)て、〔[一四]姫〕氏は四十二國を立て、[一五]殷の跡は[一六]宋一國を立(て)しは、[一七]聖人も私をせられし也。[一八]此私が名目となりて、[一九]奪ふて代るを禪位といふよ。[二〇]書典をとく事は有(る)まじき業なれど、世久しくなりては、言語たがひ、文字にも[二一]假《か》[二二]借轉注《しやくてんちゆう》など云(ひ)て、たとへやら何やらをいふてとく事じやが、それはよし、此便りに[二三]我(が)思はくをくはへてかしこげ也。[二四]陶淵明《たうゑんめい》云(ふ)。「[二五]書は其いふ所の大意をよみ得たるにて、其餘はしれぬ事は其侭にしておけ」といひし。[二六]絃のかけたらぬ[二七]琴をかいなでゝ、「趣をのみ知りて遊びし」と云(ふ)と同談也。[二八]此ことわりよし」。翁が此論説をにくみて、[二九]誰人やらさまぐ云(ひ)狂(ひ)しと

ぞ。翁答(ふ)。

[三〇]大仏の柱はやけてなく成(り)ぬせゝる蟻どももたんとわひたりとぞ。[三一]韓退之《かんたいし》のおしやりし。「[三二]前のほまれあらんよりは、後のそしりをおもへ」とぞ。ほめるもそしるもおのれ〳〵が[三三]ひく方じやに。

五　わかい時は人眞似して、[三四]誹諧と云(ふ)事を面白く[三五]たうとがりしが、[三六]歌よみ習ひて後も、時ゝ言(う)て樂しむ也。哥は中〳〵よみえられぬ事じやと、[三七]思ひたえて在(り)しが、人のすゝめにて、[三八]何がしの中納言様の[三九]御墨をかけさせ給ふが有(り)がたかりしにつきて、所ゝ知らぬことのあるは問(ひ)奉り[四〇]〔し〕に、「そちは[四一]心ざしのよい者じや。考(へ)ておこぞ」とおしやつて、ついに御こたへなきに、心さびしくて、[四二]契沖《けいちゆう》の古語をときし[四三]書どもをあつめてよんだれど、猶所ゝにいぶかしい事が有(つ)て、[四四]ふしぎに江戸の[四五]藤原の宇万伎《うまき》といふ師にあひて、其いぶかしき事どもを[四六]つばらに承りしが、此師も我[四七]四十四五さいの時に、[四八]京の在番に差(さ)れて上りたまひしが、ついに京にてむなしくなられし也。齢は[四九]五十あまりにて有(り)し也。[五〇]あたら事になげゝど、我もその比はくす[五一]士《し》の業をつとめて、日ゝ[五二]東西南北と立(ち)走りしかば、[五三]又よき師につきてとも思はず、

海その人であろう(異本参照)。三〇 寛政十年(一七九八)七月二日京都方広寺大仏殿が落雷によって焼失。歌は、大仏の柱即ち賀茂真淵が死んでから、蟻の如く門人達が、各ゝ説を立て門戸をはるを嘲笑したもの。三一 韓愈。古典的散文「古文」を主唱した中唐の文人。三二 送李愿帰盤谷序の中に見える。現代にほめられるより、後世そしられぬように用心せよ。↓補注八。三三 贔負贔負だ。▽血かたびら・遠馳延五登・異本。

三四 二十歳頃より、漁焉・無腸と号して、大阪の宗匠連や高井几圭の下に俳諧に遊ぶ。↓補注九。三五 正しくは「たふと」。三六 三十歳頃から歌に従う(異本参照)。三七 あきらめていたが。三八 中納言で終った下冷泉家の藤原為栄(天明二年没、四十五)であろう(異本参照)。三九 批点に、墨を引いて、よい成績をもらうのが。四〇 底本「し」欠、鹿田本により補。四一 詠歌の上に歌学を志すからいう。四二 底本のまま。契沖は元禄十四年(一七〇一)没、六十二歳。大阪住の国学者。秋成は小島重家に進められて契沖の古典研究書に接した(秋の雲)。四三「書ども」より以下自筆本による。四四 建部綾足(安永三年没、五十六)の紹介による。四五 加藤宇万伎。称大助、号静舎。安永六年(一七七七)没、五十七歳。賀茂真淵門の国学者。秋成の入門は、明和三年・同七年の二説がある。↓補注一〇。四六 詳細に。四七 正しくは四十四歳の安永六年六月十日没。四八 京都二条城の守備役を命ぜられて。大番役の宇万伎は四月上旬に出江戸。四九 正しくは五十七歳。五〇 惜しいことをしたと。五一 医者。五二 あちこちいそがしく。五三 よい先生について学問しようとも。

四十三歳[一]より五十五歳[二]まで怠りなくつとめしかば、稚《わか》[三]きより習はぬ事にて、ついに病に係《かか》りて、田舎[四]へ養生のため隠居せしが、暇多ければ、又思ひ出して、魚[五]の千里の学びをせしほどに、又師がいひし事にも肯[六](ぜ)られぬ事どもありて、本[七]かへりて見たれば、大かたに心得らるゝやうなるが、猶しれぬ事は、陶淵明のおしやつ〔た〕[八]につきてさしおきぬ。或[九]人云(ふ)。「し[一〇]いてしれぬ事をしらんとするは、かへりて無識じや」とぞ。是は聞[一一]えたとおもふて、し[一二]らぬ事に私はくはへぬ也。又此[一三]古言《ふること》をしいてとく人あり。門人を教[一四]への子と云(う)て、ひろく來たるをあつめられし人あり。やはり此人も私の意多かりし也。伊[一五]勢の國の人也。古[一六]事記を宗《むね》として、太[一七]古をとくとせられしとぞ。翁[一八]口あしくて、

ひ[一九]が事をいふて也《なり》とも弟子ほしや古事記傳兵衛と人はいふとも

獨[二〇]学《どくがく》孤陋《ころう》といへど、其[二一]始は師の教へにつきて、後ゝは獨学でなければと思ふより、私ともいへ、何ともいへ、獨《ひとり》窓のもとに眼をいためて考へて見れば、どうやら知れぬ事も六七分はしれたぞ。

六　「櫻[二二]を雲じやと見たて、又雪じやともいふ事、さ[二三]いく人一二人に聞[二四](き)て見るうからず」と眞[二五]淵《まぶち》はいはれしとぞ。西[二六]行ほどの道[二七]人が、とかく雲がさくらに見[二八]

一 安永五年。「六九」には「四十二で城市へかへり」とある。安永四、五年の間から大阪で開業医となり業につとめた。二 天明八年(一七八八)。三 自伝に家の焼失を述べて「四十より田舎住みしてくす師を学ばんと思ひ立ちたり」。四 かつて住んだ加島(大阪市東淀川区加島町)。五 進歩のおそい学問。↓補注一一。六 肯定できぬこと。七 古書。遠馳延五登「其師のいふ所明らかならずは(中略)、それ等を古書に牽き合せてこゝろ得べかりける」と似た意であろう。八 底本欠、意により補。陶淵明の説は前条に見える。九 儒者雨森芳洲。宝暦五年(一七五五)没、八十八歳。一〇 その著橘窻茶話(天明六年刊)下に見える。↓補注一二。一一 成程と思って。一二 古典研究についてわからぬことに私案を加えない。一三 古典を無理に解釈する人。一四 本居宣長が門人録を作っていたことも知っていたのであろう(「二」参照)。一五 伊勢(三重県)松坂の本居宣長。享和元年(一八〇一)没、七十二歳。当代を代表する国学者。秋成は往々笑解・呵刈葭で論争し、安々言・霊語通などで宣長の説を難じた。一六 和銅五年(七一二)太安万侶等編の日本の神典。宣長が古道の根本をこの書におくは、その著古事記伝の古記典等総論などに見える。一七 古代を説き得たと思われた。一八 秋成自ら。以下これに同じ。一九 間違いをならべてでも弟子の欲しいことだ。古事記を乞食にかけて、物欲から、弟子をもとめると人に悪評されても。二〇 説苑「独学而友無クンバ則チ孤陋ニシテ寡聞」。独学をそのようにそしるが。二一 物問ふ人にこたへし文に「万の道初学びのはしだに、ひらきてたはらば、師も友也、昔の人も友也」。

▽遠馳延五登・異本。

へ、櫻が雲に見へて、[二九]よしの山に[三〇]三とせ行《おこな》ひのひま〳〵には、雲じやと云(ふ)[三一]歌たんとよまれたり。そこで翁が曰(く)。「此法師の哥は[三二]塵外塵中の二つあり。塵中の哥が世に多く云(ひ)傳へたりき」。哥に限らず、何の道でも、藝でも、[三三]梅に鶯、[三四]道成寺、三輪な事多し。

七　[三五]京師《けいし》に客たる事[三六]十五年來也。[三七]此ひとり言して在るが、[三八]太古はさしおいて云(ふ)べからず、[三九]千年このかたの、[四〇]王城にも、代につきて盛衰あり。[四一]平城《なら》の結構にならひて、[四二]帝王の御坐《おまし》と、[四三]朝堂院《てうどうゐん》とて大事の政道と祭祀を行はせ給ふと、雙びて二ところ也しとぞ。帝宮の門を出(で)て、南をさして[四四]朱雀大道《すざくおほぢ》と云(ひ)しは、道の廣さ[四五]十八丈有(り)しとぞ。京中の御幸の道は八丈にて、其餘は四丈とぞ。さりとは〳〵、十八丈の所はむかひが霞むであろ。

八　[四六]村上の御代の、[四七]天徳四年の火に、宮殿のみかは、[四八]寶庫文庫も跡なく亡びて、[四九]國史といへども原書はなかりしかば、さま〴〵と附會して云(ふ)事也。[五〇]或人、有識のおしやりしには、「[五一]鏡も釵も恙《つつが》なかりしと云(ふ)が、亡びた証據じや」とぞ。

二二 桜を雲や雪と見せて和歌に詠じること。二三 技巧の上手な歌人一人二人の場合に限って。二四 悪くは聞えない。二五 岡部氏。称衛士、号県居。賀茂真淵。明和六年(一七六九)没、七十三歳。宣長・春海等の師の国学者・歌人。二六 秋成の尊敬した歌人の一。建久元年(一一九〇)没、七十三歳。→三八頁注一九。古今序「春のあした吉野の山の桜は、人丸が心には雲かとのみなんおぼえける」。二七 仏道修行をつんだ人。二八 正しくは「見え」。二九 奈良県吉野郡。古来桜の名所。三〇 撰集抄七「長承の末の年、出家の望とげて(中略)、吉野山に上りて、三年をおくり侍りき」。三一 山家集に見える。→補注一三。三二 超俗的なものと、世俗的な詠の意であろう。三三 取り合せの定まったことのたとえ。桜を雲と見ると等しい。三四 ともに最もポピュラーな謡曲。西行の塵中の和歌に相当して、きまりきったことをいう。▽吉野山の詞・異本。

三五 京都に仮寓すること。三六 秋成の京都へ出たは寛政五年(一七九三)六月。その十五年後は文化五年(一八〇八)。三七 この随筆を書くことをいう。三八 京都の大昔。三九 千年以前からの。四〇 首都としての京都にも。四一 平城京の作り方。四二 天皇の常の居処。内裏。四三 大極殿を正殿とする大内裏中の政庁の群。四四 朝堂院の正面より南に通る平安京中央の大通り。四五 延喜式左右京職の条に「朱雀路広二十八丈、大路広各八丈、小路広四丈」。十八丈は秋成の記憶の誤。▽遠馳延五登。

四六 六十二代の天子。四七 西紀九六〇年。九月二十三日内裏焼亡(日本紀略)。四八 日本紀略「歴代珍宝多以焼亡」。四九 国史の書。日本後紀

九　[一]保元、平治の乱より[二]大に變りて、[三]鎌倉の右大將どの丶[四]總追《そうつゐ》〔捕《ぶ》〕使《し》といふつかさをかうむりたまひて、[五]國々にも國守の外に、[六]國司といふを[七]かま倉よりつかはされて、國守の勢ひはおとろへしとぞ。さては[八]都の御光も薄くならせし也。しかれども[九]取(つ)て代らねば、[一〇]神代より[一一]聯綿《れんめん》として[一二]百餘代の今日にいたれり。[一三]たふとひ事の限也。

〔一〇〕　歌は必(ず)[一四]縉紳《しんしん》の御藝にてといへど、昔は[一五]そうでもなかりし也。[一六]後醍醐の御心のたけくましませしかば、[一七]鎌倉を亡ぼさんと、内々はからせ給ふを[一八]もらして、[一九]北条に告(げ)やりし者有(り)しかば、其まこと[二〇]〔譌〕をしりたる人々を責(め)問(へ)る中に、[二一]れいぜい殿を捕へてくだせしに、「あからさまに申されよ」と問(は)れて、

[二二]おもひきやわが敷島の道ならで浮世の事をとはるべしとは

と答へ給ひしに、[二三]ゆるして京にかへせしとぞ。此歌の心いかにぞや。朝廷の[二四]官位高きも低きも、[二五]世外の事にあづからじものを、[二六]此心をえとがめずして、ことわり也と思へりしは、[二七]家亡ぶべきものよ。同じ時の、[二八]六波羅《ろくはら》陷《おと》されては、[二九]千早

に見えるこの火に焼け、略本が残ったと遠馳延五登にもいう。五〇 或る有識(物知り)の人の言うは。五一 日本紀略九月二十四日の条に鏡と太刀を余燼の中に求めるに「調度焼損、其真猶存、形質不変、其為神異」。▽遠馳延五登。

一 保元元年(一一五六)・平治元年(一一五九)に起った乱(雨月物語、白峯参照)。二 天下の形勢一変。三 源頼朝。正治四年(一一九九)没、五十三歳。武家政権の創始者。四 底本「補」、意によって改。ここは全国の追捕使(賊討伐の地方武官)をかねる役の意。↓補注一四。五 朝廷任命の地方長官。六 ここは守護・地頭をさす(吾妻鏡文治元年十一月の条参照)。七 鎌倉(神奈川県鎌倉市)。頼朝の鎌倉幕府から。八 朝廷の威光。九 頼朝が政治の実権は握っても、帝位をうばわないから。一〇 朝廷は。一一 長く続くさま。一二 文化五年は百十九代光格天皇の代。一三 正しくは「たふとい」。形容詞の語尾「い」を「ひ」と書くは一般の風。▽妖尼公・「一三三」。

一四 公卿。一五 正しくは「さう」。一六 九十六代の天皇。一七 鎌倉幕府。一八 密告して。一九 幕府の実権は執権北条高時にあった。二〇 底本「謂」、意により改。二一 藤原為明。正平十九年(一三六四)没、七十歳。二条家の宗匠。二二 この事は太平記二の僧徒六波羅召捕事附為明詠歌事の条にある。歌意は、専門とする和歌のことでなく、無風流な政治のことを問われるとは思わなかった。二三 鎌倉方が為明を。二四 それ相応の官位にある者は。二五 政治外のことにたずさわるまいはずであるのに。二六 為明の政治を外にする心。二七 北条家の滅亡も当然だ。

責の大将こと〴〵く召(し)とられて、[三〇]六条河原にて、ならびて首を刎らるゝ中に、[三一]佐《さ》介《かい》何がしと云(ふ)武士、はるか[三二]末にありしがよみしうた、

[三三]皆人の世にある時は數ならでうきにはもれぬわが身也けり

とよみしは、実に[三四]涙落(つ)ることわり也。又[三五]源義家どの、[三六]奥《おく》の仇《あた》を討(ち)亡(ぼ)して上りし時、[三七]階下にて[三八]軍物語を申せしを聞(き)給ひて、[三九]江《がう》帥《そち》の卿《きやう》の、[四〇]「あたらものゝふの兵法を学ばぬよ」と、つぶやか[四一]せしとぞ。心を殊に[四二]かなへたらんには、いやしき[四三]民草たりとも、よき歌よむべし。すべての事、此[四四]ことわりにはづるまじき也。

一一　たけきに過(ぎ)ては、ものゝふもついに亡ぶる也。[四五]總《そう》見《けん》院《ゐん》右大臣どの、[四六]明《あけ》智《ち》光《みつ》秀《ひで》は[四七]股肱の臣なるを、事のたがへりとて、[四八]蘭丸に命じてつよくうたせられしにて、[四九]是をあたらぬ事とうらみて、反逆を企て、弑せし也。[五〇]楚書といふ物に、[五一]「任ずる者をはづかしむれば危し」と有(る)は、信長公にあたりたりし。

一二　[五二]豐臣公の[五三]大器も、始より志の大きなるにはあらざりし也。[五四]織田どのゝ御まへにかしこまりて、奉公を願はれし時、姓名を問(は)せしかば、[五五]古主の松

二八 鎌倉幕府の京都・西国の政事軍務にあたる官庁、六波羅探題。元弘三年足利・赤松の官軍に敗れ北条時益・仲時の戦死自刃した時。二九 楠正成の千早城を攻めた関東方の大将。三〇 京都六条通の賀茂川原。当時罪人処刑の所。この一件の見える太平記十一の金剛山寄手等被誅事附佐介貞俊事の条には場所は明記せず。三一 佐介左京亮貞俊。三二 大将の中では下級。三三 他の人が羽振よくした時は物の数に入らなかった自分も、斬罪の時にはのがれることがなかった。三四 同情の涙を禁じえない道理。三五 平安朝の武人。二度の陸奥の乱をしずめ陸奥守兼鎮守府将軍。三六 康平五年陸奥の安倍兄弟を誅して帰京の時。この事は古今著聞集九にある。三七 朝廷のきざはしの下。著聞集では藤原頼通の邸。三八 底本上に「一」あり、意により除。三九 大江匡房。天永二年(一一一一)没、七十一歳。博識の博士。四〇 折角の武士だが軍学を勉強しないな。四一 「せ」は「れ」の草体の誤写か。以下これより軍学を匡房に学び、後に雁行の乱れで伏兵を知った有名な話を略した。四二 その道に適応させたならば。四三 庶民。四四 志す道に専念すれば功ある理。▽妖尼公・「一三三」・「一三四」・田宮仲宣の愚雑俎。

四五 織田信長。天正十年(一五八二)没、四十九歳。戦国の後天下掌握の武将。四六 信長の重臣。天正十年没、五十六歳。天正十年、信長を本能寺に攻め自殺させた。四七 左伝昭公九年「君之卿佐、是ヲ股肱ト謂フ」。四八 森蘭丸。信長の寵臣。このこと翁草三十四などに所見。四九 信長の判断を正しくないとして。五〇 素書のあて字。伝黄石公著の軍法書。五一 「任ズル所ヲ戮辱スル者ハ危シ」。重く用いる者を恥かしめる

下の姓によりて、木[一]下と申され、又大名にならせし時に、姓を改めて羽柴とは、柴田《しばた》[二]、丹羽の二人を羨みて也とぞ。丹羽は麾[三]下にくだり、柴[四]田はほろぼさせしをおもひ見よかし。

一三　儒[五]者と云(ふ)人も、又一[六]僻になりて、「妖[七]怪はなき事也」とて、翁が幽靈物がたりしたを、終りて後に恥かしめられし也。「狐つきも癇症《かんしやう》[八]がさま〴〵に問答して、「おれはどこの狐じや」といふのじや。人につく事があらふものか」といはれたり。是は道[九]に泥みて、心得たがひ也。狐[一〇]も狸も人につく事、見る〴〵多し。又きつねでも何でも、人にまさるは渠《かれ》[一一]が天稟《てんぴん》[一二]也。さて善悪邪正なきが性《さが》也。我[一三]によきは守り、我にあしきは祟《たた》る也。狼[一四]さへよく報ひせし事、日本紀欽明の巻の始にしるされたり。神[一五]といふも同じやうに思はるゝ也。よく信ずる者には幸ひ《さいはひ》をあたへ、怠[一六]ればたゝる所を思へ。仏[一七]と聖人は同じからず。人體なれば、人情あつて、あしき者も罪は問(は)ざる也。此事神[一八]代がたりにいひたれば、又いはず。

一四　伊勢人村田道哲、醫[一九]生にて大坂に寓居す。一とせ天行病《てんかうびやう》[二〇]にあたりて、

と、怨恨して手兵をもって主を危くするの意。

五二　豊臣秀吉。慶長三年(一五九八)没、六十三歳。天下統一、外征の武将。五三　大器量。
五四　織田信長。五五　遠江国住人松下加兵衛尉(甫庵太閤記)。

一 木下藤吉郎。二 柴田修理亮勝家・丹羽五郎左衛門長秀。ともに信長の老臣。このこと豊公逸事伝(松屋筆記六十二所収)などにあり。三 旗本。四 勝家は天正十一年に越前北の庄で秀吉軍のために自滅。▽貧福論。

五「二九」の中井履軒をさす。六 かたくな。七 柳多留二十一「ばけもののはなしをじゆ者はしつしかり」。八 一本堂行余医言「癇は驚癲。狂の総名なり」。気のぼりのすること。またその者。→補注一五。九 儒道の理にこだわって。一〇 その実例を、「二八」「二九」に上げる。経験による一種の合理主義の持主たることを示す語。一一 彼に同じ。→一七〇頁注八。一二 天性。一三 この例は「二七」「二八」に掲げる。一四 このことはまた「三一」に詳かに見える。伏見の稲荷社にまつわる伝説としても有名。秋成は藤簍冊子三の秋山記にもこの話を引く。一五 神の同性質の例は、「三一」にかかげる。一六 祭祀をおこたると。一七 日本の自然神道の神の性質と比較して、仏教でいう仏、儒教でいう聖人は、元来人間だから、善悪邪正の別あるをいう。一八 日本神話の秋成流理解を説くもの。数種の草稿が現存するが、秋成遺文所収などにはこの部分なし。▽秋山記・「二九」・「三〇」。

一九 医学生。二〇 天行運気の邪に原因すると考えられた流行病。「苦脳」正しくは「苦悩」。

二二 秋成が医を学んだと思われる大阪天満の都賀庭鐘塾の一同。 二三 治療できなかった。 二四 お帰り下さい。 二五 技術を超越した術。 二六 胆汁のままの熊の胆をほしたもの。 二七 兄の住む。 二八 三重県多気郡多気町。秋成は雨月物語の仏法僧にこの地名を用いた。 二九 未詳。窪は鶴の略字。字典に「俗ニ鶴ノ字ニ用フルハ非ナリ」。 三〇 厚着と多食をさけること。 三一 秋成の賛意。 三二 いかにしても。 三三 薄衣薄食主義に賛成しながら、若干の異論をひそかに言ったもの。 三四 午後九時ごろから後。 三五 一枚だけは身につけて。

三六 先秦諸子の一人。荘子・孟子・韓非子などに説が見える。 三七 列子の楊朱篇所出。若干文字に出入あり。↓補注一六。 三八 列子の原文「大斉」で、斉は限の意。極長の寿命である。 三九 百年の誤写。 四〇 幼年期と老年期とは。孩抱は抱き歩く幼児の意。昏迷は五覚のうとい老人の意。 四一 殆ど百年の半分、五十年にあたる。 四二 字典に「息也」「止也」。 四三 字典「亡也」。忘れてしまう。 四四 五十年の半分、二十五年にあたる。原文この次に、痛疾哀苦、亡失憂懼がまたその半分に居るの文があって、二十五年の半分、次の「十数年」の文にうつる。 四五 逌然(ゆうぜん)の誤写。逌然は字典に「寛緩也」。 四六 至微。少しの。 四七 慮の誤写。憂のまったくないということなど、一時さえもない。人生は全く憂いのみだの意。 四八 荘周。また諸子の一人。 四九 以下、荘子の養生主篇所出。ただし「匡」は皆「涯」とある。匡は涯に通じる。 五〇 天性・生命の両意がある。秋成は生命ととる。

苦脳尤甚し。我[二二](が)社友の醫家あつまりて、治[二三]する事なし。道哲が本郷[二三]より、兄と云(ふ)人來たりて、我(が)徒にむかひ、恩を謝して後、「今は退[二四]かせたまへ」と云(ひ)しかば、皆かへりし也。兄、道哲に云(ふ)。「汝京坂に久しく在(り)て、醫事は学びたらめど、眞[二五]術をえ学ばず。諸醫助かるべからずと申されし也。命を兄にあたふべし」とて、牀の上ながら赤はだかに剝(ぎ)て、扇をもてしづかにあをぎ、又時〻薄粥と熊膽《くまのい》[二六]とを口にそゝぎ入(れ)て、一二日在(る)ほどに、熱少(し)さめ物くふ。ついに全快したりしかば、國につれてかへりし也。是は兄が[二七]相可《あふか》[二八]と云(ふ)里に、窪田《つるた》[二九]何がしと云(ふ)医師の、薄[三〇]衣薄食といふ事を常にこゝろ得よとて教へしかば、彼里ちかくすむ人は病せずとぞ。是はことに醫聖也。その教へに、「よきほどゝ思ふは過(ぎ)たる也」とぞ。しか[三一]るべし。翁ひそかに云(ふ)。「薄衣夏はい[三二]かにともすべからず」〔と〕つぶやき[三三]し也。夏はかへりて、二[三四]更よりは一[三五]重を身にまとひて臥(す)べし。

一五 楊[三六]朱云(ふ)。「百[三七]年ハ壽之大[三八]高ナリ、得ルハ二百[三九]人一ヲ者千ニシテ無レシ一焉。設《タトヒ》雖レモ有リト、孩抱《ガイホウ》[四〇]昏迷《コンメイ》者ハ、幾《ホトンド》[四一]居ル二其ノ中ニ一矣。夜眠ノ所レ弭《ヤム》[四二]、晝覺之所レ遺《ウシナフ》[四三]、又幾[四四]ンド居ル二其ノ半ニ一矣。量《ハカルニ》二十數年之中ヲ一、鹵[四五]肰トシテ而自得、無キノ二介焉《カイエン》[四六]之處[四七]一、亦无キ二一時之中ニ一爾ノミ」。荘[四八]子云(ふ)。「吾[四九]ガ生[五〇]ハ也有《リ》レ涯、而知[一八]也無《シ》レ涯、以《ツテ》レ有《ルヲ》レ厓、隨《フハ》レ無《キニ》レ厓 殆《アヤフキノミ》已」。

一六　今世名利[二]の人は、太平[三]の煩はす也。藝技諸道[四]さかんにして涌(く)が如し。是亦治國[五]の塵芥也。

一七　聖[六]、佛といへども遇不遇[七]あり。孔子[八]「桴[九][一〇]《いかだ》に乘(り)て海にうかばん」とつぶやきたまひしとぞ。若(し)我(が)邦《くに》に來たりたまふとも、佛氏[一一]に賣(り)[一二]せばめられて、心[一三]にあきたまふ事有(る)べからず。七如來[一四]と申(す)もの、寶勝[一五]・多寶・妙色身・廣博身・離怖畏・甘露王・阿弥陀也。六如來[一六]は貧厄也。多宝は小《こ》[一七]店商《みせあきな》ひして、少〻口[一八]が糊せらるゝ也。五如來[一九]の御名を聞(く)事も希《まれ》也。遇不遇、幸不幸は人より甚しきか。

一八　觀音[二〇]の念彼の巻をよみて見れば、どんな事しても助かる事のやうなは、切支丹[二一]の天師のやうな御利生じや。

一九　金[二二]が敵とは、さりとは氣[二三]のはつた事じやけれど、たゞ〳〵おしい[二四]たゞ

一 思慮分別。かぎりのある生命で、かぎりのない知慮判断を追うのは、その精神のつかれとどまるのみであるの意。▽死首のゑがほ。

二 名誉利益を追う人。三 太平のためにこんな煩わしい連中が出現したのだ。四 諸芸道で名利を追う人が涌くように出る。五 太平の世のちりの如し。▽癇癖談。

六 儒教でいう聖人、仏教でいう仏達。七 世間に入れられると入れられないと。八 聖の一人として挙げる。九 論語の公冶長篇所出。この語の上に「道行ハレズンバ」とあって、不遇をかこった語。↓補注一七。一〇 竹木を編んだ舟にかわるもの。一一 釈迦。一二 布教にまけて。一三 満足すること。一四 盆供養の時に唱礼する七尊の如来。一五 以下は浄土諸廻向宝鑑などに見え、日本では通用の数え方。一六 はやるのは阿弥陀如来だけ。一七 多宝塔の中に小さく安置する仏だからいう。一八 生活ができる。一九 阿弥陀・多宝の外の。

二〇 法華経第二十五の普門品の中の偈で、「念彼観音力、刀尋段々壊」で始まる所。観音を信仰すればさまざまの苦難ものがれることができると説く。二一 キリシタン宗旨でいう天にまします主。天主。邪教で妖力を示すと考えられていた。

二二 金銭は仇敵のごとく人に苦を与える意味の諺。二三 日常とりあつかうものを、敵視するとは、緊張を要することだ。二四 大事にしておれば、それで金は味方となるだろう。▽貧福論。

いておけばすむなるべし。

二〇　昔でもなし、今でも無し、和泉[二五]のさかひ[二六]の津に、血沼《ちぬ》[二七]の波風もなくして、久しくつゞきしつゞく藻《も》[二八]八左衛門と云(ふ)富豪の人有(り)。母一人[二九]をよくかしづきて、よろづ[三〇]に心にまかせぬ事なし。貧しき人ならば、おほやけ[三一]よりめされて、白銀[三二]十枚を、「有(り)がたうござります」と、町内[三三]へも誇はひてあるくべし。春の日永きまゝに、障子[三四]日影さし、雀からすの聲面白きまで臥[三五](し)て目さめたり。婢女がくるをまたずして、よめの發明者《はつめいもの》[三六]臥具[三七]とり片づけて、御手水《おてうづ》御膳《おぜん》よと殘りなく立[三八](ち)はしる。主《あるじ》いそぎ出(で)て、「けふはことに天氣もよく候。すみ吉[三九]・天王寺、いつもの芳春庵[四〇]でゆる／＼お晝[四一]めされ候へ」と申せば、母もいつもながら機嫌よく、「そなたも[四二]」とあれば、「お供つかまつりたく候へども、妻が親、紀州[四三]へ通りますに立(ち)より申(す)と、申(し)こしましたれば、今日は御供えつかまつりませぬ」とて、立(ち)走りて、「お駕がまいりました」と、茶箱[四四]菓子取(り)そろへたり。婢女[四五]二人手代丁兒《でっち》、門送《かどおく》[四六]りして出(で)たゝす。この母は實母にあらず。もとはいやしから[四七]ぬ者なるべし。よろづ[四八]よくこゝろ得て、先主人《せんしゆじん》につかへしかば、いつとなく一人[四九]寐のさびしさに、お伽《とぎ》[五〇]奉公して、

二五 大阪府の中。二六 堺市。二七 堺市の面する大阪湾の古名。「血沼の」は序。波瀾なく続くの意。二八 この一条は書出しから見ても、モデル物語の残片であろうが、何時のものか、またモデルも未詳。二九 一人の母によく孝養し。三〇 万事に母の気に入るようにした。三一 お上から孝行の故に褒美をくれようの意。三二 丁銀十枚。一枚は約四十三匁。三三 町年寄などに礼にゆくさま。三四 障子へ朝日影のさし。三五 老母が。三六 利口者。三七 寝具。三八 まめまめしくする。三九 大阪南郊(今は大阪市内)の遊山所。住吉神社や天王寺へ参詣して。四〇 未詳。常に立寄る寺か料亭であろう。四一 昼飯をおあがりなされ。四二 其方も一緒にゆかないかとさそう意。四三 紀州へ行く途中。四四 茶をたてる用器を一式おさめる箱。外出先での点茶用。四五 以上四人を伴につけて。四六 門口まで送って出て出発させる。四七 素姓もよい者であったろう。四八 篤実に。四九 先代が妻をなくしていたので。「いつとなく」は「お伽奉公して」にかかる。五〇 お寝間のとぎをして。

一今の主人の世帯になってからもの意を補う。二かしこい者。三よくなついた猫のように。四馴れ親しんで祖母の機嫌をとる。五以上老母と出入医者の交渉は春雨物語の二世の縁に見えるそれと似ている。六茶を代って立てましょうの意。「しま」二字は意により補。「と」も広島

子も産(ま)ねど、[一]今の主人の心つけて、實母にかはらぬつかへして、母も「孝行にしてたもる」と朝夕の悦び、孫の[二]才物《さいぶつ》、[三]手がひのから[四]猫によりもつれて心をとる。出入医者[五]百舌《もず》春沢、日ゝの見舞、「お茶いたゞきましよ」と、又「ちと[六]おかわり申〔しま〕しよ」〔と〕、[七]手まへいと静也。この春澤が妻の父はもろこし人にて、[八]張瑞圖《ちやうずゐと》とて、明の亂より[九]此津にわたり來て、[一〇]客となりてまうけたる子也。[一一]親の才学を受(け)次(ぎ)て、[一二]書《しよ》かき、文章は[一三]李王《りわう》の[一四]風韻《ふうゐん》、[一五]常の業に讀書[一六]講尺、大人小兒の分なく多く門に入(り)て、おのづからに一人子も、[一七]勸学院の雀よく囀りたり。

[一八]一日《ひとひ》又天王寺のかへりに、[一九]岸《きし》づたひて、[二〇]女郎花・われもかう・かるかやのくさ〲つみてかへる道に、[二一]大和橋のほとりで、貧女一人が乳《ち》のみ子に乳をふくめて、駕の跡について、手代に何やら書(い)た物をさし出して、願ひありげに見ゆるを、[二二]ふしぎながら取(り)上(げ)てかへると、[二三]やがて御いん居のそばへ持(つ)て出て、「かやうな物を」とさし出せば、御膳の後に、うらの戸口を明(け)させ、婢女一人めしつれ、[二四]「それにをるか。書つけの事よく分つたほどに、先かへれ。此家の疵になる事じやほどに、死ぬと云(ふ)書つけ、親子とも[二五]死ぬとても何とせん。是で[二六]しのげ」とて、金一兩投(げ)あたへて、戸あらく立て入

本の補に従う。七 春沢の点茶の所作があざやかである。八 明代の人。字長公、号二水、また白毫庵。書画をよくした。この人の来朝の噂は広瀬旭荘の九桂草堂随筆に「先君浄喜翁の話しに、張瑞図は晩年堺に来りたる由を伝へ聞けりと。余大に怪めり。然るに大坂寺町に、瑞図の書画を多く蔵したる寺あり。是は其檀越に、東海屋と云ふ家ありて、今は断絶せり。其先祖の妻長崎より嫁し来る者、即ち瑞図の女にて、瑞図逆案に入りたる故、竊に忍びて長崎に来船し、其女を托し置きたり。東海屋長崎に取引ある家にて、其因縁を以つて嫁し来り、其時父の書を携へ、死するとき寺に寄附せし由。先君の言と符合せり。長崎より堺に来ることもあるべし」。田能村竹田の山中人饒舌には、弟の潜夫来朝説をあげ、堺に瑞図の真跡の多いことから或はしからんと言う。九 堺。一〇 仮寓して。一一 春沢の妻は。一二 筆跡が見事で。一三 李攀竜(字于鱗)・王世貞(字元美)。明の嘉靖前後の人。ともに日本にも影響した古文辞派の詩文を唱導実践した。一四 すぐれた趣。一五 平常の仕事。一六 講釈。一七 諺に「勧学院の雀は蒙求を囀る」。見よう見まねで学問が上達したの意。一八 ある日。一九 山岸。山辺ぞいをして。二〇 ともに秋の七草の一。二一 大阪・堺間の街道で、大和川にかかる橋。二二 主語は手代。二三 帰るやさっそく。二四 貧女が戸口に待っていることをつげたと見える。二五 死んだとて何の効もあることでない。二六 貧しい生活を切りぬけよ。二七 同情にたえないことだ。二八 甚だねんごろにした。二九 学問のできる人。三〇 親切に大事にもてなすこと。三一 最も。甚だ。三二 乳のみ子が生長して。三三 気の毒な。三四 よい主取りをさせよう。三五 立身出世の機会にあって。↓五一頁注

(り)たり。此事を春沢が聞(い)て、「[二七]いぢらしき事也」とて、方ゞとさがさせ、つれかへりての[二八]深切、かの[二九]学問者《がくもんしゃ》の妻が、「ようこそつれておかへりなされました」とて、[三〇]いたはりかしづく事[三一]尤よし。夫婦して恵むほどに、[三二]十になる年、春沢が江戸の親の九十の賀をいはひに下るに、此子二人をつれて、しか〳〵の事とて物がたりす。父も「[三三]かなしき物がたり也」とて、こゝにとゞめて、「[三四]よい御殿へ出(だ)すべし」とて、ついに[三五]青雲の時を得て、[三六]おそれある御方へめされしとぞ。かくあはれなる物がたりは有(り)し也。

二一　[三七]桑田變じて[三八]茶や株つく。[三九]先考の御物がたりに聞(き)し。昔三条の[四〇]橋上から、[四一]祇園の神殿が見えたぞ。それまでは[四二]行(く)ゝ松の林並(び)たち、[四三]鴨川は塵埃流れず、[四四]芝居は今の[四五]大和大路にたつた。むしろと縄で、からみつけて、は入(つ)て見たくもないわろは、[四六]つい〳〵といたといふたげな。此はなしわづかに[四七]百年になるならず、[四八]〔今〕の[四九]眞葛《まくづ》が原《はら》は、[五〇]風より[五一]太鼓三みせんでさわがしく、[五二]時雨もふつたやらふらぬやら聞えぬ所となりし。[五三]ちんちろりの虫の[五四]ねは、[五五]楊弓のぶうのおと[五六]昔じやない。[五七]大雅堂《たいがだう》が書画の名[五八]海内に聞えて、今は[五九]字紙《じし》一まいが[六〇]無價の宝珠となりし。翁が若い時、[六一]拝謁に参りたれば、たゞ「はあ〳〵」と云

二七。三六 尊い方。将軍またはその一族をさすか。▽藤簍冊子所収旌孝記。
三七 田圃が変って。書言故事大全「山河ノ改転スルヲ、滄海桑田ト云フ」。三八 茶屋の株ができる。京大阪では田圃をつぶし新地と呼び、色茶屋を移すと、そこに花柳界が栄えた例が多いのを言った。三九 なくなった父。上田茂助満宜(自伝)。宝暦十一年没。→補注一八。四〇 三条通の賀茂川にかかる。東海道はじめ諸街道の起点。四一 正しくは「祇園」。四条通りの東山につきあたる所にある八坂神社。三条橋から南東。四二 三条橋から祇園社間の道路には。四三 賀茂川。京都市を南北に貫通する川。四四 賀茂川の東河原にあった劇場群。→補注一九。四五 大和橋を通って南北に通ずる道路。翠箔志「縄手、大和大路と称す、いにしへの大和街道なればなり」。四六 さっさと通りぬけた。四七 享保の初めにあたる。四八 底本「人」、「今」の書き誤。四九 祇園の社の東、知恩院の南。今の円山公園。五〇 拾玉集「風さはぐ真葛が原の夕暮を都にしらぬ秋の山風」。五一 遊山客が多いさま。五二 新古今十二「我が恋は松を時雨の染めかねて真葛が原に風さはぐなり」。五三 これも雑沓のさま。五四 松虫の声。五五 小さい弓で命中率を争う遊戯。祇園社の辺に楊弓場があった。虫の声も楊弓の音に変った。五六 昔のおもかげは全くない。五七 池大雅。名無名(ありな)、字貸成、称周平、別号九霞山樵など。京住の文人画の大家。安永五年(一七七六)没、五十四歳。五八 日本国中。五九 ちょっと文字を書いた紙。六〇 甚だ貴いもののたとえ。尹文子にある魏の田父の得た玉の故事による。六一 お目にかかりに行ったところ。

(う)て、頭を疊にすりつけ、[一]すわり心のわろい事は、書損《かきそんじ》は[二]丘《をか》につみ、墨はこぼれて[三]恒水の第三河也。「[四]一まいたまわれ」と云(ひ)しかば、「あなたは[五]堂島じやとおしやる」とて、[六]黑舟《くろぶね》忠右衛門を書(い)てくれた。又西国《さいこく》がたのお[七]侍が、なんじやしれぬ物をかいて、「[八]是は[九]野老《ところ》をいはふて」と申される。この比[一〇]白川橋へんの人が、「大雅のおつかいなされた筆じや」と云(う)て、[一一]只なんでもかでも。「[一二]親どもは[一三]周平様の[一四]味曾ついてもて行(く)。「米は御ざりますか」とて、一二升づゝおこします。さて、「[一五]あなたのお[一六]陰で手が上りましたげな」とて、お寺さまへ[一七]名号《みやうがう》かいてもつて行(く)」。ある[一八]の年のくれに、「せつきはどうなされました」とて、[一九]五岳の[二〇]紋の布子のせんたくしてしんぜる。[二一]玉蘭《ぎよくらん》と二人して、茶やのかけ行灯《あんどん》をかいて、一軒に百文づゝのお礼物で、「銭十貫文なければ[二二]春がござりませぬは」とて、又[二三]祇苑町《ぎをんまち》の藝子《げいこ》が、たばこ入や扇面を、「もしどうぞ」といへば、「ハア〱」と云(う)て、何やらしれぬ物かいてやるにも、礼物が一まい百文づゝ。[二四]大牢《たいらう》の滋味《じみ》かはしらねど、芋やら餅やら、鰒やら牛肉やらで、「[二五]玉蘭子なされぬか」と、杯を持(ち)ながら、玉子《ぎよくし》も[二六]猿のやうな顔で、書初《かきぞめ》に玉蘭夫人。生前にはたんと礼せいでも手に入(つ)たのに、富家の[二七]くわんたいものが、「周平にかゝせた」とて、たつた一まい[二八]百疋の礼物。「一二まい[二九]無名でか

一 座り所もない体で。 二 岡のように高く積み。 三 恒河即ちガンジス河。一名三道流というその第三。 四 書画を一枚。 五 秋成の住所は堂島永来町(大阪出版書籍目録)。今の大毎本社の北辺。 六 浄瑠璃の容競出入湊などに出る男伊達。住吉屋四郎右衛門がモデルという。 七 侍が希望した時の意。 八 大雅堂の言。 九 やまのいもの類。鬚があるので長寿の祝の画とするの意。 一〇 三条通りで賀茂川の支流白河にかかる橋。 一一 何でも大そうにいうの意。 一二 私の親。「ども」はやわらかく言う接尾辞。以下白川橋の人の言葉。 一三 大雅の俗称。秋平。この字を書いた記録も多い(明和雑録)。 一四 味噌。大雅の生活の苦しい時に味噌米の世話をしたをいう。 一五 「あなた」は三人称尊称。ここはこの人の親の死後にいう。 一六 生活の世話になって書画が上達したと人からも言われます。 一七 「南無阿弥陀仏」のこと。大雅がその人の親の追福のため、名号を書いて納めた。 一八 「の」一字衍。 一九 福原五岳。寛政十一年没、七十歳。大雅門で大阪の画家。「の」は主語を示す。 二〇 紋付の布子を送る。 二一 玉瀾。大雅の妻。名は町。天明四年(一七八四)没、五十八歳か。この宛字も多い。 二二 正月がきません。 二三 祇園町。祇園社西側一帯の花柳街。 二四 極上の馳走。文選の聖主得賢臣頌「与ニ太牢之滋味ヲ論ズルニ足ラズ」。 二五 一杯飲まないか。 二六 猿のような顔で一杯やるが、その顔で書初には玉蘭夫人などと気取った署名をする。 二七 おごり者。 二八 和漢名数「和俗、銭一貫、之ヲ百疋ト謂フ」。 二九 大雅の名。無名という署名で書かせた。 三〇 底本欠、意によって補。 三一 えらそうな口をきいて。 三二 元日に床にかけようかい。 三三 大雅堂その人。 三四 京都東山高台寺の北にあり、西行・頓

ゝせた」〔と〕[三〇]贅[三一]言《ぜいげん》、表装して、「[三二]元日にはかけまい。圖もめでたい〳〵」。又[三三]彼先生も、[三四]双林寺の庭に大雅堂と云(ふ)所が[三五]出來うとは。何やら[三六]一風にたてゝ、たんとあつた弟子衆が、[三七]蘭亭《らんてい》の流《りう》にて、[三八]茶室がたつたで、茶の湯はとんとしらぬ[三九]人の追善會、[四〇]ない雅堂となりました。今は[四一]塩がまの烟のきへたより、[四二]室町殿の舘《やかた》がやけたより、[四三]あわれになつた。又[四四]蕪村が繪は、[四五]あたい今にては高まの山のさくら花、[四六]俳かいしが信じて、[四七]島原の[四八]桔〔梗〕やの亭主が、たんとかいてもろうて、[四九]廓中のざい宝も[五〇]價が今は千金。[五一]富民の吝嗇、やつぱり徳もつかぬ物じやと思ふよ。又[五二]契冲の手跡を、近年鑒定の[五三]鑒札が出るやら、[五四]長町の八百やがたんと持(つ)ていたのを、此[五五]贋《にせ》はと見きゝじまんする。[五六]はせをは百疋になる[五七]世かい。又ある鑒定家に表具させて、きわめなしに田舎へ、[五八]高田の門徒宗、[五九]北國からはやり出した。かの鑒定家は、「人にやいわれぬ[六〇]三条のどこやらの[六一]會所がように[六二]せる。それは銀[六三]一両づゝで、たん尺も懐紙もとつていれば、[六四]是では水ものまれぬ」。又大坂の[六五]淡《たん》〳〵が弟子に、[六六]秀鏡《しうきやう》といふた上手があつたげな。ある秋の月の夜に、[六七]獨客《ひとりきやく》の茶の湯を、[六八]谷松やといふた[六九]道具やが[七〇]手まへで、茶の湯がすむと、「[七一]そのかけ物を」とをさめさせて、さて「谷松きけ。俳道の[七二]衣鉢を、こよひ秀鏡子へゆづるぞ。[七三]三千人の弟子にも、[七四]キ様のやうなはいない。[七五]此翁《おきな》の句は[七六]生匡

阿の遺跡の寺。ここの謙阿上人と大雅と親しかったのが縁(大雅堂画譜跋)。↓補注二〇。

三五「できよう」と読む。できようとは思わなかったであろう。三六 茶の方で一つの特色を作って。三七 晋の王羲之の蘭亭を模して(蘭亭帖参照)。三八 大雅堂はこの茶室の名。門人青木夙夜・僧月峰などここに住んだ(拾遺都名所図会に図がある)。三九 大雅をさす。四〇 風雅気は少しもない所との意。四一 五条橋通万里小路東八町四方にあった源融の河原院に作った塩やく釜。四二 室町今出川北にあった足利義満の公第、花の御所。四三 その大雅堂のさびれたをいう。四四 与謝蕪村。文人画家にして俳人。秋成の知人。名寅・長庚、字春星、別号に夜半亭・紫狐庵など。天明三年(一七八三)没、六十八歳。↓補注二一。四五 高価。千載集一「葛城やたかまの山の桜花雲居のよそに見てや過ぎなむ」。下の句の意もかねる。四六 俳諧仲間が蕪村の画をも信仰して。四七 京都の公娼街。四八 底本「桔更」。広島本により改。島原上の町西側角の遊女屋(一目千軒)。四九 島原廓中。五〇 蘇東坡の春夜詩「春宵一刻価千金」。高価の意。五一 しかし桔梗やのような富者は、おしんで手ばなさないので、得にはならぬものだ。五二 ↓二五三頁注四二。五三 極め札。五四 大阪の日本橋から南へ続く、当時は場末の町。五五 底本「は」一字衍、略す。五六 松尾芭蕉。蕉風俳諧の祖。元禄七年(一六九四)没、五十一歳。秋成は芭蕉に好意を持たぬ。↓補注二二。五七 世の中。五八 高く売った。それが、真宗高田派即ち伊勢一身田専修寺であったの意。五九 物は真宗関係の筆跡であろうが、北国から出たとして売物になったのだ。六〇 京都の三条通。六一 自治集会所。ここはその事務員。六二 門徒衆に売る筆跡のにせを作

の秀逸じゃ」とて、[一]取(り)つたへて後に、「谷松きけ。此句のかいたのが又出たら、金十両ではなん時でもとるぞ」といわれて、[二]胸がざわ〳〵とうれしかつたも、南無三、[三]うけつけられたと、無念ながら、翌日金十両を持(つ)ていて、かたりめがとおもふた也。

二二　翁が[四]京に住(み)つく時、軒向ひの[五]村瀬嘉右衛門と云(ふ)儒者が、「京は[六]不義國じやぞ。覺悟して」といわれた。[七]十六年すんで、又一語をくわへて、不義國の貧國じやと思ふ。[八]二百年の治世の始に、富豪の家がたんとあつたれど、皆、[九]大坂江戸へ金をすい取られたか。夫でも[一〇]家格を云(う)て[一一]しやちこばる事よ。貧と薄情の外にはなるべきやうなし。[一二]山河花(卉)鳥蟲の外は、[一三]あやしきとおもふてすんで居(る)。

二三　[一四]皆川《みながは》文藏が、度〻あふごとに、「どうじや、[一五]おやぢ」となぶらるゝ事じや。[一六]同年、髪がくらうて、歯が落(ち)いで、杖いらずの目自慢じや有(つ)た。いつぞやの出會に、「どうやら骨が[一七]細うなつた。さきへお死にやろ。念佛申(し)てやろ」といふたが、はたして[一八]そのとをりじやあつた。[一九]講堂も[二〇]しつくい、[二一]溝の

る。　六三 四匁三分。　六四 会所からにせを銀一両で買っていたのでは、生活ができかねる。　六五 松木淡々。宝暦十一年(一七六一)没、八十八歳。大阪住の俳人。→補注二三。　六六 淡々の高弟。俗に「長源」という富有な町人。　六七 一亭に一客を呼ぶ茶の湯の一方法。熟練の人のする席。　六八 未詳。　六九 古道具屋。　七〇 茶を立てて。　七一 茶掛の幅。客にかけさせるのが独客の法(槐記)。　七二 師から直伝の奥儀。　七三 淡々は孔子の弟子に比し、かく称したという。　七四 二人称敬称。　七五 芭蕉。淡々は芭蕉直門をほこった。　七六 生涯。

一 伝受して後。　二 秀鏡が胸中。　三 おしつけられた。

四 寛政五年六月、知恩院前袋町に移住。　五 村瀬栲亭。名之熙、字君績。秋田藩儒、後に京で下帷。文政元年(一八一八)没、七十三歳。煎茶道の友。→補注二四。　六 道にはずれたことの行われる国。　七 文化五年にあたる。　八 二百年前に徳川幕府が天下を治めた始め。　九 大阪・江戸の二新興都市に富が移ってしまったか。　一〇 京都の人々は、家の格式を言って。　一一 威権をつくる。　一二 京都の自然の美しいのは勿論ながら、その外は。底本「花井」、意によって改。　一三 けしからぬことだと。▽異本。

一四 皆川淇園。名愿、字伯恭、京住の大儒者。きさくな人物。　一五 秋成の年寄くさいのを耶喩する語。　一六 秋成と同年齢。　一七「なつた」以下自筆本による。　一八 文化四年(一八〇七)五月十六日没、七十四歳。　一九 淇園が文化二年建てた弘道館なる学校の講義場。　二〇 土台の漆喰だ

曲水も犬のくそのたまる所になつたよし。あ[二二]ほうにはちがいはない。又弟の不《ふ》[二三]二谷千《じやせん》右衛門は、兄よりかしこいで、学文も何《な》にもよかつたとぞ。俳[二四]かいの友で、むかしは度ゝ出會した。互に又國[二五]詩國文の好《すき》にかわつた。大坂くだりにはちよこ／＼よられた。女ずきで、腎[二六]虚火動で、ほ[二七]へ／＼しなれたと、かいほうした書生がはなし也。そんなら是もあほうであつた。

二四 村瀬は智者で小[二八]まへな故、風流のない人じや。さて大[二九]坂では評判のわるい事があつたゆへ、書(い)た物ほしがる者がとんとない。

二五 大[三〇]坂の学校とは潜上《せんしやう》[三一]な名目、郷校《きやうかう》[三二]でも過(ぎ)た事よ。黌舎《くわうしや》[三三]といふがあたり前じや。開[三四]師三[三五]宅石庵は王[三六]陽明の風な学士じやが、篤実でしんせつでよかつた故、富豪の者がよつて黌舎をたてゝ、す[三七]ましました事じや。京の人で、もとは俳[三八]かい士じやげな。「つ[三九]いきけばきたない事じや梅だらけ」。ひ[四〇]つつかんだ口には、芭[四一]蕉などゝいふこ[四二]しらへ者が、よ[四三]りつける事じやなかつた。

二六 段ゝ世がかわつて五井《ごゐ》[四四]先生といふがよい儒者じやあつて、今の竹山[四五]、

けになり。 二一 曲水風に作った溝も。 二二 馬鹿。ただし口の悪い秋成だが、この語にはある種の親愛感を含むと見るべきである。 二三 富士谷成章。字仲達、称専右衛門、号北辺。安永八年(一七七九)没、四十二歳。淇園の弟、柳川藩出入の富士谷の養子となった。多才の国学者。淇園と清田儋叟と一夜百詠を争って、最も才能を発揮した逸話がある(三先生一夜百詠)。 二四 交友の次第は未詳ながら、秋成著の也哉抄には、成章のかざし抄・あゆひ抄の影響がある(竹岡正夫「富士谷成章と上田秋成」—国語昭和二十八年九月号)。 二五 和歌・和文。 二六 過婬によると考えられた精力の減退。 二七 男根が。

二八 小さくかたまった。小じんまりした儒者。

二九 椊亭が一時、大阪へ出たときか。未詳。

三〇 懐徳堂のことをいう(西村天囚著、懐徳堂考)。 三一 礼記の学記に「古之教者、家ニ塾有リ、党ニ庠有リ、州ニ序有リ、国ニ学有リ」。学校は国にあるもの故に、潜上即ち思い上りという。 三二 礼記の注に、党及び州の学は郷学とある。ごく地方的な私学の意。 三三 学校のたて物。 三四 懐徳堂の初代祭酒(主任教授)。 三五 名正名、字貫父、称新次郎、別号万年。中井甃庵と相談して初代教授となった人。享保十五年(一七三〇)没、六十六歳。 三六 陽明学の祖。懐徳堂の学問は朱子学を中心としたが、石庵は陸王とて陽明学系の講義もした。鵺学問とも言われた(懐徳堂考)。 三七 住居させた。 三八 泉石と号し小西来山と俳諧を共にした。↓補注二五。 三九 俳諧古選所収句。ちょっと聞くときたない気がするが、景や香を思い出して見ればの意。 四〇 要点をついた作風。 四一 松尾芭蕉。 四二 にせ者。

[一]履軒は、この[二]したての禿《かぶろ》じゃ。契沖をしんじて[三]國学もやられた。[四]續落くぼ物がたりといふ物をかゝれて、[五]味曾つけられた事よ。竹山は[六]山こかしと人がいふ。[七]山はこけねど、こかし〔た〕がつた人じゃ。履軒は兄とちがふて、[八]大器のやうにいふが、これも[九]こしらへ物じゃ。[一〇]老が幽靈ばなしをしたら、跡で「そなたはさつても文盲な[一一]わろじゃ。ゆう靈の狐つきじゃのと云(ふ)事はない事じゃ。狐つきといふは皆かん症やみじゃ」と、大に恥(ぢ)しめられた。[一二]書生等と一しよに、「[一三]門を出ると、うきよの事にくらいのが、学校のふところ子」といふたを、[一四]雪鵬といふおどけ者が、「[一五]善太は默していたりけり」と、大きにたかくきこへて、履軒が立腹じゃといふ事。其後にも度〻[一六]あへど、何ともよういわぬ。[一七]白川侯よりむかいが來たとて、[一八]斬髪になつてことわり申(し)た時、[一九]ふといたれば、「かわつ[二〇]たあたまじゃ」〔と〕いふたら、しか〲の事でといわれた。「髮そらずには、ことわりはいわれぬか」といふたれば、返答しやらなんだ。其のちはおとづれなんだ。是で[二一]相場はたつてある。学校のおとろへ、この兄弟で徳がつきたかしらぬ。[二二]ごくもん所といふわる口を前からいふた。なるほど、[二三]ろくな弟子は[二四]出來ぬに、皆かねづかいの、[二五]しんだいはつぶれ〱て、若死。長生したら、[二六]獄門《ごくもん》にあひさうな人があつた。

まやかし者。 **四三** 比較にもならぬ。
四四 五井蘭洲。名純禎、字子祥、称藤九郎。懐徳堂教授。宝暦十二年(一七六二)没、六十九歳。↓補注二六。 **四五** 中井竹山。名積善、字子慶、称善太。甃庵の男で、懐徳堂祭酒となる。文化元年(一八〇四)没、七十五歳。↓補注二七。

一 中井履軒。名積徳。字処叔、称徳二、竹山の弟の儒者。文化十四年(一八一七)没、八十六歳。 **二** 下輩で、太夫につく禿級である。 **三** 蘭洲は契沖と交あった父持軒からの家学で、国学に従い、勢語通・古今通などの著がある。↓補注二八。 **四** 擬古物語一巻。落窪物語の登場人物の子供達を材としたもの。勧善懲悪因果応報の気味が濃い。 **五** 正しくは「味噌」。失敗した意の俗語。 **六** 投機的人物。 **七** 機に投じる程の才能はないが、その気分は持った人。「こかし」の下の「た」は補。 **八** 器量が大きい。 **九** まやかしもの。 **一〇** 秋成自らをいう。 **一一** 奴。以下は「一三」にあると同じ。 **一二** 書生達との一座で。 **一三** 秋成の言葉。一歩学校の外へ出ると、世間のことにくらいのは、懐徳堂の中のみで教養をつけた「ふところ子」同様だからだ。 **一四** 未詳。 **一五** 竹山の通称。竹山がそう言われても黙っていたと雪鵬が言ったのが。 **一六** 悪評の主の秋成と。 **一七** 時の幕府の執政、奥州白河藩主松平定信。天明八年定信大阪へ来て、竹山を召し下問あり、後に草茅危言を献じた前後のことか。竹山召聘のことは他に未見。 **一八** 竹山は生涯禄仕を望まなかったので、浪人体の切り髪になったのであろう。ただし竹山は総髪を好んだ人という。

二七　翁醫[二七]たる時、西の方魚市[二八]の長に病人ありて、戸を叩(き)てむかへ來たる。從(つ)て行(く)。診察終りて、藥をあたへかへる時、市猶盛にて、往來[二九]の煩ひ今也。一個の魚商籃《かご》[三〇]をかさね荷ひて東に走る。後より一犬追(ひ)來たりて、大魚の尾の籃にもれしをくわへて、ついに己《おの》が餌と思ひて去る。予が僕「犬、魚をぬすめり」と告(ぐ)。魚商荷を捨(て)、枴《あふこ》[三一]を擡《も》[三二](ち)て追(ひ)せまり、大呼して打(ち)て魚をとりかへせり。又荷を重しとして東にはしる。犬、魚は我(が)物なりといふべきつらつきして、猶したがいゆけり。これを見ておもふ。人もし盗(み)得たりとも、ふたゝびは悪念なし。犬の性《さが》、人と同じからざる所、是也。

二八　播[三三]の何の里にては、婢女午飯の時、田所《たどころ》[三四]にひぢり[三五]こにまみれし足をすます[三六]。すまし終りて、盥《たらひ》[三七]を垣ねにすてんとするに、狐こゝに臥(し)たるをしらず、湯きつねにそゝぎかけたり。狐おどろき[三八]去(る)時、一たびかへり見て、婢女が面を見る。婢女しらず。其夜婢女口ばしり[三九]て云(ふ)。「我ひる[四〇]いしたり。何の爲にか、すゝぎし不浄[四一]の水を我にそゝぐ」と、いかりにらみて、徹夜《よどほし》[四二]狂ふ

一九 秋成がたまたま竹山を訪問した。二〇 頭の髪の風。「と」は意によって補。二一 竹山の限度がわかる。二二 学問所のもじり。懐徳堂は享保十一年開校以来、公私ともに学問所と呼んだ。二三 満足な。二四 できない上に、その弟子達とくれば、金づかいが荒くって。二五 放蕩の結果、破産して、身体をそこなって若死する。二六 斬罪さらし首の極刑。▽「五二」。

二七 「五」に見えたごとく大阪で開業していた安永四年から天明八年の間。二八 生魚市場。二九 通行しにくい真最中であった。三〇 大きな籠。三一 てんびん棒。になない棒。三二 字典に「持也」。

三三 播磨。兵庫県の内。三四 ここでは田圃の意。三五 和名抄に泥を「比知利古」。三六 洗い清める。三七 盥の汚れた湯を。三八 目さめて。三九 憑き物がして、うわの空で物を言って。四〇 昼寝。四一 きたない水。神らしくもったいぶって言ったもの。四二 狐につかれた下女が狂態をつくすこと。

事恐し。[一]あした村中《そんちゅう》の僧來たりて、狐に示すは、「汝[二]昼ねしたるは汝が宿《やど》りにあらず。婢がもとより汝をこゝに[三]知りてそゝぎしにあらず。しらずしてあやまつは、[四]とがむるもの ゝあやまち也。[五]人必(ず)しらず、打(た)れ、むくいせず。汝畜生也」と示す。狐默して、云(ふ)。「[六]人はしらずしてあやまつは、あやまちとせぬよ。[七]汝はじめて是をしる。畜生の愚あわれむべし」と。狐ついに默して後去る。此談[八]犬の性と同じき也。

二九　[九]履軒云(ふ)。「きつね人に近よる事なし。もとより渠《かれ》に魅《み》せらる[一〇]と云(ふ)はなき事也」とぞ。[一一]細合《ほそあひ》半齋は性[一二]慇懃《いんぎん》にて、礼義正しき人也。世人是をかへりて[一三]うとむは、世人の性[一四]亂墮《らんだ》なる者也。[一五]京師に在(り)て[一六]西本願寺へ[一七]拜走す。[一八]あした[一九]三条油の小路を出(で)て、昼過(ぐ)るに到らず。ついに日くれしかば、[二〇]恍忙《くわうはう》として[二一]宿にかへりし事あり。是、性のしづかなるをさへ、狐狸[二二]道を失なはす。翁亦一日[二三]鴨づゝみの庵を出(で)て、[二四]銀閣寺前の[二五]淨土院にゆくに、[二六]吉田の丘の北をめぐりて又東にゆく順路也。[二七]道もつとも狹からず。さるに[二八]いかにして[二九]白川の里に來たりぬ。物思ひてまどいしと心得て、やう〳〵東南の[三〇]淨土寺村に來たりて、[三一]和上《わじやう》圖南と談話のついでに、此事をかたる。和上、「病なるべし。よ

一 翌朝。村中はその村に住んでいるの意。二 昼寝をした所は、お前自身の巣ではない。三 ここにいると知って。四 とがめる方が悪い。五「人必ず」から、次の「人はしらず」の上までは、衍と見るべきで、文意の通らぬ所もある。秋成は消し忘れたのであろう。六 人間では不本意の失策はとがめないものだ。七 お前は今までこのことを知らなかった。八 以上二条は「一三」に出た「善悪邪正なきが性也」の説明にあたる。

九 中井履軒。「一三」の「儒者」にあたる。履軒の「書象外怪軸後」に似た意見がある。一〇 ばかされる。一一 名方明、字麗王、称八郎右衛門。伊勢一身田門主につかえた儒者。書と詩をよくし秋成の友人。享和三年(一八〇三)没、七十七歳。↓補注二九。一二 諸事ていねいなたちで。一三 いやがるのは。一四 懶惰のあて字。なまけること。一五 京都。一六 真宗西本願寺派の本山。西六条にある。一七 参詣に行く。一八 早朝。一九 半斎の仮寓地。京都市中京区。西本願寺の東北で遠距離ではない。二〇 恍はぼんやりとしたさま。忙は茫または惘のあて字。ぼんやりとして。うす気味悪くての意に用いたか。二一 自分の居所。二二 道をわからないようにする。二三 賀茂川堤の庵。丸太町の賀茂川の東岸にあった羽倉信美の小亭。寛政十一年から文化二年までの京都での住所。二四 鹿ガ谷の北、如意ガ岳の下にある。慈照寺の別名。二五 浄土寺村の寺院。二六 吉田山。吉田神社がある。二七 そう狭くもない。二八 どうしたことか。二九 白川村。今は京都市中で北白川という。北へ行き過ぎたのである。三〇 白川村の南、銀閣寺をふくめた部落。今は京都市中。三一 和尚に同じ。律宗な

くつゝしみたまへ」とぞ。歸路又よし田の丘の北に來て、大道[32]につきて西に庵にかへらんとす。いかにして百萬べん[33]の寺前にいたる。こゝにてしる。狐道をうしなはせしよと。しかれども心忙然[34]たらずして、午後かへりつきぬ。又一日《ひとひ》北野[35]の神にまうづ。あしたに出(で)て拜し、東[36]をさすに、春雨蕭ゝ《せう〱》[37]とふり來たりて、老の足よわく、眼[38]又くらきに煩ひ、大賀[39]伊賀をとむらいて、午飯を食しぬ。雨[40]いよゝつのりて、頭さし出(づ)べからず。「今夜こゝに宿す歟、さらずは乗輿《かご》[41]をめさん」といふほど雨少(し)やむ。庵[42]には十二三丁の所なり。つねにかよひ馴(れ)て労[43]なく思へば、「雨[44]をもしろ」とて、門を出(で)て東をさす。一条[45]ほり川にいたりて雨又しきり也。傘を雨にかたふけて行(く)ゝくるし。しかれども行[46](く)ゝ、大道のみにて迷ふべからず。雨に興じてくるほどに、ほり川のさわら木丁[47]にいたりぬ。こゝに始(め)て心づきて、笠のかたぶきに東南をたがへしやとおもひ、又東をさすに、はから[48]ずしも堀川[49]の西にあゆむ〳〵。又所をしりたれば、いかにしてとて、心[50]をすまして、ついに丸太町[51]をたゞ[52]に東をさして、庵にかへりぬ。日正にくれんとす。病尼[53]待(ち)わびて、辻[54]だちしたり。「大賀に在(り)し」とのみこたへて入(り)[55]たるが、足つかれ眼くらみ、心いよゝ暗し。灯下に牀《とこ》のべさせてふして、曉天にいたるまでうまい[56]したり。是亦き

どでいう。図南は浄土院の和尚であろうが未詳。
三二 当時の地図に「白川村ヨリ荒神口ヘ廿丁」とする道あり、荒神口で賀茂川に出、下行すれば丸太町につく、これであろう。 三三 知恩寺の俗称。浄土宗の一本山。南西にゆくべきを、西へ行き過ぎた。 三四 茫然の当時一般に用いたあて字。ぼんやりとしたさま。精神だけはしっかりとして。 三五 北野天満宮。この一条は北野加茂に詣づる記(仮題)の一部分に入っている。秋成は大阪での天満の氏子で、「月比怠らず」京都でも参詣したという。賀茂川の丸太町に住んだ時のことである。 三六 北野から東行して帰路につく。 三七 物さびしく。 三八 秋成は六十前から始終眼が悪かった。 三九 前出の記によれば名宗文。地下家伝の坊官諸大夫侍の部に見える大賀家の人であろう。今出川堀川あたりに住む。
四〇 雨はますますはげしくなって。 四一 駕籠。かごにしましょう。 四二 秋成の住居。 四三 苦とも思わないので。 四四 春雨も一興だ。 四五 有名な戻橋のある所。想像した大賀の家から、東へゆくつもりが南へ来た。記に「今出川通の例の道を踏みたがへ、一条の方へ迷ひ来ぬ」。
四六 行く手の路は大きい通で迷うこともあるまいと。 四七 椹木町。当時の地図で、一条より大道を六筋南。記に「おほがさ少しかゝげて見たれば、あなや二条の大路なりける」。 四八 思いがけずも。 四九 二条城の前を南北に流れる川。また東西反対を歩いたのである。 五〇 気を落ちつけて。 五一 二条通の北を東西にわたる大通り。
五二 ひたすら。 五三 養女で尼体、病弱であった。 五四 町角に立って待っていた。 五五 庵に。 五六 ぐっすりと寝た。

つねの道うしなはせしか。半齋も我も性神[一]たがわずして、一日[二]をわする事、狐が術の人のこ[三]へたる所也。学校のふところ親父[四]、たま〳〵にも門戸を出(で)ずして、狐人を魅《み》せずと定む。嗤《わら》[五](ふ)べし〳〵。

三〇　佛[六]氏云(ふ)。「神仏同躰[七]」と。翁おもふ。佛は聖人と同じく、善根[八]をうへて大樹[九]とさかへさせ、ついに世かいを覆ふにいたるべし。うき世[一〇]の民に袖覆ふと云(ふ)師[一一]は小乗《せうじょう》[一二]のみ。神は神にして[一三]、人の修し得て神[一四]となるにあらず。易[一五]云(ふ)。「[一六]陰陽《ハ》不《ズ》レ測《ラ》謂《フ》二之《ヲ》神《ト》一」。はかるべからず[一七]の事明らか也。さればこそ人[一八]の善悪邪正の論談[一九]なき歟。我によくつかふる者にはよく愛す。我におろそげ[二〇]なれば罰す。狐狸[二一]に同じきに似たり。西天竺《さいてんぢく》[二二]の事はしらず、我(が)國の神代[二三]がたりは人[二四]のつくりそへし者にて云(ふ)べからず。國史[二五]にしるす所一二暗記[二六]ながらいはん。

三一　欽明天皇[二七]在位アラセサシ[二八]始に、秦《はた》[二九]の大津父《おほつふ》と云(ふ)者、伊勢[三〇]に商賣《あきなひ》[三一]のかよひして、常に往來す。今日又出(で)て、飛鳥《あすか》[三二]の清《きよ》み原《はら》を過(ぐ)るに、二狼かみあらそひて吼(ゆ)る事おそろし。ふびんなりとて、是をあつかい[三三]て、二狼が

一　精神が変になったのでなくて。　二　一日中自分を忘れたようになったこと。　三「に」とあるべき所。人の精神にまさる点だ。　四　世間知らず。「ふところ子」とあるべきを、履軒が年ゆきなので親父とたわむれた。　五　字典に「笑貌」。

六　仏家に同じ。　七　本地垂迹の説。　八　善い結果を生むべき行為。「根」「うへて」「大樹」は縁語。　九　善を拡大して世に広げるのたとえ。　一〇　千載十七「おほけなくうき世の民におほふかな我がたつ杣に墨染の袖」。墨染の衣で覆って衆生を仏法に導くの意。　一一　伝道の法師。この歌の作者慈円。諡名慈鎮。嘉禄元年(一二二五)没、七十一歳。歌人にして天台座主。　一二　見解がせまく卑近すぎる意に、仏語を用いた。　一三　神は仏と違ってやはり神。　一四　人が修行してなる仏や聖人と違う。日本的信仰と、外来の信仰の差をいう。　一五　易経。中国の古典。五経の一。　一六　易経繫辞上の第五章中の語。　一七　神を人智で推測はできないことは、中国人も言って明らか。　一八　人間におけるごとき。　一九　議論。　二〇　軽んずる。　二一「二八」に見た、また「三一」にかかげる獣類と同じようである。　二二　天竺のこと。印度地方。　二三　古事記などの神代の部分。　二四　後人の補欠したもので。↓補注三〇。　二五　日本の正史。日本書紀。秋成は紀を上げて、記をしりぞけた(安々言)。　二六　そらおぼえ。

▽神代がたり・「一三」。

二七　二十九代の天皇。大津父のことは欽明紀の初めにある。　二八「アラサセシ」の誤記。　二九　稲荷神社にまつわる秦氏の祖と考えられる(伴信友の験の杉)。↓補注三一。　三〇　三重県。　三一　行商をして。　三二　大和(奈良県)高市郡の飛

血にまみれたるを拭いてかへらしめたり。天皇御夢有(り)。神來たりて、「秦の大津父、人よし。召(し)てつかふべし」と。さめて問[三四]ふに人〔し〕[三五]らず。國中に觸[三六](れ)ながせば、何[三七]がしの里人にて、めしつれ來たり。「汝何[三八]わざをして神によくつかふ」と。「何[三九]のわざしらず。こゝに一日《ひとひ》清み原に二狼のかみあらそふに行(き)あいたり。あつかひてわかれさらしめし事あり」と。天皇曰(く)。「是[四〇]がむくいよくしたる也」とて、御代になりて後なれば、大[四一]藏つかさにめ[四二]されたり。狼の性暴惡、文[四三]人の筆に常に云(ふ)ところ也。しかれども、我によくしたればとて、此むくいよくしたりき。清[四四]み原を一の名、眞神《まがみ》が原と哥にはよむ。大口《おほくち》の眞神が原とよむ也。又貞[四五]觀それのとし、富[四六]士の山、大に燒(け)て、峯[四七]くづれ谷をうめ、海[四八]を原となし、人民をさへ傷害して、災[四九]隣國に及ぶ事數日。甲[五〇]斐國司後に奏す。「富士の山頭の淺間《せんげん》[五一]名神の祝部《はふりべ》[五二]等祭祀怠るを、神いかりてこの事に及ぶ」と。卽(ち)勅[五三]して、祝部等をいましむ。思ふに、神もし祝部をのみ罪せば罪せよ。この大災をつ[五四]とめて何ぞこゝろよしとするや。その[五五]前後はしらず、肥[五六]後の國の阿曾《あそ》が嶽《たけ》に二[五七]つの石神あり、又神[五八]池あり。一日神火もへて池水涸《か》(れ)、ほ[五九]とばしりて火となる事數日。國司等卜部《うらべ》[六〇]を召(し)てうらなはしむ。卜《うらな》つて云(ふ)。「是は兵燹《へいせん》[六一]のおこるべき祥瑞《さが》[六二]なり」とぞ。帥《いくさ》[六三]に命じて九[六四]國をよ

鳥地方で天武天皇の清見原の宮のあった辺。↓補注三二。　三三 仲裁して。　三四 大津父のことを。　三五 底本「し」欠、意によって補。　三六 触をもって広げたところ。　三七 紀では山城国紀伊郡深草里(京都市深草)とある。　三八 どんなことをして神をいつき祭るか。　三九 神を祭る何の方法も知りません。　四〇 これに対して、よい恩返しをしたのだ。　四一 欽明紀「大蔵省(おほくらのつかさ)」。古代政府の財政をとりまかなう役所。秦氏代々これに任じた。　四二 召し出された。　四三 暴悪のことを虎狼の心など言うを考えての文。　四四 補正「崇峻紀に飛鳥之真神ノ原亦名苫田、清見原と云ふもこゝ也、欽明紀に二狼の嚙ひあひし所にて名の義とはなれり、大口のまがみの原也」。真神は狼のこと。「大口の」という枕詞は、狼の口が大きい故と(冠辞考)。　四五 貞観六年五月廿五日。三代実録に見える。　四六 実録に「駿河国言フ、富士郡正三位浅間大神大山火(中略)山ヲ焼ク方一二許里」。　四七 同「嶺ヲ崩シ」。　四八 同、「大山ノ西北ニ、本栖水海(もとすのうみ)有リ、焼ク所ノ巌石、流レテ海中ヲ埋ム」。　四九 同「火焰遂ニ甲斐国ノ堺ニ属ス」。　五〇 同八年五日の条「駿河国富士山ノ火、彼ノ国(甲斐国)言上ス、之ヲ著亀ニ決スルニ云フ、浅間名神禰宜祝等、斎敬ヲ勤メザルノ致ス所也ト」。　五一 木花咲耶姫命を祭る浅間神社。　五二 神官。　五三 三代実録貞観六年八月五日に「甲斐ノ国司ニ下知シテ云フ(中略)応ニ鎮謝スベキノ状、国ニ告知シ訖ル」。　五四 おこして。　五五 貞観六年十月三日夜(三代実録同年十二月廿六日の条)。　五六 熊本県阿蘇嶽。　五七 三代実録は石神のことは別に「又比売神嶺、元来三石神有リ、高サ四許丈、同夜二石神頽崩」と附す。　五八 三代実録に「肥後国阿蘇郡正二位勲五等健磐竜命ノ神霊池、去ル十月三日夜、

く守(ら)しむ。浅間名神はおのが爲に國を[一]そこなふ。石神は國のために祥瑞《さが》を示す。神として[二]かくの如くたがふはいかに。[三]本州北の村に[四]菅神《くわんじん》の廟《べう》あり。又[五]客人《まれびと》の社《やしろ》あり。村中わづかに一丁をへだてゝ寺院の内にあり。祭祀七月十五日、里人等[六]神輿《みこし》をふりにない、[七]物をさゝげて神をなぐさむ。おのれ等道のわづかに[八]なるになぐさまずぞある。寺院[九]宗門の事によりて[一〇]〔閉《へい》〕戸《こ》せられたり。神輿をふるに所なし。[一一]里正にうたへて、[一二]一日門をひらかん事をいふ。里正云(ふ)。「[一三]公朝の命いかにぞ守らざらんや。たゞ門外に在(り)て」といふ。里人等欝悒《おぼほ》[一四]しくてたのしまず。[一五]兼(ね)て一村のうち十丁をへだてゝ、[一六]堀川のべに夷《えびす》のやしろ在(り)、境内[一七]尤廣し。[一八]ここに改(め)ん事を神に問ふて、[一九]探湯《くかだち》を奉り、[二〇]神樂を奏すれども、三度にして神ゆるさず。今度の閉戸に乘じて、神輿をさゝげて、夷のやしろにいたりて大によろこぶ。忽に喧嘩紛擾して血を見る事數人に及ぶ。

三二　[二一]河内の國の山中に一村あり。[二二]樵者あり、母一人、男子二人、女子一人ともに親につかへて[二三]孝養足る。一日《ひとひ》村中の古き林の木をきり來たる。翌日兄狂を發して母を斧にて打(ち)殺す。弟亦これを快しとして[二四]段ゝ《だん〳〵》にす。女子も又俎《まな》板《いた》をさゝげ、庖刃《はうちやう》をもて細(か)に刻む。[二五]血一雫も見ず。[二六]大坂の牢獄につながれ

声有リ、震動ス、池水空中ニ沸騰、東南ニ洒落ス」。五九 同「水色漿ノ如シ」。六〇 占いをつかさどる者。同「府司等之ヲ亀筮ニ決スルニ云フ、応ニ水疫之灾有ルベシト」。六一 兵火。六二 文字はあて字で、前兆の意。六三 類聚名義抄などの訓。軍勢。六四 九州。

一 いためる。二 奉仕の如何によるのであろうと、「三〇」にいう所の証とした。三 この国。↓春雨補注五九。四 菅原道真をまつる天神の社。五 ここは御旅所の意で用いるらしい。六 みこしをになって渡御し。七 御旅所にも供物をして。八「に」衍であろう。渡御の道のりが短いので、里人が面白くなく思っていた。九 宗派の問題で。一〇 底本「閑」、広島本の改に従う。閉門にあった。一一 庄屋。一二 寺の門を祭の日だけひらく。一三 お上の命だからそむかれない。一四 補正は「オホ、シク」と訓み、「おぼつかなしともよめは、おほ〳〵しくは言をかさねて意は深き也」。一五 以前から。一六 堀川の傍に。一七 甚だ。一八 御旅所を寺からここへうつす。一九 ここは近世の神社で、神前の釜に湯をたき笹で身をきよめて拝するための湯を奉ること。↓一七七頁注六七。二〇 探湯と共に、神に神を祭ってうかがいを立てたこと。▽藤簍冊子所収秋山記・浅間の煙・「一三」。

二一 大阪府の中。二二 木こり。二三 十分に孝行していた。二四 母親をずたずたに切った。二五 子供達が血をすすって、一雫も残さなかったのである。二六 大阪城代の下の牢に入れられた。二七 狂気のわざで、本人に罪なしと、親殺

しの罪名をつけなかった。

二八 岐阜県の中。 二九 底本この文字以下皆「粢」。意によって「粢」に改。神前にそなえる穀物。書経の泰誓上「犠牲粢盛」。 三〇 供えて。 三一 幸福。 三二 欽明紀などの訓による。或は「みやつこ」とよむか(「七七」)。神へ奉仕する人。 三三 大きなさけび声だが、ここは祝詞を大きく奏する声をいう。↓一七七頁注三七。 三四 粢盛に同じ。 三五 喪中などで、忌みを持っている。 三六 雲を巻きおこして。 三七 雨の盛んに降る形容。 三八 熱が出、うわごとを言うこと。底本「膾」、広島本の改に従う。 三九 底本「に」欠、意によって補。 四〇 高く盛り上げた。 四一 近世風に「ずたずた」と読むもよい。遊仙窟「寸々(すたすた)ニ斬ルトモ」。 四二 無事のあて字。 四三 月日がたった。 四四 男らしい勇気の持主。和名抄は丈夫を「万須良乎」とよみ、「大人ノ称也」と注。 四五 目をかけてやれ。 四六 ここまでで。 四七 西天竺。天竺に同じ。 四八 仏説で天上にある神々を分類していう称。印度の神々も。 四九 異なり。

て、一二年をへて死す。公朝その罪[二七]なきをあわれんで刑名なし。

三三 みの[二八]ゝ國の人のかたりて云(ふ)。隣村の神祭に、戸ゝ〔粢《し》〕[二九]盛《せい》をさゝげ[三〇]て、社前につらね吉祥《きつしやう》[三一]をいのる。神奴《かみやつこ》[三二]をらび聲[三三]して是をたてまつる。白蛇あらわれ出(で)て〔粢《し》〕[三四]飯《はん》をくらふ。汚[三五]れある家のは忌《い》(み)てくらわず。一戸の男童《をのわらは》、是を見て忽(ち)に惡心をおこし、飛(び)かゝりて白蛇の頭をうつ。白蛇たちまちに雲[三六]をよびてのぼる。雨盆[三七]をくつがへすが如し。童が親大になげき且いかりて、家につれかへりたり。熱症〔譫〕《ねつしやうせん》[三八]言《げん》三日をへてやう〱治す。翌年の祭事に此童の罪をわぶるとて、一村の人例〔に〕[三九]より〔粢〕盛うや〱しくうづ[四〇]たかし。白蛇れいに出(で)て〔粢〕飯をなむる。耳ひとつうたれてなし。童又大にさけんで飛(び)かゝり、懐《ふところ》の刄《やいば》をとり出(で)て、蛇を寸ゝ《すた〱》[四一]にきる。雨雲おこらずして童不事《ぶじ》[四二]也。村民おどろき、親かなしめども、病せずして日をふる[四三]。國守めされて、里正に曰(ふ)。「此童は丈夫心《ますらをごころ》[四四]也。よく養ひよくめぐめよ[四五]」と。祭事こゝ[四六]におきて止(み)ぬ。西竺[四七]の天部[四八]、日本の神と同じきか。是又善惡邪正人とこと[四九]也。

三四　天竺[一]でははんぞく太子のつか[二]の神、大唐では殷の妲己《だつき》[三]、我(が)朝では鳥羽[四]のいんの上《うへ》[五]はらは玉[六]もの前と化して、世を亂さんとするは、さすがに畜生じや。殺生石[七]も今では腰かけても、蚋《か》[八]にくわれたほどもかゆくなし。やはりもとのし[九]のだの杜《もり》へいんで、う[一〇]らみくずの根ほつてくたがよい事、蛸見せればいやがるとまで、手[一一]目上(げ)られては、ぬ[一二]るい化物じや。むかしか[一三]しまのいなりの森の下かげに、落[一四]穂ひろふてすみし。祭[一五]酒權の守どのは、狐をにらみおとしやさますといふて、狐つきは駕にのせてつれてくるを、玄關から先《まづ》きつと見らるゝと、「もをかへりますく」といふて、出なんだを見た事じや。狐は人につかぬものといふ先生は、どこぞで化されさしやろけれど、外[一六]見ずの内ひろがりの見識ゆ[一七]へ、是もきづかいあるまじく候。

三五　狸は又化《ばけ》やうが狐より上手で、きつねほどは[一八]れだゝぬ事じや。四國[一九]ではたぬきがつくげな。九州では河太郎《がはたらう》[二〇]がつく。京大坂では、お[二一]やまや先生[二二]たち茶[二三]人がついて、な[二四]やます事じや。いづれ安心ではゐられぬ世[二五]かい也。

三六　「お[二六]もふとも見るとも人にかたらじな耳なし山の口なしの花」。啞[二七]が物

一 班足太子。九尾金毛の狐の伝説で、獅子の血をうけた王子。後に班足王となる。 二 狐は王の后花陽夫人となり、千王の首塚を希望する。 三 中国では殷の紂王の寵姫妲己となり、紂王に悪逆をさせる。 四 七十四代の天皇。 五 宮中女官の一種。 六 玉藻前。この伝説は勧化白狐通や悪狐三国伝などに載る。 七 下野(栃木県)那須野に現存。ここで玉藻前の狐が射殺され変化した石で、上飛ぶ鳥、近よる人を毒害したという。 八 蚊に同じ。 九 信田の森。和泉(大阪府)にあり、信田妻の伝説で有名。 一〇 俗説に安倍の晴明の母の狐の詠「恋しくば尋ね来て見よ和泉なる信田の森のうら見葛の葉」。 一一 雙六の語で、手の中を見すかされては。 一二 ぼんやりした。 一三 秋成がいた大阪北郊の加島稲荷社。香具波志神社。 一四 自分が貧しい生活をしていた。 一五 その社の神官。代々権の頭と呼ばれて、狐や狸つきをおとすので評判であった。 一六 世間知らずで、一人合点という。 一七 正しくは「ゆゑ」。以下一々注せず。 一八 けばけばし目立たない。 一九 四国に狐のいないとの言伝えは伊予温故録・秉穂録などにあり、四国の民話には狸の方が今も多い。 二〇 河童。物類称呼は「がはたらう」と畿内・九州は称すると。竜宮船(宝暦四年刊)二「川太郎は大ふりなる猿のごとく頭の上すこしくぼくて水をいたゞき専ら力ありて人と争ふ事をこのみまたは賤民の家に入りて婦女など姦通することあり西国におゝく他国にもまれにこれあり」。甲子夜話・日本周遊奇談など、古今とも九州の民話では河童のつくことをいう。 二一 色茶屋の女。 二二 諸学諸芸の師匠。 二三 茶の宗匠。 二四 その道に導いて、金をつかわすをいう。 二五 世の中。

いふ、つんぼが聞へる。そこで目くら殿[二八]の学者もあるじやて。聖人[二九]が「我こゝに在(り)」とおしやつたが、孔子のおそばへ出るほどのめくらでも、目の用[三〇]はたゝぬはづ也。江戸[三一]の田舎なる事、是也といふべし。

三七 「大津[三二]は堂嶌[三三]の氣介《きがい》[三四]がある」と、人のいふたにちがふて、氣介はなしよ。京[三五]の貧國にしてはちと切[三六]はなれのよい。それも米市場[三七]ばかり也。さゞ波[三八]やしが[三九]めば、あまからい[四〇]けれど、たんと斗《ばかり》はたらぬじやあろ。

三八 伏見[四一]の里あわれむべし。豊公[四二]の御座にて在(り)し時は、諸大名[四三]の屋しきに立(て)つまりて、まことに都會のやうにあつたげなが、今は二十疊じきも三十疊じきも、月に宿代[四四]が錢一貫文じやげな。すこし賑やかな舟つき[四五]は、さあ水が出ると、屎《くそ》[四六]もみそも、おゐ様[四七]のはき物も、波にゆられてよるべなし。水國《すゐこく》[四八]もたんとあれど、こんな難義な所はないげな。昔豊公の御座《おまし》の時は、山上[四九]に大《おほ》城《き》のきら〳〵しく、宇治[五〇]も淀も一目にて、をぐら[五一]の江は西湖[五二]の生《しやう》[五三]だのに、寺社[五四]、煮賣やがないだけよかろ〳〵。又かくおとろへては、西湖よりも、雨は蕭ゝ[五五]桃花絳《かう》ゝ[五六]、舟がつくとあんま御用はといふてくる。一文菓子[五七]賣(る)かゝが、たび

▽癇癖談。

二六 古今十九「耳なしの山の口なしえてしがな思ひの色の下染にせむ」による。二七「世の中が開けて」などの意を補う。二八 塙保己一のこと。盲者で和学講談所を創始、群書類従を刊行。文政五年(一八二二)没、七十七歳。二九 論語の衛霊公篇に盲の楽人師冕に対して孔子が「某斯ニ在リ、某斯ニ在リ」と、盲人に対する礼を示した。三〇 立派な人でも盲は盲である。三一 それを大先生とする江戸は田舎で人物に乏しい。

三二 滋賀県大津市。三三 米市場があって日本一大気な大阪の堂島。三四 気概。→補注三三。

三五 京の貧国に対しては。三六 金つかいがよい。三七 大津に慶長頃から近世を通じて、北国・近江の米穀の市場があった。安永二年以来御用米会所で行う(大津市史第七章)。

三八 しが(志賀)の枕詞。三九 よく味わえば。

四〇 相当の味はあるが、十分とまでは不足。

四一 山城伏見(京都市伏見区)。四二 文禄元年豊臣秀吉、伏見城を築く。四三 甫庵太閤記などに見える。四四 家賃。四五 京橋附近。大阪への三十石船など出入。四六 何でもの意の諺。四七 お上さん。主婦達。四八 水辺の地。四九 城山という。今の桃山。五〇 伏見南方の歌枕名所の地。

五一 巨椋の江。伏見の南方の大湖。この時代文人墨客の舟遊が多い。今は干拓してなし。

五二 中国浙江省杭州にある湖。文学にしばしば上る名勝地(西湖遊覧志)。五三 生写し。そのままだが。五四 西湖の周辺には著名な寺社、湖中には遊覧や物売の船が出る。→補注三四。

五五 物淋しく。五六 赤いさま。字典「大赤也」。

五七 安菓子を売る老女。

〳〵めまぎろしう[一]いふてくる。西湖には此富貴なかるべし。東坡づゝみ[二]も、淀[三]のわたりにおとりぬべし。入江の蓮の花は、聞(い)て[四]は、見たい〳〵とおもふたに、大倉[五]、みす[六]に船さし入(れ)て、蓮池の中へ來ると、葉に覆はれて、花はあをむかねば見へいで、何やらブウ〳〵鳴(く)むしが來て、身うちを刺す。水[七]はあつくなり、ざつと[八]地獄[九]の蓮池なるべし。これじや成仏[一〇]して蓮臺の上もうら山しくなし。利休[一一]が死んで風流[一二]なすまいがはやると、又豊嶋《てしま》[一三]先生で、北山丸太[一四]もかも川石[一五]も、けもない[一六]事になりて、京の内[一七]がこいしうなりぬべし。成佛得達[一八]は、さびたふけいきな物[一九]だあろ。

三九　京[二〇]がうつつて大坂もしわい[二一]事がはやるげなゝれど、とかく不調法[二二]ながら田舎なるべし。金[二三]のたんとあるうまい魚の有(る)田舎は、どうでしわい[二四]も穴だらけなるべし。

四〇　奈良[二五]の都のやへざくら[二六]、けふは[二七]九重にも似ずて、さびたほど[二八]に〳〵、冬も晝ねして、中戸《なかど》[二九]をさいて[三〇]鍵かけて有(る)はいかにとゝへば、いや〳〵、是は鹿[三一]がは入(ら)ぬための用心と也。鹿もはいつて何くう物もないには、おく山[三二]

一 見る目もわずらわしく。二 西湖の蘇公堤。↓補注三五。三 淀の辺の淀川傍。水車・郭公の歌枕。四 評判で。五 巨椋(おぐら)のあて字。六 三栖の湖。巨椋に隣る。七 蓮見は夏の早暁。日が高くなると、流れぬ水が殊に暑くなる。八 ちょっと例えれば。九 蓮池は極楽の相場だが、暑苦しいので地獄とたわむれた。一〇 めでたく往生極楽に行けば、蓮のうてなの上で安楽するというが。一一 千宗易の号。千家流茶道の祖。天正十九年(一五九一)没、七十一歳。一二 茶室に数奇をこらすことがはやる。一三 手嶋堵庵のあて字か。心学を説いて倹約と勤勉を進め大いに行われた。寛政元年(一七八九)没、七十二歳。一四 丹波から保津川を嵯峨に下す丸太。一五 賀茂川上流に出る庭石用の石。これで、嵯峨・賀茂の郊外に、これらを用いて別荘の茶室を建てることの意をふくむ。一六 問題にならぬことになり。一七 郊外の別荘より、都内の自宅。一八 正しくは得脱。菩提を得ること。極楽往生の生活も、郊外の茶室なみで。一九 じみな。▽伏見行(仮題)・江の霞。

二〇 京都の風。二一 けちんぼな。二二 大阪は万事に手ぎわが悪いが、そこが田舎だろう。二三 大阪の特徴を言ったもの。二四 けちんぼでも、手ぬかりが多くて、倹約が出来まい。

二五 奈良市。二六 下にかかる文飾だけ。詞花一「いにしへの奈良の都の八重桜今日九重に匂ひぬるかな」。二七 現在は、かつての九重即ち都の様子は全くない。二八 さびれたこと甚だしく。二九 上方の町家で、通し庭の店と台所との間にある戸。三〇 せんをさして。三一 奈良の鹿は町中はなし飼であった。三二 古今四「奥山に紅葉踏みわけ鳴く鹿の声聞く時ぞ秋は悲しき」。

に紅葉ふみ分(け)て、鳴(く)が増なるべし。時とは熊野[三三]から塩魚が來る。是ばかりは京大坂にまさつたり。塩物のよい所は必(ず)わか狭[三四]じやといへど。

四一 丹波太郎[三五]といふ雲が出るとて、何やらおそろしい所のやうにいへど、腹さもしい[三六]故こわい事はなし。酒呑童子《しゆてんどうじ》[三七]がありし時こそ、京奉公人を引《ひつ》[三八]つかんでいに、酒[三九]はならからや、京からや伊丹からや、池田からや、たゞとり[四〇]山のほとゝぎす、そんな事今あつたらよかろと、丹波の人はいふ[四一]べし。

四二 丹波[四二]は、むかし丹後但馬ひとつにして、一國じやあつたゆへ、崇神紀[四三]に、四道[四四]の將軍の一人は、丹波へ巡見にこへらるゝはづが、武はに安[四五]が反逆で。垂仁天皇[四六]の時に、任那國《みまなのくに》[四七]から歸化して、ひたいに角のある人[四八]が、舟さして來た。其ついた所をつぬがといふた。今は敦賀《つるが》[四九]といふ所よ。又田道万守《たぢまもり》[五〇]が、常世《とこよ》の國のかぐのみをとりにいたが、崩御[五一]のあとへもどつて、泣じにゝしたとも史[五二]に見ゆる。多遅婆奈《たちばな》[五三]といふ、田道麻守が奉りし花じやといふこゝろぞ。但馬[五四]といふも、丹波といふも、多遅花《たちばな》の國といふ事じや。この橘[五五]は今も東國にあるが、蜜柑のかたちで、苦味がつようて、うまい物ではなし。それでも聖武[五六]の御勅言に、

三三 紀伊半島の南端地方。 三四 京阪では若狭の塩物を珍重するが。
三五 繁野話第一篇「我を丹波太郎と呼ぶは、北に立つ奇峰中にもかさみて見ゆるがゆへか」。大阪から見て丹波は北。 三六 食糧が乏しい。
三七 丹波(京都府・兵庫県にわたる)の大江山にいたという怪。 三八 捕えて帰り。 三九 謡曲の大江山「明暮酒をすきたるにより、眷属どもに酒呑童子と呼ばれたり」。 四〇 奈良・京・伊丹・池田は近畿の名酒の産地。 四〇 ただ取る(ここは無価で)の意の警句。 四一 食糧乏しい故である。
四二 丹波道主命の派遣された丹波は、この三国を含んでいる。 四三 十年七月廿四日詔、九月九日四道の軍を出そうとした。 四四 大彦命を北陸、武渟川別を東海、吉備津彦を西道、丹波道主命を丹波に派遣するをいう。 四五 武埴安とその妻吾田媛の謀叛。下に「中止になった」の意を補う。
四六 十一代天皇。 四七 上古、朝鮮半島南端にあった国。 四八 都怒我阿羅斯等(つぬがあらしと)のこと。垂仁紀に所出。↓補注三六。 四九 敦賀市。 五〇 垂仁紀九十年二月「天皇田道万守ニ命オホセテ、常世国ニ遣リテ非時香菓(ときじくのかくのこのみ)ヲ求メシム」。
五一 崩御の翌年帰国し「叫哭(おらびなき)テ自ラ死(まか)レリ」。 五二 垂仁紀。 五三 それをたちばなというのは。この説は古事記伝二十五所収賀茂真淵の説に同じ。 五四 諸国名義考下に但馬について同説がある。 五五 大和本草「タチバナト云フ物、カウジニ似テ小也。(中略)皮薄ク味スシ。上少シクボメリ。橘類最下品ナリ」。 五六 四十五代天皇。続日本紀天平八年十一月十一日の条、葛城王等の上表中、和銅元年の勅に「橘ハ果子之長上、人ノ好ム所ナリ」。「果」は底本「茶」、引用文により改。

橘者〔果〕子之長上とあるには、いにしへにうまい物はなかつた事じや。

四三　「何[一]をいふても、しら河夜舟」とは、古色な哥じや。法[二]性寺の東門へは、しら河の流大いにて、良材をかも川にこぎ上したといふ也。

四四　黒[三]谷隣白河とは今も見る所なり。にしこり[四]野といふた昔は、錦織(る)ものが此あたりにでも住(ん)だと思はるゝ。そこで、

　春[五]のみや都の町は機たてゝにしき織(る)なり花鳥のあや

此歌こゝに叶ふとにはあらず。都[六]は春の錦じやと、比[七]枝《ひえ》の山から見くだしての詠歌じやとやら。聚[八]楽、西[九]陣に今はとゞ[一〇]まりて、錦はさておき、どんな唐[一一]《から》おりでも、上手があつておる事じや。びろうどはとんとしれぬ織やうじやと思ひて、聞(き)しに、針がねを入(れ)てあつたので、又是もよく織(る)也。さて新織の名を付(け)る事、もつともい[一二]やしくつたなし。壁土のやうな色で、糸がちよろ〳〵と見へるゆへ、カ[一三]ベチヨロとはあんまり也。すべて愚俗の名づけ親なればいかにせん。是は堂上[一四]《どうじやう》方へ鶯の名をも乞(ふ)やうに、付(け)てもらいますればよいに。「鶯[一五]は田舎の谷の巣なれどもだ[一六]みたる聲はなかぬ也けり」。鶯かいが云

一　寝ていて知らぬの意。しら河は白河、東北方から三、四条の間で賀茂川に入る支流。二　法勝寺の誤か。京都市岡崎にあった寺で、後の白河殿。↓補注六五。白河にも夜舟も通ったであろうの意。
三　秋成の草稿に「黒谷隣白河、紫野近丹波、古林羅山先生句」。黒谷は白河西岸の岡。
四　錦部郷の野。和名抄に山城愛宕郡とある(山城名勝誌)。
五　歌意は、はた織機を設けて、花鳥の紋ある錦をおるように、都の町も春ばかりは花鳥をもって美しい。六　古今一「花ざかりに京を見やりてよめる、見渡せば柳桜をこきまぜて都ぞ春のにしきなりける」。
七　比叡山。京都東北の名山。
八　秀吉の聚楽第の跡。一条二条、大宮朱雀通りの間。
九　応仁乱の陣地。堀川西一条の北。
一〇　「にしこり」と違い、名もそのまま残って。
一一　蜀江錦に模して始まるという、中国伝来の織り方による布。
一二　下品で下手だ。
一三　撚糸の一種壁糸を用いて、印度のチョロ絹(けん)の織方をしたもの汶の名という。
一四　公卿衆。鶯にも、春日野・難波鏡など名づけた(百千鳥)。その命名を公卿に依頼した。
一五　山家集下所収、西行の詠。春雨物語の目ひとつの神にも引用。↓一七五頁注四一。
一六　田舎なまりした。

（ふ）は、「[一七]田舎の鳥はなまります」とさ。西行も是は[一八]はたき〳〵。

四五　[一九]嵯峨の山は、丹波へつゞいておく深しとぞ。「[二〇]松の尾の山のあなたに友もがな[二一]仏法僧の聲をたづねて」。仏法僧は高野山で聞（い）たが、[二二]ブツパン〳〵とないた。形は見へなんだ。

四六　[二三]高《たか》のゝ玉川が毒じやといふ事は、あろまい事じや。清ければこそ玉川といふなれ。これは[二四]風雅集に[二五]阿一《あいち》上人の[二六]哥に、たかのゝ玉川には毒が流るゝと、[二七]大師のいましめ給ふ哥ありとて、「[二八]わすれてもくみやしつらんたび人の高のゝおくの玉川の水」。是は旅人があまりきよさに、玉川といふ名水ともしらずに、くんでのんだといふのじやが、阿一の[二九]哥よまれぬ故に、[三〇]ことばのつかひが違ふた。「ワスレテハ手ニナムスビソ旅人ノ高ノゝオクノ玉川ノ水」、トヨミイデ[三一]〔ズ〕ハ、毒のいましめにはならぬぞ。

「[三二]國こそはをちにへだゝれ山川のおなじきよきに氷ながるゝ」、とよんだは。[三三]今はつのくにのはとんとしれぬが、[三四]眞嶌へ出る川の流が砂川で[三五]いさぎよいが、是がたま川であろ。[三六]今いふのは泥の玉川じや。

一七 京鶯をよろこび、地方のを藪鶯などと嫌う（百千鳥）。　一八 しくじり。失敗。
一九 嵯峨。京都市の西北、古来の名勝地。
二〇 新撰六帖「松の尾の峰静かなる曙にあふぎて聞けば仏法僧啼く」による。松の尾の山は、松尾神社の山。↓八〇頁注一。　二一 ↓七九頁注三九。　二二 ↓七九頁注三七。▽仏法僧。
二三 高野山にある毒の玉川。　二四 花園上皇撰、貞和二年（一三四六）成の勅撰和歌集。二十巻。
二五 河内国教興寺の僧。戒律と密教を兼修（本朝高僧伝六十一）。　二六 文意を補えば、風雅十七に、次出の伝弘法大師詠と、阿一の「同じ山に登りて三鈷の松を見て」との詠が並出する。秋成は、伝弘法の詠の前書「高野の奥の院へ参る道に玉川と云ふ河の水上に毒虫の多かりければ、此の流を飲むまじきを示し置きて後よみ侍りける」を附したのも阿一で、伝弘法詠も、弘法大師のままでなく、阿一の改作であったと解する。「哥に」の哥は「わすれても…」をさす。
二七 弘法大師。　二八 風雅十七所出。末に「とある」と補って解く。　二九 和歌の詠に熟していない。　三〇 改作のとき文法を誤った。　三一 底本欠、意によって補。　三二 秋成自らの詠。「は」は終助詞。歌意は、六玉川と数えると所在の国は遠くはなれているが、皆清い流れであって、早春ともなれば美しく氷が流れる。　三三 擣衣の玉川と称される六玉川の一、摂津の玉川。　三四 摂陽群談や五畿内志には、西成郡に増島（ましま）村がある、ここか。　三五 汚れがない。　三六 現今一般にいわれている玉川。摂津名所図会などに三島江の西、三島郡西面（さいめん）（今、高槻市）にあるとする古跡。

つのくに〻ありといふなる玉川はうの花くたす流なりけり[一]

うの花もきぬたも、[二]跡のとめられぬ名所也。[三]むさしの玉《たま》[四]の横山[五]の川にのぞみしは、玉川と付(け)しいわれ也。多婆《たば》[六]郡ではあれど。玉川・玉水・玉ノ井、[七]皆きよき水を玉といふたのじや。

四七　平家西海に亡びし時に、[八]安德帝の御[九]あとかく[一〇]されしと云(ふ)所、九州四國のあいだに、をちこちに聞へたり。是はかの眞田《さなだ》[一一]が陰武者《かげむしや》[一二]で、本家はしれぬなるべし。安德帝はひめ宮じ[一三]やあつたを、平[一四]相國の男宮とひろうして、即位あらせしは、相國に似やわせられぬ、ち[一五]いさかつた。女帝のためしむかしあり。又男宮じやといふても、次の太子が出きさしやらいでは、うそが兀《はげ》[一六]あたまの臀[一七]。虛火動の入道さまじやぞ。

四八　平家の世がしたわしいと、鎌[一八]くら殿をうらむも尤じや。佞《ねい》[一九]にして奸《かん》[二〇]にして、智あり勇あり術あり、どうもこ[二一]なされぬ大將ゆへ、とうと天下を總追〔捕〕[二二]使じや。それでも女色にはぬ[二三]からしやまして、尼將軍[二四]の婬乱[二五]に世はみだれたのみならず、後[二六]をさへ北条にしてやられたは、太祖[二七]の閨[二八]門の守りなしといふ

一 藤簍冊子二所出、秋成作。 二 摂津の玉川は擣衣といわれ、また拾玉集「卯花の青葉が上に風みえて苔に波こす玉河の里」などあって、卯の花の名所。 三 音や流れに卯の花で、跡の残しようのない。 四 武蔵国(東京府)。 五 多摩の横山。万葉二十「赤駒を山野にはかしとりかにてたまの横山かしゆかやらむ」(四四一七)。多摩郡で東西につらなる丘陵。 六 和名抄一本「多磨」を「タハ」と訓む。「タバ」説は南江茶話逸考・多磨河考参照。 七 山城井出の玉水。山城・近江に玉の井など歌枕がある。▽仏法僧・異本。

八 長門(山口県)壇の浦。文治元年三月二十四日。 九 八十一代の天皇。 一〇 二位の尼と共に入水せず、遁走したと伝える。蒹葭堂雑録は、阿波祖谷(いやたに)・豊前かくれ簑の里・肥後神璽寺・同五箇山・日向院の社・因幡安徳寺を上げる。 一一 真田幸村。大阪陣の豊臣方の軍師。真田三代記五篇の中根隼人大言幸村を驚かす事幷真田七人の影武者の事に、戦死と見せる影武者のあったことが見える。 一二 と同様で、本当の落着所はわからぬ。 一三 梧窓漫筆拾遺も、源平盛衰記によりこの説。 一四 太政大臣平清盛。 一五 小細工にすぎた。 一六 はげる即ち偽りが暴露することを、清盛の法師頭にかけた。 一七 →二六七頁注二六。清盛も好色であったからいう。

一八 源頼朝。→二五六頁注三。 一九 ねじけてい て。 二〇 字典「偽也」。 二一 あつかいにくい。 二二 底本「補」、意によって改。平家物語十二の吉田大納言沙汰「去程に、鎌倉の前右兵衛佐頼朝、日本国惣追捕使を賜りて」。→二五六頁注四。 二三 しまりがなくて。そしり草などに同意見あり。 二四 正室平政子。実朝の没後簾中の政

にもこ[二九]へさしやました。則天[三〇]は大也、呂后[三一]は小也、中ヲトツテ尼君じや。

四九　畠山[三二]は直にして遅[三三]し。ついに北条[三四]にしてやら[三五]れて跡なし。和田[三六]・三浦・千葉・梶原もひとつにく[三七]ゝつて海へポイ。とかく藝[三八]技ばかりで無イ、天[三九]下も[四〇]しんだいも、二代三代が大事の所で、ソレカラ長持はせぬ事じや。

五〇　二[四一]日にもぬかりはせじな花の春。ぬかつた〱、我[四二](が)かしやの魚や殿、年[四三]じまひよく、かけよせてもどつた所が四[四四]つの太鞁[四五]、「かゝ、酒かんしや。めでたい〱。[四六]ついにない掛のよりで、今比《いまごろ》にしまふ事、親の代から覺[四七]へぬぞ」とて、[四八]めつたにめでたがる。「ほんに、それはうれしいございます」と、火燵の火かきさがし、「酒の燗[四九]はつたりといたしまして、肴はこの若狭[五〇]もどきの小鯛が、塩[五一]めがようございます。吸物はざうに[五二]の味曾がすつてあるゆへ、くじらのあしらい[五三]に、大根の青み」、「よかろ〱」と、女夫《めをと》がよろこびの盃。「丁兒《でつち》[五四]の松に、餅やいてやりや」。「こりや、我《われ》[五五]やいてくへ」と、丸餅なら餅三(つ)五つほつてやる。「沙[五六]とうをおごつてやりや」と、きげんのあまりの太平[五七]らく。それなりにこたつの横ね、内義は東枕と足さしかわして、いびきもほそ

治をした(北条九代記)。二五 南留別志などにも同意見がある。→補注三七。二六 政子の実家北条家。源家将軍筋絶えて、北条氏執権となり、鎌倉幕府の実権をとる。二七 太宗の誤記か。唐二代目の名主(五九八—六四九)。二八 弟の妻を犯して批難される。二九 頼朝が。三〇 則天武后(六二三—七〇五)。唐の高宗の妃。高宗没後、天下の政治を自由にした。三一 漢の高祖の室。恵帝の没後、朝に臨み、一族呂氏を登用し、天下の乱となる。▽「九」・月の前・「一三三」・妖尼公。

三二 畠山重忠。頼朝創業の臣。三三 頭の廻りが悪い。三四 北条時政。三五 元久二年(一二〇五)謀叛の讒により一家滅亡(北条九代記)。三六 皆頼朝の功臣。和田義盛は建保元年(一二一三)、三浦泰村は宝治元年(一二四七)、梶原景時は正治二年(一二〇〇)に一家滅亡。千葉家のみ続く。三七 一緒にほろぼされた。三八 諸芸の家。三九 天下の政治を執る家柄。将軍家。四〇 町人の家の財産。▽「一三三」。

四一 芭蕉の句。笈の小文所収に「宵のとし、空の名残をしまんと、酒のみ夜ふかして、元日寝わすれたれば」と前書。句意は二日には、元日のようにしくじらず、早起きして花の春を祝おう。四二 秋成の持った貸家に住む。四三 年末の物勘定がうまく出来て。四四 午後十時頃。四五 大阪では太鼓を持ち廻って時を知らせた。四六 絶えてない。四七 正しくは「覚えぬ」。四八 やたらに。四九 きつく。あつかんにして。五〇 若狭産の塩物風に作った。五一 塩味。五二 雑煮の味噌。この頃の上方では白味噌。五三 汁の実。五四 召使の小僧。五五 二人称の卑称。五六 砂糖。五七 大きな口をきくこと。

〴〵と。「もし〳〵夜が明(け)ました」といふにおどろきて、「南無三おそし」と飛(ん)でおきる。雑煮の[一]下がもゆるあいだに、[二]天満じまの[三]麁物《そもつ》の上に、あいぞめの前だれのすみをしぼり染にして、丁兒も同じ島の布子《ぬのこ》、かゝはまだ着かへぬ内に、ざうにの箸下におくと、荷ごしらへして、初くじら五六十切、とくゐの數をかぞへて飛(ん)で出る。抑このはつ鯨といふは京にない事じやげな。としの始には大魚をいはふとの吉例。先《まづ》[四]今橋すじの[五]助松やへ走(り)入(つ)て、「明(け)ましてお目出たうござります」と、鯨を[六]打かぎに掛(け)て、臺所へ入ると、「ヲ、おかし。はつくじらは元日にこそ」と、下女がわらひ出す。「[七]新七たしなめ。けふは二日じや」。「エエ」。びつくりも[八]あまりの事で、「ね過(ご)すもほどがある」と、家内大聲上(げ)て、「ハ、ハ、ハ、」。[九]コレハ〳〵とばかり、花の春をしくじつたと、又次ゝにまわつても、どこも〳〵同じ事。[一〇]いつそ[一一]けたいくそで、[一二]うらずにかへりて、「かゝ〳〵、二日じやといやい」。「さいな。[一三]礼衆が見へて[一四]其あいさつ」。「[一五]けたいなけれど、春のはじめじや。[一六]住よし様へ参つて[一七]こ」と、[一八]晝せちいはふて飛(び)出し、[一九]三文字《さんもんじ》やへ先は入(つ)て、「酒あつう」といふまに、「[二〇]これは〳〵、おめづらしい」と、「大座しきはふさいで、[二一]皆入(り)こみでござらしやる。小座しきへ」と、中居があないに[二二]行(く)を見かけて、「新

一 雑煮を作るかまどの下の火。 二 摂陽群談「天満島木綿　同(西成)郡天満の地、所々の女工織り出だせり、宜き木綿を撰んで、模様所好常にあり。多くは川崎の地辺にあり、因つて川崎織とも云ふ」。 三 上方で仕着せのこと。正月仕着せ。このところ正月の姿をととのえた意である。
四 東横堀の北より第二の橋が今橋で、それより西へ通る大道。富商の多い所。
五 今橋筋につづく尼崎町に助松屋新次郎という富豪がある(摂陽奇観文化四年の条)。 六 魚をあつかう、鉄製のかぎが木の柄の先についた具。
七 魚屋の名前。
八「新七には本当に出来ない」など補って解く。ただし「あまりの事で」は、下へつづく気味。
九 貞室の句「これは〳〵とばかり花の吉野山」と、前出芭蕉の句を合せた修辞。
一〇 甚だもって。
一一「けたいくそが悪い」こと。縁起でもないと。
一二 鯨を。 一三 年礼の人。 一四 二日としての年頭の言葉。 一五 不思議だが。
一六 住吉神社。年詣でであると共に魚屋には海の神様であるから。
一七 こよう。
一八 昼の祝い膳を食して。
一九 住吉新家にあった有名な料亭。住吉名勝図会一に邸中の図がある。
二〇 料亭の者の言葉。
二一 大座敷は他の客と相座敷でお客がおいでになる。
二二 新七が行くと、彼の出入の旦那衆が見かけて。
二三 いっそのこと。 二四 あなたと同席させていただきます。「あなた」は二人称とすれば客、三人称とすれば仲居へ言ったことになる。前の言

七〱、元日から住よし参りとは、きつうげん氣じやな。さあ〱」。「さやうでござります。[二三]いつそ[二四]あなたのおそばへ」と、まづ盃二三ばい、心がすまねば、「マアきいて下さりませ」と、[二五]二日の朝の門《かど》でをいふて、しらぬ相客まで、どつと大わらいになつて、[二六]初夜の[二七]なる頃、[二八]旦那衆の供して[二九]淡路町へ[三〇]かへる鴈、北へとは[三一]ちがはねど、「ちがふた〱と、一句やりましよ。[三二]家ぬしのお医しや様に、あした直してもらいましよ。すみよしや春は[三三]遠をい二日がけ」。「[三四]やつた〱。名句じや。[三五]上田の先生に見てもらや。おれも一句しよか。[三六]春の海それでもかけはよせる波。どうじや〱」。「ありがたうござります」。「ハヽハヽハヽ」。

五一　詩人の[三七]書生涌(け)ども〱傑出なし。ないはづ也。師の[三八]半徳をさへ得かねる事ぞ。その師の徳が又さきの師の半徳なるべし。なんで段〻おとる事じやしらぬ。詩は[三九]唐がよいと云(ふ)[四〇]相場古くたつたを、宋朝の[四一]小刀ざい工、[四二]東坡・放翁・楊誠齋。翁わかき時、[四三]東坡の詩集は、紙がようてりつぱでも、五六匁よりは買(ふ)人なかりし。是、[四四]その世が[四五]目があかぬではないじやあろ。[四六]今の宋風は小芝居のしこなし、大物のとんと出ぬはづじやと思ふ。[四七]それでも歌よみより増じやぞ。

葉につづき前者をとる。二五 しくじった商売はじめを話して。二六 午後八時頃。二七 時報の太鼓の鳴る頃。二八 出入の大家の主人。共に同座した人。二九 大手筋の北一丁で、東横堀から西への通り。享保以来大阪出版書籍目録に天明四年古今和歌集打聴の校者、上田秋成の住所が、淡路町切丁とある。天明元年(「六九」参照)から、秋成は貸家も持ってここに住んだ。三〇「かへる」に春の季語「かへる雁」を出し、その北方へ飛ぶと、住吉から淡路町へ北をさして帰るを兼ねた。三一 道筋は間違いはなかったが。三二 秋成その人。三三「遠い」をのばした語。三四 上出来上出来。旦那衆の新七に応じた語。三五 医師の上田秋成。三六 正月は寝過したが、かけ金はぬからず寄せたとたわむれた句意。▽天明七年に書初機嫌海として出板された、正月づくしの草稿で、収められなかった一篇であろう。

三七 書生は元来儒または医を学ぶもの。詩人を志すのは享保以後の流行である。その諷刺の語。三八 滄浪詩話「与師斉、減師半徳也」。三九 詩は盛唐の杜甫・李白の出た頃を最上とするのが古くからの通説。四〇 定評があったを。四一 斬新をねらって巧に走るを言った。四二 蘇軾(一〇三六―一一〇一)・陸游(一一二五―一二一〇)・楊万里(一一八四―一二六六)。宋代の代表詩人。「近頃は、宋詩がよろこばれ、この人々が模範となる」の意を補って解く。四三 和刻本。明暦二年林和泉掾刊、増刊校正王状元集註分類東坡先生詩三十六冊。四四 宋詩を重んじなかった時代。四五 批評眼がなかった。四六 近頃流行の宋詩風はスケールが小さい。四七 先の自問に自答したもの。▽異本。

五二　今の儒者は、翁が若い時の俳かいしにもおとつた相場じや。今橋の学問所、萬年先生の時は、さして学問をさすではなしに、むすこを先あづけて、よい事を少(し)でも聞(か)す事のみ。又金づかひになりをると、さそくあづけてをく所也。先生かたく門を出(だ)さず、たばこ盆のさうじ、茶の給士《きふじ》、羽折着せずにつかはれたで、心はつい改まる事じやあつた。竹山、履軒も、茶やへはゆかねど、ひやうしよう物をいふて、おもしろがらす也。履軒が才さりとは〳〵。ある人が、「初午《はつうま》や狸つく〳〵思ふやう、とはよういふた句じや」といふたら、あほな医しやが、「そりやなんの事じや」と、しつかう問(ふ)故、「是《これ》壽伯、さりとは呑こみのわるい男じや。医者はやる儒者つく〳〵と思ふやう、と云(ふ)心じや」といわれた。

五三　内本喜齋と云(う)た茶人は、姉が師じやあつた。天神まつりに弟子が遊船にお山をのせて出たを見付(け)て、「尓來此方《じらいこち》へはおことわり」といわれた。今の宗佐は、鴻池の善五郎が梶原平二で、なんとやらいふた男が源太で、宗左は千鳥になつて、一力で遊んだを見た人がありし。宗可と今は云(ふ)茶坊

一 儒者の見識のなく、人気取りなのを諷した。相場は価値の意で用いた。二 懐徳堂のこと。今橋筋の尼崎町一丁目(今の今橋四丁目)にあった。 三 三宅石庵。万年は石庵の別号。→二六七頁注三五。 四 学問所へ来る生徒を、学者にする教育を余りしなかった。 五 道徳的なこと。 六 放蕩の道に入りだすと。 七 そんな生徒に対しては。 八 給仕。 九 羽織。外出姿にさせず。 一〇 中井竹山・同履軒。→二六七頁注四五・二六八頁注一。 一一 色茶屋。私娼街。 一二 口上手に。 一三 大変なことだ。嘲笑の気味のある語。 一四 縁結娯色の糸三下「川柳点の柳樽」として「初午の狸つく〳〵思ふ様」。句意は初午で狐が大もてなので、狸も何とかはやりたいと述懐のてい。 一五 未詳。 一六 理解がおそい。 一七 句意は、医者は金もうけが出来るが、儒者はそういかなくて思案のてい。寿伯が医、履軒が儒なので、このもじりが一段と面白い。▽「二五」・「二六」。

一八 未詳。文化の浪華人物録に立売堀の茶人宗匠に内本積有がある。その先人か。 一九 上田家の姉で宝暦五年に男と家出、後許されたが父に先立って死んだことなど秋成の記でわかる。 二〇 旧六月廿五日天満天神の祭。舟渡御が有名であった。 二一 色茶屋の女。 二二 舟渡御の見物兼お供に出かけた。 二三 諸芸は精神の正しさを尊ぶべしとした人の例。 二四 表千家十世件翁宗左(文化五年没)か、十一世了々斎宗左(文政八年没)。十世は晩年宗旦といったから、十一世であろう。 二五 大阪今橋二丁目住の富豪の粋人(虚実柳巷方言など)。 二六 浄瑠璃のひらがな盛衰記中の人物たち、千鳥は後の梅ガ枝で源太の恋人。 二七 京都祇園の有名な料亭。 二八 未詳。

主、まだ俗の時に、宇治川の先陣の役わりに、千鳥になつて、よくけはひした顔に千鳥と銘をかいて[29]。宗左が[30]印《しるし》を又右へ頰づらへ書(き)をつたで、源太も平治も[31]丸まけじやあつた事を見たぞ〳〵。宗左が修行も[32]かくの如し。

五四　儒者の[33]こわくないやうに成つた事は、翁が生涯の中也。学問や詩文は下手でも、きつと[34]聖人のけづり屑は見へた事じやあつた。

五五　女郎も昔は[35]わるい物着て、[36]木櫛さして、[37]賣(り)つめる事が[38]ぜんせいじやあつた。又[39]大坂やの万太夫、[40]春木やの梶などは、[41]かぐや姫のやうな無理いふても、客がたんと金やつた事じや。今きけば、客は[42]小ぬす人で、おやまは[43]猿で、[44]きゝ合せてあふ事じやげな。[45]それでも金やらざ、どうでつまらぬものじや。[46]やらぬ顔の悪鬼がすいと云(ふ)物じやげな。これも翁が一生涯の中に、かくばかりかわつた。かわつたといへば[47]正月詞にて、おとろへたのじや。

五六　[48]たいこ持といふも、扇の一手も舞(う)て、小鼓あしらふて、[49]花見の供につれらるゝものじやあつたが、まだ若い時までもあつた事じや。今のは[50]男ぶ

二九 下に「大いに喝采を得たことがある」の意を補う。 三〇 紋か花押ようのものであろう。
三一 全く圧倒されたこと。
三二 茶道も才の修行で、喜斎のごとく本格的なものがあるか疑がわれるの意。

三三 以前は道徳的に身を処してきびしいものを持っていたこと。異本「倫性堕にして規律なし」。 三四 聖人らしい片鱗。▽痼癖談・異本。

三五 絹物などでない衣類。 三六 べっこうなど華美な櫛でなく。 三七 終始客がつくのが。 三八 全盛。 三九 未詳。一目千軒(寛政十三)には島原下町東側亀屋に万太夫という太夫がある。 四〇 大阪島の内の名妓(摂陽奇観三十三)。→補注三八。 四一 竹取物語の主人公。言いよる公卿達に難題を出した。 四二 抱え主の目をかすめて、女郎と会いたがるから言った。 四三 こすい者の意。 四四 相談して。 四五 女郎遊びは、何にしろ金をやらねば面白くないもの。 四六 金をやらないで、女郎からかえって金をまき上げる鬼の如きが、今頃では粋人であるというそうな。「悪鬼」と「やらぬ」は鬼やらいで縁語。 四七 正月に縁起を祝ってめでたくいう言葉。転じて上手めかした言葉。

四八 遊里の客の伴をして遊びを助ける男芸人。
四九 風流も一応は解したの意。 五〇 顔付が変におかしい。ただ滑稽な見てくれのみで機嫌をとるだけになったを諷す。▽痼癖談。

りを見ると、なんともたとへやうのないものじや。

五七　島原[1]のおとろへ浅ましい物じやが、あれでも客に行(く)人はあるによつて、家が立(つ)てあるのじやあるべし。わかい時に遊んだ時さへ、「こゝの内であた〔ら〕[2]しい物は、竹の子とらうそくじや」といふて、にくまれた事じやあつたが、それも五十年[3]ばかりのむかし也。

五八　三十石船[4]のせんどうは、昔は鬼[5]のやうな物じやあつた。今は下り船[6]には、板じめ[7]のじゆばんきて、黒ちりめんのほうかふりしている事じや。日より[8]がわるくば、必(ず)とのるべからず。

五九　女かみゆひ[9]といふもの、敵討《かたきうち》[10]おやつの太鼓に、「なんぼひろい大坂でも、男のとりあげ婆と、女のかみゆいはござんせぬ」と見へた事じやが、女の髪ゆいは、翁がわかい時に、お久米と云(う)たが元祖じやあつた。男のとり上(げ)ばゝはなかつたが、賀川流[11]が又出て、此三四十年はたんとある事じや。女の山《さん》上参り[12]の先達《せんだつ》も、大坂に一人あつた。ま〔だ〕[13]ないものが千石船[14]のせん頭の

一 京都の公娼街。京都中央部の西南、朱雀野にある。二 底本「ら」欠、意によって補。万事が古くさいことをいった逆説。目についた食物と灯火をとって述べたのが面白い。三 文化五年から五十年前とすれば、宝暦八年(一七五八)。秋成二十五歳であった。自伝に「我わかき時は文よむ事を知らず、たゞ酒のまでもすみかをのらになして宿にはゐぬ事也」とある頃であろう。

四 伏見の京橋と大阪の天満八軒屋の間を行く、淀川上下の船便。大きさからいう。五 頑強な形容。六 伏見から大阪向けの船。七 守貞漫稿「薄き板に紋を雕り、縮めん以下固く之を挟みて之を染めるに、板形の如く白く染め除く也。蓋し前の紙形に紺屋糊を以つて染めたる如く、染後鮮かならず、八方に染色にじみて又一種をなせり」。いきで柔弱な風をいう。八 荒天には、こんな船頭では危険であるの意。

九 女性の女性向の髪結。→補注三九。一〇 享保十一年正月竹本座上演浄瑠璃の敵討御未刻太鼓。作者長谷川千四。一一 賀川玄悦・同玄廸に始まる産科医の流派。明和三年に玄悦はその主著産論を出す。手術を重視したので取上婆と罵った。一二 大和の大峰登山の行者の先導者。書初機嫌海(天明七年)下「とりあげばゝする男あり。それも久しきものなり。大峰の女せん達あり」。一三 底本「まゝ」とよめる。意によって改。一四 千石づみの大廻船。遠海航行用。

みじや。女ずまふ[15]はきたない物じやあつた。

六〇　國學者が唐の事を考へると、儒者が日本の事をいふと、力[16]がありたけで、儒者の方がすかたん[17]が多い。

六一　「唐人を二度見た事をとし忘れ[18]」といふ俳句があつたが、翁は二度見たが、三度は見る事のならぬ事じやさうな。十五さい[19]の時と、三十さい[20]ぐらゐの時とじやあつた。唐[21]人といふたれば、儒者が韓人じやといふてしかつた事じやあつた。大坂の御堂[22]へちよと贈[23]和に出た事があつた。秋月[24]・龍淵[25]といふ二人の外は、下郎[26]じやあつた。たゞ物をほしがる事じや。

六二　鈴木傳藏[27]と云(う)た對馬者が、何とやらいふた韓人[28]をころして、大さわぎじやあつた。興津能登守[29]どのと云(う)た町奉行が、きびしいぎんみで、何の苦もなう迯(げ)たをとらへ[30]させて、責(め)たほどに〳〵、むごい事じやあつたげな。鵜[31]殿出雲守どのは理くつばつてばかり居て、藝[32]は下手であつたさうな。是皆つ[33]しまの家老平田將監と云(ふ)人の慾心から出來たさう動じやとさ。傳藏

一五　明和五年夏道頓堀興行の記事が浪花見聞雑話にある。→補注四〇。▽世間妾形気三の三・書初機嫌海。

一六　いくらりきんでみても駄目だ。　一七　見当違い。▽異本。

一八　年忘れの会合に、老人などが朝鮮人の来聘を二度見たと話すさまの句意。諸道聴耳世間猿一の三「朝鮮人を三度見たよりは咄しのない男」。　一九　寛延元年(一七四八)。四月朝鮮使節大阪へ入る。二〇　秋成の三十一歳の明和元年(一七六四)正月大阪へ入る。　二一　朝鮮人を唐人というは当時一般の用語。　二二　西本願寺別院即ち津村御堂。その時の使節の宿所。　二三　漢詩文の筆談。書生達の力だめしの機会となっていた。　二四　南玉、字時韞の号。製述官。　二五　成大中、字士執の号。正使の書記。二人共に明和度のこと。　二六　つまらぬ奴。

二七　明和度朝鮮使節の時の対馬の小通事。　二八　上々官都訓導の塞伝宋。帰途大阪に宿した明和元年四月七日の事件。→補注四一。　二九　忠通。宝暦七年より明和二年まで大阪西町奉行。　三〇　丹波へと逃げたのを、摂津池田の宿、饅頭屋でとらえる。　三一　長達。宝暦十二年から明和五年まで大阪東町奉行。　三二　腹芸。　三三　安永二年武鑑に「平田　斉」とある人か。

はぎんみすんで、[一]尻なし川の韓人の舟の前で、首打たれたとさ。[二]引(か)れて行(く)時に、辻〻にたんと見物があつたが、[三]新町の[四]西口でとやら、女等がたんと立(つ)ていて、「それ〳〵唐人ごろしが來た」といひて、[五]駕の[六]内を、[七]美男じやあつた故に、「あれかいな、あれがなんの人ころさうぞ。[八]公儀といふものは、むごいものじや」といふたとさ。

六三　能登守どのは、此ぎんみがあまり念が入(り)過(ぎ)て、[九]埒があかぬ故に、江戸から[一〇]勘定方の下役衆に、[一一]曲淵《まがりぶち》庄二郎といふ人が來て、事をすましたが、此曲淵は此功でか、[一二]大坂町奉行になつて、能登殿のしくじつた跡へ、[一三]甲斐守どの受領して出てわせたが、きつい上手者で、大坂の丁人の悦ぶ事かぎりなし。孝子にほうびやる事も、此人が専(ら)しられた。さて[一四]家質會所《かじちくわいしよ》といふ事は、丁人の[一五]なん義な事で、[一六]三郷の丁人が得心しかねたを、[一七]上手でだまして、とうど仰(せ)付(け)られた。とかく佞智の人でなければじや。[一八]江戸町奉行に轉任して、又[一九]大目付になつてしなれたと也。実はわるい奉行じやあつ[二〇]〔た〕と、心ある人はにくんだ事じや。其比は[二一]手のわるい事は、曲淵か[二二]〔と〕いふ事がはやつた。[二三]將基がつよかつたげな。これは[二四]俊明いん殿がお好ゆへ、其比は[二五]しやう木のつよい大

一 淀川の分流で、大阪市を西南に流れる。五月二日に三軒家で、朝鮮三使の見る所で断罪になった。二 西横堀の西を南、道頓堀の北を西に引かれた(摂陽奇観)。見物の多かったことも摂陽奇観に見える。三 大阪の公娼街。四 廓の西側の出口。ここは実際は通らなかった。五 罪人をのせる駕籠。六「のぞいて」など補って解く。七 当時の人相書に「行年廿六才、脊ノ高サ五尺三寸中肉ニテ顔ノ色白ク、眼ハ少シ大キク張強シ、人体骨柄賤カラズ」。八 政府。お上。

九 終りにならない。一〇 江戸幕府の財務をつかさどる役所。一一 曲淵勝次郎景漸。御勘定奉行であったが、御目付に転じて、急御用で大阪へ派遣され、その功を賞されている(通航一覧四十一)。一二 景漸は明和二年より同六年まで大阪西町奉行。一三 甲斐守に任官して。一四 家質は家を抵当に金を借りること。その時の証文を公儀より改め許可の印を下す。その時金高百匁につき貸方銀四分借方六分(異説もある)を取り上げる。その差配をする事務所(籠耳集・摂陽奇観明和五年の条)。一五 家質の価が下り、金のやりくりに困り、為に会所設立関係者の宅の打こわしがあった。一六 大阪中の意。全大阪を北組・南組・天満組と三分したのを一括していう。代表者が上訴をくりかえした。一七 五年二月四日に一旦見合わすなど言いながら、実行にうつしたことをさす。一八 明和六年八月から天明七年まで江戸町奉行。一九 老中の下で大名を監察する政府の役人。ただし景漸は大目付の名簿に見えない。二〇 底本欠、意によって補。二一 やり方の悪い。二二 底本欠、意によって補。二三 将棊。この文字は一般に混用された。二四 正しくは浚明院殿。徳川十代将軍家治。天

名はた本がたんとあつたげな。

[二六]御他界の〔の〕ちは、皆下手になられたしらぬ、とんとはやらぬ事じや。

六四　繪は　[二七]お上の御ひいきで、[二八]榮川と云(ふ)人が[二九]榮分が、世にめづらしとて、[三〇]探幽〔の〕のちの繁昌じやと云(う)た。[三一]繪はしらぬが、たんと上手でなかつたとさ。探幽は世に行われたけれど、[三二]五条の繪の具屋の藏の壁が、ゐの具代のことわりで張(つ)てあるよし。今も見たといふ人があるげな。

六五　繪は[三三]應擧が世に出て、寫生といふ事のはやり出て、京中の繪が皆[三四]一手になつた事じや。これは[三五]狩野家の衆がみな下手故の事じや。[三六]妙法いんの宮様が應擧が弟子で、この御すい擧で、[三七]禁中の御用もたんとつとめて、死(ん)だ跡に、[三八]月溪が又[三九]應擧の眞似して、これも宮さまの吹擧で、應擧よりは[四〇]おかみに氣に入(つ)て、追ゝ御用をつとめる中に、[四一]腎虚して今に繪はかけぬにきわまつた。[四二]其弟子どもがたんとあれど、[四三]どれとつても十九文。

六六　應擧は度ゝ出會したが、[四四]衣食住の三つにとんと風流のない、かしこい

明六年(一七八六)没。二五 将棊。二六 おなくなりになって後は皆下手になられたかどうかしらないが。底本「の」欠、意によって補。

二七 幕府。栄川は田沼意次の推挙により、将軍家治に贔負された。二八 狩野典信(みちのぶ)の号。木挽町狩野家の六代目。家治に画を教え、旗本に列した。寛政二年(一七九〇)没、六十一歳。二九 栄問(聞)のあて字。名声。三〇 狩野守信の号。延宝二年(一六七四)没、七十三歳。秀忠に引き立てられ、幕府の画師となったことに比較する。「の」底本欠、意によって補。三一 栄川の画は知らないが。三二 京都の五条。

三三 円山応挙。字仲選、称主水、号僊嶺。近世写生派の先端にある画家。寛政七年(一七九五)没、六十三歳。三四 写生派の画風一つになってしまった。三五 鍛冶橋・木挽町・中橋など数家にわかれ幕府や諸侯の抱え絵師であった狩野家の人とその門下。要するに官僚派が下手で、私派が起ったとの意。三六 妙法院座主一品真仁法親王。秋成もまたこの人の恩顧を得た。三七 禁中御絵師になってつとめた。三八 松村月渓。呉春。蕪村門の俳人兼画家。秋成の友人。文化八年(一八一一)没、六十一歳。↓補注四二。三九 中年から応挙に学んで、四条派を起した。四〇 朝廷。四一 好色がすぎて衰弱する病気。↓二六七頁注二六。四二 松村景文・柴田義董・岡本豊彦など。四三 安ものばかりの意。浪花見聞雑話「明和四亥年に何にてもより取見どり十九文といふ店初而出来たり」。

四四 実生活にすき好みのない。

人じゃあつた。月溪は常に云(ふ)は、「[一]くい物の解せぬ者は、なんにも上手にならぬ」といふたが、くい物はさま〴〵と物好《ものずき》[二]が上手じゃあつた。「つく〴〵し豆麩《とうふ》[三]ことによし」。そういふたが、腎虚で[四]上精下虚の病、屈に[五]落(ち)入(つ)て、久しぶりで見まふたら、不如法《ふにょはふ》[六]のさらし者を見るやうになつていた。

六七　近衞[七]豫樂《よらく》いん様のおしやつたは、「尙信《なほのぶ》[八]がとかく上手じや。思ふは、心底に写生をこゝろへて、術は牧溪《もくけい》[九]などが筆法で、骨[一〇]があつた」とぞ。是は上評[一一]判なるべし。もはや繪は乏[一二]ゐやすまふ取と同じやうに、大物は出ぬ事じやと見へた。そのくせに画料[一三]のたかき事、治世[一四]このかたない事じや。是も應擧が俗慾ではじまつた。岸駒《がんく》[一五]が画代をむさぼる事、又一階上にあり。家を買(う)てふしんするに、奢《おごり》[一六]の酒屋の古手をかふて來た。同功舘[一七]とやら付(け)てほこるげな。「[一八]繪は書典と功が同じい」と云(う)た人があつたについての山[一九]こかしじや。

六八　繪は圖籍[二〇]がはじまりで、書典[二一]にかきとられぬ事は、圖にしてそへて、是を國政の大事として、[二二]めつたに見せなんだ。孔明《こうめい》[二三]がこれを得て、天下を三分[二四]にわけてから出たのは、圖籍の中じやあつた。それからうつつて山水[二五]をかくが、

一 食品の味を理解弁別しない者は諸芸に上達しない。二 月渓は、上手に食べ物好みをした。三 豆腐。四 腎虚の症状を説明した語。五 こじれてしまって。六 法にふれた僧の、生きながら人立の多い所にさらされる刑者。月渓は法体。目ばかり動かし身体の動きのとれない衰弱のさま。また晒しの僧は女色の為が多いので、この洒落はきいている。

七 近衛家煕。太政大臣にまでなったが、各方面の好事家としても著名。元文元年(一七三六)没、七十一歳。八 狩野尚信。探幽の弟で、木挽町狩野家二代目。慶安三年(一六五〇)没、四十四歳。九 牧谿。南宋の画僧。その画は輸入されて、中世以来珍重する。一〇 独特の力量。一一 肯綮にあたった批評。一二「現今では」と補う。一三 画の礼金。画の価。一四 徳川幕府が天下をおさめて以来。一五 岸姓、駒は名。秋成時代の画家。天保九年(一八三八)没、八十三歳。画に厚謝を求めたことは古画備考などに見える。有栖川親王府に仕え、後に朝廷に入り、越前守となった。一六 ぜいたくな。一七 岸駒の館号。一八 唐の張彦遠の歴代名画記一「夫レ絵ハ教化ヲ成シ、(中略)六籍ト功ヲ同ジクシ、四時ト運ヲ並ブ」。一九 山師的仕わざ。当時京都の三大山師の一に数えられた(古画備考)。▽異本。

二〇 図を画いた書物。地図などをふくむ。二一 文字で書物に書きとめられないこと。二二 なかなか。二三 諸葛亮の字。三国時代、蜀の名軍師にして宰相。二四 蜀の劉備の三顧のむかえをうけ、魏・呉・蜀と天下三分の計をたてて、出馬した。二五 東洋画の一分類。山川の風景を描くもの。二六 画の古意を存するもの。

マア繪[二六]の古意じや。人物[二七]は又次で、これも聖佛[二八]の像をかいて、書典にそへておく事じや。花鳥[二九]といふは、女工[三〇]のぬいおり物に同じ事で、男子はすまじき事じや。明人[三一]の詩經の圖に、「繪は詩を圖にして見せたがはじまりじや」といふた。尤[三二]さうなうそであろ。夜ゝ鬼哭[三三]のことわりはこんな事じやから。

六九　翁商戸[三四]の出身、放蕩者[三五]ゆへ、家財をつみかねたに、三十八歳[三六]の時に、火にかゝりて破産した後は、なんにもしつた[三七]事がない故、医者を先《まづ》学[三八]びかけたが、村居[三九]して先病[四〇]をたんさくに見習ふた事じやあつた。四十二[四一]で城市[四二]へかへりて、業[四三]をひらいたが、不學不術[四四]のはつの事故、人の用い[四五]ぬ事はしつてゐる故、たゞ医[四六]は意じやとこゝろへて、心切[四七]をつくす趣向[四八]がついて、合点のゆかぬ症と思へば、たのまぬに日に二三べんも見にいた事じや。いや／＼[四九]と思へば、外の[五〇]医士へ轉じさせても、相かわらず日ゝ見まふた事じや故、病人もよろこぶ、家族もとかくうけがよかつたで、四十七[五一]の冬、家を買(う)てさつぱり建(て)直して、四十八[五二]の春うつつた。十六貫目入[五三](つ)たが、なんでやら[五四]出きた事じや。医になる始に、願心[五五]を立て、金口入《くにふ》[五六]・たいこ持[五七]・仲人[五八]・道具[五九]の取つぎはせまいといふて、一生[六〇]せなんだ事じや。それ故癇症[六一]がくるしめて、五十五[六二]の春から又医

二七 分類の一。人物の肖像画の類。 二八 初めなどの意を補う。 二九 分類の一で、花や鳥を、静物風に模写するもの。 三〇 女仕事。 三一 異本には図に加えた後序とあるが未詳。 三二 真実らしいが。 三三 死人の霊の夜々に泣くこと。▽異本。

三四 商人出。上田家は堂島で紙と油をあきなった家(自伝)。 三五 家業を修めず、自分の思うままのことに遊んだをいう。 三六 明和八年。自像筥記に「三十八、回禄ニ係リ」。 三七 世を渡るすべを何も知らなかったので。 三八 天満住の都賀庭鐘塾へ入ったと想像出来る。 三九 田舎住みして。今の大阪市東成区加島町に住。四十歳から。自伝「四十から田舎住みして、くすし師を学ばんと思ひ出たり」。 四〇「たくさん」の誤記か。 四一 安永四年。「五」には四十三からとあった。 四二 大阪の町。 四三 尼崎町一丁目で開業。 四四 安永四、五年の間。 四五 学問も技術も未熟でしかも初めてのことだから。 四四 学問も技術も未熟でしかも初めてのことだから。 四五 患者のつかぬこと。 四六 唐胤宗が著述をすすめられ「医者意也、思慮精ナレバ則チ之ヲ得ン、口ノ宣ブル能ハズ」(通俗篇)と言った故事。医術の深趣をいう諺。ここは思慮考案が医の第一の意か。 四七 親切。心をこめてすること。 四八 方針を思いついて。 四九 こうと考えたが、またそうでないと思うと。 五〇 自信がないので、外の医者の診察をすすめた。 五一 安永九年。 五二 天明元年。この家の所在は「五〇」に出した淡路町切丁である。 五三 銀貨幣の勘定。一両六十匁がえにすると約二百七十両。「入」は要したの意。 五四 何とかして。借金したので、七年後廃業の原因の一か。 五五 心に誓った。 五六 金のかしかりの仲介。 五七 出入の金持について花柳界へ出入すること。 五八 婚礼の世話。 五九 茶道具など骨董品の売買

をやめて、[一]二たびの村居、[二]母が前へひたいをつけて、「不孝の罪此上なし」と申(し)たれば、「はて、[三]なんとしやう」[四]〔と〕あつて、[五]姑母《しうとめ》も[六]ひとつにして、草庵つくりて住(ん)だ事じや。母は[七]五年すんで、大坂の[八]別家へ七月から遊びに出られて、老病で霜月にしなれた。年は七十六。[九]姑母は母よりさきに六月にしなれた。ソレカラ夫婦の心甚(だ)[一〇]めつさうになつて、髪をおろして尼になりしが、[一一]瑚璉《これん》と名を付(け)た。「[一二]いかに」と問(う)た故、「字は[一三]まゝの皮じや。コレ〳〵とよぶに、かつてがよさじや」とこたへた。

姑母の物も母の物も、無益なは賣(り)拂(う)て、[一四]三四百目あつたを、ふところにして、度〻京へ遊びにのぼつた事じや。尼はもと[一五]京のうまれじや故、「住(み)たい」と云(ふ)故、まあこゝろみに、ちよと[一六]智をんいんの前へ[一七]こしかけて、あそび初(め)たが、軒のむかいは[一八]村瀬嘉右ヱ門、[一九]月溪がよろこんで、出會互にしきり也。酒は尼が好(く)故、[二〇]月子《げつし》とのみ友だちで、豆麩《とうふ》・つくしの酒もり、又[二一]南ぜんじの庵をかりて移つたが、こゝも[二二]いわくがあつて、[二三]東洞院の月溪と同じ長屋ずみになつたが、ちといわくあつて、[二四]又衣の棚の丸太町、そこにも尻がすわらず、[二五]もとのちをゐん門前のふくろ町のふくろへはいつていたが、[二六]尼が頓死の後は、[二七]目が見へぬやら何じややら、不幸づくしの世を、又一年餘くらして、

の仲介。以上は当時の医者の通弊であった。 六〇 これまでの意。当時一般のつかいぐせ。 六一 気の立つ病。→補注一五。 六二 天明八年。

一 再び加島近く、淡路昭村に住む。 二 秋成の養母。→補注四三。 三 どうしようもなかろう。 四 底本欠、意によって補。 五 妻の植山氏たまの母。 六 一緒になって。 七 後年実法院主への状に「後妣釈妙誓　寛政元己酉十一月廿一日」とあり、命日は合うが、寛政元年は、移居の翌年で、五年とは合わない。 八 分家。または主家からわかれた家。ここはこの母の実家の分家であろう。 九 実法院主への状「姑母了正　寛政元己酉六月廿日」。 一〇 やけになって。 一一 たまという名と、論語の公冶長篇「子貢問曰。賜也何如。子曰。女器也。曰何器也。曰瑚璉也」とによったのであろう。 一二 どう書くか。 一三 どうでもよい。 一四 六十匁がえにして五〜七両。 一五 藤簍冊子の附録の末に「本九条の農家の女、いときなき時に、植山の某に養なはれ、父母にしたがひて、難波にうつり来たり」。 一六 知恩院前袋町。 一七 仮の住居を定めた。寛政五年六月のこと。試みであったことは、小沢芦庵に定住をすすめられていることからもわかる。 一八 村瀬栲亭。→二六六頁注五。文化十年の平安人物志に「祇園袋町」。煎茶道を共にした。 一九 松村月溪。→二九一頁注三八。以前からの俳友。 二〇 月溪。子は敬意親愛を示す語。当時の京都流に「す」と読んでもよい。 二一 南禅寺の常林院の後の小庵(屠赤瑣々録)。寛政六年に移居。→補注四四。 二二 わけがあって。 二三 寛政元年伊丹から帰京の月溪は東洞院四条に住む。 二四 今の中京区。 二五 寛政八年三月に以前の知恩院門前の袋町へ移居。 二六 東山

羽[二八]倉といふたくらう人《ど》の所へ、ちよとこしかけたは、ついしぬであろの覚悟〔で〕[二九]あつたが、しなれぬ故、又南[三〇]ぜんじの昔の庵のあつた所へ、小庵をたてゝ、七十三さいの春うつり申(し)た。大坂から金五十両で上つたが、ことし[三一]で十六年、なんでやらくらした。蘆[三二]庵がすゝめる人[三三]よせしたら、用意金は一二年になくすべし。麥くたり、や[三四]き米の湯のんだりして、をしからぬ命は生(き)た事じやが、書[三五]林がたのむ事をして、十両十五両の礼をとつて、十二三年は過したが、もう何もできぬゆへに、煎[三六]茶のんで死をきわめている事じや。

七〇　儒者哥よみといふも、皆ゝ商店《あきなひみせ》[三七]で、け[三八]つく老がやうに閑寂の世はへぬ事じや。あわれな者どもじや。又老がまねではなしに、隱[三九]者じたてゞ筆[四〇]畊を業とする人があれど、老がやうに世[四一]は廣がられぬと見へた。それといふが、才があつても、学文があつても、佞[四二]や鈍[四三]物やで、口過《くちすぎ》[四四]にもかゝりかねる様子じや。冥[四五]福の老もちと腹[四六]がちがふ故に、ソンナ小[四七]人たちは及ばぬ〳〵。

七一　佛法のさかんなるは、此國にこゆる所なしとぞ。西竺[四八]におとろへ、中[四九]土にやゝ禪宗のみ寺院をこん立すと。この國は、いにしへ[五〇]華嚴・法相・眞言[五一]、

双林寺過去帳「寛政九年十二月(十五日)瑚璉法尼五十八　上田余斎室」。二七 いままで悪かった左眼がよくなり、右眼が悪くなる。二八 非蔵人羽倉信美。家は前出(二七〇頁注二三)の賀茂川丸太町の庵。二九 底本欠、意によって補。三〇 文化三年二月に移転。三一 寛政五年から数えると十六年目は文化五年、七十五歳のこととなる。三二 小沢芦庵。→二五一頁注八。三三 歌の門人をとること。「二」に見える。三四 文反古草稿に芦庵が、やき米を送った歌の前書「翁又常にやい米くふと聞きて、去年ことしのをわかちものしておくらるゝに」。三五 寛政十一年落窪物語、文化二年大和物語の校刊などをさす。三六 秋成は清風瑣言を著して煎茶道をおこした一人。煎茶は彼の晩年唯一の友であった。茶瘕酔言「老いて友なきには茶の酔泣して、いよゝ人にうとまるゝ事をもとむるなれ」と反省がある。▽自伝(仮題)・「二」。

三七 諸学諸芸の師が、生活または名利のために走ることは、当代の現象で、秋成のもっとも憎んだところ。→補注四五。三八 結局。三九 隠者のような生活態度で。法体して草庵に住むなどのこと。四〇 賃をとって写字や、出版物の下うけをすること。四一 世間に広く認められない。四二 人柄が悪い。四三 気がきかない。四四 世渡りの業とはなりかねる。四五 秋成の晩年の語に「冥福天真ヲ蔽ヒ、貧厄奇才ヲ顕ス」とある。ここはその語の意味。四六 腹ぞこからの根性。四七 隠者めかす輩。▽「三」。

四八 天竺。印度。四九 中国。支那。五〇 この二宗は上古に渡来。五一 中古に空海のひろめた宗旨。

中世より善導[一]の念仏[二]、又達磨宗[三]・日蓮宗。今にては門徒宗[四]のさかんなる事、是に皆おさるゝ[五]ばかり也。いづれ[六]も盛衰ありて、此門徒と云(ふ)宗も、此頃はいさゝか衰ふべき端を見せたりき。されども其宗々のいたづら[七]事なる事、國の爲にもならず、たゞ愚民の遊所とこそみゆれ。若き者の遊所[八]にかよひ初(め)てより、一夜も宿[九]にあらじとするに同じく、老(い)たる男女は必(ず)宿に一日もあらじと立(ち)走りて、參り[一〇]つかふ事。又さかんなる[一一]は狐のつきたるが如し。是は釈尊[一二]の本意にあらざるべければ、必竟は遊所と思ふてゆるしおかるゝ[一三]なるべし。寂々[一四]たる寺院は、仏も安座[一五]ましますかと思ひて、門に入(り)ては心すめる[一六]也。高坐に上りて雄弁[一七]の僧と云(ふ)も、坐を下れば、大かたは俗民[一八]にて、たの[一九]もしき人もなしとこそ思ゆれ。たゞ今にては、僧も天下の民の業[二〇]とゆるされて、万事は見ゆるしたまふべし。あまりに不如意[二一]の僧は、刑[二二]ありて橋頭に人に面をさらされ、又重きは島[二三]に流さるゝ也。しかれども不如法は改(ま)るとも見へぬは、不如法[二四]の世界の仏法にて。婬奔[二五]ならずとも、利慾にふかくして、財をつまんとするはいかにぞや。一身[二六]の往生の後は、此財[二七]往が爲ぞ。これたゞ利慾は婦[二八]人の情にて、つむをのみよろこばしきなるべし。人情[二九]につのりて世法[三〇]にうときは愚人[三一]と云(ふ)べし。新地[三二]に寺院たつかと思へば、又庿《べう》[三三]にて、或は宗門[三四]をかへる

一 善導大師。唐の高僧。浄土教の大成者。二 浄土教のこと。三 禅宗。四 浄土真宗。五 勢負けする程だ。六 どの宗派も。七 徒事。無駄ごと。八 遊里。花柳界。上の遊所はただの遊び場の意。九 自宅にいようとしない。一〇 信仰してその寺々に奉仕する。「である」を補って解く。一一 狂信的なものは。一二 釈迦。仏教創始者の本意にもとるだろうが。一三 仏もそのままにしてあるのだろう。一四 信徒の集らなくて、淋しい寺の方が。一五 文字通り、心安く座っておいでになる。一六 訪問者の気持もすっとする。一七 談義で雄弁をふるう僧。宝暦前後から各宗派で談義が盛行。一面娯楽化した。専門家の出現したことは次に見える。為に江戸の談義本、上方でも都賀庭鐘の英草紙第一篇や諸道聴耳世間猿二の三などに批難が見える。一八 その日常生活と談義の内容が一致せず、その上僧らしくさえない。一九 信仰上たよりに出来る人柄。二〇 職業の一。尊い仏の道をつたえるものでなくなった。二一 「六六」の例や後出によって不如法の誤とすべきである。法をおかした僧。二二 僧の刑罰の一つ。晒しのこと。橋詰など人立の所で、拘縛され三日さらされて、寺に帰し、寺法に問わしめる。二三 遠島。二四 仏法ぐるみ世界全体が不如法で。「仕方がない」の意を下に補って解く。二五 婬奔で、晒し・遠島の罰をうけない僧でも。二六 先ず第一に一身の往生を願い、その次は。二七 財産上の満足という意味で作った語であろう。布施・寄附を求める世帯仏法の僧をそしったもの。二八 男子、まして宗教家の念とするところでない。二九 情のままの欲望。三〇 一般世間の倫理。秋成は、仏教は元来欲望をそそり人倫を破るものと考えていた(遠馳延五登)。その現実の例がこれ。三一 宗教家でも何でもない馬

は、[三五]賣利の丁人の宅居に同じ。庵住して、さる不淨に交らぬ僧もあれど、是も稀也。[三六]談義とて法をかたりて、諸國に奔走するもあり。皆いたづら事にして、[三七]糊口のためのみとぞ思はるゝ。

七二　[三八]或僧の翁に意見するは、「そなたは泥鰌をこのみてくふと云(ふ)物がたりありし事を聞(き)し。是はそなたとも覚へず。人は[三九]板歯に生れて、骨をかみて味ふべき者にあらず。馬牛のおそろしきも、人と同じくて板歯なれば、[四〇]草《さう》秣《まつ》をくらふならずや。[四一]牙歯の物天性にて、鼠のごとき小物も、よく物を損じて、[四二]牙を力として生涯をくらす也。これは止(め)らるべし」とぞ。こたふ。「[四三]眼医のゆるして、時〻くへと云(ひ)しにくふのみ。好物にはあらず。止(む)る事安し。しかれども魚肉獸宍もよく調味して、野菜に同じく、[四四]其骨をしがみくらふにあらず。[四五]俗民は是を何とも思はぬ自然の事也。[四六]大牢《たいらう》の滋味《じみ》、[四七]天子の饗膳にもよく[四八]調利して奉る事、古代よりの習ひ也。みづから[四九]庖《くりや》に入(り)て、[五〇]生を斷(た)ずは、何の忌(む)所かあらん」といひしかば、僧默して止む。とかくに学才あるも、[五一]人情ひらけぬがよき僧と云(ふ)べし。[五二]さるにてはたのもしき事もなし。

鹿だ。三二 開かれて新しく住居地となった所。茶屋や寺院などがうつることが多い。三三 廟。三四 宗旨神のほこらになったり、作ったりし。三五 商人の家ががえをする。商売替をすると同様だ。三六 商売の利のみ追う商人の談義僧。や専門の談義(寛政二年刊)にそのさや誇張があるが田舎談義(寛政二年刊)にそのさまがのる。三七 くちすぎ。左伝隠公十一年「其ノ口ヲ四方ニ餬ス」。▽諸道聴耳世間猿二の二・二世の縁・異本。

三八 茶寢酔言には「ある禅師」。三九 板の如き状をした歯。前歯がそうである。四〇 草の飼料。四一 とがった歯。猛獣の持つ如きもの。四二 武器として。四三 茶寢酔言「我是を好みてくらふにあらず、眼精のたすけすと、眼医のゆるしたれば時々用ふるのみ」。四四 牙歯の獣の如く、骨を嚙みこなして食うのでない。材は同じだが食い方は違うの意。四五 一般人は自然に食って問題にしない。四六 原義は礼記の王制篇に「天子社稷皆太牢」(「大」「太」いずれをも用いる)とあって、天子が社稷を祭る犠牲の牛・羊・豕のこと。神への供物にも獣肉はあるの意でかかげた語。四七 昔から天子の食膳にも上る。中国は勿論、日本も仏教渡来以前は獣肉を食すのが常だとは多田南嶺なども獣肉論でいうところ。四八 料理して。「利」は「理」のあて字。四九 台所。五〇 殺生するのでなかったら。五一 下情に通じないのが。五二「人情ひらけ」ていては。▽茶寢酔言・異本。

七三　高[一]野山に上りて、木食堂《もくじきだう》[二]にゆきて拝す。あないの僧に、「あの湯にかきたてゝ食せらるゝは何ぞ」と問(ひ)しかば、「蕎麥の粉[三]」とぞ。翁哂《わら》(ひ)ていはく。「[四]法中にのみ心をそめて、王[五]制をよまねばかくの如し。索麪《さうめん》・だん子《ご》につくらずとも、湯にて調[六]利してまいれば、食穀也。五[七]穀の餘に六穀・九穀・百穀と云(ふ)字もあり。續[八]日本紀《しよくにほんぎ》[九]元明の御時にか、「[一〇]天下凶飢す。蕎麥を今より多く作りてよ」と詔令ありし也。これをもしらぬ事いとほし[一一]」といひしかば、あないの老僧ことばなかりし。

***七四**　翁この頃事[一二]をしるすに、病氣によりて、筆は心よりさきにはしりてまゝならず。一客、「書よめず」と。こたふ。「汝なんぞ問[一三](ふ)事のおそき。たゞ[一四]よめずとまゝ」と。又「この頃の手ぶりは、まことに凡ならず。佛[一五]祖たちのお[一六]のがまゝに似たり」と云(ふ)。我こたふ。「佛[一七]祖は誰ならん。吾(が)書は鳥[一八]のあとをかく也」と云(ひ)し。

***七五**　翁浪[一九]花に客[二〇]たりし時、一日《ひとひ》野に出(で)たり。萩多くうへたる茶店にい[二一]ざないたり。入(り)てみれば、木[二二]萩・草はぎしげりあひて、花はこぼれちり敷

一 和歌山県にある真言宗の霊山。二 山上の護摩堂の近くの東林院。穀類を絶ち、木の実など食して修行する堂。三 大和本草も穀類に分類する。四 専ら仏法的な物の考え方だけして。五 礼記の一篇の名。五穀の文字など見える。儒も心がけるべしとの意。六 調理のあて字。七 中陵漫録二の引く一書に「周宦(周礼)五穀六穀九穀有リ、月令ニ云フ黍・稷・麻・麦・豆」(以下漫録に詳しい考証がある)。八 六国史の一。桓武天皇奉勅撰。文武より桓武天皇の延暦十年までの間の歴史。九 実は元正天皇の養老六年七月十九日の詔。一〇「今夏雨フルコト無ク、苗稼登(のみ)ラズ。宜ク天下ノ国司ヲシテ、百姓ヲ勧課シテ、晩禾蕎麦及ビ大小麦ヲ種樹シ、蔵置儲積シテ以テ、年荒ニ備ヘシムベシ」。一一 不便だ。

一二 物を書くのに。一三「八九」に古人の語として見えるが出典未詳。一四 読めなければそれでよい。一五 一宗派の開祖。一六 個性的で味のあるのに似る。一七 言うところの仏祖とは誰のことか。一八 文字の創始者蒼頡が学んだという鳥の跡を書くまでだ。事物原始に「蒼頡鳥跡ヲ観ル、因ツテ遂ニ滋シ、則チ之ヲ文字ト謂フ」。この秋成の語は、自讃とも卑下ともとれるのが、彼らしい発言である。▽「八九」・異本。

一九 大阪。二〇 旅していた時。二一 案内した。二二 大和本草によれば、冬茎が枯れないで春に葉を生ずるのが木萩。それにより、ここは茎の冬枯するのを一括して草はぎとしたのであろう。二三 座敷へお上りください。二四 煎茶を差上げよう。秋成をその道の人と知って言ったのである。二五 茶店の主人が大きなため息をついて。二六 案内した人か、または別にこの様を見た人が、

（き）、むさき事見ぐるし。「[二三]床《ゆか》に上れ」と云（ふ）。上りて座すれば、「[二四]茶にん」と云（ふ）。「此野は水あしゝ。このまず」と云（ひ）て立（つ）。[二五]長大息してかなしがるを、「いかゞ」と[二六]問ふ。「是は[二七]萩の牢屋に入（り）たり」と云（ふ）。[二八]人みなわらふ〳〵。

*七六　萩の字、[二九]万えう集には、[三〇]秋芽、又[三一]牙子花など書（き）たり。[三二]芽は花のかたちを云（ふ）なるべし。[三三]西土にては、今は[三四]胡子花とよぶ。又[三五]天竺花とも。名のよしは天竺〔寺〕と云（ふ）庭に多くうゑしよし也。又胡はえびすの國の種にて、花の本名もあらず。又[三六]百菊の譜と云（ふ）ものには、萩をも[三七]菊の中にかぞへたり。西土の[三八]杜撰《づさん》このたぐひ多し。

*七七　女郎花、をみなへしと云（ひ）て、[三九]和名抄に三品の漢名しれぬ中にいふなり。又[四〇]敗醤といへどあたらぬと也。[四一]樂天・[四二]放翁等が詩に辛夷《こぶし》也と云（ふ）。[四三]辛夷のかたちなるや。かならず是も又杜撰也。[四四]男山ふもとの野邊に風はくねらじと云（ふ）は、この今有（る）花なるべし。[四六]をみなへ〔し〕合せといふ事は、中古にさかん也し。[四七]今はやめられて人愛せず。[四八]郭子も又價やすしとてうらず、もとめ

どうしたのだと問うた。二七 萩の茶屋でなくて、牢屋というのが地口。二八 大笑いであった。
二九 万葉集。三〇 万葉八「秋芽はさきぬべからし」(一五一四)など。三一 同十「人皆は芽子を秋と云ふ」(二一一〇)など。三二 木の芽の出たような花の姿なので、この文字を用いるのだろう。三三 中国。三四 追擬花月令「或説ニ胡子花、本ハ胡種ナリ、故ニ字ナシ」。
三五 同「銭塘天竺寺多ク之ヲ栽ユ、因ッテ天竺花ト名ヅク」。大和本草「天竺花」を「ハキ」と訓む。下の「天竺寺」は底本「天竺など」、追擬花月令により改。三六 葛原詩話後篇に「百菊集譜ニ観音菊ハ天竺花也」と引く。三七 大和本草「花史ニ観音菊ト云フハ天竺花是也」。
三八 でたらめ。▽追擬花月令・花虫合・金砂二。
三九 和名抄「乎美那閉之、今案ズルニ花ハ蒸セル粟ノ如キ也、所出未詳」。他の二は喚子鳥と稲負鳥(いなおおせどり)。四〇 大和本草に「敗醤」を「ヲミナヘシ」と訓む。四一 白居易(七七二―八四六)の字。唐末の詩人。その古楽府の一句に「始メテ知ル木蘭ハ是レ女郎ナルヲ」。四二 陸游。↓二八五頁注四二。その詩の一句に「閑ニ女郎花ヲ見ル」。その自注に「唐人辛夷ヲ謂ヒテ女郎花ト為ス」。これによれば、木蘭・辛夷・女郎花は同じとなる。↓補注四六。四三 辛夷の形などしているものか。四四 京都市の南、石清水八幡宮を祭る山。その麓に女郎花塚がある。謡曲の女郎花「さても男山麓の野辺に来て見れば」。古今序「男山の昔を思ひいでて、女郎花のひとときをくねるにも」。四五 折れ曲る意と恨みかこつ意をかねる。四六 古今十「朱雀院の女郎あはせの時に…」とした貫之の詠がある外

に多い。「し」は底本欠、意によって補。四七堂上においても止めて。四八誤写かと思われるが、適当な文字も思いあたらない。

一古風でまた趣がある。二藤簍冊子一所収。歌意は、嵯峨野で女郎花を掘り採って、夕風の中をつれ立って足も早く帰るのは神官らしいが、何社の人だろう。三詩人。風騒の人達でも知らない。▽追擬花月令。

四大和本草「ワレモカウ」とよむ。五大和本草にも薬類に入れる。六茶会。七数寄者達。八帰路。九その客人中の一人。一〇謡曲の大江山「さてお肴は何々ぞ、頃しも秋の山草、桔梗・刈萱・われもかう、紫苑と云ふは何やらん」。「桔更」は桔梗とあるべき所。一一「我もかく」ともじって下につづく。太刀を佩くというは、大江山に頼光等のゆくさまを想像しての冗談である。一二大笑いになって。▽追擬花月令。

一三万葉十「我がころもすれるにはあらず高円の野べゆきぬれば萩のすれるぞ」(二一〇一)など万葉集に多いので萩の花を紙絹に染めつかす実験をしてみた。一四万葉七「時ならぬ斑の衣着欲しきか衣はりはら時にあらねども」(一二六〇)と詠じたが。一五花形が明瞭につき。一六小豆餡の紫と、きなこの黄と二色ある故。牛馬問上にも、牡丹餅の異名をつらねて「小豆又は大豆の粉などかけたるを、萩のはなといふ。是も萩の花に似たればなり」。一七萩の花をすった用紙に和歌など書いた秋成の遺筆がまま現存する。一八人の妻。▽金砂二・花虫合・異本。

一九施覆花。大和本草「ヲグルマ」とよみ、「金沸草トモ云フ。単葉千葉両種アリ。盆ニ栽ユベ

て得がたし。秋の野に出(で)てほり、うゑんより外なし。これ[一]古色なり。哥よみしは、

[二]をみなへしさがのゝ原にほりつれてたが宮《みや》つこぞ夕いそぎする

又花のさかり過(ぎ)たるを中より刈(り)て、下枝の秋の末にいたりて、花より葉はもみぢする、尤《もつとも》奇也。[三]風人しらず。

*七八　われもかう、[四]地楡也。[五]薬用の外には人うゑず。女郎花ともに秋の野にさきてをかし。一日《ひとひ》つみ來たりて、すゝき・りんどうをくはへて、隣の人に送る。隣の人、此日[六]茶饗して[七]好人《すきびと》をあそばしむ。花は是等を生(け)たり。客われもかうをしらず、「何ぞ」と問(ふ)。あるじこたふ。「しろくさけらば梅なれど、これはことなり。隣の翁が送られし也。[八]かへりさにとなりに問(ひ)たまへ」とぞ。[九]一客は我しりたり。來たりて問(ふ)。「是は古書にみへたり。君しらずや。[一〇]「桔更・かるかや・[一一]われもかう、又の太刀をかうはいて」と云(ふ)語あり」といひしかば、[一二]絶倒してかへりし也。

*七九　[一三]萩の花すりこゝろみしに、[一四]斑にのみはあらで、[一五]かたちよくつき、又色

は今いふ紫におとらず。又黄なる花しべもつきてあらわるゝ也。これをおもへば、牡丹餅をば、おはぎといふは、[一六]黄紫相まじはる故也。風流の人しらず。[一七]十年の昔より紙にすりて物かく也。きぬには、[一八]人の女《め》にすゝめてすらせし也。いと風流也。

*八〇　海棠・木瓜《ぼけ》・[一九]せんふく花・[二〇]敵子花・[二一]木芙《もくふ》よう・水仙のくさぐさ、[二二]寄所《よりどころ》也。[二三]哥よみはえよまず、拙也。我はつねによむなり。水仙の字の音のまゝによき、桔更はきちかう、[二四]貫之がよみしは[二五]物《もの》の名《な》の[二六]わづらい也。さりとて[二七]蟻の火ふきと云(ふ)名えよまじ。我はよむべし。連翹をいたち[二八]𦬇、芍やくを[二九]えいす艸、[三〇]いかによまざるや。

*八一　鶯は冬より鳴(き)出(で)て、秋までも鳴(く)に、[三一]流鶯を詩に作りて、[三二]宛転低昂の時と数(へ)るは、四月の[三三]木がくれなり。梅は冬より咲(き)て、二月の[三四]水の鏡に老をみせて散(ら)ぬ也。[三五]梅花帳と云(ふ)は、冬の寒きをいとふとて、梅の先さくより、[三六]ちりいづる二月迄も、[三七]帳中に薫らせたり。[三八]牀《とこ》を入(れ)てふし、几《つくゑ》をおきて書をよむ。[三九]花瓶をすみ〴〵の柱にかけて、梅をさし入(る)。[四〇]骨董家

シ」。二〇 大和本草「ヒルカホ」とよむ。二一 木芙蓉。大和本草は「芙蓉ハ蓮花也、是ハ木芙蓉ト云フ、世俗ハ木芙蓉トイハズ、芙蓉ト云フ」。二二 皆歌の好題材である。二三 所謂「歌よみ」と称する輩。二四 紀友則との記憶違い。古今十「きちかう花　友則　あきちかう野はなりにけり白露のおける草ばも色かはりゆく」。二五 上の歌は物名即ち、物の名前をふせて、よみ込んだ歌である。二六 正しくは「わづらひ」。手数をかけていること。二七 桔梗の別名。和名抄「本草ニ云フ桔梗。結鯁二音、和名阿理乃比布木」。二八 和名抄の連翹の条「和名以多知久佐、一ニ云フ以太知波勢」。二九「い」は「ひ」の誤写。和名抄の芍薬の条「和名衣比須久須里、又沼美久須里」。三〇 こんな名で何で和歌をよまないのだろう。▽追擬花月令・山霧記・茶痕酔言。漢音・異名自由に取り入れて和歌にせよとの主張。

三一 葛原詩話四「流暢流滑ノ気味ニテ、鶯喉ノ滞リナク、声ノヨクコケル義ナリ」。ここも同意で用いた。三二 声のころぶ如く、また程よく抑揚のあること。三三 とびかう枝の木の葉も茂って、姿は隠れ、声のみ聞える時。三四 玉筠の和孔中丞雪裏梅花詩に「水泉猶未ダ動カズ、庭樹已ニ先ヅ知ル、翻光雪ノ舞フニ同ジク、落素冰池ニ混ズ、今春ニシテ時ヲ競ヒ発ク、猶是昔年ノ枝、唯有リ長ク顦顇、鏡ニ対シテ窺フ能ハズ」。三五 円機活法には「紙帳梅」として「帳裏魂消ジテ夢亦香シ。睡起相思フ情更ニ遠シ。床ニ倚リテ高詠スレバ益ヒ凄涼」の詩句を引く。三六 散り初める。三七 帳の中へ。三八 床の上にはって下げる紙布。三九 以下また別の鑑賞。四〇 好事家。

是を懸壁[一]といふ。大かた金瓶[二]也。予、哥あり。
[三]ふくむより散(り)はつるまでへしほどに梅のかたびら引(き)もせしかな

*八二　牡丹・かきつばた・山吹・つゝじは夏かけてさく也。廿日艸[四]と云(ふ)は詞花集[五]によりて、其もとは白氏[六]が「開落二十日」と云(ふ)句によりたり。一[七]花廿日をのぼるにはあらず。咲(き)かわりて廿日は凡《およそ》へぬべし。牡《おす》といふからは木勺藥[八]は雄なり、艸勺藥[九]は雌也といふなるべし。此花蜀中[一〇]にて柴薪とするよし。開元[一一]、天寶にいたりて大に賞翫す。魏紫(姚)[一二]黄の名たかし。黄花は宋朝には詩につくりしかど、明代[一三]にいたりてなし。王敬美[一四]たま／＼得たりとてほこる。翌春白に変じたり。長息して、「我あざむかれぬ／＼」と歎きしとぞ。

*八三　すべて鳥も、けものも、花も、雄はよし。雌はおとるとのみ思(ひ)しが、人のみ女のまさりたるはいかにと。又思ふ、よく／＼思いかへせば、人も男よし。女は粉黛[一五]せずして、いと見にくし。朝寝の顔はいと見ぐるし。かゝること人は弁《わきま》(へ)ぬ也。

一 未詳。二 金製の瓶。円機活法の「瓶梅」の条に「施(や)暖ニシテ金壺水香ヲ借ル」の詩句をあげる。三 梅花帳を詠んだもの。蕾の頃から散り終るまで梅花帳の中にいたので、帳の帷子も漸く引いてあけたの意。

四 牡丹の異名。五 詞花一「新院位におはしましゝ時牡丹をよませ給ひけるに、よみはべりける　関白前太政大臣(忠通)　咲きしより散り果つるまで見し程に花のもとにて廿日へにけり」。下に「いう」など補って解く。六 白楽天。その詩の一句に「花開キ花落ツ二十日」。→補注四七。七 一つの花。八 五雑組十「牡丹、原(もと)止(ただ)木芍薬ト呼ブ。芍薬之名、風人ノ吟詠ニ著ハル、牡丹ハ其ノ相類スルヲ以テ、之ニ依ツテ名ヲ得タリ」。九 普通の芍薬に草を冠した。一〇 中国四川省。五雑組十「埤雅云フ、丹延以西及ビ褒斜ノ道中、荊棘ト別無シ。土人皆伐ツテ以テ薪トス」。一一 ともに唐の玄宗の年号。五雑組十「唐ノ高宗後苑ニ双頭ノ牡丹ヲ賞シテヨリ、開元ニ至ツテ、始メテ漸ク貴重ス」。一二 底本「姫」、意によって改。牡丹の上品種。姚家から種を出した黄色と、魏丞相家からの紫色と(類書纂要八は西京雑記を引用)。一三 五雑組十「独リ正黄ナル者得ベカラズ。知ラズ当時姚氏之種何ヲ以テカ便チ絶ユル」。一四 王世懋。号麟州、明の文人。五雑組十「王敬美先生、関中ニ在ルノ時ニ、秦藩ニ黄牡丹有リ、盛ニ開キ客ヲ宴ス。敬美甚ダ詫シテ、重価ヲ以テ二本ヲ購ヒ攜ヘテ帰ル。来年花ヲ開クニ至ツテ、則チ仍チ白色ナル耳。始メテ知リヌ、秦藩ニモ亦黄梔水ヲ以テ、其ノ根ニ澆ギ、幻ニ之ヲ為シテ以テ人ヲ欺クコトヲ」。▽茶瘕酔言。

八四* 櫻を七日花といふはあやまり也。万えう集に、[一六]大北人の難波へ御つかひに、[一七]龍田山こへて來たるに、さくら花さかりなり。さてよむ、

我(が)いきゝは七日に過(ぎ)じ[一八]たつた彦ゆめこの花を風にちらすな

この七日は、御つかひの事の[一九]はてがたをかぞへていひし也。はやく事と[二〇]ゝのいて、[二一]其あしたかへるに、又哥よみたり。西行が、

[二二]思ひやるたかねの花の雲ならばちらぬ七日ははれじとぞ思ふ

かしこくよみたれど、[二三]實にあらず。又[二四]櫻町《さくらまち》の中納言の七日の花を[二五]泰山府君《たいざんふくん》にいのりて、[二六]廿日あらせしと云(ふ)は譌《いつはり》也。[二七]さらずは物をしらぬ也。さくらの中より、[二八]今泰山府君と呼(ぶ)と、[二九]虎の尾とよぶは、[三〇]重辧のみならず、色もふかし。しかれどもしぼみて散ぎはむさ[三一]〳〵し。此種は必(ず)いのらずとも二十日は有(る)なり。

八五* さくらは海内の種にて、西土にあらぬと云(ふ)、定説也。[三二]道本といふ僧の、[三三]長寄に來(り)てつくりたる[三四]詩にあきらか也。白櫻といふ字は詩にあれど、それは[三五]櫻桃の一品にて、大樹もあるよし。[三六]山櫻ともいへり。[三七]櫻苺のこゝにあるは[三八]漢木にて、喬《たか》きにさかへず。

一五 紅白粉をつけなければ。▽茶痕酔言・異本。
一六 底本のまま。大宮人なるべし。次の和歌は万葉集九に「春三月諸卿大夫等難波ニ下ル時ノ歌二首」の長歌の反歌(一七四八)。一七 大阪府奈良県境の竜田神社のある山。一八 奈良県生駒郡三郷村立野の竜田神社の神。風の神である(金砂八)。歌意は秋成によると、今度の旅は七日とはかかるまい。ここの風神よ、どうか花をそれまで散らさないでください。一九 おわり頃。
二〇 仕事がかたづいて。二一 前につづく万葉の和歌(一七五一・一七五二)の前書に「難波ニ経宿(やど)リテ、明ル日帰リ来ル時ノ歌一首并ニ短歌」とある。
二二 山家集上所出。二句目「高嶺の雲の花」。高嶺の花は雲の如くで、花だろうと思うが、これでは花の散らぬ七日間は晴れなかろうということになるの意。二三 七日散らないとしたのが実でない。二四 源平盛衰記二などに見える話。名成範(平家物語には重教)。↓補注四八。
二五 中国の泰山の神。日本では素盞嗚命にあてる。二六 盛衰記「三七日の齢を延べたりけり」。
二七 この話が作りごとでないなら、中納言は物知らずだ。二八 八重桜の一種。花の色白く葉青く、虎の尾と共におそく咲く。成範の話による名という(花譜)。二九 八重桜の一種。花形よりの名。葉青い。三〇 八重。三一 むさくるしい。▽茶痕酔言・金砂八。
三二 僧莅亭。享保四年(一七一九)帰化して、長崎崇福寺住。三三 長崎市。当時唯一の開港地。三四 蕭鳴草に収まる。その詩中「東ニ来ツテ初メテ此ノ花ノ奇ヲ見ル」とある。↓補注四九。三五 中国のは桜ん坊をとる大樹となる木(本草綱目三十)。三六 大和本草に文選の沈休文の早登

*八六　西行はとかくに、櫻[一]は雲じや〳〵とよんだは。よしの山に三年こもりて、此ことの歌多し。この法師は上手なりしかど、後京極[二]・俊成[三]・定家[四]・家隆[五]に負[六](け)じ心にてよまれしは、歌は美にて、世外[七]の人のいふべからぬ也。山家集[八]をみて、我、塵中[九]と塵外のしるしつけたりしかど、是も古井[一〇]に漂沒したり。

又しがの浦の歌に、

　空[一一]さへて汀もしろく氷(り)つゝかへる波なき唐寄の枩

此歌をし[一二]らずよみに、我よみしは、

　空[一三]さへて汀ひまな(く)氷(り)けり波をかへさぬしがの浦風

これは我まさりたり〳〵。氷(り)つゝの詞、つゝは何ごとぞ。

*八七　ほとゝぎすは詩人必(ず)晩春の物とす。さて宋明[一四]の詩人は、かれが夜啼をいむ事甚(だ)し。こゝ[一五]に夜[一六]なくをほまれとしたり。物思[一七](ふ)人のねやにひとりあらんに、一聲啼(き)て過(ぎ)たらん、しばしうさわするべし。又四月をはつ音として、おのがさ月[一八]とよむ也。

定山の詩「山桜発欲然」を引く。三七 底本のまま。「蓉」は「（桃）」であろう。日本の桜桃は大和本草に「ユスラ」とよむ。三八 底本のまま。「灌」とあるべきところ。▽追擬花月令。

一「六」に記事かさなる。二 後京極摂政太政大臣藤原良経。建永元年(一二〇六)没、三十七歳。三 藤原俊成。元久元年(一二〇四)没、九十一歳。四 藤原定家。→二五一頁注二。五 藤原家隆。嘉禎三年(一二三七)没、八十歳。皆平安末、鎌倉初の代表的歌人。六 負けまい気持で詠んだ作品は。七 一般の僧侶の言えない作風である。八 西行の家集。九「六」に記事かさなる。一〇 秋成が他の原稿と共に古井戸にしずめた。「九八」に詳しく見える。一一 唐崎は大津市。琵琶湖西南隅の崎で、松の名所。山家集下の詠は「風冴えて寄すればやがて氷りつつ返る波なき志賀の唐崎」。原歌には「やがて」の文字があって、後出の秋成の批難はあたらない。一二 等類に気がつかないで。一三 空はさえかえって、水ぎわはびっしり氷った。波の寄せ返しもない志賀の浦の風もなお余寒の気味である。▽「六」・異本。

一四 秋成の七十二候に上げる例、「宋人の送別、騎馬出門三月暮、楊花無頼雪漫天、客情只有夜難過、宿所先尋無杜鵑、いかに耳ふたがるゝ物とも聞くらん」。一五 日本。一六 夜杜鵑を聞く、月と杜鵑などが和歌・物語の好題材となっている。一七 物語的情景を想像した一文。一八 五月。我が物顔に鳴く故の名。新勅撰三「郭公いま幾

*八八　鶯の名は、[一九]杜子美が[二〇]百舌の詩にいひしは、またくこゝのうぐいす也。[二一]聲反轉として[二二]曲多しとか云(ひ)し。又[二三]反舌とも〔[二四]注〕者が云(ひ)たり。人の說に、「[二五]反舌はこの鳥舌長くして、鳴(く)に舌〔[二六]尖〕の折(れ)かへりたるを名とす」とぞ。舌折(れ)かへりて鳴(く)は、杜詩に云(ふ)所、またくこの[二七]鶯に似たるかし。

*八九　翁[二八]五歳の時、[二九]痘瘡の毒つよくして、右の中指短かき事[三〇]第五指の如し。又左の[三一]第二指も[三二]短折にて用に[三三]足《た》たざれば、筆とりては右の中指なきに同じく、筆力なき事患ふべし。書かく人の云(ふ)は、「そなたは必(ず)書を習ふべからず。かたちよく似たりとも、[三四]骨法は得べからず」と。此言につきて、廿三四より[三五]姓名を記すに足(ら)ねども、[三六]商戸なれば、たゞ帳面にむかいて日記の用だにつとむればとて、書に[三七]心なし。故に惡書なる事人のみるところなり。ちか頃[三八]目くらく、老にいたりて、たゞ字とも何とも思はずして、心にまかせて筆を奔《はし》らすを、ある人は、「よめがたし」と。傍より云(ふ)。「『[三九]なんぞ問(ふ)事の遲き」と古人も云(ひ)し」とわらへば、又あるとき[四〇]善書の人が、「翁が書は近頃[四一]妙なる所をかゝれたるぞ。[四二]佛祖たちなどの[四三]豪〔放〕にまかせられしに似たり」といふ。こたふ。「仏祖は必(ず)書に豪〔放〕なるやしらず。我ただ[四四]鳥のあとにならふ」

夜をかちぎるらむおのがさ月のありあけのころ」など。▽七十二候・詠霍公鳥。

一九 杜甫(七一二―七七〇)。唐の人。第一等の詩人。 二〇「音ヲ知リ衆音ヲ兼タリ」などの句を含む百舌吟。↓補注五〇。 二一 声をまろばすこと。 二二 声音をさまざま出すこと。杜甫詩に該当する語がない。劉禹錫の百舌吟(古文前集)の「笙簧百転音韻多」を言ったか。 二三 反舌。杜詩の注(十朋)に「百舌者反舌也。能ク其ノ舌ヲ反覆シテ百鳥之音ニ随フ、春囀リ夏止ム」。 二四 底本「後」、注者の誤写として改。七十二候にも杜詩を引いて、この注者の説を上げる。 二五 前出の注などによった言。礼記の月令篇の反舌の注にも同意のものがある。 二六 底本「夭」、意により「尖」の誤写と見る。 二七 本草綱目の反舌の集解にも「陳蔵器曰ク、百舌ニ肖テ今之鶯也」。

二八 元文三年(一七三八)。 二九 ほうそう。この時、加島稲荷に祈って加護を得たという(歌島の詠稲荷社歌の添書)。 三〇 小指。 三一 人さし指。 三二 みじかくなって。 三三 俗語の「用にたつ」に「足る」の文字をあてたもの。 三四 根本的な技法。骨髄。 三五 史記の項羽本紀に見える、項羽の言「書ハ以テ名姓ヲ記スルノミ」による。満足に名前も書けないが。 三六 商店。 三七 熱心でなかった。 三八 目も悪くてよく見えず。 三九 未詳。「七四」にも見える。 四〇 書の巧みな人。 四一 面白い趣をおびた書だ。 四二 一宗派の開祖。 四三 気力がこもってほしいままなこと。「放」は底本「牧」、意によって改。次出も同じ。 四四 ↓二九八頁注一八。▽「七四」の再出の部分がある。

といひし。大にわらひて去《い》ぬ。

*九〇　近年、[一]善書の人はさるものなるを、[二]書えかゝぬ人の、古人の筆跡をこのみて、その眞贋を論ずる事あやしむべし。[三]おのが手のほどを思ひて[四]、かく[五]高論はすまじきものを、鑒定の談甚(だ)[六]笑止なり。又[七]鑒定家といふ人も、昔はしらず、今京坂の間に名ある人は[八]悪書のみ。[九]かくていかで定むと思へば、鑒定の〔初〕めは、近代の[一〇]堂上の名家の書を始にみ習ふて、やう〳〵さかのぼりて、ついには[一一]貫之・[一二]道風《たうふう》などをも[一三]定むる事とぞ。[一四]いとうけがたし。[一五]江村専齋が雑話に、[一六]蓮華王院にありし貫之の[一七]土左日記の自筆を、[一八]定家卿うつさせたまいしを、連歌しの[一九]玄的がところに有(り)て度ゝみたり。末の二三紙は、ていか卿の[二〇]紀氏のまゝをうつせしといはれしに、其字のかたちは[二一]科斗《くわと》の字のごとし。今時の貫之とて人の云(ふ)やうな物にはあらずと。その日記は[二二]加賀殿にめされしが、今は[二三]八條の宮に有(り)とぞ。是は目前にみし人の論談也。

*九一　又[二四]池田の新太良様の御もとへ、[二五]京の儒者の扶持せられてありしが、年頭の拝礼に出(で)たり。「この比《ごろ》京にめづらしき事はないか」と御尋(ね)有

一字の上手な人は当然だが。**二**十分に書の出来ぬ人。**三**自分の書の上手さ加減。**四**底本に従って読点をほどこしたが、「て」は「と」の誤写で、自筆本は「思ひ、とかく」とあったか。**五**立派な議論。何かと大きな口をきかないことだのに。**六**片腹いたい。**七**古筆鑑定を業とする人々。**八**鑑定家の悪書は今に残る極め札を見ても事実。**九**こんな腕前で。「初」は底本「物」、意によって改。**一〇**朝廷、公卿の人々。**一一**紀貫之。↓二五一頁注三。その筆跡は最も珍重される。**一二**小野道風。平安中頃の書家。三蹟の一人。康保三年(九六六)没、七十一歳。**一三**見定める。**一四**こんな方法とその結果は納得できない。**一五**寛文四年に百歳で没した医家。孫の伊藤坦庵が筆受して、老人雑話を残した。以下の文は殆どそのまま。**一六**京都の東山七条にある三十三間堂。**一七**一巻。承平四、五年間。土佐守の任とけて帰京の紀行日記(池田亀鑑著、土左日記原典の批判的研究)。**一八**藤原定家。定家筆本として現存し、土佐日記研究の基礎となっている。**一九**里村氏。紹巴の孫で、玄仍の二男。雑話のままであるが、前田家の記録では玄珍(玄陳)となっている。**二〇**貫之。定家の奥書に「其ノ手跡之躰ヲ知ラシメン為ニ、形ノ如ク写シテ之ヲ留ム…」として、十三行を写してある。**二一**蝌蚪の略。古い体の篆字。土佐日記抄引く妙寿院本(今は宮内庁書陵部蔵)の奥書に、貫之自筆本をもって写したとあって「古代ノ仮字ハ猶蝌蚪ノゴトシ、未ダ憲《あきらか》ナラズ、写ニ臨ミテ魚魯有ラン」とあるによる。**二二**加賀の前田家。**二三**智仁親王。後陽成帝の弟。細川幽斎門で古今伝授の歌人。寛永六年(一六二九)没、五十一歳。ただしこの書は前田家に残る。▽土佐日記解序。

二四 池田光政。天和二年(一六八二)没、六十四歳。備前岡山の名藩主。 二五 禄をもらっていた京の儒者が、「御もとへ」年始の挨拶に出た。 二六 藤原定家。 二七 要するに骨董品であるから。 二八 実生活の邪魔にならない。 二九 いたずらに聖人ぶる儒者。 三〇 昔のその時。 三一 底本「り」、誤写と見て改。 三二 底本「さ」、誤写と見て改。 三三 真跡の面影を忠実に伝えているなら、真跡としてあつかってよかろうという秋成の意見。 三四 古筆の歌書を切り離したもの。 三五 署名がない。 三六 よく似ているという位の鑑定で、おいておくべきだ。 三七 高くしようとて。 三八 極め札。 三九 鉄面皮な。恥しらずな。 四〇 この人は、この年秋成に古筆名葉集の序を求めて、甚だ苦々しい文を与えられた人物陶々居かと想像する。 四一 大手腕。大力量。 四二 進物。 四三 人柄もひどく俗っぽくて。 四四 こんな奴に、鑑定など出来るものか。 四五 商人根性の甚だしいことのたとえ。 四六 底本「こ」、誤写と見て改。 四七 軽々しく古筆談義をしないで。或は談は断の誤りで、定めてしまわずの意か。 ▽「二一」・諸道聴耳世間猿一の三。

四八 大和川の北岸で、歌枕遠里(りお)小野のある辺。 四九 文章を書いたもの。 五〇 次条に見える池田の世粛などをさす。 五一 一覧を願って。 五二 古注といわれる部分で、秋成も古今和歌集打聴附言で「此古注といふには事の義も詞もまだしきと思ふ事どもある由は、講説のその所々にいはれたりき」と言う。 五三 本文と一様に書いて。 五四 区別してないのはどうしたことかと、貫之筆というに疑問をいだいた。 ▽古今和歌集打聴附言・同識語。

(り)しに、「[二六]定家卿の筆をよく似する者ありて、人を惑はすがにくしと、人皆いへり」といひしかば、「定家の筆はよく贋(せ)たりとも、[二七]翫物《もてあそびもの》なれば[二八]世にさはらず。[二九]聖人の贋する儒者にくむべし」とおしやつたとぞ。[三〇]其かみによく似た[三一]〔る〕ならば、今は其書[三二]〔ま〕た[三三]眞跡にまぎれなかるべしと云(ふ)べし。貫之の書とてあるも、道風のと云(ふ)も、[三四]歌書切は[三五]名もなし。[三六]よく似たるのみといふて止(む)べし。價を[三七]つのらんとて、[三八]鑒札を出(だ)す惡書の人の、さても[三九]面皮《つらかは》のあつき事よ。又浪華人也とて、此頃[四〇]我にもとむる事ありて來りしは、鑒定今は浪花にて[四一]巨臂《きよひ》の人と聞(く)。その[四二]幣物《へいもつ》の書付《かきつけ》の俗書、[四三]人の俗たる事、いかで[四四]是が見さだめん。古鑒定といふて[四五]町ゝをよばはりありく人物[四六]〔ら〕し。翁惡書なれば、[四七]容易に論談せずして、「古色ありて能書の跡なりといひて、止(ま)ん」とぞ、常に云(ひ)し也。

*九二　難波の[四八]遠里《とほざと》何がしが所に、貫之の古今集の序の[四九]詞書ありとて、[五〇]人賞譽す。[五一]乞(ひ)てみしに、まことに善書の妙をつくしたる物也。しかれども序中の[五二]小字も[五三]同じつらに書(き)て、[五四]わかたぬはいかにと、いぶかしみたり。

*九三　池[一]田の世肅は其[二]かみの鑒定家なり。我[三]が難ぜしを甚(だ)いきどをりありしが、後に又云(ふ)は、「俊[四]頼なるべし。松[五]屋の源〔之〕丞が茶[六]湯の日記に、誓[七]願寺の安[八]樂庵の策傳が所江招かれしに、床の棚に貫之の古今集の序といふものをかざられたり。その箱に、但し俊頼也ともと有(り)し由。此紀[九]によりて、貫之と俊頼のまが[一〇]ふ事とす」とぞ。是も笑ふべし。其日記に有(る)をよん所として、さのみ我(が)眼《がん》[一一]の力にあらず。いかさま遠里のもとし頼なるべし。よく似たり。又紙の古色なる、か[一二]らの紋のかみの色ゝなるをつぎてかゝれたり。是につきて思ふ所あり。物[一三]がたりに、唐の紙とあるは紋ある紙なるべし。これをこ[一四]ゝにも習ひて制[一五]して、行[一六]成帋《かうぜいがみ》、貫[一七]之紙とは呼(ぶ)なるべし。當今の鑒定家の書、江田におとる事何[一八]階、江田は善書ならずといへども、骨[一九]力ありしかば、人の書をも見定むべし。た[二〇]ゞ今のはやり物なれど、買[二一](は)ぬが鑒定の力なるべし。買(う)ては皆か[二二]づきのあ[二三]またるき人也。

*九四　翁が惡筆をさへ謫《いつはり》[二四]して商ふと聞(く)。是、老[二五]が名利はあらねど、面目の事なり。其人にあいて一[二六]礼云(ひ)たし。

一 以下に江田とある。安永四年の浪華郷友録にも「鑒識ヲ以テ聞ユ」とある江田世恭の何かの誤であろう。二 その当時。三 前条の伝貫之筆古今集序を悪いと見たこと。四 源俊頼。大治四年(一一二九)没か、七十余歳。金葉集を撰した平安末の代表歌人。また書に巧。五 奈良の富家松屋の主人。代々源三郎と称したものの誤。六 その五代目久重編の松屋日記。四冊。利久・織部・宗甫等の関係する茶会の記録。七 京都の新京極にある浄土宗西山深草派の総本山。八 その住職で、寺中の一庵安楽庵に隠棲した高僧。茶人で、笑話の本、醒睡笑の編者。寛永十九年(一六四二)没、八十九歳。九 記とあるべきところ。一〇 区別しにくい。一一 真偽を弁別する鑑定眼。一二 紋様のある唐紙。一三 その一例、源氏、須磨「白きからの紙四五枚ばかりを巻きつゞけて」。一四 中国の製法を模倣して。一五 製とあるべきところ。一六 鳥の子紙を色々に染めて、雲母で模様を型置して出した。一七 未詳。一八 数等。一九 骨法筆力。二〇 骨董は近頃の流行だけれども。二一 軽々とした決定で、やたらに買わない方が本当の鑑定の力というものだ。二二 うまうまと一杯食う。二三 甘口の。ぼんやりな。▽古今和歌集打聴識語。

二四 字典「偽也」。偽筆して。現に古い秋成の偽物が今も残っている。二五 わしには何の得にもならぬが。二六 ただし、大変に皮肉な礼となるであろう。

九五[*] 難波の小川屋[二七]の景範は能書にて、學者[二八]にて、哥よくよみしと聞(く)。この頃反古の市に出(で)しを、一分[二九]といひて賣(り)たるとぞ。なか〳〵[三〇]に値な[三一]くてもがな。

九六[*] 月溪[三二]が病[三三]ぜひもなし。たゞ隱者[三四]ていになりて、刀自《とじ》[三五]に飯《いひ》[三六]かしがせ、心はます〳〵奢りてあらく也[三七]、繪はもとの如くあらずも、高逸[三八]にて、價たかく云(ふ)ともゆるさん。御所[三九]の御用、宮様のと云(ふ)ことをやめたらば。又御用[四〇]に手のまゝにとあらば、屛障《へいしやう》[四一]・壁などの大さうなるものぞ、つかまつらん[四二]と云(う)て、絹紙の一片に筆をかろく、墨がきを專(ら)にしてあらば[四三]、又一[四四]家なるべし。才物なれど俗僻あり。人相家相、卜者にあざむかれて、ついに叶[四五]はずとも、又問(ふ)は愚のいたり也。をしむべし〳〵。

九七[*] 書画・器物も傳來あらば、重寶たるべし。千両[四六]の價也とも、辻立[四七]の中にてもとめし古器に同じ。松屋[四八]の源之丞が慈照院[四九]どのより賜はりし肩つき[五〇]・茶盆[五一]、又呂氏[五二]の鷺の画と云(ふ)は、肩つきの器はまことに古物也。鷺の繪は名も印もなし。しかも大なる物を後に切(り)たるものぞと。「もし市にひさがば、

二七 加藤景範。通称小川屋善太郎、号竹里。寛政八年(一七九六)没、七十七歳。 二八 懐徳堂で儒学を修めた。 二九 金一両の四分の一。 三〇 かえって。 三一 ない方がよい。

三二 松村月渓。呉春のこと。→二九一頁注三八。この条については池田人物志参照。 三三 ここは欠点の意。 三四 生活をわびて、気性は高尚に走るを言った。 三五 主婦。後妻となった梅女をさす。俳諧をもした女。 三六 下女もおかずに二人だけで住んだ意。 三七 ここで文意は切れる気味。 三八 俗気を去って高尚。下に「よろしいから」の意を補って解く。 三九 ただし条件があって、御所風・宮様風をふかすのはやめてほしい。 四〇「まゝ」は「すく」の誤写か。御用の手すきに何か描いてほしいと希望があらば。 四一 屛風や衝立など。 四二「ん」は上方語をそのまま表記したので、打消の「ぬ」のこと。大きなものはいたしませぬと言って。 四三 下に「これはこれで立派なもので」と補う。実際月渓の晩年の洒脱な小品は高い評価がある。 四四 十分、一家の特色がある。 四五 希望がかなわずとも。

四六 上に「伝来がない時には」と補って解く。 四七 街頭の立売。 四八 奈良の富家。源三郎の誤。ただしここは二代目久行。 四九 足利義政。 五〇 肩の所のつき上った茶入の形。ここは松本周室旧蔵で松本肩衝という名物。唐物。 五一 存星盆。 五二 馬麟の絵を張成の彫ったものという。 五三 鹿田本が改めたごとく、宋の名家「徐熙」とあるが正しい。珠光が茶道の極意をこめた一幅(甲子夜話二十八参照)。

此ていの物は一匁になり兼(ぬ)る」と、[一]〔世〕肅が云(ひ)し也。されど傳來たり。しかも[二]公の御羽織をいたゞきて表裝したれば、いつまでも千両〳〵。

*九八　翁目くらく成(り)て、書をよみがたし。[三]ひさぎつくしたる藏書の中に、少し[四]吝きは、[五]正親町三条中納言公則卿に奉(り)し也。[六]祿には黄金十両たまはりし。其奉る時に、

[七]今はたゞ老波よするくづれぎしふみとゞめ〔よ〕とたのむ君哉

と申(し)てありしかば、ろくにとりそへて、

[八]よしあしをわくるしるべも難波かぜなにはおもはずかいあれとこそ

とよみてたまはりし也。さて又殘りてみぐるしきは、いかゞせんと、としの月[九]思ひなやみしに、[一〇]去秋ふと思ひ立(ち)て、藏書の外にも著書あまた有(り)しとともに、五くゝりばかり、[一一]庵中の古井へ[一二]どんぶりことして、[一三]心すゞしく成(り)たり。[一四]村瀬聞(き)て、「さても〳〵ためしきかぬ人かな」とて、後の[一五]毎月集の[一六]序中に書(き)て送られしなり。ためしあること、なにはの[一七]森川がもとより[一八]聞へし。宋の亡ぶる時、[一九]鄭所南と云(ひ)し人、大にかなしひて、宅を[二〇]去〔り〕て、寺院に入(り)て、[二一]葷《くん》をくらわず、[二二]北にむかひて拜せず、又[二三]一是居士の傳といふ物をか

一 底本体をなさぬ文字、鹿田本による。「九三」に前出。 二 甲子夜話「中風袋宝づくし紋純子むくのみ也、此切義政御胴服にて」。

三 売りつくした。寛政六年十二月十八日真乗院宛状に「売のこしの蔵書ども」。 四「良」の誤写か。 五 晩年の秋成を愛顧した人物(麻知文)。寛政十二年(一八〇〇)没、二十八歳。 六 代償。

七「文留めよ」と願った歌。底本「とゞめとと」、意によって改。波・きし・ふみは縁語。今は年よって、年波にくずれる岸のように先の近い身。せめて旧蔵書だけでもお手許において下さいと、君に願い上げます。 八「かい」正しくは「かひ」。よしあし・難波・かひ(貝)は縁語。自分は善悪をわける指導者もない。難波人の其方まかせだ。この後もよくよくせず生甲斐あるように送ってくれ。 九 思案にくれていたが。 一〇 文化四年秋。

一一 南禅寺畔常林庵の。 一二 なげ込んで。 一三 さっぱりした気持になった。 一四 楮亭。→二六六頁注五。 一五 秋成が曾禰好忠の毎月集にならった三百六十首の歌集。 一六 その序は楮亭三稿四に後毎月集題辞として所収。また現に南禅寺前西福寺の墓碑に刻してある。→補注五一。

一七 森川竹窓。名世黄、字離吉。書画篆刻をよくした秋成の友人。天保元年(一八三〇)没、六十八歳。 一八 言って来た。 一九 鄭思肖。宋の遺民として生涯を送った奇文人(中山久四郎著、読史広記)。 二〇 底本「と」、意によって改。

二一 葱など臭味のある菜類。 二二 宋をほろぼした元の故地。坐るには南向し、北語に耳をふさいだという。 二三 心史下巻所収の一是居士伝。「一是居士ハ大宋ノ人也。宋ニ生レ、宋ニ長ジ、宋ニ死ス」の冒頭の文からも内容は想像できる。 二四 うさをはらす。 二五 上下二巻。所南の詩文

きて、心[二四]をやりし也。又心史[二五]といふを書(き)て、石函[二六]に納め、古井[二七]に落して、其井をうづめて曰(く)。「後世[二八]是が出(で)んとき、太平なるべし」とぞ。其心史が明の崇禎[二九]の末に又〔出[三〇]〕(で)て人しりたりとぞ。盗賊[三一]明を亡(ぼ)し、又達旦《だったん》[三二]にせめられて、太平といへども、かの元の北にむかいて拜せぬと云(ひ)しに同じ。さらば翁が無益[三三]の物も、心史も、こゝにおきて同談也。

*九九 清の二世康瀷帝[三四]はさりとは〱英主也。國[三五]とりて後、中土[三六]の聖人の道をよく教示して、民も明臣[三七]の餘黨もよくしたがへたり。さて其君が聯句に、「日[三八]月燈、江海油、堯[三九]舜生、[四〇]湯[四一]武旦、[四二]曹〔莾[四三]〕外、[四四]末[四五]外淨脚[四六][四七]、天地一大〔戯[四八]〕場」と云(は)れたと也。何[四九]もかもよくこゝろへたまへば、先百[五〇]余年の治世なるべし。されど天[五一]地の長きに思へば、たゞ一〔瞬〕のほどなるべし。海をさ[五二]かい、山をへだて、衣服・食味・言語すべて分別[五三]也。これ[五四]をしたがへたりとも、不朽の事とも思はれず。

*一〇〇 天[五五]にさま〲あるはいかに。儒・佛・道、又我(が)國の古傳に云(ふ)所こと〲くたがへり。天[五六]とあをぎてのみもあらず。天祿《てんろく》[五七]・天資《てんし》[五八]・天命《てんめい》[五九]・天稟《てんぴん》[六〇]

集。二六 実際は鉄函。よって鉄函心史とこの書を呼ぶ。↓補注五二。二七 呉中の承天寺の古井戸。二八 その外緘封に「大宋世界無窮無極」とか「此書出日一切皆吉」とか書した。徳祐九年仏生日の封。二九 崇禎成寅歳仲冬八日。即ち崇禎十一年(一六三八)十一月八日。三百五十六年目の出現という。三〇 底本「告て」、意によって改。三一 明末荘烈帝を殺した馬賊の頭、李自成。三二 韃靼。清朝の側をいう。三三 原稿類をさす。▽茶瘕酔言。

三四 清の四代目聖祖(一六五五—一七二二)。年号を康熙と言い、六十一年続いた名君。三五 帝位について。三六 中国古来の儒教。聖祖に聖諭広訓万言諭などの著がある。三七 明朝に仕えた残党。三八 正しくは「日月燈、江海油、雷霆鼓板、天地一大戯場、堯舜旦、文武末、莽操丑浄、古今来許多脚色」(侗庵筆記・坤斎日抄等)。三九 ともに古代の聖王。四〇 唐土奇談は中国劇を解説して「立役を生といふ」。四一 殷の湯王、周の武王。ともに古代の賢君。四二 奇談「女形を旦といふ」。以下中国劇の用語を秋成はよく知らずに用いる。四三 底本「奔」、今改める。魏の曹操、新の王莽。ともに悪君主とされる。四四 老人役。或は秋成は道外の意で用いたかも知れない。四五 立役またはこれに準ずる男役。四六 奇談「敵役を浄といふ、又悪脚ともいふ」。四七 奇談「実悪をかぬるを両脚といふ」。役柄の用語と解して並べたのであろう。四八 底本一字空白。帝の原文により補。四九 歴史にも下情にも通じた。五〇 間違い。長かったのは事実。五一 康熙の治世も悠久の天地にくらべれば短い。五二 境とし。「瞬」底本「瞬」、鹿田本により改。五三 別々である。諸民族・諸国は元来一場に集

など儒にはいふ也。[一]佛の天帝もくだりて、我(が)法を聞(く)となり。[二]切支丹等の外道《げだう》の法は、たゞ[三]天師〔[四]と申〕(し)て、天に[五]尊称の君あり、[六]これを願へり。この國には、[七]天が皇孫の御本國にて、[八]日も月もこゝに生れたまふと[九]いひし也。是はよその國には承知すまじき事也。されば、よその[一〇]國々は[一一]君とあがめて[一二]崇敬すべきことありといふたれど、此ことわりは[一三]ことわりなるべからず。

*一〇一 [一四]月も日も、目・鼻・口もあつて、[一五]人躰にときなしたるは古傳也。ゾンガラスと云(ふ)[一六]千里鏡で見たれば、[一七]日は炎ゝタリ、[一八]月は沸ゝタリ、[一九]そんな物ではござらしやらぬ。[二〇]い中人のふところおやじの說も、又田舎者の聞(い)ては信ずべし。京の者が聞(け)ば、[二一]王様の不面目也。[二二]やまとだましいと云(ふ)ことをとかくにいふよ。どこの國でも其國のたましいが國の[二三]臭氣也。おのれが像の上に書(き)しとぞ。

[二四]敷嶌のやまと心の道とへば朝日にてらすやまざくら花

とはいかに〳〵。おのが像の上には、[二五]尊大のおや玉也。そこで、「しき嶌のやまと心のなんのかのうろんな事を又[二六]さくら花」とこたへた。「[二七]いまからか」と云(う)て笑(ひ)し也。[二八]駁戎慨言《からをさめのうれたみごと》と云(ふ)物、かつてだらけに書(い)た[二九]終に、

まるものでない。五四 康熙帝の如く、諸国を従え、版図を広げても、一時の状態で、不朽の大帝国とはならない。▽諸道聴耳世間猿四の二・茶瘕酔言。五五 天の意味内容は、思想体系で違っている。五六 仰ぎ見る空の天だけではない。五七 天の与える幸福。五八 天から与えられた性質。五九 運命。寿命など。六〇 生れながらの性質。

一 →一五〇頁注三。二 当時禁教となっていた耶蘇教。三 天主。デウス。四 底本「をして」、鹿田本により改。五 あがめ呼ぶ。六 天師に願いごとをする。七 高天原。八 天照大神と月読命。九 記紀の古伝には言ってある。一〇 底本「国ニ」とよめるが「国々」か。一一「我が国を」と補って解く。一二 本居宣長の馭戎慨言・くず花などに見える説をさす。→補注五三。一三 論理は立たない。▽血かたびら・呵刈葭・七十二候。

一四 前に言う月読命と天照大神。一五 人間同様に話をこしらえた。一六 望遠鏡。一七 火のもえるさま。一八 水のわくさま。一九 人間体ではおいでにならぬ。二〇 田舎人の、年が長じても世間を知らぬ、学問知識の片よった輩。本居宣長をさす。二一 天皇様にかけても、面目ない。知識の開けた都には通用しないはずだ。二二 宣長のうひ山ぶみ「第一に漢意儒意を清く濯ぎ去りて、やまと魂をかたくする事を要とすべし(中略)おのれ何につけても、ひたすら此事をいふは」。二三 くさみ。欠点。二四 正しくは「敷島の大和心を人問はば朝日に匂ふ山桜花」。七十の賀のとき、画像に書いて門人にくばった。二五 きばり。二六「ほざく」の語をかける。「うろ

[三〇]總見院右大臣どの、[三一]豊國の大神ともに[三二]尾張の國より出(で)て、[三三]天下をはらひきよめたまふ。是、[三四]熱田の神、草薙の劔の御徳也とやられた。[三五]三河の國には、[三六]何ぞその神宝のとゞまりたまひて、[三七]今や二百年の治に入(る)事ぞ。[三八]賣僧《まいす》の談義弁、さして雄弁にも聞へず。

*一〇二 [三九]六月《みなづき》の大祓《おほはらひ》に、[四〇]しら人、こくみとは、今も邊土《へんど》の[四一]〔民〕、子がたんとうまれてはとて、うみの子の面に紙布をはりてしろくするを、「しろくしてしまやつたか」と、とむらふ也とぞ。こくみは子をくびりころす也。[四二]かゝる治世にもまだいきとゞかぬ事があるは。

*一〇三 [四三]儒の天はさまぐ\也。[四四]黄ばく宗の[四五]油をつかはるゝに似たり。予云(ふ)。[四六]「天道人をころさずといへど、[四七]生殺しにはなさることじやと思ふ」といふたを、[四八]建仁寺の[四九]楞足《りようそく》の[五〇]俊長老が、老病に死(に)かねて、「ほんに[五一]餘齋のいはるゝ通(り)じや」といはれしとぞ。

*一〇四 [五二]神道乞食が門に立(ち)て、天神地祇八百万の大神を[五三]申(し)くだす事

「ん」はあいまいなこと。二七 当時の流行語。ここは喧嘩早いことの意か。二八 本居宣長著。寛政八年刊。四冊。日本と諸外国との交渉を国学の立場で述べる。二九 同書下の上の末に見える。三〇 織田信長。→二五七頁注四五。三一 豊臣秀吉。三二 愛知県の中。三三 天下の騒乱をしずめた。三四 名古屋の熱田神宮。三五 愛知県の中。徳川家康の出身国。三六 何か草薙の剣のような神宝。三七 徳川時代。この頃まで約二百年の太平の代。三八 仏法を生活の具にする俗坊主の談義の弁舌同様なことだ。▽呵刈葭・七十二候。

三九 六月晦の大祓の祝詞。四〇 国つ罪を数え上げる中に「白人胡久美」。四一 底本「氏」、誤写と見て改。四二 この頃、鈴木為蝶軒・岡田寒泉など治世家の「まびき」防止の施政を聞いての語であろう。

四三 儒教でいう天は多義。四四 黄檗宗。禅宗の一。日本では宇治の万福寺が本山。四五 黄檗の普茶料理に用いる油をいうか。四六 天の慈悲の大きいことをいう諺。四七 晩年の孤独寒酸の自分についての述懐。四八 京都大和大路四条の南にある、五山の一の禅宗の寺。四九 両足院。建仁寺塔頭の一。五〇 未詳。五一 秋成の号。もと三余亭・三余斎というを略したもの。

五二 守貞漫稿六「京坂に多く江戸は稀なり、其扮浪士所用と同形の編笠をかむり、木綿襷を掛け、施米銭を納む筥をも首に掛け、白或は浅木もめん服に木綿袴をつけ、手に鈴を振り、中臣祓或は六根清浄祓を唱ふ」とある、門戸に立つ物乞の神道者。五三 神をよび上げ、いわゆる神おろしをすること。

もつたいなし。異端じやの、外道じやのといふても、唐の人は門に立(ち)て、[一]三皇・五帝・堯・舜・禹・湯・文・武・周公・大聖孔子、諸賢降臨ましませとまでは安うりせず。

*一〇五　翁は[二]五花堂嶋の産也。[三]黒舟《くろぶね》が[四]確言に、[五]「堂嶋一國」といひ、又[六]「北のならひで」とはよういふた。[七]氣〔介〕任俠[八]他郷にこへたり。[九]五花堂とは、昔[一〇]五花堂宗悟と云(ひ)し人、京師よりこゝにうつりきて、一地を買(ひ)てひらき、梅・櫻・牡丹・菊・水仙の五品をうへて愛せしとぞ。五花堂とは名づけしよし也。[一一]林羅山先生、又[一二]弘文院春齋先生等の文をおくられし有(り)。[一三]朝鮮人の文もありし。一名[一四]弥左衛門嶌といふ地にて、小刀屋の弥左衛門といふ人の開地也。[一五]米穀の市場になりたは、天下無双の繁昌とみへしが、又いつの頃より衰微《おとろへ》しを、いにしへの五花堂も[一六]再造すべき人すむべし。翁がわかき時は、[一七]氣〔介〕の富民の、茶の湯は貧乏神の[一八]湯だてじやとて、せざりしが、今は茶器買の[一九]たんとありて、湯だて所ではなしに、銭湯か温泉の[二〇]入こみとなりしよし。そこで[二一]豪民はどこへやら[二二]神さりたまふと也。

一 儒教で重んずる古来の聖賢たち。
二 大阪北区の堂島。摂陽群談五「五花堂と称する亭此島にあり。因つて堂島と号する歟」。
三 浄瑠璃の容競出入湊に出場する堂島の俠客黒舟忠右衛門。↓二六四頁注六。 四 肯定すべき言葉。 五 出入湊の新町橋出入の段で、黒舟とその子分はんじ物の喜兵衛の言葉。↓補注五四。
六 堂島界隈をさす。両語とも堂島人の気質の特色あるをいう。 七 気概。底本「助」、「介」の誤写と見て改。 八 他の土地。 九 堂島裏一丁目堂島橋の西にあった。 一〇 小川宗五。林羅山の五花堂記「頃年洛ヨリ摂州ニ徙リ、衡茅ヲ難波津ノ小洲ニ結ビ、梅・桜・牡丹・蓮・菊ヲ植エテ、五花堂ト号ス」。秋成のは記憶違い。 一一 幕儒林家の祖。明暦三年(一六五七)没、七十五歳。 一二 林鵞峰。林家二代。延宝八年(一六八〇)没、六十三歳。鵞峰林学士文集には見えない。 一三 羅山文集所収の末に朝鮮信使趙翠屏・兪秋潭・南壺谷が、この文を見て、各記を作り宗五に送ったと見える。
一四 元禄年間に中島新田と改称された(大阪市史)。 一五 米相場。初め淀屋橋南詰にあり、のち堂島新地の南岸にうつる。 一六 この様子では、閑静な土地になってしまって、別荘など作ろうの意。 一七 底本「助」、前と同じく改。 一八 神前の釜に熱湯をわかせ、篠葉で身にかけて神に祈る儀式。ここは、茶の湯をするは自ら貧乏を祈る行為だの意。 一九 沢山。堂島でも茶の湯にこる人が多くなり。 二〇 人の多く集ること。湯は湯だが、品も格もなくなった、猫も杓子ものの体をいう。 二一 大金持。 二二 なくなった。貧乏神の湯だての縁語。

*一〇六　佛印[二三]は東坡とうるはしき友也しとぞ。印、俗たる時、「宮中[二四]の佛場のさかんなるをみよ」とて、東坡にはかられて、侍者[二五]とやつして入内[二六]せしに、帝、「異相なる哉。法師になれ」とて、勅令によりて剃髪せしとぞ。佛印の才は東坡にこへたり。論談辯說、是も東坡が敗をとりしに、智に斗《はか》られて、思ひがけなく僧となりしを思へば、智[二七]といふは大かた悪才也。

*一〇七　友なりし馬峻[二八]が曰(く)。「我、天学[二九]をこのみて年久しけれど、[三〇]十一屋が公朝[三一]よりめさるゝにおきて及ばず。渠《かれ》は富民にて、臺〔を〕[三二]つくりて、旋璣玉《せんきぎよく》[三三]衡《かう》[三四]心ゆくものに藏めたり。我は難波[三五]ばしの上にて天をうかゞふのみ」とぞ。馬峻が学識人しらず。隣は鴻池[三六]やの善五郎也。さる[三七]人ありとも知らず、とひたれば、「それは東どなりの紙やの久〔右〕[三八]衞門が事か」と答へし。人しらぬ論辯あまた有(り)し。〔翁〕[三九]には時ゞ示せしかど、目のくらきに失[四〇]ひてなし。是卽(ち)馬子が不幸也。

*一〇八　翁三都に友[四一]のうるわしきなし。江戸の大田直次郎[四二]どの、京の小澤芦庵[四三]、村瀬嘉右衞門[四四]は知己也。善友に非ず。大田は初めおかち[四五]同心にてありしが、

二三 名了元。金山寺に住し、蘇東坡と禅や詩で風交のあった人。二四 宮中の仏をまつり、仏事をいとなむ所。遠馳延五登には雨乞の時とある。二五 長老に侍する者。二六 宮中に入らせた。二七 遠馳延五登に「才の智に及ばざる事かくの如し、たゞ智者の心のおそろしき」。▽遠馳延五登。

二八 安永四年浪華郷友録聞人の部「味馬久右衛門、今橋二丁目、馬峻字子陵号嘯山又有蕉居士号」。二九 天文学。三〇 十一屋五郎兵衛こと間重富。号長涯。大阪の天文学者。この人の室の為に作った秋成の一文がある。文化十三年(一八一六)没、六十一歳。三一 寛政七年、幕府に召聘された。三二 底本「お」、意によって改。台は天文台。三三 玉をちりばめた天文観測器。渾天儀の如きという。書経の舜典篇「璿璣玉衡在リ、以テ七政ヲ斉ス」。三四 満足出来るだけ。三五 北浜と天満をつなぐ、淀川上の橋。三六 今橋住の富人にして通人。↓二八六頁注二五。三七 そんな学者が。三八 底本「左」、郷友録によって改。鹿田本「右」。三九 底本「弁」、鹿田本によって改。秋成と同業でもあった。前出の如く秋成の自称。四〇 原稿類を秋成が紛失した意。

四一 親友。四二 大田南畝。名覃、字子耜、称直次郎・七左衛門、別号蜀山人など。当代の代表的文化人。文政六年(一八二三)没、七十五歳。↓補注五五。四三 ↓二五一頁注八。四四 ↓二六六頁注五。四五 徒士組の同心。南畝は一代抱えの徒士であった。将軍外出時の先行、玄関等の警備役の小幹部。

[一]上聞に達して、[二]林學校の講師の列にくはゝりたり。[三]板倉彈正どのゝ忌(み)たまひて、一たび足利江諷せられし也。彈正殿退役のゝちに、又めしかへされて、いかにしてか[四]勘ケ由《かげゆ》が[五]下官となりし也。[六]一とせ大坂の役にて、[七]長崎の御用に出(で)られし時、[八]ふと出合(は)して、[九]互に興ありとす。狂詩・狂哥の名たかけれど[一〇]下手也。たゞ漢文の達意におきて、筆をやめずして成る。予におくる戯に、「わが國にして我(が)くにの文をよく書(く)者なし。[一一]扶桑拾遺集を見て知るべし。我(が)國の文を書(く)事、餘齋翁[一二]一石の中を八斗の才を保つ也。殘(り)二斗は一斗四五升京坂のあいだに有(る)べし。江戸はわづか四五升のみ」と。予こたへしは、「[一三]曹子建が八斗の才をゆるされし事は恐るべし。しかれども八の數をいたゞくべし。予は八合[一四]盤八升の才也。正味六升四合也。のこり九斗余は誰ぞにあるべし」と。又[一五]長寄役にて二度出(で)たたれし時も、大坂に在(り)てたいめす。旅館は幕をはらせ、[一六]臺ちやうちん二基、[一七]おめみへ以上の格とぞ。其時、[一八]昇道が[一九]つゞら文を[二〇]上木にするといふ事をきかれて、「後序をかゝせよ」とて、[二一]長寄にいたりて書(き)てあたへられし也。其文意和漢〔に〕[二二]わたりて事詳(らか)也。[二三]過當ながら喜ぶべし。この叙ははじめに、[二四]昇法しが村瀬に乞(ひ)しかど、例の[二五]任冉として事はたさずありしかば、此事に及(び)し也。村瀬大儒也

一 将軍へ聞えて。南畝の寛政六年の学問吟味応試を誤って伝える。 二 湯島聖堂(学問所)。 三 この事実なし。明和六年から安永九年までの老中板倉佐渡守勝清のことらしいが、この事実もなし。 四 勘定方のこと。 五 寛政八年十一月支配勘定となる。 六 享和元、二年の間大阪出張駐在。 七 長崎と関係の多い銅座の用件の出張故に言う。 八 藤簍冊子後序に「辛酉(享和元)浪華ニ祗役シテ、余斎翁ニ見ユルヲ得」(享和元年六月十六日初見)。 九 面白い相手だと思った。 一〇 その方面の第一人者に、この評価はきびしい。 一一 扶桑拾葉集の誤。徳川光圀編、元禄十二年刊。三十巻三十五冊。古来の序跋紀行などを所収。南畝はただし「嘗テ扶桑拾葉集ヲ読ムニ、皇朝ノ文藻炳焉トシテ観ルベシ」という。 一二 南史の謝霊運伝に「謝霊運曰ク、天下ノ才共ニ一石、曹子建独リ八斗ヲ得、我ハ一斗ヲ得、古ヨリ今ニ及ンデ共ニ一斗ヲ用フ、奇才博識安ンゾ之ヲ継グニ足ランヤ」。 一三 曹植。魏の曹操の次子。才気煥発の文人。 一四 盤は字典「物ヲ盛ル器」。ここは枡の意で用いたか。 一五 文化元、二年の間、南畝長崎出張。藤簍冊子後序「甲子(文化元年八月)崎陽之命有リ、倉皇上道ス、道ニ浪華ヲ過ギ、再ビ翁ニ見ユ」。 一六 台つきの足で立てる提灯。ここは入口に立てる大きいもの。 一七 御目見得以上。将軍に謁見を許される格式。 一八 号玉泉。讃岐の人伏見西養寺住の僧(竹田荘師友画録上)。 一九 藤簍冊子。六巻、文化三、四年刊。秋成の歌文集。昇道の刊行についての附言がある。 二〇 出板。 二一 その後序には「文化紀元甲子仲冬之吉、江戸大田覃、書於瓊浦(長崎)客舎」とある。 二二 底本欠、意によって補。 二三 過分。 二四 昇道。 二五 荏苒の冠をとって書和のことは古今に渡るが、漢のことはない。

といへども、國朝[二六]の事にはくらき故、書(く)ともおとるべし。とかく博識でなければ事はあたらず。大田蜀山子、今はおさきて[二七]の御〔旗〕[二八]本にめされし也とぞ。この方《はう》は武技[二九]も上達の人也と也。[三〇]ことし六十の春に、「わるい[三一]歌わるい詩狂哥この勸進更に出(だ)し申さず」とつぶやかれしとぞ。わるい[三二]哥六十章、旧作交りに書(き)ておくらんとせしほどに、かぞへみたれば百六章ありき。それでまた書(き)そへてやるは、「三浦[三三]の大すけ百六つにて、馬上に出(で)たちて、戦死せられしとぞ。そなたも百六つまで活(き)て、蝦夷[三四]の陣にて、見事にうち死せられよ」と云(ひ)やる也。

*一〇九　子もなく家産もなき漂泊[三五]の老が、七十[三六]になりたる春に、芝山[三七]どのより、「哥[三八]よみて贈らん。題〔を〕[三九]」と乞(は)せたまいしかば、「この[四〇]よしを申せ」とて、大賀伊賀[四一]を中使[四二]にしたりし。この卿はとかくに御上手にて、いろ〳〵[四三]の所までを撫順したまふ也。

*一一〇　三井[四四]は浪人者、白木《しろき》[四五]やはきせる屋、かうの池[四六]は小酒や、小橋[四七]やは古手や、辰巳[四八]やは炭や也。神代からつゞいてある家のやうにほこる事おかし。老

いたもの。日時ののびるさま。
二六 日本のこと。二七 将軍親衛の役。二八 底本「族」、鹿田本により改。幕士の中、お目見得以上が旗本。以下が御家人。南畝は旗本にはならなかった。二九 青年時は武芸につとめ、安永三年水泳上覧に賞をもらっている。三〇 文化五年。三一 六十の賀には、諸方へ、結局は余りかんばしくない祝の和歌や詩や狂歌を依頼して集めるのが通例だが、私はそんなことを決していたしませんの意。三二 南畝の和歌の言葉をとったので、祝いの歌のこと。六十歳にちなんで六十首。三三 三浦義明。頼朝の挙兵に味方して、八十九歳で討死。ここは厄はらいの長寿を数える文句をとった。三四 北海道・樺太・千島など北辺一帯の称。文化四年度にはロシヤ人が樺太・利尻島を侵すことあり、幕府は北辺防備につとめたので言う。

三五 郷里大阪を離れて、京の地を転々とする秋成。三六 享和三年。三七 芝山持豊。本居宣長をも高く評価し、地下の歌人とも交渉があった進歩的堂上歌人。文化十二年(一八一五)没、七十四歳。三八 七十の賀の歌。三九 底本「お」、鹿田本により改。歌の題。四〇 漂泊の身の上。或いは「一〇八」の蜀山人の場合のことか。四一 →二七一頁注三九。四二 古典では禁中の使の意(江次第二)。ここでは中間に立って用をする使の意。四三 享和元年宣長に対面したことをも含んでいる。

四四 三井八郎右衛門。越後屋。江戸で両替、呉服の大富豪。大阪も高麗橋に店あり。四五 江戸日本橋の大呉服商。四六 大阪今橋三丁目の鴻池善右衛門とその一家。四七 大阪両替町の両替屋、

は、[一]にくんで「[二]茶やのはてじや」といふ。「いいや、[三]たいこ持古なつたのじや」。こたへる。「穢多でさへなけりや[四]御めんの人交わり、何にもせよかし、たゞ今は[五]山の大將我一人。お相手がござらしやるまい」。

一一　ふくの神も貧ぼ神も、いろ〳〵の所へまで廻らしやます事じや。[六]千陰といふ[七]下手よみは、當時日本一の大家じや。[八]手もよいやうでようなし。歌は下手也。[九]文盲なり。[一〇]だいこくさまがお入(り)なされねば、あんな名利の人にやなられぬものじや。

一二　「[一一]しん上《しょ》ならずは江戸へ[一二]ことおしやる、江戸はしんしよの[一三]さだめかや」と、むかしはうたふた。今では江戸も、京も[一四]ゐ中も、おんなじ事で、[一五]流人のながさるゝ[一六][所でも]、かね持(つ)て、[一七]新町やしま原の[一八]大夫を身うけしていんで、たのしむ事じや。

一三　[一九]朱雀のへ、[二〇]六条の三すじ町の[二一]傾せい屋が、うつれとおほせられる故、きつうあわたゝしい事でもあつたか、大夫も[二二]はし女郎も、手ぬぐいかぶつて荷

小橋屋夘右衛門とその一族。四八 大阪吉野屋町の辰巳屋久左衛門一家。大富豪の先祖は皆わびしかったをいう。

一「にくんで」が插入句。二 色茶屋。彼の実母を曾根崎の妓家花屋の娘とする(伝奇作書)などの噂。三 これは言葉の綾で言ったまでであろう。四 天下御免で人中へ出ることが出来る。五 自分一人できばっている者をいう諺。人の世話にならず、人に煩わされぬ彼の孤独性を示す言葉。

六 加藤千蔭。称又左衛門、号芳宜園。賀茂真淵の門。和歌と手跡で、晩年は世間の尊敬と豊かな生活を持った。文化五年(一八〇八)没、七十四歳。↓補注五六。八 筆跡。七 歌よみのもじり。下手の意をふくむ。八筆跡。九 物知らず。一〇 大黒様。福の神の代表。

一一 家計。一二 来いと。一三 運さだめのさだめ。のるかそるかやって見る所。一四 田舎。一五 島流しの罪人。江戸時代では伊豆七島・隠岐・壱岐・天草五島など。一六 底本破損して三字不明。広島本により補。一七 大阪及び京都の公娼街。一八 最高級の遊女。こんな事実がその頃あったか未詳。

一九 朱雀野。京都の西南、丹波街道のわかれる所。二〇 色道大鏡十二「慶長七年壬寅に、柳町(遊女町)を室町の六条に遷さる、爰に於て三筋町と名付け、此地に居をしむる事四十年」。二一 遊女屋。二二 最下位の遊女。

をはこんだ事じやあつたげな。[二三]そのせつ[二四]島原陣で九州がさわぐ時じやゆへ、[二五]島原といふ名は綽号《あざな》じや。大坂の[二六]北のに[二七]新地が出きて、野中に[二八]茶やがあるを、[二九]梅がへ新地とつけた。[三〇]こゝに三軒かしこに五軒、是は俳かいじや。

一一四　[三一]俳かいし、昔は京も田舎も[三二]家格がたつて、[三三]しさいらしい物じやあつた。その中に[三四]淡々といふたは、大坂の材木やのむすこじやあつたげなが、江戸の[三五]キ角が弟子になつて、[三六]京へもどりて、大商人になりて、[三七]又大坂へうつつて、[三八]風いをかへたは。弟子が上手になると[三九]銭にならぬとて、[四〇]みなし栗に[四一]かげんして、なんじやかきこへぬしさいらしい事いふて、弟子をとつたが、三千人に今は及ぶといふて、[四二]午庵といふ僧ににじまんしたら、「おかしやれ。[四三]釈迦や孔子の弟子の一人にもあたらぬ弟子じや」と[四四]いがめた。其午庵はこんいにあつて、物がたりしられた。

一一五　[四五]釈迦も[四六]孔子も三千人とは同じ數でいぶかしい。又[四七]十哲、[四八]十六らかんも似た數じや。こんな事は皆後の人のさい工じやあろ。

二三 寛永十八年に六条より朱雀野へ移転(色道大鏡)。二四 島原領内に耶蘇教徒の蜂起した島原の乱は寛永十四・十五年度。二五 新しい遊女町が有馬の城に似る故に島原と称したとするのが通説だが、色道大鏡などは否定する。二六 大阪市北区。二七 新開地。二八 色茶屋街。二九 安永二年刊の浪花今八卦「なら村屋敷・梅が枝新地・大経寺前新屋敷といふは、おはつ天神よりいなり山の近辺」。曾根崎の更に北方の一郭。三〇 浄瑠璃ひらがな盛衰記で梅ガ枝が手洗鉢をたたく所のせりふのもじり。

三一 俳諧師。俳諧の宗匠。三二 家の格式。三三 もっともらしい。三四 →二六五頁注六五。三五 榎本其角。芭蕉高弟の俳人。宝永四年(一七〇七)没、四十七歳。淡々の渭北と号しての入門は元禄十五、六年頃。三六 宝永五年冬。三七 享保十八年大阪移住。三八 俳諧の風。「は」は終助詞。三九 収入がなくなる。四〇 其角編の俳書。天和三年刊。二冊。漢詩の風をうけて字余り多く、格調は高いが理解しにくい所もある作風。四一 みなし栗調に手心を加えて。四二 安永四年の浪華郷友録「午庵道人、摂州田島村、釈道号午庵、又有枯木堂号」。四三 三千の数は、釈迦孔子の弟子と等しいが、比較すると、この三千が束になっても、その一にあたらない。四四 やっつけた。

四五 法華経などに見える三千衆生の語から出たか。四六 史記の孔子世家「弟子蓋三千焉」。四七 孔子の高弟十人。顔淵・閔子騫・冉伯牛・仲弓・宰我・子貢・冉有・季路・子游・子夏(論語先進篇)。四八 釈迦没後も正法を護持、衆生を導く十六人の阿羅漢達。

一一六　善書も、嵯我[一]の帝・空海[二]・はやなり[三]、又道風《たうふう》[四]・佐理《さり》[五]・行成《かうぜい》[六]と、とかく三筆になるはいかに。この衞さま[七]・瀧本坊[八]・光悦[九]、是までは贋《がん》[一〇]がついたが、今では三人のえり出しが出來ぬ世じや。

一一七　門徒[一一]宗とは身がつてな題目じや。一向宗ともいふが、是も一向一心[一二]の習で、きこへぬ〳〵。淨土眞宗[一三]も眞の字がもめるはづじやぞ。肉食妻帯宗といひたいものじや。隱元[一四]が廿八日[一五]の精進日を笑われたがきこへた[一六]。「それでもかくしてくふ佗宗[一七]よりはましじや」ともいふ人あり。

一一八　門徒宗の勢ひ、唐にも日本にもどこの國にもない事じやあろ。一向一心[一九]にて、本寺様[一八]のために命をすてゝ身をすてゝとする事じや。それでもし一起《き》おこしたら、地頭[二〇]から鐵ぽう弓で防ぐと、あやまつてしまふであろ。顯如上人[二一]の鷺の森[二二]は、これを幸に信長にうらみのある浪人ものがあつまつて、はたらいた故に。それでさへ明智[二三]が信長[二四]どのをしてやらずは、鷺の森で、宗旨はとんとこ[二五]なるべし。

一　嵯峨天皇。↓一五四頁注二七。二　↓一四八頁注一〇。三　橘の逸勢。承和九年(八四二)没。以上三筆。四　小野道風。永観元年(九八三)没、九十歳。五　藤原佐理。長徳四年(九九八)没、五十五歳。六　藤原行成。長元二年(一〇二九)没、五十九歳。以上三蹟。七　近衛信尹。慶長十九年(一六一四)没、五十歳。八　松花堂昭乗。寛永十六年(一六三九)没、五十六歳。九　本阿弥光悦。寛永十四年(一六三七)没、八十歳。以上近世の三筆。一〇　見わけが出来た。

一一　何宗でも信者は皆門徒のはずだのに一宗ぎめにした名だから。一二　専修専念の意。↓二三四頁注二三。一三　浄土宗との間で問題となる。一四　日本黄檗宗の開祖。承応三年渡来。一五　弘長二年十一月二十八日没の宗祖親鸞の命日。一六　もっともだ。一七　字典「他ハ佗ニ通ズ」。

一八　本山。例えば石山本願寺や東・西本願寺。一九　一揆。二〇　地方の治安にあたる武士。二一　本願寺第十一代の法主。文禄元年(一五九二)没、五十歳。石山本願寺で父と共に信長と戦い、後に西本願寺を興した。二二　和歌山市の北部の地名。ここは天正八年この地の寺院を本願寺として顕如が拠った一件を言う。二三　明智光秀。↓二五七頁注四六。二四　織田信長は本願寺を敵としてせめたが、天正十年光秀のために京の本能寺にせめられ自滅。二五　おしまいであったろう。

二六　祇園の色茶屋を主としていう。二七　座配をとりもち、遊びを賑わす役。二八　祇園の松林。二九　以下は中居のこと。三〇　頭をつかわない。三一　客に物ねだりすること。三二　一筋という点

一一九　茶屋[二六]の中居[二七]と、松林[二八]の湯豆麩やの女子《をなご》とは、湯どうふやの女子が聖人にちかし。キヤツ[二九]〳〵といふばかりで智恵[三〇]づかいなし。其代《そのかはり》に薄情、無心[三一]の段が又天下に敵なし。湯どうふは、「おあがりなされませぬか」と一人〳〵に問(ふ)。湯豆麩の名目をわすれぬ所が、聖人の心[三二]にいるべし。

一二〇　聖人もだん〳〵御しんだい[三三]が大きうナラシヤマシテ、悪人[三四]がたをかゝへねば、芝居がうてぬやうになつた事じや。ある儒者[三五]が、「聖人とはなんでも国の乱(れ)たを治めたのが聖人じや」といふたは、末世[三六]のはやざん用也。[三七]「国をぬすめば侯となる、侯の心に仁義」とは、くだ〳〵しいてきこ[三八]へにくい。その儒者どのがその心ゆへ、身持[三九]がわるうて、徂来学[四〇]じやといへば、今の俳かいしのやうな相場[四一]じやあつたげな。太宰[四二]といふが力《りき》まれても、とかくに本家[四三]の評判がわるいから、とんと跡[四四]がない。

一二一　詩人は徂來[四五]がほめて、「皇明[四六]の七才子が唐[四七]の骨法じや」といわれたけれど、是はやつぱり明風[四八]じやと、今では相場[四九]がたつた。又今[五〇]の詩人の東坡[五一]・陸放翁・楊誠齋といふは、もと杜子美[五二]が本家なれども、杜詩は中[五三]ゝ骨がかたい事

で聖人の心に属する。

三三　儒学も流派が出来て、聖人の解釈も多岐にわかれたことをいう。

三四　悪人役を加えやとわねば芝居がやれない。論じる儒者が門戸を張れないとの意。

三五　荻生徂徠が、儒学、聖人を甚だ政治的に論じたことを、このように受けとったもの。

三六　聖賢の道がおとろえた世に即しての早合点だ。

三七　荘子の胠篋篇「彼鉤ヲ竊ム者ハ誅セラレ、国ヲ竊ム者ハ諸侯ト為ル。諸侯ノ門ニシテ仁義存ス」。

三八　承知できがたい。

三九　道徳の実践を軽んじて、素行が悪く。

四〇　荻生徂徠の主張した儒学の一派とそれに属する人々。

四一　評価。文芸に遊んで、一身の治まらぬのが似ている。

四二　太宰春台。名純、字徳夫、称弥左衛門。徂徠門。延享四年(一七四七)没、六十八歳。末流の弊風を憎み、文論など出して、真儒のあり方を論じた。

四三　徂徠。

四四　徂徠学の継承者がない。

四五　荻生徂徠。名雙松、字茂卿、称総右衛門、別号蘐園。古文辞学なる儒の一流を主唱した。享保十三年(一七二八)没、六十三歳。

四六　明に前後の七才子がある。弘治・正徳年間の李夢陽・何景明・徐禎卿・辺貢・王廷相・康海・王九思。嘉靖前後に李攀竜・王世貞・謝榛・宗臣・梁有誉・徐中行・呉国倫。ここは皇明七才子詩集にのる後者をさすか。

四七　盛唐詩の真趣を伝える。詩文国字牘「明の李攀竜王世貞の七才子の詩を以つて、其を御補ひ可被成候、是則唐詩之正脈に御座候」。

四八　この批判は秋成頃には既に一般的。

四九　限界が定った。

五〇　文化頃の詩人は、徂徠等の主張の反動で、その否定した宋詩を典範として、以下の人々を尊んだ。

五一　三人共に「五一」に前出。

五二　杜甫(七一二

じやげな。宋[一]の詩はきれさい工のおやま人形、明[二]の詩はつくりつけのでこのぼうで、はたらきがないげな。又清の詩人はこれをようかき交(ぜ)て、又一風じやが、これも小刀[三]がきゝ過(ぎ)て、唐詩[四]に遠き事千里[五]の東西のたがひじやげな。

一二三　七月[六]十日の夜、雷三〔震〕。翁是におそれし事なかりしに、頻(り)に動[七]氣責(め)て、物すごく思(ひ)しかば、さぐり〳〵て香をたき、「雲雷鼓制《うんらいくせい》[八]〔電《でん》〕」ととなふ。岡寄村[九]に三個、養法寺[一〇]に一つ。此寺[一一]なかは大に荒(れ)て、庭地あさましく成(り)しとぞ。岡ざきなるは本光寺[一二]の門前の松に、又二つは我(が)友柳[一三]さいの庵室の東どなりへとぞ。庵の尼主大にさわぐ。柳齋寫字の几上《きじやう》[一四]より、「神鳴《かみなり》めはやくかへれ。おそくば目に物見せん。智了尼[一五]必(ず)と恐るゝに足(ら)ず」とて、泰然[一六]たる事木偶の如し。又東どなりの庵のるすいの女は、四十ばかりにて、小女一人とこゝに在(り)。雷二つ、ひとつは軒にひとつは壁の外に。雷かへりたれば、其まゝ三条の本家[一七]へはしり行(き)て、「人や見にこん。煩はし。とく修理してよ」といふまゝに、其朝即(ち)工人[一八]來たりて、瓦をくはへ壁をぬりたるとぞ。水屋《みづや》[一九]はくだけて跡もなし。豪雄なる事柳齋にこへたり。[二〇]よいめ夫《をと》なるべし。老、性是におどろかず。廿二[二一]才の比、室町[二二]の四条の辻へお

一七七〇)。盛唐詩を代表する古今の第一人者。
二三　本意はなかなか理解出来にくい。

一 清新をねらって織巧なのを悪くいったもの。女人形。二 擬古の風で、独創性の乏しいのをたとえたこと。三 技巧がすぎて。四 理想的な盛唐の詩。五 正反対に遠い。▽「五一」。

六 執筆の年、文化五年の七月十日であろう。底本「宸」、意によって改。七 動悸。心臓がおどって。八 増補呪咀調法記大全に雷神をのぞく符の中に「雲雷鼓制電」「降雹澍大雨」の文字がある。底本「雹」なれど改。九 京都市左京区。当時は郊外。一〇 広島本「養」として傍に「要」と正す。当時の地図によると、白川橋に近い新高倉町にあった。一一 要法寺をさす。一二 要法寺の北にあった。一三 松本柳斎。小沢芦庵門の歌人。一四 机のかたわら。写字の机にむかったままで。一五 庵の尼の名。一六 落着いたさま。一七 庵は別荘か何かで、その持主の家。一八 職工。一九 茶屋の台所。二〇 俗に比較すれば同じ位だの意にいう。二一 宝暦五年(一七五五)。二二 京都市中京区。室町通は南北、四条通は東西の通りの辻。二三 底本「軒」として、後「間」に改。二四「六九」に見えた「大坂の別家」の主で、母のこの家にあった寛政初年のことであろう。二五 蚊帳中におれば、雷の害をさけ得るという。二六 七月十日の夜。二七 苦にした。

ちしを、わづか十間[二三]ばかりにて聞(き)たれど、正氣をうしなはず。又大坂にて、六月廿六日に三十六箇落(ち)たる事あり。母と戸主[二四]とを蚊[二五]やへ入(れ)て、我は是を守りて身じろがずありしが、十町斗東《ばかり》かと聞(き)し所、夜[二六]明(け)て行(き)見しに、我(が)すむ家の南西の間に、三つおちたをしらずて在(り)し。この夜病によりて震動をうく[二七]おもひし也。螺贏《すがる》[二八]が雄畧帝[二九]の命《めい》にてとらへしほどこそあらね、病[三〇]あらずはとらへもすべし。かくいふも癇[三一]氣のもえあがる也。

*一二三　佛氏[三二]方便品[三三]をとく。實に方便[三四]にして、人界に無益也。和漢[三五]にみる所許多《あまた》なれば、あぐるに煩わし。よくいつわりたる[三六]は、実ならねども興あり。わろきは女童もうけず[三七]して、実に無益なり。信ずるものはおのが愚にひかれてまよふのみ。

一二四　人の善惡邪正も又世につれて理断[三八]同じからず。米《べい》こく豊凶[三九]をいふこと、年〻豊をよろこび、凶を惡むは、和漢千古の撤[四〇]いふに及ばず。近年[四一]米穀豊にして民戸煩へりと公命[四二]あり。いぶかしむべき事也。例年の新嘗祭《にひなめまつり》[四三]は豊年をいのりたまふ也。深更申嘉殿[四四]に出御ありて、暁天にいたるまで、祭礼丁寧慇懃、

二八 小子部連螺贏。二九 二十一代の天皇。雄略紀に帝が三諸岳の神の姿を知りたいと希望した時、すがるは大蛇をとって奉る。「其ノ雷虺虺、目精赫赫」と見える。三〇 持病の癇症。三一 気のぼりがする。

三二 釈家。仏教では。三三 法華経の第二が方便品。ここは広く架空の説話や譬喩によって、教理を説くを言う。三四 たばかりの意。三五 「その実例は」と補って解く。三六 上手に。三七 承知せず。本当に思わず。▽二世の縁。

三八 判断。三九 豊凶の問題については。四〇 轍の誤か。昔以来定まったこと。四一 文化三年十一月十六日の触に「近年打続、米価下直ニ付、武家百姓共不及申、自然と町家迄も商薄く候趣ニ而、都而金銀融通不宜、世上一統之難儀」(大阪市史四)とある。原因は豊作で、為に江戸・大阪の富豪に金を出させ、御買上米の方法をとる。大阪のみで三百十四軒、百二十五万千両(摂陽奇観)。四二 お上のお触。四三 陰暦十一月の中の卯の日、朝廷において「今年のはつ稲を神に奉らせ給ふ」(公事根源)儀式。四四 神嘉殿のあて字。大内裏中和院の正殿。新嘗祭の式場。

一 夜明け。新嘗祭は、宵と暁の二回神膳を供える故自然暁に至る。鄭寧な祭礼のさまは元文五年再興の折の次第として、古事類苑のその条に載る。二 豊年を忌む所以を、新嘗祭を専念行わ

[一]天明にいたる。是は何のためぞや。豊をいむといふ事、[二]帝《みかど》いかに問(は)せ給はざる。

一二五　新嘗祭のあした、[三]豊明會《とよのあかりのゑ》といふて、夜宴盃をたまひ、[四]舞妓袖をふりて、[五]あかつきの星をしたふ。この時に神事にあへる堂上、堂下の人、[六]小忌衣《をみごろも》とて[七]山あゐをすりて例とす。思ふに是いにしへにたがへり。祭事は皆[八]淨衣《じやうえ》也。あした淨衣を山あゐにすりて、[九]文彩をかざり[一〇]常服とする也。祭日の山あゐずりは必(ず)なき事也。[一一]中つかさが集に、この山あゐを「[一二]たゞ時のまにすりてよ」と男のもとより來たる。中つかさよむ、「[一三]とく〳〵とするとはすれどあしびきの山井の水は氷(り)けらしも」。是祭日のあしたの[一四]急務也。翁是をおもひて、[一五]小野主殿助重賢に乞(ひ)たれば、小忌衣とゞけおくらる。淨衣にもやうあり、梅・柳・蝶・鳥、袖はかたつかたはなし。山あゐは[一六]透骨艸といふ物にて、灌木の[一七]子なるを、[一八]今は野のくさに品ありて、例年用ゆとぞ。透骨艸、里人所〻に方言同じからず。其実をビシヤボといふは聞(き)し。野あゐは[一九]鴨跖草也。つき草とよぶは、よくすりつくが故也。古哥は山あゐを山ずり、野あゐを野ずりともよむ。つき草、今又つゆ草とよぶ。[二〇]染どの今は用ひざる品也。

れる天皇が、何で詰問されないのか。
三 陰暦十一月の中の辰の日、即ち新嘗祭の翌日、大内裏豊明殿で「今年の稲を神に奉らせ給ひて、今日君もきこしめし、臣下にも給ふ故に」(公事根源)行う儀式。夜の行事であり、白酒黒酒の盃をとり、歌舞の遊びがつづく。四 五節の舞姫。公卿・国司などの童女からえらんだもの。五 夜から暁にかけて宴を続ける意であろう。六 狩衣の如き仕立で、白衣に青摺の模様を出した祭服。西宮記など古い書にも、小忌衣着用のことが見える。七 大戟(たかとうだい)科の多年生で常緑の草本。野生の藍の一で、万葉集にも見えて、古い青色染料。八 狩衣仕立の白い祭服。九 色と模様。一〇 平常服。一一 三十六歌仙の一人。その集は歌仙歌集・群書類従に収まるが、この詠はない。拾遺十七「祭の使にまかりていでける人のもとより摺袴すりに遣はしけるを遅しと責めければ、東宮女蔵人左近、限なくとくとはすれど足引の山井のみづはなほぞ氷れる」の記憶違い。一二 短時間に摺って下さい。一三 「とく」「氷」、「する」「山井」(山あゐ)は縁語。早く山あいで摺ろうとするのですが、それと似た名の山井の水が氷ってしまって、出来ないのですの意。一四 急用。一五 代々主殿寮に奉仕の家柄。別に伴氏という。重賢は享和元年主殿助に任ぜらる。天保六年(一八三五)没、七十歳(地下家伝)。一六 重訂本草綱目啓蒙十七には「未ダ詳ナラズ、本草原始ニ図アリ、又鳳仙莢尉ニモコノ名アリ」。一七 実。一八 現今では、野草の中に、これに用いるものが色々あって、例年用いるという。一九 大和本草に「アヲハナ」と訓み、「葉ハ竹葉ニ似タリ、花ノ形ハ鳳仙花ニ似テ碧色ナリ、和名月草トモ露草トモ云フ、(中略)花ハ用ヒテ絵ヲカク、藍ノ色ノ如シ」。二〇 宮中の染物をする所。ここは広く染物屋をさしたか。▽金砂八。
二一 近衛家熙(「六七」に前出)の話や行実を、侍医山科道安の編した随筆。二二 和歌山市和歌浦に祀る神社。祭神玉津島神は、住吉・人丸と共に和歌三神と称せらる。二三 この事槐記には見えず。二四 道安。二五 玉津島神を衣通姫だとすることのうそのことが確定的になった。二六 それなら何故に贄を断わられなかったか不思議だ。二七 允恭天皇の皇后の妹にして、天皇の愛人。二八 四十五代の天子聖武天皇の玉津島の頓宮への行幸。続日本紀の神亀元年十月のこと。↓補注五七。二九 よい景色を愛し。三〇 ↓二五三頁注四二。ただし、以下の説は年山紀聞六に、御釈即ち徳川光圀の説として見える。三一 神亀元年十月十六日の条「忍海手人大海等兄弟六人、除手人名、従外祖父外従五位上津守連通姓」。三二 神として鎮座するの意。三三 十九代の天子。皇后は忍坂大中姫。三四 都。允恭紀七年の条に見える。三五 允恭紀八年「天皇則チ更ニ宮室ヲ河内ノ茅渟ニ興造(つく)リテ、衣通郎姫ヲ居ラシム」。三六 允恭紀八年に見える。今宵はお待ち申す夫の天皇がおいでになります。待人の来るを知らせるという蜘蛛がまめに働いているものをの意。三七 允恭紀十一年三月四日の条に「茅渟ノ宮ニ幸ス、衣通郎姫歌ツテ曰ク、とこしへに君もあへやも、いさなとり、海の浜藻のよる時々を。天皇衣通郎姫ニ謂ヒテ曰ク、是ノ歌他人ニ聆カス可カラズ、皇后聞キ給ハバ、必ズ大ニ恨ミ給ハンニ、故時ノ人、浜藻ヲ号ケテ、なのりそもト謂フ也」。三八 允恭紀のある日本書紀をさす。▽金砂七・歌聖伝。

一二六　槐記[21]をみれば、玉つしま[22]の神像に贄をねがい來たると。乞[23]にまかせて言をくはへ給ひぬ。山科何がし[24]にかたらるゝは、「我この贄詞にて虚誕[25]いよ〳〵きわまる」とぞ。いかにしていなみ給はざる[26]、いぶかし。玉つ島の神は島の神也。衣通姫[27]にあらず。聖武行幸[28]に、勝景[29]をめで、明光浦と名づけたまへる、あかのうらとよむべし。わかは音のかよへれば也。和歌の字を書(く)につきて後世迷へり。契沖が考[30]に、續日本紀に、賜津守連通姓[31]と見へしを、姓の字を姫にあやまりて、通姫とするよりもいへりとぞ。衣通姫のわかの浦に垂跡[32]のよしなし。允恭[33]の皇后、妹の通姫の美艶をにくみて、帝京[34]をさらしむ。河内[35]の國血沼の浦にありてすむといふ事見ゆ。帝、皇后をおそれて、しば〳〵かよひたまはず。姫一夜哥よむ、

我(が)せこがくべきよひなりさゝ蟹《がに》の蛛《くも》のおこなひこよひしるしも[36]

又「浦の濱藻のよる時に」[37]など申(す)哥、全(く)は忘(れ)たり。このよしと、濱藻を名のりそといふ事、共に國史にしるせり[38]。たゞ哥二首にて、和哥の神たる事いぶかし〳〵。

一二七 [一]人丸は哥の上手也。神と崇(む)るもよし。されど[二]粟田《あはた》の兼房《かねふさ》公の[三]虚夢のむかしは、人丸といふ人、わづかに[四]貫之、たゞ岑のみ。且哥よくよむとて、官位昇階の例なし。[五]正三位は[六]堀川のゐんの[七]影供《えいぐ》より後なるべし。[八]今は正《まさ》しく正一位の神也。

人丸が[九]少年行《かう》甚し。万葉集に、京、ゐ中に[一〇]思ひものあまたありて哥よむとぞ見ゆ。又ゐ中のみならず、任國の[一一]石見にて二人の妻あり。[一二]任のあいだに死して、都の[一三]むかいめの、[一四]しらずと我をいつとかまたんとよみて、泣(く)ゝ死(に)たり。[一五]石見の國の人にあらず。[一六]眞淵が近江の人かと云(ふ)はよし。石見の女に、死(に)たる後に子うまれて、[一七]四十二世とかつゞきて綿ゝたり。[一八]國の人と云(ひ)、[一九]森氏とか云(ふ)はいかに。柿本は先祖久しくて同姓の人多し。[二〇]五位にのぼらぬ人は史にしるされず。一族に[二一]猿《さる》といふ人、正四位と見(え)たり。

[二二]高つの山の社は、いにしへの跡にあらずとぞ。[二三]一とせ海潮わきて山丘くづれしにつきて、今の所は一里ばかりの間をへだてゝ、又社祠をたつと云(ふ)事、國人の云(ふ)とて、[二四]蕉中和上の[二五]事跡考[二六]〔に〕見ゆ。[二七]語會《かたらひ》氏とも云(ふ)とは古《いに》し[二八]〔へ〕をしらぬ談也。君崩じて[二九]轜車《じしや》に[三〇]任じ、陵墓にいたる道の中にて、車の中に人ありて、「こゝいづこぞ」などかたりごとするを、是一日の官にて、[三一]かたら

一 柿本人麿。万葉の代表歌人。二 関白道兼の孫。 三 うその夢。両院に奉った話(古今著聞集五・十訓抄四)。 四 紀貫之・壬生忠岑。二人の人麿称賛は「一」に前出。 五 古今集の序「おほきみつの位柿本人麿」。秋成はこの部分は、後人の加えたものとする。 六 七十四代鳥羽院の誤。元永元年六月のこと。 七 人麿の影像を祭った。藤原顕季が主催し、同敦光が影供記を作った。 八 享保八年二月一日。千年忌にあたるとて、正一位を贈られ、石見国高角社・明石人丸社につげた。 九 年の若い頃の放蕩。 一〇 情人。人麿の妻については古来説が多い(斎藤茂吉著、柿本人麿)。 一一 今の島根県の一部。 一二 万葉二「在石見国、臨死時、自傷作歌」。 一三 正妻。 一四 万葉二「鴨山の岩根し巻ける吾をかもしらずと妹が待ちつつあらむ」(三三、秋成の訓)。 一五 下河辺長流などの人麿石見人説に反対。 一六 賀茂真淵の万葉考別記一の説。→補注五八。 一七 人丸秘密抄に、石見国美濃郡戸田郷小野の綾部氏の後園に神童として人麿が現れ家をついで凡そ四十代とある。 一八 石見国。 一九 綾部氏または語家命(かたらい)氏とある。森は大和の柿本寺に碑を建てた森宗範と混じた。 二〇 歌聖伝「五位以上なるは必ず載せらるゝ令法也」。 二一 続日本紀の和銅元年四月廿日「従四位下柿本朝臣佐留卒シヌ」。正四位は記憶違い。 二二 高角山。通説石見国美濃郡。 二三 顕常の人麿事跡考所収碑銘中にこの記事がある。→補注五九。 二四 名顕常、号蕉中また大典。享和元年(一八〇一)没、八十三歳。南禅寺慈雲庵住の詩僧。 二五 柿本人麿事跡考。明和九年刊。一冊。 二六 底本「と」、意によって改。 二七 事跡考「語家命(カタライ)」、碑銘「葛恆刺肹」。 二八 底本欠、意によって補。 二九 字典に輀に同

いと云(ふ)。下官[三三]たりとも、是にならいて葬式にはせし事か。人丸の葬[三三]に、かたらひ人のありしなるべし。

人丸の少年行[三四]にて、五十[三五]にいたらず死したりと思ふと、眞淵はいひたり。よし〳〵。

火止[三六]《ひとまる》ともよみて、火難をさくる神也。又火にたゝるともいふよ。腎虚火動[三七]の火[三八]にたゝられて死(に)たるべし。

哥はまことに上手也。近江[三九]の荒都をかなしみ、藤原[四〇]の三井の哥、又藤原の宮つくる時に、役民[四一]の哥といふは、人丸の代りてよみたる也。その世に敵なし。たれかよくうつさんや[四二]。まして民のよむべきに非ず。たゞをしむ、三井、役民の二首に脱句、且又入(り)みだれて前後したりと思ふ事あり。つとめて是を正すとも無益[四三]也。近江にしば〳〵かよひし[四四]は、衣暇[四五]《いか》、田暇《でんか》のたよりかといふ、よし〳〵。近江[四六]の荒都のうたの事、我、説ありて、常に人にかたる。又長言なればこゝには略していはず。

一二八　家持[四七]《やかもち》卿は色ごのみ甚しき人也。哥の多きに見よ。姪首[四八]と云(ふ)は此卿也。後世[四九]なりひらを姪首と云(ふ)。高子[五〇]《たかいこ》の入内[五一]《じゆだい》なきむかしと、加茂[五二]の齋院の述

じとし、喪車。三〇 役となって。三一 正しくは「かたらひ」。延喜式神祇八に語部を「カタラヒベ」。天武紀十二年に語造を「カタラヒ…」と訓む。語部に、この任務ありとする説は未詳。三二 歌聖伝「是にて死と書けるは六位以下なる事をしらる」。三三 人麿の葬にたずさわった人の子孫を、人麿の子孫と誤ったと秋成は解した。三四 若い時の放蕩で。三五 万葉考別記一「五十にいたらで身まかりしなるべし」。理由は数多い歌にも老に至ったと思われるものがないから。三六 明石市の人丸社は、この理由で火難よけの神として尊敬されている。三七 →二六七頁注二六。三八 火動し、水へるという、虚労の病での意。三九 天智天皇の滋賀の都(大津市)。万葉一「過近江荒都時柿本朝臣人麿作歌」(二九・三〇・三一)。雄篇の長歌と反歌二首。四〇 奈良県高市郡の持統・文武の宮。万葉一「藤原宮御井歌」(五二・五三)。檜の杣「さて此歌も人丸などの名を脱せしにや、巧めるさま凡ならず」。四一 賦役として労働に参加した民。万葉一「藤原宮之役民作歌」(五〇)。檜の杣「この詞章勝れたるよみ口也。人丸などの霊圄靈台の格もて役民に代りてよめるなるべし」。ともに長歌の傑作である。四二 誰か人麿のまねが出来よう。四三 私意をもって古典を曲解せず、わからぬはわからぬままにおけとするのが「四」にも見える秋成の態度。四四 人麿が行ったのは。四五 古の官人の、衣服を作るべくまた田の耕作収納のために与えられた休暇。万葉考別記一の人麿の所で近江のことにふれ「衣暇田暇などにて下向ありしか」。四六 金砂六に詳しい。▽金砂七・歌聖伝・異本。四七 大伴家持。万葉末期を代表し、万葉編撰にも関係ありとする歌人。延暦四年(七八五)没。

子を犯せしと二つにて、藤原家にうとまれ、[一]東行し、又[二]つの國にもいきて在(り)し也。藤原この人を刑せば、高子の入内なるまじとて、こもらせてのみおきたるぞ。[三]源氏物がたりに、「業平の名をやくたすらん」と書(き)しは、其人をゝしみたる也。[四]東行の中の哥も、多くは紀行の作者のよみたる也。後世にえ[五]わかたずして混じて、[六]勅撰にさへ加ふ。眞淵よく辨じたり。

[七]家持卿の集とて後にあるは、いつわりとのみにあらざるべし。[八]万葉の中十巻ばかりは卿の家記也とて、眞淵はいわれたり。しかれども二十巻の終に、[九]天平廿年の正月かぎりにて哥なし。[一〇]桓武の御時まで世に在(り)し人也。[一一]廿七年が間哥よまずてあらんや。[一二]後の偽撰といふも、家記の散乱したる一つなるべし。[一三]其子の[一四]謀反の罪に連累して、官位をそがれ、家亡ふにいたりて、家記も散乱したるべし。

一二九　人丸の事はよく正しからず[一五]〔と〕云(ふ)はよし。我、[一六]歌聖傳と云(ふ)册を書(き)て[一七]大概にくはしくす。[一八]蕉中、佛氏にて國史にくらきはゆるすべし。事跡考のおこる所は、[一九]石見侯の碑文を乞(は)れしによりて書(き)し也。記文命にたがひて[二〇]蒙朧也。[二一]阿諛にくむべし。さて[二二]事跡をくわしく〔し〕て、其阿《へつらひ》をのが

四八 色好みの頭領。年山紀聞三に似た説がある。四九 在原業平。平安朝前期を代表する歌人。伊勢物語のむかし男に擬せられた。元慶四年(八八〇)没、五十六歳。五〇 五十六代清和天皇女御。五一 宮中へ入らない。伊勢物語六に、ある男と高子即ち二条の后の情事を述べ、末に「まだいとわかうて后のたゞにおはしける節之事とかや」。五二 賀茂神社に奉仕する未婚の皇女。述子は業平と関係した人としては、記憶誤り。↓補注六〇。

一 東の国へ行き(伊勢物語九)。二 摂津国(伊勢物語三十三・六十六)。三 源氏、絵合「世の常のあだことの引きつくろひ飾れるにおされて、業平の名をやくたすべき」。四 東下りの文中の歌も業平の作でなく、物語の編者のもの。伊勢物語古意に見える説。↓補注六一。五「わ」一字衍、略す。六 勅撰和歌集。業平作として。七 単独にも歌仙歌集中にもある。八 万葉考別記一の説。↓補注六二。九 天平宝字三年正月の誤。一〇 延暦四年八月二十八日没(続日本紀)。一一 これは天平宝字三年からの勘定。一二 現今の家持集は、後人が彼に仮託した編といっても。一三 大伴の永主等。「の」は主格を示す。↓補注六三。一四 藤原種継を殺した大伴の継人・竹良等に加担したとして流罪にされる。▽よしやあしや・金砂二・樒の杣・異本。

一五 底本欠、意によって補。一六 追考をも合わせて一巻。末に「天明五年秋九月既望記之」。一七 大体はつくした。一八 ↓三二六頁注二四。仏氏は僧侶。一九 石見国津和野城主亀井矩貞に高角社に立てる碑文を求められた。文には明和九年八月二十六日の日付がある。二〇 不明瞭に

れんとすれば、何ぞ碑文を辞して安き[23]にをらざる。人丸の碑、明石[24]のは林春齋[25]、大和[26]の柿本むらのは林春常[27]。又柿本寺[28]と云(ふ)が、布留[29]のあたりに在(り)。その文は百拙[30]かきたり。いづれも正史[31]をしらずして、人を迷路[32]に入(ら)しむ。其中に、春齋の明石のは、事くわしくいはねばよし。此事我(が)傳中[33]に論じおきたり。蕉中[34]此傳をかりてよむで、「茶のまん。とはん」と云(ひ)て、ついにと[35]はず。野僧[36]也。友として徃反[37]するに足らず。

一三〇　伊勢[38]には門[39]に松をたてずして、しきみ[40]の木をたてゝ、是[41]さか木也。上古の遺風とぞ。さか木とは常磐木[42]の一名也。おく山[43]のしきみの花と、万葉に見へて、さか木とはいはず。此実おちて水に入れば、毒ありて魚しぬると云(ふ)。魚が訓解をつけしや、あしきみ[44]といふ釈を立(つ)。まことに魚が付(け)たるべし。祭主藤波[45]どのも是をたてたまへり。思ふに、しきみを立(つ)るは、國司[46]と神官等しば〳〵争ひて、追(ひ)うたれ、所を失ひて、伊せには神にもつかへずぞありしかば、神殿朽(ち)たをれて、あさまし〳〵とて、尼[47]が念仏して國中を走り[48]あるいて、再造したり。其尼の功によりて、けいかう院[49]と申(し)て、今猶いせの神につかふる由也。尼がたて初(め)て、しきみは用いしならめ。香木[50]に

ごまかしてある。二一 へつらい。地方の伝説と若干の文献で見られるところを、ぼんやりと協和させたのを指したもの。二二 事蹟を詳細にすると自然、伝説を否定することになる。底本「し」欠、意によって補。二三 批難されないようにせぬか。二四 明石市人丸山の柿本神社。寛文四年松平信之建。二五 林鵞峰。↓三一四頁注一二。二六 奈良県北葛城郡新庄町の影現寺。天和元年松平信之建。二七 林鳳岡。林家三代目で大学頭。享保十七年(一七三二)没、八十九歳。二八 奈良県天理市櫟本の柿本寺。享保十六年森宗範建の碑文。二九 天理市の中。三〇 名元養。博識の僧。三一 秋成は六国史をさしていう。三二 まよわせる。三三 歌聖伝。三四 蕉中(顕常)もまた茶に好みあり、茶経詳説二冊を安永三年刊。煎茶をたしなむ秋成を同好とした。三五 自分を訪問しない。三六 田舎者の坊主。三七 往来。▽歌聖伝。

三八 三重県の一部。三九 正月に門松を立てないで。四〇 木蓮科の有毒常緑灌木。仏前にそなえ、また抹香・線香に作る。四一 これをさかきと言い、上古の風が残ったものだという。四二 冠辞考に見える説。四三 万葉二十「おく山のしきみが花の名のごとやしくしく君に恋ひ渡りなむ」(四四七六)。四四 嘉良喜随筆なども「あしきみ」説を示す。四五 伊勢参宮名所図会「祭主家の事、常に藤波殿と称す。(中略)今は藤波家堂上列なり」。四六 伊勢の守護と神官が争った戦国のこと。四七 勧進した尼の有名な人々に、慶光院の初代守悦・三代清順・四代周養などがある。この話は主に、戦国の世相と、両宮祠官の私争で、そのままであったのを、永禄六年、百三十年目に外宮の正遷宮を実現した清順のこと。四八 奔

て仏氏の供養にする也。香と花とを奉るは、佛在世よりのためし也とぞ。[一]神代紀の一書に、いざなぎ、なみの二神、きの國の熊野にしづまりまして、花の時には花をたてまつるとあるは、仏家によらざる[二]古実なるべし。くまのは紀の國にはあらじ。[三]出雲のくまのなるべし。神代にいづもは事ありて、度〻いふ所也。[四]みくまの〻舟とよむは、[五]いづものくまの〻早舟也。一に[六]天の鳥ふねとも云(ふ)。翅あるが如しとたとへたり。

*一三一　[七]たけきもの〻ふの道に又たがひしにや。[八]總見院どの〻、豪傑にして且殘忍なりしは、人皆しりたるを、[九]こち〴〵しく筆にはいふべき。[一〇]國泰院の大量且才にすぐれたまひて、[一一]天のしたはきよく、一たびはらひつくさせ給ひし也。此君も又[一二]多慾にてこそありけれ。はじめ[一三]松下につかへし時に、[一四]かくてはとおぼし立(ち)しこそ、大量の[一五]〔始〕《はじめ》なりけれ。[一六]清洲に走りて、「[一七]何にてもめさせたまへ」と、[一八]御馬の先《さき》にねがひ申させしかば、[一九]大将みたまひて、「おのれは男ちいさく、つらみぐるしけれど、骨たかく[二〇]眼つきたゞならず。[二一]先《まづ》足がるにくは〻れ」とて、めさせたまへば、「名は」と問(は)せしに、「木の下藤吉」と名のりたりしとぞ。[二二]中むらの竺あみが子にてあれど、主なりし松下をうらやみて、[二三]公のか

走して、勧進して。四九 慶光院。伊勢市浦田町にある。もとは山田西川原町にあったという。禅宗の尼寺で、院主を伊勢上人という。↓補注六四。五〇 伊勢の神ではあるが、香木(しきみ)を用いて、仏家様式の祭り方をする。

一 神代紀上「一書ニ曰ク、伊弉冉ノ尊、火ノ神ヲ生ミマス時ニ、灼カレテ神退リマシヌ。故、紀伊国熊野ノ有馬村ニ葬(かく)シマツル、土俗此ノ神ノ魂ヲ祭ルニハ、花ノ時ニハ亦花ヲ以テ祭リ、又鼓・吹(ふえ)・幡旗ヲ用ヒテ、歌ヒ舞ヒテ祭ル」。二 日本本来のしきたり。三 神代紀上「其時少彦名命、行テ熊野之御碕ニ至リ給フ」とあるは出雲の熊野。四 万葉六「島かくり吾がこぎくればともしかもやまとへ上るまくまぬの船」(九四四)。五 金砂四「出雲の熊野の浦人、よく造りてよく乗る故に、熊野舟とも云ふ」。六 金砂四「天の岩舟は楼樟もて空洞に鑿りなしたらむ、岩くす船とも云ふ、又天の鳥舟とも云ふは、よく走る事飛鳥の如しとて也」。▽金砂四。

七 武士道。八 織田信長。↓二五七頁注四五。九 仰山そうに書き立てることはなかろう。一〇 豊臣秀吉。法号は国泰祐松院霊山俊竜。一一 天下を一旦はさっぱりと平定なさった。一二 欲望が大きかった。日本から朝鮮・中国へまで触手したことをいう。一三 甫庵太閤記に「遠江国の住人松下加兵衛尉」。一四 こんなことではつまらないと一念発起したのが。一五 底本「好」、意によって改。一六 愛知県西春日井郡清洲町。一七 何の役にでも召抱えて下さい。甫庵太閤記「其比信長公は、清洲に御在城ありけるに」。

たつかたをそぎて、木下とは申(し)たりけり。又大名に[二四]つらなりし時、柴田[二五]權六・丹羽五郎左衞門に一字づゝ乞(ひ)て、羽柴と名のりし時の志、後には柴田[二六]を討(ち)ほろぼし、丹羽はや[二七]つことつかへさせしにおもふには、は[二八]じめより、大量といへども、かくはありけり。蹄《てい》[二九]が龍と化して、池[三〇]中の事忘れしとぞ云(ふ)べかりける。足がるなりし時、清洲の町に杉[三一]本平右衞門とか云(ふ)質商人に、質の物もちはこびしに、なじみて、おまんと云(ふ)娘〔と〕[三二]しのびあひせしを、見顯はされて、「にくきやつこかな、おのれに娘はくれじ」とて、棒もて追(ひ)うちしに、迯(げ)かへりし跡につきて走[三三]り出(で)、親のゆるさぬ夫婦となりて、後にまん[三四]所とあがめられたまひし。名のよしはし[三五]かにぞ有(り)ける。淀[三六]の君は、あ[三七]たの淺[三八]井がむすめなるをめして、恩寵ことにふかゝりしなり。よどの君もか[三九]ほよきのみならず、色好むさが[四〇]のありて、後には大[四一]野修理をめしま[四二]つはさせしこそ、みだりがはしきにも[四三]、「天[四四]のしたは是につきても失なはせしよ」とて、にくむ人多かりけり。片[四五]桐市正《いちのかみ》、淀どのゝ艶色をふかくし[四六]のびて、人無(き)ところにて、手とらへたりしかば、打[四七](ち)はらひ、いかりにくませしかば、ついにうらめしく思ひて、仇《あた》[四八]となりけるはじめは、是ぞともつたへたりける。色にみだれて國をうしなひ家亡(ぼ)したる人、和漢にかぞへてつくしが

一八 馬上通行の前で。一九 信長。二〇 尋常の目つきでない。一くせありそうな目つきだ。二一 足軽。当時の雑兵に入れ。二二 秀吉の父は甫庵太閤記「尾張国愛智郡中村の住人筑阿弥」。二三 松の字のつくりをのぞいて。二四 列に加わった時。二五 ともに織田の重臣。二六 ↓二五八頁注二。二七 ↓二五八頁注四。二七雄略紀に臣を「ヤツコ」とよむ。二八文意は、大量であるといっても初め頃はこんな程度であった。二九 字典に蝭に同じ。蝭は夏の蟬。蛟などの誤写か。三〇 三国志の呉志周瑜伝「恐ラクハ蛟竜雲雨ヲ得テ、終ニ池中ノ物ニアラザル也」。↓一四〇頁注五。文意は、立身栄達して、昔いやしかったことを忘れた。三一 一般の書(絵本太閤記など)は藤井又右衛門に作る。ここも秋成の作意であろう。三二 底本「を」、意によって改。馴染になって、密通していたのを。三三 おまんが自家から逃げ出して。男女のさそい合って去るを走るという。三四 北の政所。関白などの室をいう普通語。ここは秀吉の正室浅野氏をさす。三五 実はこんなことなのだ。三六 秀吉の側室。三七 敵方の。雨月物語の用例により、敵の意には清音とする。三八 浅井長政と信長の妹小谷の方との間の長女。三九 容色がすぐれている。四〇 性質。四一 大野治長。大阪城の部将。四二 まねいて近くはべらせた。寵愛なさった。四三 次の「つきても」の「も」とともに、強意の副助詞。人倫をみだしたものなので。四四 豊臣の天下は、淀君の好色で失った。四五 片桐且元。大阪城の重臣。方広寺一件の後、職を去った。四六 思いこがれて。四七 はらいのけて。四八 敵方に廻ったおこりは。

たし。人たるもの丶、[一]いやしきおのれらがとも丶、よく〳〵心にいましめらる丶べきは、此一つになんありける。

*一三　今ははるかなるいにしへの事を思ひいづるは、[二]みやこに年月やどりして、此ひとりごとはすなりけり。[三]皇朝の御いきほひ、[四]かくもおとろへさせたまふものか。[五]すむあたりにつきてぞ、[六]法性寺どの丶むかし、先しのばる丶也けり。[七]大門の跡ぞ、こ丶の[八]塔《たふ》の段《だん》など[九]野づかさに、かたちとゞめたり。[一〇]榮花ものがたりを思へば、東のかどは[一一]白川の[一二]たきつせむせび流れ、西は[一三]大路をかぎり、北は[一四]黒谷《くろだに》・よし田の丘、南は[一五]粟田山のふもと、[一六]三条の東西の國〻に通ふ便よしとぞ也。[一七]臨學の[一八]結構、[一九]昔の大内裏と云(ふ)にもおとらせ給はざりしとぞや。[二〇]開檀のはじめ、ありがたき[二一]法をきかんとて、老僧いくらか地の下よりあらはれいで、[二二]高坐の前に[二三]蹲踞して在(り)しとぞ。此僧たちは[二四]佛在世に[二五]鷲嶺《わしのみね》の說法をきゝたりしが、又けふあらはれ出(で)しといふこと、[二六]うたがひの巻に見(え)たりしが、釈尊の法におとらずして、[二七]物よみきかせん人は誰なりけん。[二八]いともしのばる丶は物がたりなりけり。さて土のしたは地獄かと思(ひ)しに、[二九]さらばおそろしき事もあらずなりぬ。

一 天下にかかわる人は勿論、身分のひくい我々どもも。▽「一一」・「一二」・貧福論。春雨物語の一篇の腹案を記した断片であろう。
二 長くつづいた平安の都に、ここ十数年来住んでいるからで、それで。 三 朝廷の御威光。 四 大変におとろえたものである。 五 自分の住んでいる南禅寺の近傍について考えてみて。 六「四三」にも見えたが、次の記事からして、秋成は法性寺・法成寺・法勝寺の三つを混じている。文字は法性寺、位置は法勝寺。記事の一部は法成寺である。↓補注六五。 七 大門の跡などいうのもあり。 八 京都市岡崎の塔の壇とよぶ所は、法勝寺の九重の塔の跡である(東西歴覧記など)。 九 野の小丘。↓二一一頁注三八。 一〇 栄花物語の音楽の巻に法成寺をうつして「東の大門に立ちて東の方を見れば、水の面の間もなく筏をさして」とある。水面は賀茂川。白川に面したのは法勝寺。 一一 ↓二八〇頁注一。 一二 傾斜が急になった川流が音を立てて流れ。 一三 承暦元年白河天皇が、今の京都市岡崎に建てた法勝寺の西側の大路は東大路の南鳥居大路に当る(故実双書附録中古京師内外地図)。 一四 ともに京都市街の東北にある小丘。金戒光明寺・吉田神社がある。 一五 京都市東山区で、旧東海道口にある岡。 一六 また南の三条通は。「の」は主格を示す。三条大橋は東西交通の起点。 一七 臨奐即ち輪奐のあて字の誤写か。広大なの意。 一八 かまえ。 一九 今と違って大きい昔の皇居。 二〇 檀は壇のあて字。密教で伝法灌頂の壇を開くこと。藤原道長の法成寺の御堂供養は治安二年(一〇二二)。 二一 法をとく説教。 二二 説教する座。 二三 ひざまずく。 二四 釈迦の生前。 二五 霊鷲山(りようじゆせん)。摩掲陀国の王舎城の東北に

* 一三三 [三〇]藤原どの丶御いきほひは、[三一]この時ぞさかりなりける。これはいにしへより久しき[三二]外戚のよ[三三]せのかくもあるべき事也。[三四]平氏のほしきまゝに昇階すゝみ、[三五]太政大臣《だいじやうだいじん》にまでおしのぼせし事を、[三六]かなしき世の始にて、[三七]頼朝卿は智勇の大將にてましましければ、[三八]父の仇《あた》を兼(ね)て、[三九]西海にみなごろしに責(め)つけたまひて、又[四〇]皇朝のいにしへにかへされしは、まことに忠誠の君にてこそおはしけれ。[四一]法皇の[四二]御心あやしうまどはせしたまひしかば、此時よとて、[四三]惣追〔捕〕使[四四]申(し)くだして後は、[四五]一のわたくしのみぞ、[四六]大まつりごと行はせしかば、[四七]こと國のやうにぞ成(り)んたる。[四八]天つちの神のゆるさせしを、[四九]いかにかせまし。しかれども[五〇]大納言右大將にとゞまらせし事、[五一]曹操《さうさう》が[五二]宗臣《そうしん》の座を[五三]滄《か》(へ)ざるにやならひ給ひけん。[五四]曹丕《さうひ》おのがまゝに[五五]〔簒《さん》〕位《ゐ》して、[五六]骨肉にも才あるは、[五七]七歩の詩に[五八]せまりしは心みじか。かくよからぬ君なりけるとて、[五九]司馬氏がまた代りてより、世はいかに成(り)行(く)らんと、心ふかき人は、たゞ[六〇]下なげきするより、[六一]嵇康《けいかう》が徒の心を[六二]大ぞらにして、世をも君をも、[六三]あなづらしくて在(り)しかば、ついに[六四]つみなはれしも、又[六五]いたづら人たちにてぞありける。頼朝卿の智畧は、御あと長かれとはかりたまひしかど、[六六]頼家卿の[六七]たわやぎたまひて、[六八]世をはやうした

ある山。釈迦説法の所。道長が法成寺を営み、また諸〻の仏事を修めたことを述べる。ただしこの記事は、御堂供養を述べた音楽の巻と合せてもない。その巻に法華涌出品を引き「彼の品に、成仏を得てより已来、四十余年に化度し給へる涌出の菩薩量りなし」とあるの思い違いか。 二六 栄花物語の巻の名。 二七 その日に説法をした人は誰だろうか。 二八 今の説教者の堕落と比較して、ゆかしく思われる。 二九 老僧が出てくるようなら。方便荒唐の仏説への諷刺の語。

▽「四三」。

三〇 藤氏一門。 三一 栄花物語の頃。 三二 天皇家の親戚。 三三 世間からの信任。 三四 平清盛の一門。 三五 太政官の最高位。清盛及び平氏昇進は、平家物語の「鱸」「我身栄花」に見える。 三六 朝廷にとって。 三七 源頼朝。↓二五六頁注三。 三八 父の義朝が平家に討たれた仇討を合わせて。 三九 壇の浦の戦。 四〇 天皇及び公卿の政治する体制。 四一 後白河法皇。七十七代の天皇。 四二 変に気まどいなさったので。義経を上げて、頼朝をしりぞけんとしたなどの謀略をさす。 四三 底本「補」。↓二五六頁注四。 四四 願い出てもらって。 四五 将軍一人の独断で。 四六 天下の政治を行ったので。 四七 今までの日本とは別の国のように。摂関政治から、幕府統治の封建政治に変ったのをいう。 四八 天神地祇の罰が、頼朝に及ばなかったのをいう。 四九 しかたがない。 五〇 頼朝の極官は権大納言右近衛大将。 五一 中国の魏の王。漢にかわって帝位につくを進められたが辞した。 五二 最高の重臣。宰相。 五三 字典「変也」。政治の実権を握るが帝位につかぬ例。 五四 曹操の子。漢帝の位をとって帝と称した。 五五 底本「募」、意により改。きままに帝位

を奪った。五六 兄弟。ここは弟の曹植をさす。五七 植の才を嫌い、小罪で罰せんとし、七歩の間に詩を作れば許すと試みた。→補注六六。五八 責めたのは短慮である。異本「七歩の詩に名をとらしむは拙なり短なり」。五九 司馬炎が魏の五代目から帝位を奪い晋を建てる。六〇 心中で心配する。六一 竹林七賢の一。老荘の説を奉じ任俠を好み、世を白眼視した。六二 虚無的にし。六三 軽視して。六四 三国志二十一「景元中ニ至ツテ事ニ坐シ誅セラル」。六五 世に無用の人。六六 鎌倉源将軍二代目。元久元年(一二〇四)没、二十三歳。六七 柔弱で。六八 早く没したので。

一 頼朝の室政子(北条氏)が尼になったもの。二 才ばしっているので。三 女子の政治にたずさわること。旧唐書の高宗紀「武后簾ヲ御座ノ後ニ垂レテ、政事大小、皆之ヲ預リ聞ク」。四 前兆。五 尼将軍。六 漢の高祖の室で、孫の代に垂簾の政をした呂太后。七 不行儀な。八 記録では伝わらなかったが。九 万葉三「語りつぎ言ひつぎゆかん」(三一七)。一〇 美男子の。一一 則天武后の情事を描く中国小説で、本条の範となった如意君伝中の人物。美男子の張昌宗の翟行は六郎で、「面ハ蓮華之態ニ似タリ」とある。古今類書纂要八「唐ノ張昌宗ハ資貌ヲ以テ倖セラル、楊再思ガ曰ク、人言フ六郎蓮花ニ似タリト、正ニ蓮花六郎ニ似タリト謂ハン耳」。一二 和尚に同じ。同じく武后の愛した白馬寺の僧懐義。一三 源将軍三代目。承久元年(一二一九)没、三十歳。一四 万葉調歌人として令名がある。一五 建保六年(一二一八)十二月、二十七歳で任右大臣。一六 時政の子、政子の弟。一七 尼君が相手とし

まひしかば、尼[一]君さ[二]かしきまゝに、垂[三]簾の政事をとらせし事、衰ふべきさ[四]がになんありける。将[五]軍とさへあざ名して、おそれし事、呂[六]氏のむかし物がたりにひとしかるらん。婬慾ふかく、み[七]だりがはしきことの多かりしを、筆[八]にはつたへざりしかど、人のか[九]たりつぎ、云(ひ)つぎしこそあさましけれ。若き色[一〇]ある人ゝはちかく召(さ)れて、蓮[一一]花の六郎・白[一二]馬寺の和上のためしなどありしとぞ。又酔のすゝみては、うみの御子の実[一三]朝卿をさへいだき戯れたまひしとも聞(く)。公は才にすぐれたる君にて、歌[一四]よみては心たかくましませり。尼君寵遇のあまりに、父の卿にもこえさせ、右[一五]大臣にはやうなしのぼらせたまひし。北[一六]条義時はよき男にてありければ、め[一七]させたまひしかど、ふかく謀[一八]事《はかりこと》ある人にて、公の才あるをねたみ、公[一九]暁と云(ふ)若法師をさ[二〇]ゝやきをしへて、鶴[二一]が岡の参[二二]籠に弑逆せさせし。其夜も供[二三]奉に出(で)たりしかど、にわかに病して家にかへり、力[二四]者《りきしや》十人ばかりしのびにつれて、公をうたせし也。しかれども公暁をもとらへて、又國[二五]の罪に行なひし。こは源氏の跡をたち、都より皇[二六]孫、又藤[二七]原のきん達《だち》申(し)くだして、おのれ是[二八]を夾《さしはさ》みて、天下ほしきまゝにす[二九]なるは、尼君の酒えひの乱《みだれ》にぞおこりける。秩[三〇]父重忠は名だかき忠臣の勇者にてありける。大男にて目鼻口あ[三一]ざやかに、色黒く、まことによき男とは、此人をこそいふべ[三二]き。尼

ぎみ是をも思ひかけたまへど、[三三]思ひもよらぬ事に、[三四]恥見たまはんをお〔も〕[三五]ひて、ふかくはからせしは、重忠参りし時、みそかに[三六]筆にしるして、「実朝を弑せしは、[三七]またく北条が[三八]心のおそろしきなりける。義時は我(が)弟ながら、源氏の御ため天のしたの爲には、いみじき仇《あた》なるを、たやすくはほろぼしがたきは、根[三九]よくかため、枝あまたにしげりたるを思ふには、汝とふかくは[四〇]かりたらん事の心あり。ひそかに夜に入(り)て参るべし」としるされたりき。北条のむすめ、義時が姉にてあれど、かく源氏を[四一]おしいたゞけるはかしこしとて、[四二]又の夜、雪のふるをふみ分(け)てまゐりける。尼君たいめありて、「この所は人の参る所なり。あの庭の亭《てい》[四三]に」とて、[四四]打着《うちぎ》[四五]かいどりて、先《まづ》雪の上を[四六]ゆかすに、[四七]女原《をんなばら》承り、「いざ」とて重忠に申す。[四八]かしこみて御あとにつきて、池の上の亭にのぼりたり。わづか[四九]八席の[五〇]しつらいにて、[五一]石灰炉に炎ゝと[五二]たきほこらせて、尼君そこに居させ、「ちかく」とめされしかば、[五三]膝行《しつかう》してまゐるほどに、かの女原[五四]あやしうとり巻(き)て、ひとりは[五五]烏帽子を打(ち)おとす、ひとりは[五六]素袍《すはう》・はかまを切(り)さく、又ひとりは[五七]下の帶きりたちて、皆迯(げ)たり。「これはいかにする」と、さすがの力量の人も、[五八]手すくみたりしに、尼君はやく、[五九]ひとへに赤はだかに成(り)たまひて、走り來てくませたまふを、はらひのけんとする中に、[六〇]陽精

てまねいたが。一八 腹中悪だくみがある人で。一九 鶴岡八幡宮別当の阿闍梨。二〇 そそのかして。二一 鎌倉市鶴ガ岡にある源家尊崇の八幡宮。二二 実は承久元年正月二十七日夜、任右大臣の拝賀式の時。二三 義時は行列の供に出たが。二四 剃髪姿で駕かきなど力仕事をする従者。鎌倉室町期に堂上武家共にあった。二五 国法通りに罰した。二六 親王将軍。二七 摂家将軍。二八 これを擁して、権力を得て。北条氏が執権職につき、天下の実権を握ることをいう。二九 するためであって、そのようになるのは。三〇 初め平氏に属したが、後、戦功多い源家の重臣。三一 輪郭がはっきりしていて。三二 「こそ」の結びが連体形になっている。三三 重忠が、とんでもないことといって。三四 恥をかくことを考えて。三五 底本「と」、意によって改。三六 文章をもって。三七 全く。三八 悪だくみ。三九 一味徒党が多くがっしりと堅めている。四〇 相談したい気持です。四一 尊重する。四二 次の夜。四三 小屋。四四 婦人のかさねの上着。四五 裾褄先を上げて。四六 お行きになる。「す」は敬語の助動詞。四七 召使の女達。四八 つつしんで。ここは近世風にうちかけ位のつもり。四九 八畳敷。五〇 こしらえ。如意君伝で、武后と薛敖曹が内苑構挹香亭で相会するにならったものか。五一 石灰でぬりつくった炉。五二 火を強く盛んにたいて。五三 貴人の面前へ進む時の礼儀。両膝をひざがしらですって進むさま。五四 不審にも。五五 素袍をつけた時のかぶりもの。五六 徳川時代は、武家の礼服であったが、ここもそのつもりで用いた。直垂の変形したもので、ついの袴をつける。五七 褌。五八 手のほどこしようがなくなった。五九 全くの。六〇 男根。

一 品のよい尼。 二 下に「白く」を補って解く。 三 愛嬌がある。このもしい様子なので。源氏、葵「こゝろばへのはえばえしくあいぎやうづき」。 四 取りみだしてしまった。色情に走った。 五 頼朝。 六 生きている間はと心配して。 七 北条九代記に、平賀朝雅が京都の守護で、畠山重保と争い、牧の方を通じて、北条時政に、畠山一族謀叛と讒言したとあるを用いた。 八 →二八三頁注三五。 九「四九」に前出。 一〇 讒言されて。 一一 坊門宣親の娘で、実朝の事件直後尼になり、本覚尼と称した。 一二 始終のあり方。 一三 朱雀野。京都市下京区。 一四 後に本覚尼の発願にて大通寺を建てた。 一五 政子と違って、仏教者としての尼君で。 一六 修行三昧でおくられた。 一七 扶桑京華志二に「貞純ノ宅ニシテ経基相続シテ之ニ住ム、終ニ斯ノ地ニ葬リ、宮ヲ墳ニ建ツ。今ノ六宮権現也、其ノ後右府実朝室此ニ住ム」とあり、源氏の祖六孫王経基を祀る宮があった。 一八 出来斎京土産二に大通寺・尼寺として「ある説に坊門内府宣親公の御むすめは、鎌倉の右大臣実朝公の北の政所にておはしける。(中略)此所に住み給ひ、後世をねがひ、実朝公の御菩提をもいのられける故に、世に尼寺と号すといへり」。 一九 秋成は大通寺の実法院に妻瑚璉を葬り、一族及び自分の死後の葬を依頼した状があり、寛政十二年二月二十六日には賀茂真淵の金槐和歌集抜萃を浄写して、ここの実朝像に供えているなど、深く関係あった寺である。 二〇 北条時政。元久二年牧の方を幽した時、時政も出家して、伊豆の北条にこもった。 二一 義時の長男。時政から三代目。元仁元年から執権。温和な人柄。仁治三年(一二四二)没、六十歳。 二二 時氏の二男。五代目。寛元元年より執権。 二三 康元元年入道して最明寺入道と称された。

忽(ち)におこりて、くみとめられしまゝに、夜すがら歡樂をつくしける。五十にはまだならせたまはず、[一]よき尼のいとうつくしうて、色はあくまで[二]、[三]あいぎやうつかせしかば、さすがの人も[四]みだれたりけり。実朝卿はうみの御子、よし時は実の弟をさへ、かくみだれさせしは、めゝしからぬさかしさの、かへりてわざはひになりにけり。重たゞ又めせど、おのれに恥(ぢ)、[五]右大将どのゝ靈のいかににくませたまふらんとて、其後はやまひと申(し)て、たえて出(で)つかふまつらざりけり。この人の心にはさすがに耻(ぢ)て、[六]生前はいかならんとて、[七]讒人をこしらへ、ついに[八]家をもほろぼしたりける。[九]和田・三浦等の人ゝも、さま〴〵[一〇]いひさけられて、北条がために、是等もほろびにけり。世俗に云(ふ)色氣ちがひとは、此尼ぎみの乱《みだれ》にぞありける。実朝公の御臺所は、[一一]坊門の御むすめ也ければ、尼君の[一二]はじめおはりよくうかがひしりて、御暇申(し)たまはり、都にのぼりて、[一三]朱ざか野ゝ《の》八条通のかたへに[一四]庵むすびて、[一五]是はまことの尼君にて、[一六]よく行ひすませたまひけり。此所を後に[一七]源氏の祖廟とあがめ祭りしかど、[一八]尼寺と今によびつたへたり。社僧は眞言宗にて、よくつゝしみ行ひ、きよき[一九]御寺にてぞありける。義時、はらからの尼君とみだれて、[二〇]父を相撲の北条にこもらせ、天のしたは安くうばひとりたりけり。[二一]泰時はかしこけれどたよわく、[二二]時頼は佛[二三]に志(し)てたのみなし。九代の末に高時[二四]と云(ふ)愚もの丶出(で)て、つひに家はほろぼせしぞ。されど天神地祇の御罰のおそかりしは、人しらぬ冥福[二五]のたすけたりけるなるべし。高時〔暴[二六]〕悪にて、宮古《みやこ》[二七]は手[二八]のしたの者にのみはか[二九]らひしかば、後醍醐[三〇]の御いかりつよく、み[三一]そかにみはかり事あらせしかど、た[三二]ゞにあらはされたまひ、遠き隠岐[三三]の島へうつらせしこそ悲しけれ、はじめに冷[三四]ぜい大納言を鎌倉にめし下して[三五]、事問(ひ)しかば、

おもひきや[三六]我(が)しき嶌の道ならでうきよの事をとはるべしとは

〔と[三七]〕よみしかば、さる事[三八]におもひてゆるしてかへせしこそ、いとも〳〵愚なれ。我(が)しき島[三九]の道とは、歌にのみこゝろをもちいて、官位[四〇]も是にあづかることか。うき[四一]よの事とはいかに。法師[四二]のよむべき歌なり。是をことはりとおもひてかへせしは、家亡ぶべき愚将になん有(り)ける。

*一三四　歌は必(ず)雲[四三]の上につかへて、冠さうぞくたゞしく、もの[四四]丶ふの道にはあづからぬ君だちの、よむ事となりしこそあさまし[四五]けれ。武をわすれさせしにこそ、もの丶ふにたわめ[四六]られて、君とは申せども、めゝし[四七]きをうやまふ事となりんにたり。神武[四八]の大和にみやこし、雄畧[四九]のたけくて國おし[五〇]しらせし、天智[五一]

弘長三年(一二六三)没、三十七歳。二四 九代目で貞時の男。正和五年執権。酒色にふけり、田楽・闘犬などをこととして元弘三年(一三三三)鎌倉において亡ぼされた。三十一歳。二五 前世からの因縁による幸い。二六 底本「慕」、意によって改。二七 都。京都の政治。二八 部下。
二九 目下に取り扱ったので。
三〇 九十六代の天皇。北条氏をほろぼし、建武中興の業をなしとげた。三一 北条討伐の密謀をなさったが。三二 直ちに。三三 島根県に属する日本海上の島嶼。元弘二年三月天皇ここに流される。三四 以下冷泉為明詠歌の一事は「一〇」と殆ど同文の再出。前者は随筆、ここは小説作品の腹案の中に収っているのが違う。↓二五六頁注二一。三五 よび下して。三六 ↓二五六頁注二二。三七 底本欠、鹿田本によって補。三八 なる程と思って。三九 和歌の道。公卿が、秋成流に言えばなぐさみの和歌を本業とするごとき詠を批難した言葉。四〇 官位は和歌に関係して与えられているか。天皇の政治の補佐のために官位につくのでないか。四一 天下の政治を憂き世のこととは何事か。四二「うき世」などとは僧侶の和歌でいうことだ。▽「九」・「一〇」。政子の部分は、春雨物語の初期の稿本(天理冊子本)に妖尼公として、同内容のものあり、別にまた整った一文もある。この条は春雨物語の折の腹案または草稿によるものであろう。都賀庭鐘の英草紙第五篇参照。
四三 朝廷。四四 武道にかかわらぬ。四五 困ったことだ。四六 威光をよわめられて。まげられて。
四七 女らしいこと。剛毅の精神を失った。
四八 初代天皇。日向より大和への東征をいう。
四九 二十一代の天皇。国内の統治のみならず新

の聖帝と申すも、皆[一]たけくして、[二]歌も事につきてはよませたまひし也。もの丶ふといへども、世は末なりといへども、[三]鎌倉ほろび、[四]六婆羅の責(め)つけられし時に、[五]ちはや責せし[六]あづまの大將たち、[七]たかきいやしきなく、[八]六条河原にて首刎(ね)られし時、[九]佐《さ》〔介《かい》〕何がしと云(ふ)さむらい、はるかの[一〇]末にいましめられて、よみたる歌こそ、まことの哥にはありける[一一]。

[一二]皆人の世にあるときは數ならでうきにはもれぬ我(が)身なりけり

あはれ也〳〵。愚なる大將どもの[一三]手につきて、けふ[一四]罪なはるゝには、[一五]同じつらなるが悲しと也。文官武官のわかちはあらで、思ふ心をよむこそ歌なりけれ。又[一六]納言《なふごん》の卿にも、[一七]源の義家奥の[一八]冠《あた》たひらげて、まうのぼりしに、[一九]御はしのもとにて、「軍物がたりせよ」と[二〇]みことのらせしに、[二一]かしこまりて、[二二]九年があいだの物がたり、[二三]つばらに申(し)上(げ)しを、[二四]聞(か)せたまひて「[二五]あたらもの丶ふの軍の法はしらぬよ」と、[二六]獨《ひとり》ごち給ふと聞(き)て、[二七]やがて參りて、[二八]道の事問(ひ)學びしとはつたへたる。是は[二九]大江の卿にて、歌もよくよみ、[三〇]有職《いうそく》の御名たかく、又[三一]つはもの丶道さへかく教へさせ給ふならずや。今は歌は[三二]雲の上人、連哥は[三三]もの丶ふたちの習ひとわかたせしに、そのれん歌も歌も、ともに[三四]たをやぎなよびて、[三五]口眞ねばかりになりんたりける。[三六]末のよとはかゝるを[三七]社《こそ》いふにやあ

羅・高麗への外征をこめていう。 三〇 なびかせて統治なさった。 三一 三十八代天皇。

一 蘇我蝦夷・入鹿父子を討ったことをさす。 二 記紀・万葉に所見。 三 北条高時鎌倉で新田義貞のために亡び。 四 六波羅。↓二五七頁注二八。 五 以下佐介何がしのことは「一〇」の後半と、殆ど同文の再出。 六 関東方の。 七 身分の上下をとわず。 八 ↓二五七頁注三〇。 九 底本「助」、介の誤写として改。↓二五七頁注三一。 一〇 末座。 一一 「こそ」の結びが連体形になっている。 一二 ↓二五七頁注三三。 一三 麾下。 一四 罰せられるに際しては。 一五 同列。 一六 太政官の秘書のごとき局にあたる。最も文官らしい文官。文官にある公卿の中にも。以下義家と匡房のことは「一〇」の後半と、殆ど同文の再出。 一七 ↓二五七頁注三五。 一八 ↓二五七頁注三六。 一九 朝廷のきざはしの下。武士で昇殿を許されないからのこと。 二〇 勅命が出たので。 二一 つつしんでおうけし。 二二 いわゆる前九年の役の歴戦。 二三 詳細に。 二四 主語は納言の卿。 二五 ↓二五七頁注四〇。 二六 ひとり言をおっしゃったと。 二七 すぐに。 二八 戦の道。軍学。 二九 大江匡房。↓二五七頁注三九。 三〇 博識の評判が高く。 三一 軍学。佐介の話は武士も時にとっては文事に志をあらわし、匡房の話は文官も武事に詳らか。かくてこそ和歌もすぐれてよめるという秋成の持論を示したもの。 三二 堂上。 三三 武家。 三四 柔弱になって。「なよびて」は底本「なよびて丶」、「て」一字略。 三五 形式的模倣ばかりになってしまった。 三六 仏教でいう末世とは。 三七 この文字、万葉にも「こそ」と用いるをとった。 三八 「こそ」の結びが連体形となっている。 ▽藤簍冊子所収月の前・「一〇」。

らん。[三八]

一三五　大坂の天神橋[三九]をわたる時、川面《かはづら》に舟《ふな》[四〇]よそひして、「やんら、めでた」[四一]とうたふを見たれば、ぬり舟[四二]に島津どの[四三]ゝ勒《くつわ》[四四]の紋に、又太閤桐[四五]の紫の幕、風にひるがへりて、東にこぎ行(く)。栗齋[四六]の北[四七]のゝ別屋[四八]にゆきて、「今しかぐ〔の〕[四九]物を見し。秀より[五〇]の後[五一]、さつまに有(り)といふは、是がそれなるべし」。「我つ[五二]かひし女の九十になりて死(に)たる、其母も八十にこへて[五三]といふ、「八十の母が十八の時に、木村[五四]につかへて、室[五五]のまへ[五六]さらざりし」と。打死《うちじに》[五七]の日に杯[五八]をあげて、室にたまいて、「汝もよくせよ」[五九]といひて、馬にまたがり門を出(づ)る。かへ室も門《かど》[六〇]おくりすとて出(で)て、「待(た)せたまへ」と、一こゑを云(ふ)。かへり見たれば、匕首《あひくち》もて咽《のど》をつらぬきたり。侍女がおどろきて、内にかゝへて入(る)。木村は馬を飛(ば)せて戰陣に行(く)。いまだ二十町は行(か)ざるよと思ふに、「君うち死也」と告(げ)かへる。つたへ云(ふ)、「若江村[六一]の戰場は一里の行程をへだてしかば、いかにして行(き)いたらん」[六二]。是は世に云(ふ)説のごとく、島津より「城内[六三]へ兵粮五百石を入(れ)ん」と乞(ふ)。神君《しんくん》[六四]ゆるして入(れ)さしむ。米をゝさめて歩卒等かへる。此中に秀より・眞田・後藤・木村もつれ

三九　天満天神の所で淀川にかかる橋。大阪市北区。四〇　舟を美しくかざって。四一　舟唄をうたうこと。→一六八頁注一五。四二　漆などで塗った舟。材料は種々ある。四三　薩摩の藩主島津家。四四　字典「馬轡也」。円中に十字を描いた形の紋。四五　太閤秀吉が愛用した桐の花と葉を描いた紋。種々変形がある。四六　内山栗斎。大阪西町奉行与力で文人。秋成の友。四七　北野。大阪市北区。四八　別荘。四九　底本欠、意によって補。五〇　豊臣秀頼。秀吉の子。徳川家康と争い、元和元年(一六一五)大阪夏の陣に自刃というのが正説。五一　子孫。真田三代記などに、秀頼は真田幸村など百五十人と、大阪落城の時、薩摩(鹿児島県)にのがれたと見える俗説。五二　以下は栗斎の言葉。五三　「死んだ」と補って解く。五四　木村長門守重成。大阪城の部将。元和元年二十一歳で戦死。五五　その妻。五六　お気に入って常に傍で仕えた。五七　討死。五八　主語は木村。最後の杯をのみほし、妻にさして。正しくは「たまひて」。五九　考えて処置せよ。六〇　外出を門口まで見送ること。六一　大阪府中河内郡若江村。難波戦記などでは、重成は井伊家の手でここに討死とある。六二　老侍女の母が言ったことば。六三　大阪城内。六四　徳川家康。徳川幕府の初代。日光の東照宮とまつられた故の称。元和二年(一六一六)没、七十五歳。

一　河内国。今大阪府の中。二　未詳。三　民家。ここは民家の集団、部落をいう。四　一つ。五　字典「偽也」。偽物。六　蘭奢待。東大寺の正倉院所蔵の名香。ただし木村が兜にとめたのは、ただの香(難波戦記)、伽羅(平日閑話)など諸説がある。これは正しく討死したとの一説を上げたもの。

てしのびやかに出(で)たりとぞ」。我かたる。「[一]河内の山べに、[二]石がきとあざ名する民戸[三]あり。木村の乳母が里也とぞ。木むら戰死の日に香炉一口[四]をおくりて、文をそへたり。その文のうつしを見たるに、[五]譌《いつはり》の文也」。又世に「戰死の日、兜《かぶと》の中に[六]蘭奢《らんじゃ》たいを炷《た》(き)しめし」と云(ふ)。みな口〱[七]にたがへり。予が誹[八]かいの句に、「[九]君くれば木村が長門か首のかざ」。[一〇]一座かんじてほむる。我もよくいひしと思へりし也。

*一三六　老も雲[一一]に似た歌、よん所[一二]なしにようだが、あまりほめられた事じやない。

晓雲

[一三]よしの山雲とまがへる花さけば花にもまがふあかつきの雲

[一四]みやこに住(み)つきての春

[一五]すまで我みやはさだめん粟田山あはたつ雲はさくら成(り)けり

雲有リ二帰山ノ情一

[一六]まがふやと花にわかれて小初瀬に夕はかえる春のうき雲

春曙花

七 戦死・非戦死とその様子は、伝える人によって違う。八 俳諧の連句中の一句。九「君」は遊び相手の遊女。「木村が長門」は木村屋の長門大夫にかけた。ただし大阪新町の木村屋は「このむらや」とよむ。「かざ」は匂い。遊女が座敷へ近づくと、頭髪につけた化粧油の匂いがして、多分木村屋の長門大夫だろうとわかるの意を、木村重成の兜の香にかけた句。一〇 同席の俳諧の連中。

一一 西行が花が雲に似るとの和歌を多く詠じたこと、「六」にのるについていう。一二 やむを得ずして詠んだが。一三 山家集の「まがふ色に花咲きぬれば吉野山春は晴れせぬ峰の白雲」を本歌にした。吉野山に雲と見まちがえるような花が咲くと、その花にまた見まちがえるのが曙の雲だと、西行の本歌にからんだように詠じた。一四 寛政六年は京都住で初めて春をむかえた年であるが、それを住みつくと考えたか、若干疑問がある。一五 藤簍冊子所収。「あはたつ」は泡のように立つ雲。京都東辺の粟田山について詠じられる常套の語。意は粟田山に立つ雲と見たのは桜の花だったことを、京都に住まなかったら、私は見定め得なかったろう。一六 小初瀬は奈良県の歌枕の初瀬。千載一「小初瀬の花のさかりを見渡せば霞にまがふ峰の白雲」。意は夕方まで花を見て、初瀬山に帰るに、ふりかえれば、浮雲と花が見まがうごとくである。一七 山桜戸は補正「桜木に作りたる戸也」。万葉十一「足びきの山桜戸をあけおきて吾が待つ君を誰か留むる」(二六一七)。「足曳の」は山の枕詞。意は桜木作りの戸のすきから戸外は白々と見える。花の白さかと思えば、否まがうべくもなく有明月の光である。一八 意は吉野山の峰の雲は

足曳[一七]の山櫻戸のひまもれて花にまがはぬ有明のつき

雲を

花[一八]に似ぬよし野ゝ《の》山の峯の雲はるゝを散(る)と人はいふ也

すべてほめられた事はなし。これらはほ[一九]められたがる病人の歌じや。

*一三七 芝居も藝[二〇]技も、見物がわるいでわるなつたのじやともいふ。中[二一]樂《さるがく》はあまりおとろへぬは、お[二二]も入(れ)をめ[二三]つたにさせぬ故か。是[二四]も大[二五]物はない事じや。雅[二六]樂寮《ががくれう》のおとろへはいかに〳〵。あんまり思[二七]ひ入(れ)させぬ故じやとも云(ふ)。

*一三八 相撲とりのち[二八]いさいこそ心得られぬ事じやが、これもか[二九]しこい、はじめから力もなしに關[三〇]とりになる世の中故か。翁が若い時まで、丸[三一]山・綾[三二]川・だ[三三]てが關・ひ[三四]れの山・源[三五]氏山・四[三六]車などゝいふのがありしに、近年では谷[三七]風といふべし。これもちゑしやで、む[三八]かひがよはい故、天下の一人也。若いときに四[三九]方關といふことがあつたは、す[四〇]まひが多い故の事じや。丸山・阿[四一]蘇嶽・黑[四二]雲・戸[四三]根川、此中にと根河は後世云(ふ)[四四]くわせものゝ初り也。今[四五]みれば皆小魚の盆[四六]池に遊ぶやうなのみ。八[四七]角といふたは、せがひくう横ひらたうて、つよいこと

花にまことに似ているので、雲の晴れることを、花のように雲が散ると人は言うのだ。一九 人の評判のみを気にする和歌にとらわれた連中。▽「六」・異本。

二〇 諸芸能。二一 お能。二二 歌舞伎の舞台で、ある場面の気持を殊に示すようにする演技。ここでは俳優の個性がよく出、見物の評もこの点にあつまる所。二三 個人的な演技が余りなく、型の通りに演ずること。二四 お能にも。二五 大名人。二六 皇室にある雅楽の役所。二七 個性の発揮場所が全然ないからとの意。▽異本。

二八 身体の小さい。翁草百四十一にも「三十年来次第に角力ちいさく成りたり」。二九 頭が廻って。三〇 大関格。三一 丸山権太左衛門。仙台出身の大関。元文頃。六尺三寸七分、四十三貫。↓補注六七。三二 綾川五郎次。二代目か三代目か、元文頃。江戸出身名人相撲。三三 伊達ガ関。仙台出身で初代であろう。三四 鰭之山浦右衛門。宝暦頃。九州出身。六尺二寸五分、三十九貫。三五 源氏山住右衛門。江戸出身の関脇。延享頃。三六 四ツ車大八。江戸出身の上手。延享頃。三七 二代目谷風梶之助。仙台出身。はじめ伊達ガ関、後改名。初めて横綱となった。寛政七年(一七九五)没、四十六歳。三八 相手。三九 番付面に大関が四人出ること。四〇 相撲取。四一 阿蘇ガ嶽桐右衛門。寛延頃。肥後出身大関。四二 黒雲雷八。南部出身。四三 戸根川郷右衛門。大きな面白い顔で評判。四四 頭脳派の力士。四五 相撲取の小柄になったのを、以上の連中と比較して見ると。四六 小さい池。または金魚などを飼う鉢。四七 八角楯右衛門(初め楯之助)。享保頃。堺出身紀州藩抱え。↓補注六八。

[一]上なしに、上手の上に[二]悪才ありて、すまふを[三]下にゐて、まつたりと云(ふ)ことの始じや。[四]谷風を、まつたり〳〵と、足をしびらかし、かつた故に、谷風は[五]讃岐の高松のおかゝへのお[六]いとまが出た故、[七]名〔ご〕りのすもふに、[八]たてが崎・[九]相引《あひびき》其外たれやらを、四五人つゞけなげにして、[一〇]御前を[一一]立(つ)たゆへ、めしかへされたけれどかへらぬよし。[一二]後の谷風は、[一三]それからは、小兒のちからのある、ちゐのあるので、すまいではないぞ。[一四]芝居でする[一五]ぬれがみといふは、[一六]兩國梶のすけの事のよし。[一七]二枚櫛さして土ひよう入して、あいてにより、「此くしをおとしたらまけにしよ」といふたよし。[一八]大山といふた大關と兄弟分で、大山は大力で一はねにあたる者はなし。是も[一九]八角がだまして勝(つ)た故に、大にいかりて、八角とゝる日に、投(げ)ておいてふみにじつたとの事じや。[二〇]人をころして大坂をたちのきしに、尾張のすまふに、大山がかちのを、行司が見そこなふて、[二二]團《うちは》上(げ)たゆへ、見物の中から、[二一]唐獅子が飛(ん)で出て、行司を取(つ)てほり、[二三]頭取どもをふみちらして、又行ゐしらずと聞(い)た。又行司にも岩井[二四]〔團〕のすけといふは、[二五]老年になつて、近隣ゆへ、[二六]店ばなしにわせて、いろ〳〵とすまふの昔ばなしを聞(い)た。[二七]相引と[二八]鷲尾とのすまふを、わしの尾《江》團《うちは》を上(げ)たを、[二九]さぬきの[三〇]かたやから、刀提(げ)て十人ばかり土俵へ出て、「行司め」といふた

一 この上なし。 二 こすくて。 三 ひくくかまえていて。 四 初代谷風梶之助。享保頃。讃岐出身で高松藩抱え。 五 香川県高松市。 六 暇が出る。解雇された。 七 抱え相撲として最後の相撲。底本「と」、異本により改。 八 楯ガ崎浪之助。紀州出身。六尺二寸五分、三十九貫。 九 相引森右衛門。正徳頃。讃岐の美男相撲。六尺二寸、四十貫。 一〇 藩主松平讃岐守の前。 一一 立ち去った。 一二 初代から見ると。 一三 前出の二代目の谷風。 一四 寛延二年竹本座上演の浄瑠璃、双蝶蝶曲輪日記(享保十年の昔米万石通にも)に主要人物として登場する。 一五 濡髪長五郎という相撲取。摂陽奇観引く武摂双蝶秘録に実説なるものがある。 一六 両国梶之助。因幡出身。元禄年中の相撲。↓補注六九。 一七 両方の鬢に一つずつ小櫛をさした。 一八 大山次郎右衛門。元禄頃。大阪出身、後に勧進元となった。 一九 前出の大力。ただし八角と両国の兄弟分の大山とは年代が合わない。大山とすれば何代か後であろう。上の「是」を両国と解しても時代は違う。 二〇 主語は両国か。 二一 唐獅子太郎右衛門(また太郎助)。 二二 軍配団。勝った方へ団を上げる。 二三 相撲の一団をすべている頭立った役。 二四 底本や鹿田本に「岡」、異本や相撲今昔物語によって正し改めた。 二五 団之助の晩年は、秋成の家の近所に住んだ。↓補注七〇。 二六 店先での雑談に来られて。 二七 前出。 二八 鷲尾島右衛門。大阪出身。早業の名人。相撲今昔物語では、享保年中堀江の勧進相撲で、浦島弥五八と大碇平太兵衛の取組の時、浦島の師秋津島浪右衛門が物言いをつけた時に、同様のことがあったと見える。ただし、これで行司職をやめたとは見えない。 二九 相引は讃岐の出身。 三〇 控。

ら、「かねてかくごじや。さあこい」といふて、團の柄から鈖《けん》をぬきだして、十一人に立(ち)むかふた所、東西のとうどり、すまふが出て、「わ〔れ〕[三一]すもふに」と云(ふ)たれば、團[三二]を引(き)やぶつて、二たび出なんだとぞ。越[三三]前の福[三四]井どのへかゝへられて後に、「是非御[三五]前ばかりの行司せい」とおしやつたれば、「團はなし」と申(し)て、たゞの扇で出た。これが行司の常の扇もつ始のよし。越[三六]前屋の市郎右衛門といふて、御[三七]用だちにて、老(い)て後には禪門《ぜんもん》[三八]になつて、常に翁のわかい時にかわいがられた事ぞ。すまふ共が前につ[三九]くばひて、礼してとをる事じや。「兄〱《あに》[四〇]」といふて、関[四一]とりも關分も、小どもあしらいした事じや。

*一三九　栲[四二]亭子は、前の清[四三]風瑣言に序書[四四](き)てたま〔は〕[四五]りし人なり。む[四六]かし軒をむかいてすみたりしかば、一日怠らず茗《ちや》[四七]を烹《に》て清[四八]談す。栲亭の序に、「点[四九]は胸[五〇]下にふさがりて病となり、煎[五一]は氣のみなれば、眠をさまし、且心をすます益あり」と云(ひ)しを、我(が)友の中に甚(だ)にくみて、「序中此文なからましかば」と、難[五二]波よりいひこせしなり。是は点に病[五三]をもとめし狂人なり。
〔煎茶の清[五四]は文雅[五五]の友なり。よりて心をすまし閑を甜[五六]ふ。東坡[五七]云(ふ)。「富[五八]にたふる人なし。閑にも又たへがたし」とぞ。是又（數字空白）のそしりなり。老、

三一 底本・鹿田本「ふ」とあるが、恐らくは「れ」の誤写。「われすまふ」は無勝負。三二 再び行司で団扇をもたない決意の表明。三三 福井県の中。三四 福井藩。団之助が越前屋と呼ばれるのは、早くから出入していたからであろう。三五 勧進相撲ではなく、殿様の前だけで。三六 団之助の商人名。三七 御用商人。三八 法体して。俗人で頭をそること。三九 鄭重なさまの形容。四〇 若い衆を一応立てて、年配者のよぶ称。四一 大関も関脇も。▽異本・俳調義論。

四二 村瀬栲亭。↓二六六頁注五。四三 秋成著。半紙本二冊。煎茶道についての書。寛政六年甲寅仲冬刊行。四四 栲亭の序は寛政六年七月己丑の日づけ。四五 底本「え」、「は」の変体仮名の誤と見て改。四六「六九」に見える。四七 字典「茶芽也」。煎茶をたしなんで。四八 煎茶道は文人の茶で、清談の助と考えられた。枕山楼茶略(大館高門和刻)の序「竹牕涼雨能ク清談ヲ助ク」。四九 点茶。抹茶の法。五〇 胸の下がつかえて。清風瑣言引く山家清供に「湯ヲ以テ之ヲ点ズレバ、則チ反ツテ膈ヲ滞ラセ、脾胃ヲ損ズ」。五一 煎茶の法。栲亭の序に「茶ハ気ヲ以テ神ト為ス」。序にはここに見るごとき文章はなく、枕山楼茶略の序に似た文がある。↓補注七一。五二 大阪。この人物は未詳。五三 点茶にこりかたまった。五四 清風瑣言に茶略を引いて「茶の性寔に清也」(瑣言序参照)。五五 文人風流生活。五六「甜」の誤写で「いこふ」とよむか。すれば上の「を」は「に」の誤写か。五七 蘇東坡。五八 出典未詳。意は富貴や閑境に処して、自分を守り切る人の乏しい意。

文雅に友[一]なしといへども、日[二]夜枕に窓に來たる人あり。其外は我[三]をしるとのみの人なり。是も多からず。なべて[四]の文人は水[五]草花の見しらぬ、鳥虫の音のかれは何とおもふのみにて、其とき過して思ふことなし。よ[六]く云(へ)ば文[七]にほこるか。(數[八]字空白)拙なりといへども、我をなぐさむる心、人のなぐさむとは異なり。我非彼是、彼是我非、我佗彼此のたがひなり。知[九]己と云(ふ)は必(ず)よく文[一〇]を玩ぶ人にあらず。文[一一]の意をしりて問(ひ)かわす人なり。東都に南[一二]畝子といふ人あり、我[一三]をしる人なり。京には梼[一四]亭子・芦[一五]庵翁なり。浪花になし。」

＊一四〇　茶[一六]を闘はす事、宋[一七]已來の狂[一八]のみ。必(ず)勝劣さだめがたし。点[一九]は濃淡の[二〇]手練にありて、其妙にいたるべし。煎[二一]は初[二二]順・二順・三順の甘味氣色と共に、甚(だ)すみやかにうつりて試[二三](み)がたし。点にも、是は茶[二四]かぶきと云(ふ)とぞ。実に[二五]かぶき子のあそびなり。點[二六]式・貼[二七]着は見[二八]るに目いたし。其[二九]立居も常に異にて、能[三〇]狂言みるよと思ふなり。剋[三一]限の愚も同じ。文雅なきからの拙なり。市中を出(で)し所に而《て》点[三二]饗の式いとよし。隣の喧嘩の聲、大路の馬車のとゞろき、又小家は壁垣のとなりの女夫《めをと》[三三]からかひ、猫のさかる聲、甚しきは小水《せうすゐ》[三四]の音も香もするよ。茶は好(み)てのめかし。市中に禮服つけて茶席をよろこぶは、客主

一 親友。人を許さぬ秋成の孤独性を示す語。二 枕上窓辺を訪う人。三 ここは知己の意でなく、ただ知っているだけの人の意。四 一般に文人と称する人も。五 木草花鳥虫の実際を知らない。その時々で一寸関心を示しても、一時的のことで、何時も気にかけていない。六 好意的に解しても。七 書物で得た知識を第一にほこる気味から出たことであろう。八 問題を提出する語が数字空白で、文義不明。九 秋成を理解してくれている人。一〇 書物の知識をほこり、弄文に巧みな人。一一 書物を味読して、疑問を交換する人。一二 大田南畝。→三一五頁注四二。一三 知己。一四 村瀬梼亭。一五 小沢芦庵。→二五一頁注八。
▽清風瑣言・「一〇八」。

一六 茶を呑んで、その銘をあてるのを争う遊戯。清風瑣言に茗戦の一条がある。一七 中国の王朝。九六〇―一二八〇。北南二期。一八 たわむれ。一九 点茶。二〇 たて方に濃淡さまざまにする技術がある。二一 煎茶。二二 瑣言「茶疏に云ふ、一壺の茶、只堪再巡、初巡鮮美、再巡甘醇、三巡意欲尽矣とぞ」。二三 試味出来にくい。二四 七事式の一になっていて、二種の茶をのみ、一の銘をあてる方式でする。二五 たわいなさをいうための形容。二六 茶会の客に対する饗式。二七 茶瘕酔言に煎茶の器について「茶瓶一席に捨て又新にす、是清韵の興也、いかに清むるとも貼着して、又の煎に害あるべし」。二八 見るといやになる。我が国点茶道のわずらわしさをさす。二九 茶席での動作。三〇 もったいらしくて滑稽な形容。三一 点茶道で時刻の定めをやかましくいうこと。三二 野立の茶席をいう。三三 夫婦の口説、いさかい。三四 小便。

共に小兒の業なり。古器傳來は賞すべし。價もて求(め)しは、舜盌[三五]といへども、古廢器なり。もとより其用[三六]に製せぬ物をとりなをしたる見ぐるし。手造《てづくり》[三七]の器は、蛭子《ひるこ》[三八]の神足[三九]たゝずともたつとも、流[四〇]しやる物のみなり。たま／＼中には用ふべきがあり。是は人の子の愛憎の、親の福果[四一]によりて得べし。價なき〔器〕財[四二]を我(が)家にては寶とすべし。

*一四一　放下《はうか》[四三]のかたるをきけば、「そちの母はいくつじや。八十三とか。大事にしや。万一人《まんひとり》[四四]ないものじや。金銀では得られぬぞ。其かわりに、賣(る)と云(う)ても、三文[四五]にも買《かひ》てはない」といふた。是は奇語なり。

*一四二　難波の玉造《たまつくり》[四六]の岡に一隠者ありて、茶をこのむ。古物店にて、色[四七]あひたしかならぬ古き釜を求めて、返りてきよめて、湯をたぎらすれば、其ひゞき清《せい》[四八]亮《りやう》として、垣外を過(ぐ)る人、耳をとゞめて立(ち)やすらふ。隠者大にほこり[四九]て、いよ／＼清くせんとて、すりみがきてみたれば、黄金なり。豊公の桐の紋[五〇]を彫[五一]りつけたり。是はとおどろきて、朝《てう》[五二]にう〔たへ〕[五三]てさゝげ出(で)たれば、「おきてかへれ」と云(ひ)て、其後にさた[五四]なし。金の性は悪なり。よくかくれ

三五 舜の用いた盌(わん)。禹筇とならべて、古珍器の代表。売買の値で、その価値はなくなるの意。 三六 茶器として製造したのでないを転用したのは。 三七 自製の器。 三八 神代紀上に伊弉諾・伊弉冉二神の初子。足たたず流しものにした。ここは下の文の形容。 三九 その器の据わりが悪くても。 四〇 蛭子の縁語で、捨ててしまうものの意。貼着の注に引く茶瘕酔言の語参照。 四一 善業によるよい結果。「愛憎」の下の「の」は、「と」の誤写か。蛭子の形容はここにつづくが、文意は要するに器の作り主の、作った器への愛着如何と運で、愛用するものも出来る。 四二 伝来・手製いずれでも値がつかないのがよい。底本「材」の上、一字不明。意によって「器」に当てる。茶瘕酔言「器は新調に足りて珍玩をもとめず。昔老が独言して、真茶真水倶清味、貧必非清、清自貧と云ひしを、同じ寒酸の友のよしと云ひし也」。▽茶瘕酔言。

四三 面白いことを言いながら手品曲芸をして、物を売る街頭芸人。 四四 万人に一人ない。外には全くない。 四五 安いという成語。いくら安くても買う人はない。

四六 大阪市の中。大阪城跡から天王寺へかけての一帯の高台。 四七 色の様子。 四八 清く澄んでいる。 四九 得意になって。 五〇 太閤桐。→三三九頁注四六。太閤時代は単に衣類の紋にしたのみでなく、家作器具などの模様にもつけることが流行した(日本紋章学)。 五一 彫りつけた。 五二 お上。ここでは奉行所。 五三 底本「とう」、草体の誤読として改。訴えて、提出した。 五四 通知、命令。

ては居ず。夜昼走[一]りまどひて、人をよろこばせ、人をい[二]たましむ。故につ[三]みておくといへども、崩[四]るゝ事すみやかなり。崩るゝにあらず、渠《かれ》[五]が性にたがへばなり。今の豪冨の數は、券[六]書のみを多くおさめて、數何万兩といふよ。もし世[七]乱(れ)たらば、一[八]紙の廢物也。こ[九]れ、金の性の人をにぎはすは、又悲(し)ひを求むるは[一〇]しなり。錢の性は善なり。日々に走りて用[一一]たり、人のか[一三]へりみなければ、宿[一二]さだまらずといへども怨なし。神佛のぬ[一四]さにとすれば、又乞食が一夜のやど錢、一飯のたすけとなる。錢の性善[一五]といふべきはこれなり。貧士[一六]の金[一七]に縁うすくして、父祖より數代世をへるが多し。にはかに冨(み)たる家の、見[一八]るうちに古[一九]宅となるは、金性にあ[二〇]たはざるなり。も[二一]とめずともよし。

一四三[*]　當[二二]山の金《こん》地《ち》院《ゐん》[二三]と申(す)院号は、本[二四]光國師のつけたまひしなるべし。昔、少[二五]納言信西は、子どもあまた有(り)し中に、時[二六]尚と云(ひ)し人、みちのくに〔流[二七]〕しやら〔れ〕たり。性溫柔にして、容貌端正なれば、國[二八]人いとおしみて、國人餞別にとて、砂[二九]金あまた袋にみちこぼるゝばかり貰ひ來たりしなり。罪[三〇]なくて、こ[三一]の山に住(み)たるに、此金をば、すむ所の地中に埋めしとぞ。金氣もふかくうづまれては、性[三二]惡の〔暴〕をいたしがたし。

一 主語は金。あわただしく走って。人から人へうつることをいう。二 悲しませる。三 一所に積み蓄えておいても。四 崩れて散るのが早い。五 隠れていないで走るのが金の性。六 証文。七 室町乱世の徳政などを思っての発言。八 紙一枚のすたれ物。九 これ、即ち以上のことによって、下の次第を知るという文章。一〇 発端。一一 これによって日用を達することができ。一二 余り問題にしないので。一三 人手から人手へ転々と渡っても。一四 おそなえ。尊い用、賤しい用、何にでも使用される。一五 金が人世に喜怒哀楽を与えるのに対して、少額の銭は人に便利を与えるのみで精神を乱さないのを善といったもの。一六 貧乏な人士。一七 富豪になることはないが、貧しいながら数世代、家の継続するもの。一八 たちまちに。一九 家ほろび、人去って屋敷のみいたずらに古くなる。二〇 「た」は誤写で、「あはざるなり」か。金の性に合わなかった結果である。二一 このように悪性の金は求めないでもよい。▽異本・貧福論。

二二 この山内。秋成がこの執筆時に住んだ瑞竜山南禅寺内。二三 寺中最大の塔頭で、崇伝以来、五山の僧録司があった。二四 崇伝の贈号。徳川家康に用いられ内政外交に手腕を示し、黒衣の宰相といわれる僧。寛永十年(一六三三)没、六十五歳。二五 藤原通憲の入道名。↓四四頁注一。二六 この説話の出拠未詳。みちのくは東北地方。二七 底本「渡しやらすたり」、鹿田本「渡りしやうすたり」。「渡」は「流」に、「す」は「れ」を須の草体に誤ったものと見て改。平治の乱後のこととなる。尊卑分脈によれば、陸奥国に流された通憲の子の名は憲曜。二八 陸奥の国人。流

* 一四四　難波[三三]に子をおろす女の醫士[三四]あり。いと久しき[三五]家にて住(み)ふりしかど、子なければ荒(れ)はてゝ、六年[三六]ばかり廢宅となりしかば、又もとむる人の有(り)て、家をくづし、地をほりかへて、清くせんとす。穴ありて物あり。鍬にひしとこたへたり。〔掘〕[三七](り)入(れ)てみたれば、古き備前[三八]壺なり。中に又一器ありて、金をあまた盛(り)ておきたり。卽[三九](ち)公朝[四〇]にうたへ、さゝげしかば、とゞめさせ給ひて、後に召(し)出(だ)され、半金は地ぬし、半金は其日の日傭《ひよう》[四一]五六人に分ちてあたへたまひしとぞ。とかく[四二]かくれては居ぬくせあり。我(が)とも何がしといふ醫師、折ふしまん所[四三]に脉[四四]しに參りあひて、其數を聞(け)ば、二百七十兩ばかり有(り)しとぞ。又難波《なんば》[四五]村の畠中にて、賣妓[四六]のふみ[四七]たがへてころびしに、穴ありて、ふみ(數字空白)中にきらきら[四八]しく見ゆる物あれば、ひろいて返りしに、金十両斗《ばかり》なり。それはどこにとて、聞(く)人追ゝに行(き)てほり得たれば、大數《たいすう》[四九]二百両につもり[五〇]しとぞ。公朝にうたへ出て、後ひろいしものへ、おのれらが得たるまゝにたまひしなりとぞ。賣妓は身[五一]を買(ひ)て、親のもとにいにしとぞ。其餘はばくちうつあぶれ[五二]ものどもにて、二三[五三]夜ほどに飛(び)散(り)失せしとぞ。とかく[五四]おしだまりては居ぬやつなり。

罪許されて帰京の時のこととなる。二九 その地の名産。三〇 青天白日の身となって。三一 南禅寺のある高台。三二「暴」は底本「慕」、意によって改。上に金地院のごとき大寺の建つ聖地となったからの言。このこと南禅寺記に見える。

三三 大阪。三四 医者。三五 旧家。三六 六年ほど人も住まないぼろ家であったので。三七 底本「堀」、意によって改。鍬で深く掘って見ると。三八 備前焼の壺。岡山県和気郡備前町伊部附近から出る焼物。早くは専ら壺を出した。三九 即時に。四〇 お上。奉行所。四一 日傭取。日給で労働を提供する人。四二 前章で、金のおさまった例を上げたが、またあらわれた例を思い出して書いた気持の語。四三 政庁。役所。四四 丁度診察に行き合わせて。四五 大阪市南区の一部。四六 色茶屋の女。四七 足のふみ所を、何かの調子で誤って。四八 光って。四九 およそ。五〇 額に上った。五一 自分で身ぬけして。五二 やくざ。五三 主語は、その男達のもらった金。五四 金は、とかく外へ出る性質だの意。

一服部南郭。名元喬、字子遷、称小右衛門。子は尊敬の意を示す。荻生徂徠門の儒者で、漢詩の第一人者であった。宝暦九年(一七五九)没、七十七歳。二漢詩。後文からすれば、彼に校訂本のある唐詩選の講義。三賀茂真淵。↓二五五頁注二五。四席を進めて。↓四一頁注三〇。五作詩の名声。六古今の大家。七南郭等は、明の古文辞派にならって唐詩を典範とした。八字典「止也」。唐以前、古代の詩風を範となさらぬが残念だ。真淵の和歌における古代尊崇の主張を、詩についても述べたもの。九「言う」の鄭寧語として用いてある。一〇 正しくは「えせ言」。変なこと。一一 唐代の詩風を四つにわけ、盛唐・中唐をとるのは、直接には、南郭等に影響を与えた滄浪詩話や唐詩品彙の説であるが、その後の常識でもあった(小川環樹著、唐詩概説)。一二 気品。一三 模倣するとも達しがたい。一四 品位がおちる。一五 何と思って。一六 唐詩選六所収、蘇頲の詩。汾上は漢の武帝が船遊びをした所。↓補注七二。一七 普通に押韻の所が四つある律詩の体。一八 六句からなる排律の体。一九 扃はとざし。律詩の形式になってしまって。汾上驚秋の詩は最も小さい五言絶句だのに、長い律詩の格になって。二〇 欠点。二一「打もおかで」の誤写か。すれば、その言葉に応じての意。二二 天理図書館蔵雑文断簡(雑本という)中に、「ばざる」以下「一四六」の「流鶯と賞」までの一葉の転写本がある。「一三九」の末と同筆。雑本として校合する。二三 和歌。二四 この一句、「うたてし」までの文を包んで「以上の如し」と補って解く。二五 雑本「あし引」。拾遺十三、人麿として「あしびきの山鳥の尾のしだり尾の長々し夜をひとりかもねん」。↓補注七三。二六 文の修辞。この和歌の上の句は全く下の句の序詞。二七 雑本「夜は」。下の句のみの意で、秋の長夜を、妻もなくひとり寝すること。二八 底本「わ」、雑本により改。二九 思う所を詳細に述べ尽してない。三〇 雑本「五六百年」。文化四年からでは鎌倉時代をさす。三一 心のくまぐままで述べて。三二 雑本「おもふ」。思いのたけを表現しようとする。三三 安おやま。三四 しつこくて嫌になる。三五 表現せずにおれないで。三六 幾百言つらねる長歌もあるが。三七 景行紀

*一四五　南郭服子[一]の詩を講ずる席[二]に、眞淵[三]も参りて聞(く)。講竟《をは》りて後に、席[四]をすゝみて、「先生の詩名[五]、いにしへ[六]よりの巨臂と人申(す)事なり。たゞおしむらくは、唐[七]の風体を弃《す》て、古に泊《とどま》[八]りたまはぬことを」ときこゆ[九]。服子あざらひて、「汝は ゑせ言《こと》[一〇]いふものなり。詩は初唐[一一]の氣格[一二]高くして得[一三]がたし。盛唐より中唐の風に擬すべし。晩唐は又野[一四]なり。何[一五]心をもてかく云(ふ)ぞ」と。答(ふ)。「今日の講には、汾上《フンジヤウ》[一六]驚《ク》レ秋《ニ》の詩、北風吹《ク》二白雲《ヲ》一、萬里渡《ル》二河汾《カフンヲ》一、此二句にて意は尽(き)たり。心緒逢《ヒ》二搖落《ヨウラクニ》一、秋聲不レ可レ聞《カラク》とは、上の二句の注解に似たり。四韻《しゐん》[一七][一八]六句の扃《けい》[一九]に入(り)て、このわづらひ[二〇]有(り)とぞ思ふ」と。服子打[二一](ち)もたゝで、「三十年おそく生れて、汝と同じく學ばざる[二二]事よ」とて、歎息せられしとぞ。國風[二三]も三十一字に必(ず)と定りての後は、秀哥[二四]少きは、「あし曳[二五]の山鳥の尾のしだり尾の」と、文装[二六]をくはへて、なが〱し夜[二七]の獨寝のなげきの意を、く[は][二八]しくはつくさず[二九]ありし。五百年[三〇]來は、たゞ心[三一]をつくして、思ふ[三二]かぎりをいはんとす。賤妓[三三]の物がたり聞(く)にひとしく、いと[三四]くだ〱しくうたてし。情[三五]の思ひにたえずして、長きは幾百[三六]言にもあれ、短きは「我家《わぎへ》[三七]の方に雲ゐたちくも」といひて、心[三八]やりはせられたり。孔子[三九]立《チ》二川上《ニ》一、「悠《タル》哉ゝ、逝《ユク》

者如《キカ》ㇾ此《ノ》、不ㇾ舍《オカ》二晝夜《ヲ》一」と申されしを、[四〇]しらずよみに、人丸の「[四一]いざよふ波のゆくへしらずも」といひて、思情を尽しぬ。[四二]國語言多きにも、かく云(ひ)て、[四三]夫子の字數より少くてわづら〔ひ〕なし。又[四四]しろ少きを長はへていふは、[四五]詠曲の〔興〕にありて、今の哥よむ人はえいはぬよ。つたなし、あさまし。

*一四六　花鳥の時〻の物にも、[四六]式をさだめて、[四七]彼を局中に入(る)るなり。いるゝといへども、彼が[四八]おのがまゝに、時をしりて囀〔り〕[四九]、時を待(ち)て開く物をや。梅の冬の中より[五〇]ふゝみそめて、二月の[五一]水の鏡に老をなげくを終にする也。鶯は山を出(で)て、[五二]ひとく〳〵のさゝやき、垣に園にわたりて、立春にいたり、口[五三]やゝほどけ、夏山にいたりて、[五四]宛轉低昂、是を流鶯と賞するがさかりなり。

山里に住(み)つきしより鶯は夏かけて鳴(く)とりとしりにき

と、[五五]をさなげによみしを、いと新しきとて[五六]人もとめてかゝすよ。[五七]物を思はぬ人のよむ哥には、[五八]春をかぎりとし、又五月に[五九]音《ね》をいるゝとすれど、[六〇]秋かけても[六一]此軒の林には囀るよ。[六二]其物をも分たぬ哥は、[六三]天地《あめつち》を動(か)す事はさておき、鬼神《おにがみ》も耳ふたぎてかへらるべし。田舎の[六四]田うた、[六五]臼ひき哥には、かへりて[六六]人情をつくしたり。

に天皇の思邦歌(くにしぬびうた)の一。「はしきよし、我家(わぎへ)の方ゆ雲居立ち来も」。↓補注七四。三八 気をはらされた。三九 論語の子罕篇「子在川上曰、逝者如斯夫(か)、不舍昼夜」。四〇 気づかず同趣を詠むこと。四一 万葉三「もののふの八十うぢ川の網代木にいざよふ波のゆくへ知らずも」(二六四)。↓補注七五。四二 雑本「国語の」。四三 孔子。漢語にくらべて、同意では字数が多くなる日本語でも、こう作ると、孔子の字数よりも少くてすみ、欠点がない。「ひ」は底本「い」、雑本により改。四四 材料の少いのを長く延ばして言うのは。四五 和歌を詠吟する面白さ。底本「奥」、鹿田本により改。↓補注七六。▽金砂六には、この話を宇万伎に聞くとある。茶瘕酔言。

四六 和歌連俳で季感・季語の約束の出来たのをいう。四七 四季の花鳥。四八 自然に。式に従わず。四九 底本「か」、雑本により改。五〇 蕾み初めて。五一 ↓三〇一頁注三四。五二 古今十九「梅の花見にこそ来つれ鶯のひとくひとくといとひしもをる」。まだ初めで十分でない鳴き方。五三 やなめらかに囀って。五四 ↓三〇一頁注三二。五五 子供っぽく。五六 短冊などに書いてくれと求めてくる。五七 無頓着な。五八 鶯の鳴くのは春ぎりにして。五九 鳴かなくなる。六〇 秋に及んでも。六一 自分の宅のある林。六二 題材の実物をよく弁別してつかんでいない和歌は。六三 古今序「力をいれずして天地を動かし、目に見えぬ鬼神をもあはれとおもはせ(中略)もののふの心をもなぐさむるは歌也」による。文意は和歌とも何ともいえないしろ物だ。六四 田圃に出て労働する時にうたう唄。六五 臼をひきながらうたう労働歌。六六 すなおな感情がよく出ている。

[1]思ひ思ふて出る事は出たが舟の乗場で親戀し
[2]鮎のすし桶[3]なき輪がきれて[4]ことしやいはれよと覚悟した

[5]人丸、赤人も上《かみ》にたゝんやは。[6]播广の[7]網引の[8]盤桂、是を聞(き)て、[9]とてもにとて、臼ひき歌数章をつくりて、民戸にうたはしめたまへりき。中に、

悪をきらふを善じやとおしやる嫌ふ心が悪じやもの

とはありがたき心なりき。是にならひて[10]國風も活道にありたし。

*一四七　[11]かきつばたは菖蒲の類にて、水草の一種なり。されば〔人〕[12]よぶ物は、水に咲(く)花なれば、[13]花あやめと云(ふ)べし。かきつばたとは、垣津花《かきつばな》の意なるべし。[14]垣つ幡と万葉に見ゆるは、[15]波と多と通音にて、ハタ薄・花すゝきの類ひの[16]證訓なり。

[17]かきつばた衣《きぬ》にすりつけものゝふのきそひ狩《かり》[18]する夏は來にけり

とは、[19]またく五月五日の歌なり。おくれして咲(く)は秋迄も有(る)べし。

[20]弟咲《おとざき》に浅黄《あさぎ》が咲(い)たかきつばた

と戯ことせし事あり。[21]菖蒲は水にあらでも咲(く)とわかつは、拙なり。[22]石菖蒲、石につけていよゝ茂し。[23]同物の性のまゝにこそ有(れ)。[24]造化のなす所いづれを

一 思う男とかけ落して家を出たが。二 鮎そのものを漬ける古式の鮓をしこむ桶。三 桶や樽の一番底に入れるたが。これを入れるのが最も困難故の名(和漢三才図会三十一)。四 今年は自分の恋が噂に上るだろうと。五 古今序「人丸は赤人がかみにたゝん事かたく」。柿本人麿・山辺赤人二歌聖も一寸上に出られまい。六 播磨。兵庫県の中。七 網干(あぼ)の誤。兵庫県揖保郡。八 正しくは盤珪。網干の竜門寺に住し、盤珪禅と称される一派を立てた禅僧。元禄六年(一六九三)没、七十二歳。九 いっそのこと。「教導のために」の意を加えて解く。一〇 和歌も現実に即応する芸道でありたいものだ。▽「八一」。

一一 大和本草には、燕子花を「カキツバタ」と訓む。一二 底本「く」、鹿田本により改。人が「かきつばた」と普通に呼んでいるものは、別のもので。一三 大和本草は紫羅欄花を「ハナアヤメ」と訓み、「花葉カキツバタニ似テ小ナリ今ハ只アヤメト云フ」など説明する。一四 万葉七「住の江の浅沢小野の垣津幡衣に摺りつけ着ぬ日知らずも」(一三六一)。一三四五にも例がある)。一五 波は「は」で、「な」の仮名に用いた例が万葉集などではない。秋成の間違いでなければ「那」の誤写。一六 例証となるよみの意。一七 万葉十七「かきつばた衣に摺りつけますらをのきそひ猟(かり)する月は来にけり」(三九二一)。一八 薬狩で、五月五日の朝廷の行事となっていた。一九 菖蒲を軒にかざった秋成時代の五月の節句を思い合せての語。↓補注七七。二〇 盛りすぎて花のさくこと。浅黄にやるとはよいかげんにすませる意の成語。この語を色の浅黄にかけた句。二一 かきつばたは水草、菖蒲は水の中でなくても咲くとして、この二種を区別するのは。

もて定むべき。衣[25]にするとよみし水艸は、試[26]みしに、そ[27]みて色あかく、是もか[28]きつ花・あやめ・せう〔ぶ〕の中に、よく染《そ》(み)つくが有(る)べし。いまだこゝろみず。

*一四八　なでしこは夏花とのみよむ[29]は拙なり。夏より咲(き)て秋冬の始までもある也。後撰集[30]に、十月[31]になでしこを折(り)て隣へおくりし哥あり。又さら[32]しなの記に、もろこし[33]が原をゆけば、夏はやまとなでしこのあまた咲(く)と云(ふ)をきゝて、「もろこしが原に、大和なでしこはいとおかし」といひて行(く)に、冬の始に猶咲(き)残りたる有(り)しと云(ふ)は、おもしろ。

*一四九　菊[34]は山路に咲(く)が、こゝ[35]にむかしより有(り)しなるべし。承和の御[36]時に、異種の渡りしを愛したまひしより、是[37]を始のやうに云(ふ)はいとくらし。山路の種の香〔も〕[38]花もし[39]〔る〕きは、秋に第一とこそおぼゆれ。きくと字[40]の聲のまゝによむは、御製《おほん》[41]よりやはじ[42]むらん。新撰字鏡[43]に、から[44]よもぎと云(ふ)名いとよし。白[45]と黄なるをよしとするは、誰も同じかるべし。

二二 普通のを泥菖蒲とよぶのに対して、花の小さい一種(大和本草)。二三 元来は同じ物ながら、また性がそれぞれ違ったままで、こんな相違が出来るのだ。二四 造物主。二五 前出の和歌に「かきつばた衣にすりつけ」とあるその水草。下の「是も」がこの句をうける。二六 当今のかきつばたで実験して見たが。二七 赤色に染んで。以下「面白くない」と補って解く。二八 菖蒲の類の中で、万葉のは今のかきつばたでなく、その類のどれかだろうの意。「ぶ」は底本「ほ」、意によって改。▽七十二候・追擬花月令。

二九 和歌によむ。三〇 村上天皇勅撰の和歌集。八代集の第二。三一 後撰十四「源たゞあきらの朝臣十月ばかりに床夏を折りて送り侍りければ、よみ人しらず　冬なれど君が垣根に咲きたればむべ床夏に恋しかりけり」。床夏はなでしこの別名。三二 更級日記。菅原孝標の女の作。王朝末の代表的日記文学。三三 類聚名物考は、神奈川県の藤沢から小田原辺へかけてと考証。↓補注七八。▽遠馳延五登・山霧記・金砂一。

三四 野菊。大和本草に「野菊ハ山野ニ多シ性アシヽ、不可食」。三五 古来の日本産。三六 関秘録六「菊、日本にては野きくなり。唐のものなり。きくと計云ふ時は唐菊なり。仁明の承和の時分に、黄菊唐より渡るなり」。三七 承和を菊の初輸入とするのは故事に暗い。三八 底本「の」、意によって改。三九 著しい。きわだつのは。「る」底本欠、意によって補。四〇 字音。四一 桓武天皇の御製。類聚国史七十五所見。↓補注七九。四二 始まったのだろう。四三 昌泰年間に昌住編した漢和字書。享和年間抄略本刊行。四四 新撰字鏡になし。和名抄に「菊　和名加波良与毛木」。

＊一五〇　男子の齒黑《はぐろ》[一]そめ、粉紅[二]つき、ひたひつくり[三]しは見よからず。後鳥羽院[四]の男色[五]をこのませしより、わかきん達[六]によそほせしなるを、やがてよにあ[七]を齒なるは見苦しとさへ云(ひ)しなり。男だましい[八]なくて、王朝[九]のおとろへゆく、是も一つなり。西土[一〇]に黑齒國[一一]と云(ふ)を、日本の事とする[一二]は、染(め)ずして黑[一三]色なる故なるをさへ分たぬよ。鉄漿《かね》[一四]にてとことわらざるからは、黑齒國は自然[一五]なるべし。

＊一五一　「鵙《もず》[一六]の草ぐき春されば」とよみしからは、此鳥の餌もとむとて、草くゝりあるくを、「見へずとも」とはいひしなり。くきといひ、くゝ〔り〕[一七]といふは、延約[一八]の語例なり。

＊一五二　蛙を谷くゝ[一九]と云(ふ)も、谷水をくゝりて住(む)と云(ふ)なり。三月末より鳴(き)て、秋をさかりに聲を賞する故に、万葉集[二〇]には秋の題に出(だ)したり。六七月のあいだ山谷に鳴(き)て、聲清亮たりと云(ふ)。又味水鶏《くひな》[二一]に同じとは、食品にする事西土の常なり。石鷄[二二]又錦襖子[二三]とも云(ふ)とぞ。

「は」脱か。四五 嵐雪句「黄菊白菊其の外の名はなくもがな」その他。▽山霧記。

一 おはぐろ。鉄分を茶や酢でとかしたもの。男子でするのは公卿達。二「つき」は「つけ」とあるべき所。紅白粉。三 額ぎわをそり込み、また際墨で描くこと。四 玉勝間十一は鳥羽院、翁草百十一は白河院として大体同じことがのる。鳥羽・白河院の頃からで、秋成の記憶違い。五 美少年を愛すること。六 摂家清華の子息達。七 白歯。八 公卿に男性的精神。九 朝廷の権威の失われる原因の。一〇 中国。一一 文選の呉都賦「黒歯之酋」などある蛮国。一二 雑説嚢話などにもこの説がある。↓補注八〇。一三 黒歯国の歯は染めないで黒い意で、日本とするのは、染める染めないの区別をしない説だ。一四 お歯黒。一五 染めないで自然に黒い歯のこと。

一六 万葉十「春さればもずの草ぐき見えねども吾は見やらむ君があたりを」(一八九七)。一七 底本「る」、意によって改。一八 延言約言。賀茂真淵が語意考で述べた日本語成立の基本法。「わが国には二言を約めて一言とし、一言を延べて二言にいふことあれば」。ここは「くり」が「き」と延約の関係にあると見る説。▽遠馳延五登。

一九 万葉五「たにくゝのさわたるきはみ」(八〇〇)など記や万葉にある。宣長はひきがえると解した。二〇 万葉十、目次、秋雑歌の中に「詠蝦(かはづ)五首」など。二一 日本では、くいなにあてるが、中国では色々のものをいう(重訂本草綱目啓蒙四十四、秧雞の条)。二二 綱目啓蒙三十八には不詳とする。↓補注八一。二三 綱目啓蒙に、かじかのこととする。▽七十二候・花虫合・金砂一。

*一五三　蟬を日ぐらしとは、朝より鳴(き)出で、夕かけて鳴(く)物と云(ふ)名なり。よて[24]古歌は蟬と云(ふ)題なし。[25]古今集に蟬の哥夏にありて、日ぐらしは秋に入(り)しよりいふ。拙《つたな》き[26]式なり。[27]清少納言がさう紙に、「[28]ほとゝぎすの聲たづねありかばや」といふに、「賀茂のおくに何とかや、[29]たなばたのわたる橋の名ある所に」と[30]云(ひ)をかれしは、日ぐらしなりと書(き)たり。

[31]朝まだき日ぐらしの聲きこゆなりこや明くれと人のいふらん

[32]朝まだきより鳴(く)もあり。又暮ちかきに鳴(く)もあるを、しひて別たんとするよ。小蟬は卯月、山に鳴(き)出(で)て、[33]梢ゆすりてかしまし。[34]蜩を日ぐらしといふは、秋にと云(ふ)もしかとあたらず。[35]跳蟬とて雌なるはなかぬもあり。是をわか〔[36]た〕で歌よまんとする、いとほし〳〵。

二四 秋成の記憶違い。万葉十、秋雑歌中に詠蟬一首あり。→補注八二。 二五 醍醐天皇の勅撰和歌集。八代集第一。古今夏に蟬なし。後撰夏に「空蟬の声きくからに物ぞ思ふ我も空しき世にしすまへば」。 二六 定め。 二七 枕草紙の作者。一〇〇〇年前後の人。 二八 春曙抄本で「くちをしきもの」の条にのる。 二九 かささぎの橋。→補注八三。 三〇 文意は、ほととぎすが鳴くといわれているのは、日ぐらしの声である。 三一 拾遺八「朝ぼらけひぐらしの声聞ゆなりこや明くれと人の言ふらむ」。朝と日ぐらしが一緒に来たとの洒落。 三二 早朝。 三三 梢もゆらぐほどに。 三四 蜩の文字を日ぐらしにあてるのも、日ぐらしを秋にのみ鳴くものとするのも、正確ではない。→補注八四。 三五 字典に「虫名」とあるが、ここは啞の誤写ではないか。 三六 底本「ら」、前例により改。▽遠馳延五登・七十二候。

*一五四　紅葉は九月は[37]まだき〔[38]に〕て、十月をさかりに、散(る)は必(ず)冬なり。[39]時雨に袖かづきてあるくは、年ゝの事なり。かつ[40]散(る)といはでは秋ならずとは、心せばし。水仙は[41]金盞銀臺の[42]賞最(も)面白し。和名なくば、何にても[43]字のまゝによめかし。たぞや「よむな」と云(ひ)し。是を[44]水と云(ふ)字の形にて水仙とは云(ふ)かと云(ひ)し人おかし。香草に而《て》根は最(も)かんばしといふ。我

三七 まだ早すぎる。 三八 底本欠、意によって補。 三九 紅葉狩に出て初冬の時雨に出会い、袖で頭をおおって。 四〇 紅葉を和歌に読んで、散るとの文字を入れないと秋の和歌にならぬとするのは、窮屈な考えだ。 四一 単弁の水仙の形をいったもの。古今類書纂要八「水仙花又金盞銀台ト名ヅク」。 四二 大和本草「金盞銀台ヲ上品トシ千葉ヲ下品トス」。 四三 字音のまま。「八〇」に同じ意見既出。 四四 花の形を字形に見立てたのを面白がった。

は臭しと思ふなり。[一]香臭のたがひ、おのがこのむまゝにこそあれ。牡丹の香、是も臭し。[二]楊貴妃の[三]腋臭《わきが》ありしといふには、[四]名花・傾國兩《フタツナガラ》相臭《シ》といはん。猶[五]あるべけれど、暗記なれば忘れたり。思ひ出(で)て又いはん。

***一五五** 茶をば陳[六]〔悔〕德が[七]天中記に、[八]聘禮《へいれい》の中に婚姻には必(ず)茶を贈るよ。凡茶は[九]子をまきて種《うう》るなり。移し植(う)れば必(ず)枯るとて、再縁なきやうの祝物とするなりと。[一〇]山内の一老夫が、「茶は枝葉を去(り)て、根をよくつきかたむればつくなり。

[一一]つけばつくつかねばつかぬ茶の木かな

と云(ふ)名哥あり」といふ。父母の教戒[一二]かたくつきかためたらんには、再嫁の患あるまじきなり。死別はいかにせん。[一三]ぬかだ姫といふ夫人は、[一四]天智の[一五]太子と申せしより愛寵ありて、[一六]即位の後はかたはら去(ら)ず侍りしよ。[一七]春秋の遊を判じさせ給ふ歌の心は、実に[一八]をみなしくて、かたちさへおもほゆ。[一九]崩御の後[二〇]山科の[二一]殯宮《あらきのみや》より出(で)しかなしみの[二二]歌あはれなり。[二三]天武の[二四]心にかけさせたまへば、はじめ[二五]清み原にめされて、皇妃の數に列《つらな》(り)し事、日本[二六]〔紀〕には見へたれど、はじめ天智の愛姫といはぬは[二七]暗し。[二八]秋風の簾《すだれ》うごかし吹(く)をさへ、[二九]君くやとよみし

一 香しいとするか臭いとするか。二 唐の玄宗に愛された中国美人の代表。三 広く伝えられる俗説。四 名花は天宝開元にもてあそばれた牡丹、傾国は国を乱す程の美人で楊貴妃。五 花鳥草木の話であろう。▽遠馳延五登。

六 底本「梅」、茶痕酔言によって改。明の人。正しくは字晦伯。称耀文。七 万暦二十三年序刊、六十巻。八 礼物。おくり物。九 種。酔言の引用「凡種茶、必下子、移植則復不生、故聘婦必以茶為礼」。一〇 南禅寺内。一一 土を築くと、木が着くとの語呂合せ。一二 十分にしつけておいたならの意。一三 万葉歌人額田王《ぬかだのおおきみ》。一四 天智天皇。三十八代天皇。秋成に若干誤解がある。実は天武天皇が皇子時代に愛したのである。一五 皇太子時代から。一六 六六二年即位。一七 万葉一の十六番の歌。前書に「天皇(天智)詔内大臣藤原朝臣、競憐春山万花之艶、秋山千葉之彩時、額田王以歌判之歌」。一八 女らしくて、姿もさぞ美しかったろうと想像される。一九 六七一年崩御。二〇 京都市山科。二一 仮とむらいの御殿。二二 万葉二「従山科御陵退散之時、額田王作歌一首」(一五五)とした詠。二三 天武天皇。四十代天皇。大海人皇子。舒明皇子、天智弟。二四 思いをよせられたので。二五 大和の明日香の清見原宮は天武皇居。二六 底本「記」、改。天武紀には「天皇初メ鏡王ノ女額田姫王ヲ娶シテ、十市皇女ヲ生ム」と見えるのみ。二七 ことを明白にしてない。二八 万葉四「額田王思近江天皇作歌一首、君待つと吾が恋ひをれば我が宿のすだれ動かし秋の風吹く」(四八八)。二九 君即ち天智天皇がおいでかと。三〇 それ程愛した関係であったを思えの意。三一 万葉一の「中大兄(天智天皇)三山歌一首」(一三)の詠をさす。畝傍山・耳

を思[三〇]ふべし。三[三一]山のあらそひにたとへ、兄弟しのび〳〵に得[三二]んとせまくせられしこそ、「うつせみも妻を争ふ〔らし〕[三三]き」とは、天智のおほ[三四]ん也。すべて忠臣・孝子・貞婦とて名に高きは、必(ず)不幸つみ[三五]〳〵て、節[三六]に死するなり。世にあらはれぬは必(ず)幸福の人ゝなり。

*一五六　大[三七]友の太子は天智の長子にておはせど、伊[三八]がの釆女が腹にて、人[三九]のよせなし。才学いにしへよりならびなき君ゆへに、父帝恩寵あつく、廿[四〇]一にて太政大臣を授け、万[四一]機をうしろ[四二]みさせたまひしに、王臣おそれつゝしみて粛[四三]然たりしなり。よて廿[四四]三にて皇太子にすゝませしかば、いよ〳〵骨[四五]肉のしたしみ薄くて、叔父の天武に皆[四六]心かよはせしなり。崩[四七]御の後、人皆清み原に参りて、大[四八]津宮は亡(び)しなり。是は父天皇の寵遇のい[四九]とはやまり給ふなり。大友は才にほこりて、兄弟を侮《あな》どり、老臣を見くだし、叔[五〇]父にはね[五一]たくおぼせしなり。藤[五二]原の鎌公、夢[五三]を判じて後、い[五四]さめを納れ、愛女を帚[五五]箕に奉られしに、此[五六]臣の伏《ふく》したまふことしるし。叔[五七]父は英傑にてませば、百[五八]臣を撫し、骨肉をしたしみて、とくより〔簒〕[五九]弑の意ありしなり。たゞ鎌公をおそれて、ことにし[六〇]たしみよくし給〔へ〕ば、公も[六一]ついに此世ならんにとう[六二]なづかせて、默したまへるならん。入[六三]

成山・天香山の妻争いの伝説。 三三 額田王を妻にしたいと。 三三 底本数字分空白。歌詞によって補。三山歌の末句。「御身の上にも現に今妻あらそひのみそかわざはするよ」(楢の杣)の意。 三四 御製。 三五 つみ重なって。 三六 節操を守って。▽茶癖酔言・ますらを物語(仮題)。

三七 後の三十九代弘文天皇。秋成は即位はなかったと解した(金砂六)。 三八 天智紀七年「伊賀釆女宅子娘有リ、伊賀ノ皇子ヲ生ム、後ノ字ヲ大友皇子ト曰フ」。 三九 人望。 四〇 天智紀十年正月二日「是日大友皇子ヲ以テ太政大臣ニ拝ス」。 四一 各方面の政治。懐風藻の伝に「始メ万機ヲ親シ、群下畏服シテ粛然タラザルナシ」。 四二 補佐し。 四三 つつしむさま。 四四 懐風藻に「年二十三、立チテ皇太子ト為ル」。 四五 兄弟達との仲がよくなくて。 四六 兄弟達も味方をした。 四七 天智天皇のなくなられて後。 四八 天智天皇の皇居。大津市滋賀。 四九 急ぎ過ぎ、度をこした。 五〇 底本「叔父」の下「をち」、衍により略。 五一 ねたましく。 五二 藤原鎌足。藤原氏の祖、天智の功臣。天智天皇の八年(六六九)没。 五三 大友皇子の夢。懐風藻に見える。↓補注八五。 五四 鎌足が皇子に忠告を申上げて。 五五 正しくは箕帚。また箕箒。掃除をする女の意で妻となることの謙辞。史記高祖紀の故事。 五六 鎌足は、皇子に甚だ信伏していたことがこれでわかる。 五七 大海人皇子。 五八 百官。 五九 底本「簒」、鹿田本によって改。武力によって位をうばう意であろう。 六〇 叔父が鎌足にしたしくしたので。「へ」は底本「ふ」、意によって改。 六一 やがてはこの人天武天皇の天下になるだろうと。 六二 内心では承知して。 六三 天智四年十月、大海人皇子出家法服して、吉野宮に入る。

道して吉野山に入(ら)せしかば、[一]古人《ふるひと》皇子の御跡なれど、[二]人おしだまりていはず。この山よりひそかに東國に下りて、[三]みのゝ國に[四]旗上《はたあ》(げ)させ給(ひ)し。其事のよしをとへば、[五]叔父を害せんの心ある故にと、史にしるせしは、[六]質に勝《まさ》(る)の譌文《くわぶん》なり。兄弟たちも大友を忌(み)たまへば、[七]皆属して亡(ぼ)し給へりき。みのゝ國[八]わさみが原とは、今云(ふ)[九]関が原なり。[一〇]天下の定めは必(ず)こゝにと、[一一]う万伎が詠(み)し[一二]哥あり。大友の才くらぶ〔る〕[一三]人なきが、亡ぶべき[一四]いはれなり。[一五]詩文の祖とは此君なり。[一六]大津としるせしは、[一七]史官の阿庾なり。

＊一五七　才は花、智は實、花実相そなへし人かたしかし。[一八]大友の唐使[一九]劉高徳に、臣たるの相にあらずと申(す)を聞しめし、[二〇]大津は新羅の僧[二一]行信に反逆の根ざしをすゝめられたり。又[二二]鎌倉の右大臣の宋の[二三]陳和卿と云(ふ)有髪の僧に魅せられ、[二四]前生の西土にゆきて[二五]靈山を見んとて、大船を造らしむ。舟工拙《つたな》くて[二六]海に沒す。是も才をたのみて、無益の誹《そし》りをもとめたまいしなり。[二七]北条義時おそれて、「我(が)家の亡ぶは此君ぞ」とて、[二八]公曉と云(ふ)弱《わか》僧に弑させしなり。歌よませ給ふに、[二九]古調を好(み)たまひて、[三〇]群に秀(で)させしかば、[三一]定家卿の、「[三二]此君の歌を見れば、この道のおぼつかなくなるよ」と、ねたみ給ひ〔し〕[三三]となり。才

一 舒明皇子。↓補注八六。 二 世間は知らぬ顔でいた。 三 岐阜県。 四 軍を起した。 五 天武紀「今聞ク近江ノ朝庭之臣等、朕ガ為ニ害フコトヲ謀ル」の語がある。 六 論語の雍也篇「質文ニ勝レバ則チ野、文質ニ勝レバ則チ史」。誠の少いうその文章。 七 天武天皇側について、皇子を亡ぼす。 八 天皇側の軍師高市皇子の作った本陣のあった所。 九 岐阜県不破郡、美濃・近江境の要所。 一〇 天下の権を誰が握るかの決定。徳川家康の関ガ原合戦などを思い合せての語。 一一 加藤宇万伎。↓二五三頁注四五。 一二 秋成篇の宇万伎歌集、しづやうた集所収。↓補注八七。 一三 底本欠、鹿田本により補。 一四 絶世の才が即ち滅亡の原因だ。 一五 漢詩文の日本における初め。懐風藻巻頭にあり。 一六 大津皇子。天武の皇子。持統紀、廿四歳死を賜う所で「詩賦之興(おこ)リハ大津自リ始マレリ」。 一七「庾」は「諛」のあて字。書紀の編者のへつらい。天武系の人をよくしたとは秋成の持論。▽金砂六・遠駞延五登。

一八 大友の皇子。 一九 懐風藻「唐使劉高徳(天智紀に見える)見テ異トシテ曰ク、此ノ皇子ノ風骨ハ世間ノ人ニ似ズ、実ニ此国之分ニ非ズ」。 二〇 大津皇子。 二一 正しくは行心。ことは懐風藻に見える。↓補注八八。 二二 源実朝。↓三三四頁注一三。 二三 東大寺修営に関係した宋人。ことは吾妻鏡建保四年十一月・同五年四月の条にある。 二四 吾妻鏡「先生御住所医王山ヲ拝シ給ハン為」。 二五 霊地の山。医王山をさす。 二六 吾妻鏡では浮び出もせず「彼船徒ニ砂頭ニ朽チ損ズ」とある。 二七・二八 ↓三三四頁注一六・一九。 二九 万葉調。 三〇 当代の名人であられたので。 三一 藤原定家。↓二五一頁注二。 実朝の和歌の師。 三二 定家仮託書の愚見抄に「彼右府

は花なればもろくちり、実は智にて利益[三四]あるから、人を損害するなり。西土にても智者と云(ふ)は必(ず)悪臣なり。

＊一五八 [三五]さゞ波のしがの宮古《みやこ》のあれしとて、人丸のかなしげによみしは、誰も心づかぬよ、[三六]大津の忠臣の末のものゝ心なり。皇宮はいにしへより、御代ごとにこそあらね、新たにうつさるゝを[三七]吉例《きつれい》とするなり。[三八]さるから、[三九]みづ垣の宮・ふし垣のみやなどゝ、[四〇]茅茨《ばうし》きらずの[四一]結構ありし。[四二]百しきと云(ふ)も、石をつきかさねて垣とし、其中に安居ならせしなり。[四三]奈良にいたりて壮観大なり。東西の京をわかち、[四四]殿堂十歩に一樓の文華に似たり。又寺をたてゝ[四五]福果を祈る事、弱主のこゝろなり。此費《つひえ》の本は、[四六]欽明の御時、[四七]百濟國の[四八]朝に媚(び)て、[四九]釈迦の銅像・經典・幡蓋《はたきぬがさ》等を奉りて、申す。「[五〇]此法、諸法中におきて最(も)尊し。[五一]周公・孔子もしる事能はず。[五二]福德心のまゝに菩提心を得るなり。よく修したまへ」と奏せしかば、帝王の[五三]足(ら)はぬ事なき御心にも、是修せんとて、群臣に問(ひ)しかば、皆おのが心に慾して、「よし」と答(へ)たり。物部《もののべ》の[五四]大連《おほむらじ》尾輿《をこし》ひとりすゝみ出(で)、「開國より天神地[五五]祇をまつりて、三十代の今にいたらせるにあらずや。[五六]蕃神を入(れ)て地をかしたまはゞ、國津神《くにつかみ》のたゝりまさん」と

の歌勢を見るにぞ、道も物うく、心も窮する様に覚え侍る」。真淵の金槐集抜萃の序にもこの所を引く。三三 底本傍に「しカ」とあるによる。

三四 あるものの。▽茶痕酔言・遠馳延五登。

三五 万葉一「過近江荒都時柿本朝臣人麿作歌」(二九—三一)をさす。さゞ波は枕詞。大津市滋賀にあった大津の宮。天智天皇の皇都。三六 人麿が大津宮に仕えた忠臣の子孫としての情を歌ったものだ。↓補注八九。三七 めでたい例。三八 それだから。三九 ↓一五五頁注五六。四〇 ↓一五五頁注五一。質素な宮のつくりをいう。同じく質素なさま。四一 かまえ。つくり。四二 用明紀に内裏を「ももしき」とよみ皇居の意。また大宮の枕詞ともなる語。四三 元明天皇以来七代の都であった。奈良市の中。四四 阿房宮賦「五歩一楼、十歩一閣」という阿房宮のはなやかさに似る。四五 善行をつんで得る福徳の果報。聖武天皇などのことをいう。四六 二十九代天皇。四七 三韓の一。その頃は日本にたよっていた。四八 皇朝。日本。四九 欽明紀十三年十月「釈迦ノ仏ノ金銅像一軀、幡蓋若干、経論若干巻ヲ献ル」。五〇 同所に見える上表に「是ノ法ハ諸ノ法ノ中ニ於テ最モ殊ニ勝レテイマス」。五一 儒教の聖人達。同「解シ難ク入リ難シ、周公・孔子モ尚知ルコト能ハズ」。五二 同「量リナク辺(かぎり)ナキ福徳果報ヲ生(な)シテ、スナハチ無上ノ菩提ヲ成弁(なしわき)マフ」。五三 不足のない。五四 大連は大臣と共に最高の官位。五五 底本のまま。正しくは「祇」。同「天下ニ王トマスハ恒ニ天地社稷百八十神ヲ以テ、春夏秋冬祭リ拝ミタマフコトヲ事ト為ス」。五六 同「今改メテ蕃神(となりくにのかみ)ヲ拝ムコト、恐クハ国神ノ怒ヲ致シ給ハンコトヲ」。

申(す)。忠直[一]のこと嘉《よみ》したまひて、「猶修せんとおもふ者に授(け)ん」とのたまいし。蘇我大臣稲芽《いなめ》[二]「我修せん」[三]とて、こひとりて[四]、向原《むくはら》[五]の家を寺に改め、修行専らなりしかば、其徳によりて、三代[六]の猛威、君をさへなきものに、馬子が崇峻[七]を弑し奉りて、ためしなき女主[八]を立(て)、是を夾《さしはさ》みて朝政おのがまゝなり。[九]厩戸太子《うまやどのたいし》[一〇]とすゝみ給へど、馬子に伏せられて[一一]、もと[一二]より佛道の慾情相かなひしまゝに、万機[一三]を馬子の思ふにしたがひ、十七憲法[一四]といへども字紙[一五]となりしなり。馬子の君を弑せし罪を問(は)せ給はぬ太子も同罪ぞとて、儒者[一六]はにくむなり。御子山〔背〕[一七]王も次(ぎ)て弱にてましましければ、推古の勅をたまはりて、嗣[一八]位あらんを、蝦夷《えみし》[一九]のためて[二〇]、遺勅は田村王[二一]なりとて、善柔[二二]の人をゑらみて卽位なしませしなり。山背王蝦夷に矯《た》(め)られ、又入鹿[二三]にせまられ[二四]て、みづから[二五]〔經〕死したまへりき。福果を祈り給ふ御父の修行はかひなく、後[二六]をさへ断(た)れ給ひし也。天智・鎌公[二七]あらずは、神孫[二八]をさへたつべし。國つ神もい[二九]かなれば此仏法にこゝ[三〇]ろし給ひて、地をかし、万世にさかえしめ給ふには、今なにをかいはん。奈良の造營の美觀にもまさりて、東大寺[三一]の毘盧舍那佛、五丈余の大像をつくりて、殿堂は雲につき入(る)ばかりなり。此時陸[三二]奥山に黄金出(で)て、此費をつ[三三]ぐのひしとなり。さらば日本はもとより仏國なり。達磨[三四]・善導[三五]の、

一 誠意あってすなおなこと。**二** 紀には稲目。**三** 紀では初めにまつる説をとなえた稲目にさずけたことになっている。**四** 願いうけて。**五** 奈良県高市郡明日香村豊浦。**六** 稲目の子馬子より、蝦夷・入鹿と蘇我三代が権勢をほこる。**七** 三十二代天皇。その五年、馬子が東漢直駒に弑させた。**八** 大臣として、日本最初の女帝推古天皇を立てる。**九** 推古の皇太子聖徳太子。**一〇** 鹿田本「を」、「すゝみ」は「すゝめ」の誤写で、摂政としたことをさすか。このまま推古、太子と共に政をとるの意か。**一一** 権力におさえられ。主語は太子。**一二** 太子も元来、仏道の欲情をそそる教旨が気にかなったので。**一三** 万般の政治。**一四** 推古十二年に下した憲法十七条。**一五** 反古。**一六** 早くは羅山林先生文集二十六の蘇馬子弁などに見える。**一七** 底本「脊」。正しきに改。聖徳太子の子。**一八** 位をつぐべきだのに。舒明紀「当嗣位」。**一九** 馬子の子。**二〇** まげて。**二一** 三十四代舒明天皇。舒明即位前紀にこのこと所見。**二二** →一四六頁注一一。**二三** 蝦夷の子。**二四** 皇極二年十一月入鹿、斑鳩宮に王を襲う。**二五** 兵をおこして民をそこなうをうれえて、斑鳩寺に経死(首くくり)する。底本「維」、意によって改。或は縊死のあて字か。**二六** 子孫。**二七** 天智天皇(中大兄皇子)と中臣(藤原)鎌足。大化元年相はかって、大極殿に入鹿を誅した。**二八** 神の御末の天皇の血統。**二九** 何故かわからないが。**三〇** 遠慮して。ただし鹿田本「くみし」。広島本「くゝらし」。**三一** 聖武天皇勅願建立の総国分寺。奈良市にあり、天平勝宝元年成る。仏はいわゆる奈良の大仏。**三二** →一五一頁注六二。**三三** まかなった。**三四** 禅宗の開祖達磨大師(—五二八)。**三五** 浄土宗五祖の第三で、中国浄土教の大成者(六一三—六八一)。**三六** 出典未詳。

「有[三六]を弃《す》(て)、無に歸在(せ)よ」と云(ひ)しは、此始[三七](め)てわたりしに大にたがへり。さらば東坡[三八]が眞味の佛法も、後の世につくりそへて、人をよろこばしむるか。儒道[三九]は應神[四〇]にわたりしかど、人のこゝろを善に揉《た》(む)るのみを聞[四一](き)しらせしかば、皆よしとおもへど、おのれ[四二]〳〵が情慾にたがひ、わづかに備忘[四三]の史臣のみつたはりしものなり。是善はなしがたく、人情[四四]のままに有(り)たき慾心なり。太子[四五]の憲法は実言[四六]にて、孝德[四七]の政令は、かの國[四八]の嚴威に、外國もおそれてつかふる[四九]羨しさに、こゝもしか有(り)たきの情慾のなす所なり。さればこそ我(が)神道をかろんじ、仏道をたふとみ給ふと、史[五〇]には分明にしるしたり。何事よりも、我[五一]におごりたえて、風[五二]土狹き長《なが》〔柄《ら》〕[五三]に皇宮をうつし給ふは、みそかに我[五四]意なり。我(が)遷都の題に、

飛鳥よりうつりて見れば豊崎のながらの宮も河洲なりけり

[五五]生島《いくしま》の郡、東[五六]を大郡、西を小郡といひしを、今見よ、海うもれ、西生《にしなり》の大郡、[五七]十三郡の中に最一なり。天智の是[五八]を惡みて、母帝[五九]皇后をさへいざないまして、大和へかへらせしを、深(く)うらみて、位はかならず嗣[六〇]君なれば天智なるべきを、み[六一]そかに、母[六二]帝もとより入鹿[六三]を亡(ぼ)せしを我(が)子ながらねたくおぼして、た[六四]めしもなき重祚《ぢゆうそ》[六五]にのぼらせしなり。天智さ[六六]とく知り給ひて、か[六七]にかくも

三七 日本に初めて来た仏教。三八 蘇東坡。禅宗をいう。三九 孔孟の教。四〇 十五代応神天皇の代、百済の王仁、論語十巻千字文一巻を献る(古事記)。四一 伝来者が説明した。四二 面々の欲情と、儒教の正しい教は違っているので、実は行われなかった。四三 忘れず物を伝える史官の間でばかり伝わった。四四 情の欲するままに。四五 聖徳太子の十七条憲法。内容は儒教にもとづくものも多い。四六 本心から出たもの。四七 三十六代天皇。孝徳天皇の大化改新によって出た諸法令。四八 中国のおごそかな威儀。四九 従属する。五〇 孝徳紀「仏ノ法ヲ尊ミ、神ノ道ヲ軽(あなど)リ、人ト為リ柔仁、儒ヲ好ミ給フ」。五一 自分でおごりの心がなくなって。五二 土地の様子。五三 底本「柯」、正しきに改。難波長柄豊碕の宮で、大化元年詔、白雉二年遷る。秋成の長柄都考に崇禅寺の辺が皇居の跡と。五四 これも我ままである。五五 賀茂真淵の祝詞考「本この(生国魂神)御名に依りて、所を生島といひしを、二郡に分ちて、東生(ひ)西生とのみいひ、又その生をも後には奈利と唱へ誤りつ」。五六 摂陽群談・摂津志に上古の称として見える。五七 摂津の国の郡の数。延喜式・和名抄の昔から見える。五八 孝徳の長柄遷都。五九 孝徳紀の白雉四年に大和の京に遷さんと願い、許されず皇祖母尊・間人皇后・皇弟と共に飛鳥の河辺行宮に往くとある。六〇 皇太子。六一 孝徳帝のひそかな計で。六二 舒明皇后で、前の皇極天皇。六三 寵した入鹿を殺したのを、天智帝は自分の子だが、憎く思われて。六四 我が国で初めての。六五 譲位の天皇の再び位につくこと。これを三十七代斉明天皇とする。六六 事情を賢明に察知されて。六七 ともかくも。

御心のまゝにと、反逆の御心なきは、鎌公どふかくはかりて、つゝしませし[一]〔な〕るべし。入鹿をおしませしは、必(ず)よ[二]〔寵〕し奉りしとは、[三]史官の筆ににほはせてしるせしなり。[四]此臭に女帝の[五]再祚、[六]孝謙の婬乱もこれにもとづけるなりけり。

＊一五九　天智、[七]大津にうつらせしは、孝徳の[八]水國をよしと宮つくらせしを羨みて、[九]もとより[一〇]山をうしろに、江湖を前に、[一一]小嶋の[一二]心ゆかぬにはあらず。それをさへ、人丸の、[一三]いかさまにおぼしめしてかとそしりたるよ。大和故宮をおしむは人情なり。

＊一六〇　[一四]入唐の益は[一五]交易のみなり。佛教、儒道の[一六]さかしきを習(ひ)ては、[一七]簒位弑逆の事やまず、[一八]百年[一九]干戈の休む時なし。[二〇]此御治世になりてぞ、二百年來実に大平なり。今の[二一]清朝は[二二]女直國と云(ふ)。朝に尿溺《いばり》をもて面を洗(ひ)、清しとせし國也。いつのまにか[二三]金《きん》と名のりて、[二四]中土をうばひしを、[二五]明《みん》に亡(ぼ)されて跡なかりしが、明の[二六]弱主の亡ぶべきときに、[二七]盗賊おこりて國を亡(ぼ)せしなり。されど[二八]呉三桂の忠心に、[二九]順治のとなりの國まで切(り)ひらきて、聖徳とき〻て、

一底本「ふ」、鹿田本により改。二底本「悉」、意によって改。三皇極紀入鹿を誅する所、大驚して、何事があるかと問い、「天皇即チ起チテ殿ノ中ニ入リ給フ」とある所をさす。四このくさみにならって。五重祚。六四十六代の女帝。重祚して四十八代称徳天皇。道鏡や恵美押勝を寵したと伝える。▽遠馳延五登・金砂六。

七大津宮遷都。八水のある国。孝徳の長柄の宮。九「あらず」にかかる。一〇大津の宮は山城・近江国境の山を後に、琵琶湖を前に。一一長柄の宮をいう。一二不自由なのとは違う。一三前出近江荒都を詠じた長歌(万葉一の二九)の句に「いかさまにおもほしけめか」(楢の杣)とある。不審批難の口吻。

一四遣唐使。一五貿易。一六悪がしこい。一七位をうばい君をころす。一八長年の間。一九武力を用いること。二〇徳川幕府の治下となって。「大平」正しくは「太平」。二一中国の王朝。一六一六—一九一二年の間。二二女真とも。満洲に住む種族。二三女真族の国。完顔阿骨打の建国。一一一五—一二三四年の間。二四中国。北支那を封土に加えた。二五中国の王朝。一三六八—一六四四年の間。二六荘烈帝。二七盗賊から出て皇位に登った李自成。二八明の遼東総兵であった武将。二九清の順治帝こと世祖。三〇援軍をたのんだ所。三一機会到来とて。三二援軍は引きうけたが、李自成を討った後、国土を明に返すとは言わなかった。▽金砂六・遠馳延五登。

行(き)てたのみ[三〇]しに、順治、時[三一]よしとて李時成を亡(ぼ)し、中土の主と成(り)、三桂「約にたがふ」といへども、「いな[三二]、國はかへすとはいはざりし」とて、ついに清といふ朝が立(つ)たり。

*一六一 仏[三三]はさても〳〵かしこい人かな。人[三四]情の慾のかぎり、先《まつ》説(き)入(れ)て、無[三五]の見に入(れ)んとするよ。三[三六]千年にして今に直かならぬなり。達广・善導の本源の心も、口[三七]にのみさとり貝《がほ》にて、身の行ひをみれば、高坐にのぼりしとは人たがひなり。一[三八]文不知の僧と剛[三九]毅木訥の民とには、必(ず)無の見成就の人あり。前[四〇]うしろのたがひいふに及ばぬことぞ。

*一六二 四方の國〻の服従するも時あるべし。先、夫迄は門をまもり、垣[四一]をかたくして守れかし。是までの酔[四二]言はあまりに分[四三]をすごしたりな。

*一六三 仏教のついへなるも、融[四四]通と見てはうらみなし。七[四五]大寺も大社同直段ではあわ[四六]ぬか。玄[四七]昉・実忠・道[四八]鏡が帳[四九]内に入(り)て、帝坐を穢す事、神も仏も見ぬ貝とは、いかに〳〵。清[五〇]丸獨り神[五一]勅をためずして、皇[五二]統をつがしめたり。

三三 釈迦。三四 欲望のあるだけを、先に説教して聞かせて。三五 元来無一物の見地へ導く。禅宗では無を悟道の関門とする。三六 しかし釈迦出生以来三千年で、まだ欲望を去る所に至らない。三七「当今これを伝える僧侶は」と補って解く。三八 法然の一枚起請文「一文不知の愚どんの身になして、尼入道の無ちのともがらに同じて、ちしゃのふるまいせずして只一かうに念仏すべし」。三九 論語の子路篇「剛毅木訥仁ニ近シ」。意地がつよくて質樸遅鈍の者。四〇 何時成就するかの前後は問題でない。▽遠馳延五登・樊噲。

四一 防備を厳にして。当時北辺に外寇があってさわがしかったことに対する見解。四二 茶に酔ってのたわ言。四三 分際をこした放言。茶瘕酔言「南腋の清風習々たらんに乗りて、しらぬ国に行きて遊ばゝやとおもふも、又酔ごゝちの直からぬ也。三椀の節にとゞまりて多く飲むべからず。のめば分上に過ぎたる事を打ち出づるぞかし」。

四四 金銭の流通すること。四五 南都(奈良)の七つの大寺。東大寺・興福寺・西大寺・元興寺・大安寺・薬師寺・法隆寺。四六 遙かに高くつくの意。四七 奈良朝の高僧。遠馳延五登「仏法は大慈悲の志願なれば貴むべし。僧徒こそ忌はしけれ。玄昉が藤氏の太后に昵近し、実忠の光明子を汚し奉る事どもは国史、元亨釈書等に人皆見る所也」。四八 孝謙天皇に寵されたという僧。四九 帳台の中。五〇 和気清麿。→一五七頁注四五。五一 宇佐八幡の神勅を、まげて報告せず。五二 道鏡を皇位につけなかったこと。

其忠臣に[一]も中納言にて終るとは不幸か。天[二]祿がひいき心では、一[三]番肩ぬいでかゝりたし。此卿の像に贊[四]辞こはれてせしは、

忠言鯁[五]直、緇[六]而不レ涅、若矯《メバ》ニ神勅《ヲ》一、則《チ》豈《ニ》有《ラン》ニ今日一哉

あしの浦のき[七]たな丸てふあた波をかけてもきよき名に流れけり

其朝には、大臣あまたが中に、吉[八]備公こそにくむべし。人[九]道の學をつくして、時[一〇]をはかり、出たりはいつたり、鼠[一一]の物とるやうな心もち、にくし〳〵。周[一二]勃・陳平が佞[一三]を思ひて、大[一四]器を持[一五]してかたふけずとは云(ひ)しかど、是はいつはりなりし。まことには、「あのけ[一六]いせいづらめ」といひたし。

一「に」は衍か。二天の下す運命がえこひいきするなら。三自分は一つ本腰で味方したい。四忠烈三英義烈三英の一。五ひたすら正直。六三英に「涅而不緇(くろめてくろまず)」が正しい。前漢書班固叙伝にある語。黒く染めても黒くならない。本質からの正直。七清麿が流罪にあたってつけられた名。きたな丸というあざ名をつけられてもの意。八吉備真備。当代の碩学良吏。宝亀六年(七七五)没、八十三歳。九人倫の学。一〇機会主義的に。一一首鼠両端。両方にかけて。一二前漢の功臣。共に呂氏の乱をしずめた。一三何かの誤写か。金砂九に「大器を傾けぬと云ふ周勃・陳平の功にひとしくと云ふべけれど」とあるに合すれば、「例」の誤りか。一四国家。一五国家を護持して、危くしなかったと、真備をいうが。荀子の王覇篇「国者天下之大器也」。一六傾城づら。誠のない者をののしる言葉。
▽天津処女・金砂九・遠馳延五登。

〔参考〕

膽大小心錄　書おきの事

[一七]哥よむといふ人都なれば多し。皆口まねのえまねぬ也。師家も我に來たらさんとて、「そなたはつらゆきの口ぶり也。てい家卿のたくみによく叶へり」といふに、さてはとおもふが、貫之にも定家にも口まねばかりもえせぬぞかし。

[一八]蘆庵、吾に意見して云(ふ)。「何わざもせであるはいとほしき也。人の歌なをして世に交はりたまへ。そなたはかたは心な人じや。たゞ人をかしこくしてやると思ふて」とおしやる。こたふるは、「人をあはうにするのではないか」といふたれば、いかりにらみて、「其ことわりいかに」と。こたふ。「人は親のたま物ぞ。世のわたらいかしこきも、しらぬ事學べば必(ず)おろかになるぞ[一九]〔か〕し。すぐれてよくするは天禀にて、千人に一人なるべし」といひしかば、長き息をつぎて返答なかりし。

[二〇]蒿蹊と云(ふ)贋《にせ》ものが云(ふ)。「職人うた合久しく絕(え)たり。そなたとつがふてよまばや」といふ。「よむはいと安きほどの事也。題号をかへてならば」といひしかば、「何と題せ

一七　この条は本文の「一」。

一八　この条は本文の「二」。

一九　底本欠、意によって補。

二〇　この条は本文「三」。

ん」と問(ふ)。「商人哥あはせとしたし」といひしかば、常につば吐(き)ちらして物よくいふ人も、えこたへずてありし也。

かなづかひ[一]と云(ふ)事、もとなき物なりしといふ事かいてあらはせしに、江戸の春海が「そなたは学文に私する人じや」といひこせしかば、「そなたは師のいふたとをりをいつまでも守る歟。私とは才能のあざ名也。むかしよりわたくしせぬ人、智者にも才士にもなし。堯が舜にゆづり、又禹にゆづるもよい事ながら私也。「三隅の網の一隅を我に來たれ」といひしが、私のはじまりなるべし。殷の後は、宋一國にて姫氏四十二國とは、なんと私の親玉ではない歟。其餘は云(ふ)にたらず。東家の久兵衛[二]どのも聖教を立(て)て、自然の人情にたがふべし。神國の口には、やはり中士をうばゝれしこと始にて、指を折れば事のなるとならぬとこそあれ、わたくし心のない人はおじやらぬ。まして天下をとつて代るはわたくし也。財をぬす(め)ば賊也。國をぬすめば侯となる。侯の心に仁義ありとは、ぬす人たけ〴〵しい私こと也。口がようてもしおほせぬ人は、運とやらのないわたくし人也。そなたの師の眞淵も、たんと私はいわれたぞ」といふてやつたれば、「御もつとも」とのみに、二たびはえいはず、陰ではいろ〳〵とそしるとぞ。

　大佛の柱は已にやけにけりせゝる蟻どももたんとわいたり

といふて、あい手にはならぬ。

「韓退之が「前のほまれあらんよりは後のそしりを」といわれたは、文章の親玉じや」と

一　この条は本文「四」。

二　孔子。名の丘をもじった。

東坡がいふて、「唐三百年に文章なし。李愿が盤谷にかへる序にいたりて、我筆とりては、これを思ひて口ふたがる。あゝまゝよ、古今に、きやつを獨歩さしてやれ」と云(ひ)しは粋言ながら、前のほまれも後の訾も、みなひいき〳〵の私也。孔夫子が出て、「われがよい」とおしやつたらしらず。人にはちともほめられたいと思ふは、十すぢもたらぬ狙《さる》どのぢや。

「秋[三]の雲風にたゞよひ行(く)みれば大はた小幡いもがたく領巾、といふ歌をよんだは」と人にかたりしかば、都鄙の哥よみの皆あしく云(ふ)よし。遠くの人はしらず、我(が)ところへ來る人の中には、たれもこの歌の味のしれる人はない。古[四]體じやの今体じやのと、又「人のいふは、「中世の古いところじや」といわれる」と。口まねばかりの狙どののみ。腹になんにもないから、此うたの味がしれてたまるものか。小家かり、又小庵をかりて、いつかどの商ひせらるゝ哥よみの、命の中にはしれまい事じや。さしてよいといふのではない。古意にて、古體にて、等[五]類ないかと思ふたのなり。秋[六]風吹白雲飛と云(ふ)を、ちとおもしろがらせたのみ。調のたかき事が自まんじや。

翁[七]わかき時は俳かいとかいふ事を習(う)て、凡四十ちかくまで、是よりほかの遊びはなかりし。其時は師の口まねせん、何がしのやうにはえなろまいとのみ思(ひ)しに、四十にならん頃に、人のいふは、「哥よめ。はいかいはいやし」とぞいひしかど、「歌はお公家さまのまねが出來るものか」といひしかど、すゝめるにまかせて、しものれんぜい殿のお点をこひしに、「そなたはよい口じや」とおほめなされて、物とへば「しほらしい事よく問ふ。いつぞ

三　秋成の自讃歌集ともいうべき秋の雲の初めに所収。この一部分本文になし。ただし末は「七〇」に似る。

四　万葉調。

五　同趣の詠。

六　漢の武帝の秋風辞の第一句。「秋風起兮白雲飛」。

七　この条は本文の「五」。ただし、末の独学のこと、俳諧のことはない。

は考へておかう」とおしやつて、ついに御返答なし。契沖の著述をかいあつめて、獨學のあいだ又二三年、うま伎といふ人にあいて、師とかしづきたれど、江戸の人故七年があいだに、文通でとふた事わづかなり。此師も五十過(ぎ)てはやく世をさらせしかば、又獨學にてそれも市井の醫の奔走にいとまなければ、こゝろにおもふたばつかりじや。いせの宣長といふ人の著述を、人のつてにてかりしに、是も心にたがふ事多し。おもへば〳〵哥も文も、云(ひ)たい事いふて遊ぶがよしと心がついて、師家といふわろ達のいつわりこともしれてくるから、誰にも交はるはいらぬ事と一決したりし。師といふ人もありしかど、ないに同じく、又はいかいをかへりみれば、[一]貞徳も宗因も桃青も、口まへのみの者ども也。古人は心のまゝにてありしも、うつせどうつらぬが人の性質なり。濁り江の水草しげらせて、いつ月がうつらうぞ。下手な口は親のたま物、しよ事がない。心はおのが物なれば、人丸も、つらゆき・定家・後京極も、よい事はまねんで、わるい所は捨小舟、ろかいなしにこぎ[二]じやてや。七十五さいの今日にいたりては、友はすつきりとなし。されど哥よみの三松・長太らうが問(ひ)よれど、「やすんでいなしやれ」じや。獨學孤陋とは、とんと師匠なしの名なし草、花がさいてもたれもつまぬぞ。[三]師のすじに入(つ)て、又其すじを出て、よからぬ所を見て、すつるほどの氣《き》介《がい》がなけりや、なんにも出來る事でなし。[四]「師を學べば師の半徳を滅す」と。その半とくはどれほどであろ。獨學の心ざし立てば、跡をかへり見れば、高い山から谷ぞこ見れば、師匠かわいや恥さらすじや。食祿も藝技も、天稟とおやのたま物なれば、下手じやとてしや〔う〕[五]事がない。[六]梅に鶯、道成寺・三輪、おさだまりの事では、風韻といふ事にはいたられぬ。風

一　貞門・談林・蕉風の各俳調の創始者。
二　「ぐ」の誤りか。
三　この一条、「物問ふ人にこたへし文」などに見える。
四　このこと本文「五一」に見える。
五　底本欠、意によって補。
六　このこと本文「六」に見える。

韵といふ事うまれ付と習ふていたるとあり。習ふていたつた故、さてもしんどい事じやあつた。儒者も今の世のは文章詩作の商人で、三条通りの絹やの八兵衛どのが、風韻なしに男ぶりをつくるのじや。里冠[七]・歌七を見ねど見るやうな〳〵。世をみれば、酒のんで餅くふて、こい茶ねぶつて風流じやと覺つた人のみ也。ある人「さめてのあんかけは、きらいもあろ」といひし。是小天地の確言也。女郎かいに問(う)て見た事あり、「今ではなんといふのが第一じや」といふたら、「おのが買(ふ)のが第一じや」と。是も確言也。

美人はもとより鼻缺もめくらも、男だかへずに正月はせぬ也。首のいるははじめのみ也。心があふては首はどふでも大事ない。

金[八]といふ奴はさても〳〵悪人じや。たんとつむほどつみたくなつて、人のもかちおとす心になつて、さて又くづれてしまうじや。「奔走日夜やむ事なし」といふたはきこへた。「金が敵」といへど、「錢がかたき」とはいわぬ。「錢は善也」と注すべし。一文から一貫まで、毎日〳〵はしりあるいて、丁人も士も乞食も出家も、分相應に助けらるゝ也。錢さへあれば金はいらぬものじや。四文[九]せんの用考(へ)ては、ことにまし。時〻一文につかふ人、是は善根じや。錢の通用天下第一の宝也。魯褒[一〇]が錢神ろんは貧乏ひがみのすね言じや。いつも月夜にこめの飯、へらぬ物ならぜに百文、其うちに月夜はなくてもすむ。

聖人と云(ふ)東どなりの久兵へどのも、ちよといつわらるゝ事があつた。江河へ大キな物[一一]が、流れて來たをとり上(げ)て見たら、外は青うて中はしろい[一二]て又赤うてとあるを、「是[一三]萍

七 上方の歌舞伎俳優。二世嵐吉三郎、号璃寛と中村歌七。

八 この条は本文の「一四二」。ただし末の孔子のことはない。

九 一つ四文に通用の貨幣。明和五年に真鍮の四文銭出る。

一〇 晉の人。銭神論は世の銭を尊ぶをそしった文。

一一 底本「物」一つ衍、略す。

一二 「う」とあるべき所。

一三 孔子家語の致思篇に見えること。楚の昭王が江中に「圜而赤」なる斗のごとき物を得て、孔子に問うと、「此為萍実也…」と答えた。

實也」とは出たらめじや。「西瓜としらぬさきの事よ」といふた人あり。家語の孔子と左傳の孔子と論語のと、人がちがふやうなり。どうであろ、彼萍實の出たらめを學んだ人のいつわりは、からべたなるべし。

[一]人丸はさつてもやつし形じや。万葉集の中にたんとある哥が、大かたが女房ぐるいじや。京に〔も〕[二]田舎にも遠國にも、くいさがしだらけで、五十にたらいでしぬる時、「みやこのによんぼが〳〵」と泣(い)てしなれたは、まことに若い時のこゝろじやてい。四十こして、陰心が陽心にかはりても、腎虚火動の火とまる様じや。白髮の老人のすがたは、いふにもたらぬあだ夢じや。火止ルといふて、「火事のゆかぬに、信心せい」と云(う)て祭る人もあり、又「火にたゝる」といふ人もあり。腎虚火動の火がたゝるなるべし。家持卿はさても〳〵人丸よりは男ぶりよかるべし。人がら〔に〕[三]もよるべし。女がたんとほれた事じや。業平を婬首と云(ふ)は、中將どののふしあわせ也。高子の君と述子の君との外には、惡名もないに、藤原家にいまれての東くだりじや。筆のまわる人がいろ〳〵と、やつし形にして書(き)たるよ。源氏物〔が〕[四]たりに「なりひらの名をやくたすらん」とは書(か)れたり。

[五]陶淵明がおしやるは、「書をよんで、その書の大旨をこゝろへたら、跡はくだ〳〵しくすますは愚じや」といわれた。無絃の琴で味わひてたのしまれたと同般じや。今の世の人はえこぜぬせんさくして、注解をつとむるは愚人じや。儒者ろん語、医[六]さは傷寒ろん、哥よみは

一　この条は本文「一二七」・「一二八」。
二　底本欠、意によって補。
三　底本欠、意によって補。
四　底本欠、意によって補。
五　この条は本文「四」。
六　医者。張仲景著の傷寒論は、漢法医の基本書。

万葉集、無絃の琴よりはよりかけた糸で、[七]「よしのゝ山を雪かと見れば」、「五尺いよこの手ぬぐひ」と弾(き)ならひから、何じやませる事じや。

[八]歌はちと習ふたれど、書は悪七兵衛のめくら書じや。ある人「何による」と問(は)れた故、「草隷のはじまりを書(く)のじや」とこたへた。「[九]羲之も獻之も、顔魯公も東坡も米元章も、かしこまつた事はいやじや」といふた。

[一〇]田舎ものの、我(が)國にたま〳〵よい事があると、日本一じやとほこる。此くせは京の人にあるぞ。京によい事が一多いかわりに、いつちわるい事がある。十六年前に京に住(ま)うと思ふ時に、ある儒さの「京は不義國じやほどに」と示された。今一名貧國の不義國といふべし。不義は貧からの事、太平の後百余年あまりに、金がすつきりとない國となりて、不義に落(ち)入(つ)たのじや。負をしみといふ事は、京の人が第一ばんじや。

[一一]食菜の好みは京の人よし。難波人は無塩に富(ん)で好(く)者なし。しかれどもあまりにこのみ過(ぎ)て、禁忌の毒にあたらふもしれぬ。しかれども何をくてもあたらぬ物じや。[一二]延喜の大膳・正膳・内膳の式を見れば、今くわぬ物多し。天子さまも昔は、脾胃御つよかつてじやあろ、鹿肉は必(ず)脯にしても度ゝまいる事よ。野菜も薤・蒜のたぐひを十二月の月などにめされしが、ない時は干菜にしてたくわへたはいぶかしき事也。萬國の中に五穀がこの國

七　三絃のひきはじめの時の歌の詞章。

八　この条は本文「七四」。

九　中国の書の名手たち。

一〇　この条は本文「二二」に多く同じ。

一一　この条本文になし、ただし書初機嫌海などに同意の文がある。

一二　この部分、本文「七二」。

がいつちよいによつて、「[一]米ほしや綿ほしや」と、蛮人もむさぼりにくるじや。米くわず、綿あたゝかなどしらぬ先の心でくらせばよいに、とかくおたがいに垣を固くし、内を守るが大事じや。長[二]嘯と云(ふ)て、あかぬは鄙情也。三ばいの飯・茶・酒にせよ、満たらばすんだ事じや。まだいふ事があれど、あゝくたぶれた〱。手がなへた。

（花押）

〔異本膽大小心録〕

[三]歌よむといふ人都なれば多し。皆口まねのえまねぬ也。師と云(ふ)人、我に來たれとて、「そなたの口つきはつらゆき也。定家卿の巧によく似たり」と云(ふ)。其師が貫之・ていか卿もえまねぬぞかし。又是を聞(く)をさない人たちも、こは阿諛とはおもへども、たゞ酒食のあそびして、月日過(ご)す爲として心にはかけず。ともに都人の薄情也けり。

[四]蘆庵云(ふ)。「そなたは何もせずして在るは、いたづら人也。人の歌なをして、世に交はれよ」と。答(ふ)。「人のうたなほすべき事いかにしてともしらず」と。「さりとはかたゐ心也。たゞ人をかしこうしてやると思ひて、交はりせよ」。答(ふ)。「我は人を愚にするとおもふ也」。いかりにらみて、「其よしいかに」。答(ふ)。「人は天稟のまゝにして、又親のたま物を受(け)つぎ、世よくわたる者をまで、藝技學べば、大かたに愚かになるぞ。學びて千人の

一　蝦夷琴をまさぐる自画像賛に「蝦夷はやりうた新章」として、「米ほしや綿ほしや君ちやとこされこさふく笛にすりおろしやめかよりこぬさきに」。
二　→一三二頁注八。
三　この条は本文「一」。
四　この条は本文「二」。

中にひとりはおりやるまい」といふたれば、ため息つきて、何ともおしやりやなんだ。

[五]蒿〔蹊〕[六]が云(ふ)。「職人うた合久しくたえたり。そなた〔と〕[七]つがふて、よまばや」。答(ふ)。「これよむ事安かるべし。たゞ題号をかへ〔む〕[八]」と云(ふ)。「何とかへん」と問ふ。「商人うた合とかへねば、今の世じやおしりやぬ」。つばき吐(き)散(ら)して物多くいふ人のおしだまつて、「飯まいれ」とぞ。

[九]假字づかひと云(ふ)事、本《もと》はなかつたといふ事書(き)あらはせしを、魚臣が木にゑらせた。江戸の春海がもとより、「翁はとかく学文に私めさるよ」といひこせり。「そなたは師の示、一こともたがへじとせらるゝ歟。私とは才能のあざ名也。智者才子ほどわたくし多し。堯が舜に譲り、舜が又商にゆづりしは、よい私にて聖人とたふとむ。「三隅の網の一隅は我に」と云(ひ)し人が、わたくしの始よ。殷のあとは宋一國にて、姫氏四十二國とは、武王・周公のわたくしよからず。其餘は云(ふ)に足(ら)ず。東どなりの久兵衞どのも、聖教を立(て)て、人情をためらるゝは私なり。此國にては、神武の東征あそばして、にぎ早日のしらせし中土を奪ひたまふが、私の始にて、代ゝを云はゞ多き事はかりがたし。寶をぬすめば賊とて刑せられ、國をぬすめば侯となる。侯の心に仁義ありとは、私の口かしこひ也。口がようてもしおふせねば人がにくむ。天子、將軍、是は運とやらにあづかるべし。そなたの師の眞淵は、たんと私おい〔や〕[一〇]つた人じや」とこたへたれば、「御もつとも」とのみいひこして、さて陰

五　この条は本文「三」。
六　底本「渓」、正しきに改。
七　底本「を」、意によって改。
八　底本「す」、意によって改。
九　この条は本文「四」。秋の雲の詠の一文はなし。
一〇　底本欠、意によって補。

口わるうそしる事じやと聞(い)た。そこで、

大佛の柱はやけてなかりけりせゝる蟻どもたんとわいたり

といふて、相手にやならぬ。

韓退之云(ふ)。「前のほまれは後のそしりを思ふ」といわれたを、東坡が云(は)れた。「唐三百年に文章なし。李愿が盤谷にかへるを送る序のみ。筆とれば先この文が目さきに立(ち)て、心おくるゝ也。あゝまゝよ、古今に獨歩させてやれ」とは、粋さまじや。されど前のほまれも後の訾も、おのがどちのひいき〳〵にて、孔夫子の出られて、「われがよい」とおしやらねばしれぬ〳〵。わたくしのほめそしりの狙《さる》殿が、万疋あつたとてなんともなし。

秋の雲風にたゞよひ行(く)みれば大はた小幡いもがたく栲巾《ひれ》

このうたは「よんだは」といふたれば、さあ狙どもが千万疋してそしるとぞ、そしるげな。さて「よい」といふたは、古言にて等類がないと思ふたのと、調が高いといふたのじや。秋風吹白雲飛といふ句をおもしろう味つけたのみじや。

[一]わかい時は人のすゝめて、俳かいといふ事習ふたれば、「さつても〳〵よい口じや」とほめられたので、四十にちかいまで、是を學ぶにひまがなかつた。人の云(ふ)は、「歌よんだがよい。俳かいはいやしい物じや」といわるゝに、ふと思ふたは、哥はお公家さまの道じやとおしやれば、こちとのよんだとてと思ふたけれど、人のすゝめにて、下のれんぜい様へ入門したれば、「さても、そなたはよい哥よみにならりや[二]」。「問(ひ)やる事どもは追(つ)てこ

一 この条は本文「五」。

二 「や」の下「ろ」脱か。

たよふ」とおしやつて、そのこたへなし。

契沖の著書をかいあつめて、物しりになろうと思ふたれど、とかくうたがひのつく事多くて、道はかいかなんだを、江戸の宇万伎といふ人の城番にお上りで、あやたりが引(き)合して、弟子になりて、古学と云(ふ)事の道がひらける。はじめはあや足が「教《をし》よ」といふについて、学んだれど、とんと漢字のよめぬわろで、物とふたびに、口をもじ〳〵として、其後にいふは、「幸い御城内へ宇万伎といふ人が来てゐる。是を師にして」といふたが、縁じやあつた。江戸人なれば、七年があいだ文通で物とふ中に、五十そこらで京の城番に上つてお死にやつたのちは、よん所なしの獨学の遊びのみにて、目があいたと思ふ。

伊勢の宣長といふ人は大家じやと聞(い)て、[三]人のつてで著書どもをかりて見たれば、これも私のおや玉で、文学といふ事にはうと〳〵しく、田舎だましいでやつつける人じや。門人がたんとついたは、物学ばすに高い事いわるゝがよさの事故、一人も人物が出る事ではない。たゞ弟子をとりべのゝ烟になるまでほしがられた。そこで、

僻ごとをいふてなりとも弟子ほしや古事記傳兵へと人はいふとも

とやらかしたれば、皆にくんだ事そうな。ある人古事記傳を見て、「是は坊主落か」と問はるゝ。「いや小兒いしやの片店商ひじや」といふたれば、「なんでも佛学者に尻もつてもらふていふと見へる。注解のしやうが仏書の例じや」といふた。この人死んでは、いよゝ火がふいと消(え)てしまふた〳〵。

市井の庸医の事故、日ゝ東西に走つて物学ぶいとまがない故、漢学はやめて、わづかよむ

三 文反古に書簡あり、呵刈葭論争の時も中にいた、荒木田末偶であろう。

と事のすむ古學者といわれたは、幸福じや。

歌も文も我(が)思ふ事を、いつわらずによみかきせうと思[一]ふて、（本ノマヽ）かゝん古哥をたんとおぼようとも思はずして、樂な遊びじや。

獨学孤陋[二]といふは、初めより師なしにまねぶ事をいましめたのじや。「此すぢゆけ」と示されて後に、又それよりよい道を見付(け)て学ぶが、眞の好者《すきしや》じや。師を学べば其半德をといふぞ。その師の半とくはいかにぞ。獨学して師にこゆるが道の爲の忠臣じやとい。

「[三]雲を櫻じやの、さくらが雲じやのといふ哥、[四]さいくん一人は」と、眞淵がおしやつたよし。西行ほどの上手が、よしの山に三とせこもりて、常見る花を雲じや〳〵とはどうぞ。此世の人はとかくに雲とみたを、世外の人のおんなじ事おしやつたはいかに。山家集に塵内・塵外のわかちをしるしして、失つたれば覺えぬ事よ。老も雲に似たの哥よん所なしにようだが、あまりほめられた事じやない。

曉　雲

よしの山雲にまがへる花さけば花にもまがふあかつきの雲

みやこに住(み)つきての春に

すまで我みやはさだめん粟田山あわたつ雲はさくら也けり

雲有歸山情

まがふやと花に別れて小初せに夕はかへる春のうき雲

一　底本に傍書する。

二　この条は本文「五一」に似た所がある。

三　この条は本文の「六」・「八六」・「一三六」。

四　「さいく人」か。底本の筆写には、西君即ち西行の意と解したか。

春曙花

足引の山さくら戸のひまもれて花にさかりぬ有明の月

雲　を

花にゝぬよしのゝ山の峯の雲はるゝを散(る)と人はいふ也

すべてほめられた事はなし。これらはほめられたがる病人の哥じや。

[五]俳かいをかへりみれば、貞徳も宗因も桃青も、皆口がしこい衆で、つゞまる所は世わたりじや。檜の木笠・竹の杖も田舎商いの上手者じや。是をうつせば、濁江の水草で、しげい中へは月はうつらぬぞ。歌もはいかいも今時のは、[六]やうちんへ堕(ち)たぞ〱。

下手なおや父は、天稟の才のまゝをいかにせん。人丸・つらゆき・後京極・ていか卿、よい所とつてあとは捨小舟、ろもかいも入らぬ〱。哥よみの三太郎・長松どのをよせて愚にする事、是も百年あまりこなたの世わたり也。梅にうぐひす、道成寺・三輪、おさだまりな事をよんであかぬとは。たゞ風流風韵、うまれつきと習ふていたるとあり。翁は習ふていたりました。

儒者も三条通の紙やの八兵へどのが、物しつて詩文つくるのみ。又書生がしろい髭のはへたとじや。詩も哥も男ぶりをつとめては風韻なし。里冠とやら歌七とやらのしこなしと同じかるべし。里冠も哥七も見ねど、ひち〱はた〱川海老を岡へほり上(げ)たやうにあろ。

[七]芝居も藝技も、見物がわるいでわるなつたのじやとも云(ふ)。

五　この条は本文になし、前出の「書おきの事」にはある。同趣は去年の枝折や癇癖談にある。

六　地獄。

七　この部分は、本文「一三七」。

[一]中樂はあまりおとろへぬは、おもひ入をめつたにさせぬ故か。是も大物はないよし也。雅樂寮のおとろへはいかに〳〵。あんまり思ひ入させぬ故じやとも云(ふ)。

[二]相撲とりのちいさいこそ心得られぬ事じやが、是もかしこいすじめから、力もなしに関とりになる世の中故か。翁がわかい時まで、丸山・綾川・だてがせき・源氏山・ひれの山・四車などといふのがありしに、近年では谷風といふべし。是もちゐしやで、むかいがよわい故か天下の一人也。

わかい時に四方關といふ事があつたは、すまひが多い故の事也。

丸山・阿蘇嶽・黒雲・戸根川、此中にとね川は、後世いふくわせ物のはじまり也。今見れば皆小魚の盆池にあそぶやうなのみ。八角といふたは、せがひくう横ひらたふて、つよい事上なしに、上手のうへに悪才ありて、すまふを下にゐてとると、「まつたり」と云(ふ)事の始じや。谷風をまつたり〳〵で、足をしびらしかつた故に、谷風、さぬきの高松のおかゝへがおいとまが出たゆへ、名ごりのすまふに、たてが崎・相引其外たれやらを四五人つゞけ投にして、御前立(つ)たゆへ、めしかへされたけれどかへらぬよし。後のたに風は、それからは、小兒のちからのある智惠のあるので、すまひではないぞ。

芝居でするぬれがみといふは、兩國梶のすけの事のよし。二まい櫛さして土俵入して、あいてにより「此くしをおとしたらまけにしよ」といふたよし。大山といふた大ぜきと兄弟分

一　この条は本文「一三七」。

二　この条は本文「一三八」。

で、大山は大力で一ぱゐにあたる者はなし。是も八角がだましてかつた故に、大にいかりて、八角ととる日に、投(げ)ておいてふみにじつたとの事じや。人をころして、大坂を立(ち)のきしに、尾張のすまふに、大山がかちのを、行司が見そこなふて團上(げ)た故、見物の中から唐獅子が飛(ん)で出て、行司をとつてほり、頭どりどもをふみちらして又行へしらずと聞(い)た。

又行司にも、岩井團の介といふは老年になつて、近隣ゆへ店ばなしにわせて、いろ〳〵とすまふの昔ばなしを聞(い)た。相引と鷲の尾とのすまふを、わしの尾へ團を上(げ)たを、さぬきのかたやから、刀提(げ)て十人ばかり土表[三]へ出て、「行司め」といふたら、「かねてかくごじや。さあこい」といふて、團の柄からつるぎをぬきだして、十人に立(ち)むかふた所、東西のとうどり・すまふが出て、「われずまふに」と云(ふ)たれば、團扇を引(き)やぶつて、二たび出なんだとぞ。越前の福井どのへかゝへて後に、「是非御前ばかりの行司せい」とおしやつたれば、「團はなし」と申(し)て、たゞの扇で出た。是が行司の常の扇もつ始のよし。越前やの市郎右ヱ門といふて、御用だちにて、老(い)て後に禪門になつて、常に翁のわかい時にかわいがられた事よ。すまふどもが前へつくばひて、礼してとをる事じや。「兄よ〳〵」といふて、鬮とりも鬮分も小どもあしらいした事じや。

七十六歳　餘　齋（花押）

三　正しくは「俵」。

一　この条は本文「四六」。
二　この条本文になし。無腸即ち蟹と号する、自らのことを述べた文。
三　底本「唌」、意によって改。
四　「秋」を誤ったか。
五　この条は本文「七四」。

〔膽大小心錄異本〕

[一]高《たか》のの玉川は毒水と云(ふ)はいかに。毒ならばたれか忘れてくまん。もし毒ならば、「忘れては手にな結びそ」とこそよまめ。

國〻にわかれたれど、六所にかぎらず、清流はいふ也。山城の井出の末も玉久世川とよみ、つの國のは今も小渠泥水なり。こゝに過(ぎ)しに、大冢《おほつか》といふ川邊の郷に出る砂川あり。忘れてもむすぶべし。是ぞ古河の名也。今は名の改まりて人しらず。玉河・玉水・玉の井皆きよきを呼ぶ稱也。

有《リ》二蟹石翁《ナル》者一。形不二醜《ナル》已《ノミナラ》一、心亦《モ》醜也。以《ツテ》二横行《ヲ》一爲《シ》レ直《ト》、雖《モ》二眼《ハ》高《ク》腹《ハ》大《ナリト》一、性《ハ》躁《ニシテ》而、吃〻志變《リ》。二螯八跪之剛、不二以《ツテ》人恐《レ》一。口吃《リテ》常《ニ》[三]〔涎〕沫流《レ》、言語不レ分《レ》、以《ツテ》レ螯《ヲ》爲《シ》レ筆《ト》、好《メド》二理論辯說《ヲ》一、人不三必《ズシモ》用《ヒ》二其《ノ》言《ヲ》一。於《テ》レ是《ニ》穴二居《シ》崖下《ニ》一、爲《ス》レ有《リト》二一天地一。春[四]地不レ順《ナラ》、花卉鳥蟲無《シ》レ時。近曾發憤《シテ》言《フ》、「人云《フ》レ美《ト》我《ヲ》見《テ》レ之醜《トナス》。美醜不二相分《バ》一、則《チ》又無《シ》レ有《ルコト》二善惡邪正一矣」。甲堅《ク》螯振《ヘド》、遂《ニ》爪折《レ》、身爲《ル》二廢物《ト》一。於《テ》レ是《ニ》愈逡巡《シ》、守《ル》二獨幽《ヲ》一耳。

[五]翁此頃事を記するに、痼氣によりて筆をどりはしりてよみがたし。一客云(ふ)。「翁が書體誰にかよる」。答(ふ)。「たゞ鳥の跡をとおもふ也。詩も又其はじめは韻字有(ら)んや。韻

をふめば格あり、故に随意ならず。まして平仄をや」。

萩[六]の花すりこゝろみしに、紫色、花枝にみるより濃くてよし。又黄なる花蘂ありてするにあらはる。牡丹餅をお萩といふは、此よしなるべし。

す[七]べて鳥毛物も花も雄はよし。雌は劣れり。人のみ女をまさるとす。もし粉黛紅脂を用いざれば、男必(ず)よし。

西[八]行の哥は、塵中塵外の二体あり。花はとかくに雲雪、是は時にならひたる謡妄也。賀茂翁云(ふ)、「さいく人一二人こそいはめ」とは金言也。「よしの山やがて出(で)じと思ふ身を花ちりなばと人や待(つ)らん」、又「雪のふる日はさむくこそ」とは、世外の言也。

師[九]の哥に「志がの浦は汀もしろく氷(り)つゝかへる波なきからさきの濱」。是をばしらずよみによみし、「空さえて汀ひまなく氷(り)けり波をかへさぬし賀の浦風」。是は行司は團扇を翁に擧(ぐ)べし。

詩[一〇]人の書生涌(け)ども〳〵傑出なし。師の半徳を得かぬる者を、邊國の産には、いかで〳〵と思ふ也。

六　この条は本文「七九」。

七　この条は本文「八三」。

八　この条は本文「八六」。

九　この条は本文「八六」。

一〇　この条は本文「五一」。

[一]儒者のこはくない事、我(が)生涯のうち也。学文はよけれど、倫性墮にして規律なし。

[二]國学者が唐の事を云(ふ)と、儒者が日本の事を考へたと、同病憐むべし。

[三]絵は或高貴の御説に、「狩野の尙信は、牧溪の風を心におきて、萬物を摸寫して妙を得たり」とぞ。近來應擧と云(ふ)人は、寫生を宗として筆端自在也。しかれども「尙信にくだる」と云(ふ)人あり。

[四]明人の詩經の圖に後序をくはへて云(ふ)。「絵は本、書典に説(き)えぬ事を地圖に著はして、朝廷の祕錄なりしを、聖佛の像を畫きて、信心渇仰の便とせしは次也。其餘の人物は三百篇の敎へを圖にあやなして、人心のたすけとぞ。花鳥草木は女ごの縫織に似て無益の業也。山水は圖籍より來たる」と。此説、明人の言のみならず、翁が思ふにまかせし事も交(へ)たり。

[五]佛法のさかんなる事、此國にこゆる所なしとぞ。さかん也といへども、仏意なければ國に損害なし。雄弁の僧は劇場の生・旦に同じ。高坐をくだれば尋常の人也。

一　この条は本文「五四」。

二　この条は本文「六〇」。

三　この条は本文「六七」。

四　この条は本文「六八」。

五　この条は本文「七一」。

或[六]師の意見に、「老が泥鰌をくらふ事奇怪也。人は板歯にして牙歯なければ肉はくらふべからず。牛馬といへども、板歯は草秣をくひて峭壁をこえ、日ゝに重荷を運ぶならずや。是天稟の性也」と。答(ふ)。「承りぬ。しかれども庖厨に入(り)て調味せしは、我(が)くらふは野菜に同じく、且生を断(つ)事なし」と。又「泥鰌は我(が)左明を得させし(以下闕)」。

六 この条は本文「七二」。

補注

雨月物語

一 **洞越**(三五頁)　史記の礼書に「朱絃洞越」とあって、鄭玄の注に「越ハ瑟ノ底ノ孔」。同じことを楽記に「朱絃疏越」とある。これを鄭玄は、疏は通と解し、「両頭ノ孔ヲシテ相連ツテ而シテ通ゼシムル也。孔小ナレバ則チ声急ニ、孔大ナレバ則チ声遅キ故也」と注した。

二 **可見鑑事実…**(三五頁)　秋成は安永八年にぬば玉の巻を作って、その物語観を示した。中に言う、「そも物がたりとは何ばかりの物とか思ふ。もろこしのかしこにもかゝるたぐひは、ひたすらそらごとをもてつとめとし、(中略) 時のいきほひのおすべからぬを思ひ、くらゐ高き人の悪みをおそれて、いにしへの事にとりなし、今のうつゝを打ちかすめつゝ、おぼろげに書き出でたる物なり。彼の源氏物がたりもこのたぐひにて」。寛政五年刊の「よしやあしや」にも同じ旨が見える。この考えは、五井蘭洲の勢語通にヒントを得たものと推察できる。蘭洲は伊勢物語には事実が多く述べてあると見ている。蘭洲的考えから、自説をいだくに至る中間に、秋成は雨月物語を作った。ここも源氏物語・水滸伝には事実が多くふくまれていて、このすぐれた作品においては、千年の後でも、この作品を通じて、その事実を明らかにうかがうことが出来るという文意である。(中村幸彦「秋成の物語観」—国文学二十三号)

三 **雊雊竜戦**(三五頁)　秋成が、この作品で多くを学んだ明の瞿佑の剪燈新話の自序に、その書について「恠ヲ語ルコトニ渉リ、淫ヲ誨フルニ近シ」と反省したが、また思えば「易ニハ竜ノ野ニ戦フト言ヒ、書ニハ雊ノ鼎ニ雊クコトヲ載セ、国風ニ婬奔之詩ヲ取リ、春秋ニ乱賊之事ヲ紀ルス」と述べてある。この序によった語。易経の坤上に「上六ハ竜野ニ戦フ、其ノ血玄黄ト」とあり、書経の高宗彤(ゆう)日に「越ニ雊ク雉有リ」とある。集註に彤の日は祭明の日で、この日に雊く雉の異が有ると注した(後藤丹治「雨月物語箚記」—国文研究第一輯)。

四 **あふ坂の**(三七頁)　撰集抄一の花林院永玄僧正の事の条「木層のかけはしさのゝふなはし、なんど見侍りしに、心もとまるべき程なり。あふさかの関守とがめかねし、秋こし山のうす紅葉み過しがたく、浜千鳥の跡ふみ付くるなるみがた、富士の山辺は時しらぬ、かのこまだらの雪残り浮嶋がはら清見が関、大磯小磯のうら〳〵は、過ぎ難く侍るぞや」。

五 **身にしめつも**(三七頁)　「つ」は完了の助動詞、「も」は強めの係助詞であろうが、「つも」の形で、この書では、「つつ」と同意に用いる。「戸を推して入りつも、其人を見るに」(菊花の約)、「いかで浮木に乗つもしらぬ国に長居せん」(浅茅が宿)、「居めぐりて守りつも三日を経にけるに」(夢応の鯉魚)、「見送りつも、(中略) 家に帰りしかど」(蛇性の婬)の如く、以下にも見える。秋成のみでなく、蕪村の新花摘にも「肩にひしと負ひつもからうじて白石の駅までもち出でたり」の例がある。

六 **紫宸清涼**(三八頁)　撰集抄一の新院御墓白峰の事の条に「是なん御墓にやと、今更かきくらされて、物もおほえず、親(まのあた)りみ奉し事ぞかし。清凉紫震(ママ)の間にやすみし給ひて、百官にいつかれさせ給ひ、(次に後宮と春秋の宴のことあるが中略、甘い部分を捨てた秋成の態度は、本篇をきびしい作品にしている)豈思ひきや、今かゝるべしとは、かけてもはかりきや。他国辺土の山中のおどろの下に朽ちさせ給ふべしとは」。以下同じ条には「一天の君万乗のあるじ」などの語もある。

七　**常ならね**(三八頁)　「ね」は打消の助動詞「ぬ」の已然形。万葉集一「古の人に我あれや(中略)見れば悲しき」(三二)、同「大船を荒海に漕ぎ出でや船たけ吾が見し子らがまみは著しも」(一二六六)の如きは、「ば」「ども」などの条件を作る助詞をともなわないで、その意味を持つと解されている(山田孝雄「奈良朝文法史」新版一七〇頁、佐伯梅友「国語史上古篇」一三五頁等参照)。前出の歌は、賀茂真淵も「我ここの古への人にあればにや」(万葉考)と解釈した。秋成もこの文法を知っていて、用いたのであろう。以下にも、浅茅が宿「昔には似つゝもあらね、いづれか我が住みし家ぞと立ち惑ふに」、同「其あとをももとめて壠をも築くべけれと、人ゝに志を告げて」など多く見え、悉くこの用法にかなうように思われる。従来の注ではこの已然形を終止と見たのであるが、今回は全部条件法的に解することにした。

八　**魔道**(三九頁)　秋成が本篇や、仏法僧をなすにあたって、魔道の参考としたと思われる、保元物語を初め、源平盛衰記八の讃岐院の事、太平記二十五の宮方怨霊会六本杉、同二十七の雲景未来記、沙石集などによると、即ち天狗道のことである。崇徳院・後鳥羽院・後醍醐天皇の如き、この世で我執つよい行動をし、うらみを持って没した怨霊が、この道に入る。熱鉄のまろがしを日に三度呑んで、修羅道の苦をうけるが、なおたたりをなすことが出来る霊力を持つにいたる。姿もまたいわゆる天狗の形で述べられている。竜宮船(宝暦四年刊)二「天狗といふもの上古には沙汰なきものにて、中古より国々所々名山高山などに住む。其形人のごとくにして、高き鼻鳥の喙肉の翅有りて、能飛行すと。しかれどもさだかに見たる人も稀なり。世の中凶き事あらんとする時はあらはれ、若また高慢の心有る人をば、つれ行きて引き裂きなどして、樹の枝にかけおくことありとぞ」(以下山岡元隣・新井白石等の例話・解説を引き、中国のとは相違することを言う)。

九　**王道**(三九頁)　熊沢蕃山の集義外書二に「然れども天神地神人王の始は、神聖の徳おはしましましかば、不言にして大道行はる。中華も日本も、有徳の時を得て上におはしまし、みづから天下を風化し給ふは、教の書なくたゞ人道の美風を見るばかりなり。日本も上代の人は不知不識三綱五常の道によらざるはなかりき。是王道なればなり」。次の人道も合せて、これらの思想によったもの。

一〇　**ものから**(四一頁・一六七頁・二〇二頁)　本居宣長の玉あられに「然るを今ノ世の人は、いかに心得たるにか、思ふからといふべき所を、思ふものからといひ、あらぬ故にといふべき所を、あらぬ物からといふたぐひいとおほきは、たゞからといふと、同じ意とおもひ誤れるなめり」。

一一　**武王一たび**(四二頁)　孟子の梁恵王下篇に斉の宣王と孟子との数回の問答の中に「武王亦一タビ怒リテ、而シテ天下之民ヲ安ンゼリ。(中略)臣トシテ其ノ君ヲ弑スル可ナランカ。曰ク仁ヲ賊フ者ハ之ヲ賊ト謂フ。義ヲ賊フ者ハ之ヲ残ト謂フ。残賊ノ人ハ之ヲ一夫ト謂フ。一夫ノ紂ヲ誅シタルハ聞ケドモ、未ダ君ヲ弑シタルヲ聞カザル也」と見える。

一二　**親しきを議るべき令**(四四頁)　律疏残篇の六議の条「一ニ曰ク議親。皇親及ビ皇帝五等以上ノ親、及ビ太皇太后、皇太后四等以上ノ親、太皇太后ハ皇帝ノ祖母也、皇后三等以上ノ親ヲ謂フ」(唐律疏議第二参照)。

一三　**志戸の海**(四四頁)　鵜月洋「雨月物語研究ノート」(国文学研究第三十号)に志戸の文字の寛永絵入整版本保元物語に見えること。志戸は保元物語に崇徳院の崩ぜられた所として見えるが、これには誤解のあったこと。いずれにせよ崇徳院と今の志渡町の海とは関係ないことを明らかにした。しかし秋成は白峰寺縁起に「五部大乗経の箱に竜宮城に納め給へとあそばして椎途の海に沈めさせ給ひたりければ」とある椎途を、志渡町の海と解したであろうことは、「志戸八嶋」で平家の討たれることを後文に出したことによって考えられる。

一四　**はた**(四五頁)　秋成が国学上影響をうけた五井蘭洲の説を多く含むと思われる源語梯に「ハタト云フ詞ハ将ノ字、又当ノ字ヲヨマセテ、マサニト云フ意ナリ、万葉ニ為当也ノ三字ヲハタヤト訓ゼリ、其本ハ果(ては)ト云フヨリ転ジテ、助語トノミナレル所モアリ」。

一五　**青々たる**(四七頁)　范巨卿雞黍死生交の初め「樹ヲ種ウルニ垂楊ノ枝ヲ種ウルコト莫レ。交リヲ結ブニ軽薄ノ児ト結ブコト莫レ。楊枝ハ秋風ノ吹クニ耐ヘズ。軽薄ハ結ビ易ク、還《マタ》離レ易シ。君見ズヤ昨日ハ書来ツテ両ビニ相憶ヒ、今日ハ相逢フテ相識ラズ。如カズ楊枝猶久シカル可ク、一タビ春風ヲ度セバ一タビ首ヲ回ラスニ」。

一六　魚が橋（五三頁）　秋成は後年の金砂で「今の加古の駅の西に魚が橋と云ふ里、こゝ魚住の名の転訛してやとゞめし。橋は魚住の橋の略歟」とあって、魚が橋を、行基が開いた魚住の港にあてている。（重友毅著、雨月物語の研究所収「菊花の約と人麿の羇旅歌」）

一七　公叔座（五七頁）　史記六十八の商君列伝に「座ノ病ムニ会フ。魏ノ恵王親ラ往キテ病ヲ問フ。曰ク。「公叔病ム。諱ムベカラザル如キコト有ラバ、将ニ社稷ヲ奈何セン」ト。公叔曰ク。「座ノ中庶子公孫鞅、年少シト雖モ、奇才アリ。願クバ王、国ヲ挙ゲテ之ニ聴ケ」ト。王黙然タリ。王且ニ去ラントス。座人ヲ屏（しりぞ）ケテ言ヒテ曰ク。「王即シ鞅ヲ用フルヲ聴カズンバ、必ズ之ヲ殺シ、境ヲ出デシムルナカレ」ト。王許諾シテ去ル。公叔座鞅ヲ召シ謝シテ曰ク。「今王以テ相ト為スベキ者ヲ問フ。我若（なんぢ）ヲ言フ。王ノ色我ヲ許サズ。我方ニ君ヲ先ニシ、臣ヲ後ニス。因リテ王ニ謂フ、即シ鞅ヲ用ヒズンバ当ニ之ヲ殺スベシト。王我ニ許ス。汝疾ク去ルベシ。且ニ禽セラレント」。

一八　鎌倉の御所（六〇頁）　鎌倉大草紙等によるに、享徳三年十二月、成氏は父持氏以来の遺恨で、上杉憲実の子憲忠を鎌倉に討った。上杉の一族は将軍に願い出、将軍また享徳四年今川範忠を大将として下し、六月鎌倉に乱入放火する。成氏は走って総州下河辺の城に入り、後に古河に拠った（細野哲雄「浅茅が宿の管領上杉」―国語と国文学昭和二十四年三月号）。

一九　あふ坂の夕づけ鳥（六一頁）　古来諸説がある。賀茂真淵の続万葉論の説は「真淵案るに祈年祭式に白馬白猪白鶏を供るよしあれば、神に白鶏をさゝぐるにつけて、白木綿つけたるごとく見ゆとてゆふ付鳥といふか。又何にても供神にはゆふをつくればそれはそれよりいふか。あふさかには神に供るにさる詞の有るによりいづこにてもゆふ付鳥とはいふべし」。

二〇　畠山が同根の争ひ（六二頁）　応仁記・後太平記などによると、義就は河内の嶽山の城にこもり、政長の援軍は京都からも出て、都もさわがしかった。同根の故事は、魏の曹植の七歩の詩「豆ヲ煮テ豆ノ萁（から）ヲ燃ク、豆ハ釜中ニ在リテ泣ク。本是同根ニシテ生ズ、相煎スルコト何ゾ太（はなは）ダ急ナル」による。古文真宝所収のこの詩の後に「豆萁同根生ハ兄弟同胞ノ出ル所ノ如キヲ喩フ」。

二一　我が軒の標（六三頁）　後藤丹治「雨月物語に及ぼせる源氏物語の影響」（国語国文四の十二）に指摘がある。蓬生から相似た所を引くと、「森のやうなるをすぎ給ひ、おほきなる松に藤の咲きかかりて、…見し心地する木立かなとおぼすは、早うこの宮なりけり。…格子二間ばかりあけて、すだれうごく気色なり。わづかにみつけたる心地、おそろしくさへおぼゆれど、よりてこはづくれば、いと物ふりたる声にて、まづしはぶきをさきにたてて、彼は誰ぞ何人ぞととふ。…といふ声、いたうねびすぎたれど、聞きしおい人とききしりたり…変らせ給ふ御有様ならば、かかる浅茅が原をうつろひ給はでや侍りなむや」。

二二　命ばかりを（六四頁）　秋成は万葉集などに多い間投助詞の「を」（「紫草のにほへる妹を憎くあらば」、「山たづの迎へを行かむ」、「吾が衣したにを著ませ」の如き）と、一般に「に」に通ずると称される格助詞の「を」（「たらちねの母を別れて」の如き）を混合して、文意をつよめ、又は色々の助詞の代理をして、つよめる働きのあるものとでも理解したのではないかと思われる。ここの例は「は」の代理であるが、以下「磯良を（に）かたらひていふ」（吉備津の釜）、「あやまちして身を（の又は強め）亡ぶることなかれ」（同）、「今より男さびしてよく心を（の又は強め）静まりまさば」（蛇性の婬）、「干戈を（の）揮ひ出でて」（浅茅が宿）の如くである。なお間投助詞のつもりで他の助詞と共に用いた次の如き例もある。「咫尺をも鬱悒きこゝ地せらる」（白峯）、「このほどの訛は幾らをもしいづるなり」（仏法僧）の如くである。

二三　巫山の雲漢宮の幻（六五頁）　高唐賦に「昔、先王嘗ツテ高唐ニ遊ビ、怠レテ昼寝ネタリ。夢ニ一婦人ヲ見ル。曰ク。妾ハ巫山之女也。（中略）王因ツテ之ヲ幸ス。去ツテ辞シテ曰ク。妾ハ巫山之陽、高丘之阻ニ在リ、旦ニハ朝雲ト為リ、暮ニハ行雨トナル。朝々暮々陽台之下ニスト。王、朝ニ之ヲ視ルニ言ノ如シ」。外戚伝に「方士斉人少翁言フ。能ク其ノ神ヲ致サント。廼チ夜、燈燭ヲ張リ、帷帳ヲ設ケ、酒肉ヲ陳ベ、上(孝武帝)ヲシテ他ノ帳ニ居ラシム。遙ニ好女ヲ望見ス。李夫人之貌ノ如シ。帷ニ還ツテ坐シ而シテ歩ム。又就イテ視ルヲ得ズ。上愈〻益〻相思フテ悲感ス」。

二四 **樹神**(六八頁)　徒然草の文章の出所である、源氏、蓬生にも「ふくろうのこゑを朝夕にみゝならしつゝ、人げにこそさやうのものもせかれてかげかくしけれ、こたまなどけしからぬ物共所をえて、やう〳〵かたちをあらはし、物わびしきことのみかずしらぬに」とある。(後藤丹治「雨月物語に及ぼせる源氏物語の影響」―国語国文四の十二)

二五 **簀子**(七八頁)　太平記二十五の宮方怨霊会二六本杉一事の条に「よしさらば、今夜は御堂の傍にて明かせかしと思ひて、本堂の縁に倚り居つゝ、閑に念誦して、心を澄ましたる処に、夜痛く深けて」。

二六 **福田**(七八頁)　壒囊鈔七に「八福田トハ何ゾ、一ニハ曠路ノ義井。二ニハ水路ノ橋梁。三ニハ平治嶮路。四ニハ孝順父母。五ニハ供養沙門。六ニハ給事病人。七ニハ救済危厄。八ニハ説无遮会。此八種。福田ノ因行ナル故ニ。八福田ト云フ。仍テ看病福田ナンド云ヘリ」。慈善の仕事であるが、一、二の如く土地をさして言うこともあるので、秋成は誤解して用いたか。

二七 **跪まる**(八一頁)　秋成が「うすゞまる」と誤り用いた例。藤簍冊子四所収の月の前に「めを偸みてうすゞまりをる」。「豊太閤を祭る」に「うすゞまり項つきつゝをろがみ奉り侍る」。

二八 **隠神を役して…**(八二頁)　野山名霊集二に「且一山開闢のとき、大師軍荼利の法に依つて、七日七夜加持し結界して、諸天善神を招請し、悪神悪鬼を駈け追ひて、七里の外に発遣して、本有曼荼羅の荘厳をあらはし給へり」などがある。

二九 **吉備の鴨別**(八七頁)　本朝神社考三の吉備津神社の条に「応神天皇、二十二年、吉備ニ幸ス。吉備ノ国ヲ割リテ、御友別之子ニ封ズ。復、波区芸ノ県ヲ以テ、御友別ガ弟鴨別ニ封ズ。是レ笠田之始祖也」。ただしこの日本書紀による文も、田は臣の誤写とされるが、神社考はその誤をうけついだもの(後藤丹治「雨月物語と本朝神社考との関係」―立命館文学第六五号)。ただしこの一条は日本書紀によると考えてもよい。

三〇 **御湯**(八八頁)　本朝神社考三「備中ノ国、吉備津ノ宮裏ニ釜有リ。祈ル事有ル毎ニ、巫人湯ヲ爥シテ、而シテ竹葉ヲ浸シテ以テ身ニ灌グ。又神ニ詣ル者、事ヲ試ミント欲シテ、粢盛ヲ釜前ニ奠(まつ)ル。祝唱シ畢ツテ柴ヲ燃ク、則チ釜鳴ルコト牛ノ声ノ如キトキハ即チ吉、若シ釜鳴ラザルトキハ則チ凶シト云フ」(後藤丹治同論攷)。

三一 **招魂の法**(九一頁)　徒然草二百十段に「ある真言書の中に、よぶこ鳥なく時、招魂の法を行ふ次第あり」と見える。徒然草の古注釈書は、様々の説をあげる。野槌や文段抄は、魂魄・人だまをまねきかえす方法とし、徒然草直解は、招魂法として、「延命法幷ニ普賢延命法ニ就イテ之ヲ行フ」と偈を示したりしている。前者は中有に迷う魂を屍や墓にかえし、往生せしめる方法のようでもあり、後者は延命の法である。一方野槌や盤斎抄など、参考として楚辞の招魂篇の注をあげるものも多い。秋成はそのような注によって、死者の精神をよびかえして、再生せしめる法にここは用いたのである。楚辞王逸の注は「招ハ召也、手ヲ以テスルヲ招ト曰ヒ、言ヲ以テスルヲ召ト曰フ、魂ハ身ノ精也。(中略)故ニ招魂ヲ作ツテ以テ其ノ精神ヲ復シ、其ノ年寿ヲ延ベント欲ス」と言う。なお野槌など楚辞注により、その方法をかかげるが省略する。

三二 **常ならぬ**(九五頁)　牡丹燈記に「天陰リ雨湿フノ夜、月落チ参(星の名)横ハルノ晨、梁ニ嘯ヒテ声有リ、其ノ室ヲ窺ヒテ睹ルコト無シ」。

三三 **春吹く風**(一〇二頁)　警世通言の白娘子永鎮雷峰塔「桜桃ノ口ヲ啓(ひら)キ、榴子ノ牙ヲ露ハシ、嬌滴滴ノ声音ニ、満面ニ春風ヲ帯着シテ」。

三四 **あらたなる**(一〇九頁)　この篇と源氏物語の関係は後藤丹治「蛇性の婬の成立と源氏物語」(京都帝国大学国文学会記念論文集)に詳しい。湖月抄は、河海抄を上げて、「唐ノ僖宗皇帝ノ后馬頭夫人の形見にくきことを歎き給ひけるに、仙人のをしへによつて、東に向ひて日本国長谷寺の観音に祈り給ひし、夢中に一人の貴僧紫雲に乗りて東方より来て瓶水を面にそゝぐと見て、忽に容皃端正になりにきと云々」。

三五　鯈(一一三頁)　正しくは「はや」また「はえ」。しかし清田儋叟の如き学者の通俗漂海録(寛政七)三にも「落鯈(あゆ)」。畠中観斎の太平楽国字解(安永五)にも「鯈(あゆ)」など訓んでいる。秋成もこの字を用いた例が多い。春雨物語の血かたびら「小鯈」。土佐日記解の「おし鮎」の補注「塩おしの鯈魚也」。諸道聴耳世間猿五の三「はや瀬の鯈を追ひあるき」。

三六　**ふところの璧**(一二四頁)　艶道通鑑(増穂残口著、正徳五年刊、享保四年再版)四の大江定基の段に「懐の玉をうばわれ手に持つ花を風にさそはれしおもひ泣くになみだなくさけぶに声いでずそのかなしさたとふるに物なし余り別れの切なるによりて火に焼き土に埋むるはざをもせず顔に皃をもたせ手に手を取り組みて一日を過ぎ二日を経けるに火の気去れば水かわき風たへぬれば土くづれて白き皃の青く変じ肉たゞれて骨あらはれ」。ただし「肉を吸骨を嘗て」にあたる所は通鑑にない。ここはやはり宇治拾遺物語四の三河入道遁世世に聞ゆる事(または今昔物語第十九の参河守大江定基出家語)の「口を吸ひたりけるに」(「口ヲ吸ヒケルニ」)によったのであろう。

三七　**氷の朝日に**(一三〇頁)　後藤丹治「雨月物語青頭巾の一典拠」(国語国文十七の七)によれば、都鳥妻恋笛(享保十九年刊八文字屋本)五の吹笛聖人の条に「天狗斑女の姿のかはり果てたる躰を見て忽ち染着せし愛念去ると、はつといふ声の下より、肉身朽ちて霜の消ゆるが如く、四大分散して只一連の白骨となり、残る者は頭巾篠掛衣裳ばかり、執心こり固まつて、其念にて是迄具足してありし形、愛着の念消ゆると共に、仮の五躰も消え失せり」によると。

三八　**岡左内**(一三一頁)　諸本に見えるが、翁草(神沢杜口)三十三、諸録抜萃の記事が最もこの内容に近い。「武功は元来人の知る処、其の上隠れなき福人なり。(中略)常に一ケ月二三度宛、大判小判一歩を書院に一面に敷き並べて、其の最中に枕して、是を眺めて慰とす。世人は左内が武功には似合はず金銀にめでたるを譏り哂く。(中略)又馬取の仲間何として持たりけん、黄金一枚所持す。左内聞きて、扨々己は奇特者なり、貴賤上下に不レ限、摺り切りては何の心掛も不レ叶、汝は能き心懸なりとて、褒美に黄金十枚とらせけり」。「氏郷の家」とするのは向坂咬雪軒の老士語録、他は秀行に仕えたと見える。

三九　**石崇・王元宝**(一三三頁)　五雑組五に「石崇・刁逵ガ晋ニ於ケル、王元宝・鄒駱駝ガ唐ニ於ケル、巨擘ト称ス」また「石崇・王元宝ガ流ノ如キハ、廼チ豺狼蛇蝎ナリ」。

四〇　**呂望**(一三三頁)　貨殖列伝に「太公望営丘ニ封ゼラルルヤ、地潟鹵(せきろ)ニシテ人民寡(すく)ナシ。是ニ於テ太公其ノ女功ヲ勧メ、技巧ヲ極メ、魚塩ヲ通ゼシカバ、則チ人物之ニ帰シ、繦至(きやうし)シテ輻湊ス。故ニ斉、天下ニ冠帯衣履シ、海岱ノ間、袂ヲ歛(をさ)メテ往キテ朝ス」。

四一　**管仲**(一三三頁)　同伝に「其ノ後、斉中ゴロ衰フルヤ、管子之ヲ修メテ、軽重九府ヲ設ク。則チ桓公以テ覇タリ。諸侯ヲ九合シテ天下ヲ一匡(いつきやう)ス。而シテ管氏モ亦三帰有リ。位ハ陪臣ニ在リテ、列国ノ君ヨリ富メリ」。

四二　**范蠡**(一三三頁)　同伝に范蠡が勾践を助け会稽の恥をすすいで後、陶にゆき朱公となり、「十九年ノ中、三タビ千金ヲ致シ、再ビ分散シテ貧交、疏昆弟ニ与フ」。子孫また業を修めて巨万に至る。「故ニ富ヲ言フ者、皆陶朱公ヲ称ス」などのことが見える。

四三　**子貢**(一三三頁)　貨殖列伝に「子贛(しこう)既ニ仲尼ニ学ビ、退キテ衛ニ仕ヘ、廃著シテ財ヲ曹魯ノ間ニ鬻(ひさ)グ。七十子ノ徒、賜最モ饒益ト為ス」。

四四　**白圭**(一三三頁)　同伝に「白圭ハ周人ナリ。(中略)白圭ハ時変ヲ観ルヲ楽ム。(中略)蓋シ天下生ヲ治ムルコトヲ言フモノハ、白圭ヲ祖トス。白圭其レ試ミル所有リ。能ク試ミルニ長ズル所有リ。苟モスルノミニ非ザルナリ」。

四五　**のちの博士**(一三三頁)　後藤丹治「中国の典籍と雨月物語」(国語国文二十一の十一)に貧福論と貨殖列伝の関係を詳記する。また史記評林を調べて、明の李夢陽・汪道崑や後漢の班固の、この伝の著述について、悪評を下したことも見える。

四六　蹺蹊（一三五頁）　これまでの諸翻刻は或は「蹺蹺」とよんで、「足を高く挙げて走るかたちである」と注し、或は「蹺蹬」とよんで、「蹺は足をあげる、蹬は足を地にける」など注した。が、下の文字は蹊に近い。水滸伝（冠山訓訳本）十四回に「我們ハ他ノ偺ク大ナル一条ノ大漢、廟裏ニ在リテ睡得シ蹺蹊ナルヲ見ル」とあり。小説字彙に「蹺蹊　ウサンナガテンノユカヌ」とある。また金翹伝によって作った錦の魚（天保十二刊）二上に「蹺蹊（むづか）わけはねへ」など見えて、うさんそうな、またむつかしそうな様子をいうべく、秋成もこの文字を用いて「ありさま」と訓ませたものであろう。

四七　**天命**（一三五頁）　一例を英草紙第五篇にとれば、「世の中の事。何事も天命に非ざる事なし。命の裡にある事は。求めずして自然に至る。命の裡に無きことは。精神を労しても至らずと知るべし」。

四八　**これとあらそふ**（一三八頁）　貨殖列伝の文は「善者ハ之ニ因リ、其ノ次ハ之ヲ利道シ、其ノ次ハ之ヲ教誨シ、其ノ次ハ之ヲ整斉シ、最下ナル者ハ之ト争フ」。

四九　**君子は**（一三八頁）　同伝に君子の富について「君子富メバ好ミテソノ徳ヲ行ヒ、小人富メバ以テ其ノ力ニ適フ」。

五〇　**蓂莢**（一四〇頁）　帝王世紀に「堯ノ時ニ草有リ、階ヲ夾ミテ生ズ、毎月ノ朔ニ一莢ヲ生ジ、月半ナレバ則チ十五莢ヲ生ズ、十六日自リ一莢落チ、月晦ニ至ツテ尽ク、月小ナレバ則チ一莢ヲ余シ、厭シテ落チズ、名ヅケテ蓂莢ト為ス」。

春雨物語

一　**物がたりざま**（一四五頁）　秋成の理解した物語様とは、文章は擬古文で、彼一流の（補注二で示す如き）寓言をふくんだ作品をいう。春雨物語を、そうした作品の「うひごと」とするについては、文化三、四年刊の藤簍冊子所収の月の前・剣の舞その他単独に発表された若干をあげて異論をとなえ、合せてこの解釈に反対する立場もあるが、この序文の初稿で、藤簍冊子刊行以前と思われるものにも（解説参照）、「物がたりざまはまだうひ事にや」と見える。秋成は初稿の文字をそのまま存したか、若干の前出の作品を無視したか、おそらく後者の立場においての言葉であったろう。

二　**寓ごと**（一四五頁）　金砂二に「此七日夜の物語（語）は西上の寓言なるを」とあって、つくりごとの意だが、また秋成の物語観を示す用語で、ぬば玉の巻に「そも物がたりとは何ばかりの物とか思ふ。もろこしのかしこにもかゝるたぐひは。ひたすらそらごと（寓言）をもてつとめとし。専ら其実なしといへども。必ずよ。作者のおもひよするところ。或は世のさまのあだめくを悲しび。或は国のついえをなげくも。時のいきほひのおすべからぬを思ひ。くらゐ高き人の悪みをおそれて。いにしへの事にとりなし。今のうつゝ（現在）を打ちかすめつゝ。おぼろげに書き出でたる物なりけり」とあり、同じ意のことが「よしやあしや」（寛政五年刊）にも見える。（中村幸彦「秋成の物語観」―国文学二十三号所収）。

三　**ふみ**（一四五頁）　秋成の正史への不信は、壬申の乱その他において示されている。金砂六に「国史は正実の証とすべき事、もとよりの詔令ながら、和漢共に時を憚りては、いさゝかのたがひある事、他の書によりて知らるゝもあれど、たゞ朝廷にたがはゞ、いみじき罪なるべければ、無益の穿鑿にはわたるまじきを」とか、「正史といへども時にあたりては、実を退け譌を設くる。是亦人力の天を誣くなれば、遂に其事後に見あらはされるべし」とか述べる。胆大小心録にその若干を指摘する。

四　**記伝のはかせ**（一四五頁）　大学寮は平城天皇の大同三年（八〇八）二月四日に初めて置かれ、紀伝道（史記・漢書・文選・爾雅などに関する学科）を教える教授。後に承和元年廃されて、文章博士に改まる（桃裕行著、上代学制の研究参照）。この記事はその設置以前だが、平城帝時代のものとして利用した。字をえらぶとは、大同の文字を、中国の典籍から得たこと。大和事始の附録には、礼記の礼運篇にあるとする。その文「大道之行也、天下為公、選賢与能、講信修睦、故人不独親其親、不独

子其子、使老有所終、壮有所用、幼有所長、矜寡孤独、廃疾者皆有所養、男有分、女有帰、貨悪其棄于地也、不必蔵于己、力悪其不出于身也、不必為己、是故謀閉而、盗竊乱賊而不作、故外戸而不閉、是謂大同」。また、書経の洪範篇に「亀従、筮従、郷士従、庶民従、是之謂大同」とある。

五 **善柔**(一四六頁) この語は論語の季氏篇の益者三友損者三友の中に、「友便辟、友善柔、友便佞、損矣」と見える。朱注は「善柔、謂下工レ於二媚説一而不上諒」とあるが、この場合に合わない。秋成の用例を求めるに、遠馳延五登に「太子(聖徳太子)は賢君にましませど、善柔の性を馬子に制せられ給ひ、渠が前帝崇峻を弑逆奉りし極悪罪をさへ問はせたまはざりしを」。同「税布貢馬に至るまで宜しきに従ひたまへども、善柔の御性にひかれて仏化の冥福を貴び、国津神の祭祀を軽んじ給ふ」。金砂三に弓削皇子を「父帝清見原に似させ給はず、善柔の性、又常に病にや繋がれ給ひけん」などとある。五井蘭洲の茗話上に、人のかたぎを論じて「柔善の人にはまたかたぎなし」とある。すれば、皆川淇園の論語繹解の「善柔、其人無二志気一、苟且偸合、無下所レ不二聴従一者上、友二善柔一則已有二非理一、無レ所二由知一矣」という解が、秋成の例にかなうようである。秋成の本篇の主眼とする所は、思潮の動き、政界の様から見ても困難な時代にこの善柔の天子の流されてゆく悲劇にあった。

六 **けさの朝け**(一四六頁) 日本逸史七、桓武天皇が延暦十七年八月十三日北野に遊猟して、伊予親王の山荘に会された時に「けさのあさけ、なくなるしかの、そのこゑを、きかずばいかじ、よはふけぬとも」と詠じられると、鹿が鳴いたとの記事によった。「と」は時(よしやあしや)。「ぬ」は完了の助動詞。掲示の詠を、桓武天皇が、鹿の声をきく即ち嵯峨天皇の即位を見ねば、ゆかない即ち成仏しないの意と、平城天皇がおぼししる即ち理解したとする。次の早良親王の霊のうったえも、皇太弟を廃すべきでないとの意味にとれるように用いてある。

七 **棹鹿は**(一四七頁) 棹鹿は、さ小鹿のあて字。「わかゆ」は万葉六「むかしより人の言ひくる老人のわかゆてふ水ぞ名に負ふ滝の瀬」(一〇三四)等の例でわかやぐこと。平城帝の退位を決意しながらも、四周に留められて位にとどまる間の一瞬の快楽的な気分を出した詠。

八 **三輪の殿**(一四七頁) 崇神紀の八年十二月二十日、天皇が大田田根子に三輪大神を祭らせた時、高橋邑人活日が、神酒を天皇に献じて、「この神酒は我が神酒ならず日本なす大物主のかみし神酒、幾久々々」と歌った。宴になって諸太夫の歌「味酒三輪の殿の朝門(あさと)にも出でて行かな三輪の殿門(とのど)を」、天皇もここで「味酒三輪の殿の朝門にも押し開かね三輪の殿門を」と歌って、神宮の門を開いて行幸した。これらの和歌から語をとって作った歌。

九 **何の御心とも**(一四八頁) 愚管抄の「嵯峨東宮の間、平城国王の時東宮を可レ奉レ廃之由さたありと、後中書王の物がたりありけり。それは傅の大臣冬つぎ(嗣)申しすゝめて、事火急にさぶらふ、可下令レ申二宗廟一給上とて、桓武の聖廟を拝して東宮訴へ申し給ひしかば、天下みだれゆきて、平城この御ひがごと思ひかへらせ給ひにけりとなんかたらせ給ひけり」(国史大系本による。もと片仮名交り)の文章を下に踏んでの言葉。

一〇 **左右の大将中将**(一四八頁) 日本逸史の大同二年四月廿二日の条「近衛府者左近衛ト為リ、中衛門府者右近衛ト為ル」と。平城帝在位中に左右衛府が出来たので特に用いた。

一一 **うづまさ**(一四八頁) 新撰姓氏録の秦忌寸の条「爰ニ秦氏ヲ率ヒテ、養蚕シ絹ヲ織ル、筐ニ盛リ闕ニ詣デテ貢進ス。丘ノ如ク山ノ如ク、朝廷ニ積蓄ス。天皇之ヲ嘉シ、特ニ寵命ヲ降シ、号ヲ賜ヒテ、禹都万佐ト曰フ、是盈積シテ利益アルノ義ナリ」(太秦公宿禰の条にも同じ記事がある)とあるによって作った語。

一二 **つみはえ**(一四八頁) 秋成の用例、藤簍冊子四所収御嶽さうじに「護麻木高く積みはえ」。同、剣の舞に「みてぐらあまた、おほん神のふと前に高くつみはえなし」。同序「事おほきは言永ばへて」。以下に「とりはへて」とあり、「積み延へ」「永延へ」「取延へ」であろう。

一三 **大伴の氏人**(一四九頁) 金砂三「抑大伴氏は遠祖道臣命の功勲によりて、筑坂に宅地を賜ひ、畝火のかし原の皇居の近衛(ちかまもり)となさせ給しが」。また新撰姓氏録の大伴宿禰の条に「雄略天皇御世(中略)奏曰、衛門

開闔之務、於レ職已重、若有二一身難レ堪レ坐、与二愚児一語、相伴奉レ衛二左右一、敕依レ奏、是大伴佐伯二氏、掌二左右開闔一之縁也」。

一四 **さが**（一四九頁） 天武紀に、天皇横河に及ぶ時「黒雲広サ十余丈有リテ天ニ経レリ」。天皇不審をなさって自ら占って「天下両ニ分レムノ祥（さが）也、然ラバ朕遂ニ天下ヲ得ム歟」と思われたとあるを、ここは反対に天下をうしなうの前兆に用いた。

一五 **三隅の網**（一四九頁） 新序に「湯見祝、網者置四面、其祝曰、従天墜者、従地出者、後四方来者、皆離吾網、湯曰、嘻尽之矣、非桀其孰為此、湯乃解其三面置其一面、更教之祝曰、昔蛛蝥作網、今之人循序、欲左者左、欲右者右、欲高者高、欲下者下、吾取其犯命者、漢南之国聞之曰、湯之徳、及禽獣矣、四十国帰之、人置四面、未必得鳥、湯去三面、置其一面、以網四十国、非徒網鳥也」（史記殷本紀にも）とあるによったのであろう。

一六 **もの丶ふよ**（一五〇頁） この歌及び前後は、万葉三「もの丶ふの八十宇治川の網代木にいさよふ波のゆくへ知らずも」（二六四）、同七「吉野川いはと柏と常磐なす吾は通はむよろづよまでに」（一一三四）による。

一七 **君がけふ**（一五〇頁） 次の和歌の句を合せて作った和歌。万葉三「佐保川を朝川渡り」（四六〇）、同七「宇治川はよどせなからし」（一一三五）、同「大君に吾は仕へむ」（三八八五）、続千載十六「定なき世を宇治河の滝つ瀬に」。

一八 **青墻なせり**（一五一頁） 楢の杣「畳なはる青垣山（万葉一の）、山の幾重もた丶みかさなれるをみづ垣の青垣に見なして云ふ」。殆ど同じ叙景が藤簍冊子五の「春山」に見える。

一九 **いかさまに**（一五一頁） 万葉一「過二近江荒都一時柿本朝臣人麿作歌」の中に「いやつぎ〳〵に、天の下、しろしめししを、空に見つ、大和をおきて、青によし、奈良山をこえ、いかさまに、おもほしめすか」（二九）。

二〇 **所えさする**（一五二頁） 金砂九にも「釈尊は身の長一丈六尺に稟け得させしとて、其長大に造る事を、等身仏と申して、そのかみまでは専らなりしを、華厳経にか毘盧舎那仏と申して、身の長《たけ》雲に入るばかりに拝まれ給ふと云ふ事によりて、この大像をば造らせ給ふとかや、又観経には一寸八分にも拝みつけしとて、しかも造る習ひ有りと云へり、いづれも信心の感得によりて、出現さま〴〵也とも承る。我学ばぬ道なれば倶にさる事にておきぬべし」。

二一 **れいのみ薬**（一五三頁） 延喜式三十七「元日御薬、中宮准レ此、白散一剤、白散歳旦以二温酒一、服二五分一、一家有レ薬則一里無レ病、帯二是散一病気皆消。（中略）度嶂散一剤、度嶂散辟二嶂山悪気一、若有二黒霧鬱勃、及西南温風一、皆為二疫癘之候一、平旦以二温酒一服二一銭匕一、辟二諸毒気一、夜冒レ霧行弥宜レ服レ之。屠蘇一剤、屠蘇酒治二悪気温疫一、辟二邪風毒気一。（中略）尚薬（屠蘇）執二御盞一、率二女孺一、昇殿令二薬司童女先嘗一、然後供御、次白散、度嶂散、三朝而畢」。

二二 **さが野**（一五五頁） 上皇の居処、嵯峨院は嵯峨別館として弘仁七年頃から史に見え、弘化十四年九月十二日、天皇としてでなく行幸したことを述べる。三代実録の貞観十八年二月二十五日に、これを寺とし大覚寺と言うとある。

二三 **茅茨剪らずのためし**（一五五頁） 十八史略の帝堯の条「平陽ニ都ス。茆茨剪ラズ、土階三等」。韓非子にも「堯之天下ニ王タルヤ、（中略）茅茨剪ラズ、采椽ラズ」とある。屋根を葺いた茅や茨の先を切ってそろえない手軽な作り方のこと。

二四 **瑞籬ふし垣の居**（一五五頁） 金砂三「みづ垣は瑞籬と書くは、林叢繁茂みづ〳〵しきをいふ。椙垣と書くは、叢木に巡らせしを云ふ。木石に作りたるにあらず、祟神の皇居を磯城の瑞籬の宮と申せしも、石を築きあげ其上に叢木を植ゑしげらせしを称せし也、（中略）茅茨不レ剪とか云ふ事、西土にも見ゆ、いまだ世は十嗣の御時なれば質素の形見つべし」。

二五 **豊岩真戸くし岩窓の神〻**（一五六頁） この神を祭ること祝詞の御門祭に「櫛磐牖豊磐牖命登御名乎申事波、四方内外御門爾如湯津磐村久塞坐氐、四方四角与利疎備荒備来武、天能麻我都比登云神乃言武悪事爾相麻自許利、相口会賜事無久、自上往波上護利自下往波下護利」とある。真淵の延喜式祝詞解に「豊は大の義、櫛は借字にて奇異の義なり、此神は古事記天孫降臨の条に云ふ、天石戸別神亦名謂櫛石窓神、亦名曰豊石窓神、此神者御門之神也と」と。ただし後は二柱の神と考えられた(古事記伝十五)。秋成も金砂五に「くし石窓豊いは窓は、即ち門戸にて、戸を守りて邪気を入れしめざる神らなるべし」と。御門祭は大殿祭に附属して行われることも多い。ここも皇居が新しく出来て、大殿祭・御門祭の行われたことを述べた文章。

二六　**神願寺**(一五七頁)　日本逸史三十二、天長元年九月和気真綱等の言上中に詳しい。清麿への神託の中に、神は国家を扶けるために「写二造一切経及仏諷誦最勝王経万巻一、建二一伽藍一、除二凶逆於一旦一、固二社稷於万代一」と思う、これを忘れないで実現せよとあった。清麿は「奉レ果二神願一」とお受けした。大隅から帰った後、「延暦年中、私建二伽藍一、名曰二神願寺一」との記事からとった。元亨釈書二十八にも見える。

二七　**矯めさする**(一五七頁)　日本逸史十八清麿の死の条に詳しい。神護景雲三年七月、太宰主神、阿蘇麿が道鏡に媚びて、宇佐八幡の神託に、道鏡を帝位につけると天下太平ならんとあったと報じた。天皇から神託たしかめを命ぜられた清麿は、利をもって阿蘇麿同様に報告させんとした道鏡に反して、真実を報じて、以下の如く流された。秋成は忠烈三英義烈三英の第一に清麿をおいている。

二八　**舞姫**(一五八頁)　この事実はない。延喜十四年(九一四)の三善清行の意見十二箇条(本朝文粋二)には、「請レ減二五節妓員一事」に、その当時、大嘗会の時五人、年毎には四人と見える。

二九　**清見原の天皇**(一五八頁)　天武天皇は世の疑いをさけて、吉野に入ったのだが、以下のことは公事根源に「抑五節の舞姫のおこりは、むかし天武天皇よしのゝ宮にまし〳〵て、琴を引き給ひし時、まへの峰より天女あまくだりて、あまの羽衣の袖を五度飜して、をとめどもをとめさびすもからたまをたもとにまきてをとめさびすもとうたひけるとかや、しかるを天平五(十五の誤)年五月にまさしく、内裏にて五節の舞はありけるとぞ」とある(十訓抄十にも見える)。

三〇　**ながめ捨て**(一五八頁)　前出の意見十二箇条に「伏シテ故実ヲ案ズルニ、弘仁承和二代尤モ内寵ヲ好ム。故ニ遍ク諸家ヲシテ此ノ妓ヲ択進セシム、即チ以テ選納之使ト為ス也。諸家天恩ヲ僥倖シ、靡費ヲ顧ミズ、財ヲ尽シ産ヲ破リ、競ツテ以テ貢進ス。方今聖朝、其ノ帷薄ヲ修メ、其ノ防閑ヲ立テ、此等妓女、舞了シテ家ニ帰ス、燕寝ニ預ル無シ」とあるから作った。

三一　**車の二つ輪**(一五九頁)　性霊集九の「宮中真言院正月御修法奏状」(承和元年十一月乙未)によるか。ただし秋成は遠駝延五登の中で、おそらくはこの奏状の意をとって「仁明の承和元年九月僧都空海奏請、如来説法二種、一曰二顕教一、二曰二密咒一、譬二諸医薬一、則顕教猶二太素本草等一、経論二病源一、分二薬性一也、密咒猶二人参黄耆等一、薬依レ方療レ病、今所レ奉レ講経、但読レ文談レ義、不二嘗依レ法、猶聞二説甘露美一、不レ得レ嘗二醍醐味一、伏乞、自今講経之間、荘厳一室持二治真言一、依奏制可是法術の二つあるを知るべし」と記している。

三二　**承和**(一六二頁)　後出の承和十年没文室秋津に合せたためとも考えられる。嵯峨皇后橘の嘉智子を淳和の后に変える秋成だからあり得ることだが、しかし、それでは同じく後出の菅原道真・三善清行など、承和の後延喜時代の人とは合わない。初案の天理冊子本は「延長某の年十二月それの日」とあって、土佐守赴任の年と誤ったのを、文化五年本では、ただ「十二月それの日」と改め、この底本で「承和それの年」をまた加えた。承平を何らかで誤ったと考えるのがあたっているかもしれない。

三三　**万は**(一六四頁)　古葉剰言「万は十千の謂に非ず、字義纛の一名、虫属或は纛に作る、夥散而無レ統、借為二千万一、又荘子則陽篇云、号二物之数一、謂二之万一(万葉集の歌数を言って)、共に万に足らざるを万と云ふ、多数の義明らか也」。

三四　**歌は柯也**(一六四頁)　「人ノ声ヲ曰フレ歌ト。歌ハ柯也。所ノレ歌フ之言、是レ其ノ質也。以テレ声ヲ吟詠シテ、有ルコト二上下一、如キ三草木之有ルガ二柯葉一也、故ニ究冀言フニハ、歌ノ声ハ如シレ柯ノ也ト」。

三五　**歌は詠也**(一六五頁)　「詠也。从レ欠。哥声。詞或从レ言」と、注に「歌ハ永スレ言ヲ、故ニ从フレ言ニ、可部ニ曰ク、哥ハ声也、古文以テ為ス二詞字ト一」。

三六　**歌は永言也**(一六五頁)　書経の舜典に「詩ハ言ヒレ志ヲ、歌ハ永スレ言ヲ、声ハ依リレ永ニ、律ハ和スレ声ヲ」と。

三七　**歌に六義あり**(一六五頁)　古今序、掲出の文につづき、「そへ歌、かぞへ歌、なずらへ歌、たとへ歌、ただごと歌、いはひ歌」の六を上げるは、古今和歌集打聴にも「詩の六義もていへれど、それをしらぬよそごとにいへるは上手の筆つき也」として、詩の六義によったもの。

三八　**三義三体**(一六五頁)　詩の六義は詩経周南第一の毛伝に「故ニ詩ニ六義有リ、一ニ風ト曰ヒ、二ニ賦ト曰ヒ、三ニ比ト曰ヒ、四ニ興ト曰ヒ、五ニ雅ト曰ヒ、六ニ頌ト曰フ」とあるに始まる。がこの六義については、早く詩経正義の疏にも、この説が、周官の大師職の六詩を教えることから出たと考証し、結論として「風雅頌ハ詩篇ノ異体、賦比興ハ詩文ノ異辞ノミ、大小同ジカラズシテ得、並ビニ六義ト為セドモ、賦比興ハ是レ詩ノ用ヒル所、風雅頌ハ是レ詩ノ形ヲ成ス用、彼三事、此三事ナリ」と述べる。以後この説による人が多い。

三九　**十体**(一六五頁)　浜成式の十体は、聚蝶、譴(又は継)警、雙本、短歌、長歌、頭古腰新、頭新腰古、頭古腰古、古事意、新意体である。

四〇　**同姓を娶らず**(一六六頁)　礼記の曲礼上に「男女行媒有ルニアラザレバ名ヲ相知ラズ、幣ヲ受クルニアラザレバ交ラズ親シマズ(中略)妻ヲ娶ルニ同姓ヲ取ラズ、故ニ妾ヲ買ヒテ其ノ姓ヲ知ラザレバ、則チ之ヲトス」とあり、白虎通の嫁娶篇にも「同姓ヲ娶ラザルハ、人倫ヲ重ンジ淫佚ヲ妨グナリ、恥禽獣ト同ジ也」とも見える。唐律疏議には「同姓ニシテ婚ヲ為スモノハ各徒二年」とし、以下細かい規定がある。増補国史大系所収律逸文にもこれを引き、日本でもこれに習ったのである(鈴木隆一「同姓不婚に就いて」―支那学第十巻特別号、中里竜雄「同姓婚媾論諍考」―国学院雑誌三十七の十二参照)。

四一　**第一条**(一六七頁)　第一条に入るに先立つ意見献上のことを述べた部分の一部分で、大意は次の如くである。寛平五年に自分が備中介で任地に行ったが、下道郡邇磨郷について、風土記の次の記事がある。皇極天皇六年(日本書紀につけば、皇極再祚の斉明六年)、新羅に攻められた百済の援軍で、天皇筑紫行幸の途中、戸邑甚だ盛んな一郷を見て、軍士を試みに徴した所が二万人をたちどころに得たので、二万郷とつけた。後に今名に改めたのだが、この郷の徴兵能力は、天平神護、貞観と次第に減じ、自分のしらべでは老若合せて九人であった。延喜十一年解任の国の介藤原公利に聞くと一人もないと言う。「謹ンデ年記ヲ計ルニ、皇極天皇六年庚申ヨリ延喜十一年末ニ至ル、纔ニ二百五十有二年、衰弊之速キコト亦既ニ此ノ如シ、一郷ヲ以テ之ヲ推スニ、天下ノ虚耗、掌ニ指シテ知ルベシ」と。

四二　**学問の事**(一六七頁)　第四条の大意。「国ヲ治ムルノ道ハ、賢能ク源為リ、賢ヲ得ルノ方ハ学校ヲ本ト為ス」。故に中国の昔は勿論、我が国でも学校のために勧学田を多く与えられて大学が盛んであったが、近時その米が甚だ減じたため、学生で挙用された若干の外は郷里に帰り、帰れない老人達が漸く残っているので「偏ニ此ノ輩ノ群ヲ成スヲ見テ、即チ以テ大学ハ是レ迍邅坎壈之府、窮困倭之郷ト為ス」。そのはては父母が子弟を学館に入れないため、大学は荒れに荒れている。貢挙の者には、才之高下人之労逸によらないで、権門の推薦にのみよるから、本当に孔孟の教を守るものはまた学校を去るという情勢である。「人ヲ萃ルノ道ハ、食ヲ以テ本ト為ス」であるから、勧学田を増加し、式の通りに大学生は寮におらせ、またおれるようにして欲しい。

四三　**魚住の泊**(一六七頁)　第十二条の大意は次の如し。檉生・韓泊・魚住・大輪田・河尻の海路皆一日。これは行基菩薩の計画によってなったのだが、今は魚住を廃したため、公私の舟がその間一日一夜で冬月や暗夜では難儀し、蕩覆する船、年間百、人は千人に上る。天平に出来た魚住の港は、「弘仁之代、風浪侵齧シ、石顔レ沙漂フ」。天長中修復したが、「承和之末、復已毀壊」した。僧賢和の発起があったが果さず、三十年そのまま打ち捨てられ、幾多の損失があった。早く修造すべきである。金砂八の考証は雨月物語の補注一六に上げたが、「今の加古の駅の西に魚が橋と云ふ里、こゝ魚住の名の転訛してやとどめし」というのである。

四四　**やんらめでた**(一六八頁)　御船唄留(近世文芸叢書第十一所収)に「やあら目出たいの」(皇帝)、「やんら目出たいな」(祝儀)で始まるものがあり、狂言の舟弁慶(大蔵流)に「やんら目出度の、御世は栄えて、浪風静かに」というのもある。

四五　**私**（一六九頁）　江談抄五に「善相公(清行)者、巨勢文雄弟子也。文雄薦㆓清行㆒状云。清行名超㆓越於時輩㆒云々。菅家令㆑嘲㆓此事㆒。則改㆓超越㆒、為㆓愚魯字㆒、又被㆑問㆓広相公詳不詳㆒云々。菅家令㆑怨㆑之。為㆓先君㆒門人於㆑事無㆓芳意㆒云々」とある記事によった。

四六　**革命之諫**（一六九頁）　秋成が本朝文集を見たか否か明らかでない。見ておれば勿論「預論革命議」。でなければ文中に「天道革命之運、君臣剋賊之期」とあり、「伏見明年辛酉。運当㆓変革㆒。二月建卯。将㆑動㆓干戈㆒。遭㆑凶衝㆑禍、雖㆑未㆑知㆑誰、是引㆑弩射㆑市、亦当㆑中㆓薄命㆒。天数幽微、縦難㆓推察㆒。人間云為。誠足㆓知亮㆒。伏惟尊閤。挺㆑自㆓翰林㆒、超㆓昇槐位㆒。朝之寵栄。道之光華。吉備公外。無㆓復与㆑美。伏冀知㆓其止足㆒。察㆓其栄分㆒。擅㆓風情於煙霞㆒。蔵㆓山智於丘壑㆒。後生仰視。不㆓亦美㆒乎」と諫めた「奉菅右相府書」と見てよい。秋成がこの文からどこを如何に採ったかも比較して知られたい。

四七　**引弩射市**（一六九頁）　後漢書の独行李業伝に「賢者ノ害ヲ避ケザルハ、譬ヘバ、猶弩ヲ彀シ市ニ射レバ、薄命ノ者先ヅ死スルガ如シ」。

四八　**ふん屋の秋津**（一七〇頁）　続日本後紀の承和十年三月二日の条に「出雲権守正四位下文室朝臣秋津卒」として略伝がある。近衛中将や右兵衛督に至った。「非違ヲ監察スル最是レ其ノ人也。亦武芸ヲ論ジ驍将ト称スルニ足ル。但飲酒ノ席ニ在リテハ丈夫ニ非ザルニ似タリ。酒三四杯ニ至ル毎ニ、必ズ酔泣之癖有ル故也」。伴健岑の一件に連坐して出雲員外守となり、その配所で終った。

四九　**猶痩ゝ**（一七一頁）　土中から僧を掘り出す話は、越後の弘智法印をはじめ色々あり、秋成はどれに案を得たか明らかでない。所見の中、最も似ている金銀ねぢぶくさ巻一の讃州雨鐘の事から、入定の参考にもなるし、抄記しておく。「然るにこゝに雨鐘とて、奇代の事あつて、雨降れば何処ともなく鐘の音幽に聞えて、念仏の声なし。(中略。一道心が、鐘のなる所を見とどけて、掘る話があって) 歳のほど四十許りの法師、鼠色の大衣を著し、憔悴と痩せ衰へ、前に鐘鼓を控へ、手に撞木をさゝへ、西向に結跏趺坐せり。(中略。道心と、掘った僧との話になって、その僧の言う) 我は去んぬる頃此の土中へ入定せし者なり。其の節一国の人民、われに結縁のため、貴賤群集して歩みを運ぶ中に、(中略。美少女を見たとあって) われ三界を出離して愛著の念なし、諸論既に尽きて此の定に入りぬ。然れども最後の砌、嗚呼美しと、彼の娘のあだなる像を唯一念よそながら想ひしより、是濁の業に引かれ、五蘊のかたち未だ破れず…」。

五〇　**定**（一七三頁）　このあたり、天理巻子本に残る最終稿の断片ではやや増加している。次にかかげる。

さて入定の定介と名づけて、庭はき男とするより外なし。古き歌に、「我やどの木末の夏になりしよは、いこまの山もみえず成(り)にき」とはよんだり。今は冬なり。木の葉おちゝりてはらふにいとまなし。定介にかはりてよむ。

いこま山朝はれたりと見し空ははやくもかくす夕しぐれかな

母もよむ。

飛鳥川瀬となりし人の跡はあれどもとめし人のいつの代にか絶(え)し

定介心もなければ、蛛蜂打(ち)ころして心よしとす。僧なりしもかくおに〱しく成(り)たり。五とせばかり在(り)て、この郷のまづしきやもめ住に聟にとられ行(く)。

五一　**事起りても**（一七七頁）　雨月物語の補注八にも述べたが、世の乱れや戦乱は天狗のなすところとする太平記や源平盛衰記によって作った一節。天狗の住み処は、近世の今道念節に天狗揃の一章があって、「筑紫には彦山の豊前坊」「さて又都に愛宕山太郎坊次郎坊、鞍馬山には僧正坊」などあるが、ここの「みやこの何がし殿の、あづまの君に」との言い方は、あづまの君と何がし殿と特殊な関係がありそうなので、江戸幕府が勧請したのであるが、江戸の愛宕山と考える。この一篇は、文明・享禄の後で時代がおくれるが、既に見て来た如く、ましてや天狗の話に時代考証など加える必要は、秋成の作品においてない。何の騒乱を具体的に意識していたかは明らかでないが、時代を文明・享禄とおき、東国の青年が京都へ上る所、雨月物語の浅茅が宿と背景の類似がある。ここでもぼんやり、関東の公方執権の争、やがて京都の幕府も介入するのだが、それを考えていたのでもあろうか。

五二　**から玉や**（一七九頁）　金砂十「政事要略に、天武吉野宮に出でませし時、天女のくだりて舞歌を奏せしと云ふに、をとめどもをとめさびすもから玉を袂にまきてをとめさびすもと云ふ章あり、天平十五年五月に、五節の楽章作らせし時の章かと云へり」（万葉五の哀世間難住歌（八〇四）の「をとめ等が、をとめさびすとから玉を袂にまかし」の注）。

五三　**一目連**（一八〇頁）　風をおこす所から伊勢の方に趣向を得たか。市井雑談集（宝暦十四年刊）巻上に「勢州桑名に一目連と云ふ山あり、但し（是山の竜片眼の由、依レ之一目竜と可レ謂を土俗一目連と呼び来れり）此山より雲出づる時、必ず暴風迅雨甚タし、先年此山の片目竜をこつて尾州熱田に来て、民家数百軒大石を以つて累卵を圧すがごとく潰れたり、熱田明神の一鳥居は太さ二囲程あつて地中へ六七尺埋め、十文字に貫を通したる故幾万人にても揺し難し、此時其鳥居を引き抜き、遙の野へ持チ行キたり、斯る凌兢（すさまじ）き者なれば、此辺の物は何にても疾く倒るゝ事を一目連と云ふ、尾州勢州の郷談也」と。同じことは、摂陽奇観の享和元年の条や甲子夜話二十二に市井雑談集を引いて見える。この頃この神の噂が伝わったとすれば、秋成もそれで知ったので、伊勢の神名を利用したのであろう。ただし和歌に関する自説をはかせたこの神はまた寛政二年頃から左眼を悪くし、寛政十年には、左のかわりに右が悪くなったという秋成自らの姿であったろうと早く考証がある（佐藤春夫「春雨物語の製作年代の一臆測」―早稲田文学昭和九年十月号、重友毅著、雨月物語の研究の附録）。

五四　**多露行露**（一八五頁）　梅園叢書（寛延三年成）上「詩曰。厭浥行路。豈不二夙夜一。謂二行多レ露。まことに道に志ん人は、此詩を味ふべし。是は女子淫人をたつの言なりといへども詩はその意ひろし。厭浥（エフイフ、しめりうるおうたさま）とうるほへる行（みち）のほとりの露繁ければ、夙におき夜におきて君に随ひたくは思へども、露にぬれん事の傷ましけれど、おもひとどまりたるなり。人各聖人にあらざれば、情にひかれ欲に動かされざるはなし。（中略）是はかくはあるまじき事なりと、身の汚を露にぬるる如く、よく〳〵道のあるべき所をもとめて、欲をとゞめんは、誠に君子の人なるべし」。金砂一「行露多露など云ふごとく、夏野の朝明の道には、袖裳しとゞならんものぞ」。

五五　**またとひやれ**（一八五頁）　三本を比較して、二本「儘」とあるが一本は「まゝ」で原本では仮名であったかもしれない。「やれ」を「す」と改めたのは「須」の草体と「やれ」をつめて書いたのが似ているからである。とすれば原本は「まゝこり（か）やれ」とあったこととなる。「こ」の上の一画を「ゝ」につければ「た」の草体となる。「こ」の下の一画と「り」（桜山本の「り」はまた「そ」ともよめる。底本は「里」の草体）「か」と読める文字を合せると、小さく書かれた「と」と、秋成がよく書く「日」の草体の「ひ」を考えることが出来る。よって意味の通ずるように一応かく読んで見た。

五六　**入さきよからんぞ**（一八七頁）　「入さき（入先）、よからんぞ」とも読めるが、「入さき」の語も耳なれないので、歌語の「入（いる）さ」と解してみた。

五七　**いみじき**（一九一頁）　秋成はこの結末を最終稿では変えたので、天理巻子本の断片には、五曾次の死を述べる次の一文がある。

空しく成（り）たりと人告（げ）たれど、一族たれも〳〵にくしとて問（ひ）もゆかず。五蔵法師は父なれば、舟のたよりもとめて行（く）。死（なき）がらもとめて、又舟にのせて庵にかへり、是も冢ならべてつきたれど、家の墓は改葬といふ事して、すこし隔（て）て祭りたり。よろづに心ゆきて行ふ。かの親が鬼也とて人皆いふ。いなおやに似ぬは五蔵法師こそ鬼子なれとて、鬼律師と名よびしとぞ、かたりつたへたりけり。

五八　**水駅**（一九九頁）　元来は船をおいた宿駅のことで、令集解八に「凡水駅不レ配レ馬処、量二閑繁一、駅別置二船四隻以下二隻以上一、随レ船酊レ丁（中略）、駅長准二陸路一」とある。また、源氏、竹河に「ひきとゞめてかづくれど、みづむまやにて夜更にけりとてにげにけり」とあるごとく踏歌の時に、飯駅で饗膳し、水駅で酒肴を出したこともある(源語梯には「本ハ宇佐ノ使ヨリイヒ出デタル言ナリ、駅ニテ湯水バカリ、人馬ニ給スルヲイフ、人ハ飯ヲクヒ、馬ハマクサカフヲ飯ムマヤト云フナリ。禁中ニテ男踏歌ノ時、人々ニ飲食ヲモテナスコトニ借リ用フ、コヽヨリカシコニユキテノミクフニヨリテナリ、丁寧ニ饗応アレバ飯ムマヤトイフ」とある)。秋成はこれらを混じて、街道の茶店の意に用いる。山裏「若草山の北なる水駅」。藤簍冊子所収御嶽さうじ「藤井寺に詣づ、門の前なる水うまやに入りて、昼の物とう出たるに」。本書の樊噲に「水うまやの戸たゝき、酒買はんと云ふ」など。

五九 **本州**(二〇〇頁) 晩年京都にあることの多かった秋成が、摂津を本州と言ったのは、寛政十二年から翌享和元年まで、かつて後にも出る神崎の遊女宮木の古墳を見て一詠を残した(藤簍冊子二)加島にあった時にこの一篇を書き始めたのであろうか。秋成は、金砂二「我が本国なれど」と、本国の語を故郷の意に用いるが、本州にはその例がない。一般の意に解して、こんな理由を考えておく。

六〇 **すべて国・郡・里の名**(二〇〇頁) これについての研究は多いが、秋成の見ただろう文献には、続日本紀の和銅六年五月の条に「畿内七道諸国郷名著二好字一」。延喜式二十二の民部上に「凡諸国部内郡里等名、並用二二字一、必取二嘉名一」。万葉集抄に「於二国郡郷村等一用二二字一、用二好字一、元明天皇御宇和銅六年被レ作二諸国風土記一時事也」などである。

六一 **宮木**(二〇〇頁) 摂津名所図会(寛政十年刊)には「遊女宮城墓 神崎の北壱町許田圃の中にあり村民傾城塚又女郎塚とも呼ぶ」として、後拾遺集の「津の国のなにはのことか法ならぬあたひたはむれまでとこそきけ」と遊女宮城の和歌を掲げ、建永二年二月法然上人讃岐へ左遷の折、神崎に船がかりした時、五人の遊女が上人の教をうけて入水したこと、神崎川のゆり上げの橋で屍が上ったことなどが見える。内容はこの篇に似るが、この本の出刊より先、安永年間にこの墓を展した彼は、この篇末にある和歌の原歌というべきを作って、藤簍冊子二(文化三年刊)に「見二神崎遊女宮木古墳一作歌」(長歌)として収めた。同様の伝説を早く聞く所があったのである。古い遊女で宮木(城)の名は後拾遺集の外に大江匡房の遊女記にも「蟹島則宮城為レ宗」ともある。また伽婢子(寛文六年刊)六の「遊女宮木野」の一篇は、雨月物語の浅茅が宿に参考とし、女主人公の名も宮木であったが、この篇もまた、伽婢子のこの章により男女を設定した所があって、名も従って相似ている。

六二 **鳥飼のしろめが…**(二〇二頁) 大和物語「亭子のみかど(宇多天皇)、河後におはしましにけり、うかれめにしろといふもの有りけり、喚びにつかはしたりければ、まゐりてさむらふ(中略)哥つかうまつれとありければ、すなはちよみてたてまつりける、

浜ちどりとびゆくかぎり有りければ雲たつ山をあはとこそみれ

とよみたりければ、いとかしこくめでたまふてかづけ物たまふ、

いのちだに心にかなふ物ならばなにかわかれのかなしからまし

といふ哥、此しろめがよみたるうた也」と。また古今著聞集六に(大和物語にも)白女は丹波守大江玉淵の娘で、鳥飼の院に召されたことも見える。

六三 **什が二つ**(二〇三頁) 塩鉄論に「古者制田百歩為畝、民井田而、耕什而籍一」とか周礼泉府の条の注に「王莽時、民貸以治産業者、但計贏所得受息無過歳什一」などあって、十分の一の例は見える。

六四 **生田の森の桜**(二〇四頁) 摂津名所図会「生田社の馬場前八町許左右に梅桜まじへたる双樹あり、(中略)初花匂ひそめて遠近人は此神籬に円居して游宴するも当社の御神の桜を愛し給ふ威徳の彰れとぞ思はれける」。

六五 **掟**(二〇六頁) 令義解八に「凡ソ公使ハ須ク駅及ビ伝馬ニ乗ルベシ。若シ足ラザルトキハ、即チ私馬ヲ以テ充ツ」など見える。これらによったか。しかし南海や西海道では海路も早くから許したようで、類聚三代格十八には、大同元年六月十一日の太政官符で、山陽道の新任国司も、西海道と同じく海路によることを許してあり、延喜式民部下にも、官人の山陽・南海・西海道の赴任に海路をとるものについての定めが見える。

六六 **日のをしき罪**(二〇六頁) 職制律に「凡ソ駅使稽程者、一日笞三十。

二日ニ一等ヲ加フ。罪ハ徒一年ニ止マル。若シ軍機要速ノ者ハ三等ヲ加フ。廃闕スル所有ル者ハ一日違ヘバ徒三年、一日ニ一等ヲ加フ」。

六七 **鈴虫松虫**(二二〇頁) このことは正しい法然上人伝にはないようである。しかし往生伝和解下(広文庫所収)や俗説には著名になっている。秋成は安楽寺上人伝(文化五年成)にもここと殆ど同じことを述べている。

六八 **三とせ**(二二一頁) 自伝に、「四十より田舎住みして」とあり、胆大小心録に「四十二で城市へかへりて」とある。四十は安永二年(一七七三)、四十二は同四年。この三年間秋成は、加島に住み、香具波志神社(加島稲荷)の社家藤氏兄弟などに国学を講じ、一方医を学んでいた。

六九 **わかの浦に**(二二二頁) 歌意は、和歌の浦に次第に潮がみちて来て、干潟がなくなると、そこにいた鶴どもが、葦のはえた陸の方へ鳴きながら飛んでゆく。

七〇 **哥のちゝ母**(二二二頁) 古今集の序に「人まろは赤人がかみにたゝん事かたく、赤人は人まろがしもにたたんことかたくなん有りける」とある条に、以上の二つの和歌が掲げてある。秋成はこれにより頭注に示した古今集序の「此のふた歌は歌の父母のやうにてぞ」と別にあるのとを合せ用いた。楢の杣にも「古今集の叙の詞につきて、人丸赤人を歌のおやに今の世までもいへど」としてある。

七一 **妹に恋ふ**(二二三頁) 歌意は「妹に恋ふ」(金砂三には「妹にこひ」としてあげる)を「あご」の序であることがわかれば明らか。金砂の注にも「広嗣が反逆を避けて、車駕伊賀伊勢美濃近江を歴たまへる時と云う。阿胡阿我通音もて呼びかふるか」。

七二 **桜田へ**(二二三頁) 楢の杣に「尾張の愛智郡に桜田と云ふ浦里在るべし。澳に汐干れば浦辺を指して鶴むらの鳴きつれわたるけしき面白し。何言もなくて打ち聞くに感有るが古歌のさま也。鶴はたづとのみ呼びしが、後にはよみがたければ田鶴と書けど、いにしへはしか書く事なし」と注した。

七三 **難波がた**(二二三頁) 歌意は明らかであろう。遠馳延五登にも以上四種を上げて「此の四首すべて同じ眺望なるを、独あか人のみを世ゝに伝へて、三首は忘られたるよ。御製をはじめいづれもましおとりのけぢめなかるべきを、さは歌にも遇不遇は有りけり」(金砂三にも類似のことがある)。

七四 **樊噲排闥**(二二二頁) 蒙求のその条に「噲乃チ闥ヲ排シ直ニ入リ、大臣之ニ随フ。上(高祖)独リ一宦者ヲ枕ニシテ臥セリ。噲等涕ヲ流シテ曰ク」。

七五 **妙音天**(二三三頁) 盗人の音楽に感じたことは古今著聞集十九に「盗人聴博雅三位篳篥改心事」や「篳篥師用光吹臨調子海賊感涙事」にあり、盗人の楽をよくしたことは同じく十九の「強盗棟梁大殿小殿事」の条に「昔は八幡の児にて、篳篥など優にふきて」という小殿は、また足の早い盗人であった。温泉場で僧に会ったのは、安永八年(一七七九)秋に、秋成が城崎に入湯した時の経験で、その折の文章、藤簍冊子四所収で、秋山記に見える。これらによって、この一条を案出したのであろう。

七六 **地獄**(二三四頁) 当時の知識として、諸国里人談(寛保三年刊)三の「立山」の条から抄記すれば「地獄谷(地蔵堂あり)八大地獄(各十六の別所あり)一百三十六地獄、血の池は水色赤く血のごとし、所々に猛火燃え立ちて罵詈、号泣の声聞えておそろしきありさまなり」。

七七 **しん通川の舟橋**(二三五頁) 橘南谿の東遊記(寛政七年刊)二に「越中の神通川も富山の城下の町の真中を流る。(中略)先東西の岸に大なる杭を建て、その柱より柱へ大なる鎖を二筋引き渡し、其の鎖に舟を繫ぎ、舟より舟に板を渡せり、其の舟の数甚だ多くして、百余艘に及べり、川幅の広き事おもひやるべし」。

七八 **大沼の浮嶋**(二三五頁) 東遊記五「出羽国山形より奥に、大沼山といふ所あり、(中略)此の山にみたらしの大池あり、大沼と名付く、是は池の形大の字に略似たるをもて名付しとかや、此の池に奇妙の霊異あり、(中略)池の中に六十六の嶋ありて、其の嶋時々に水面を遊行す」。

七九 **心さむく**(二四六頁) 窓のすさみ「斯くて雲居は、唯一人野道にかゝり、別れ道のある所にて、覚束なくや有りけむ、草刈男の有りけるに、道のすぢを問はれし時、かの男立ちあがりて、僧は路金あるべし、此方へわたすべし、さなくば討ち殺さんと云ふ。十金持ちたりとて与へければ、道を教へけるほどに、二三丁往きしが、急に走り帰りて、もとの男をあるやと問ひ、扨有りて云ふやう、さきに金をこはれしとき、実は二十金持ちたるを、欲心発して十金あると偽りし事、返々恥しくある間、残りし金をつかはすとて、取出し与へければ、彼の男感涙を流し、さても某は斎類同事にて候、今より御弟子になして給はれとて、元結を払ひ、供に具して奥州に下りたりしとかや、人の語りし」(有朋堂文庫本)。(中村幸彦「樊噲」—国語国文二十一の十)。なお水滸伝とこの篇との関係は、堺光一「春雨物語樊噲と水滸伝との関係」(国語国文二十五の十二)があって詳しいが、秋成は手許に水滸伝をおかずして用いたのであろうか、こまかい文章の関係までは認めがたい。

胆大小心録

一 **人丸を**(二五一頁) 秋成の歌聖伝に「此事は古今倭歌集序に、歌聖也と云ふ。又人麻呂なく成りぬれど、歌の道とゞまれる哉と有るによれる也。又既に挙げし(古今集十九)忠岑の長歌に、あはれいにしへにありきてふ、人丸こそはうれしけれ、身は下ながら言の葉は、天津空まで聞えあげ、末の世までのあとゝなしとよめるにて、延喜の歌仙達・朝臣を仰慕有りしをはじめの例とはせらるゝ也」。

二 **芦庵**(二五一頁) 丸山季夫「蘆庵と秋成」(国学院雑誌四十三の十・十二)。

三 **蒿蹊**(二五二頁) 蒿蹊とは、閑田文草に「難波のかたはら長等わたりに住む人に贈る春の書」(寛政五年の状)の一文があって、秋成がまだ京に出ぬ先からの交友関係である。京へ出て以来、芦庵もまじえて三つ巴の歌交、または蒿蹊の文章の会にも出席、妻の死には、その遺文の序も、蒿蹊に求めている。が晩年は、みみと川に「秋成はじめて京師に往きしころ、蒿蹊のせわにて、此の業をひろめたり。されども、後には蒿蹊の心、面白からずとて、はじめの如くにはあらざりし。却つて後には蘆庵の義気に服したり」と。ただし閑田詠草には、寛政十年秋成の河内行を送る詠があるから、二人の仲が悪くなったとしても、ごく晩年のことである。

四 **魚臣**(二五二頁) 文反古下の「同人(谷直躬)に」の文に「越は河野の本姓にて、谷氏を改めらるゝ事承りぬ。直躬をも魚臣と書きかへて、奈遠美と呼べとや。人の世に仮名の法とていかめしきには、直・猶は、古くはなほと書き、今のにはなをと書く。字には拘はらずして、なをみと呼ばんことみゆるすべし。たゞ魚臣奈於美と書くべし」とあって、谷直躬は越の魚臣と後に改めたのである。

五 **聖人も**(二五二頁) 賀茂真淵の国意考「さらば武王をいかにいはん。誠に義ならばちうの後を世に立つべきを、それが末を韓などへはふらし、やがて自の子うまごにゆづりけむ」とあるによる。

六 **書は**(二五二頁) 五柳先生伝「好ンデ書ヲ読メドモ、甚ダ解カンコトヲ求メズ。毎ニ意ニ会フコト有レバ、便チ欣然トシテ食ヲ忘ル」。

七 **絃の**(二五二頁) 晋書第六十四の隠逸伝に陶淵明を言って「人性音ヲ解セズシテ、素琴一張ヲ蓄フ。絃徽具ラズ。朋酒之会ゴトニ則チ、撫シテ之ニ和ス。曰ク、但シ琴中ノ趣ヲ識ルニ何ゾ絃上ノ声ヲ労センヤ」。

八 **前のほまれ**(二五三頁) 韓愈の送三李愿帰二盤谷一序「其ノ前ニ誉アランヨリハ、若シ其ノ後ニ毀リ無カランニ孰レゾ。其ノ身ニ楽アランヨリハ、若シ其ノ心ニ無カランニ孰レゾ」。

九 **誹諧と**(二五三頁) 潁原退蔵「俳人としての秋成」(江戸文芸研究所収)、中村幸彦「上田秋成青年時代の俳諧」(連歌俳諧研究第十輯)。

一〇 **宇万伎**(二五三頁) 丸山季夫「加藤宇万伎」(日本及日本人、昭和十五年一—三月)、中村幸彦「宇万伎と秋成」(山辺道第四号)。

一一 **魚の千里の学び**(二五四頁) 連集良材に「魚千里、随レ師学レ道魚千里、蓋レ世成レ功黍一炊ト云フ詩ノ上句ニテ付ケラルル事アリ。魚ハ石間ナンドヲ順《シタガ》ツテ、思ノハカナキヲ魚千里ト云フカ」。

一二 **しいてしれぬ事**(二五四頁) 橘窓茶話下「神代一巻ハ以テ尊重セザル可カラズ。其レ此ノ言ヲ為スヤ邃潤、奥賾、究メズシテ可ナリ。人其ノ的確ヲ求メント欲スレバ、無識ト謂フ可シ」。

一三　**歌たんと**（二五五頁）　山家集上から引くと、「よしの山雲をばかりにたづね入りて心にかけし花をみる哉」、「よし野山たにべになびく白雲は嶺の桜の散るにやあるらん」、「まがふ色に花咲きぬればよしの山春は晴れせぬみねの白雲」。

一四　**総追捕使**（二五六頁）　増鏡の新島守の条「その年（建久元年）十一月九日権大納言になされて、右近の大将をかねたり。（中略）この時ぞ諸国の総追捕使といふ事うけたまはりて、地頭職に我が家のつはものどもをなし集めけり」。

一五　**癇症**（二五八頁）　病家須知二「癇とは間の字に従ひて神気《タマシイ》を病の為に間隔《ヘダテ》らるゝといふ義にとりてみれば、一切の癇と名づくるものは、悉皆精神《コヽロモチ》に関係《アヅカ》る病なることも、明白なるを、古よりかゝる字義をも謬解たるにより、医者も其病因を知らざるもの多し。昏冒《キノトホクナル》。眩運《メマヒ》。彊厥《ヒキツケ》。沈睡《ネテサメヌ》。不寐《ネラレヌ》。睡魘《オソハルヽ》。夢覚《ネオビレ》。婦人蔵躁《オンナノキチガヒ》。子蔵諸病《チノカタノワヅラヒ》の類も、皆癇なり。其佗。鬱悒《キノフサギ》。敗意《キノクサル》。蘊憤《ハラノタツ》。悼悔《クユル》。懊熱《クツタク》。罣慮《コヽロガカリ》。も亦癇なり。怔忡《ムナサワギ》。驚悸《モノオドロキ》。上衝《ノボセ》。頭痛《ヅツウ》。耳鳴《ミヽナリ》等の病も、十が六七は癇より発る。痱疾《チウキ》も亦癇と相遠からぬものなることは、癇より変じて痱《チウフウ》となり、痱中に癇を発したるなど常に見るところなれば、かの後藤家に痱は癇の陰証ともいふべき病なりといひしは、よき裁量《レウケン》ともいふべきなり。今世人の現にさして癇と名づくるものは、精神《コヽロモチ》平常とは異にして、諸般の運為《コト》悉常度《ミナヘイゼイ》と差《チガヒ》。癡呆《アホウ》になり、怜悧になり暴怒《ムカバラタチ》。奢肆《キマヽツイヒ》。喜笑《ヤタラニワラヒ》。鬱悒《キツフサギ》。甚だしきに至つては狂躁《タケリクルヒ》、または、井に投《ミヲナゲ》、自裁《ジガイ》するの類、其証、千態万状、縷挙《カゾヘガタシ》がたし」。

一六　**百年寿之大高**（二五九頁）　列子の楊朱篇「楊朱曰。百年寿之大斉。得百年者。千無一焉。設有一者。孩抱（イ提）以逮昏老。幾居其半矣。夜眠之所弭。昼覚之所遺。又幾居其半矣。痛疾哀苦。亡失憂懼。又幾居其半矣。量十数年之中。逌然而自得。亡介焉之慮者。亦亡一時之中爾。則人之生也。奚為哉。奚楽哉」。

一七　**桴に**（二六〇頁）　論語の公冶長篇「子曰ク、道行ハレズンバ、桴ニ乗リテ海ニ浮カバン。我ニ従フ者ハ其レ由（子路）カ」。

一八　**先考**（二六三頁）　秋成の父については、自像筥記に「無父不知其故」とあって、実父については何も知らなかったか、全くふれようとしなかったかである。父というは皆養家上田氏のこと。ただしその父を自伝（仮題）では、父自らの語として、名を満宜、俗称を茂助、その父を茂兵衛満朋とする。藤簍冊子五の旌孝記には「養父、名は畜、俗称は養三郎、父尚正、俗称は丹助、安永七年、齢六十五にて世を去りぬ」と相違する。今いずれによるべきか定めがたい。生活に変化のあった人だけに、一時の異称とすれば、皆認めてもよい。安永七年没を祖父とする説もあるが、たとえ養祖父でも、秋成四十五歳の時、六十五はおかしい。よって父の死を言ったものとすべきである。が安永七年には秋成は「母と妻とをこゝかしことまどはせつゝ」（自伝）医に生業を求めた時で、父はないらしい。文化元年の自像筥記に「歳卅七父逝、三十八係回禄」とある。秋成三十七は明和七年である。旌孝記の安永は明和の記憶あやまりでなかろうか。明和七年六十五とすれば、宝暦五年（秋成二十二歳）家出した娘（秋成の姉）の年齢の想像とも合う。しかるに秋成自らは享和二年の旌孝記で「我父に別れて四十余年」といい、文化五年の背振翁伝の末に居然亭へ「先考の五十年に瑚璉が十三年（寛政九年没）をくはへて祭らんと思ふ」とある。これに従うと、秋成遺文の上田秋成伝の如く、実法院主へ送った「先考釈道喜　宝暦十一辛巳六月十五日」とあるによるべきである。明和七年と宝暦十一年、その間十年、秋成は十年間を勘定し違えているようであるが、いずれに定めるかすべがない。従来の説に従っておくが、三十七、八歳、急に父を失い家を焼かれたとした方が、その後数年の彼の動きがよく説明できて、明和七年説も捨てがたいものがある。

一九　**芝居**（二六三頁）　この辺一帯の「元文改正」の記録を写した翠箔志から縄手の芝居のことを抄記すれば「四条縄手より川辺両側何れも芝居茶屋也、北側東寄に辻子有之、享保十五之頃此処芝居なりしを崩して茶屋となり」。「川東之芝居は仮屋建にして、家根莚ヲ敷きしが、度々之火難に相成候故、土蔵造に被仰聞、今は土蔵造之仮家也」。その頃の芝居であろう、「宇治嘉太夫（縄手に建）、大和屋（四条南側西角に建）、三木屋（縄手に建)、両替屋(四条北側に建)、越前屋(四条南側に建)」。

二〇 **双林寺**(二六五頁) ここの大雅堂については森銑三著、新橋の狸先生所収「池大雅」参照。

二一 **蕪村**(二六五頁) 二人の交渉は、秋成の師几圭の子で、蕪村門であった几董を通じておこったのであろう。几董との関係は、几圭十三回忌の其雪影(安永元年刊)には秋成の旧句が出ているので、その直後に開けたか。がすぐ蕪村と几董の二人は親しくなり、秋成の也哉抄の序は「于時安永甲午(三年)孟春下浣、平安夜半亭蕪村誌、几董書」である。秋成が月渓を初め蕪村門の誰彼と親しくし、蕪村の書簡にも、彼の噂が出、秋成の句の載るのも、殆どこの系の俳書である。そして、蕪村の終焉には、詩を解すること深い秋成は、この詩人の死を悲しみ、長い前書をもった、有名な「かな書の詩人西せり東風吹て」が送られた(蕪村終焉記)。生涯つづいた交わりであったろう。

二二 **はせをは百疋**(二六五頁) 去年の枝折「寔やかの翁といふ者、湖上の茅檐、深川の蕉窓、所さだめず住みなして、西行宗祇の昔をとなへ、檜の木笠竹の杖に世をうかれあるきし人也とや。いともこゝろ得ね」。異本胆大小心録「俳かいをかへりみれば、貞徳も宗因も桃青も、皆口がしこい衆で、つゞまる所は世わたりじや」など。また、癇癖談にも俳行脚を悪しざまに言う。芭蕉が、秋成にとっては遊びである俳諧に執心したことや、その為の作品が、彼には気どりと見え、祖師としてもてはやす当時の俳壇の風や、又そう思われるものを芭蕉にもとめて、遊びを職業としたと解したなどが、その原因であろう。

二三 **淡々**(二六五頁) 穎原退蔵「享保俳諧の三中心」(俳諧史論考所収)。

二四 **村瀬嘉右衛門**(二六六頁) 秋成著清風瑣言の栲亭の序「歳癸丑(寛政五年)京師ニ来遊シ、華頂之麓ニ寓ス。余ノ居トハ喚呼シテ相通ズ可シ」。二人は清風瑣言の序にあるごとく親しくしたが、文化四年正月十一日、栲亭の宅で秋成に逢った田能村竹田の記(屠赤瑣瑣録二)によると、それまで十一年程、秋成は栲亭を訪ねなかったという。勿論秋成の方から交渉をしなかったのであろう。(藤簍冊子の後序などで、間接の関係はあった)。しかしその後は親しく、その年の九月九日であろう「九日同上田余斎呉月渓、遊南禅寺」(栲亭三稿)のこともあり、墓碑銘にかわった、後毎月集題辞も乞にまかせて書いたり、栲亭は親切に、このむつかしい老人に対したようである。

二五 **俳かい士**(二六七頁) 来山の続いまみや艸に、彼の評がある。凡例に「泉石といふ人、交遊のちなみ有りて、翁の句を拾ひ、抜萃せしものあり。(中略)泉石は何がしの鴻儒、俳句をも玩ばれて、此戯れ有りしとぞ」。

二六 **五井先生**(二六七頁) 秋成が師または先生と呼んだ人は、国学の加藤宇万伎、医術の都賀庭鐘以外は、この例のみである。或は彼が少年時代、懐徳堂に出入して、本気に師事するというでもなく、講義を聞くことがあったのであろうか。外に藤簍冊子の鶉居の第二に、蘭洲の瑣語の文をまねた文を作り、末に「文なん唐ざまは習はねばたどたどしきを、五井の博士のしりに立ちてまねび出でたる」とあったり、伊勢物語の理解などに明らかに、蘭洲の勢語通の影響が認められる。

二七 **竹山・履軒**(二六七—八頁) 秋成が懐徳堂に出入したとすれば、二人とは早くから知っていて、何をでも言える中であったかと思われる。履軒と二人で(別々にかも知れないが、秋成の方が小さく)賛をした鶉の画がある外に、直接交渉を知る資料がないが、この文をそのままに感じる程の仲ではなかったであろう。

二八 **国学も**(二六八頁) 雑誌「語文」第十輯に蘭洲の国学研究についての論攷がのる。

二九 **細合半斎**(二七〇頁) 穏和な人柄の半斎とは終生親しかった。早くこれもこの随筆中には名を出さないが終生の友であった木村蒹葭堂らと共に、宇万伎に接近した中にも、細合方明(文反古)が加わっていた。半斎も寛政年間は京に住したので、往来のしげかったことと思われて、その詩集隠居放言中には「題藤応瑞墨梅、為余斎上田翁、事見乎辞」「蔵茶器匣銘為上田余斎翁」の二詩があって、秋成の人柄をたたえている。

三〇 **神代がたり**…(二七二頁) 秋成の安々言に「然シテ亦此古事記モ熟読スレバ、全キ古書ニハ不有シテ、残簡ノ有リシヲ、後人一度ニアラズシテ、追加《オヒく》ニ補闕為シ者ト思ユルガ、其補ヘル末世ニ至ツテハ、村上天皇天徳ノ火後ナル所為モ有ルベク思ユ」などの言葉が多く出、秋成流の考証もしている。

二一 **秦の大津父**(二七二頁) 欽明紀に見えるのは次の如くである。天皇の幼時に、秦大津父を寵愛すれば、壮年になって天下をとられるだろうと夢みた。使を出して求めると、山城国紀伊郡深草里にこの人を得た。何か変ったことがあったかと聞くに「伊勢ニ向《マカリ》テ商価ヒテ来還《マキリク》ルトキ、山ニ二ノ狼ノ相闘《クヒア》ヒテ血ニ汙《ヌレタ》ルニ逢ヘリキ」。下馬し、手口をきよめ祈って、汝らは貴神《カシコキカミ》であるのに何で争うか、とおしとどめて血にぬれた毛を拭って放しやった。為に狼は二つとも生きのびたとお返事した。そこで近侍としたが、為に饒富をし、践祚後大蔵のつかさに任じた。

二二 **飛鳥の清み原**(二七二頁) 上述の日本書紀では、山とのみあり、稲荷神社関係の資料では大亀谷(古名狼谷)のことと考証される。秋成が清見原と思ったのは、一に次の「清み原を一の名、真神が原と歌にはよむ」ことを知っていたためであろう。

二三 **気介**(二七七頁) 秋成のこの文字の用例、金砂四「橘の奈良丸気介有つて党をあつめ隠謀を企てしかど」、同十「大夫博学多才、且気介にて当世の人傑也」。

二四 **寺社**(二七七頁) 秋成の江の霞に巨椋の池と西湖を比較し「こゝを或人のもろこしの西湖とて名高き所は、またく此わたりと一つながめにと、いき見しが如、いひ定むるをば、(中略)かしこはいと賑はしくよき館よき寺などいかめしく立てつらね、酒売る家うた姫等が楼の江に臨みたるさま(中略)おのれ思ふにこゝの見わたしのさてうたてき物もあらで、たゞ〳〵掃き清め塵もすゑぬ眺めを、こゝはかしこにまさりためるとて」という。

二五 **東坡づゝみ**(二七八頁) 西湖遊覧志「蘇公堤、南新路自リ、之ヲ北新路ニ属シ、湖中ヲ横截ス、宋ノ元祐間、蘇子瞻郡ノ濬湖ニ守タリ、而シテ之ヲ筑ク、人因ツテ蘇公堤ト其ヲ名ヅク、花柳ヲ植ヱ、中ハ六橋ヲ為ス」。

二六 **ひたいに**(二七九頁) 垂仁紀の記を略述する。御間城天皇(崇神天皇)の世、日本に聖皇あり、これに帰化せんと、意富加羅国の王子で、額に角の有る都怒我阿羅斯等(つぬがあらしと)が、日本に来たり、道を知らず、越の国笥飯の浦についたのが垂仁天皇の時。「故レ其ノ処ヲ号ケテ、角鹿(つぬが)ト曰フ」。天皇はこの王子に帰国するかと問うと、希望すると言う。その本国の名を御間城天皇の名によって改めよと命があって、「弥摩那国」と呼ぶことになったなどとある。

二七 **婬乱**(二八二頁) 南留別志「政子ノ淫乱ノ迹伝ハラヌハ、広元ガ諱ミシナルベシ。頼家、実朝、時政、義時、和田、秩父マデモ終ヲヨクセザルニ、シルセル外ニ子細アルベシ。淫毒ニアラザラマシカバ、カヽルイハレナキ事ハアラジ」。次条とも合せ参考となる。

二八 **春木やの梶**(二八七頁) 摂陽奇観三十三「宝暦明和の頃にや、島之内春木屋の抱の妓婦梶といふ女、生質大気ものニ而、容儀美ならねど三弦は法師の名家をも欺き、且茶の道生花香道にも熟練し、又手跡は長谷川流の能筆にて、万事人の下ニ出でず。おのづから全盛と呼べり。髪の錺り櫛笄など、大金を出して求むるといへども、花車仲居の輩これを誉むれば、すぐさま其ものニあたへ、客に無心をいふにも、百金より下はいひ出でず。依之遊客も容易には馴染に成る事難し」と。以下田中卯左衛門に請け出されたが、驕奢で暇が出、京都の富家の妾となり、江戸で妓婦となったが、終を知らない。俳優藤川山吾に二百両を与え太夫本にならせたことなど詳しい。

二九 **女かみゆひ**(二八八頁) 安永六年刊の富貴地座位に「女の髪結」として「未刻太鼓といへる狂言の比までは、極めてなかりし物なるに、今は遊所はもとより町々にも群れて住む。町の女は遊所のきで、心をときめかし、あるひは長町どまりの旅人のめづらしがつて、茜裏ながら、つむり斗の土地になれたるも鵜をや思ひ出でて、いとおそろしげなり」。また、浪花見聞雑話に「女髪結 女のかみゆひはむかしはなかりしが、宝暦のすへより少しづゝ出来たり。敵討御未刻太鼓といふ浄るり本を見るに、今の世に男の取上婆々と女のかみゆひはなきものなりと有り、此浄瑠璃に書きあらはしたるは享保年中の事也」。

四〇　**女ずまふ**（二八九頁）　浪花見聞雑話「女相撲　明和五夏の頃、道頓堀に女の角力有り、東西に大関関脇小結を分つて、一ツの大関ははんがくと云ふ大女なり。其頃町々より素人の女、此角力場へ飛入に来りて、望にまかせて角力をとらせたり。ある時天満天神の前に小山屋と言ふ内の下女、大力にして此角力の場へ飛入に行きたりしが、彼大関はんがくを此女が投げ付けたり。此女廿二才にして、常に四斗俵を我が歯にくわへて振り廻して、肩へ上げ持ち行きし、強力の女なりしと也」。

四一　**韓人をころして**（二八九頁）　摂陽奇観三十一に詳しいが、後に講談実録では、唐人殺し（珍説難波夢）、芝居では世話料理鱸庖丁や韓人韓文手管始、浄瑠璃では唐土織日本手利などに作られて、大評判であった。

四二　**月渓**（二九一頁）　秋成の最も親しくした一人で、僅かに残る秋成の書簡中ではあるが、彼に出したものが最も多い。その多くは秋成遺文に所収、二人の親しさを示す。また「九六」にいう月渓の晩年の小品には、秋成の賛をしたものが多い。

四三　**母**（二九四頁）　秋成夫妻は、言えば因果な人々で、共に養子であった。為に彼には母と称する人が多い。実法院主への書中で、明らかなのから挙げると、実母（後出、曾根崎の妓家花屋の娘と伝奇作書などに噂する人）は釈妙善で、明和九庚子五月廿九日没（庚子なら安永九年、明和九年なら壬辰）。上田家へ行っての第一の母は釈清寿で、元文三戊午年六月廿日没。その後に父のむかえた第二の母は釈妙誓で寛政元己酉十一月廿一日没（寛政元年没には、次の了正の場合と共に疑いがある）。ここに出るのはこの人である。次に姑母とあるのは、妻たまが植山家へ養女に来た、その植山家の母で姑母了正と実法院へ告げたもの、寛政元己酉六月廿日没である。しかるに、享和二年三月に作った旌孝記（藤簍冊子五所収）に「母ふさ、窪田氏、今年齢八十五、いとも世に有がたきかたり言になん侍る」とあるは誰だろう。残ったのは彼の妻瑚璉尼たまの実の母だけなので、それにあてようと思う。すれば、たまの本姓は窪田氏となるか。或はその母の生家の姓か。

四四　**南ぜんじの庵**（二九四頁）　岩橋小弥太「瑞竜山下の上田秋成」（わか竹十三の二）。

四五　**商店**（二九五頁）　秋成の同じ考えは癇癖談などに多く見える。彼の友橘経亮の橘窓自語に「又小沢芦庵　ことのはをわたらひ草になさめやは山のやせたももたらましかば、ことかはれど意気おなじ。やむことを得ざるにはあれども、すべて文事をもて人にをしへ、よのわたらひとするは、学者の恥辱なるべし」とあって、同じ世相に同じ感慨を、芦庵と共にもらしている。

四六　**楽天・放翁等が詩**（二九九頁）　葛原詩話三に「女郎花」として「吾邦ニテハ、敗醬花ヲ名ヅケテ女郎花ト云フ。異邦ニテハ白楽天ハ木蘭花ヲサシテ云フ詩ニ、怪得《タリ》独饒《キヤウ》二脂粉《ノ》態一、木蘭曾作《テ》二女郎《ト》一来《ル》、又題二令狐家ノ木蘭一詩ニ、従レ此時々春夢《ノ》裡、応レ添《フ》二一樹《ノ》女郎花《ヲ》一、コレハ楽天古楽府ノ始《テ》知《ル》木蘭《ハ》是《レ》女郎《ナルヲ》ニ拠リテ、自ラ名ヲツケラレタルモノト見ヘタリ、又放翁ノ詩ニ、数点霏微《タリ》社公《ノ》雨、両叢閑淡《タリ》女郎花、又女郎花開《テ》春事闌《ナリ》、王孫草長《シテ》思婦歎《ズ》、又春晩雑興ニ、笑穿《ツ》居士《ノ》屩《ヲ》、閑看《ル》女郎花《ヲ》、自註ニ唐人謂二辛夷《ヲ》一為二女郎花《ト》一、園中有二此花《ノ》一、一叢二百朶ト、然レバ木蘭ハ即チ辛夷ナリト見ヘタリ」。

四七　**白氏が「開落二十日」と云ふ句**（三〇二頁）　葛原詩話一の二十日艸の条「和歌ニ牡丹ヲ廿日艸ト称スルコトハ、白楽天ガ新楽府ノ牡丹芳ノ中ニ、花開《キ》花落《ツ》二十日、一城《ノ》之人皆若《シ》レ狂《スルガ》ノ句アリ、吾国ニ白氏文集ヲ貴ブコト、中古甚ダ盛ナリ、必ズコノ句ニ拠ルコト疑ナシ」。

四八　**桜町の中納言**（三〇三頁）　金砂八に同じ話を出し、平家物語にありとする。しかし平家の話では天照大神に祈るのみ。盛衰記になって、「泰山府君を祭りける上、天照大神に祈り申させ」と泰山府君が出ている。

四九　**詩に**（三〇三頁）　葛原詩話から転載すると「東ニ来テ初メテ此ノ花ノ奇ヲ見ル。限リ無ク春叢白眉ヲ譲ル。的皪タル蠙珠三百斛。玲瓏タル玉樹万千枝。何ゾ妨ゲン穠李《ノ》春ニ先艶ンズルヲ。寒梅ノ与メニ雪姿ヲ遜ラズ、若シ姮娥宮裡ニ種エシメバ、清光ハ桂ノ開ク時ヨリモ多カラン」。

五〇　**百舌の詩**（三〇五頁）　百舌吟（杜工部詩集十）「百舌何レノ処ヨリカ来

タル。重々祇(だた)ニ春ヲ報ズ。音ヲ知リ衆音ヲ兼ヌ。謌ヲ整フルコト豈ニ多身ナランヤ。花密ニシテ蔵ルルコト見難シ。枝高クシテ聴クコト転タ新タリ。時ヲ過ギテ如シ口ヲ発セバ。君ノ側讒人有ラン」。

五一　**序中に書きて**(三一〇頁)　後毎月集題辞「又万葉集ノ訓詁及ビ筆記八十余巻有リ。一日其ノ徒ニ命ジテ、之ヲ甃井中ニ瀝ス。余之ヲ聞ク也遅シ。奪去シテ之ヲ名山ニ蔵スルコト能ハズ。嘆惜及ブコト無シ。後ニ翁ニ値ヒテ其ノ故ヲ詰ス。翁笑ヒテ曰ク。一時ノ漫筆、意未ダ尽サザル者頗ル多シ。然レドモ年力頽侵シテ、区区鉛槧之業ニ就クコト能ハズ。且ツ夢中夢ヲ説キテ癡人ニ向ハンヨリハ、如カズ、井水ニ投ジテ、我ガ魂ヲ清クスルニハ」。ただしこれら投入された原稿は、何人かにより引上げられたのではなかろうか。現在自筆の稿本類に、そのためか知らず、水をかぶった跡を存するものがかなりある。

五二　**石函**(三一一頁)　心史の刊本には初めに「蔵心史」として、出現時のさまと次弟をのせる。「外鉄函、函内石灰、灰内錫匣、匣内生漆、書摺成巻(匣俱毀失)。内緘封、大宋孤臣鄭思肖百拝封(此紙己卯八月遺失)。外緘封、大宋世界無窮無極、大宋鉄函経、徳祐九年仏生日、此書出日一切皆吉(此紙庚辰閏正月二十四日寺僧達始於廃紙中簡出、諸生文𣓤勘、係真蹟、今附原本中)」。

五三　**崇敬すべき**(三一二頁)　呵刈葭の本居宣長の論に「抑皇国は四海万国の元本宗主たる国にして、幅員のさしも広大ならざることの、二柱大御神の生成給へる時に、必ずさて宜しかるべき深理のあることとなるべし。其理はさだかに凡人の小智を以つて、とかく測り識るべきところにあらず」。

五四　**堂嶋一国**(三一四頁)　容競出入湊の大阪の男達の意気を示した場「新町橋出入の段」に黒舟の言葉「そうたい北のならひ、たしよへ出てきずうけてもどるやいなや、北一まいのはぢになる故、其かた持つてしかやしするがマア北のほうじやは」。喜兵衛の言葉「こなたと庄兵衛とはれの出入、万一ひよつとこなたがまけさあるとどう嶋一こくのはぢになる」。この気風についてはまた摂津名所図会大成十一にも「浪花の北方なるを以つて北浜といひ、又は略して浜ともいふ。惣じて此地の風とて、頼んで引くべからざるの義あり、所謂浪花男の中の男たる気格あり」。

五五　**大田直次郎**(三一五頁)　岩橋小弥太「余斎と南畝」(江戸時代文化、昭和二年十一月)、玉川晴朗「蜀山人の研究」。

五六　**千陰**(三一八頁)　森銑三「加藤千蔭逸事」(国学者伝記研究所収)。

五七　**聖武行幸**(三二五頁)　続日本紀の神亀元年十月八日の条「海部郡玉津嶋ノ頓宮ニ至リ留マリタマフコト十有余日ナリ」。同十六日の条「詔シテ曰ク、山ニ登リ、海ヲ望ルニ、此ノ間最モ好シ、遠行ヲ労セズシテ、以テ遊覧スルニ足レリ。故ニ弱浜(わかのはま)ノ名ヲ改メテ、明光ノ浦ト為シ、宜ク守戸ヲ置キテ、荒穢セシムルコト勿レト。春秋二時、官人ヲ差遣シテ、玉津嶋之神、明光ノ浦之霊ヲ奠祭セシム」。

五八　**真淵が近江の人**(三二六頁)　万葉考別記一の柿本朝臣人麻呂の条に「近江の古き都を悲み、近江より上るなど有るは、是も使か、又近江を本居にて、衣暇田暇などにて下りしか」。

五九　**一とせ海潮**(三二六頁)　顕常の正一位柿本大明神祠碑銘に柿本明神縁起によるとして「神亀元年三月十八日高角山ニ卒ス。(中略)国人為ニ廟ヲ厥ノ地ニ立テ、人丸寺ヲ置キテ祀ヲ掌ラシム。其ノ山海上ニ横出シ、民之ニ邑シテ頗ル庶シ。万寿三年丙寅五月、海騰リ山崩レ、挙皆湮没ス。(中略)因ツテ更ニ廟ト寺トヲ作ル。(中略)尚其海ニ浜シテ災有ランコトヲ恐レテ也。之ヲ南ニ遷スコト、一里ニシテ遠シ。仍ツテ高角山ト名ヅク。古ヲ存スル也」。

六〇　**述子**(三二七頁)　よしやあしやに「こゝに文徳実録に、(中略)又天安元年二月廿八日、廃二賀茂斎内親王慧子一、更立二無品述子一、為二斎内親王一、遣二右大臣藤原朝臣良相於神社一告二事由一、其事秘無二知レ之者一、(中略)さるは此加茂のいつきの廃せられたまひしも、同じ御時の事なれば、もしやは朝臣と物らいひ歌よみかはし給ひし事を露されて、斎院をまか出させられたまひし、其由神に告させたまへるものか、何の故とも世にはあらはさせたまはぬを、京童べのしか〳〵の事有りてよなどいひさやめける摘みて、此文には作りなせしか、猶秘したまへるを、其御かたと指さん事後の世ながらもはゞかりて、加茂のいつきを伊勢にとりかへなどして、あらぬに記者のあめるを」と、賀茂真淵の説にひかれて、伊勢斎宮の一件(伊勢物語六十九)を、恬子内親王とする一般説を廃して、別のモデル説を出した。がこれに従ったとしても、業平の関係したのは慧子であって、述子でない。自らの説であるが記憶を違えたものであろう。

六一　**東行の中の哥**(三二八頁)　伊勢物語古意「かく古歌を少しかへなどするは、此文の例なるを此文に有るがごとくにて、なりひらの歌と定め、後の集に入れ、勅撰にさへとられしはいかにぞや」。

六二　**万葉の中**(三二八頁)　万葉考別記一「今の十六の巻は、前しりへには古くよし有る歌も有るを、中らには歌とも聞えず、戯れくつがへれるを載せて様こと也、中に河村ノ王、大伴家持の歌も入りしかば、古き集にあらず、こは家持卿の集のうちにやあらん、今のこの巻てふより、四六八九十七十八十九二十の巻々は、家持卿の家の歌集なること定か也」。

六三　**其子の謀反**(三二八頁)　続日本紀の延暦四年八月廿八日の条「中納言従三位大伴ノ宿禰家持死ス。(中略)死後廿余日ニシテ其ノ屍未ダ葬ラザルトキニ、大伴ノ継人、竹良等種継ヲ殺シ、事発覚シテ、獄ニ下ル。之ヲ案験スルニ、事家持等ニ連《かか》ル。是ニ由ツテ追ツテ名ヲ除キ、其ノ息永主等並ビニ流ニ処セラル」。

六四　**けいかう院**(三二九頁)　宮川夜話草三、慶光院として「宇治浦田郷に在り。元は山田西川原町に在りて、天正年中爰に移りしと云へり。他の寺院と異にして仏堂鐘鉦もなく、禅宗といへど、本寺何派といふ事もなく、此寺のみ伝奏を経て紫衣を着せり。(中略)中古乱世に当りて、両宮御遷宮百余年断絶せしが、此寺の開基清順(実は三代目)といふ尼是を歎き、諸国を勧化し、造営の料を寄附せしむといふ。神宮家曰ふ、乱世といへど尼の勧化を以て其料とせむ事不快なりとて不受。尼此言を是とし、所縁あれば足代民部弘興へ其料を送り、吾が功労を譲る。故に褒賞として民部五位を叙し、代々叙爵家となりぬ。(中略)そののち清順及び弟子周養に至り、神忠を尽し、仮殿遷宮或宇治橋造替など、公庭へ吹挙し、莫大の功をなせり。されど今は神宮方に拘はる事なし」。

六五　**法性寺**(三三二頁)　法性寺は九条河原にあったので、次の地形と全く合わない。次に引く栄花物語に見える、藤原道長建立の法成寺は、京極にあって、東に流れるのは賀茂川である。現に疑の巻には「加茂川の方を見れば、筏と云ふものに榑材木を入れて、棹さして」とあり、音楽の巻には「東の大門に立ちて東の方を見れば、水の面の間もなく筏をさして、多くの榑材木を持ちて運ぶ」とあると同じで、白川でない。よって山城国愛宕郡岡崎にあった法勝寺の誤りかとなるが、秋成のこの記述からすれば、法性寺も法勝寺も法成寺も一つになって、法成寺のこととして述べているのである。(故実双書附録中古京師内外地図)。

六六　**七歩の詩**(三三三頁)　世説四には、魏文帝こと曹丕が弟の曹植に七歩で詩を作ることを命じ、出来なければ大法に行うと言った。声に応じて作ったのが「煮レ豆持作レ羹、漉レ豉以為レ汁、萁在二釜下一燃、豆在二釜中一泣、本自二同根一生、相煎何太急」の詩であるという。三国志演義では、この声に応じて作った詩の前に、牛の図を示されて作った七歩の詩として、次をのせる。「両閃斉レ道行、頭上帯二凹骨一、相遇由二山下一、欻起相搪突、二敵不二倶剛一、一肉臥二土窟一」。

六七　**丸山**(三四一頁)　以下相撲に関することは相撲今昔物語(新燕石十種所収、自筆本は上野図書館蔵)・古今相撲大全・相撲起顕に主としてよったが、一々注してない。

六八　**八角**(三四一頁)　相撲今昔物語二の「八角楯右衛門事幷尺子一学事」に「爰に享保歳中大に行れし、泉州の左海の豪傑八角楯右衛門といへる相撲あり、紀州御抱への中なり、此八角世の人知る所なり、気性尖く勝つ事を好み、負る事大きに嫌ひなる男なり、背長からず、色浅黒く肥肉にして大顔なり、尤猪首にて肩前大いなり、眼は少々ひがら目なり、長よりも横へひらたし、かるがゆゑに八角と名乗る。(中略、谷風を負かしたのは紀州の行司家尺子一学の教えたことで、その教に)原来梶之助は生質柔和にして、大力無双の関取なり、然りといへども相撲になりては急く気生あり、これ梶之助が癖なるべし、汝苦痛をこらへてたやすく立合ふ事なかれ、其内かならず得手知るゝ者なり、そのかぼう方へ付け入らば、怨気にさゝわりて猶予せることあるべし、汝是を工夫せば案外の勝利を得べし、かならず急く事なかれ、予がいゝしにたがわず、其理にあたらば猛勇金剛の掛声にて押し出すべし、かならず勝利を得べしとなり、はたして大坂京にて勝ちたり」。

六九　**両国梶のすけ**（三四二頁）　相撲今昔物語一「大坂大山次郎右衛門因幡両国梶之助事幷堀田弥五兵衛事」に「また此時分に因幡に名高き、両国梶之助といふ相撲あり、大山（次郎右衛門）とは兄弟のごとく懇志を結びたり、いつにても此大山には、両国付き添ひて相撲に行きけり。（中略）此時分に角前髪の相撲取、鬢に小櫛を差して相撲をとる事、此梶之介に始まるとなり、此両国梶之介を濡髪の長五郎として、芝居等に取組みし事といへり」。

七〇　**岩井団のすけ**（三四二頁）　相撲今昔物語二「北国官太輔幷越前屋団之助事」に「又此時代に岩井団之助といへる行司あり、この団之助越前家より御紋付団扇を拝領す、よつてみづから家号を越前屋団之助と名乗り、豪傑たぐひなき佞脤（ねちみやく）者なり、なか〳〵当時のやうなる行司にあらず、自身見解きたる相撲を、東西の相撲取の機嫌を取るやうなる行司にあらず、一とせ御抱への相撲大にもめて、団之助を殺さんとぞいへり、団之助が曰く、相撲は御手前の業なり、勝負みるは目付役越前屋が家業なりといへり」。また「岩井団之助行司名誉荒言之事幷土蜘八角相撲之事」では、秋津島浪右衛門（関脇）の弟子浦島弥五八と南部御抱大碇平太兵衛を無勝負とした団之助に、秋津島から文句がついて、両方あわや抜刀に及ばんとしたことがあった。見物は団之助の主張に理あるとして無勝負としたことが見える。

七一　**煎は気**（三四三頁）　清風瑣言の楞亭の序中には、点と煎を比較して、「余嘗ツテ茶ヲ謂ヒテ、点ハ賢タリ、煎ハ聖タリト。何トナレバ、茶ハ気ヲ以テ神ト為ス、味ハ抑モ末也。若シ点スレバ則チ尚ブ所ハ味ニ在リテ、其ノ神ハ則餒ウ。故ニ水中塩ヲ著シ、茶中香料ヲ著スレバ、皆其ノ真ヲ喪フ」とか「茶ハ煎ニ非ズンバ、其ノ神ヲ発スル能ハズ」などある。かえって「尾張人大館高門へ答ふ」の文中で、二人の問題となり、高門が「文化乙丑秋九月」自家出版した陳昌其の茶略（外題枕山楼茶略）の自序に「倦鬼ヲ逐ヒ、睡魔ヲ祛《ソデ》ゲ、心胸ニ智慧之神ヲ招キ、臟腑ニ煩愁之祟ヲ滌フ」とある。これと混じたものであろう。

七二　**汾上驚秋**（三四八頁）　服部南郭の唐詩選国字解によって、詩の意を示そう。上二句について「夏かと思ふたに、はや秋風がふきわたる。秋になつたゆへ白雲などもとぶ。このものさびしいじぶん、吾れは万里の旅にゐて、汾河をわたり」。下二句については「心緒と云ふは、糸すぢを引きたる如く、なにやかや、跡より愁の出るを云ふ。揺落と云ふは、木の葉のおつることばかりではない。老の身をなげくきもあり、不仕合で立身せずにいるをも云ふ。なにやかや、愁のあるじぶん、秋風をきけば、聞いていられぬほど、かなしうなる、秋声不レ可レ聞」。

七三　**あし曳の**（三四八頁）　拾遺十三に見える詠だが、もとは万葉十一の二八〇二番の詠に附して「或本歌曰」として「足引の山鳥の尾のしだり尾の長き永夜をひとりかもねむ」によったもの。

七四　**我家の方**（三四八頁）　古事記では、倭建命の詠で「はしけやし、吾家（わぎへ）の方よ、雲居起ち来も」。

七五　**いざよふ波の**（三四九頁）　楢の杣の注に「網代木に堰るゝも漏れてゆくには、さりげなく流るゝを面白く見て、さて行辺しらずもとは感ずる也。孔子の川上に立ちて、悠哉々々、逝者如レ斯夫、不《トヾマラズ》レ舎二昼夜一と云ふに似たり」。

七六　**詠曲の興**（三四九頁）　金砂六に「歌は言を永くすると云ふには、詠吟の調を専ら先務とすべし。長哥の体は、君より下れる宣命、又君に神に奉る祝詞等の文章に異ならぬを、たゞ五七四六のうたふに叶へると、吟声に高く読誦するとのたがひにて、哥と名づけ詞と呼びかふるのみにぞ有りける。この体廃れては長短の定式も有りし者に論ぜしは、いにしへならぬ私ごゝろ也」。

七七　**五月五日**（三五〇頁）　頭注に示した万葉集三九二二の和歌の末には「右六首歌者天平十六年四月五日独居於平城故郷旧宅大伴宿禰家持作」と、四月五日の日となっているが、これは将来のことを考えての作と解されていて(万葉集新考)、推古紀は「十九年夏五月五日、薬二猟於菟田野一、(中略)是日、諸臣服色皆随二冠色一、各著二髻華一」などと見え、薬猟は五月五日の行事であった。

七八　**もろこしが原**(三五一頁)　更級日記の文章を引くと「もろこしがはらといふ所も、すなごのいみじうしろきを、二三日ゆく。夏は、やまとなでしこの、こくうすくにしきをひけるやうになむさきたる、これは秋のすゑなれば見えぬといふに、猶ところどころはうちこぼれつゝ、あはれげにさきわたれり。もろこしがはらに、山と(大和)なでしこもさきけむこそなど、人々をかしがる」。大和撫子は石竹の唐撫子に対して、日本で野生の大柄のものをいう。

七九　**御製**(三五一頁)　類聚国史七十五の、延暦十六年十月癸亥宴の時に、酒たけなわの時、皇帝(桓武帝)の詠として「此頃の時雨の雨に菊の花散りぞしぬべきあたらその香を」を上げる。ただし年山紀聞一などに既に紹介している。

八〇　**日本の事**(三五二頁)　雑説嚢話「日本ノ東ニ黒歯国有リ。男女倶ニ歯ヲ染ムルト云フ。日本モ往古ハ歯ヲ染メシヲ、中古以来尊卑ヲ分ツテ、平人ハ不染、堂上方ト女人計リ染ムルコトニナレリ。支那ニテハ黒歯国ハ日本ノコトナリト云ヘリ」。

八一　**石鶏**(三五二頁)　金砂一に万葉のかはづを説いて「或説に石雞と云ふ物にて、山谷にすみ、六七月の間声さかり也、烹てくらふ、味水雞に似たりと云ふ」。

八二　**古歌は蟬と…**(三五三頁)　彼の七十二候には「万葉集には蟬の題ことごと日ぐらしとよみたり、蟬といふ唯一首のみ」。

八三　**たなばたの**(三五三頁)　枕草紙「郭公の声尋ねありかばやといふをきゝて、われもわれもと出でたつ。賀茂の奥になにがしとかや、七夕のわたる橋にはあらで、にくき名ぞきこえし。そのわたりになん日ごとになくと、人のいへば、それは日ぐらしなりと、いふ人もあり」。

八四　**蜩を**(三五三頁)　この所文意がよくわからないが、七十二候に「蜩は小蟬也。(中略)仲夏を始のみならず、一とせ卯月の始に、大原野をわけし時、梢ゆすりて鳴くものを、畑にたつ男に何ぞと問ひしに、日ぐらしと答へし。形を問へば蟬の中には殊にちいさしといふ。秋に夕つげて鳴くをのみ云ふには非ず」。

八五　**夢を判じて**(三五五頁)　懐風藻の大友皇子の伝「嘗テ夜夢ム。天中ニ洞啓キテ、朱衣ノ老翁、日ヲ捧ゲテ至リ、擎ゲテ皇子ニ授ク。忽チ人有リテ、腋底ヨリ出デ来タリ、便チ奪ヒテ将ニ去ラントス。覚メテ驚異シ、具サニ藤原内大臣(鎌足)ニ語ル。歎ジテ曰ク、恐クハ聖朝万歳之後、巨猾間釁有ラント。然ルニ臣平生曰ク、豈ニ此ノ如キ事有ランヤト。臣聞ク、天道ハ親無クシテ、惟善ヲ是レ輔クト。願クバ大王勤メテ徳ヲ修メヨ。灾異憂フルニ足ラザル也、臣ニ息女有リ、願クバ後庭ニ納レテ以テ箕帚之妾ニ充テント、遂ニ姻戚ヲ結ンデ以テ之ヲ親愛ス」。

八六　**古人皇子**(三五六頁)　日本書紀の孝徳天皇即位の所に見えるものだが、秋成の解釈を加えた金砂六から引く。「此日女主(皇極天皇)の御心いかなりけん、逆臣入鹿を惜ませたまひて、不日に帝座をくだり給ひ、皇子中大兄に禅位の勅ありしを、藤原の大臣深く思す所ありてや、御耳に囁きて叔父軽王に推し譲らす、軽王亦疑ひて古人の皇子にゆづる、古人常に入鹿と善かりしかば、狐疑ふかくして俄に頭を薙ぎ、吉野山に逃れしかど、遂に本心をあらはして隠謀を企て亡びたり」。隠謀を抱いて吉野山に入る所が似ているのである。

八七　**詠みし哥あり**(三五六頁)　しづやうた集「美のと、近江のさかひなるいぶき山よこをりふせり。この所はむかし、清見原の天わう、大友の皇子と、御軍ありしをり、てんわうは野上の行宮におはしまして、たけちのみこは、わさみ野にそなへたてゝ、御いくさをあともひたまひ、天のしたをさため給ひしより、いと後の世にしも、あまたゝびの戦ひありて、世ゝのあめのしたは、こゝにして定まりぬる哉、ゆゝしくもかしこくもおぼゆ。山も動き河も鳴りつゝ天のしたさだめ給ひし和さみ野ぞ是」。

八八　**行信に**(三五六頁)　懐風藻の大津皇子の伝中「時ニ新羅ノ僧行心有リ、天文ト筮ヲ解ス、皇子ニ詔シテ曰ク、太子ノ骨法ハ是人臣之相ナラズ、此ヲ以テ久シク下位ニ在ラバ、恐クハ身ヲ全フセズ、因ツテ逆謀ヲ進ム」。

八九　**大津の忠臣**（三五七頁）　檜の杣の人麿の詠の注に「さて終には人丸の親おほ父達は、天智の御宮づかへして此都にてむなしくや成りにけん、又壬申の乱にや亡びけん、ここに来てはすゞろにしのばれて悲しきあまりに、志賀の入江の水はよどむとも、昔の過ぎにし人はゆきて返らぬと打ち泣きてよめる也」。

日本古典文学大系 56
上田秋成集

1959年7月6日　第1刷発行
1989年6月5日　第30刷発行
2016年9月13日　オンデマンド版発行

校注者　中村幸彦《なかむらゆきひこ》

発行者　岡本　厚

発行所　株式会社　岩波書店
〒101-8002　東京都千代田区一ツ橋2-5-5
電話案内　03-5210-4000
http://www.iwanami.co.jp/

印刷／製本・法令印刷

ISBN 978-4-00-730495-8　　Printed in Japan